胡小帅　谷洋　胡代旭 | 主编

硬骨头之绝地归途

DESPERATE WAY TO RETURN

红旗出版社

红旗出版社
RED FLAG PRESS
推动进步的力量

图书在版编目（CIP）数据

硬骨头之绝地归途 / 胡小帅，谷洋，胡代旭主编.
— 北京：红旗出版社，2017.11
ISBN 978 – 7 – 5051 – 4310 – 4
Ⅰ. ①硬… Ⅱ. ①胡… ②谷… ③胡… Ⅲ. ①长篇小说 – 中国 – 当代 Ⅳ. ①I247. 5
中国版本图书馆CIP数据核字（2017）第 245458 号

书　　名　硬骨头之绝地归途
主　　编　胡小帅　谷　洋　胡代旭
出 品 人　高海浩　　　责任编辑　刘险涛　周艳玲
总 监 制　李仁国　　　封面设计　文人雅士
出版发行　红旗出版社　　　地　　址　北京市沙滩北街2号
邮政编码　100727　　　编 辑 部　010–57274526
E – mail　hongqil608@126. com
发 行 部　010–57270296
印　　刷　北京市金星印务有限公司
开　　本　710毫米×1000毫米　1/16
字　　数　605千字　　　印　　张　39.5
版　　次　2017年11月北京第1版　2017年11月北京第1次印刷
ISBN 978 – 7 – 5051 – 4310 – 4　　　定　　价　128. 00元

欢迎品牌畅销图书项目合作　　联系电话：010 – 57274627
凡购本书，如有缺页、倒页、脱页，本社发行部负责调换。

初心不忘　面向未来

以习近平同志为核心的党中央提出的“四个自信”，是我国五千年的文化传承的“文化自信”，是我国人民在民族危亡时刻选择中国共产党领导的“道路自信”，是新中国近七十年创新实践和改革开放近四十年辉煌发展的“理论自信”和“制度自信”。也是新时代下全国各族人民深深体味习近平总书记强调的“人民有信仰，国家有力量，民族有希望”的重大而深远的意义关键所在。

中国人民的历史，尤其是抗日历史，从多角度多维度体现着中国人民的智慧和力量。可以说中国人民的历史给了中国人民凤凰涅槃和浴火重生的历史机遇，也从多个层面多个视角体现着中国文化的厚重和博大。

我们的编剧、导演、制片、演员团队横跨二十世纪五十年代到九十年代，年龄的跨越梯次到文化理念的跨界融合，使得本部剧目不同于其他抗日剧目的特点：从正面战场到敌后抗日，从场面宏大到聚焦入微，从夸大夸张的艺术到返璞归真等等，都是从心底敬重那段历史的事实，从而给观众以“真”。

《硬骨头之绝对归途》所体现的历史史实：“九一八”事变后，侵华日军在中苏边境修建了号称“东方马奇诺防线”的军事要塞。苏联将军的中国养女玛丽潜入中国东北，调查要塞，不幸被日军抓获。东北抗联派出侦查员文龙营救玛丽。魔术师高小庄、猎人胡大壮、国军女特工谭卓茹、东北军军官魏坤宁等人参与营救。文龙把玛丽从虎头要塞劳工营救出后，劳工营日本军官小泉清带兵追击。文龙原计划把玛丽从东北的中苏边境送出，可日军提前封锁边境，于是文龙改变计划，决定把玛丽送到关内，玛丽手上握有记录日军暴行和机密的照片，为避免泄密，日军又派出阿部宽参加抓捕。在护送玛丽的过程中，文龙带领众人摧毁了日军铁路、毒品工厂地等一系列军事设施，发现了大量日军侵华罪证。为保护我们掌握的日军罪证，胡大壮、谭卓茹、魏坤宁等人相继牺牲。经过与日军殊死较量，最终把玛丽送到了延安……

作为一名影视人，尤其是制片人，我是一名文化传承者和文化使者，我深知我们民族文化的博大精深，我们民族文化的“每一点”都值得我们用人类思维的“显微镜”去钻研和琢磨，我们民族历史的“每一滴”都值得我们用人类思维的“放大镜”去传承和思考。

新时代下的我们，生活在一个网络世界里，信息不对称的壁垒不断被跨越；我们拍出的每一部影视剧，都要接受民族的审阅和历史的检阅。我们必须从历史文化的长河中着眼，找出此章此节文化或史实在新时代下的历史定位和历史方位，然后我们从“真”处着手，给历史和人民以负责任的“呈现”，不愧作为一名文化使者和传承者才是。

是为序。

2018年3月26日于京

目录

CONTENTS

狼口脱险　反战虎口

一

夜幕下的特务机关楼戒备森严。院内哨塔上的探照灯来回扫动。围墙外，文龙、林少青、铁雷三人背着装备潜伏着。不远处，一队巡逻的日本兵走过去。

文龙、林少青对表——12点整。对完表，二人的手握在一起，林少青目光温情而担忧地看着文龙。文龙伸出另一只手轻轻地拍了拍林少青。铁雷推了推眼镜把头扭向一边。

文龙看向铁雷，雷子，行动！说完，文龙和铁雷各朝墙上扔出一个飞爪，飞爪勾住墙体。两人凭借绳索，快速攀爬上墙。林少青左右看了看，躲在了树后，紧张地探视四周。

探照灯照过来前，文龙、铁雷弓着身子飞快地到达了墙体的另一端，藏在一个掩体后。待探照灯射向另一个方向，两人迅速接近机要楼，继续弓身朝前快步穿行。突然，一个房间的门开了，文龙与铁雷连忙掩藏到一根圆柱后。门后出来两个日本士兵，关上门后朝与两人的反方向走去。其中一个日本兵突然停下来，意识到后面两个房间还没有检查。两个日本兵转身朝圆柱走来。

铁雷无奈地焦急起来。文龙听着日本兵的脚步声，朝铁雷使个手势，示意他沉住气，随后比画了下手势，一、二、三！两人转身，掏出钢刺，迅速刺入两个日本兵的喉咙，悄悄地将两个日本兵放倒在地。

此时，楼下正有一个日本兵晃着手电从楼后巡逻而出，听到楼上响动，手电照去，发现一道黑影，日本兵一惊；这时，铁雷捂着鼻子佯装喝醉，走了过来。日本兵走上前，朝着铁雷大喊：“把手从脸上拿开！你是谁？”说着就伸手摘枪。换上日本军服的文龙突然从日本兵的背后冒出，钢刺刺入其喉咙，将日本兵拖向了一侧的树丛。

文龙快速上楼，伸手招呼铁雷，两人进了前方一间屋子。文龙比画手势，两人打开手电，默契地分头搜查。在办公室里翻找一圈，毫无所获。文龙正头疼之际，铁雷朝文龙“嗯”了两声。

文龙走过去一看，墙角摆着一个大保险柜。铁雷一笑，从身上摸出一根铁丝，“啪嗒”一声把保险柜打开了。保险柜上层放着一把手枪，铁雷一脸欣喜地将手枪捧出，宝贝似的摸着，低声说：“好家伙，鲁格P08，这可是德国军官专用配枪。”连忙将手枪别在了腰后，继续寻找。在保险柜最底下有一个帆布公文包，铁雷伸手去取公文包。文龙发现公文包后有一丝微弱的金属光闪过，连忙摁住铁雷的手。铁雷疑惑地转眼看向文龙。文龙用手电往里一照，一根铁丝连接着公文包和保险柜里端固定好的一颗手雷。两人点头交换了下眼色。文龙示意铁雷拆了它！

铁雷拿出一把钳子将铁丝剪断，然后把帆布公文包小心翼翼地取了出来。文龙接过，打开公文包，从里面取出一个牛皮纸卷宗袋，上面写着——虎头要塞二期工程劳工输送计划。文龙低声吩咐：“拿上文件，撤！”

这时，两个日本兵打着手电巡逻过来，手电一晃，看到角落里靠着两个被扒了外衣的日本兵，其中一个侧面的脖子处鲜血汩汩流出。两个日本兵一惊，站到院子中间，见二楼一个房间里晃着电筒光，忙拿出军用哨子，急切地吹响。

文龙和铁雷拿着公文包，刚出房间，听见哨声。众多日本兵朝着这边跑来。二人退回屋内。文龙低语：“走窗户，快！”文龙和铁雷翻身从后窗跳出。

在外面等候的林少青听到哨子声，眉头一皱，赶紧转身上了车，车子猛一甩进了另一条街。

特务机关会议室内，正在与另外四五位日本军官开作战部署会的阿部宽，听到警报声，紧张地看向窗外。士兵大跑过来报告：“大佐，有人闯进了机要楼，杀死了两名守卫，保险柜里的机要文件被盗！跳窗逃走了！”阿部宽深思：偷走了文件，没碰响手雷。闯入者，是高手啊！急忙吩咐：“一分队跟我来。小野君，带人封锁机关周边所有路口！”众日本兵兵分两路出发了。

文龙与铁雷往后院跑。日本士兵吹着军用哨子朝这边追来，几队日本兵四处搜索过来。日本兵越来越近。文龙与铁雷朝墙边跑去。铁雷看情况不妙，看向文龙：“哥，你翻墙走，我断后！”文龙一笑：“断啥后，还没到绝路呢！”日本兵很快冲了过来。文龙站定，朝着另一个方向的墙头开枪。文龙扭头对追来的日本兵用日语大喊：“敌人翻墙跑了！”日本兵们掉头朝着大门边追去。文龙拉了铁雷一下，两人跟在日本兵后面也追了出去。

蹲守的林少青非常焦急地看着远处不断涌出的日本兵。大树后，阿部宽带着一个分队的日本兵缓缓走出。阿部宽眼睛余光发现了林少青，冷笑了一声：“美丽的姑娘，在等你的情人吗？”林少青急转身正欲开枪。阿部宽动作奇快，一枪打在了她的腿上。林少青应声跪地，手里的枪打偏了方向。阿部宽见状大喊：“给我抓起来！”几个日本兵冲上去。林少青被阿部宽用枪顶着，押了出来，后面跟着一帮日本兵。

文龙拉着铁雷连忙躲到树后。阿部宽发现了文龙这边的动静，急忙朝文龙所在的方向开了一枪，故作镇定：“朋友，欢迎你来到我的地盘。”文龙透过树干的缝隙，用枪瞄准阿部宽的头。阿部宽又用眼睛的余光看到文龙，又冷笑了一声：“我知道，此刻你的枪正对着我的头，不过我希望你看清楚，我的枪距离这位女士的头只有一厘米！”说完，用枪顶住了林少青的脑袋。文龙很紧张。阿部宽大怒：“我给你一个机会，从大树后面走出来，交出你刚才拿到的那份文件，我或许会考虑留一个活口。”

铁雷一把拉住文龙：“哥，你和嫂子就要结婚了，你俩谁都别出事，我去换嫂子！”文龙镇定地低语：“雷子，说什么呢！我文龙的老婆，能让你救！拿着东西先撤，你嫂子我救定了！”说完，取出公文包里的文件递给铁雷，命令铁雷赶紧把文件带走！随后，文龙将腰后的钢刺取出，塞进了公文包里。文龙眼神坚毅大喊：“阿部宽，文件我可以给你，但你必须把她放了！”

阿部宽一笑：“居然知道我的名字！能把东西从我眼皮底下取走，整个满洲，恐怕只有一个人，你是钢刺！”文龙一笑：“阿部宽，我是谁不重要，我手里的文件才是最重要的！”林少青朝着文龙大喊：“哥，别过来，你要知道！你手上的东西比我的命值钱！别过来！我知道你要干什么！最后听我一次，千万别过来！”

文龙走了出来，扬起了手中的公文包，志在必得地笑着，晃了晃继续往前走。不远处的树丛内，日军一个狙击手缓缓抬起枪口瞄准文龙。阿部宽狡猾地冷笑了一声：“钢刺先生，你的选择非常明智。”这时，林少青的袖管里掉出一颗手雷，声嘶力竭地大喊：“哥，好好活着，把我忘了！带着你手里的东西快走！”林少青说着拉开手雷环，手雷开始冒烟了，即将爆炸。阿部宽见状，朝林少青开了一枪，大喊：“趴下！”文龙见状，提枪冲出去，朝日本兵射击，两眼噙满了泪水大喊：“不要！”

一声巨响，一团火光照亮整个大街以及文龙惊傻了的脸。林少青应声倒地，保持着微笑。文龙瞪大眼睛，惊呆了。手雷爆炸，一块铁皮飞来，击中了文龙的头部，文龙应声倒下。

铁雷见状朝前冲出，迅速上前将文龙背起离开……

二

一年后。接替阿部宽的小泉清骑在马上，快速地在虎头要塞的林中穿行。小泉清举起枪瞄准前方的猎物——四处慌乱奔逃、衣衫褴褛的劳工，砰！一声枪响，一名劳工应声倒地。小泉清一笑，策马往林场深处跑去。一群日本兵紧跟其后。

不远处的树丛中，一个女人从厚厚的树叶底下冒出来。此人身穿丛林色猎装，身披伪装网，手中拿着相机朝着前方小泉清的前进的方向追着拍摄。她就是苏籍华裔记者安娜。

小泉清又迅速移转枪头，见一名老劳工护着一名小劳工在慌张逃跑，又一扣扳机，子弹呼啸而出，击穿了老劳工的身体。小劳工停下来拼命摇晃着老劳工，抬起头愤怒地看向小泉清方向。倒在地上的老劳工伸出枯瘦的手轻轻推了下小劳工，示意快点逃跑。小劳工擦了把眼泪倒退了两步正要转身逃跑。小泉清又是一枪，小劳工也中枪倒地。

狗腿子郭三谄媚地看着小清泉，使劲拍掌：“二十八个，大佐这枪法绝了！”

远处，一台相机从草丛中伸出，咔嚓、咔嚓拍照记录着这一切。安娜愤怒自语：“这帮畜生，简直不是人！”

小泉清一夹马肚兴奋地冲入了劳工群中横冲直撞，看着劳工们惊慌四逃的狼狈样。小泉清满足大笑，看了看天空，自言自语：“太阳已经朝着西山坠落，这次狩猎，用时太长了。”郭三上前：“大佐，还来得及，还来得及。”小泉清似要发怒。郭三等人低下头去。

安娜咔嚓按下了快门，阳光照射到相机镜片上折射出反光。小泉清一愣神，四下一看，猜到情况，面露一笑，朝手下军官冈本勾勾手：“冈本，看来有新的猎物闯入，要活的。”冈本点点头，招呼一队人马朝着安娜的方向追去。

小泉清拉动枪栓，一夹马肚，悠闲地哼着一首日本民谣，继续上前猎杀劳工。最后一个劳工正在惊慌奔逃。小泉清发现后，露出一个阴狠的笑容，架枪瞄准，扣动扳机，打中了劳工的腿。劳工大叫着，拖着伤腿朝前走，一脸绝望。小泉清笑着顺手补了一枪，哼着民谣消失在树林中。

不远处的安娜看到冈本带人追来，一惊，连忙掉头急跑，一路狂奔。她一边护住挂在胸前的相机，一边惊慌的朝身后看，绕过一个山坡，见日本兵紧追不舍。安娜急忙停住，差点滚落山崖，回头一望，见日本兵就快要追来，忽然看到头顶一颗枝叶繁茂的大树。她拼命抓住头上的一根枝干，而脚下的那根枝干的接头处竟然裂开一条口子，发出“嚓嚓”的声音，枝干就快要断裂，好不容易藏好。

日本兵追赶过来，见安娜的脚印在悬崖边消失了，冈本派人到山崖下寻找！自己带着日本兵正蜂拥朝另一个方向跑去。殿后的郭三跑了两步突然停下来，树枝干上的安娜就快要撑不住了。郭三机警地蹲身下去，观察那悬崖边的脚印，看了两眼没看出什么来，转身正欲跑开。

安娜松了一口气，不料脚下的枝干突然断裂，安娜跌落下来。日本兵们听到响动，一回身见到安娜，连忙上前来将她围住，安娜蹲坐在地，不服地瞪着小鬼子。

安娜被押着来到“虎头”要塞劳工营门前，看到门外有卫兵把守，大门的上方有端着枪游走巡逻的卫兵，防守非常严密，四周插着的太阳旗，在风中飘扬。郭三色眼打量着安娜：“姑娘倒是有几分姿色。可惜了！闯虎头要塞的地盘，爷是再舍不得，也救不了你！”安娜愤怒地扭过头。郭三押着安娜进入劳工营。安娜被虎头要塞劳工营的规模所震惊：劳工们戴着脚镣在劳作，日本兵在左右监督，有劳工抬着其他劳工的尸体穿过操场。

操场一处，高小庄正在给几个日本兵表演魔术，他手中拿着一枚铜币从几个日本兵面前扫过，然后在嘴边吹出“哗”的一声响。高小庄注意到安娜，稍有愣神。看表演的一日本兵看见高小庄的眼神直直地看安娜，日本兵大怒：“你的！”高小庄立马回过神来，一笑：“各位太君，看好啦，如假包换的200文，现在，马上，这枚铜币就会从你们的眼前……消失……”

围观的人纷纷瞪大了眼，其中一个日本兵上前来，在他手掌之中翻找，硬是没找到。高小庄朝日本兵甲脑后一摸，那铜币又出现在了高小庄的手里。高小庄一躬身，朝日本兵进献，这是一枚沾染了魔力的钱，它会给太君您带来好运。高小庄的魔术表演，就得了日本兵的一碗水的赏赐，端着水屁颤着跑到了自己的工作区，几名劳工迅速围了上来。一只粗大的胳膊伸过来，狠狠拍在了高小庄肩头，高小庄一哆嗦。高小庄一回头，见胡大壮瞪着他。高小庄把水乖乖地递给了胡大壮。胡大壮瞥了眼高小庄：“小子，还算懂事！”胡大壮正要喝，一只手落在了他的肩膀上，轻轻拍了拍。胡大壮一回头，魏坤宁一脸淡定地站在身后。胡大壮一笑，把水递过去：“哟，少校，你来你来。”魏坤宁睥睨地看着那只碗，蠕动着干裂的嘴唇，不接，捋了捋衣服上的褶子:“我堂堂东北军少校，小鬼子赏的水！不喝，过来说点事儿。”

魏坤宁走到一旁，在破石头上一坐。胡大壮和小庄都凑了过来。魏坤宁看了他俩一眼：“刚才被郭三带进来的姑娘，瞧见了吗？她胸口上挂着的东西，你们谁认识？”胡大壮和高小庄都摇头。高小庄眼珠子一转：“少校，跟我们讲讲吧，那东西到底有啥道道？”魏坤宁点点头：“蔡司相机，就那相机上的镜头就够你们吃个好几年。要塞里的小泉清，他也不一定有资格配上。能拿这种相机的人，一定有来头！咱们的算盘打了这么久，眼看就到了节骨眼上，可别因为她，挡了我们三兄弟的道儿！明白吗？小庄，你想办法打听打听，这姑娘啥来路。”高小庄点头一笑。魏坤宁拍拍高小庄，三人散开。

小泉清在泡茶。冈本在一旁汇报：“大佐，关东军总部来电，我们在远东的情报员传回情报。虎头要塞对面的苏联将军米哈尔科夫的养女安娜失踪，情报显示，她已经潜入满洲境内，准备刺探我方军情。”小泉清手中的茶杯停在了嘴边一怔：“会有这么巧，送上门了？”正说着，安娜被郭三押入，安娜挣扎着。小泉清走到安娜面前。

小泉清看了眼安娜：“美丽的小姐，让我们认识一下，我是虎头要塞的小泉清，是这里的最高长官，能告诉我，你的芳名吗？”安娜怒目而视用俄语回应：“我是苏联公民，你们没权力限制我的自由！”小泉清没听懂，一笑：“我们能用中国话交谈吗？我想你应该会说中国话。”安娜没理会，依然用俄语大喊：“我渴！我要喝水！”边说边指着小泉清的茶水。小泉清懂了安娜的意思，于是递过去一杯茶给安娜。安娜略有不满，接过茶喝了一口。小泉清一笑，走近安娜，在安娜身上闻了闻。特工出身的小泉清冷笑了一声，看向安娜：“虽然我听不懂你说的话，但我知道，你一定能听懂我在说什么。人是一种奇妙的动物，他们在紧张、焦虑、害怕、绝望的时候，身上会分泌出一种让人特别兴奋的气味。”安娜瞪着小泉清，依然用俄语大喊：“你们不能这样对待我，赶快释放我！”

小泉清一笑拿起桌上的相机，打开后盖，发现里面空了。小泉清瞥了眼安娜：“里面的胶卷呢？能告诉我去哪儿了吗？”安娜边抢边大喊：“还给我！”郭三露出凶相看着安娜：“小妮子，别不识好歹！”

小泉清敲了敲相机的后盖，看向郭三，扬手止住：“郭桑，跟你说多少次了，对待女人，要有耐心。”郭三低头：“是，大佐。附近的区域都搜了，没有发现胶卷。”小泉清示意郭三，先带她下去休息。郭三一挥手，两个日本兵将安娜押走了。

冈本担心地看向小泉清："我们猎杀劳工的场面一定被她拍到了。"小泉清吩咐冈本去警务厅找个会俄语的翻译！

三

哈尔滨，热闹的街道上。文龙身着风衣穿过街头，身后远远地跟着两个身着黑衣戴着礼帽的彪形大汉。文龙驻足，微微侧脸，继续朝前走去。两个彪形大汉闪身藏在一侧。文龙走进了一条胡同，两个彪形大汉跟在后面。文龙刚要走出胡同口，前面也出现了同样的两个彪形大汉。文龙回头一看，身后的两个彪形大汉已经堵了上来。其中一个大汉抡着拳头冲上前来，文龙瞧准，一把捏住大汉的拳头，侧身朝着大汉的胳肢窝狠狠一拳过去，大汉被打得连退数步。

三个大汉见状一起涌上来。文龙面色一沉，边打边退，不轻易出招，可每拳都是打在对方软肋上。四个彪形大汉被打退，再次站起身来，脱掉身上的外套，纷纷从腰后抽出匕首，慢慢朝着文龙逼过来，气势汹汹。文龙看到地上有两根短的木棍，也脱掉身上的外套，用脚一勾，将木棍握在手中，与四人对峙起来，同样面露狠色。

四人大喊一声冲上去，文龙帅气地甩动木棍，动作简洁有力，四个大汉拿着匕首根本就近不了身。文龙一棍子甩在其中一人脖子侧面，倒在地上。另外三人继续攻击，文龙挡下一波猛攻，一棍子甩在了一人的腿上。剩下两人继续攻击，文龙挡住一波攻击，一棍子打中一人侧腰。最后一个大汉，举着匕首，文龙一阵猛攻，将对方的匕首打掉，大汉左右看了看，另外的三个大汉吃痛倒在地上；大汉大叫着冲上去，文龙用木棍往大汉手臂后面一串，钳制住他一只手臂，拿着匕首根本动不了，大汉另一只手还想反击，文龙猛地伸出右手，扣住了他的脖子，就要扭断此人的脖子。之前被打倒的一个彪形大汉上前，呈上一柄钢刺。文龙一看，将大汉放开。文龙把钢刺稳稳接在了手中。手拿钢刺的大汉拱手，得罪了，大掌柜有请！

两个大汉将文龙带到一个房门前，将房门推开。一个戴着礼帽，身着长衫的男子（中共北满地下组织负责人李孝民）在低头饮茶。李孝民缓缓抬起头来，打量了两个鼻青脸肿的大汉一眼。两个大汉退出并将房门关上。李孝民起身，打量着文龙；文龙也看着李孝民，两人突然笑起来，相拥在一起。李孝民拍拍文龙："钢刺还是钢刺！我这四个警卫可是从队伍里挑的一等一的格斗高手，把他们打得鼻青脸肿，自己却毫发无损！看来，恢复得不错！"文龙一笑，看向李孝民："掌柜的，下次看望部下，用不着这么大的阵仗，闹出了人命可不好。"两人相视一笑。文龙低声："一年了，除了您的慰问品，我可是连您的影子都没见着，今天能劳您亲自前来，恐怕是有大麻烦了吧？"

李孝民收起笑容："两天前，苏联远东的将军米哈尔科夫的养女安娜从伯力越境东北，至今下落不明，苏联方面委托我们代为寻找。"文龙一怔："巧了，今天中午，我在警务厅门口的酒馆喝酒，听说虎头要塞从警务厅紧急调走了一个俄语女翻译！安娜从伯力越境到东北，第一站应该就在虎头一带，虎头要塞劳工营关押的都是中国劳工，这个被临时抽调的俄语女翻译，是不是就是奔着这安娜去的？"李孝民点点头："文龙，你钢刺这个代号，真不是白给的！我们的侦查员得到确切消息，安娜就是被虎头要塞的日军守卫所抓！"李孝民说着掏出一张安娜的照片递过去。文龙接过安娜的名片。

李孝民边踱步边深思，驻足看了一眼文龙："安娜是一名优秀的华裔战地记者，一直致力于搜集小鬼子的侵略罪证。她这次只身奔赴虎头，是为祖国效力！虎头要塞是日本人遏制苏联人的军事要点，防守极其严密！任务艰巨，不容小觑啊！这是块硬骨头，我想来想去，有本事把它啃下来的，就只有你！"文龙一笑："这骨头硬是硬了点，可我好的就是这一口！"

李孝民拍了拍文龙："你恢复得很好，马上动身，我们的侦查员会在那里接应你！你想办法把人救出来，她怎么来的，就怎么给我送回去！你也必须给我活着回来！"文龙朝李孝民敬礼："请掌柜的放心，保证完成任务！"李孝民回礼。

小泉清一脸愁容疾步回到办公室。冈本也知道了总部机关让把安娜送过去，紧跑几步跟上小泉清："大佐，安娜这个烫手山芋，交出去不见得是坏事！"小泉清一脸愠色："愚蠢！安娜拍到了我们猎杀劳工的照片！一个女人的嘴都撬不开，总部的人以后还会把我放在眼里吗？"说着望向窗外。

这时，郭三躬身进来："大佐，您从哈尔滨找的翻译到了。"话音刚落，"噔噔噔"几声有节奏的高跟鞋扣地的声音传来，一双脚走入，在办公室中间站定。小泉清被声音吸引，缓缓回头。见一名身着警服的满洲女警站在对面，干练、漂亮，烈焰红唇，微微昂着头，看着小泉清。此人正是谭卓茹。谭卓茹站定立正："哈尔滨警务厅谭卓茹，前来报到！"

小泉清被谭卓茹深深吸引，没有搭腔，走上前去，围着她转了一圈，细细打量。又凑上去，在谭卓茹的肩上闻了闻："梦凡思，味道很适合你。低调，含蓄，但又充满着力量。"谭卓茹转过脸来看着小泉清："我向来觉得太懂女人的男人，都不是什么好东西！"冈本大怒："八嘎！"小泉清伸手止住冈本，目光却一直在谭卓茹身上。

谭卓茹没有露怯，瞥了眼小泉清："谈论工作，我敬您是长官；谈论风花雪月，那你就是个臭男人！"小泉清一笑："你以后要天天面对这个臭男人了，你来，是警务厅批准的，你要想走，就必须经过我的同意。我觉得你可以永远留在这里，为大日本天皇效力。"谭卓茹一脸愠色。小泉清用严肃的眼神看着谭卓茹，并做出一个请出的手势。谭卓茹跟着冈本出门。郭三色眯眯地看向小泉清："大佐，您要看上谭小姐了，要不……"小泉清大怒："我说过多少次，对待女人，要有耐心！"郭三呆若木鸡地站着。

一声汽笛长鸣，一辆火车在东北原野上呼啸而过。虎林县城到了。一辆马车停下，文龙穿着风衣下车，旁边的路牌上写着"北苑街"。文龙朝前走了一段，停在了一个杂货店门前。文龙进到店里，店里摆放着各式各样的货物样品。老板模样的人背着身坐在里端低头看书，文龙敲着柜台，三长两短。老板抬起头显露真身，竟是之前与文龙一起执行任务的铁雷！铁雷一惊，连忙放下手中书本："哥！掌柜的安排我接的人是你呀！"铁雷说着一把上去将文龙死死抱住。文龙一笑："我说哪来的店老板这么爱读书，原来是你小子！"铁雷打量着文龙："从别后，忆相逢，几回魂梦与君同！老天开眼呐！哥，是我太激动了，你头上的伤没事了吧？"

文龙想起往事，伸手摸了摸额头上那道浅浅的疤痕："过去的事就让它过去，我们都应该往前看。"铁雷点点头："哥，是得往前看，诗人雪莱说过，过去是属于死神的，只有未来才属于你自己。"文龙不厌其烦了："行了，别整那没用的，说任务。”

铁雷上前取出一个蛋糕盒子，揭开盖子，里面竟然是一个沙盘。铁雷看向文龙：“整个虎头要塞外紧内松，在里边，劳工可以自由活动。可外边的人要想进去，就必须穿过这三道防线，这三道防线非常严密，彼此之间又形成很好的互补，不好闯。”文龙眉头紧蹙，低头沉思。铁雷看了眼文龙：“是不好闯，但咱们能闯啊！”文龙一笑：“你小子下了不少功夫。”铁雷点点头：“要塞劳工营的川岛大厨被调离，新的大厨即将上任，拿这个当借口，把你带进要塞区域。”文龙一惊。铁雷一笑：“我已安排好人手，让他在一个安全的地方待一段。我打通了关节，揽到了给要塞配送食物的活儿，要塞劳工营的情况基本都摸清了！”文龙点点头。铁雷掏出一张劳工营平面图递给文龙。文龙欣喜地接过图迅速展开，专注地扫视地纸图。文龙看完抬起头，将图卷起递还给了铁雷。铁雷接过图纸，划着一根火柴将图纸烧了。

四

谭卓茹的高跟鞋踩在木地板上，有节奏地“噔噔”作响，一身警服显得干练又妩媚。两个日本兵错身而过，见到谭卓茹，一脸花痴的回头看着。其实谭卓茹来安娜房间几次了，都吃了闭门羹。这次又来了，两个日本兵开门，谭卓茹笑盈盈地走进安娜的屋中，日本兵将房门拉上。安娜坐在桌边，扭头不看她。谭卓茹一笑，微微点头用俄语招呼安娜：“你好，安娜小姐，今天伙食怎么样，休息的还好吗？”安娜用俄语回应：“不要来烦我！谭小姐，不要在我身上浪费时间了，你们得不到什么东西的。”谭卓茹继续用俄语招呼安娜：“安娜小姐你误会了，大佐让我来问问你，缺不缺什么东西？”安娜生气地回应：“缺啊，相机，能还给我吗？”谭卓茹一笑：“别让我为难，咱俩也见过几次了，也算是好朋友了，我知道你会说中国话，咱们用中国话交流好吗？”安娜想了想，用中国话回应：“行，用中国话！你还知道你是中国人！亡国奴！懂吗！”

谭卓茹冷笑了一声：“安娜小姐，你太直接了，我们都是弱女子，要学会自我保护。我还是希望你和大佐合作，免得你受苦！”说着掏出一块巧克力，假惺惺地安慰安娜："想家了吧，我给你带了块苏联巧克力。"安娜眯着眼看着谭卓茹："你有你的活法，我有我的活法，少来这套！出去！"谭卓茹叹了口气起身，走到门口一回头："我从哈尔滨来的时候，听说你在伯力的父亲米哈尔科夫将军，委托了很多人，通过各种渠道在找你。我希望你好自为之。"谭卓茹笑了笑，款款退出带上了门。

要塞四周太阳旗飘扬，士兵严密监控四周。操场上，三个小鬼子在练摔跤，劳工一个个被摔在地上，纷纷呻吟惨叫。小队长井田一人摔倒了俩劳工，显得不尽兴，摩拳擦掌走到蹲在一旁的劳工中间，高小庄、魏坤宁和胡大壮就在其中。井田注意到了胡大壮，钩钩手指："你，大胡子！"胡大壮一脸不悦。井田一脸狠辣："嗯？你是不是聋了？"高小庄看了眼胡大壮："去吧，别逞能，陪他玩两下就倒地认输，不然没你好果子吃！"胡大壮冲高小庄点了点头，起身。

厨师刀子叼着烟袋锅子走到屋顶上，翻晒屋顶上的干货。注意到这一幕，也留神看起来。

操场上，井田扑上前抱住了胡大壮，正在角力，想往地上摔，胡大壮却纹丝不动。高小庄见状，故意"咳"了一声。听到这声音，胡大壮就势倒地，故作呻吟："哎哟！疼死俺了。"井田得势，上前来一脚踩在了胡大壮脸上，转身向四处张扬地挥手吆喝："哈哈，你们中国人，统统都是废物！"脚下的胡大壮变得愤怒起来。胡大壮一翻身从地上站起身来，扭了扭脖子，准备大干一场。魏坤宁见状，连忙上前去拉住胡大壮："别逞能，撒手！"

井田的手下伊藤和山口见状也准备冲上去帮忙，身后传来了一阵咳嗽的声音。郭三、谭卓茹跟在小泉清身后。小泉清微笑着鼓掌，走到两个鬼子面前："日本武士道最重要的精神是什么？"伊藤低头低声："是……尊严。"

小泉清走到胡大壮三人面前，冷笑了一声："武士之间的对决，讲求的是公平。现在，我就给你们一个公平对决的机会。你们三个，和他们三个，来一个三对三的较量。你们要是赢了，可以免去三天……不，五天的劳役，如果他们赢了，你们明天就得下林场，这个条件很公平吧？"

高小庄惊呆了，然后笑盈盈地看向小泉清：“大佐，各位太君，今天这事儿就是一误会，我们……”

小泉清扭头看向谭卓茹：“谭小姐，这么有意思的场面在哈尔滨你可看不到啊，喜欢这里吗？”卓茹微微一笑。魏坤宁的目光一直锁定在谭卓茹身上。

高小庄推了魏坤宁一下：“发什么愣呢！这回我们死定了！”

要塞操场中央，三个鬼子站在边上摩拳擦掌，挑衅地看向高小庄这边。角落的一棵歪脖子树下，魏坤宁、胡大壮和高小庄三人围在一起。高小庄看了眼魏坤宁：“少校，我可不想下林场，下林场就是个死！”胡大壮瞥了眼高小庄：“天天把死挂嘴边，能有好吗？我不怕死我就怕我媳妇儿当寡妇！”魏坤宁生气地看了眼胡大壮和高小庄：“怕什么？老子是东北讲武堂毕业，东北军少校营长，大大小小的仗打了不下百次，会没有招？”胡大壮和高小庄对视了一眼。魏坤宁面前摆着几根树枝，两长、两短、两适中。魏坤宁转向两人：“田忌赛马听过吗？”胡大壮和高小庄摇头。魏坤宁低声：“好比这两两一组的棍子，分成上中下三等。大胡子，你的身手我看过，摔跤没人是你对手，所以你当之无愧是上等。我来的时间不长，功夫还没落下，刚才我也仔细瞧了瞧，对付山口我应该没问题。所以，我算中等。”胡大壮笑了。高小庄白了魏坤宁一眼：“合着小爷我是这下等马了？”魏坤宁笑了笑低声：“虽说你是下等马，可田忌赛马里功能最大的就是下等马。要是赢了，你立头功，井田就交给你了。这叫战术！”高小庄无奈，心想就是挨打呗！让人打得满地找牙也有功劳！

小泉清、郭三、谭卓茹在不远处观望。魏坤宁、大壮、小庄三人走到场地中央。井田摩拳擦掌，朝山口使了个眼色。山口走向前来，指着魏坤宁和高小庄：“你，还是你？”这时，魏坤宁挽了挽衣袖：“太君，让我来陪你过两招。”山口与井田互看了一眼，井田点了点头。山口脱了外套，上前来迎战。魏坤宁观察山口的走步，山口扑上来，魏坤宁侧身躲过。山口一脸怒气，魏坤宁还在观察他的走步。高小庄急了，心想：倒是出手啊，少校老爷行不行啊？胡大壮看着魏坤宁，一笑，心想少校真是个行家！谭卓茹不动声色地观看魏坤宁。

魏坤宁看准了山口的步法，一个箭步上前，将山口制住，再一个过肩摔，山口被重重摔在地上。山口被彻底激怒了，翻身起来，朝着魏坤宁猛扑过去。魏坤宁已经把准了他的软肋，一伸腿，就把山口再次撂翻。井田和伊藤看得满脸愠色。山口艰难起身，魏坤宁退下。山口看了井田一眼，井田使过来一个眼色，山口不服气地爬到了一边。井田此时站出来，朝胡大壮钩钩手指，胡大壮装作没看见。这时，高小庄举着手："太君，我来！"

井田不解地看向小泉清，小泉清点点头。高小庄开始和井田周旋，比画着一些滑稽的动作在虚张声势。井田大叫一声，朝着高小庄冲过去，井田一把揪住了高小庄的胳膊，高小庄张嘴咬向井田。井田一脚踹过去，高小庄摔落在地，然后拱手向井田求饶："太君，哎哟，太君，我投降，我认输！"胡大壮一脸嫌弃，魏坤宁憋着不笑。胡大壮瞥了眼高小庄："怂样！"高小庄白了眼胡大壮："怂？没看见我咬了他一口！"

胡大壮主动上前："伊藤太君，到咱俩了！"伊藤有些害怕，但还是上前去了。

小泉清看向谭卓茹："田忌赛马，你们中国的男人可真够狡猾的！"谭卓茹微微一笑，目光与魏坤宁交集。小泉清看了眼魏坤宁："有些谋略。"郭三对着小泉清竖起了大拇指："要说谋略，大佐您才是这个……"小泉清挑眉一笑。谭卓茹也迎合地笑着。

胡大壮摆好架势，伊藤吼叫着冲上去，胡大壮将伊藤摔了个狗吃屎，获得阵阵掌声。伊藤再次迎战。却被胡大壮盯准了，一个侧身，锁住了伊藤的胳膊。

小泉清眉头一皱："大日本帝国的武士，不能输得太难看。"郭三感觉自己猜出了小泉清的意思，走到高小庄旁边，举着手枪对准了高小庄的脑门。魏坤宁身后的几个劳工都骚动起来，魏坤宁拦住了几人。

胡大壮将伊藤钳制住，可见到这一幕，胡大壮顿时泄了气儿，伊藤一个翻身，反守为攻，可由于胡大壮底盘坚固，纹丝不动。

魏坤宁见状大喊："大胡子，认输吧，再斗下去可要出人命了。"胡大壮一脸狠劲。郭三斜着嘴看了看胡大壮，拉开手枪的保险栓，就要扣动扳机。高小庄吓得傻了眼，胡大壮一泄气，伊藤将胡大壮摔倒在地。胡大壮非常不服，猛地捶地。伊藤轻蔑一笑，退到身后。

井田上前大喊：“胜负已定，明天，你们三个下林场！”众人唏嘘不已。小泉清满意的抖抖军装，起身离开，谭卓茹和郭三跟上。魏坤宁拧眉沉思，她怎么来了？

刀子看罢，叹了口气，收起烟袋锅下了楼。

五

铁雷驾着大马车走近一个哨卡，几个满洲警察站在路口处把守。临座上，文龙一副厨师的打扮，悠然吹着口哨。铁雷停了车低声：“哥，待着别动。”铁雷提着糕点下车与哨卡的日本士兵攀谈，指了指车上装的糕点和一些青菜补给物资。其中一个满洲警察过来盘查车辆，看到了文龙。问铁雷，他是谁？铁雷看向那个满警回应：“三日后就是小泉大佐的生日，他是来接替川岛总厨的日本大厨，现在正赶时间呢。”

满洲警察仔细打量着文龙，文龙还是一副悠然自得的样子，朝哨卡不远处看去。不远处，一个日本警察正用一根树枝练习剑道，没有注意到这个方向。这时，那个满洲警察突然让文龙下车，说没有要塞的通知。铁雷顿时一怔，这……

几个满洲警察端着枪上来。文龙面对满洲警察的枪毫不示弱，径直下了车，走到了满洲警察面前。那个满洲警察上前一步，看向文龙：“你给我把手举起来！”文龙飞快地给了满洲警察两记耳光，满洲警察们纷纷握紧手中枪杆。文龙用日语大怒：“混账！你们在给谁干活！”

满洲警察给打懵了……满洲警察们围上来，将文龙和铁雷围住。日本警察注意到动向，收起了手中的树枝，朝着这边过来，边走边喊：“八嘎，怎么回事？”被打的满洲警察看向日本警察：“太君，这位是给要塞送补给的店老板，他带了个日本的大厨，想要进去。”日本警察盯着文龙，围着他看了一圈，用日语问道：“你就是来接替川岛君的大厨？”文龙用日语回应：“是的，我与川岛一同学过厨艺，他推荐了我。”日本警察反问：“我与川岛君时常在一起切磋，没听他提起过你。”气氛顿时紧张起来，铁雷看向文龙。文龙仍然一脸淡定地用日语说：“当然，川岛君醉心于剑道，想必与您在一起时，不会提到剑道以外的朋友。他曾与我探讨过小野一刀流，可很遗憾，我只知皮毛。”日本警察叹气说：“非常遗憾，因为他的固执，我在虎头要塞又失去了一位朋友，请吧！”

文龙招呼铁雷上了车。日本警察及几个满洲警察目送马车离开。铁雷驾着车，文龙仍然一副成竹在胸的模样。铁雷惊呆了：“哥，行啊！你是怎么知道川岛是因为痴迷剑道被调离虎头的？”铁雷一头雾水。文龙一笑：“那个日本警察执勤时都在用树枝练习剑道，想必是个剑痴，他说他与川岛经常一起切磋，那肯定切磋的不是厨艺。从他的动作来看，他应该属于日本剑道中小野派一刀流。”铁雷向文龙投去了佩服的眼光。

车停了，二人下了车。前面是壮阔的林场。铁雷看了眼文龙：“哥，大厨的身份只能用到这了，前面就是要塞劳工营，怎么进劳工营，该跟我说说啦。”文龙扫视了四周一眼，低声对铁雷说：“你的沙盘做得不错，左边山头倒是能绕过去，可后面是个绝壁，太费时间，右边这边林子里有许多哨卡，也不好穿越。要塞劳工营后边的那边那块林子，你了解吗？”铁雷点点头，低声回应：“现在修筑要塞的木料都是在那片林子采伐的。我还听后厨的劳工说，每个月的初一、十五，小泉清都会在那片林子里杀害一批劳工，如果谁能在他的杀人游戏当中挨到天黑，就能活着回劳工营，不过，现在好像没有一个活着回来的。”文龙深思了一下：“今天就是初一！到那片林子会会小泉清，进要塞劳工营！”

铁雷一怔：“哥，你想干什么！那太冒险了！”文龙一笑：“这就不用你操心了，三天之后把趁手的家伙送进来，我告诉你怎么炸墙。”文龙说罢就在铁雷的视野消失了。

小泉清骑着马站在林场的崖边，看着远处的斜阳。高小庄、胡大壮、魏坤宁与其他十几个劳工捆在一条绳子上，被拉入林场。小泉清给冈本使了个眼色。冈本命令郭三把劳工们身上的绳子都解了！胡大壮低声：“少校，要不咱们就趁这机会杀出去！”魏坤宁低头回应：“别犯傻，一会儿都机灵点儿，保住小命再说！”

斜阳照在小泉清脸上，他轻轻哼唱起了那首日本民谣，调转马头朝林场伐木区走去，一抖手臂，步枪“咵嗒”一声已经上膛了。郭三面对着众劳工大喊：“大佐向来讲究公平，我现在数十个数，数到十，游戏开始，生死有命富贵在天。”郭三继续数着，郭三数到十。声音一落，众劳工纷纷逃进了林子里。小泉清看向冈本：“今天不要让我失望。”说完策马冲出。

文龙躲在不远处，用望远镜观察着：鬼子30人，林场外围有三个包围圈，这样跑，没一个能跑出去。文龙放下望远镜，心想：小泉清，好戏开始啦！文龙起身，猫腰冲向了那片树林。

众劳工都撒欢逃命跑向林子里。这时，高小庄向魏坤宁跑过来，身后枪声不断响起，劳工一个个倒下。高小庄吓傻了眼、失了魂。魏坤宁向高小庄大喊：“瞎跑什么？往西边！”三人跑了一段，暂时避开了日本兵。魏坤宁边跑边向胡大壮和高小庄大喊：“这林场里至少有三层包围圈，这样根本不可能逃出去。咱们分散开来，撑到天黑。能不能活命，就看各自的造化了！”大壮和小庄点点头。三人从不同方向，钻进了灌木林中。林场里的枪声此起彼伏。

劳工在灌木林中四处逃窜。小泉清骑着高头大马，轻车熟路地拉栓上膛。策马加速朝着几个劳工冲了过去。劳工们见状，忙朝四周惊慌跑去。小泉清举枪，瞄准、开枪，一枪一个。四五个劳工在小泉清的射击中倒地。其余劳工见状，连忙没入了树丛中。小泉清的马缓缓停下，左右看了看，选择一个方向追了过去。冈本也策马追上，朝着另一个方向策马追去。

一个狙击手躲在小土坡后，瞄准了一个朝着这边惊惶奔逃的劳工。狙击手的枪口随着劳工移动，正要扣动扳机。这时，文龙躬身悄然出现在狙击手身后，拍拍此人：“孙子，干啥呢？”士兵一哆嗦，回头看向文龙，正要动手攻击。文龙一手卡住他的脖子，用力一拧，鬼子咽气身亡。逃命的劳工并不知道这一幕，继续朝着前方逃走。文龙快速钻入了林中。

一个惊慌失措的劳工刚冲出去没多远，冈本骑着马从树丛后面走出，挡在了劳工面前。劳工被吓得一屁股坐倒在地，不断后退。劳工爬起身来，欲折身往回跑，冈本一枪将其打死。

文龙起身朝着中心跑去，跑过一个倒在地上的劳工身侧时，劳工双目圆睁。文龙蹲身探了探鼻息，将劳工眼皮合上。文龙愤然看着远处的日本兵——畜生！文龙伸手解开自己衣领上的扣子，换上了劳工的衣服。

胡大壮从树丛中探出头，刚要往一侧跑，一个日本兵啪啪两枪打在了胡大壮腿边。胡大壮趴倒在地，手握住了地上一块石头。日本兵把枪对准了胡大壮的脑袋怒吼："你的！放下！回去！"一个人影从身后冒出来，正是魏坤宁。日本兵突然反应过来，拿枪对准魏坤宁，魏坤宁抓住枪托，子弹打向空中。魏坤宁趁势上前，夺过了日本兵手里的枪杆。拿着枪托砸向了日本兵，日本兵本被砸晕倒地。魏坤宁急喊："大壮，这边！"胡大壮应声上前，接过魏坤宁手中的枪，走向晕倒在旁边日本兵面前，朝着倒地的日本兵刺去。

不远处，一个狙击手已经瞄准了胡大壮的头部，手指搭在了扳机上，就要开枪。这时，文龙又出现了，碰了碰他，压了压狙击手的枪杆："孙子，瞄歪了。"狙击手一愣，回过头去，要朝文龙动手。文龙一招锁喉。

魏坤宁拽住胡大壮："你虎啊！咱们现在根本逃不出去！杀了人，就算挨过了这杀人游戏，小泉清也一定会秋后算账！"胡大壮不解气地在日本兵身上猛踹了两脚，终于出了口气。胡大壮看着魏坤宁："还是你想得周全，你这少校真不白给！行啊老魏，以后我跟定你了！不过话得收到前头，得给我整个军官当当！"魏坤宁一笑："不算啥，以后跟着我，带你见识点大场面！想当军官，还差点火候。天还没黑呢！保命要紧！"说完，魏坤宁和胡大壮朝着一侧跑去，文龙也起身钻进了林子。

日本兵纷纷聚拢，四处散落着劳工的尸体。小泉清和郭三骑着大马追上来。日本兵们警戒着在林中寻找还活着的劳工。

附近的一片草丛后，魏坤宁和胡大壮看着日本兵越来越近，两人非常紧张。胡大壮抱怨："娘的，天咋黑得这么慢呐！"魏坤宁一笑："放心，有我在，天黑之前保证你一根毛也不会掉！"

日本兵们步步逼近，停在了距离两人两米外的位置。两人操起地上的石头，两人准备殊死一搏。此时，一道身影出现在林后，日本兵们纷纷调转枪口，朝着那人影开了两枪，都未打中。那人正是换上了劳工服装的文龙。骑马的郭三朝着日本兵大喊："追！"日本兵们追了过去。

草丛后的胡大壮和魏坤宁松了一大口气。胡大壮四下里看了看："小庄呢？"魏坤宁摇摇头："谁知道！这小子鬼精鬼精的，躲得肯定比咱俩好！"

天渐渐地黑了下来。一个土坡后面，高小庄鬼头鬼脑地探出头来。几个日本兵从远处追来，在坡地上张望了两圈。高小庄连忙低头隐藏，躲过一劫的高小庄心中一喜，正欲朝上爬。不料突然又传来一阵枪响和马蹄声。高小庄立马缩回脑袋，继续躲在坡地的半腰。一阵脚步声越来越近，又是接连一阵枪声。一个人从坡地上滚下来，将要爬上坡的高小庄给撞翻，一同滚落到坡地下。这人正是文龙。当两人反应过来，已经有几个日本兵端着枪对准了他们。

日本兵们正要开枪，冈本的声音传来："停止射击！"高小庄头上的枪缓缓放下。小泉清骑着马过来，仰头看了看天，夜幕降临了。冈本跟上来，在小泉清面前低下头："大佐，我让您失望了。"小泉清叹了口气说："不要自责，中国人的求生欲望比你想象的要强得多，我今天的状态也不好。"说着调转马头，出了山林。

文龙靠在土坡岩壁上喘着粗气。高小庄却恨得咬牙切齿，猛地推了文龙一下，狠狠地看着文龙："你这个瘟神！差点害得你小爷丢了小命！"日本兵过来，将两人围住。

日本兵们端着枪缩小包围圈朝着林中靠拢，胡大壮、魏坤宁也渐渐被围到了中间。两人举手投降。

文龙等活下来的劳工被拴在一起，走进要塞，郭三扬着鞭子让众劳工快走。文龙四下张望，与铁雷对视了一眼，两人暗中点头示意。铁雷被文龙的理性与自信给彻底征服了，回过头赶紧给日本的厨房送货去了，负责验货的就是刀子。刀子检查着面前箩筐中的食物，两个日本兵站在一边。刀子看了眼铁雷："你的东西我放心，三天后的货，可别掉链子。"铁雷四下张望，听到这话回过神来，忙朝刀子拱手："您就把心搁在肚子里吧，虎头要塞是啥地方，我敢藏猫腻吗？"刀子笑了笑，挑着箩筐朝着里端走去。铁雷抖了抖身上的灰尘，朝着大门外走去。要塞大门被紧紧关上。铁雷看了一眼，斜嘴一笑，推了推眼镜，低头快步出了要塞。

小泉清沿着走廊快步朝着医疗室走去，后面跟着冈本。两人"唰"的一声撩开门帘进去。两个医生站在几具尸体旁，见小泉清进来，两人侧身站在一旁。冈本一个眼神示意，医生上前掀开了盖在尸体上的白布。一个额头有瘀痕，一个腹部中刀。小泉清每扫过一个伤口眼前便迅速闪现伤口的来由，不由得回忆起日本士兵在林场射杀劳工的惨惊场面：第一个士兵骑在马上挥刀刺向马下的劳工，劳工中刀的同时却紧紧捉住刺刀。士兵被拉下了马，头磕在石头上摔死，额头渗出血来。劳工起身艰难逃走，小泉清冲过来，朝着劳工补了一枪。劳工中枪倒地。第二个士兵，士兵用枪紧紧地勒住一名劳工，劳工挣扎想夺枪，未果。劳工突然将日军腰上的刺刀抽出，劳工挥着刺刀突然刺向自己的腹部，尖刀刺穿了劳工的身子，不停后退，同时也刺中了他后面的日本兵，日本兵倒地，腹部留下刀口。

小泉清突然自己打断自己的回忆，接着继续检查死亡的日本兵，在看到最后两个士兵时却愣住，这两个士兵身上没有明显的伤口。冈本以为小泉清视察完毕示意医生重新盖上白布。小泉清摆手，众人疑惑地看向小泉清。小泉清气愤地看向众人："这两个士兵，凶手是谁？"冈本重新打量了一下尸体点头，是有些奇怪，好像没有明显的外伤！我们的狙击手一直埋伏在最外围，什么样的人，能从背后袭击他们?

小泉清轻轻地托起两具尸体的下巴，发现两具尸体的脖子处有瘀痕。一个想象的画面在他脑海里一闪而过：一道黑影闪过，一个狙击手转头，被黑影一手卡住脖子，快速扭断。小泉清明白：这招式犹如一条毒蛇，动作快，准，狠！一招锁喉！

冈本疑惑地看向小泉清："我们的狙击手潜伏的位置非常隐蔽，这个凶手是怎么找到的？"小泉清摇摇头："这不是问题的关键！我们的狙击手经过常年训练，警觉性非常高，有人靠近怎会不知道？"郭三大惊："难……

难道杀死这二位太君的不是人！那片林子死人太多，有鬼！”冈本怒色看向郭三：“胡说！就算有鬼，在大佐面前，他也要退避三舍。这世界上没有鬼，最可怕是人，战斗力超强的人。”

冈本看向小泉清：“大佐，您担心劳工营的羊群里，藏着一头凶狠的狼？”小泉清点头：“这头狡猾的恶狼是谁？给我找出来，就算他披着羊皮，也要给我扒下来瞧瞧！”

险象丛生　各布局略

一

刑房内惨叫声此起彼伏。文龙、高小庄等人分别被关进不同的刑房拷打受审。冈本面目狰狞地拷打着从林场游戏中幸存下来的劳工。一条鞭子抽下去，劳工的面孔便换一张。冈本抽到魏坤宁大喊："是不是你扭断了天皇士兵的脖子？"魏坤宁身上布满鞭痕，却傲气地盯着冈本摇头。冈本一巴掌扇过去，挨打的人变成了文龙。文龙嘴角淌血。文龙摇摇头："太君，我，我真不知道。"

冈本又猛地抽了一鞭子，挨训的变成了胡大壮："是不是你干的？"胡大壮嘴角溢血："你就这点力气，再来，给你爷爷好好挠挠痒！"冈本又一道鞭子抽下，受审的人变成了高小庄。高小庄哭嚷着脸："哎哟，太君，真——真不是我！我这真比窦娥还冤呐！"冈本再抽了一鞭子，高小庄索性昏迷了过去。冈本无奈地放下了鞭子。高小庄却半眯开了一只眼，其实是装晕。

小泉清站在刑房外冷峻地看着这一切。冈本走到了小泉清的身边："大佐，什么招都试过了，没人招！"小泉清诡异地一笑："看来，这头狼不止凶狠，还顽固……既然这样，那我们就换个游戏玩玩。"

高小庄、文龙、魏坤宁、胡大壮及另外八九个劳工跪在地上，双手被捆，众人身上都有明显的拷打伤痕。周围有几十个日本兵端枪把劳工围在中间。小泉清穿着皮靴背着手踱来踱去。文龙等几人各怀心思，纷纷观察周边的日军防卫情况，寻找机会。

小泉清闭眼叹气："昨天，诸位虽然从这场猎杀中活了下来，可鄙人的心情非常糟糕。两名皇军战士死得很蹊跷，被人一招锁喉！需要有人承担这个责任。"高小庄哭丧着个脸："大佐，可林场的规矩是您定的……"

小泉清冷笑一声："昨天的事情提醒我，老规矩不合时宜，我们需要新的规矩。之前的审问没人招供，所以，我想和大家再加玩一局！"文龙和高小庄等人一惊。小泉清拍拍手。郭三拿枪上来。小泉清面向众劳工："这里有十三把左轮枪，我个人非常钟爱，遇到哑弹能够自动补射，手感也还不错。郭桑，发枪！"

郭三一边发枪一边喊："都听好咯，每一把枪里都装有一颗子弹，你们每人一把，然后围成一个圈。后面的用枪顶住前面的脑袋。大家一起开枪，每轮当中被打死的人，就抬出去，后面的人自动接上。"小泉清又补充："我希望凶手能够主动站出来！否则，游戏将一直玩下去！"所有人听罢，都傻了眼，文龙眉头紧锁。胡大壮低声："真狠，让我们自相残杀！"

这时，两名日本兵押着安娜到了走廊，安娜边走边挣扎："你们要干什么？！"谭卓茹在后面跟着，双手抱在胸前，眼神傲慢地看了眼安娜，指了下操场中的轮盘赌队形："大佐怕小姐乏闷，请你看局游戏消遣一下！"谭卓茹说完看到了赌队中的魏坤宁和文龙等人，面色也沉了下去。

劳工营操场上，文龙等人的轮盘队形已经站好。在日本兵的推搡之下，拿到枪的劳工们缓缓举起了手中的枪，并对准了前一人的后脑勺。郭三还在继续发枪。小泉清敏锐地扫视着每一个劳工。魏坤宁举枪顶住了高小庄，高小庄举起枪，他前面是文龙。魏坤宁低语："小庄，你前面那家伙不是5237！"高小庄低声回应："我不管是谁，这个死灾星，把老子撞回来了！"魏坤宁疑惑地斜眼看着文龙，确认此人确实没在下林场的队伍当中……

胡大壮用枪顶着魏坤宁。魏坤宁根本没注意，一直沉思并看着文龙，深深地思索着：都想出这龙潭虎穴，他却非要闯进来，什么来路？……文龙则打量着小泉清的位置，四周的火力分布。高小庄用枪口顶了下文龙：“死灾星！撞老子枪口上了？报应！”文龙调侃：“小兄弟，还生我气哪？害怕啦？一会儿别先倒下！”高小庄一低头发现自己两条腿不自觉地微微发抖：“别说我，你敢不敢好汉做事好汉当？”文龙一笑：“拿好你自己的枪，鬼子不喊开始，你可别失手走了火。”高小庄听到这话，把枪换到了另一只手，擦了擦手上的汗。

小泉清朝身后走了几步。文龙盯着他的脚步，心里在轻轻数着步子：一、二、三、四、五……小泉清在五步外的一个台阶上站定。文龙又扭头看了看周围的日本兵以及操场周围四处站立的日本兵。小泉清向冈本使了个眼神。冈本高喊：“我数三二一，数到一的时候，所有人，同时开枪！”

文龙握紧了手中的枪，斜着眼睛测量着与小泉清的距离。胡大壮低声：“老魏，下辈子咱哥俩再会！”高小庄又朝文龙脑后用力顶了顶：“你这混蛋，老子做鬼都不会放过你！”魏坤宁瞄了一下文龙，心想：都这个节骨眼上了，这小子还这么沉稳，是个高人呐！

随着时间的临近，周围围观的人也都紧张起来。冈本高喊：“全体预备！”小泉清突然发现里面的一个劳工不会拿枪，随即伸手制止冈本：“停一下！”接着从台阶上走了下来，走到劳工面前。劳工紧张得直哆嗦，根本拿不住枪。劳工吓得不知如何是好，忙回应：“太君，我不会！”小泉清用自己的枪顶在劳工的头上，扣动扳机，手枪“吧嗒”一声，没有打响。劳工被吓得一哆嗦。小泉清凶狠狠地大喊：“看清楚，会不会？”劳工后退：“太君，我真的不会！”小泉清无奈地摇头：“那好吧，我不勉强你，这局游戏你就不要参加啦！”说完就照着劳工的头部连扣几枪，枪声响起，劳工应声倒地身亡。小泉清擦了擦溅在脸上的血，疾步走向原来的位置。

胡大壮握枪的手一紧。魏坤宁感觉到了，小声对胡大壮说：“别冲动！”文龙正要起身。不料队伍中一名劳工壮汉突然跳了出来，举枪对准了小泉清：“小鬼子，你先死！”大汉对着小泉清连续扣动扳机，小泉清反应机警，子弹击中了一旁的木桩。所有日本兵的枪都瞄了过来，所有的子弹都朝壮汉身上飞来。日本兵停火之后，见这壮汉全身都是弹孔，倒在了地上。小泉清一脸愠色。日本士兵迅速上前拖尸体。郭三大喊：“大佐这招果然管用，人揪出来了！”

小泉清用手巾擦了擦脸上的血，掉头走开。众人的枪均被收回。大家看着被拖走的大汉那死不瞑目的眼睛，久久没有作声。

文龙也松了口气，抬头看见小泉清上了高楼。这是一名日本兵推了文龙一把：“八嘎，快去干活！”文龙一边干活，一边紧盯着远处楼上安娜的身影。远处楼上，安娜被日本兵押着上了那栋小楼，绕上楼梯，上了二楼。文龙关切地盯着安娜将会被关进哪个房间。不远处，高小庄和胡大壮也正盯着文龙。魏坤宁、胡大壮和高小庄对望了一眼，互相点了点头。

高小庄瞥了眼文龙，又看向胡大壮：“要不是这小子，老子我现在早逃出这阎王殿了；大壮哥，我可是你的人，在劳工营里可都是你罩着我！一直可都把你当成我亲哥！”小庄装作哭相。胡大壮看了眼高小庄：“我可是跟你爹一辈的！”高小庄委屈地看向胡大壮：“一辈就一辈，你说，这事儿你管不管！”胡大壮点点头：“必须管！”

魏坤宁正在铲土，一铲子下去，突然发现了一把生锈的匕首。魏坤宁不露声色地伸脚踩住，左右环视，看到了胡大壮和高小庄走向文龙的背影……

文龙正盯着安娜的身影。高小庄和胡大壮突然出现在了文龙面前，刚好挡住了文龙的视线。文龙着急，歪着头想看向对面走廊，结果高小庄也跟着移动身体。高小庄推了文龙一把：“小子，什么意思，看不见小爷？”文龙拽了把高小庄，继续观察安娜离去的身影。高小庄突然急了：“咋啦，还蹬鼻子上脸了？”文龙一把扒开高小庄再看向对面楼上时，安娜已经不见了，不知道被关进了哪个房间。

高小庄气愤地看着文龙：“走，咱俩好好唠唠！”说着，高小庄和胡大壮一把拉起文龙走向旁边的厕所，文龙看着不远处的日本兵不便发作。

谭卓茹正动作娴熟地展示着茶艺，将冲泡好的茶分别摆放到了安娜与小泉清的面前。小泉清看了眼安娜：“安娜小姐，本来想请你看出好戏，没看成，有机会给你补上。”安娜怒气冲冲地看着小泉清：“你是人吗！那可是一条条命！”小泉清面带狰狞地看着安娜：“看来，是刚才的游戏太单调了。要是加入一名女性，你说，是不是会更有趣呢？”安娜瞥了眼小泉清：“你不用拐着弯恐吓我，我安娜要是怕死，也不会来虎头要塞了！”小泉清无奈地点点头："安娜小姐，我钦佩你的勇气。但你要珍惜生命，因为对每个人来说，这是仅有的一次机会！"说完将茶一饮而尽，微笑地打量着安娜。

安娜愤怒地看着小泉清："虚伪！你们要是懂得尊重生命，就不会干这些丧尽天良的事情！"小泉清无奈地摇摇头："识时务者为俊杰，希望下局游戏开始的时候，安娜小姐还是旁观者，失陪！"说完起身离开。

谭卓茹边收拾茶具边看了眼安娜："安娜小姐，听我一句，早点想起胶卷的下落，然后告诉我！趁大佐现在还有最后的耐心。"安娜愤懑地别过头去，没有理会谭卓茹。谭卓茹一见无趣，也起身离开。

文龙被高小庄拉进了厕所，压着火气，露出怯弱的样子："这，两位兄弟，你们到底要干啥啊？"高小庄倒是来劲了，一把抓住文龙："少跟小爷我装蒜，要不是你，小爷我可能早逃出这鬼地方了。今儿个，怎么也该给句话了吧？"文龙假装害怕摇头："不，不明白！"胡大壮挽起袖子，不停地弄得手指关节嘎吱作响，面露狠色地朝着文龙逼了过去。文龙边后退边低语："冷静冷静，要是把鬼子给招来，事可就大了。"胡大壮一笑："你放心，我下手绝对利索，鬼子听不见！"高小庄瞥了眼文龙："你怕事大？怕事大你就不闯劳工营啦！"胡大壮着急了："先揍这犊子！"胡大壮一声吼，举起拳头砸了过去。高小庄扭头就在厕所角落里寻找打人的工具，在笤帚、簸箕和箩筐之间犹豫不决，最后抓起了笤帚。高小庄一声大喊，猛地转过头去，想帮胡大壮砸文龙。胡大壮的双手已经被文龙钳住，动弹不得。文龙一用力，胡大壮疼得嗷嗷叫。

胡大壮不服地看着文龙："小子，今儿个你要不弄死我，老子非撕了你！"文龙又一用力，胡大壮住了嘴。高小庄手举着笤帚，被吓傻了，不知如何是好。文龙有点怒色地看着胡大壮，我再说一遍："把鬼子招来，这事儿就大了。"高小庄尴尬地笑了笑，拿着笤帚去撩墙上的蜘蛛网："你看看，多脏啊！打扫打扫！"然后故作淡定地吹起了口哨，十分滑稽。胡大壮急了："小庄，弄他啊！你干啥呢！"高小庄尴尬一笑："你们先聊着，我去打点水。"高小庄一转身，魏坤宁出现在身后。高小庄连忙躲在了魏坤宁身后，指着文龙："他，就他！我正准备去叫你呢！少校，快，赶紧给他点颜色瞧瞧！”魏坤宁看了看文龙，文龙眯着眼也盯着他。魏坤宁收回目光看着胡大壮和高小庄：“你俩活腻歪了是不是？！”胡大壮懊恼地看了眼魏坤宁：“不帮忙，就给我起开！”

魏坤宁生气地瞥了眼胡大壮：“别犯浑，都跟我走，别坏事！”说完拍拍胡大壮的肩膀。胡大壮难掩气愤，甩手而去，高小庄也不解地跑了出去。三人出了厕所后。文龙迅速离开了厕所。魏坤宁、胡大壮、高小庄三人回到劳工营，凑到一起。魏坤宁看了两人一眼：“刚在鬼门关趟了两回，你们这是要干啥？”胡大壮没好气地回应：“这小子必须得好好收拾，看着就不顺眼。”高小庄插话：“他不是5237，我们想摸摸他的底细！”魏坤宁一笑：“摸他的底细？那个挂相机的女人，你搞清了吗？”高小庄很有底气地看了眼魏坤宁：“摸清啦，她是小泉清抓到的苏联间谍，叫安娜。”

魏坤宁低语：“先来个安娜，再来个女翻译，再来个5237，热闹！”胡大壮与高小庄对望，不明白魏坤宁的意思。胡大壮挠头疑惑：“老魏，你是带兵的人，说话别拐弯！快说吧！”魏坤宁点点头：“老胡，光有劲打不了胜仗，想当我的兵，你得学会动脑子！我问个问题，虎头要塞有进没出，什么人这么大胆闯进来，得多大本事？”高小庄深思了一下：“他是鬼子的卧底？”魏坤宁瞥了眼高小庄：“长脑袋不用，当摆设！如果他是小泉的人，小泉会把他安排进轮盘赌吗？”高小庄挠挠头：“也对……那到底是个啥情况？”魏坤宁摇摇头：“看不太明白，这小子一定不简单，八成跟这个安娜有关。甭管他是谁，咱们要做的就是离他远远的，别忘了，咱还有大事要干！”说着说着就亮出刚才从地下挖出来的生锈匕首。魏坤宁把脚下的土扒拉到一边，露出一块薄石板，掀开薄石板，下面的土坑里有一个破箱子，掀开箱子，里面躺着几筒炸药、一段导火索。胡大壮欣喜地看了一眼：“哟，这是宝贝！”高小庄来了精神，笑了笑：“有了它，小爷的命就算是保住多半条了。”魏坤宁低语：“后天是小泉清生日，我们趁乱炸了他们的弹药库，带着大伙跑，跟下边的兄弟都打个招呼。小庄，你留心盯着5237，别让他搅乱我们的计划。”高小庄点了点头。胡大壮突然从门前缩回头：“有小鬼子往这边来了！”魏坤宁按住两人，蹲在了门后。几个日本兵巡逻走过。三人冒出头来，从后门撤了出去。

小泉清站在窗前。冈本进来，看向小泉清："大佐，关东军总部来电，声明安娜对他们有重大价值，催我们尽快把人押到新京。他们催得很急。"小泉清摇摇头："拖上两天，先把胶卷找到。不要去管他，我们现在要想办法让安娜交代胶卷的下落。"冈本不解地看向小泉清："大佐，软的不行，来硬的！"小泉清没说话，透过窗户看着整个要塞劳工营，回头看了眼冈本："难道你看不出来，她是个软硬不吃女人！你看这劳工营，人头攒动，鱼龙混杂，这次的事，对我们是个警示，你组织人手，加强巡查力度！"冈本领命退了出去。

二

操场上，众劳工七八个人一组蹲成一圈吃饭，手上拿着黑乎乎的窝头。端枪的日本兵站在一旁。文龙认真地吃着窝头，高小庄不时地瞄文龙一眼。

谭卓茹从操场的一头走来，手上拿着一个精美的点心盒。文龙不时抬头，看着谭卓茹走去的方向。谭卓茹向不远处的小楼走去，进了一个房间。文龙的举动被高小庄看在眼里。

文龙吃着窝头，若有所思。一组画面闪烁在文龙脑海：铁雷的杂货铺里，文龙速记着铁雷递交的要塞布局图，其中一个房间上标着安娜关押处。铁雷的情报准确，安娜果然在那个房间。

冈本带着一队日本兵从魏坤宁藏武器的废弃工具房前经过。冈本突然停住，看向废弃工具房，看了一阵，正准备带着日本兵准备走开。屋内传来"吧嗒"一声响，冈本又停了下来。日本兵报告："队长，可能是老鼠弄出的声响。"冈本眯起眼："大佐说过了，搜查要彻底！以防万一！"说完就让士兵推开门，在屋内翻找，除了一些普通工具外并没什么发现。屋里灰尘荡起，冈本不住捂着鼻子。日本兵一个个报告："没什么发现。"冈本再次环顾了一眼："走！"说完刚迈步出门，脚下突然踩到了一块石板，石板松动。冈本停住，又踩动了石板两下，蹲身将石板撬开，发现了坑里有一个箱子。冈本指挥着一行人，将箱子抬出，径直朝小泉清办公室走去。门外不远处的文龙看见了这一幕，低头想了想，走开了。

小箱子摊开，里面的几筒炸药呈现出来，冈本站在一旁。小泉清打量着里面的炸药：这是开山炸药，管理很严，能从工地上偷出来，他们下了大功夫。小泉清一笑：“看来，这劳工堆里有人打算暴动啊！”冈本立即立正：“属下这就派人盯紧那小屋，只要有人来取东西，马上一网打尽。”小泉清摇摇头：“不但不要抓，还得把这些东西给我原封不动地放回去！”冈本狐疑地看着小泉清：“大佐您意欲何为？”小泉清眯起眼：“有人要越狱，对我们寻找胶卷是个好机会。”冈本一怔：“这两者之间，好像没有必然联系；属下愚笨，还请大佐明示！”小泉清摇摇头：“当然有！整个劳工营里，安娜相信的人只有一个，那就是她自己！所以，只有她顺利地从这里逃出去了，她才会去取出胶卷！”冈本恍然大悟地看向小泉清：“大佐的意思是，让安娜趁乱跟着暴动的劳工逃跑，然后派人乔装成劳工混入其中，跟着她。这样，就能得到胶卷的下落了！”小泉清微笑了一下。冈本深思了一下：“大佐，您这招实在是太高了！只是这炸药一旦爆炸，可能会给我们带来损失。”小泉清点点头：“现在他们在明我们在暗，不能把损失降到最低，那就是你的失职！我们需要调换一下安娜的房间，调到最外边，靠近劳工营的位置，暗中派人监视。”冈本又立正躬身，大佐教训得是！

文龙双手插在袖筒里，正四下打量。冈本突然带人将那个箱子抬了回来。冈本左右看看，显得非常谨慎。文龙深思：拿走了又给送回来，有点意思……

晚上，一个日本兵端着些饭菜来来到安娜的房间，几道精美的饭菜摆放在了安娜面前。谭卓茹紧随其后，手中抱着一床棉被。安娜看了眼饭菜：“今天的菜不错，我还真有点饿了。”谭卓茹一笑：“安娜小姐，慢点吃，吃完我们换地方了！”安娜一怔：“换就换呗！有什么大不了的！”谭卓茹诧异地看向安娜：“真佩服你，安娜小姐，真不怕死？”安娜继续吃饭，瞥了眼谭卓茹：“落在你们手里，迟早是个死，别啰唆，让我安心吃完最后这顿饭。”谭卓茹插话：“我可没说这是断头饭！大佐体贴你，决定给你换个房间！这房间通风比较好，我相中了！”谭卓茹微微一笑，上前将被褥放到了床上。安娜一口呛住，盯着谭卓茹手中的被褥：“凭什么你们说换就换？你算老几！我还不换了！”冲上前阻止谭卓茹，日本兵挡住安娜。谭卓茹朝日本兵吩咐："你们带安娜小姐去她的新房吧，这儿交给我！"安娜冲着谭卓茹大喊："这房子闹鬼，你别想睡好！"安娜被押着离开。

谭卓茹侧卧在床，一只手托着头，一只手轻轻抚摸着身下的棉铺，风姿绰约，心想：在劳工营里住这么好的房间，我还真有点不踏实……

圆月在云层后面若隐若现，异常诡秘。这时候整个劳工宿舍里的人都睡着了，此起彼伏的鼾声。文龙突然睁开眼，轻轻地掀开被子。高小庄听到响动，在床上稍稍动了下。文龙注意到这个动作，回到床上假装眯瞪了一会儿。待高小庄没了反应，文龙扭头出门。高小庄翻身下床，手脚轻便，悄悄跟了上去。

郭三带着两个日本兵巡逻走过来。文龙动作轻快地若隐若现，立马藏进了一侧柱子后。日本兵走开，文龙再度冒出头来。文龙走出两步，觉察身后有异样，猛地回头看见了高小庄藏进了拐角后。文龙一笑，继续朝前走去。高小庄冒出头来，见郭三和鬼子走远也猫着身子快步跟了上去。高小庄绕过又一个拐角时，文龙已经不见了。

文龙在安娜原来的房门前停了下来，掏出铁丝轻轻地将门锁捅开，摸进了屋中，上前去，爬上床，伸手捂住了女人的嘴巴。女人惊醒过来，文龙做出嘘声的动作："在我心中，你比白天鹅还要美。"文龙说完，微微松开手。谭卓茹伸手去开灯，"啊！"谭卓茹看清了文龙的样子。文龙连忙伸手抢灯，台灯"哐当"一声被打碎。文龙一惊。

郭三正带着两个日本兵刚从楼下巡逻而过，听到响声，驻足回望，见灯光一明一灭。郭三看向两个日本兵："谭翻译的房间，过去看看！"郭三和两个日本兵跑去。屋内的灯已经点亮。郭三奋力砸门："谭翻译，出什么事了？需要帮忙吗？"谭卓茹回应郭三："哦，没事，刚才做了个噩梦！你们去忙吧，我已经休息了。"

郭三想了想，给日本兵使了个眼色。两个日本兵猛地一撞，将房门给撞开。日本兵们冲进屋子里，把灯拉开。窗边，谭卓茹穿着一件睡裙，从床上坐起。郭三看着地上碎物，看向谭卓茹："这怎么回事？"谭卓茹大怒："大半夜的，你们这是要做什么？！"郭三环顾着四周："我们必须要确认谭翻译是否安全。谭翻译，别生气。"谭卓茹生气地回应："我很安全，请你们出去！”郭三和日本兵四下检查后没有发现异常，郭三注意到了谭卓茹的床下，缓缓弯腰要朝着床下看去。藏在床下的文龙准备动手。坐在床边的谭卓茹双腿一并，佯装误解郭三准备看她裙底风光，猛地朝着郭三的头一下拍过去：“混蛋，再看，信不信我剜掉你的眼睛？”郭三连忙站起身来，弯腰道歉：“我信我信，那谭小姐就早些休息吧。”

郭三带着日本兵出了门。谭卓茹将电灯关上：“5237先生，出来吧。”文龙钻出来，走到床边坐下。谭卓茹抬手就是一嘴巴。文龙假装纳闷：“刚帮了我，怎么又恨上我了？”谭卓茹一笑：“想吃天鹅肉，挨这一巴掌不亏。5237，小泉清大佐找的那头狼是你吧？”文龙一笑：“谭翻译，你保护了我这头狼，你就成了小泉清大佐的敌人了。”谭卓茹又一笑：“你想把白天鹅带走，小泉清大佐会答应吗？这要塞外紧内松，要找到白天鹅不难，可要带出去，恐怕没这么简单！”文龙点点头：“你好像已经看透了我。我很好奇，你为什么帮我。”谭卓茹有点怨气：“你要真有办法把白天鹅带出去，也带上我，我们一起上路。”文龙一笑：“你是警务厅的人，要出劳工营，还用得着我吗？”谭卓茹有些恼怒：“小泉清这个魔鬼不会放过我的，他已经烧掉了我的调令，他要把我永远关在劳工营里！”文龙低声：“我们能是一路人吗？”谭卓茹也同样低声：“你说呢？”文龙一笑，折身跳出了窗户。谭卓茹看着文龙背影，心里暗想：这虎头要塞越来越有意思了……

三

小泉清在办公室里正练习剑道。郭三走了进来：“刚才小的在巡逻的时候，听到谭小姐在房间里大叫了一声，灯也亮了一下，但以我的身份，实在不便仔细搜查。”小泉清手中的剑停在了空中。小泉清感到疑惑，立即带着郭三等人礼貌地上前敲门：“谭小姐，开门！”谭卓茹将头发弄乱之后，上前去开门：“大佐，半夜来访有何贵干？”小泉清一笑：“谭小姐，我刚才听说你住在这屋子里做了噩梦，很是担心，就带人过来看看。”谭卓茹揉揉额头：“刚换了房间，睡不踏实。”郭三开始在房间里东张西望地查看。小泉清把玩着谭卓茹脖子上的项链：“谭小姐，你是聪明人，不该在我面前撒谎！嗯？”谭卓茹躲闪着他的目光：“之前……的确有人来过。”小泉清一笑离开了。

天快亮了。劳工宿舍中鼾声此起彼伏。胡大壮在一旁睡得很沉。魏坤宁听完高小庄的讲述，点点头。魏坤宁的直觉告诉自己：5327一定是去找安娜了！高小庄低语：“我还真纳闷了。这小子一眨眼就不见了，一定不是善类！”魏坤宁点点头低声说：“安娜被鬼子所抓，这小子就只身闯入劳工营，他们这关系不一般啊！”高小庄打断魏坤宁：“少校，别管他了，他干他的，咱干咱的！”魏坤宁一怔：“这小子是要干大事，我担心他搅乱了我们的计划。”说罢看向文龙的床位，沉思起来。外面突然传来喧闹声，手电筒光透过晃动过来。日本兵大喊：“快，快，都起来了！”文龙警觉地睁开了眼。

不一会儿，一百多名劳工集合在操场上。两排日本兵端着枪站在了有嫌疑的劳工队伍面前。郭三怒吼：“按高矮个儿，排好！”劳工开始调整队列。郭三指着一个劳工：“从你这儿往后，往前五步！全部站好啦！其他人到边上候着！”十来个劳工被留下来，文龙、魏坤宁、胡大壮三人在队列之中。郭三呵斥完，笑脸迎向身后的小泉清：“大佐，符合体型的劳工都在这儿了！”

另外一些不符合条件的劳工则在一旁围观，高小庄在其中伸着脖子好奇地看着。小泉清看向谭卓茹：“谭小姐，有我在，请你放心地把这个人揪出来！”谭卓茹点头，走向了这十来个劳工。郭三对着十来个劳工又大吼：“谭小姐走到谁面前，谁就上前两步！”

谭卓茹一个个地看过去。魏坤宁略带深意的一笑，谭卓茹也摇头否定。文龙站在最后，谭卓茹走近与文龙两人交换了一下眼神。文龙瞄了眼人群中的高小庄。谭卓茹也瞟了一眼人群中的高小庄，微微点头。高小庄还若无其事地在人群中伸着脖子张望着。谭卓茹扭头朝着郭三摇摇头，文龙也被谭卓茹否定。

小泉清一脸愠色，叹了口气，走到劳工队伍前：“明天就是本人的生日，这应该是值得期待和高兴的日子。可昨晚，你们中间有一位朋友，却去了不该去的地方！还得罪了谭小姐，我很不高兴！我现在给这个人一分钟的时间，一分钟过后，他要是还不愿站出来，所有人一起枪毙！”

劳工们纷纷左顾右盼，高小庄看向了文龙。魏坤宁看向站在不远处的高小庄，朝他摇摇头。时间一点点过去，气氛越来越紧张。谭卓茹紧张起来，寻思着解决办法。小泉清看着手表。文龙尽力保持着镇定。小泉清一抬手，所有日本兵抬起了枪，就要开枪。谭卓茹忙插话：“我想起来了！昨晚那人还说了句话。”小泉清看向谭卓茹。谭卓茹面带羞涩：“他说……他说老子很久没碰女人了。”小泉清想了想，命令郭三：“把所有人押进来！”郭三上前将所有人放入，劳工们进入，排队站好。郭三吩咐：“现在挨个出列，对谭小姐说，老子很久没碰过女人了！听清了吗？”劳工们听到郭三说这话，都笑了。郭三急了大怒：“笑什么笑！开始！”众劳工收住了笑声。

胡大壮首先出列，走到谭卓茹面前。郭三怒吼：“快说！大胡子，你想找死是不是？”胡大壮一脸的别扭、腼腆地看了眼谭卓茹：“老——老子很久没碰过女人了！”谭卓茹摇头。接着魏坤宁走出，魏坤宁正眼也不看谭卓茹：“老子很久没碰过女人了！”谭卓茹打量了魏坤宁一阵，走到了下一个劳工面前。

太阳照射下的操场，显得焦灼。围观的劳工中，高小庄没了笑容，显得颇为紧张和焦急。小泉清也显得有些不耐烦了。这时，文龙出列，镇定地走到了谭卓茹面前：“老——老子很久没碰过女人了。”谭卓茹摇摇头，继续听下去。又过了两人，谭卓茹纷纷摇头。

到了高小庄出列，高小庄不知是着急还是什么，就是不舒服地说出了：“老子很久没碰过女人了！”谭卓茹沉默地盯着高小庄。郭三忙插话：“有什么问题吗？”高小庄急了：“哎哟，郭三爷，能有啥问题呀！肯定不是我，她不是我喜欢的类型！”小泉清见状，也上前来。谭卓茹看了眼小泉清，指着高小庄：“这个声音有点像！”高小庄一惊。郭三走到高小庄面前：“把刚才那句话重复一遍！”高小庄看了看魏坤宁等人。郭三一脚踹过去，“不要命了，说！”高小庄又重复了一遍：“老，老子很久没碰过女人了！”谭卓茹点点头：“好像真是他！”高小庄挣脱着疑惑地看着谭卓茹：“你，你瞎说什么？”小泉清也疑惑地看着高小庄。冈本吩咐：“来人，给我把变戏法抓起来！”两个日本兵上前将高小庄钳住。小泉清却突然伸手示意日本兵稍等，笑着看向谭卓茹：“谭小姐，有人骚扰了你，我也很生气。但你这一句话就能判他的死罪，想清楚了吗？”谭卓茹故作羞涩：“我不敢确定，但是这声音真的很像！”

冈本走到高小庄面前查看，发现了沾在衣物上的油漆。高小庄连同在侧的魏坤宁、胡大壮都是一惊。冈本惊诧：“小楼昨儿刚刷的油漆，如果没去过，身上不可能会沾上！肯定是他！”小泉清大怒：“带走！”胡大壮等人被日本兵赶走。小泉清背着手转身离开。魏坤宁的目光还在谭卓茹身上，谭卓茹瞥了他一眼。魏坤宁拽着胡大壮离开。

劳工们被解散了。谭卓茹和文龙两人擦肩而过，谭卓茹低语：“变戏法的信得过吗？”文龙低声：“你得说服他！”说完就离开了。谭卓茹面无表情，快步跟着日本兵去了审讯室。

小泉清将外套脱掉扔到了椅子上。冈本在小泉清旁附身耳语：“恭喜大佐，又拔掉了一根刺头！”小泉清冷笑一声：“你真以为这个变戏法的就是我们要找的人？”冈本一惊：“小楼的油漆都是由工程队掌管的，这个变戏法的一定去过小楼！”小泉清看向冈本：“你好好想想。昨晚之前，那个房间可一直是安娜的卧室，根本没人知道是谭小姐住那儿！”冈本猛地一惊：“那个摸进去的人其实是奔着安娜去的？”小泉清点头：“你再想想，上次林场围猎时出现的那头狼，为什么偏偏出现在这时候？”冈本狐疑地看着小泉清：“大佐，您是怀疑那头狼不但没有除掉，昨晚还摸进了安娜的房间？”小泉清又点点头：“没错！他发现房间里的人被换了，这才故意佯装成非礼，说什么多久没碰过女人之类的话，掩盖自己的真实动机！”冈本又不解地看着小泉清：“可那个变戏法的衣服上的确有油漆啊！”小泉清摇摇头：“那个变戏法的在要塞里关了这么久，而且凭身手也不可能是他，这一次，要么他是被冤枉的，要么，他是那头狼的同党，昨晚，是替他望风！”冈本点点头。小泉清看向冈本：“他人呢？”冈本一笑：“变戏法的被投入大牢，正在拷问！”

高小庄被扒光了衣服绑在刑架上，身上有两条鞭痕。郭三正抡起手中的鞭子抽高小庄。高小庄大哭：“郭三爷，手下留情啊，平日里小的可没有对不住您的地方啊！小的是冤枉的！”郭三收住了手中的鞭子：“这才两鞭就嗷嗷叫！我看你还是趁早招了吧！冤枉？我告诉你，你这把戏法玩砸了！”谭卓茹上前来拦住了正欲抽鞭的郭三。郭三讨好地看向谭卓茹：“谭小姐，这小子得罪的是你，鞭子就交给你了。”谭卓茹掂着手中的鞭子看着高小庄，空中抖了下鞭子，发出“啪啪”的声响。

谭卓茹看了郭三及几个日本兵一眼：“你们出去，我想点辙，让他做不成男人。”郭三明白谭卓茹的意思，邪恶地一笑，和几个日本兵都退到门外。高小庄生气地大喊：“你这娘们长得倒是不赖，怎就生了一副蛇蝎心肠……”谭卓茹一鞭子甩过去，高小庄痛得大叫。谭卓茹凑上去低声：“要想活命，就把嘴门给我把住了，挺过这两天，带你一起出劳工营，明白吗？”高小庄有些吃惊地盯着谭卓茹，低声回应：“我凭什么，信你？你和那个5237一伙的？”谭卓茹又低声：“你要是敢胡说八道，大家就一起死！听明白了吗？”

小泉清面色严肃，快步向刑房走来，冈本在后面紧跟着。谭卓茹扫了眼牢房外，小泉清的身影已近。谭卓茹低声向高小庄说：“信鬼子还是入伙，你自己决定！”高小庄盯着谭卓茹想再问时，门突然推开。小泉清带着冈本等人疾步进来。谭卓茹又用力抽了高小庄一鞭子。小泉清假装同情地看向谭卓茹：“谭小姐，心里的火都撒完了吗？”谭卓茹显得怒不可遏还想再抽，但刚举到空中，被小泉清捉住。小泉清一笑：“给他留口气儿，我想跟他聊聊！”谭卓茹缓缓松开了鞭子，看向高小庄，内心颇有些忐忑。高小庄还是咧嘴笑着，看不出他的态度。谭卓茹一怔，我先出去吧。小泉清急忙拦住谭卓茹：“等一下，作为昨晚的当事人，你必须在场。”谭卓茹只得留下，不安地看着高小庄。小泉清转向高小庄：“说说吧，昨晚到底发生了什么？”高小庄看了看小泉清，又看了看谭卓茹，谭卓茹眯着眼，一眼给高小庄瞪了回去。

小泉清冷笑了一声，看向高小庄：“只要你说实话，我可以放了你！”高小庄还是没说话，双眼打转，极力思考。小泉清拔出枪来，顶住了高小庄的脑袋：“别跟我装糊涂！”高小庄看着额头上的枪，紧张地咽了口唾沫。高小庄装着被惊吓：“我说！我说！”谭卓茹显得异常紧张。小泉清做了个请的手势。高小庄舔了舔嘴唇，结结巴巴说：“太——太君，我——我昨晚实在是一时糊涂，实——实在是关进来太久了，没沾过腥荤，一时没把持住！”小泉清大怒：“八嘎！”猛地一巴掌甩在高小庄脸上。高小庄嘴角顿时溢血。小泉清狠狠地看着高小庄：“给我好好招呼！”说完，把鞭子还回给了谭卓茹。谭卓茹看了高小庄一眼，抖了抖手上的鞭子。

高小庄看着谭卓茹心想：豁出去了，老子就信这娘们儿一次，反正横竖都是个死，就当一回英雄！赌对了，还有出去的希望！高小庄故作色眯眯地看着谭卓茹：“看啥看，看着小爷心疼了？”谭卓茹狠狠抽向了高小庄。高小庄发出惨叫。小泉清冷笑，转身出了门。谭卓茹的鞭子缓缓放了下来。高小庄故作破口大骂：“来呀，骚娘们儿，让小爷好好过过瘾！”谭卓茹明白到高小庄的意思，再次抬起手狠狠地抽下。小泉清站在门外并没急着离开，他驻足听着里面的惨叫声和叫骂声，这才沉着脸离开。临出门，小泉清看向身后的冈本，传令下去：“整个要塞全部戒严，外面的，不许进；里面的，不许出！”

阳光下，劳工们在工地上干活。胡大壮看着不远处的文龙。胡大壮对魏坤宁低语：“5237和那娘们准是一伙儿的！刚才这娘们明明就认出5237，嘿，她反倒咬了小庄一口！他俩要不是一伙的，我老胡随你姓儿！”魏坤宁低声：“什么娘们，人家是俄语翻译！嘴上说话干净点，这么糙，谁听着舒服？”胡大壮不解地看着魏坤宁：“她把小庄害得那么惨，你还护着她，你什么意思！”魏坤宁扭头看向了别处，叹了口气：“要真是一伙儿就好了！”胡大壮气愤愤地扭过头：“好个屁，现在小庄被鬼子给抓了，弄不好就是个死，我看你就没把他当兄弟！”魏坤宁也气愤地低语回应：“你别拿这话扎我心，谁说不救，我琢磨5237呐，这个5237我不摸底，可谭小姐我多少了解点……”说完转身走开。

四

高小庄被吊在木架上，浑身布满伤痕，已经昏迷过去。冈本上前拍了拍高小庄的脸，高小庄没了反应。冈本将手中的烙铁扔回了火盆里。小泉清带着安娜进来。冈本低头向小泉清报告：“大佐，又昏过去了！”小泉清挥挥手，冈本侧身站在了一旁。小泉清隔着铁栏杆，指着高小庄："安娜小姐，认识他吗？"安娜摇摇头。小泉清点点头："昨天晚上，他潜入你之前住的房间，骚扰了谭小姐。但我认为他是冲你去的。"安娜怒目看向小泉清，大声喊道："他和我有什么关系？！"小泉清摇摇头："有关系啊！你迷人啊，你的一举一动牵着很多人的心啊！这个变戏法的两年前来的要塞，一直是个守法的良民。可昨晚，他居然冒死闯进了你住过的房间！"安娜大怒："我根本不认识他！"小泉清轻声一笑："你不认识他，可他认识你。"安娜疑惑地看着高小庄。小泉清看了眼安娜："他是想帮助你！他背后还藏着高人。我希望你尽快说出胶卷的下落！不然，明天下午，他可就要为你而死了！"小泉清撩拨了一下安娜的头发。安娜藐视地看着小泉清大吼："杀了我！再滥杀无辜，你会下地狱的！"

小泉清突然脸色一沉："安娜，我忍你很久了，一个人的忍耐是有限度的，明白吗？"安娜愤怒地瞥了眼小泉清，继续大吼："我看你才应该醒醒脑子，我劝你别在我身上浪费时间了，也别因为我再残害无辜的人！"小泉清不耐烦地看了眼安娜，朝着两个日本兵示意将她带下去。两个日本兵上前架住了安娜。安娜大喊："泉清，你这个魔鬼！有种你就一枪杀了我！"

小泉清一脸愠色命令："发告示！明天下午四点把这家伙当众枪决，就当给我庆祝生日。"小泉清叫住冈本，贴着耳朵低语："今晚全体官兵加餐，放松守备，引狼出洞。这人要一出现，马上给我抓了！"冈本点头一笑，转身离开。

一张告示贴到了墙壁上。众劳工端着饭碗围在告示前。众劳工议论纷纷。郭三大声嚷："大家好好看看啊，这就是跟皇军作对的下场。"胡大壮和魏坤宁挤进了人群，也抬头看着告示。众劳工们七嘴八舌地说开了："哎吆，要杀头呢！就明天！是啊，变戏法的倒霉了！"胡大壮听到两个劳工的议论，转向魏坤宁："少校，你看看！这可是咱兄弟！你想的办法呢？"说着拍拍屁股，走向别处。

魏坤宁看着胡大壮的背影："什么节骨眼，就知道添乱。"远远看见文龙也站在人群后边。魏坤宁朝着文龙走过去，边走边喊："5237，5237。"文龙没理魏坤宁。魏坤宁走到文龙跟前急了："叫你呢！装什么装！"文龙看了眼魏坤宁，回应道：“有事啊？”魏坤宁气氛地看着文龙：“有，大事！你坑了我兄弟，他要有个三长两短，可别怪我撕破脸！”文龙一笑：“撕破脸？我看这脸要是撕破了，大家都不会好看吧！废弃工具房那点儿宝贝被冈本得到了。”魏坤宁一惊。文龙瞥了眼魏坤宁：“你麻烦大了，看样我得想点辙帮帮你。”魏坤宁憋屈的不行。这时，谭卓茹从远处走来。魏坤宁看了看她，朝她使了个眼色，示意她走过来看看自己的脚下。魏坤宁慢慢走到一边。谭卓茹会意，走上前去，地上写着几个字：晚十二点，劳工营西侧见。谭卓茹冷冷一笑，转头摇着步子离开。魏坤宁上前将地上的几个字快速抹去，掉头离开。

圆月高悬，树影婆娑。漆黑的树丛边。谭卓茹走过来，左右看了看。魏坤宁从树丛后走出，看到谭卓茹一笑：“老天有眼啊！缘分就是缘分啊！”谭卓茹瞥了魏坤宁一眼：“三年了，我怎么就躲不开你啊！”魏坤宁看向谭卓茹低语：“现在这个形势你我都清楚，5237奔安娜来的，他什么来路！”谭卓茹摇摇头：“我不知道。刚认识的。”魏坤宁疑惑地看着谭卓茹：“你们俩联手把小庄弄进去，你不知道？”魏坤宁急了：“刚认识就联手，你心够大的，咱俩认这么多年，对我你可没这信任！”谭卓茹斜着眼看向魏坤宁：“这小脾气见长。你兄弟进去，是受了点委屈，可保了5237，保住了这个帅，他就能把我们带出去！”魏坤宁眼睛一亮：“他行吗？刚认识就这么信任！”谭卓茹一笑：“他有办法进来，就一定有办法出去，摆在我们面前的可就只有这一条路，联次手如何？”魏坤宁微微侧身昂起头：“合作可以，可他得拿出诚意来！”谭卓茹苦笑了一下：“命都快没了，还端着呢？面子和小命哪一个更重要，你好好想想。”谭卓茹摇着步子悠闲地走开。魏坤宁沉思起来。

谭卓茹走到劳工营后方，站定：“让你久等了，出来吧。”文龙走出来一笑：“老朋友会完了？谭卓茹瞥了眼文龙，5237，我还真没瞧出来，在小泉清的地盘，你还能掌握整盘棋局。”文龙无奈地看了谭卓一眼：“这话怎么说？”谭卓茹一笑低语：“虽然你是单枪匹马来的，可你却布了一个大局，把我们所有人都给牵进来了。魏坤宁为了越狱准备的家伙，是你暴露给冈本的吧？”文龙一笑，没有应声。谭卓茹看向文龙：“把高小庄推出去，也是你在面对小泉清追查的时候，临时想出的一步计划。”文龙点点头：“那种情况下，只有推出他，既能保住后面的计划，他也能跟鬼子周旋。不到万不得已，小泉清不会杀他。”谭卓茹点点头：“这只是原因之一。更重要的理由是，他被抓，加上之前的计划败露，魏坤宁和他身边这一帮人，无路可走，也只得上你的船。这么短的时间，你把我们所有人都摸得清清楚楚，制定这样的计划。谁能不佩服你？”文龙一怔：“这是魏坤宁告诉你的？”谭卓茹又一笑：“旁观者清，他现在被逼得没办法，恐怕没工夫想这些。”文龙说点点头：“你这么一说，我倒觉得我小瞧了你。”谭卓茹轻声苦笑了一下：“彼此彼此。”

文龙已经知道了魏坤宁的计划。文龙看了眼谭卓茹：“少校的计划一旦实施，必死无疑！几筒炸药，小泉清根本就不会放在眼里！”谭卓茹心里也清楚魏坤宁的计划必败无疑，看了眼文龙：“行了，说这些没用，说计划！”文龙点点头，低声说：“是得说计划，一会还有得忙。之前的事给谭小姐添了些麻烦，接下来，恐怕还得麻烦你。首先你得想办法帮我弄一些鬼子皮，另外还得摸清楚要塞所有的火力分布以及弹药库的情况……”

牢房后方的巷道里，许多日本兵端着枪躲在暗处待命。冈本走到这些日本兵跟前交代：“都打起精神，这头狼只要一出现，马上给我拿下！”

牢门正对面不远处的土堆后，胡大壮悄悄冒出头来。牢门口，两个日本兵端着枪走动巡逻。胡大壮扫视四周，牢门口并没有其他日本兵，十分安静。胡大壮掏出魏坤宁之前在工地上捡的生锈的破匕首，在手里掂了掂。胡大壮心想：就俩看守，我也不用求你老魏！胡大壮正欲冲出，身后传来一阵声响。胡大壮看到厨子——刀子推着餐车来到了牢房门口，两个守卫把枪端在手里。胡大壮见状退了回去，略带愤怒。胡大壮心想：这颠勺的，这时候冒出来耽误我好事儿！

刀子推着车到了牢房站口被那两个看守拦住。其中一个看守的抱怨刀子：“这么晚才送饭？”刀子故作无奈回应：“太君，你们又不是不知道，明儿大佐生日，厨房里一堆活。”两名看守对望了一眼，点了点头，两人放行。刀子推着车进去。胡大壮一脸焦急心想：半路杀出个程咬金，这待会鬼子加强了巡逻，我可饶不了你这个颠勺的！

刀子推着车，将车上的食物用瓢舀出来分给两侧牢门中的劳工。走廊末端的牢房里被打成重伤的高小庄手脚都被拷得死死的。黑暗中，两个日本兵突然冲了来，将刀子逼停。日本兵不予理会刀子的解释，冲上去，一个日本兵将刀子用枪顶住，另一个日本兵粗暴地搜身。完了，上前来将里面的食物舀起来一点点仔细察看。搜身的日本兵没有发现异常，点了点头。日本兵放下了手里的枪，催促刀子，动作快点！

刀子推着车进去，郭三守在捆绑高小庄的木架前，高小庄还昏迷着。刀子拿出一个破碗，从桶里盛出一些清汤寡水的玉米羹，添进了碗里。郭三看了眼刀子："别费劲了，这小子不肯说实话，大佐不会饶了他的。他连冈本太君的鞭子都吃不完，哪有工夫吃这个呀！过了今晚，抓住了他背后的高人，恐怕我就再也看不到这小子的戏法了，可惜了咯！"刀子点点头，继续给旁边的犯人送餐。

小泉清在看文件。冈本站在小泉清一侧。冈本打断小泉清："大佐，我认为他的同伙不会来！都这时候了，要动手早来了。"小泉清看了眼冈本："何以见得？这点胆量都没有，还敢来打安娜的主意！中国人向来喜欢自诩仁义道德，这人他肯定会救！"冈本一怔回应："或者，他的同伙是不是害怕我们会在今晚设埋伏？不敢来？"小泉清一笑："好办，把水搅浑！"冈本疑惑地看着小泉清："大佐的意思是……"小泉清点点头，奸笑一声："给他制造机会，停电！"冈本明白过来。小泉清点点头眯起眼。

刀子推着车从牢房内出来，衣衫比进入时凌乱。胡大壮心想：你倒是快走啊，还跟这儿耽误时间！刀子经过大壮藏身处，捋了捋身上的衣衫，自言自语："送个饭，还搜身，关的不就是个变戏法的吗，查这么严！"日本兵在远处驱赶刀子说："别多嘴，快滚！"刀子步幅加快离开了。

胡大壮藏在土堆后，只是一脸焦急，没听出刀子话里的意思。刀子推着车离开，瞥了瞥侧后方的胡大壮，不知听没听懂。"啪！"这时整个要塞突然停电了。胡大壮先是一愣，回过神来：哟，连老天爷都帮大忙，机会来了！胡大壮说完正欲冲出，一个身影站到了他面前。胡大壮一看是个鬼子，毫不犹豫地将匕首刺了过去。这人一出手，用在厕所中同样的招数稳稳制住了胡大壮，一手捂住胡大壮的嘴巴。文龙从黑暗中探出头低语："别出声！”胡大壮一愣，点点头。文龙松手。胡大壮看见了文龙，又看了看文龙身上的鬼子皮，面色一喜：“5237，你比老魏仗义！你小子还有点人性，知道改正错误。既然都到了，咱就动手吧！”文龙低声：“小泉清在这里布下了埋伏，不想死的跟我回去！刚才那后厨的兄弟，给你暗示，你没听见？”胡大壮疑惑地看着文龙：“他暗示啥了？”文龙无奈摇头。胡大壮一怔：“他不就说了一个查这么严吗？”

文龙捡起一块小石头，朝着牢门外的灯罩弹出去，灯罩被打得“嘣”的一声，晃动了两下，周围埋伏的几个士兵冒头，枪杆子露了出来。两人连忙低头隐藏。胡大壮心想：妈呦！这帮日本孙子，够贼的！文龙看了眼大壮，低声：“你放心，小庄兄弟，我有办法。”胡大壮这才跟着文龙迅速撤离。

圆月高悬，虫鸣声四起。劳工宿舍内，胡大壮张着大嘴，打了个哈欠。魏坤宁打了下胡大壮：“你以后长点心吧！今晚要不是5237，你就去阎王殿报到了！我都替你捏一把汗！大壮，大壮……你有没有在听我说话！”胡大壮生气地抱怨：“还没说够！别说啦，我困了！”说着就呼噜声响起。魏坤宁看了他一眼：“德行！瞎折腾半宿，累啦！”魏坤宁看向文龙，想了想，上前躺到了文龙旁边，低声说：“别装了，知道你没睡着。”文龙也低声回应：“彼此彼此。”

魏坤宁低语：“你想救安娜，有办法了吗？”文龙一笑，低声回应：“我救的是一个人，你要救的可是几十号兄弟，你有办法了吗？”魏坤宁看了眼文龙：“甭绕圈子，不是谭翻译劝我！我给她面子，我真不想跟你联手。”文龙又一笑：“我还真挺喜欢你这脾气，心里想啥就说啥，不掖着藏着。”魏坤宁听了挺受用，又低声问：“救安娜，救小庄，带兄弟们走，怎么能一块干成？”文龙也打了个哈欠：“船太大，装的人太多，不养好精神，这船我还真开不动。”说完扭头睡觉。魏坤宁一脸无奈地倒下，转身把屁股对向了文龙。

小泉清猛地将刀拔出，因为生气在发抖，他双目闭着，缓缓转动，心想：我小泉清到满洲后，没有遇到过像样的对手，这次终于可以好好干一场了！小泉清随后把军刀收起，对冈本下命令：“明天当众毙了这个变戏法的，杀鸡儆猴！”说完狠狠地眯起眼睛，又吩咐：“把安娜关进牢房，严加看守，如果她也不肯说出胶卷的下落，我会让她生不如死！”冈本上前低语：“大佐，干脆把她毙了吧，让这一切成为永远的秘密。”小泉清生气地拍了一下冈本：“用用你的脑子！这事已经惊动了新京总部，我们没权力处决她。当然也不能马上把她交出去，关东军的同僚们不知会如何看待我小泉清？！”冈本两眼疑惑地看着小泉清：“那，依您的意思……”小泉清叹了口气：“这世界的美妙在于每天都有不同的意外发生，你永远无法预测明天会发生什么。”冈本沉思起来。小泉清把刀收入鞘中。

安娜正坐在桌边写着遗书：敬爱的父亲，您总是说，在您的心里我比白天鹅还要美丽，可我再也不能陪伴您了，我不辞而别，您一定非常伤心，请您原谅我，我不后悔我的选择，因为我的祖国需要我……

正在这时，冈本带人闯入了安娜的房间。安娜连忙捂住自己的遗书，气愤地大嚷：“大半夜的，你们想干什么！”冈本一挥手，带走！日本兵把安娜押向牢房。

太阳升起。劳工们从不同宿舍涌出来，走向操场，排队领食物。魏坤宁和胡大壮蹲在了文龙身边。胡大壮对文龙低声：“哎，5237，老胡我认你了！以前是我不该欺负你，你别放心上啊！昨晚的事，真得谢谢你！”文龙盯着胡大壮的碗：“谢就来点实在的！”胡大壮把自己碗中的窝头递过去，把魏坤宁盆里的窝头夺过来，也递给了文龙。魏坤宁看了眼文龙：“吃了咱的东西，也该给我们讲讲你的来路了吧？”文龙推回了胡大壮的窝头，把头别向了一边。魏坤宁一笑：“来路不肯说，要我们跟你联手，说说你的计划总可以吧？”文龙一笑，又拿回了胡大壮手里的窝头，边吃边说：“要想逃，首先就得保证手里有硬家伙。”魏坤宁一怔：“笑话，难不成你有弄家伙的门道？”文龙点点头，往旁边瞟了一眼道：“我进来之前，和在外面的兄弟商量好，他负责把东西给我们弄进来。”魏坤宁不屑地看了眼文龙：“吹吧你就！这里可是虎头要塞，防卫和关东军司令部不相上下，只怕没这么简单。莫非你外面的兄弟还能遁地不成！”文龙理直气壮地点了点头。魏坤宁一惊。胡大壮更是吃惊地看着文龙：“难不成日本人都得给你面子！”魏坤宁用胳膊肘捅了一下胡大壮：“别瞎说！是给要塞送东西的警察？不然就是给后厨送补给的那个戴眼镜的小子！”文龙一笑。魏坤宁像打了鸡血地看着文龙："那你说说东西啥时候到？"文龙低声："上午十点，家伙从外边送进来。今晚小泉清生日，是动手的最佳时机！"

正在此时，劳工之中引起了一阵骚动。众人扭头看去，见郭三带人将伤痕累累的高小庄推了过来。高小庄浑身伤痕，戴着手铐，步履沉重。胡大壮一惊，欲上前去。魏坤宁将胡大壮给按住："你疯了！"胡大壮泄气地甩开了魏坤宁的手。

高小庄被押到操场中间的一根柱子边，两个日本兵将他绑住，从柱子上一点点吊起来。郭三背着手喧嚷："都瞧好了，这就是和大日本天皇作对的下场，今儿个下午四点，准时枪决！"魏坤宁低声："我就知道小泉不会就这么善罢甘休的。昨晚没抓着人，一定会如期枪决小庄。"文龙看了魏坤宁一眼，低声提示："要是没猜错，这时候操场四周肯定埋伏着狙击手和机枪手，谁要过去，相信不出五秒，就被打开花。"胡大壮急了，低声抱怨道："这可咋整，那狗腿子说了，下午四点准时枪决！小庄挨不到晚上了！"文龙一脸忧虑之色，心想：看来我们拿到家伙之后，必须提前动手！

大门口两队日本兵背着枪来回巡逻，冈本这时候带来两小队人马，在门口加上了两个防御木栅，在两侧站好。冈本背着手大声喝道："所有人打起精神，出入要塞的所有东西，都一样样给我查清楚、看仔细！"日本兵们挺了挺身子，站得笔直。

一辆汽车驶过来，排头的日本兵把枪口对准了从车上下来的满警。满警向日本兵鞠躬问道："太君，今儿个这是咋了？这是给要塞送的物资，可是军部直接派发的。"冈本给两个日本兵使了个眼色，两人上前，将板车上的东西一样一样拿起来察看，都是些电线之类的工具。满警看向日本兵："没问题，那我就先……"

冈本过来一把揽住满警："东西放这里，我会安排人送进去，你走吧。"满警不解地看向冈本："不是这……"冈本大怒："你听不懂我的话吗！"满警吓破胆似的灰溜溜地离开了。冈本命令门口岗亭的日本兵："给工程部打电话，让他们的人来取。"日本兵们再次站过来，堵住了大门口唯一的出路，戒备森严。

智战虎头 又遭强阻

一

文龙、魏坤宁、胡大壮三人看到这如此森严戒备的一幕，忧虑起来。魏坤宁看了眼文龙，低声提醒："小泉清敏感多疑，封锁要塞的事儿他常干。5237，你那兄弟进不来了。还得动脑子想别的辙啊！"胡大壮接着抱怨："完了，完了，小庄死定了，人算不如天算！"文龙紧蹙着眉头说："东西进不来，就只能找鬼子借了。"胡大壮不解地看着文龙："别扯淡了，鬼子又不欠你的！"文龙看向魏坤宁，一笑："这当然不能是一般人，这个人必须了解鬼子，了解枪支弹药，还得有自保的能力。"胡大壮插话："老魏啊！正规军少校，那啥学堂毕业，天上地下全知道！"

文龙和胡大壮同时将目光转向魏坤宁。魏坤宁避开二人目光，下不来台。魏坤宁尴尬地咳嗽了两下："那啥，这事儿也不是不能办。可没有万全的计划，弄不好就会耽误大事！"文龙对魏坤宁低声："你只要穿上鬼子皮，去鬼子的弹药库，朝鬼子开口要就成！"胡大壮耻笑："啥玩意啊！你逗老魏呐！"魏坤宁看了眼文龙："5237你不像开玩笑，我去要，你负责啥？"文龙一笑回应魏坤宁："咱们拿到了家伙还不够，外边的人还得把墙炸开。整个劳工营西边那堵高墙看守最薄弱，出去就是密林。我把信儿传给外面的搭档，时辰一到，他从外面炸墙，事就成了。"胡大壮看着文龙竖起了大拇指。魏坤宁瞥了眼文龙："好什么好！合着你就负责传信！"文龙不耐烦地看了眼魏坤宁："现在这情况，这信也不可能飞出去。后厨那个掂勺的，跟你们有交情吗？”魏坤宁摇摇头：“他叫刀子，眼里没人，我去争取过他，本想拉他入伙，不过这小子心气儿太高。”胡大壮指着魏坤宁：“哪是心气儿高，是你没本事夺下他手里的刀！”文龙一笑，魏坤宁假装看别处。胡大壮朝文龙夸张地比画着刀子耍刀的动作那家伙，边比画边说：“唰唰唰！那刀就跟长他手上似的！”

文龙点点头，看了眼胡大壮：“昨晚刀子去牢房送饭，看出了里面有埋伏，给大壮递了信儿。”魏坤宁惊讶道：“还有这茬？”胡大壮挠挠头，低头自言自语：“刀子人不赖，功夫也不错，就是脑子不够使，递个信都让我听不明白。”文龙一笑：“人好就行，我去试试。”文龙要走，魏坤宁有些慌，忙拽住文龙：“怎么借枪你还没说呢……”文龙没搭理魏坤宁就悄悄离开了。

谭卓茹走进办公区。远远看见了文龙，朝文龙微微点点头，文龙也微微点头回应了一下谭卓茹。

太阳升上空中，火辣辣的烤着大地。文龙在刨地，魏坤宁凑上前去：“我去了。”文龙没有抬头，轻描淡写地哼了句：“放心去吧。鬼子皮藏在哪儿，你知道吧？”魏坤宁看了看文龙无所谓的样子，忐忑地叹了口气，朝着一边走去。文龙把锄头一放，目送魏坤宁。胡大壮凑上来：“哟，真去了！你这不是坑他嘛！问鬼子开口要，死定了死定了！”文龙拍拍胡大壮的肩头：“大壮，要保住少校的命，恐怕得麻烦你跟我走一趟了。”胡大壮似懂非懂地跟着文龙就走。

胡大壮和文龙一身日本兵的打扮，走向了小楼后方。大壮边走边嘟囔：“这鬼子皮穿着我浑身都膈应！”文龙瞥了大壮一眼：“站好！”胡大壮一愣，站定。文龙连看也不看胡大壮，让他往左边挪一点儿，胡大壮连忙照做。胡大壮一脸疑惑。文龙看了眼大壮，用手做了个嘘的动作，示意别说话！站稳了！胡大壮急了：“都啥时候了！”文龙又哼了一嘴：“专心点！”胡大壮一脸不悦，还得照做。

一个日本兵正在收拾办公桌。谭卓茹走了过来，在门口站定，敲了敲房门。日本兵一看是谭卓茹，一脸欣喜。谭卓茹认识这个日本兵，负责劳工营的办公室内务，他叫谷川。谭卓茹灵机一动：“谷川君，我能不能给警务厅打个电话，过来这么久，我还没给刘厅长汇报工作呢！”谷川巴不得献殷勤：“可以啊，请进，我帮你接通！”谭卓茹款款走入，目光锁定在摆在角落的梯架上，摆着几圈电线和几个背包机。谷川通过电话转接机，转接到哈尔滨警务厅，拿起话机说：“你好，虎头要塞劳工营，请转接警务厅刘厅长。谢谢！”话机接通了，谷川点头哈腰地将电话递给了谭卓茹，谭卓茹对其一笑表示谢意。谷川色眯眯地看着谭卓茹。谭卓茹摸了摸自己胃部的位置：“谷川君，我这两天胃有点不舒服，能不能麻烦你帮我倒杯热水。”谷川应声：“好好，马上！”然后连忙走向了里屋。谭卓茹见状，连忙上前，拎起一个边上的背包机，探头看了一眼，扔了出去。

这时，胡大壮正嘀嘀咕咕抱怨文龙。一个背包机从窗内丢出来，稳稳落在了胡大壮手里。胡大壮一愣：“哟，小鬼子砸我！”文龙一笑：“别废话，赶紧背上！走！”

日本兵端着一杯热水递给了谭卓茹。谭卓茹一边讲电话，一边微笑接过，最后说了句：“是，请厅长放心！再见！”谭卓茹挂了电话，又喝了一口，将水杯递还给日本兵，日本兵笑脸盈盈地接过。谭卓茹看向谷川：“多谢！”然后就迈步出门。谷川伸着脖子看着谭卓茹婀娜多姿的离去身影，嘴张得很大，目送得很远很远。

文龙和胡大壮两人朝着一个方向走去。胡大壮边走边不解地看着文龙：“兄弟，这包里装的啥玩意儿啊，跟石头似的！”文龙一笑：“谭小姐送给我们的好东西！有了它，小鬼子都得听咱的！”说着两人一转身，见两个日本兵在电杆下抽烟。一个日本兵远远地拦住去路，大声喝道：“你们干什么的？”胡大壮骚动。文龙拽了下胡大壮，让其镇定。两个日本兵扔掉烟头，摆了摆肩上的枪，走了过来。胡大壮看向了别处。文龙马上用日语交流，介绍自己和胡大壮是工程队的，听说弹药库那边的电话出了点故障，要检查一下。日本兵看了他们一眼，顺手一挥，示意他们可以去了！文龙朝前走，胡大壮连忙跟上，低着头，害怕被认出来。两个日本兵在那里来回地继续巡查。

魏坤宁穿着一身鬼子皮从弹药库旁边的拐角冒出头来，左右看了看，几个鬼子的守卫在门口端着枪巡查。魏坤宁在原地犹豫了一会儿，心想：

没指挥部的手令，这么上去，就是个死！一名日本兵突然出现在了魏坤宁身后，看见了魏坤宁，魏坤宁不得不站直了身子，朝着弹药库门口走去。日本兵看了眼魏坤宁的视线方向，问道：“取枪？”魏坤宁小心翼翼地点点头：“对！”日本兵不解地说：“那还站在这里干什么？”魏坤宁感到日本兵把他当作自己人了，答道：“是，这……这就取！”日本兵端着枪看着魏坤宁。魏坤宁硬着头皮走向弹药库门口，额头隐隐渗汗，拳头握紧。魏坤宁边走边边想：文龙这小子到底打的什么算盘！距离门口越来越近。两个看守看到了魏坤宁，警觉地从岗亭站出来，气氛越来越紧张。突然一道俏影迎面而来，谭卓茹淡定地与魏坤宁擦肩而过，暗中两人的手轻轻碰了一下，一张纸条已经落入魏坤宁手心，魏坤宁连忙抓紧，斜着眼睛看了看谭卓茹离去的背影。魏坤宁长松一口气，走到了门口。

这时，两个日本守卫端着枪将魏坤宁拦下。魏坤宁淡定地交上条子。守卫看完条子，没说话。魏坤宁倒是信心十足：“请您快点！”守卫点点头答道：“现在是特殊时期，冈本长官交代过，要取枪，除了有手续，还得向指挥部电话确认，请你稍等一下。”此话一出，魏坤宁猛然一愣。守卫拿起岗亭的电话。魏坤宁站在烈日下，目光扫视四周，拳头攥得紧紧的，看着拿着电话的士兵，有些紧张。日本兵拿起电话，飞快转动拨号器，电话接了过去。

文龙脚上穿着脚扣爬上电线杆子，掐断了一根电话线，将线头接入了背包机。胡大壮在电杆下焦急地张望着。其实文龙在等魏坤宁那边岗亭鬼子的电话，正好，真巧！电话进来，文龙连忙飞快将电话接起。守卫的日本兵用日语打过来：“你好，是指挥部吗？”文龙用日语回应：“指挥部，请讲。”守卫继续请示：“036号取枪单，是否已经备案？”文龙很淡定：“已经备案，请全力配合！”说完，文龙按动一个按钮，电话挂断。文龙将电话线接了回去。文龙背着背包机带着胡大壮与刚才两个日本兵错身，文龙告诉他们已经修复了。文龙然后对胡大壮低语：“是时候去后厨了。”

魏坤宁面露难色，盯着守卫，心想：看来只能来硬的了。这时，守卫的手伸进衣服内兜之中，缓缓从里面掏出东西。魏坤宁眯着眼看着，也四下张望了一眼，随时准备动手。守卫突然从衣服内兜里亮出一样东西，是一把钥匙。守卫朝魏坤宁摆摆手："确认了，没有问题。请跟我来。"魏坤宁松了口气。守卫带着魏坤宁走向仓库，将门打开，把魏坤宁放了进去。随后守卫叮嘱："推车在门后边，用完请送回来。"魏坤宁点点头！守卫出了仓库，魏坤宁看着满屋子的弹药，一脸欣喜。

刀子闷头在厨房里用刀切着瓜丝，刀法很快，每一刀似乎都要切到指尖上。切完之后，他的菜刀用力拍在了刚劈开的鱼背上，刀迅速而准确地剖着鱼。鱼肉全被倒进了另一个锅里，煮汤，盖上鱼汤的锅盖，翻炒了一下土豆。刀子身边竟然架着四口锅，他一个人同时炒着四道菜，一转身揭开了身后另一个炸着藕盒子油锅，伸手从滚烫的油锅里快速拈起了一个藕盒子扔进了嘴里。回到案板前，片鱼。这时，一日本兵来到了厨房门口："做饭的，这是找来帮厨的劳工！"刀子顿了顿手里的刀，没有回头。日本兵一招手，文龙抠抠索索地站到了门口。刀子继续片鱼。

文龙走进来，刀子手握菜刀，正用毛巾擦拭着。文龙看注意到刀上沾着鱼鳞，问刀子："杀鱼呢？"刀子不应声，文龙顿了顿继续迈步，掂量着这个叫刀子的厨子说："中国有句古话，人为刀俎，我为鱼肉，虽然现在刀握在你的手中，可我怎么感觉，你和那案板上的鱼，差不多呢？"刀子疑惑地盯着文龙，感觉这人有些不寻常，回应道："有话说，有屁放！"文龙看了眼刀子，继续说："如果你愿意跟我合作，我可以让这条鱼重回水中，自由遨游！"刀子即警惕又怀疑地盯着文龙回应："如果一条鱼，掉到了一潭死水潭子里，我不信这鱼还能游得出去！"文龙盯着刀子手中的刀："那你相信有人夺得下你手中的刀吗？"刀子自信一笑，摇了摇头。文龙笑了笑："我只要一分钟！"文龙突然伸手开始夺刀，二人迅速展开了手上较量，互相进攻，刀子一次又一次化解了文龙的招式，期间刀子插进了箩筐中的南瓜堆里，刀子连忙抽脱。文龙差点得手，刀子猛地抽出烟袋锅子，露出隐藏的小刀朝着文龙刺去，文龙一避，菜刀还是回到了刀子手中。刀子一笑："不好意思，我说过没人能办到！"刀子收起自己的烟袋锅子，得意地亮出了手中的菜刀。文龙看了看他收回腰间的烟袋锅子，一笑，伸手握住刀尖，轻轻一用力，只见刀身和刀柄竟然分离开了，刀身落到了文龙手中。刀子看着手中光秃秃的刀柄，诧异万分。这时，文龙一笑："你以为我之前是在夺你的刀，我不过是在松动你的刀柄，做事不能光有蛮力，还得有头脑！只要准备充分，没有不可能的事情！”刀子心服，但还是倔强过头，愣愣地低语：“你是有点本事，不是来帮厨的吧？”文龙点点头：“的确有件事需要你搭把手。”刀子一怔低声说：“得罪日本人的事，我可干不了。”文龙警惕地一笑：“我也就说说，可你……”

文龙走到旁边的一个箩筐前，拎起其中一个南瓜问：“刚才咱俩动手的时候，刀子竟然插不进这南瓜，想必这一定不是一颗普通的南瓜，你说是吧？”刀子目光躲闪：“别瞎说，给我！”文龙巧妙躲过，将南瓜往灶台上一放，轻轻一掰开，里面竟然藏着一颗手雷。刀子一惊，连忙上前捂住。文龙看着刀子：“那个少校整天嚷着要逃出去，我看最想逃出去的人是你！”刀子一笑：“那伙人有点胆识，只是缺少谋略，跟着他们迟早是个死。你小子倒是眼疾手快，胆大心细。说吧，需要我替你做什么？”文龙点头一笑：“帮我给外面的朋友带句话。”刀子回绝说：“办不了，守大门的是冈本，他不会给这个机会的。”文龙低声：“所以这句话不能用嘴说。”刀子一脸疑惑，文龙却是一笑。这时两个日本兵走进来。刀子对文龙放大声吩咐：到里屋来，帮我把萝卜收拾了。文龙也大声回应着照做。

二

文龙的手指在刀子的手背上不规律地敲打着，刀子抽着烟袋。刀子想起了什么，急问：“你整的这玩意儿，是不是每次使用的时候，头上都得戴着两个大耳朵！”刀子说着拿起两个圆萝卜放在耳朵边。文龙疑惑地看了眼刀子。刀子说：“今年春天日本人在操场上操练这玩意儿，我见过几回，好像叫什么……发报。”文龙一笑：“别分心，半个小时之内记住怎么敲，把它敲给来送菜的‘眼镜’。”刀子看着文龙：“你敲的啥意思？”文龙一怔：“你不需要知道，按着这个节奏敲就行。”刀子紧张开始练起来。刀子在桌面上敲击节奏，完了之后看着文龙，示意对否？文龙眉头一皱，摇摇头！这时，日本兵大喊：“喂，事儿干完了吗？别在里面偷懒！”他们都没理会日本兵。文龙盯着刀子：“这样啊，我再教你一遍……”文龙在用手指敲打着节奏，完成后看着刀子，示意记住否。刀子点点头。文龙走时低语："按我教你的节奏多练几遍，待会儿接头时一定不能错！"刀子用力点了下头。空空的厨房内，刀子继续炒菜，但是手指却在勺柄上轻轻地敲打着。刀子的脸上布满了热汗。

艳阳高照。通往虎门要塞的大路上，满警的汽车迎面开来，铁雷停下马车，向车里的满警打招呼："马哥，东西送完啦？"满警探出头向铁雷大声回应："送完了，我告诉你，劳工营出事啦，查得特严。"铁雷一怔忙问："出啥事啦？"满警瞥了眼铁雷："劳工营的事儿少打听。"铁雷点头恭敬地点点头，目送满警汽车离去。

铁雷一会就到了虎门要塞大门口外，看了看手腕上的表，赶着马车继续向大门口走去。冈本远远看着铁雷的马车靠近，大喊："站住！"铁雷装着害怕："太，太君，这是……"冈本看着铁雷；"少废话，接受检查！"两个日本兵上前把车上的东西搬下来，很仔细地检查，气氛很紧张。其实厨房那边等送菜的刀子也很焦急，心想：怎么这时候才送到？！

冈本几人一回头，见刀子和两个帮厨的劳工一脸着急地站在门口。铁雷看向了刀子，刀子给他使了个眼色。刀子的手指按照文龙教的办法，用手中的烟袋锅子敲打车上的箩筐。铁雷注意到了他的手指，快速记忆——下午四点（手指的敲打意思）。刀子一边继续敲一边问铁雷，是按单子上的要求办的吗？铁雷边注意敲打的节奏边点头。刀子将烟袋锅子在鞋边敲起来，将烟嘴里的烟灰抖落，仍然是按照文龙教的节奏敲打。铁雷继续记着——炸（手指的敲打意思）。冈本走到刀子面前，刚好挡住铁雷的视线。刀子此时敲出了最后几个数字。铁雷一脸疑惑地伸长着脖子朝里看。冈本狠狠眯着眼看着刀子："既然已经晚了，你还愣着干什么？"刀子不得不伸手接搬东西。刀子和帮厨的劳工搬着东西回劳工营。冈本冲铁雷摆手示意他赶紧离开。铁雷赶着车迅速离开，刚出要塞，大门就"哐当"关上了。铁雷坐在马车上自语："下午四点炸，炸东墙西墙啊！"心不在焉地边揣摩边赶车。

满屋子的弹药箱，里面都是满满的弹药。魏坤宁打开了几个，摸摸这个，又看看那个，一脸的疼爱，心想：啧啧啧，小鬼子还真够肥的啊！魏坤宁先是扫了几把步枪——三八步枪，手感还真不赖，又看到了歪把子机枪，心里乐滋滋的，随手扔掉了那两把步枪，拿了把歪把子，摆出一个射击的姿势，并将歪把子在手中玩转了两下，又想：歪把子，这个好，射杀面积大，一突突，把小鬼子全撂倒！魏坤宁又打开了一个弹药箱，不停地往身上塞各种炸弹手雷，拿了这个又看看那个。魏坤宁突然想想到了谭卓茹给的单子，拿出单子一看，叹口气：手雷五颗、歪把子机枪一挺、子弹一箱、手枪两把；心里埋怨：奶奶的，你说这办的叫啥事！这么多好东西，白瞎了……

魏坤宁按照单子上清点好，装上车，走到弹药库门口。守卫检查完并确认无误后将魏坤宁放行。这时也来了一个取弹药的鬼子，被两个守卫拦住，鬼子在身上摸了半天，发现条子不见了，大惊！魏坤宁推车迅速离开了。

文龙担水回来。刀子连忙将他拉到一侧，一阵耳语。文龙听后一惊："你确定敲对了吗？"刀子点点头："那当然，一个不落。"文龙点点头："很好，准备一下，中午动手！"刀子看向文龙："你说那个少校去取弹药，现在得手了吗？"文龙笑了笑："等好消息吧！"

文龙等都回到了劳工营宿舍。文龙向魏坤宁、胡大壮等交代计划：第一步……联络手下的弟兄，把时间、地点、告诉大伙儿，注意保密。分头行动吧！

厕所中，胡大壮和一些劳工耳语。厨房门口，刀子和帮厨的劳工们低语，劳工们不断地交换眼色点头。工地上，魏坤宁与几个劳工交头接耳，劳工们听后点头低语："干！反正横竖也是个死！"……

小泉清站在窗口看着操场，想着自己的行动计划，吩咐站在身后的冈本："时候差不多了，可以开始啦！"

文龙等人正在干活。监工过来喊话："赶紧到操场集合，快！"文龙和胡大壮对视了一眼，放下工具，在监工的催促下起身。文龙低声："准备行动！"胡大壮点了点头。文龙排在队伍里缓缓向操场走去。文龙在路过一个巷口时，趁着混乱，突然一个闪身离开了队伍，藏到了一堆掩体后面。劳工队伍经过后，文龙探出了头，然后猫腰离开。

安娜坐在牢房的一个角落里。一阵响亮的高跟鞋声传来，谭卓茹妖娆的身影出现在了过道；文龙穿着日本军服跟在身后，二人径直走到了牢房门口。谭卓茹一个眼神，看守士兵将门打开，文龙站在了看守身边。安娜瞪大眼睛看着谭卓茹，谭卓茹手中拎着一个小食盒。安娜接过食盒，边吃边问谭卓茹：“你还知道自己是个中国人吗！看着日本人在自己的国土上残害劳工，你难道连起码的同情心都没有吗？”谭卓茹微笑着看着安娜：“好吃吗？特意为你准备的，好好享受你在劳工营的最后一餐。”安娜扭过头：“我无所谓，你们把那个勇士怎么样了？”日本士兵在牢门外监视着牢房内的一举一动。谭卓茹看看门外：“勇士恐怕要变烈士了！”安娜气愤地看着谭卓茹：“有本事冲我来啊！”谭卓茹靠近安娜低语：“在我心里你比白天鹅还要美丽。”安娜闻言大惊。

监牢外，文龙突然出手，一招锁喉杀死守卫。安娜一惊，站了起来。文龙直接走到了安娜面前，安娜惊恐而疑惑地看着文龙。文龙上前拉起安娜的手：“跟我走！”谭卓茹也快步跟上。

三人刚走出牢门，两个日本兵巡逻走过来。日本兵见状马上端枪对准，大声喝道：“站住！”三人站住。谭卓茹低声：“安娜，别慌！”两个日本兵过来，谭卓茹迎上去：“二位太君有何贵干？”一日本兵询问谭卓茹：“为何带走安娜？”谭卓茹回应日本兵：“小泉清大佐请她去操场看场好戏，有何不妥吗？”两个日本兵互相看了看。那个日本兵又看向谭卓茹说：“要带走安娜，大佐会事先通知我们。”谭卓茹面色一沉，文龙迈步上前去，说时迟那时快，迅速将两个日本兵干掉，安娜也换上了日本兵的军装。三人按行动计划离开了。

所有劳工们正被赶往操场时。魏坤宁穿着鬼子皮却从一个角落里走了出来，双手插在口袋里，左右环顾着朝炮楼去，边走边想着文龙对自己的交代：劳工们赶往操场时，场面最混乱，守卫们的注意力也全在劳工身上，这时候，少校可以出马，拿下炮楼，占据制高点，控制住小泉清……

这时，魏坤宁躲在一旁，见门口的两个日本兵交谈了一阵，其中一个转身上了炮楼，另一个在那里继续防守。魏坤宁摇摇摆摆地走了过去，日本兵立马用枪对准了魏坤宁，一看是自己人，点了点头。日本兵一回头，魏坤宁飞快握住枪杆，夺下刺刀，另一只手捂住日本兵的嘴巴，然后用刺刀深深刺进了日本兵的脖子。另一个日本兵下来，发现之前的日本兵不见了。他四处看了看，身后一双手摸过来，魏坤宁一边捂住他的嘴，一边把刀从他的脖子处划过，鲜血喷溅。魏坤宁进了炮楼，炮楼口子处趴着一个日本兵，听到脚步声，他一看是“自己人”，嘴里叼上一根烟，伸手问身后的魏坤宁要打火机。魏坤宁将沾满血的刺刀柄放在了他手上，他先是一愣，扭头一看，吓傻了眼。魏坤宁用力将他的手一推，将刺刀送入了他的脖子里，这时文龙对自己的交代再次在脑海里闪现：一旦炮楼上的鬼子被解决了，剩下的就好办，小泉清就算在操场周围布下了狙击手，也一定想不到，所有的劳工会在同一时间暴动。

小泉清站在高楼上。高小庄被吊在操场中间，嘴唇干裂。劳工们全都围了过来。胡大壮在队伍中四下张望寻找机会，他的任务就是负责制造混乱。

炮楼里的魏坤宁在调式狙击枪，将枪口瞄准了高楼上的小泉清。可就在这时，冈本站上前来，挡在了小泉清面前。魏坤宁这时候调转枪口，瞄准了站在高小庄后面的端着枪的刽子手。

高小庄四下看着，心想：没动静啊！那个娘们儿不会忽悠我吧？……

文龙、谭卓茹和安娜往操场走。安娜已经换了日军服装，路过小泉清办公室的时候，突然闪身奔向小泉清办公室。一队日军经过，文龙迟疑了一下。日军走过去。谭卓茹看了眼文龙：“这个虎妞，拿她相机去了，添乱！”二人也闪进了小泉清的办公室。

在小泉清的办公室里，安娜不停翻找。文龙拉着安娜：“快走！再不走来不及了。”安娜根本不理会，终于找到了相机，高兴地拍拍手：“找到了！”文龙又拉了下安娜：“快走！”安娜发现与相机放在一起的还有一个胶卷盒。安娜将胶卷顺手拿走，边拿边说：“我带来的胶卷不够了，哎，还有那个……”文龙很无奈，拖着安娜往外跑去。

小泉清迈步走上操场旁的高台上，看了看聚集的劳工，又看了看时间。冈本报告：“大佐，人到得差不多了。”小泉清点点头。冈本高喊：“预备！”站在高小庄后面刽子手端起枪来拉动枪栓，声音清脆。高小庄挣扎着心想：完了完了完了。冈本又高喊：“行刑！”高小庄闭着眼挣扎着。一声枪响，高小庄紧闭着眼，可等了两秒，却没有中枪，他一扭头，刽子手眉心中弹，缓缓栽倒。小泉清等人慌了，迅速站起身来，这时魏坤宁一枪打过来，打在了小泉清一侧。小泉清急喊：“在炮楼上！”鬼子冲炮楼开火。

胡大壮趁机大喊："弟兄们，往西跑啊！"现场劳工顿时趁乱四下奔逃，鬼子不断开枪，劳工们纷纷中枪倒地，一部分劳工与鬼子厮打起来，搏斗、夺枪。小泉清鸣枪示警却失去了作用，暴跳如雷。小泉清举起枪瞄准了吊在空中的高小庄。就在这时，一把菜刀突然飞出，抢在小泉清开枪前割断了吊绳，高小庄跌下。胡大壮迅速接住高小庄，扭头看向刀子："好刀法！"刀子对着胡大壮竖起大拇指："你也不赖！"

高小庄迷迷糊糊地睁开眼睛，一看自己落在胡大壮怀里，高小庄兴奋至极，竟然亲了胡大壮一口。胡大壮一把将高小庄放在地上，抹了一把脸："我呸，你是爷们儿吗！"刀子躬身跑到操场一侧的箩筐中翻出魏坤宁从弹药库取出的歪把子，将手枪和手雷丢给胡大壮，他端着歪把子开始扫射日本兵，随着日本兵倒地，刀子叼着烟袋锅子打得更加兴奋更加起劲了。

操场上一片混乱。文龙拖着安娜来到操场上，腾出手不时开枪，弹无虚发，击中了好几个鬼子。安娜拿出胶卷上到相机上，开始拍照。文龙冲着安娜大喊："你不要命啦！"安娜没理会文龙，躺在地上，寻找角度，继续拍照。文龙伸手去拉安娜，安娜挣吧了一下。安娜急吼道："这是证据，让我拍！"文龙无奈，照着安娜的后脖子就是一掌，把安娜打晕，扛着安娜向西跑去。

劳工们朝着门外逃去，可日本鬼子的机关枪将大部分人扫死。刀子端着歪把子掩护，边射击边大声喊向胡大壮："去西侧墙会合！"胡大壮将身上的高小庄一顶："抓紧我啊！"高小庄感激万分："壮哥，还是你对我好，以后我给你养老送终！"胡大壮气喘吁吁回应高小庄："闭嘴！"高小庄正准备接话突然定住了。不远处，一个日本兵拿着枪对着高小庄。高小庄因此惊慌失措地害怕起来："太君，有话好说。"日本兵气急败坏地大声吼："八嘎！"日本兵扣动扳机，就在这时候，一枪过来，爆了日本兵的头，高小庄扭头一看，是谭卓茹！高小庄大喜："姐，瞧出来了，你是有真本事！你是我的恩人，我也给你养老送终！"谭卓茹没搭理高小庄。胡大壮一拖小庄的屁股"再不闭嘴，我给你扔地上。"高小庄把嘴紧紧闭上。这时，文龙背着安娜跑过来，大声喊向大伙："别废话，赶紧撤！"

文龙一行赶到了西墙的墙角，把安娜和高小庄放下。文龙、刀子等人与赶来的鬼子展开激烈的枪战，炮楼上的魏坤宁也调转枪头支援这边，鬼子被打倒一批，很快就有第二批后补上来。而这时站在高处的小泉清凶狠狠地一捶面前的栏杆："加强火力，一个都别让他们活着！"刀子突然看向文龙："子弹要打光了！"文龙看了看手表，进入秒针倒计时，然后坚定地看向刀子："坚持五秒！"时间像静止下来似的，在日本兵的枪炮弹声中仿佛能听到秒针的声音，其实是大伙的紧张而又充满希望的心跳！文龙提醒大家："卧倒！"众人一起朝着墙角外扑倒，可扑倒了几秒，并未见反应。几人抬起头来，四下张望，西墙纹丝不动并没有要被炸开的趋势。刀子急了："糟了，那个眼镜不会没看懂吧！"胡大壮也着急了："啥情况这是？！"远处传来冈本的声音："他们在那边，一二分队跟我上来！"轰隆一声巨响，东墙突然发生爆炸，一堵墙轰然垮塌，众人看傻眼。

文龙大惊："糟了，那小子炸了东墙！"胡大壮急了："那可咋整，鬼子挡着，过不去啊！"

烟雾散去，垮塌的东墙下，铁雷吐着口中吸入的尘土，起身大喊："哥！我来啦！"鬼子们见状，连忙调转枪口对准了铁雷。铁雷见状连忙躲在墙体废墟之下，子弹嗖嗖射出，墙体上尘土飞扬，铁雷被火力压制住根本动弹不得。另一头西墙下的文龙、胡大壮、刀子、高小庄、安娜等人见状，十分替铁雷担心。高小庄自暴自弃地抱怨："完了完了，出不去了，不能给你们养老送终了。"胡大壮视死如归地看着小鬼子："人早晚都是个死，跟小鬼子拼了！"操场中间，郭三和十几个鬼子背靠背对两个方向进行火力压制。

文龙大喊："雷子，十点。"墙外废墟下，铁雷听到喊声，立刻会意。铁雷心里想：好家伙，十点钟方向。铁雷从背包里拿出一个炸药包在手中掂了掂，用打火机点燃，猛地起身，向墙内十点钟方向扔过去。炸药包飞入操场内，从高空慢慢落下。郭三见状大喊："趴下！"

文龙斩钉截铁地喊向大伙："准备出击！"日本兵纷纷趴下，炸药包在半空爆炸，鬼子死伤大半。郭三吐着口中尘土："妈呀，差点玩完！"爆炸结束，活着的日本兵继续战斗。谭卓茹从操场另一侧冲出，拿出一颗手雷往墙上一磕，朝着郭三等人的位置扔过去。手雷落地，日本兵们大惊。郭三看着空中的手雷："别都奔我们来啊！"说完就地连滚带爬地躲避手雷，找了一个角落，躲了起来。"轰！"手雷爆炸，机枪后面的鬼子被炸死。铁雷见势从墙体废墟处钻出，端着冲锋枪朝着鬼子一顿猛扫。剩下的几个鬼子被压得抬不起头。

文龙命令大伙："都跟着我！"胡大壮拖着高小庄，刀子背着安娜，加上十几个劳工跟着文龙从掩体后面迅速冲出。文龙夺了其中一挺机枪，前后夹击，鬼子乱了阵脚，死伤一片。谭卓茹拿着手枪冲过来，文龙几人不断击中躲在两侧的鬼子，朝着操场炸开的缺口突围。

文龙带着众人跑过来，文龙示意大家站住："兄弟们，一会你们往西南跑，那边鬼子防守薄弱。"众劳工和文龙等人告别，向林中跑去。这时胡大壮急忙看向文龙："5237，少校没出来，咋办？"文龙一看，魏坤宁确实不在其中，忙命令铁雷："雷子，你们先带安娜走，我去接应少校！一会儿在老丫口会合。"谭卓茹急忙劝文龙："5237，你有你的使命，老魏吉人自有天相，返回去，凶多吉少。"文龙看了谭卓茹一眼："我承诺过带你们一起走，不能食言。"铁雷拉了把文龙："哥，我和你一块儿！"文龙大声喊向铁雷："保护安娜，把你枪给我。没时间了，服从命令！"铁雷很不情愿地把炸药包、冲锋枪递给文龙。

刀子很佩服地看着这一切。胡大壮有些激动："少校有救了！"高小庄也很激动："哥，我先替少校老爷谢谢你，你们可别都死啊！"胡大壮大声埋怨高小庄："你给我闭嘴！"文龙命令大家快走！

铁雷带着高小庄一行人钻进了丛林，刀子背着安娜，谭卓茹担心地回头看着文龙。安娜在刀子背上醒过来了："5237哪？放我下来！"刀子把安娜放下来。胡大壮看着安娜："别瞎叫唤！5237就只救你啊！"高小庄不满地看向对胡大壮："壮哥，你对小姑娘说话声小点，温柔一点不行吗！"胡大壮急了，连看也不看高小庄一眼，就骂道："滚蛋！"

炮楼上的魏坤宁一直瞄着小泉清射击，只要小泉清露头，魏坤宁就朝他射击。小泉清无奈地躲避，无法指挥作战。魏坤宁见文龙等人带着劳工突围成功，迅速地跑下了炮楼和最后没有撤出的劳工会合。小泉清终于可以抬头，看着操场上死伤的士兵恨得咬牙切齿。冈本跑过来报告："大佐，安娜跑了，变戏法的、谭翻译也跑了！”小泉清失去理智地大吼：“你马上带一队人全力追踪安娜，人和胶卷我都要，如果抓到谭翻译，就地枪决，不，给我带回来！”冈本一溜烟似的跑去执行任务了。

铁雷带着众人跑到了一片密林之中，气喘吁吁地告诉大家：“坚持一会，再往前走就到老丫口啦了！”安娜、谭卓茹都累得不行了，停了下来。安娜看了看周边环境，向一边跑去。谭卓茹不安地看向安娜：“安娜小姐，你又想干吗？”安娜不高兴地看了眼谭卓茹：“不干嘛！解手！不行啊！”谭卓茹跑着跟上安娜：“我和你一起去。”安娜瞥了谭卓茹一眼，转身朝着山林而去，谭卓茹在后面紧紧跟着。刀子看着安娜去的方向，怀疑地眯起了眼睛。

操场上一片混乱，最后十几个劳工操着武器在和日本兵肉搏。魏坤宁从炮楼里杀出，可刚到门口就被两个鬼子开枪逼了回去，靠在炮楼墙内，持枪射击，结果没了子弹，心想：看来我老魏今天够呛！两个鬼子端着枪步步逼近。这时，突然响起枪声，两个日本兵应声倒下，魏坤宁抬头一看，只见文龙端着枪冲过来。文龙扔过一个弹盒：“少校，接着！”魏坤宁一把接过，住枪里迅速上子弹。魏坤宁和文龙形成倚背之势，一起往外冲。

魏坤宁边跑边看向文龙：“5237，我没看走眼，你还行，讲信用！”一抬头发现之前炸开的东墙断口处已经站了一队日本兵补上了缺口，凡是有想冲出去的劳工无一例外遭到阻击。魏坤宁有点担心地看了眼文龙：“5237，口子被堵上了，恐怕是出不去了！”文龙一笑：“怎么着，你以为我杀回来是陪你送死的？”魏坤宁反应过来：“你小子还留着后手？”文龙点点头：“瞧好吧！”文龙抄起旁边的一根烧着的木棍扔了出去，木棍落地的位置，旁边的土堆里伸着一根导火索。木棍在空中飞行，落下撞到导火索上。堵在缺口处的日本兵们听到嗞嗞声突然意识到不妙。一个日本兵大吼：“卧倒！”轰隆！小鬼子旁边发生爆炸，浓烟四起。文龙和魏坤宁一猫腰趁着浓烟杀了出去，最后三四个劳工也跟着一起逃了出来。

三

天渐渐暗了下来。密林之中，安娜终于找到了那棵树，谭卓茹远远地跟在后面。安娜弯腰刨开枝叶和泥土，从里面取出用油纸裹好的胶卷和一张地图，她把地图揣到怀里，看着胶卷，欣喜地亲了一口："太好了，咱俩又见面啦！"安娜正要把胶卷装进兜里，谭作茹出现在她身后："安娜小姐，你瞎跑会把鬼子引来的。"安娜瞥了眼谭卓茹："怎么是瞎跑，这东西比我命都重要。"铁雷、刀子等人也赶过来。高小庄一把将安娜手里的胶卷夺了过来，拿在手中仔细查看："还有比命更重要的东西，我看看！"安娜去抢："还给我！"高小庄躲过："不就看看嘛，你的命都是大家伙救的，干吗这么小气！"安娜急了："这里面的照片是我冒着生命危险拍下来的，鬼子侵略罪证，赶紧还给我！"胡大壮一惊："鬼子！小庄，打开看看。"高小庄一笑，将手中胶卷举起。安娜伸手去抢谭卓茹腰上的手枪，抢到手后，枪口对着小庄："你敢打开，我可不客气。还给我！"高小庄一看安娜这架势："真生气啦！"

一声枪响，子弹从高小庄手边飞过，高小庄吓得一缩，手中胶卷掉落，顺着山坡滚了下去。刀子忙提醒大家："鬼子，大家隐蔽！"几人连忙躲在树林后面，一个日本兵比画着进攻手势，另外三个端着枪朝着几人不断逼近。胶卷滚落到双方中间的一块石头处。安娜扑过去，把胶卷抓到手，谭卓茹也扑了过去，保护安娜。日军朝安娜射击。刀子见状，借助旁边掩体向日军射击。高小庄吓得不行，推了一下旁边的铁雷："你带我们来的什么地儿？"铁雷没理他，拿把手枪向鬼子射击。胡大壮拿着步枪向鬼子射击。一时间，又有几个鬼子涌过来。几个鬼子比画手势，呈弧形，一边借着树木掩护，一边朝着几人围过去。胡大壮扣动扳机，发现没了子弹："子弹！"铁雷着急地看了眼胡大壮："你，你以为我是弹药库啊！"胡大壮抱怨："没子弹，仗咋打！"

谭卓茹瞪着安娜："以后别瞎跑啦！净给大伙儿添乱。"安娜生气地看着谭卓茹："我干什么，是我自己的事，你没权利管我！"谭卓茹瞥了眼安娜："不知好歹！"说完继续射击。高小庄看了眼安娜和谭卓茹："我说二位姑娘，这不是打嘴仗的地方，子弹可不长眼！"日本兵端着枪慢慢包抄过来，形势越来越紧张。刀子拧开了手中的烟袋锅子，露出锋利的一端。胡大壮拔出藏在裤腿里的匕首突然冲出："小鬼子，老子跟你们拼了！"

砰！突然一声枪响，胡大壮一愣，砰！又是一声枪响。砰！砰！枪声连响几声，四五个日本兵倒下。刀子等人藏在树后相互对视，有些疑惑。文龙和魏坤宁各自居高临下瞄准日本兵射击。文龙又扣动扳机，一枪，又一名日本兵中枪倒地。文龙和魏坤宁迅速下树。魏坤宁向文龙使了个眼色："你3个，我3个，打平！"文龙一笑："我4个！"魏坤宁愣神时，文龙迅速抬枪对准了魏坤宁身后，砰！开出一枪。魏坤宁一转身，发现他身后一名准备偷袭的鬼子中枪倒地。文龙一笑。

不远处，眼尖的高小庄先认出了文龙："是少校和5237！"文龙和魏坤宁微笑着迎上前和大家会合。安娜抱怨文龙："5237，下次从背后打人轻点啊！"文龙没理安娜。文龙看向倒在不远处的鬼子，命令大家："快把鬼子的衣服换上，再补充点弹药。雷子，带路离开这。"大家迅速换装，然后离开了林子。

小泉清骑马带队赶到。冈本和郭三灰头土脸地跑过来汇报："我们的追击部队，全部阵亡，他们的人不知去向。"小泉清听后愤怒万分："混蛋！混蛋！通知附近的部队，让他们封锁这个区域，把地图拿来！"冈本指着地图，我们刚才和他们遭遇的地方在这个位置。小泉清认真地看着，有预感似的忙命令："老丫口西南，（指着地图）这几个方向都有我们的哨卡，只有黑虎沟方向是个空档，冈本你带兵向黑虎沟方向追击！"冈本带队离开。小泉清狠狠眯起了眼睛。

铁雷走在队伍最前面。文龙喊住铁雷："还有多远？"铁雷回应："八十多里地，明天中午前应该能到。"文龙转过身，向后看着，身后的胡大壮等人见了他的目光，也往后看。安娜看了眼文龙："看什么呢？"文龙目光落到了站在队伍后面的刀子身上："刀子，你到前面来，到黑虎沟还有更近的路吗？"刀子走到前面，眯着眼看向了文龙；"为什么问我？"文龙看了刀子一眼："你是黑虎沟的人，不问你问谁！"刀子一笑："你怎么知道的？"文龙也一笑："去后厨找你，只是希望你能帮忙递个信。但跟你过招之后，我就彻底信任了你。因为你是黑虎沟高队长身边的人。"铁雷看向文龙："哥，他是高队长的人？不会这么巧吧？"文龙点点头："高队长当年的独门绝技，你听说过吗？"铁雷点点头："烟袋锅子！"几人都看向了刀子腰后别着的烟袋锅子。文龙又看向刀子："用同样的武器这可能是巧合，但总不能手法都一模一样吧？"魏坤宁听得一脸迷糊："喂喂喂，你们瞎掰扯什么呢？什么黑虎沟，高队长是谁？"刀子上前来："没错，我的确是黑虎沟抗联的人，高队长曾经的贴身警卫。一年前被鬼子所抓，这个身份没人知道。"魏坤宁一笑："哟呵！我说咋上天入地，啥事儿都能干。原来是中共的人。这么说来，5237，你也是吧？眼镜，你也是！"高小庄插嘴："管他谁的人，只要能救咱的命就成，都是我恩人！"文龙看向刀子："刀子，路你来带。"魏坤宁拍拍裤腿："黑虎沟，抗联，我堂堂东北军少校营长，哪能投奔抗联！我在猫子岭打散的弟兄们还等着我呢！"谭卓茹很生气地看向魏坤宁："就别逞能了，他们有队伍接应，逃出去的机会更大。"文龙点点头："要从这逃出去，可只有黑虎沟一条路。"胡大壮凑到魏坤宁身边："少校！我跟你走！咱们是生死兄弟，说好给我个官当当。小庄，快过来！"高小庄有些犹豫："不是，这……二位哥，5237他有办法，我觉得跟着他……"胡大壮一把将高小庄拽了过来："别废话！是不是兄弟！"高小庄一脸委屈看向谭卓茹："对不住了姐，我不能给你养老送终了。"

魏坤宁看向谭卓茹："卓茹，希望我们还能有缘再见面。"谭卓茹瞥了魏坤宁一眼："驴脾气！"魏坤宁上前朝文龙伸出手："我叫魏坤宁。"文龙伸手一笑："文龙，他是我兄弟，铁雷。"魏坤宁的目光扫视了几人一眼。安娜连忙自报："我叫安娜！"魏坤宁看着文龙："好歹同生共死一场，保重！"两人的手稳稳握在一起。魏坤宁三人离去。

刀子看向文龙："我知道有一条小路，明天上午就能到。"文龙叹了口气，往地下一坐："不着急，歇会儿。"安娜看了一眼文龙："什么人啊！一会儿急，一会儿不急的。"

冈本带着大队日本兵追上来。日本兵分两路纵队涌入山林。

魏坤宁、大壮、高小庄三人在林中快速穿行。胡大壮突然停下，俯身把耳朵贴到地上，突然说："有人，还不少。"魏坤宁嘟噜："鬼子，真是阴魂不散。"高小庄看了眼魏坤宁："少校，还是奔黑虎沟吧！"魏坤宁看着胡大壮："大壮，前面去看看，鬼子奔哪个方向来的？我想点辙！"胡大壮领命，朝着侧前方的小树林跑去。高小庄看了眼魏坤宁："少校，文龙哥人挺好的……"魏坤宁不屑一顾："他给你啥好处了！念得老子耳朵都起茧子了！闭嘴！"小庄一脸为难，只得跟着没入丛林。胡大壮在不远处的小树林中蹲哨，两个打前线的日本兵突然从胡大壮前方的树林冒出头来。胡大壮见两个鬼子过来，准备摸过去，魏坤宁连忙冒头朝他比画了一个手势，示意他不要动手。胡大壮见状，非常不解气地藏进了树丛中。两个鬼子上前来，正好通过了胡大壮和魏坤宁之间的草丛。高小庄在魏坤宁耳边低语："咋办？咱还是回去吧！"魏坤宁故作无奈："回去！那也得把大壮先召回来！"高小庄一笑："少校，按刚才的，给他比画比画！"

魏坤宁正要冒头，见之前探路的两个日本兵朝身后比画了一个旗语，一大波日本兵从后方冒出头来。魏坤宁低声："不好！"随后在树丛里晃了晃，给胡大壮比画了一个手势，示意他绕回去，跟文龙会合。胡大壮点点头，钻进了旁边的树林里。高小庄疑惑地看着魏坤宁："你俩啥时候商量的这些暗号？"魏坤宁一笑："大壮在林子里跑惯了，腿脚比咱快！就别替他瞎操心了！"高小庄担心地低声："鬼子是冲着文龙哥他们的方向去的，咱们得马上从侧面绕过去！"魏坤宁扭头就跑了，小庄一脸不解，也连忙跟了上去。

文龙、谭卓茹等人还在原处休息。铁雷急切地看了眼文龙："哥，该走了。"文龙回应："再歇会儿。"谭卓茹看着文龙，若有所思。不远处传来脚步声。高小庄在前，魏坤宁在后，出现在文龙等人的视线里。文龙起身："可以走了。"铁雷一笑："哥，这叫浪子回头金不换。"文龙摇摇头："不对，这叫迷途知返。"谭卓茹听见二人对话笑了。

高小庄走到文龙面前："文龙哥，我们想通了，都是生死兄弟，还得一块走，不能分开。"魏坤宁也点点头："耽误大伙时间了！其实我也舍不得你们，我老魏再陪你们走上一段。"刀子一笑："行啦，别喷了，是鬼子追上来了吧？"魏坤宁和高小庄都假装看向别处。刀子折回到小土坡上打探后方情况。

谭卓茹讥笑地看着魏坤宁："老魏，这几年你变化不大啊！"魏坤宁尴尬地笑笑。高小庄插话："大壮呢？"安娜抱怨："他不是跟你们一块的吗？”魏坤宁一拍大腿：“糟了！”铁雷疑惑地看向魏坤宁。高小庄插话：“刚才少校让大壮去前边树林打探情况，让鬼子的先头部队给冲散了！少校给他递了暗语，让他绕过来找你们！”铁雷一惊：“咱一直等在这儿，没见人回来呀！”高小庄也一拍大腿：“完了完了，他准是没看懂你的手势！”刀子返回来了说：“鬼子追上来了！”文龙看向刀子：“刀子，带路！”高小庄着急了说：“大壮还没回来呢！”魏坤宁一怔：“这小子领会错了，不然早到了！他常年在山林里打猎，应该能找到我们，先走！”文龙点点头。刀子带着大家向一侧走去。

四

黑虎沟刚刚经过一场血战，一片狼藉。一些身着普通百姓服装的日本便衣扛着枪，拖着被打死的游击队员的尸体，四处都是未散尽的硝烟。便衣队长小泽脱下身上伪装的兽皮大衣，露出日军军服。小泽眉头紧锁，环视四周。一便衣日本兵上前来报告：“队长，暂时没有发现活口。”小泽得意点点头：“这黑虎沟的抗联队藏在这地方已经有些年头了，能拿下这个地盘，吉野大佐和田中将军一定会非常高兴。”便衣日本兵拍马屁：“都是队长指挥有方。”小泽没理会而是命令：“抓紧时间，清理战场。”

刀子的腿脚很快，后面跟着文龙、魏坤宁、谭卓茹、安娜、小庄等人行进缓慢。刀子停在了一处林地不走了。文龙看向刀子：“怎么了？”刀子急忙低声：“有情况！”众人都紧张起来，文龙让大家稳住。

刀子和文龙往前走了一段，见不远处沟口的四周有端着枪四处巡视的人员，一些木制的房子着起了火。刀子一惊：“不对劲，不像我们的人！”文龙看到一两个穿日本军服的人，意识到这时鬼子化妆偷袭。刀子担心一怔：“不知道高队长怎么样了？”二人退了回来。

冈本带队在林子里依旧急行军，快速追赶文龙他们。

文龙、刀子回到众人中间，文龙看了眼大伙：“抗联营地被鬼子占了，高队长生死不明，往前不好走了。”谭卓茹看向文龙：“必须找到高队长吗？”文龙点点头：“必须，生要见人，死要见尸。”铁雷一怔：“哥，你想凭着鬼子皮硬闯？”高小庄摩拳擦掌：“文龙哥，你最有办法了，我就信你。”文龙摇摇头：“硬闯肯定不行，老魏，你见过的阵仗多，你想想办法。”魏坤宁深思了一下：“办法倒是有，得冒点儿险。”谭卓茹瞥了眼魏坤宁：“痛快点，快说！”魏坤宁看了谭卓茹一眼：“要想进营地查，就得让鬼子相信咱们是真皇军。”高小庄插话：“咱们穿着鬼子皮，这不挺像的吗？”魏坤宁瞪了眼高小庄：“小鬼子鬼，咱们这边是一点差错都不能出，他们是假抗联，我们是假皇军，鬼子碰到抗联会咋办？”谭卓茹会意地点点头：“敢打抗联的一定是真皇军，老魏，主意不错。”文龙也点点头：“好！我们主动出击，打他们一下，真高，怎么打，你说。”魏坤宁吩咐大伙：“刚才有队假抗联，往山坡那边去了，我们绕过去，打他一下。”安娜欣慰地看着大伙：“你们胆真大，太刺激了！”文龙看了眼铁雷：“雷子，你护着点安娜，别出事。”安娜有点不高兴了，瞥了眼文龙：“我不用你们护着，我也会打枪。”众人开始行动。

魏坤宁与文龙并排朝着小山坡摸去。魏坤宁低声：“刚才谢谢啊！”文龙装听不懂，看着魏坤宁：“什么？你说什么呢！”魏坤宁一笑：“就这办法，你会想不到？你把我抬这么高，我不说都不行！你这是给我一个台阶下嘛！”文龙笑笑：“这叫英雄所见略同！”

魏坤宁一行人摸到小山坡后方，十几个假扮抗联的鬼子正在打扫战场。文龙等人探头看到了这一幕。魏坤宁与文龙互相点点头。几人主动朝着假抗联开枪，假抗联连忙寻找掩体躲避，朝着文龙等人还击。魏坤宁和文龙只是跟鬼子你来我往开着枪，未有伤亡。高小庄看了看一笑：“嘿！不就是放空枪吗，让我来，反正我打哪儿哪儿不中，放心吧！”高小庄夺过魏坤宁的枪，扭过头，朝着前方胡乱打了一枪。不料，一个鬼子中枪倒地。魏坤宁急瞪了高小庄一眼：“小庄，别胡来！”高小庄无奈却高兴地一笑：“这不能怪我！我闭着眼打的！”

小泽听到枪声，疾步出来：“怎么回事？哪儿打枪？”一个日本兵报告：“那边山坡上！”小泽带队朝着山坡上赶去，翻过山坡走上前来，看见高小庄等人穿着日军军服。小泽朝向文龙等人大喊：“停止射击！误会！”文龙见状，文龙低语叮嘱魏坤宁：“让他们都搂住火，别乱说话！”魏坤宁点点头，朝着安娜等人使了个手势。文龙低语："把枪举起来，对准他们！"其余人都拿起枪对准了迎上前来的小泽等人。文龙又低语："别乱说话！"小泽迎上来："误会误会，自己人！"文龙用日语对小泽发问："你们哪个部队的？"小泽回答："我们是松林沟护路队，奉命清剿黑虎沟抗联！"文龙用日语反问："凭什么信你们？"小泽一个眼色，手下递出一个证件。文龙接过，认真地看了看。谭卓茹凑上来，看了眼文龙说："冈本太君，我在警务厅工作的时候见过这位小泽队长，是吉野大佐身边最得力的干将。"小泽疑惑地看着文龙等人："你们莫非是虎头要塞小泉清大佐的人？"谭卓茹点点头："没错，这位是冈本队长。"文龙递过去证件："多有得罪！要塞逃走了几个劳工，我们也是奉命追击至此，他们掌握了要塞的重要情报，我怀疑他们已经进了黑虎沟抗联密营。"小泽靠向文龙："冈本君迟来了一步，不过没关系，跟我进去看看，被我们击毙的人中有没有你们要找的人。"小泽带队往营地走去，文龙等人跟了过去。

文龙等人跟随小泽队长进入抗联营地，四周都是正在打扫战场的便衣日本兵，抗联战士的一具具尸体被拖出来，在院中列好。刀子看到尸体中有自己熟识的人，变得非常愤怒。铁雷对刀子低声："刀子，别冲动。"小泽看向文龙："冈本君，有没有你们要找的人？"文龙看了铁雷一眼，铁雷使了个眼色。文龙看向小泽："很遗憾，没有！战场打扫完了吗？有没有活口？"小泽一怔："没有清理完毕，请你们等一下。"此时高小庄的肚子咕咕直叫，文龙听到了。文龙又看了小泽一眼："小泽君，我的人一天多没有吃东西了，能不能弄点吃的。"小泽点点头，回答没问题！

众人都饿极了，狼吞虎咽地吃着日本兵的军用罐头。一个日军进来报告："冈本队长，找到一个活口，小泽队长请您过去看看。"文龙点点头，示意铁雷跟上。

高队长被绑在一根柱子上，浑身是伤。小泽队长站在一旁。文龙和铁雷进入房间。小泽队长看向文龙和铁雷。高队长注意到两人，文龙与铁雷交换了一个眼神，确认此人正是高队长。小泽看向文龙："冈本君，这可是你们要找的人？"文龙凑上去，仔细端详着高队长。文龙一耳光狠狠扇过去："八嘎！你以为你躲在这里小泉大佐就找不到你了吗？从要塞里逃出来的其他人呢？”高队长满脸是血，眯着眼睛看向了文龙。高队长冷笑一声：“什么其他人？你睁大眼睛看清楚，老子是谁！”听到这话，小泽疑惑地眯起了双眼，凶狠狠地瞪了眼郭队长：“你到底是抗联游击队，还是要塞里逃出的犯人？”气氛变得紧张起来。高队长抬头，看见铁雷，什么都明白了，大声喊：“老子是虎头要塞……逃出来的犯人……”小泽队长一惊。

文龙故意打断高队长：“其他人在哪儿？”高队长故意冷笑：“他们就在……一个你们永远都找不到的地方，哈哈哈！”文龙佯装气急，一嘴巴又抽了过去。高队长故作凶狠地看了眼文龙：“能从要塞里逃出来，多活一天是一天，有种你就打死我！”文龙假装高声训斥郭队长：“你不用叫嚣，小泉大佐一定会有办法撬开你的嘴。”文龙说完就转向小泽队长：“我能把他带走吗？”小泽队长伸手止住：“冈本君，这可是我们这次突袭抓住的唯一活口，他逃到这儿，一定和这里的抗联有关系，这事不好办。”文龙故作犯难地看向小泽：“这伙从要塞里逃出的重犯，掌握很多要塞情况，我需要他，抓住这伙逃犯，不然，恐怕田中将军会降罪。”小泽队长想了想，大喊一声：“通信兵！马上给吉野大佐发报请示。”通信兵领命去发报了。通信兵坐在电报机前，飞快地敲击发报机，发报机上的内容——黑虎沟一役，抓捕活口一名，但经过小泉部冈本甄别，此人系虎头要塞重犯，是否按照小泉部要求交出，请指示。

小泽队长转身向着文龙、铁雷几人：“很抱歉，小泉清做事的方式向来……很特别，我必须请示我们吉野大佐。”文龙点点头，转向小泽：“小泉大佐提起您和吉野大佐，可都是溢美之词。”

通信兵进来，递上电文，小泽接到电文。纸上的日文翻译——虎头要塞一切事务均为军事机密，以大局为重，交人。文龙看到了此电报内容，一身轻松地看向小泽：“现在可以请您放人了吗？”高队长也竖起耳朵听着。小泽一怔：“把他交给你，会给我们清剿抗联残部带来很多麻烦。这事我必须先通知小泉清，让他知道，今天他又欠了我们吉野部一个人情。”文龙和铁雷再度紧张起来。

巧遇林海　命践承诺

一

小泉清正在研究地图。一个日本兵推门进来，呈上一张情报并报告："黑虎沟发来的电报。"小泉清接过，电报内容——黑虎沟抓获一名抵抗分子，经你部冈本指认，此人系要塞逃犯。吉野大佐指示将此人交于你部，望知晓。小泉清很激动地看了看电报："好，太好了！你马上给冈本发电报，内容就这么写……"日本兵领命回电报。

小泽收到小泉清的电报，扭头看向文龙："冈本君，人你们可以带走了，一会签个字。不然这人要是出了什么问题，你我可都担待不起。"文龙点点头："没问题！"小泽看了眼文龙："请吧，冈本君！"

冈本带人追踪，一个通信兵上前来，大佐的电报。冈本一看——就地审讯，扩大搜索范围，必须抓获安娜。冈本一怔："就地审讯？什么意思，这里面有蹊跷，赶快给大佐回电。"

高队长被押了出来。高队长看到了刀子，刀子朝他点头示意。小泽等人就站在不远处，朝文龙挥了下手："请稍等，手续一会就拿过来。"谭卓茹点点头："非常感谢小泽队长的款待，希望我们还能见面。"小泽冲谭卓茹一笑。

文龙、魏坤宁一阵耳语，魏坤宁听完，有些不悦。魏坤宁低语："你算是认准我啦！"文龙一笑："谁让你能力强呢！"小泽队长见文龙和魏坤宁在小声交谈："上前来，怎么了？"文龙一笑："给您添麻烦了，这个士兵突然肚子疼，想去方便一下。”小泽一笑：“请自便！”魏坤宁瞪了文龙一眼，朝着边上走去。

头顶上阳光照射。魏坤宁穿过小道。文龙交代——出门左拐第三座屋子，干掉里面的通信兵，阻止小泉清发回电报。魏坤宁停在了这座屋前。日本通信兵接到一个电报，将电报在纸上翻译出。通信兵翻译完，一脸震惊。电报内容——那几个皇军士兵是冒充的！通信兵刚一起身，魏坤宁在他身后出招，将其脖子拧断。魏坤宁踹了通信兵两下，见没了反应，魏坤宁拍拍手，心里想：这点小事还非要我老魏出马！

魏坤宁赶回来，朝文龙点点头。一个便衣过来，交给文龙一个文件，文龙在文件上签字。看到签字后，小泽点点头：“冈本君，后会有期。”文龙点头示好：“后会有期！”小泽做出一个有请的手势。文龙等人朝着黑虎沟外走去，小泽也带人跟上去。

几人说笑着走到了口子处，刚要作别，只见不远处，冈本带人牵着追踪犬赶到。几人一看，都慌了神。小泽队长也看见了，一脸疑惑。冈本也看见了几人，稍有一愣，立刻明白过来。冈本大声喊向小泽：“我是虎头要塞的冈本一雄，那几皇军士兵是冒充的！”文龙飞快夺下了小泽身上的配枪，顶住了小泽的脑袋。文龙一个眼神，示意刀子从侧面绕过去，刀子持枪离开。便衣们全都围上来，冈本也带人端着枪上来。文龙眼扫了一下日本的众便衣：“小泽队长，看来只有得罪了，别乱动，再动我一枪打死他！”便衣和冈本的人都无动于衷，缓缓逼了过去。文龙一枪打在小泽的肩膀上，小泽一阵惨叫。便衣和冈本的人都只得退后。

文龙看了眼小泽的手下：“谁再上前一步，我就马上毙了你们的队长！”文龙等人挟持着小泽退出黑虎沟。冈本钩钩手指，一个日本兵上前来，冈本朝他低语：“通知树林里的狙击手，给我瞄准队伍里的安娜。”日本兵听后从侧面跑开。冈本冷笑着看了文龙一眼：“我劝你最好把枪放下，小泽大佐要是有什么意外，我的狙击手会马上崩掉安娜小姐的脑袋。”树林中，一把狙击枪瞄准镜里是跟在文龙身后慌张的安娜。文龙等人退向树林，便衣和鬼子都追了上来。

冈本带人逼近，大声喊向文龙：“你以为我在跟你开玩笑吗？”冈本一个手势，从林里一个日本狙击手突然开枪，一颗子弹落在安娜旁边的一棵树上。安娜“啊！”了一声。文龙见势将安娜拉到身后。一颗子弹射来，日本狙击手中弹倒地。刀子持枪瞄准下一个狙击目标。

小泽趁乱挣脱了文龙的挟持，文龙欲开枪，便衣和鬼子纷纷朝这边开火。小泽向一边逃跑。刀子瞄准跑动中的小泽，开了一枪。小泽中弹倒地死掉。

高队长见状，大声喊向大伙：“大家快撤，我带你们到狍子沟，那有人接应咱们过江！”安娜听到过江，紧张了一下。众人跟着高队长进了林中。

小泉清思考着研究地图，心里想着文龙他们要去哪？小泉清在地图上指了几个点，点着中苏边境的一处地方，他们想从这过江！小泉清连忙拿起电话，拨出一组号码：“马上给我拟一份电报发给田中将军，请他下达命令，增加机动巡逻部队，全面封锁边境！”小泉清挂了电话，冷笑了一声：“安娜，我看你怎么逃出我的手掌心！”

文龙等人且战且退，朝树林深处撤退。高小庄冲在最前头，边跑边喊向大伙：“快点快点，就要咬上来了！”铁雷瞪了眼高小庄：“逃命的时候倒是跑得快！”高队长停下，四处打量，吹响了一个口哨。树林中十几个游击队员拿着枪，从暗处冒出来。高小庄被吓得连忙退到了文龙身后。高队长急忙提醒大家：“我们的人！”高队长迎上，朝着带头的游击队员点头示意。一个游击队员来到高队长身边：“老高，我在山坡上看见，鬼子就跟在你们后边，他们的人太多了，这样下去，可能谁也跑不了。”高队长点点头：“得想办法引开鬼子。”游击队员们义愤填膺地看向郭队长：“我们去！”

高队长有些犹豫，那个游击队员急了：“队长，别犹豫了，这伙鬼子咬得太狠，必须有人把他们引开。”高队长拍拍他的肩膀：“给我留下两个人，剩下的跟着你，想办法拖住鬼子。”文龙看向大伙：“把咱们弹药集中一下，给他们。”文龙又扭头看着游击队员们：“记住，别硬拼，顶不住就往山沟里带，地形你们比鬼子熟悉，找准机会就撤离。”游击队员点头示意明白。

铁雷把集中的弹药交给游击队员。高队长招呼游击队员：“兄弟们，保重！”十几个游击队员朝着众人另一侧而去。高队长转头看向留下的两个游击队员：“大奎，你们俩先一步往江边去，探探路，要是看出什么不对劲，鸣枪通知我们。”两个游击队员点点头，朝着前方快速跑去。

安娜问文龙：“你们要去江边？”魏坤宁一笑看了眼安娜：“这还看不明白吗，不去江边，怎么送你这尊菩萨回苏联？”谭卓茹也瞥了安娜一眼。安娜皱着眉头思考起来。高队长看向大伙：“先休整一会，再跟上刚才前去探路的兄弟。”

十几个游击队员沿着文龙等人的路往回走，停在了树林里。领头的游击队员向大家招呼：“稳住，靠近再打。”一伙鬼子在冈本的带领下正不断靠近。“给我打！”游击队员开枪与冈本的队伍周旋，鬼子被打死几人。几个游击队员中弹牺牲。其他的游击队员奋力还击。

冈本朝着日本兵一个手势，几个日本兵迂回跑动。一名游击队员冒头去打，一枪打在日本兵背上的包上。冈本一枪击中游击队员。中枪的游击队员身亡。领头的游击队员看着剩下的兄弟：“兄弟！咱们往山沟里撤！”另一名游击队员上前：“哥，这伙鬼子跟得太紧，进了山沟可能也甩不掉他们！”领头的游击队员急了：“给高队长他们争取时间！要真甩不掉，到时候就跟他们拼了！”游击队员们开始不断朝后，朝着山沟里跑去。

日本兵跑到冈本面前：“队长，他们往里边跑了！”冈本狠狠地看了看眼前面的山沟密林，大声命令：“给我全力追击！”日本兵们快速追踪游击队员们而去，被引向了密林深处。

高小庄被游击队员们的高涨情绪感染了，自言道：“抗联的兄弟，还真是个顶个的好汉！”高队长看了眼高小庄：“你要抗日，我们也欢迎你加入！”高小庄尴尬一笑。

魏坤宁转过头来看向高小庄说：“小庄，我们东北军训练正规，要抗日，不如跟着我。”刀子听了一笑，看向远处。高小庄高兴地插话：“真成吗？也能弄个军官当？”魏坤宁一笑：“改掉你流里流气的臭毛病，当个士兵还是可以的！”高小庄一脸不高兴：“没劲！你就偏心，大壮能当军官，凭啥我就只能当士兵？！”

安娜站起来说：“我要上厕所。”谭卓茹看向文龙，文龙朝谭卓茹使了个眼色，示意让她跟上。谭卓茹起身：“走吧，安娜小姐，你就没让人省心过，上个厕所还得有人护着。”安娜急瞪了谭卓茹一眼：“我不用你，你别跟来！”谭卓茹一笑：“那可不成，不跟着你，一会你又把鬼子招来怎么办？”安娜朝着林子深处走去。谭卓茹紧紧跟上。

魏坤宁从安娜处收回目光，看了眼文龙：“文龙兄弟，送走安娜，下一步如何打算？”文龙一笑：“回家！”魏坤宁严肃地看着文龙：“文龙，能从要塞劳工营出来，我欠你个人情。”文龙一笑：“少校，没有你，也带不出这么多劳工兄弟，我还要谢你，陪我走这最后一程。”魏坤宁也一笑：“咱俩有缘分，说不准以后抗日战场上能再见面。”文龙点点头：“到时咱俩还联手，狠揍小鬼子！”二人握了握手。

刀子站在一旁的坡地上，观察着周围的形势。正在此时，前方不远处传来枪声，几人都是一惊。一名探路的抗联队员浑身是伤，气喘吁吁地说：“江过不了，鬼子有埋伏！”高小庄大惊：“鬼子咋飞到我们前边去了！”文龙转向高队长：“看来我们的计划已经被小泉清猜到了。”铁雷插话：“能不能换一个位置过江？”高队长摇摇头。既然计划已经暴露，安娜过不了江了。文龙深思了一下：我真是小看了这个小泉清。高小庄着急地看着文龙：“前边都挡死了，后边更甭说了，文龙哥，你还得想办法啊！”

文龙看向铁雷：“雷子，地图！”铁雷把图铺到地上。文龙看了看地图说：“前后都有鬼子，东边的路走不通，只能往西北方向走！”高队长一惊：“西北边……金顶子林海！这条道恐怕不能去，林海里的人不会让你们活着通过他们的猎场！”高小庄插话：“我听大壮提起过，连他都怕，这条路不能走！我不去！”文龙又转向高队长：“往金顶子林海走，小泉清的人要是一直咬着不放，迟早会把我们耗死！高队长，还有别的路吗？”高队长摇摇头：“没有，要不这样，带着安娜跟着我去附近的抗联密营，休整一下，再作打算。”高小庄高兴地拍拍手：“去密营好，至少有人护着我们！”文龙深思了一下，点点头说：“暂时避一下，再想办法。”

谭卓茹等着安娜，回头看了一眼，看见安娜的背影：“你能不能快点？”又过了一会，安娜还没出来。谭卓茹觉察出不对，上前一看，竟是一件挂在枝叶丛中的衣服。谭卓茹此时从树林中冲了出来，边跑边喊向文龙：“文龙，不好了，安娜又跑了！”文龙生气地叹了口气：“怎么搞的！往哪个方向跑了？”谭卓茹无奈地摇摇头：“我不知道，我发现她不见的时候，周围已经没影了。”刀子返回，听到这插话：“好办，追踪是我的看家本事！”文龙示意刀子过去看看。

一行人来到安娜逃走的地点。刀子蹲身看着，发现了一个脚印。刀子马上断定——这脚印是新踩上去的！这还有，奔西北去了。文龙腰一掐：“金顶子林海，看来不去不行了。高队长，你尽快给掌柜的发电报，转告这个突发情况，让他安排一下接应的路线。”高队长点点头：“好，你们从西北出林海，一定经过七道沟，刀子对那熟，接下来怎么走，你会接到通知。”铁雷跑过来，气喘吁吁地看着文龙：“哥，冈本又往这边杀过来了！”高队长看着文龙：“文龙，你们快去追安娜！”文龙抓住高队长的手：“老高，再见！”文龙看向刀子：“刀子，你在前边，快！”文龙一行跟着刀子往西北追去。一抗联队员提示高队长：“队长，你快走，我去吸引敌人。”抗联队员持枪离开。

二

安娜快步在林子里跑，心想：好不容易从苏联过来，这就要把我送回去，我的事儿还没办完呢！安娜拉开地图看，这儿，这儿，都有鬼子的人，这边是安全的！安娜收起地图，快速跑去。

刀子带人停在了安娜之前看地图的坡地处。刀子紧盯着前方。文龙看向刀子：“怎么样？”刀子点点头：“往前边去了！”文龙招呼大家：“追！”刀子拉住文龙：“喂，那边不能去！”高小庄疑惑地看向刀子：“这金顶子林海里的人……不会要吃人吧！”文龙甩开刀子：“不能去，也要去，我必须把安娜带回来！怕死的在这儿等着！”文龙转身追了上去。铁雷、谭卓茹也连忙跟了上去。

魏坤宁看了眼刀子：“行了，咱们几条命早拴一块了。”刀子一脸愠色，还是朝前方走去。高小庄抱怨：“真都不要命了？”还是跟了上去。

茂密的丛林，气氛诡异。刀子带着一群人闯进森林，文龙、谭卓茹、铁雷跟在后面。刀子忽然停住说：“前边是一条峡谷，人下不去，往西有路。”文龙一怔：“这林海里地形太复杂，我们必须在天黑之前找到安娜，快！”一说往西，刀子面有难色，文龙看了刀子一眼。刀子带着众人往林海中追去。

冈本左胳膊吊着绷带，忍着疼痛，带着一队日本兵还在继续追赶，动作疾快。

刀子突然停下，仔细地看着折断的树枝：“安娜在这做过一根探路的木棍。”小庄佩服地看向刀子：“行诶，你追踪的本事真大，收徒弟吗？”刀子一笑。文龙和刀子观察着地上模糊的脚印。文龙喊道：“雷子，指北针。”铁雷把指北针递给文龙。魏坤宁也凑过看着。文龙点点头：“安娜去了北边。”刀子一怔：“不用看了，那就是青黑山的金顶子林海。”高小庄一脸担忧地急忙看向文龙：“文龙哥，这还追吗？”文龙一直盯着安娜逃去的方向：“追！”文龙说罢就向北跑去追了。一行人追了上去。其他人在后，迅速往北追去。

安娜拄着一根木棍，在林中前进，她停了下来，掏出身上的地图看着，安娜观察树影，判断方向。安娜向着右侧快速跑去。

丛林中，八九个猎户打扮的人冒出头来，手里拿着汉阳造、火枪、大刀，鲁小花和贺春在队伍前头。鲁小花驻足：“贺大哥，今天鬼子会来吗？”贺春一笑：“放心，我已经盯他们两天了。这伙鬼子好像是准备在这儿修条公路，来的鬼子只会多不会少！”鲁小花严肃地看向鬼子要来的地方：“那好，今天我们就让他们有去无回！”

坡地下方的林中落叶堆里，隐藏着许多紧绷的线绳。树叶下方，一个个坑里全是削尖的竹子；另一个大树后面，隐藏着一个巨大的钉耙等等。贺春看向猎户们：“都把手里的家伙看好，鬼子只要一掉进陷阱里，咱们就杀他们个片甲不留！”猎户们手里握着武器，坚定地点点头。

安娜穿着日军军服从远处惊慌跑过来，不时地朝着身后张望，不断朝着陷阱逼近。鲁小花等人看见了安娜。鲁小花低声：“咋就一个人？她朝着我们的陷阱过去了！难道是鬼子探路的！先稳住，进套之后先抓起来！”安娜不断逼近陷阱。鲁小花等人也越来越紧张。安娜突然踩中一个圈套，嗖的一下被拉到了半空中。贺春一笑：“拿下一个！我去把人押回来！”鲁小花上前拦住贺春："别着急，这鬼子慌慌张张冲进来，有点古怪！"贺春挣脱鲁小花，朝着吊着安娜的位置跑了过去。鲁小花追上去拉贺春："回来！"鲁小花快快追上贺春时，突然一声枪响，鲁小花的肩部中枪。不远处的丛林中，十几个日本兵端着枪，后面跟着三四个背着仪器文官打扮的鬼子。鬼子兵拿着枪对准了鲁小花开枪射击。

日本兵看到鲁小花一惊："哟西，花姑娘！"一个日本兵做了个手势，身后几个端着枪的日本兵跟了上去。贺春拉着小花往回跑，子弹从身边飞过。日本兵端着枪朝着安娜处不断移动。日本兵用日语喊向安娜："你是哪个部队的？怎么会跑进林海里！"安娜在网中啊啊地乱叫，看见下面有好多陷阱。安娜快恨死日本鬼子了，脑子一转，何不用这招杀几个鬼子，马上用日语回应日本兵："救我！"日本兵停在距离安娜位置不远处，做了个手势，身后的两个日本兵朝着安娜摸了过去。两个日本兵不断靠近安娜下方四周的陷阱。两个日本兵一踩中，头上的飞矢飞出，两个鬼子见状，慌忙躲避。一个鬼子掉入了陷阱坑被戳死，一个鬼子被飞来的钉耙砸穿了身体。远处的一行日本兵见状，都紧张地盯紧四周。

鲁小花中枪后，死死捂住肩头，剧痛难当。贺春急了，忙看向枪上膛的猎户们："给我打！"贺春转身冒出头来，朝着过来的日本兵开火，双方展开枪战。贺春等人从山坡后面翻出来，一枪打中悬吊安娜的绳子，安娜坠地。贺春吩咐几个猎户："把人捆了！"贺春的人与鬼子互有损伤。

听到一阵枪支交火，文龙等人从鬼子后方冒出头来。魏坤宁看了文龙一眼："什么情况？"高小庄插话："哟，是不是林海里的猎户和鬼子干上了！"铁雷看向文龙："哥！你看，安娜在他们手上！"文龙等人掏枪朝着鬼子射击，鬼子中枪，纷纷倒地。一猎户一头雾水，怎么回事！后来的鬼子怎么朝自己的人开枪？鬼子被前后夹击，很快被剿灭在树林中。文龙等人从后面上前来，双方都端着枪，剑拔弩张。

山坡后，鲁小花用一块布将伤口包扎住，吩咐猎户："带我过去，看看怎么回事！"一个猎户带着鲁小花也翻过山坡靠上前来。贺春看了眼小花，小花的肩部被鲜血染红。贺春关切地看着鲁小花："小花，小花！你没事吧？"鲁小花艰难上前："我没事！"贺春急了："把那个鬼子拉出来！”猎户将安娜押出来，一把枪顶住了安娜的脑袋。安娜一惊：“我不是鬼子！”押安娜的猎户报告：“是个女的！”鲁小花看了眼安娜：“你是中国人？”

贺春看向文龙，你们什么人，把枪放下！刀子低语：“鲁家屯的人在金顶子避难的，别硬来！”文龙低声：“别乱，稳住！”鲁小花看到了队伍中的刀子，一惊：“刀子……刀子哥！”刀子也看到了小花，随口答应：“是我！”贺春一听，朝着文龙队伍末端看去，看到了刀子，很惊讶：“哟，我说谁胆儿这么肥，原来又是我们的刀子兄弟啊！”高小庄也惊讶：“咋地，你们认识！一家人啊！那还打啥打啊！”贺春一笑，一行人却并没有要放下枪的意思。

魏坤宁低声：“这情况不太对劲啊！”刀子走上前：“贺大哥！他们只是过路的，有啥都冲我来！”贺春瞥了眼刀子：“你从小吃百家饭长大，没有鲁家庄的乡亲父老，你早饿死了！你把鬼子引进村，死了六十多口，害得我们躲在这金顶子林海，你死一千回都赎不了罪！”刀子很难过地摇摇头：“过去的事儿一两句说不清楚。这些朋友都是打鬼子的好人，请你高抬贵手把人放了！有事我一个人扛！”贺春一笑，拿着枪杆猛地砸向了刀子。刀子嘴角渗出血来，盯着贺春。

魏坤宁看了眼文龙，低语：“文龙，情况不妙！”高小庄也懵了：“啥情况啊，刚才不还叫哥吗！咋说翻脸就翻脸！”贺春猛地拿枪顶住了刀子的脑袋：“你一个人扛，好啊，那你就先死一次还点利息！”鲁小花上前劝贺春：“贺大哥！快把枪放下！”贺春吩咐猎户们：“我得跟这孙子好好算算账！护着小花！你们先送小花回去！”

一个猎户上前来拉小花。小花夺过一把枪顶住了贺春：“贺大哥，对不住了，你今天必须把刀子放了！”贺春生气地看着鲁小花：“小花！他可是我们的仇人！”文龙等人听了这话，都疑惑起来。

鲁小花又用枪顶了顶贺春的脑袋说：“我不管你们怎么看他，但我相信当年的事，跟刀子没关系！”贺春看了看刀子，更加生气了，又看向鲁小花：“就算你今天要毙了我，我也不会放过这小子！”小花一掉枪口，对准了自己：“你不放了他，今天就拜托你也替我收一下尸！”贺春就要扣动扳机，鲁小花伤口鲜血渗出，突然晕了过去。一个猎户上前："贺大哥，他们怎么办？"贺春吩咐猎户："把他们都带回去，谁要敢反抗，我马上毙了这个女鬼子！"魏坤宁低声："文龙，咋整？要动手，我来对付这穷横小子！"文龙低声："别轻举妄动，安娜不能有任何意外。"文龙把枪给丢了，连忙举手投降。魏坤宁等人也都举起手来。贺春大声喊向文龙他们："要不是这女鬼子突然冒出来，那伙鬼子早掉陷阱里去了，小花也不会中枪，村长不会饶了你们！"

三

小泉清听完郭三的汇报，眯起了眼睛问："冈本那边有消息吗？"郭三摇摇头："还没有，冈本太君率领的都是皇军的精英，不会出什么岔子的。"小泉清狠狠地看向一边："不要轻敌，我的同学阿部宽是关东军中少壮派里的精英。就是因为犯了轻敌的错误，栽在了一个代号叫钢刺的人手里！导致要塞机密泄露！他也被总部免职！"郭三一怔："大佐，这次劳工逃跑纯属意外。我见过的皇军里，要论指挥能力，啥钢刺铁刺，绝不是您的对手！"

此时，小泉清办公室的电话响起。小泉清接起，喂，虎头要塞小泉清！电话那头的田中气急败坏——我真希望现在听到的是处决你的枪声！而不是你说话的声音！小泉清面惊失色地立正："田中将军！属下知错，愿意承担所有责任，接受总部裁决！"田中又吼："你犯下的错，足够枪毙你十次！"小泉清一怔："属下恳请将军在处决我之前，给我一个雪耻的机会！这帮人一定不会逃出我的手掌心！"田中冷笑一声："收起你的自负吧！远东方面传回情报，此次劳工逃跑事件，系中共北满地下组织策划，执行者，代号钢刺。"小泉清傻眼站立着："什么？！"田中冷冷地又大吼："你现在见识到中共的厉害了吧？这一切不是偶然，我现在非常怀疑你的能力！"小泉清镇定了一下说："请将军再给我一次机会！我向将军保证，如果我不能抓住他们，请您数罪并罚！"电话那头的田中沉默了两秒说："我听说，你对他们逃亡方向做出了正确的判断，我限你在五天之内，把这件事办好！”田中说完就挂了电话。小泉清也缓缓挂了电话，闭上眼深深叹了口气。

郭三也吃惊地几乎失了声：“钢刺？不会这么巧吧？！”小泉清突然笑起来：“在满洲，我总算是碰到个像样的对手了，满洲实力最强的特工，只有他才配和我较量！”郭三一怔：“大佐，这不可能吧！总部的情报一定有误！”小泉清很冷静地看了眼郭三：“怎么不可能！”郭三惊疑地看向小泉清问：“钢刺？谁是钢刺？变戏法的？东北军？大胡子？后厨的？这些人进劳工营都比安娜要早啊！他们不可能到这儿等着安娜啊！”小泉清瞥了眼郭三：“要塞劳工营和外界完全隔绝，安娜被抓之后，没有新的劳工进来。如果劳工营真闯进了这么一头狼，那他唯一的机会，就是上次林场……”

郭三的脑子也转的贼快，心里一怔说：“大佐，您是不是怀疑在林场那次游戏里，他冒充劳工混进来了？太狡猾了！”

一组回想的片段正在小泉清的脑海里拂过：林场，掐日本狙击手脖子的人；轮盘赌现场，斜着眼盯着小泉清的人；操场检查，谭卓茹使眼色的那个人；操场，带着安娜往外冲的那个人……

小泉清清晰地判断——5237，就是钢刺！我们一直忽略了他！他就是我在劳工营里苦苦寻找的那头狼！我居然如此大意，错过了猎杀钢刺的良机！小泉清一拳砸在桌上，煞神地狠狠地咬着牙：“赢过阿部宽的人，只能败在我手里！”

冈本满头大汗，拿着望远镜四下张望。军犬不断嗅着气味。一小队在原处待命的日本兵迎上前来。冈本看了眼领头的日本兵问：“前面是哪儿？”一本兵展开地图报告：“金顶子林海！”冈本回头看了看，大喊：“真是狗急跳墙，这帮人居然敢闯金顶子林海！”冈本的手臂发疼，伸手摁住手臂上的伤口，不断有鲜血冒出来。拿地图的日本兵看向冈本：“队长，您的伤势……”冈本不屑一顾地大喊：“不碍事！通信兵！”一个背着背包机的日本兵躬身跑上前来。冈本命令通信兵：“马上给大佐发报，逃犯已进入金顶子林海……”

众人跟着猎户们朝前走，身后的猎户们，拿枪对准众人。带头猎户越过一个个陷阱区域，朝着屯子里走去。谭卓茹低声：“刚才动手还有点机会，进了屯子，人更多，我们死定了！”高小庄安慰谭卓茹：“姐，你咋都急眼了，文龙哥让投降，那就一定是想好办法了！是吧，文龙哥？”文龙点点头回应高小庄：“办法总会有的！”高小庄不解，只顾跟着走。铁雷看了眼高小庄轻笑道：“现在没辙！不过马上就有了。”高小庄疑惑地点点头。

文龙看了眼刀子，低声问：“到底怎么回事，你说清楚！”刀子低声：“实不相瞒，我以前就是鲁家屯的人。鲁家屯原本不在金顶子林海里，几年前，因为我有眼无珠救了一个乔装的鬼子。鬼子走后没多久，带兵突袭屯子，死了好几十口子。”高小庄生气地抱怨：“啥？你不是在开玩笑吧？你的祸惹得太大了！”刀子低声叹了口气：“我爹娘没得早，是鲁家屯鲁伯收留了我。屯子里的人对我很好，那件事之后，他们就把我当成了仇人！”铁雷也埋怨：“瞒的这么严实，早说啊！”刀子低声争辩：“早说，我的事大，安娜的事大。”高小庄心里也埋怨安娜：安娜呀安娜，你往哪儿跑不好！安娜被贺春单独押着跟在一侧。文龙转向刀子：“你惹了大祸，当时怎么离开的？”刀子低声：“当初是鲁伯村长的女儿小花帮我，没有她我可能活不到今天，我欠她的实在太多了。”文龙沉思了一会，点了点头。

郭三走进房间，站在小泉清面前，一脸奉承地说：“冈本来电报了。内容——逃犯进了金顶子林海，下一步行动，请指示！”小泉清叹了口气：“中国有句俗语叫狗急跳墙，我们的人封锁了通往苏联的边境线，他们被逼入绝路，竟然进了茫茫林海。有情报显示，那片林海，藏了不少和帝国作对的人，他们擅长设置各种机关陷阱，冈本没有贸然闯入，判断正确。”小泉清又马上下命令：“给冈本回电，让他留下一部分兵力，封锁林海入口。其他人绕过这片森林，到金顶子西边的吉野部休整，等我前去会合！”

屯子里全是木头临时搭建的房子，大多数都是低矮的窝棚。贺春、文龙等人回到了屯子里，屯子里的其他猎户见状也都纷纷拿着枪或者刀过来，对准了文龙一行人。贺春带着众人走近了一个稍大的木房子。一个五十多岁的男人走出大房子，正是村长鲁伯。鲁伯见鲁小花受伤，面色大惊。小花睁开眼看见了鲁伯：“爹！别为难刀子……”

鲁伯没回应鲁小花，吩咐背着鲁小花的猎户：“快，把小花送进去，赶紧救治！”贺春上前说：“村长！刀子带着这伙人进山，害得小花中了枪！”鲁伯走过来，看了看几人，停在了刀子面前，很生气地看着刀子：“你这个瘟神！还有脸回来！祸害我们一次还不够！行啊！是要干净杀绝啊！咱们全村迁到这林海里，你还不放过我们！”刀子害怕地看了眼鲁伯：“村长，他们不是鬼子，他们都是杀鬼子的好人，迫不得已才穿上鬼子皮闯进林海的！”鲁伯一记耳光打到刀子脸上：“这事儿我会弄清楚，不过就当年你闯的祸，就够你偿命的！”猎户们附和：“杀了他，村长！”刀子不敢应声。

鲁伯打量文龙几人。贺春又上前说：“村长，毙了他们！”四周所有猎户拿枪朝着一行人过来，把文龙等逼到了林中央。鲁伯摆摆手说：“先把他们给我捆起来！小花要是有个三长两短，我跟你们没完！”说完，鲁伯转身准备进房子。猎户们准备上前，想将几人捆上。文龙沉着地走上前沉着地说：“慢着！”所有人的目光都落在了文龙身上。鲁伯看了眼文龙：“别废话！绑上！”文龙看着鲁伯说：“你把我们绑了，我们怎么救你闺女？”鲁伯一愣。这时，一个妇女跑出来，边跑边说：“村长，小花伤势太严重，失血过多，昏过去了！”鲁伯走到文龙跟前：“你有办法救人？”文龙点点头说：“我懂一些医术，可以试试。”鲁伯眯起了眼看着文龙，文龙朝小花的屋子里走去。

刀子想要跟进去，贺春将他拦下来。刀子挣脱着：“让我进去看看小花！”贺春冷笑一声：“你算什么东西，都是你害的！”刀子不得不退了回去。贺春吩咐猎户：“把刀子给捆了！其他人关进柴房！”文龙示意大家服从贺春的安排。贺春也扭头进了木房子。

房子是里外间的结构。文龙和谭卓茹走进内间，鲁伯看着两人说：“救好我闺女，可以考虑饶你们一死！”鲁伯侧身让开。鲁小花昏沉沉地躺在土炕上。谭卓茹吩咐：“现在需要把子弹先取出来。鲁村长，准备热水、酒精和一把干净的刀。”文龙看了眼鲁伯：“剪子！”鲁伯递过去一把剪子。文龙将鲁小花肩上的衣服小心翼翼地剪开。

几人关在屋中，旁边陈列着许多杂草、兽皮等器物。高小庄低语：“文龙和我谭姐能治病，怎么什么都会啊？跟谁学的？”魏坤宁一笑：“文龙我不知道，谭小姐是略通一些医术的。只是能不能把人治好，这不好说。”

铁雷插话："你们把心放肚子里，我哥行。"几人都非常担忧。安娜一脸内疚地低下了头："这事怨我！"高小庄安慰安娜："你别往心里去，他都说了，文龙哥有办法的！"

谭卓茹给鲁小花进行伤口处理之后，进行了包扎。鲁小花虚弱地睁开眼，看着大家。鲁伯把鲁小花扶了起来，靠在炕头。鲁小花看着文龙和谭卓茹，很嘘声地说："谢谢你们！"谭卓茹关切地看着鲁小花："小花，你很坚强，刚才的手术没用麻药，久经沙场的士兵都受不了，你能一声不吭的挨过来，让人佩服。"鲁伯关切地看了眼文龙和谭卓茹："我闺女能好吗？"谭卓茹伸手探了探鲁小花的额头："小花，你好好休息一下。"谭卓茹给几人使了个眼色，几人退出里间。

鲁伯看向谭卓茹问："怎么样？"谭卓茹摇摇头说："已经开始发烧了，有感染的迹象。要想彻底治好她，必须给她注射一支特效药——盘尼西林。"鲁伯急了："我们有草药，没你说的药！"谭卓茹摇摇头："草药不管用，以她现在的情况，恐怕撑不了两天。"鲁伯一把刀落在了谭卓茹脖子上："你在耍我们？"谭卓茹争辩："我说的只是实话！"

文龙看向鲁伯："鲁村长，你到底想不想救小花？想就把刀拿开，别浪费时间，我去找药。"文龙想了想，又看向鲁伯问："林子里出现的这伙鬼子哪儿来的？"鲁伯拿开谭卓茹脖子上的刀子回应："几个月前山脚下来了一个鬼子的工程团，他们在那儿修建铁道。铁路快建完了，又在勘察地形，想修一条进山的简易公路。"文龙点点头："工程团……我想我有办法了。日本的工程团长时间野外工作，一定会带上盘尼西林这种药。所以……"鲁伯一惊看向文龙："你想去鬼子的地盘上把药取出来？"谭卓茹摇摇头："不行，这样做太危险！"

文龙镇定地看向鲁伯："村长，如果你答应在救好鲁小花之后放我们通过林海，我愿意走一趟。"鲁伯点点头说："好！我给你一天时间，让贺春带你们出屯子，另外，你可以带走一个人配合你！"文龙看了鲁伯一眼说："我想带刀子兄弟！"鲁伯摇摇头："谁都可以，刀子不行！"文龙看向了床上的鲁小花说："刀子愿意为这事豁出命去！谁也比不了。"鲁伯更加生气地大吼："这事没商量！你取到药，救好我闺女，我不但可以放你们过鲁家屯，我亲自带人护送你们穿过林海！”文龙看着鲁小花，眉头皱起。

刀子被捆在一根柱子上，浑身绑满了绳子挣扎着，根本动弹不得。此时，门开了，一双脚颤颤巍巍地迈入房中。刀子扭头一看，顿时一惊，是小花！站在门口的鲁小花看着刀子，慢慢淌下了眼泪。一张脸非常惨白。刀子眼中也泛起了泪花，挣扎得更厉害了。一个猎户跟了进来。鲁小花朝着刀子缓缓走过去，很虚弱地说：“回来就好，回来就好。”猎户拉着鲁小花：“小花，你快回去休息吧，村长知道了，会发脾气的！”刀子看着鲁小花，淌下热泪，不停挣扎着，却不能说话。鲁小花上前，抬起手来摸着刀子的脸，吩咐猎户把刀子解开！两个猎户互看了一眼，没有上前解绳子。鲁小花急了：“你们不解，我解！”鲁小花开始给刀子解绳子。猎户迎上来阻止鲁小花说：“村长交代过，不能放！”鲁小花不予理会，伸手去解绳子，肩上的伤口不断渗出血来。两个猎户见状，跑出了房子。

刀子被解开，一把死死地抱住了鲁小花，抱得很紧，热泪涌出。鲁小花看着刀子，有气无力地说：“你是我鲁小花认定的男人，我解开你身上的绳子，是希望你能活着离开，但是我知道，对你来讲，向全村的人证明你的清白，比保命要重要千倍、万倍！”刀子心疼地看着鲁小花：“小花，是我对不起你，对不起乡亲们！”鲁小花一笑，摸了摸刀子的头说：“你傻不傻，快去找你的朋友吧，他可能要出发了。”

听完文龙关于鲁伯不肯让刀子陪文龙去鬼子工程团取药的叙述。大伙纷纷担忧起来。文龙看向铁雷：“雷子，我离开之后，你给我看好安娜！”铁雷点点头。安娜不好意思地看向了别处，低声说：“我知道这次是我不对，我也没想到会造成这样的结果。”刀子突然出现在门口：“文龙，我陪你去！”文龙回头看去，见鲁小花也跟着刀子进来了。文龙笑了：“看，我等的人也来了！该出发了！各位保重，等我们回来！”文龙和刀子刚要转身。鲁伯带贺春等人冲进了柴房。

鲁伯指着刀子大声吩咐：“把刀子给我捆起来！”几个猎户冲上前来，将刀子围住。鲁小花挡在了刀子面前：“要绑他先绑我！”鲁伯生气地看着鲁小花：“小花你让开！”鲁小花哭了：“爹！刀子可是您一手养大的！”鲁伯更加生气了，大声埋怨刀子：“他要还念这点感情，就不会带鬼子进来！”鲁小花替刀子争辩说：“那是个误会，刀子他跟当年那个鬼子没关系！”贺春急忙看向鲁伯：“村长，这人不能放！”贺春朝猎户们使了个眼色，几个猎户要冲上去。鲁小花一把夺过了一个猎户腰间的弯刀，放在了脖子处：“别过来！你不是要他们去拿药救我吗，你要不让刀子去，我看这药就别拿了！爹，我信他，刀子不会骗我，您给他这次机会吧，让他证明自己！”鲁伯深情地看着鲁小花：“闺女，全村人都恨不得啃他的骨头！你这是不让我活啊！”文龙瞥了眼鲁伯：“鲁村长，您是个明事理的人，做个决定吧！”

鲁伯想了想，走到刀子面前：“刀子，这个机会是小花给你的，你要真是个男人，就别让她失望！”刀子点点头：“我明白，鲁伯！”鲁小花听完，手中的刀子一落，晕了过去。刀子连忙将她接住。谭卓茹过来探了一下鲁小花的眉头：“不好，她烧得更厉害了！”贺春上前，将小花背起，出了房门。鲁伯看了几人一眼，跟了出去。

文龙和刀子从树林后面探出头来，日本工程兵们正在搬运物料。两个临时搭建的帐篷在一侧，有不少日本兵端着枪在四周巡逻。刀子低声：“果然和他们说得一样，这可是个大工程啊，现在怎么办？”文龙低语：“100多个工程兵加上这么多的中国劳工一起赶工，阵势不小啊。注意观察，找到医务兵，医务兵的药箱里应该有这个药！”

刀子的双目在工地上搜寻。刀子碰碰文龙低声：“医务兵，医务兵……”视线之中，远处有一辆摩托车绕过曲折的山路，正朝着营地靠近。刀子一指，那辆摩托车上，坐着两个医务兵！文龙看了看，没有日本兵在工地上。倒是省了不少麻烦，两个人就上去了。

文龙和刀子从一个树丛里冒出头来。面前是一条土公路。这条路是鬼子为了修建工程，临时凿出来的一条土路，所以，骑摩托车只能从这条路过来。不远处，一辆摩托车拐过来，两个医务兵坐在车上。两人从树丛里出来，站在马路中间，示意摩托车停下。摩托车驶过来，在两人面前停下。文龙凑上去，看到一个医药箱摆在挎斗里。文龙翻开医药箱。其中一个医务兵急了：“你们无权检查！”文龙抬起手中的枪，对着二人。两个医务兵退回去。文龙翻了翻药箱，里面有许多药剂，可就是没有盘尼西林。文龙看向两个医务兵问道：“现在工地上伤兵这么多，为什么不带盘尼西林？”医务兵意识到他们不是工地上的人！两个医务兵准备拔枪，刀子和文龙上前将两人解决。

两人找遍了摩托车和两人身上，除了翻出来的证件和调令，没有发现药品。只有两份破证件！文龙拿过证件和调令一看，心想：这张破纸是军医部的调令……有办法了，去工程团的营地医务室试试手气。从调令上的时间看，这两个医务兵刚从军医部调过来，还没来得及去营地报道，所以，应该不会有人认识他们……文龙和刀子扮成了他们，两人慢慢向工地走去。工地上只有一个帐篷，铁轨上停着轧道车，很明显这些工程兵都是晚上坐着轧道车回营地休整的。扮成医务兵，晚上跟着他们一起返回营地。刀子看了看文龙手中扬起的证件。文龙交代刀子：“工藤秀忠，也就是我文龙，长谷宽，也就是你刀子，这是调令。我们俩属于关东军军医部，今天刚到工地，记住咯！”刀子使劲点了点头。

谭卓茹看了看安娜：“安娜，看见了吧，要不是你瞎跑，会闹出这档子事儿吗？”安娜内疚地看着谭卓茹：“你就别说我了，我只是不想回苏联去，我知道错了。”谭卓茹叹了口气：“我倒是很担心文龙和刀子，那个工程团我听说过，他们的长官吉野可不是省油的灯。为了掠夺东北的森林资源，他可是做足了功夫。这么大的工程团，药肯定有，吉野十分狡猾，他们此行恐怕没那么容易得手。”安娜听后，沉思起来。

窗外圆月高照。吉野站看着手中工程进度报告，阴狠一笑，心想：按照现在的速度，应该能按要求完成任务。吉野看向卫兵并询问：“从各部调来的士兵都安排好了吗？”卫兵立正报告：“已经安排到了各个岗位。”吉野点点头，担心地说：“小泽大尉的死，说明我们周边安全形势糟糕，为了赶工期申请调来这么多人支援，要派人加强营地巡逻才是。工程团的安全和工期一样重要！马上安排！”日本卫兵弯腰躬身退出。吉野看着墙上的大地图，心想：这富饶的林海，将会是我大日本帝国无穷的宝藏！吉野脸上露出凶笑。

文龙和刀子跟着大队回营，大门口士兵挨个检查证件。两人上前，将证件递出，日本兵检查之后，将二人放入。操场上，日本兵来回走动。文龙看向刀子，低声说：“这地方人虽然多，管理却井井有条，这个吉野想必不是个善茬，我们去找到营地里的医务室。”刀子一指，文龙看过去，一个医生从医务室里出来，将一个处理完的日本伤兵送出了医务室。刀子担心地看向文龙：“如果每天都是由他给医务兵配药，那他对医务兵一定非常熟悉。”文龙一笑：“我们是新来的，他不熟悉，把口罩遮严实点。”文龙朝着医务室走去，刀子跟了过去。

文龙和刀子进了医务室，医生见了，抬头看了看两人，继续写手中的条子，将药品归类，并未怀疑二人。文龙用日语自我介绍：“我是从军医部调来的医务兵工藤秀忠，这位是长谷宽，向您报到！”医生看了眼文龙：“今天情况怎么样？”文龙一怔说：“情况不错，只是有些药不够用了。”医生一惊，急忙问：“什么药，我现在就给你配上，明天一早你们就可以跟工程队出工。”文龙又一怔解释道：“别的药都按量补上就行，盘尼西林，需要多配两瓶。”医生稍稍一顿：“你们等一下，我给你们取盘尼西林。”医生起身打开一个封锁严密的抽屉，从中取出了一把钥匙，然后走到了一扇大门前，将门打开，迈进了存药的库房。刀子一脸欣喜。文龙示意把门关上，刀子转身去关门，文龙跟着医生进了库房。

库房中一片漆黑，医生却不见了踪影。库房的墙壁上满是小抽屉，每个小抽屉中装着不同种类的药物，文龙刚朝内走了两步，一把枪顶住了文龙的脑袋。医生轻笑一声：“盘尼西林缺货已经有段时间了，一般人不让用，这也是三令五申强调过的，你们不是军医部派来支援的医务兵，说吧，到底是谁？！”文龙脸色一沉。刀子灵机一动将医生制服。文龙和刀子坐在一旁，医生被捆在一根柱子上，嘴巴被封住。刀子找遍了库房里所有的药柜子，返回来，摇摇头，提示文龙说：“这小子还不愿说？这样耗下去，要是有鬼子进来，咱们铁定就露馅。”文龙深思了一下：“看来必须出绝招了。”刀子一脸疑惑。

文龙随便挑选了几种注射液。文龙对刀子低声：“其实这世上每个人都有职业病，医生的职业病就是最怕用错药。”刀子不解，文龙进了库房。文龙将这些注射液当着医生的面全都倒进了一个盒子里，摇匀之后用针管抽出。文龙将针管竖起推了推，注射液从里面冒出来。文龙狠狠地看了眼医生："把这混合的七种注射液推进你的血管，你猜猜会发生什么样的化学反应？"医生挣扎得更加剧烈。医生把头别向一边，目光却紧紧盯着其中一个小柜子。文龙笑了笑，靠在医生的脸边，顺着他刚才的目光一比画，起身走过去，将那个柜子打开，里面果然躺着一盒盘尼西林。

正在这时，蹲在地上的医生突然站起身来，大吼一声，朝着文龙撞过去，文龙手中的药啪嗒一声掉落在地，碎掉的瓶子溅起玻璃碴。医生向外冲去。刀子掏出烟袋锅子，猛地朝着医生刺去。医生口吐鲜血，挣扎着说："这是医务室唯一的一盒，你们永远也别想找到盘尼西林！"刀子又一使劲，医生倒地身亡。两人赶紧处理现场。

吉野正在带人巡查。一个日本兵上前来报告："一切正常！"吉野松了口气，转告日本兵："安排好岗哨轮流值夜，我半夜会再检查一次。"日本兵领命。吉野背着手迈步朝着休息室而去，刚走开没两步，又突然折返回来，自言道："好像还漏掉了一个地方——医务室！"

安娜见几人都睡着了，起身越过几人，凑到门边，看到门外两个守卫靠在门边睡着了。安娜想了想，悄悄打开门，慢慢摸出了房间。安娜刚轻轻越过二人。一守卫惊醒忙问安娜："你干什么，回去！"安娜站定，转身来捂住肚子："我肚子疼！"守卫的身后突然两个人影出现，一掌劈晕了两个守卫，魏坤宁和谭卓茹走出来。安娜看着魏坤宁和谭卓茹说："祸是我闯的，不能让文龙和刀子替我背，我得去帮他们！"安娜说完，冲了出去。谭卓茹低声："安娜！回来！"铁雷惊醒，冲了出来。高小庄也冲了出来。谭卓茹看向魏坤宁："现在怎么办？"魏坤宁一怔："手已经动了，不走不行了，快跟上！"安娜朝前摸去，后面跟着这魏坤宁、谭卓茹、铁雷、高小庄，全都弓着身子，非常小心地穿过村落。铁雷上来拉住安娜，低声埋怨："你瞎跑什么！"安娜回头回应："哎呀，我没事！文龙他们去了那个工程团，那里有日本人侵略中国，掠夺东北资源的有力罪证，我一定要拍下来！我就不知道你们追出来干吗！我都计划好了，一来一回，明天天一亮我就能回来，你们跟着添什么乱！你放开我！"安娜起身要朝前走去。铁雷拦住安娜："别乱动！"铁雷找来一根长树枝干，将前方的树叶全都撩开，地下隐藏着一个接一个的陷阱机关。几人都面色大惊。高小庄往后一看，着急地看着大伙低语："不好了，他们追上来了！"谭卓茹低声："这遍地陷阱，除了往回走，根本就没路！"铁雷摇摇头说："布陷阱和布地雷都一个理，让我仔细瞅瞅，难不倒我！"两人转身回去。铁雷仔细观察着面前的机关。

鲁伯焦急在房子里走来走去。小花烧得越来越重。见鲁小花微微睁开了眼，鲁伯连忙凑上前来。鲁小花虚弱的眼神看着鲁伯："爹……刀子呢？您放他去了吗？"鲁伯关切地看着鲁小花："你这傻闺女，脑子里只有那个臭小子！我能不放吗？"鲁小花挣扎了一下："爹，刀子是您一手带大他，他什么脾气你是知道的，他绝不会做出祸害全村的事儿！"鲁伯点点头说："哪是我不了解他，是你完全不了解你爹！你真以为当年，你去放他的时候我不知道？刀子这小子虽然话不多，但他的性子我哪能不了解！事情发生之后，全村的乡亲都恨不得剥了他的皮！我要不顺着大家的意思，这局面更没法掌控！全村六十多口啊！这事儿得慢慢来，一时半会，大家接受不了他。他得慢慢证明自己！"鲁花双眼噙泪："爹，是我错怪了您！"此时，贺春带人进来大声嚷道："村长，跟着刀子进村的几个人都跑了！打伤了我们两个人！"鲁伯面色凝重地吩咐："带人，追！"

吉野带着四个士兵从走廊外往医务室走来，文龙透过窗户看到了几人，略显紧张，提示刀子躲好别出声。文龙从库房里出来，刀子将灯熄灭。吉野将房门推开，见了文龙，一脸狐疑地问："宫崎医生呢？"文龙用日语回应吉野："他有点事，出去了，让我们替他收拾一下库房。"吉野点点头说："现在可是特殊时期，他应该坚守岗位才是！"文龙立正回应："等他回来，一定转告大佐的话。"吉野四下看了看，库房里怎么没开灯，朝着库房走了进去。文龙一怔："大佐，里面都是些易碎品，没有灯光，您最好……"吉野怀疑地看了文龙一眼，吩咐随同的日本兵："拿矿灯！"一个日本兵走到门后将一盏矿灯拿过来，吉野接过，朝着库房走去。吉野越来越近，文龙渐渐后退，准备随时动手。

刀子透过门缝看到了越走越近的人影正是吉野！刀子又看了一眼旁边的医生尸体，再凑上去时，见吉野已经走到了门边。刀子面色一惊，凶残的景象在刀子脑子里重现：鲁家屯，吉野站在高处挥舞着军刀，士兵们正在屠杀屯子里的平民。四处硝烟弥漫，就是他——吉野，当年血洗屯子的仇人！

突然，一个日本兵推门进来，吉野瞪着这个日本兵。日本兵上前来附身对吉野一阵耳语，吉野面色一惊。吉野带着日本兵快速出门。文龙看着吉野离去，一转身，见刀子站在身后，一双怒目看着离去的吉野。刀子告诉文龙，吉野就是当年被他从陷阱里救出来的日本人，血海深仇！文龙拍拍刀子的肩膀说："你冷静一点，现在我们的目的是找药。"刀子点点头，从身后扬起一个药瓶，那盒被打翻在地的盘尼西林里，还有一瓶幸存的。刀子问文龙："够吗？"文龙点点头说："够了，盘尼西林打多了没用，一瓶药不多不少。"刀子想让文龙带着这瓶药回去给小花治病，他想在此杀了吉野这个仇人！正在此时，医务室的房门被撞开，两个士兵抬着担架进来，后面紧跟着吉野。吉野边走边喊话："赶快救人！"文龙一看，担架上躺着的竟然是冈本！文龙看了刀子一眼，那瓶药还在刀子手中攥着。吉野上前来，将刀子手中的药夺过来，吩咐赶紧给冈本把这药用上。文龙看着吉野递过来的药瓶，稍有迟疑。吉野对着文龙大吼："你还愣着干什么？没听清楚我刚才的话吗，冈本君要是在你的手里出了什么意外，你就死定了！"文龙不得不接过这药，去取针管。刀子的目光锁定在吉野身上，吉野也看到了刀子，但刀子穿的是日本兵的衣服，加之灯光暗淡，没多想，接着吩咐："你们马上给虎头要塞发一份电报，说明情况，告诉他小泉清，我会尽全力治好冈本君！冈本君追捕的逃犯，可是杀死小泽的罪魁祸首！"

文龙将药抽出，走到了冈本面前。冈本已经烧得迷迷糊糊，但是他还是认得文龙那犀利的眼神的，他印象太深刻了。冈本迷迷糊糊地无力地喊："5237，快，抓住5237……"文龙拿着针来到冈本面前："放轻松，冈本君。"吉野看向冈本夸赞道："冈本君真是我见过最称职的军官，小泉君有这样的左膀右臂，真是他的福气，赶紧用药！"文龙将那瓶药推入了冈本的身体里。刀子站在身后随时准备动手。

小泉清看罢吉野部的回电，眯起眼说："吉野这人每天都掏空了脑子想立功升职，明天就是铁轨竣工的关键时刻。冈本负伤出现在他的营地，他肯定紧张的要死！那伙逃犯进了金顶子林海，如果他们能活着走出林海，就必须经过吉野的地盘。小泽和冈本都不是这伙人的对手，吉野恐怕今晚要失眠了！"

郭三点头哈腰地看向小泉清：“吉野君担心我们追捕的逃犯会影响到他的工程？还是您高瞻远瞩，让冈本队长去试探吉野的诚意。”小泉清点点头：“吉野现在的态度至少可以表明，他是愿意和我们合作的。钢刺……我看你还能跑多远！马上动身！吉野啊吉野，我要送你一份大礼！”

智取救药　又陷重围

一

文龙将针头从冈本的臀部上抽出，冈本已经昏睡过去。吉野大吼：“该死的钢刺，杀害了小泽，又伤了冈本，别让我见到你。”文龙听到此话，低头整理针管。刀子戴着口罩，狠狠地盯了吉野一眼。吉野命令先把冈本君抬到营房静养，有什么需要尽管向他开口。日本兵随后将冈本抬走。吉野交代文龙：“宫崎医生回来之后，让他随时关注冈本君的伤势。如果需要特殊药物，让他找我！”文龙立正回应。吉野看了看四周，带着随从出了医务室。

吉野在门口站定，为了不被小泉清抓劳工的事乱了方寸，安排说：“明天晚上照计划试运火车，之后把工地所有炸药运回来。”还交代下属，为保障工程队今后能够顺利伐木，以及铁道周边安全，明晚火车试运成功后，立即向总部申请调兵，拔掉鲁家屯这个毒瘤！吉野和日本兵走开。

文龙知道刀子的担心，刚才把药给冈本用了，那是医务室的最后一瓶了！文龙也意料到吉野那还有备用！宫崎医生是去不了了，必须去吉野办公室去试试，这个险必须冒！刀子低语：“我跟你去！顺手宰了这个畜生！”文龙拦住刀子，低声吩咐刀子：“别冲动，我俩孤军深入，不宜节外生枝，别忘了，小花还在等着我们！”

魏坤宁带着谭卓茹返回到山坡上，远远看见贺春带人已经扑上来。魏坤宁知道要想离开，必须得挡住贺春他们，谭卓茹怕再伤人，显得很紧张。魏坤宁一笑：“心，我老魏是谁，枪里的子弹都认人，指哪打哪！”放说着就一枪过去，打在了贺春旁边的树干上。贺春连忙护住身后的猎户，猎户们退后，也朝着魏坤宁和铁雷开枪。贺春吩咐猎户们："村长交代了，要活的！前面就是我们的陷阱阵，他们出不去！让他打，子弹打光了，也就没辙了！"魏坤宁喊向贺春："贺春兄弟！我们没想动枪，你放心，就凭小花对刀子的信任，我们也一定回来，不过现在我们的两个兄弟冒死取药，我们必须要去接应，请你们抬抬手！我向你保证，我们拿到药，一定会回去给鲁村长赔罪的！"贺春一笑："漂亮话一大串，我问你，刀子走了，你们再一走，还能回来吗！我劝你们别跑了，要是被陷阱和机关伤着，那就怨不得我们了！我看刀子那个混蛋根本就没去取药，你们是商量好的，一前一后逃出屯子吧！"魏坤宁回头看了看铁雷，无奈地摇摇头。贺春又准备上前，魏坤宁又是一枪过去，将贺春等人拖住。

铁雷仔细观察着面前的陷阱，他朝着陷阱之间的小道试探着走去。安娜和高小庄都紧张地看着。铁雷不断朝前走去，一根紧绷的绳索出现在脚下，铁雷差点踩上去，铁雷收住脚，轻轻迈了过去。身后两人都松了口气。铁雷穿过了陷阱区。铁雷心想:好家伙，这一手要是利用到地雷阵上，能让鬼子吃大亏！铁雷小声喊向大伙："快，沿着我刚才的走的道，挨个过来！"高小庄看了看身后紧张的形势，沿着铁雷刚才走的道，小心翼翼地迈了过去。魏坤宁看了眼谭卓茹："你先追他们，这我挡着！"谭卓茹点点头，跟了上去。魏坤宁看了一眼，又开了一枪，贺春被逼回去。魏坤宁扭头就跑，去追铁雷等人。贺春等人蹲在树后，半天没动静，发现山坡上的魏坤宁不见了。贺春冒头，缓缓摸上去，发现铁雷等人已经不见了，大怒："娘的，人跑了！快追！"一行人快速追上。

文龙和刀子背着医药箱朝着一栋木房子走去，不时有日本兵与两人擦肩而过。两人走到了那栋木房子旁，木房子前有两个卫兵在站岗。文龙贴近刀子一阵耳语。一胖一瘦两个卫兵在站岗，文龙、刀子朝着这边走过来，两人架枪将二人拦下。文龙用日语招呼站岗的日本兵："请问刚才送来的冈本队长是不是在这栋房了里？"胖守卫点点头回应："没错，大佐交代了，他是贵宾，现在需要静养。"文龙点点头说："刚才在医务室给冈本队长进行了治疗，不过有一种药刚才漏掉了，我得给他送上去。"两个守卫对望了一眼。瘦守卫看向文龙："大佐专门强调过，没有他的批准，谁也不准进。"胖守卫看了文龙一眼："给我吧，我带进去。"文龙交代胖守卫，每天早晚各一次，一次两粒。胖守卫接过药，转身进了办公室，瘦守卫回到自己岗位上。文龙闪身一旁。刀子走上前去挡住了瘦守卫的视线，掏出一支烟递过去。文龙乘机进楼。刀子把烟也放到自己嘴里一支，划着火柴点上离开。

文龙从一个角落冒出头来，见走道上那个刚才送药上来的胖守卫从门内出来。文龙躲向一侧。等守卫下楼之后，文龙上前找到了吉野办公室，掏出一根铁丝来捅锁孔。两个巡逻的卫兵走进木房子。文龙听到声响，加快捅锁孔的速度。文龙闪身进屋，将门轻轻合上，蹲在门后，待两个卫兵走过，文龙起身走到吉野的办公桌前，开始翻找。

这时东方露出鱼肚白，营地里有士兵在来回走动。木房子旁边的帐篷是吉野宿舍。吉野从房间里出来，朝两个卫兵勾勾手，卫兵迎上前来。吉野吩咐卫兵，通知士兵，早餐后操场集合。又朝另外一个卫兵吩咐，去他的办公室，把封藏的那坛酒拿出来，在工程队开拔之前，要给大家壮行。卫兵一怔："那可是田中将军送您的酒！"吉野笑笑："今天，是整个铁道工程突击的最后时刻，这坛酒也是时候开封了！"卫兵领命后朝着办公楼吉野的办公室跑去。

文龙还在翻找，在一个立式的书柜中，看到了一个医药箱，打开一看，里面躺着各式急救的药物，从中翻到了一瓶盘尼西林。此时，大楼外传来开始集结早操的口哨声。工程兵跑向操场集合。一个卫兵走从走道中走过来，在办公室前，用钥匙将门打开。文龙一个箭步抓住了房梁，正躺在房梁上。卫兵开门进来，走到立式柜子前，从最下方的柜子里搬出了那坛酒，把酒放在了桌子上，揭开盖子闻了闻，酒香扑鼻，卫兵非常享受。这时，文龙见兜里的盘尼西林就要从兜里掉出来，稍稍一侧身想要去抓盘尼西林，房梁的木条之间发出"咔擦"的摩擦声。文龙连忙收住动作。卫兵听到声音猛然回头，端着枪在房间里警戒着寻找声音来源。文龙兜里的盘尼西林突然掉落，正巧掉入那坛被打开的酒罐里。卫兵四下看了看，并未发现异样。

门外传来另一个守卫的声音："快，早操已经开始了！"卫兵连忙将坛子盖上，将其抱着出了房间。文龙再次上前打开立式柜子里的医药箱翻找，发现已经没了。

刀子站在操场一侧，看着操场上士兵都在列队集合，吉野已经走向了操场高处。文龙从小木楼侧面走了过来。刀子面带喜色向文龙使了个眼色："药呢，到手了吗？"文龙面带失望地说摇摇头："到过！"刀子不解，一脸茫然。文龙叹了口气："药到手后，又掉了！"刀子傻眼地看着文龙，文龙抬抬下巴。刀子顺着文龙下巴的方向看去。不远处的操场上方，士兵将那坛酒抱着跑过来，在吉野前方有一个点篝火要用的木柴堆。士兵将那坛酒放在了木柴堆的最顶端。刀子迟疑一下心想：药瓶掉到酒坛子里了，够巧的。老天爷真会捉弄人！刀子随后低声："必须拿回来！我过去看看。"文龙拉住刀子："等会儿，你知道吉野想玩什么把戏？"

不远处的吉野朝着身旁的卫士兵使了个眼色，士兵立刻会意，走上前去，拿出口哨吹了一声，士兵们看过来。刀子心想：吉野要喝壮行酒！这咋弄？文龙示意刀子稳住看看再说。吉野背着手走上前来讲话："士兵们，我感谢大家为松林沟铁道工程辛劳付出，特意拿出田中将军送我的美酒，为各位最后一日出工壮行！"日本兵们开始骚动。吉野一摆手："不过，酒就只有一坛，只能奖赏给有能力的士兵，哨声响起之后，在场的所有人，都可参与抢夺，一分钟之后酒在谁手上，谁就能喝第一口。"文龙一惊，心想：这不行，这样一口一口下去，藏在里面的药迟早会被发现。吉野又吩咐："记住了，纯属游戏，点到为止。时间只有一分钟，现在，愿意参加的士兵可以主动站出来！"刀子想去试试。文龙拦住刀子："你和吉野打过交道，昨晚在医务室，他没认出你，已经是烧高香了。"刀子低声："你要是赢了这坛酒，吉野会不会怀疑你？"文龙摇摇头："怀疑一个医务兵怎么会有好身手是吧？所以，这一仗不仅要赢，而且要赢得不动声色。"

一个日本兵站出来，摩拳擦掌，另一个日本兵也跳出来。接着又有几个日本兵站了出来，每一个看上去都凶狠健硕。文龙也站了出去。几个日本兵已经就势准备，等待哨声响起。文龙走到了操场上，看着吉野："大佐，属下也想试试！"吉野一看："哟，军医部的医务兵也嘴馋了？"文龙立正回应："属下曾经听闻田中将军酷爱美酒，这酒一定是世间罕有的极品。"吉野一笑："你是医务兵，为了一口酒，你可想清楚了？"文龙故作不服地看着吉野："我是医务兵，但帝国的医务兵不但能在战场救人，也可以在战场杀人。"吉野点头允许。文龙走上前去，将外套脱下。

一声哨声响起，四方的日本兵都大叫着冲了上去。一个健壮的士兵冲过去，将几个士兵都挤开，将那坛酒夺在了手上。文龙混入士兵之中，被一个士兵撩开，他一个踉跄，一屁股摔倒在地。吉野笑道："说大话的酒徒，吃点苦头也好。"周围的士兵发出哄笑。可就在文龙摔倒之时，脚一扬起，将已经落入壮汉手中的酒坛踹飞。几个士兵趁势去抢夺酒坛，壮汉也陷入混战之中，场面激烈。文龙连忙起身，可很快被几个士兵挤出来，根本就进不到战场中间。围观的士兵指指点点，哄笑不止。刀子在一侧担忧地看着。

文龙看了看边上，吉野的卫兵看了看手中的表。文龙找准机会，挤入混战之中。酒坛落入一个士兵手中，文龙将手指弯曲猛地朝着士兵的腋下一戳，酒坛又掉了下来。另一个士兵来抢，文龙伸脚挡住。几人你争我抢之后，酒坛飞出，文龙扑上去。文龙倒在地上，一翻身，酒坛正巧落在他的怀中。几个日本兵还欲扑上去，此时，一阵哨声响起，几个士兵顿住手中动作。文龙仰起头来，大喊："我赢了？我赢了！"吉野鼓着掌走上前来："没想到，你的运气真好！"

文龙站起身来看向吉野："大佐，这酒……"吉野抬抬手说："既然上天都眷顾你，看来这开封的第一口酒应该由你来喝。"文龙装着嘴馋又看向吉野："就只能喝一口？"吉野点点头："没错，你要觉得没过瘾，还能参与下一场。"文龙故作认真地看着吉野："这一口，能敞开了喝吗？"吉野一笑："我倒要看看，你能喝下多少！"

文龙把酒坛上的布封一扯，仰头就开始咕噜噜往下灌。参与争抢的士兵都看得傻了眼，见文龙一口口喝下，也跟着纷纷咽下着口水。文龙感觉到那瓶药掉入口中，将酒坛一放，伸手在嘴边一抹，把那瓶药顺到了手中。文龙痛快地打着一个咯，吉野的卫兵上前把酒坛接过来一看，看了看吉野。吉野的卫兵一看酒没了。

文龙故作醉意："大佐，田中将军的酒……好酒！"吉野笑着点头："有意思！你叫什么名字？"文龙想了自己的假名道："工藤秀忠。"吉野点点头："我记住你了，以后到了总部，有机会我一定找你好好喝一次。"

文龙立正回应："属下一定奉陪！"吉野一笑："怎么样？今天可是最后一天工期，工藤君不会耽误工作吧？"文龙立正看向吉野："我过一会就好，酒实在是太香了！"

吉野招呼所有人："行了，通知所有人，准备出工！"说完就带人离开了。文龙朝着刀子走过去。刀子示意是否拿到了？文龙看看身后，把手掌摊开，药就在手中。刀子称赞文龙好酒量好身手。文龙忍不住打了个嗝，笑了。文龙、刀子正计划随着第一批工兵出去，然后逃离。

二

小泉清闭目坐在车内，汽车颠簸了一下，小泉清睁开眼来，问还有多久能到。郭三说还得大约一刻钟就到了。小泉清示意加快速度。司机猛踩油门。

日本兵们都上了一辆带篷的卡车。文龙和刀子上了摩托车跟在卡车后面。文龙发动摩托正要离开，吉野带人过来："工藤君，你真的没事吗？"文龙故作尊重地看向吉野："大佐，我没喝多，放心吧！最后一天工期，我和您的心情一样，一定要亲眼看着铁道竣工！"吉野点头："很好，我很欣赏你！"不远处，一辆卡车驶过来。文龙带着刀子骑着摩托车离开。小泉清的车驶过来，文龙二人的摩托随着卡车，沿着铁道旁的公路朝前驶去。

文龙回头看到小泉清的卡车，眉头紧皱。刀子低声："那是虎头要塞劳工营的车，我记得那个车牌！"文龙点点头低语："幸好我们离开得及时！"刀子一笑："小泉清的动作还真快！我们刚进金顶子，他就兜了个圈子到了工程团。"文龙感到事情不妙，提醒刀子："要是小泉清和吉野联手，接下来可能有大麻烦了！必须赶快回去，绕道出金顶子林海！"刀子点点头。

吉野站在原地看着查道车远离，一辆卡车驶过来。卫兵告诉吉野是小泉大佐的车。车停了，小泉清从车上下来，身后跟着郭三。吉野迎上称赞小泉大佐的动作真快！小泉清一笑："吉野君，我的老朋友，我此刻的心情，你应该了解，我碰到了大麻烦。"吉野一怔："我清楚你的处境，田中将军也给我来了电话。在保证铁道工程顺利竣工的同时，我一定全力协助你，抓捕逃犯。”小泉清示意吉野有劳。吉野吩咐旁边的日本兵去看看冈本君，并提示冈本君要是醒了，就请到办公室。小泉清客气地点点头，随同吉野进了营地。

文龙和刀子的摩托车跟在卡车后面，沿着铁道旁的公路驶进山林。几个日本兵端坐在车厢内，一个日本兵撩开卡车车厢后面的遮布，发现后面的摩托车不见了。一日本兵嘀咕：“可能已经到前面去了。”卡车朝着山林深处驶去。文龙和刀子从铁道旁边的树丛里探出头来，两人见卡车已经远离，交互点了下头，缩进了树丛之中。

吉野请小泉清落座。冈本非常虚弱地站在一旁。吉野夸赞小泉真是令人羡慕，竟有如此尽忠职守的属下。冈本有点不好意思。小泉清瞥了眼吉野回应：“比起你的小泽大尉，冈本君还有待学习。”吉野狠狠地眯起眼：“只可惜，小泽君运气不好，这个仇我一定会替他报的！”小泉清表示：“这次我们联手，这伙人逃不了！”小泉清一笑，问冈本身上的伤是否好些了。冈本立正表示幸亏吉野大佐救助，烧退了，已无大碍。吉野朝冈本一挥手说：“冈本君言重了，都是为天皇效力的同仁，理应互相帮助。冈本君在昏迷时，还喊着要抓捕的逃犯，实在是令人钦佩。”冈本一想，在昏迷的时候，好像看到了一个人。冈本突然大叫：5237。

小泉清一惊。吉野也一惊问冈本：“你昨晚在医务室里，不是在说梦话？”冈本说：“也记不太清了，不过那双眼睛让他实在印象深刻！好像，还给我打了一针。那不是在做梦！”

小泉清一头雾水问：“到底怎么回事！”吉野大惊怒吼：“那个叫工藤秀忠的医务兵！难怪，我总觉得这个人有点与众不同。今天操场早训，我组织了一个抢酒坛子的游戏，这个工藤秀忠主动请缨，表面上看着是他运气好，现在想来，实在可疑！”小泉清看向吉野问：“这个工藤秀忠是哪儿来的医务兵？”吉野一怔：“军医部临时调来支援的，昨天直接去的工地，晚上跟着工程队返回的营地。这两天铁道工程赶进度，各个职位都增补了人手。”小泉清大惊失色：“医务兵，是不是每天都要到营地的医务室补给药物？你营地里的医生呢？他会不认识军医部的人吗？”吉野好像意识到什么：“宫崎医生……不好！”

几个日本兵冲进医务室，吉野进门左右看了看。几个日本兵在医务室里搜查，其中一个日本兵走到了一个封闭的柜子前。日本兵一刀将柜门上的钥匙劈开，宫崎医生的尸体滚落出来。在场所有人面色大惊。吉野眯起眼：“应该是昨天晚上遇害的，一刀毙命。”小泉清也眯起眼：“钢刺来过！”

这时，一个日本兵出来报告，库房打碎了一盒盘尼西林。又一个日本兵撞门进来：“报告大佐！我们的人在前线工地不远处的山路上发现了两具尸体，经辨认，是军医部派来的两个医务兵。他们随身的物品都不见了！”小泉清狠狠大吼：“肯定是他！这个钢刺实在太狡猾了！我来晚了一步！”日本兵又报：“进山的勘察队，昨天和今天都没有给营地发报，我们呼叫也没有接到应答。”小泉清抱怨地看向吉野，“吉野，两个医务兵是乔装的！你们的眼皮子底下折腾了一晚上！”

吉野气急败坏：“快，马上通知工地的守卫，拦下他们的车！”小泉清摆摆手：“来不及了，你应该马上派人沿着那辆卡车附近搜捕，他们跟着卡车走，这是要进林海！必须阻止他们！”冈本请示小泉清：“大佐，我去追！这次错失抓捕钢刺的良机，属下有主要责任！请给我一次将功赎罪的机会！”吉野调派两个小分队，交由冈本君统一指挥！冈本领命快步出了医务室。小泉清瞥了眼吉野：“你现在知道钢刺的厉害了吧？！”吉野狠狠地大吼：“我一定要亲手毙了这个家伙！”

小泉清让吉野君消消气，发生这些事，谁也不想。不过这至少能证明，钢刺这伙人还在金顶子林海里。吉野意识到今天对整个工程团来说是个大日子，可不能出什么状况。小泉清让送他到发现尸体的位置去看看！兴许能够发现些有用的线索！心想只要逮住这伙人，林海里的那些猎户，掀不起什么大浪！吉野安排了原本计划今晚试运火车，又调动一部分兵力全力配合小泉清抓捕逃犯！吉野借故说：“今天是铁道工程竣工的最后一天，他得坐镇营地，协调各方面的工作！”小泉清一笑，转身出了门。

文龙跟着刀子快步朝着鲁家屯的方向跑去，文龙突然停了下来。腿软了！酒劲上来了！刀子上前将文龙扶起。文龙示意别耽误工夫，小花还等着用药呢！刀子看了看左右。他们去鬼子工程团的时候，就是在这跟小六分的手，刀子喊了声小六！迎接两人的猎户小六从林中走出。小六赶紧带路，刀子和文龙连忙跟上。

冈本带着两个分队的人马从车上下来。日本兵指着就是在这一段发现这两人不见的。冈本还显得有些虚弱，站上高地，看着茫茫林海。此地就在文龙和刀子一天前观察工地的位置附近。这时又一个日本兵从丛林中冒出报告："前方发现了一条通向林海的小道，旁边还找到了他们的摩托车！"冈本一笑："看你们还能往哪儿跑！给我沿着这条道全力追击！"日本兵呈两路纵队，一前一后朝着山林中追去。冈本也跟了上去。

文龙、刀子和猎户小六朝着林海中鲁家屯驻地走去。文龙突然停下了脚步。刀子凝神听了听，幽静的山林之中，有一群鸟儿扑腾飞起。两人意识到：不好，后面有追兵。远处，冈本一行人朝着这边追过来。文龙低声："鬼子恐怕已经看见咱们了，再往前走，可就是驻地了，不能让他们发现鲁家屯！"文龙让小六到前边找个岔路口，带把这伙鬼子带进林子里，能遛多久遛多久！这样能先把药带回去！小六点点头："我保证让这伙鬼子有来无回！进屯子的路我先告诉你们……"说完三人朝各自的方向走去。

冈本压着身后的一队日本兵，示意悄悄跟着，低声说："要是能找到去鲁家屯驻地的路，可就真是立大功了！"日本兵们纷纷点头。一日本兵报告冈本："队长，他们绕到山坡后面去了！"冈本示意跟上！一队人越过山坡，发现小六的背影快速隐没进了丛林后。冈本的人跟着猎户追去。文龙和刀子从旁边的树林后探出头，见冈本已经上当。文龙对刀子低语："赶紧回去！拿药救人！"

从林里，安娜、谭卓茹等人朝着工地的方向跑去。贺春等人在后方追赶。高小庄被累得够呛，想喘口气。谭卓茹也累得不行。铁雷看了眼大伙："我哥他们回来，不被气死才怪！说不定他们取到药从别的路回去了，我们这一跑，鲁村长也得跟他们翻脸！"安娜一怔说："出来了，就别后悔，快点赶到工地附近，接他们一道！"谭卓茹把头别向了一边。魏坤宁看了她一眼。看到安娜他们在前面，贺春等一行猎户快速跟了上去。

冈本带着一伙人根据林中留下的痕迹，追了快两个小时了。冈本一笑："看来，很快就要到鲁家屯驻地了，都打起精神来，前边可能会碰上他们的陷阱阵，吩咐踩着他们走过的道走！”日本兵们纷纷点头。冈本示意侦察兵先跟上，让通信兵给营地发报：告诉小泉大佐我们已经发现目标！很快就能锁定鲁家屯驻地的具体位置，请大佐静候我们的好消息！冈本望着前方，一副一切尽在掌握之中的模样。

一辆火车沿着铁道，穿过一个隧道，朝着林海深处进发。

文龙和刀子回来，五六个猎户上前拿枪对准了他们。文龙大声喊向猎户：“先拿药救人！”文龙和刀子朝着大木房子走去，鲁伯从屋内迈出来。鲁伯一脸疑惑，刀子连忙递药上去。鲁伯吩咐：“快给小花打针！”鲁伯突然看向文龙：“等一下，你们这一来一去的，到底闹的哪一出啊？是把我们鲁家屯当成你们自家后院了吗！”文龙觉察不对，问鲁村长出什么事了？鲁伯告诉文龙和刀子，昨天晚上，你的几个朋友打伤了几个猎户跑了！现在全村人都以为你们串通好的！我也没想到，你们真会冒死把药取回来！文龙点点头：“鲁村长，这件事里面一定有误会！”鲁伯急了：“现在说这些有什么用，我担心你的人带着我的人在林子里瞎跑，会撞上鬼子。”文龙也担心起来。一个猎户返回来报告：“贺春他们往西南方向去了！”文龙思考了一阵：“西南方向……不好！他们往工程团的工地去了！”

小泉清带人出现在两个医务兵被杀之处。郭三跟在后面，拿着把扇子不断地给小泉清扇风。郭三告诉小泉清：“冈本太君已经沿着前边那条小道追进林海里了！”小泉清看了看尸体，站起身来眺望附近的山林。郭三插话：“大佐，我怀疑工程团之前进山的勘探队，就是遭了林海里鲁家屯那伙猎人的毒手。”小泉清意识到：这林海里陷阱密布，钢刺能够从里面出来，还如此迅速地摸进吉野的地盘，这明显是有备而来。他们杀死医务兵，混进营地，目的很明显，就是冲着药去的！郭三上前道：“这伙人简直疯了！为了一瓶药，敢冒这种险！”小泉清分析说：“他们连我的虎头要塞都敢闯，进工程团营，不在话下，我现在担心的是，他们能从林海里出来，偷完药又返回去，可能已经和林海里鲁家屯的人成了一丘之貉。”郭三点点头回应：“冈本队长找到他们的具体位置，就能把钢刺和鲁家屯的人连锅端！”小泉清让找几个精通陷阱机关的士兵，协助排除进林海的陷阱！

安娜在前头奔跑，魏坤宁等人紧跟其后。贺春等人还在不远处继续追击着他们。几人跑过之后，四五个日本兵从树林山坡后面冒出头来。日本兵正拿着步话机呼叫。

小泉清站在坡地上观望整个林海。一个日本兵来报——前方探路的士兵传信，有一伙皇军士兵打扮的人后面跟着一伙猎人，正朝着这边过来了！小泉清一惊，疑惑起来，琢磨着：这伙人从要塞逃走的时候就穿着我们士兵的衣服，一会取药，一会往林子外边跑，这是什么意思？郭三请示："要不要派人挡住他们！"小泉清一笑："挡什么，去迎一迎我们的几个老朋友！"

三

安娜等人不断朝前跑。小泉清从旁边树林中冒出头来，见安娜等人已经进了包围圈。小泉清一笑。郭三失声："安娜！"小泉清瞪了他一眼，郭三连忙闭了嘴。魏坤宁突然停住。前面几人也突然收住了脚步。安娜看向魏坤宁："少校，不能停，后边还有人追哪！"魏坤宁低声说："这林子不太对劲，太安静了。"谭卓茹等人都警戒地看着四周。树林里非常安静。小泉清周围的日本兵都握紧了手中枪杆。魏坤宁吩咐："快隐蔽！"日本兵们冲出，朝着魏坤宁等人不断开枪。魏坤宁急切地喊向大伙："中埋伏了，快撤！"

贺春等人追上来，听到枪声，连忙隐蔽到山坡后。贺春仔细观察。猎户问："怎么办，他们被鬼子包围了！"贺春吩咐："先打鬼子！"猎户们从山坡后面翻出来，朝着鬼子开火。

日本兵的包围圈另一面遭受贺春等人的攻击。魏坤宁见势提示大伙："跟鲁家屯的人会合！"说着带着几人朝着冲下来的贺春等人靠过去。小泉清见状急了，夺过身旁一个士兵的枪，瞄准了正欲逃走的安娜。小泉清一枪过去打在了安娜脚边。安娜一吓，摔倒在地，裤兜里的胶卷滚落山坡。安娜没有注意，起身还想跟上去，却被小泉清一枪枪逼了回去。高小庄见胶卷滚落，连忙跳下山坡，将胶卷宝贝似的捡起来。当谭卓茹将安娜拉起，日本兵围了上来，将二人围住。大队日本兵上来，将安娜、谭卓茹与魏坤宁等人隔开。铁雷拿着枪还击，要朝安娜冲过去。魏坤宁拉住铁雷："你不要命了！

回来！”铁雷甩开魏坤宁：“我哥临走前交代了，就是丢了我的命，安娜也不能有事！”说完，铁雷拿着枪冲了出去。

日本兵奋力还击，挡住了铁雷，子弹在铁雷身边横飞，铁雷好几次险些中弹。魏坤宁佩服：这些抗联个个都是疯子！魏坤宁等人再次冲出，对面的鬼子火力太猛，几人边躲边还击。贺春等人在身后掩护几人。魏坤宁上前拉住了铁雷：“发什么疯！你睁大眼睛看看，你冲上去，大伙的命都得搭上！”铁雷的枪里没了子弹，一脸沮丧。魏坤宁拉着铁雷撤回山坡后。

日本兵不断攻击，朝着一行人逼了过来。小泉清等人从山坡后站了出来。日本兵们冲下来，魏坤宁等人不断还击。小泉清大吼：“除了那两个女的，其他的人都给我毙了！”日本兵们继续奋力还击，魏坤宁等人被逼到后方。高小庄爬上山坡，见日本兵已经把安娜和谭卓茹给围住了，魏坤宁等人已经站在了贺春一边。高小庄连忙缩回了头，从山坡底下穿过去，绕到了魏坤宁等人身后。

贺春埋怨魏坤宁：“你们真是鲁家屯的灾星，又把鬼子给招来了！我看你们就是串通好的！”魏坤宁瞪了眼贺春：“你以为我想跑？”铁雷看向贺春：“贺春兄弟，快帮我把人救回来！”贺春生气了：“现在知道急了？谁让你们跑出村子的！鬼子这么多人，怎么救？”魏坤宁知道，可这时候上去就是送命！看着谭卓茹被日本兵挟持住，眉头紧皱，大喊：“就这几条枪，没戏！先回去，等文龙回来！”铁雷一跺脚，狠叹了口气，一声“撤！”一行人没入了林海中。

一行日本兵要追上。小泉清伸手拦住：“行了，穷寇莫追！”日本兵们停住。安娜和谭卓茹被日本兵控制住。小泉清走上前来，看着两人。小泉清狠狠地看着谭卓茹和安娜：“带走！”

安娜和谭卓茹被铐在座椅上。小泉清看着两人。小泉清得意地一笑：“怎么样，以为有个钢刺带路，你们就能高枕无忧地逃走！孙悟空再厉害，也永远逃不出佛祖的手心！”安娜没好气地看向小泉清：“时间终究会给出结论，你这种阴狠的魔鬼，早晚会下地狱！”小泉清藐视地看了眼安娜：“一别多日，你还是这么喜欢唱高调！”安娜气愤地别过头去。小泉清看向了谭卓茹，谭卓茹低下头。小泉清冷笑一声：“谭小姐，最让我失望的就是你！你这样吃里爬外，我真的很伤心。”谭卓茹不屑一顾地看了眼小泉清：“你无耻！我就是死，也不会跟你回要塞！”安娜看着谭卓茹：“有骨气！”谭卓茹抱怨安娜：“你闭嘴！还不是因为你瞎跑，不然我们也不至于落得如此下场！”安娜还嘴谭卓茹：“我没让你跟着！”小泉清一笑。

这时，郭三来报：“冈本太君发回电报，说他现在还咬着钢刺，马上就能确定鲁家屯的具体方位！”小泉清说：“真是愚蠢至极！这么长时间，要不是有人在带着他兜圈子，都够他穿过林海了！让他们马上原路给我滚回来！”然后一脸愠色地看着安娜和谭卓茹。

冈本等人在原地等待，一个通信兵坐在地上等待电报。通信兵拿着有电文过来。通信兵将电报写下，递给了冈本。冈本看完，面露难色不解：胜利就到眼前了，这时候放弃，我们会失去一次重要的机会！命令原路返回！几人收起电台，准备返回。可刚走出一段，发现面前有几条岔路。冈本问侦察兵，刚才从哪个方向来的。侦察兵低下头，抱怨林子里的地势太相像，恐怕是迷路了！冈本气急败坏：“混蛋！走不出这个林子，先毙了你！”

车厢内。小泉清看向安娜：“安娜小姐，钢刺在林子里带着冈本绕圈子，这远远不及你在我面前，跟我绕圈子可恶！直接点，我要的东西呢！”安娜故意一怔：“什么东西？”郭三狠狠地看了眼安娜：“还装蒜呢！大佐已经很给你面子了，胶卷！”安娜一摸身上，这时候才发现胶卷掉了，大喊：“糟了，我的胶卷掉了！”小泉清看着安娜一笑：“你觉得你在我面前演戏有意义吗？”安娜瞥了眼小泉清：“我说真的！胶卷真的掉了，刚刚我明明记得还在身上的，肯定是刚才跑的时候掉在了林子里！”

郭三想去找找，小泉清一拦：“安娜小姐的智慧你之前没有见识过吗？如果我没猜错，这么重要的东西一定在钢刺手里；钢刺为了安娜小姐可是什么事都敢做，你说他今晚会不会来救你呢？”安娜大声吼向小泉清：“你把我放开，我不会让任何人再为我冒险的！”小泉清哈哈一笑：“给安娜小姐准备点吃的，这个诱饵越香越肥才好！”

文龙和鲁伯带着一些人朝着工程团工地而去。魏坤宁等人跑过来。文龙打量着几人，眉头紧皱，铁雷不敢看他的眼睛，低下头去。鲁伯过来，看着几个猎户，问不碍事吧？几个受了轻伤的猎户摇摇头。鲁伯提示大家：“文龙和刀子没有食言，药送回来了，这里边可能有什么误会！鬼子的火车进了山，咱们在林海里也待不了了。别的事，都以后再说！”

文龙说了感谢鲁村长的话，说完，目光落到了身后几人身上，文龙停在铁雷面前。铁雷不敢正视文龙的目光。贺春交代：“他们半夜逃走，撞上鬼子了！那两个女的给抓走了！”文龙脸上的表情越来越愤怒。文龙一脚踹向了铁雷：“混蛋！你这是要我命啊！”铁雷踉跄了两步。文龙扑上去照着铁雷脸上就是一拳，铁雷栽倒在地。

铁雷坐起身来：“哥，都怨我！你想想办法吧，就是搭上命，我也一定把人救回来！”在场几人面面相觑，被文龙给镇住了。文龙侧身在一旁，压着怒火，闭着眼喘着粗气，面向别处。高小庄胆怯地走到文龙跟前：“文龙哥，小泉清突然就从林子里冒出来了，咱们根本不是他的对手！也不是雷子哥一个人的错。”文龙没有反应，高小庄朝魏坤宁使了个眼色，示意他上前来劝劝文龙。

魏坤宁上前劝文龙：“文龙，你这时候要是真乱了方寸，真正占便宜的可是小泉清。”高小庄上前将铁雷给扶起来。文龙还是一脸愠色。刀子看向魏坤宁：“谁让你们跑的？”魏坤宁懊恼嘀咕：“还能是谁，文龙的宝贝疙瘩！”刀子叹了口气。文龙有气无力：“我们没机会了！安娜和胶卷都落到小泉清手里，吃了之前的亏，小泉清一定会第一时间把人和东西转交给关东军司令部！”

高小庄摸出胶卷问：“是不是这个玩意儿？”文龙一惊：“哪儿弄来的？”高小庄描述：看到这东西从安娜裤兜里掉出来，她说这东西比她命还值钱，当然得捡回来啊！文龙朝着高小庄伸出大拇指，示意高小庄这回算是立大功了！高小庄朝铁雷眨眨眼，示意他别怕。文龙看向铁雷：“拿到胶卷，你就算是救了安娜半条命。你要真觉得自责，我或许还能给你个救人的机会。”铁雷看向文龙：“胶卷给我，人我去救！”文龙没理铁雷，看着手里的胶卷沉思起来。

魏坤宁看着文龙：“你不是说，安娜很可能会被小泉清第一时间转移吗？”文龙点点头：“对小泉清来说，胶卷和人一样重要。现在胶卷还在咱们手上，小泉清就不会这么轻易离开，他一定在等着我！”高小庄大惊：

“那他肯定布下天罗地网了，哥，你可去不得！”文龙镇定了一下：“为了安娜，别说天罗地网，刀山火海我也必须闯！”铁雷上前：“哥，算上我！”文龙的目光再次落到了那个胶卷上。苦苦思索着营救安娜的计划。

四

火车停在铁轨上，一些士兵在往车上搬运炸药。小泉清看着窗外，郭三站在身后。安娜和谭卓茹被坐在一旁的座椅上。周围站着几个拿枪的日本士兵。小泉清回过头看着郭三说：“这铁轨工程耗费巨大，既然吉野君给我们开了绿灯，我们也应该给他一点回报。”郭三呆呆地站着。小泉清命令：“钢刺没有落网，一切都有可能发生，我派两个分队，郭桑你跟着，加强铁道沿线的巡查！”郭三出了车厢。安娜和谭卓茹都想起身，被日本兵按住。

文龙、魏坤宁、铁雷、高小庄、刀子、鲁伯、贺春和二十几个猎户在一旁商量下一步计划。魏坤宁皱起眉，小泉清和吉野联了手，这事儿难！文龙深思了一下说：“我在工程团营地里听吉野说，等火车试运成功之后，他会向关东军总部申请调兵，突袭鲁家屯！”贺春等人一惊。文龙让鲁村长带人先从别的道撤出林子！鲁伯坚决不同意，搭上命也干，绝不当奴隶！当时带着全村人避开鬼子躲进林海，已经是一忍再忍。鬼子要再找上门，我们只能跟他玩命！

文龙向大家布置着营救安娜和谭卓茹的计划：需要所有人密切配合。天黑之后，他去工程团工地救安娜和谭卓茹。铁雷带几个人，摸进工程团工地和营地之间的隧道，扒掉铁轨。大家都要算准时间，太早太晚都可能坏事。又担心扒了没用，用不了几天，鬼子又接上了。贺春曾在横道河子打过短工，经常扒火车回老家。就安排贺春用炸药炸铁轨。大家正担心炸药的来源。文龙想起：在工程团营地，吉野说工程竣工后，开山的根据包括数以吨计的炸药运回去。文龙在地上画着简易图。铁轨全程17公里，连接工地和营地。要想彻底阻止火车进山，只有把这地方给炸了。文龙在两点的中间位置画了个圈。

文龙一笑，继续安排任务：鬼子修建这条铁路，总共花了差不多一年时间，开山搭桥凿隧道，耗费时间最多的就是这条隧道。火车在隧道里脱轨，车上一乱，贺春兄弟点燃火车尾部的炸药。贺春肯定点头，示意放心！魏坤宁是正规军，攻城拔寨最擅长，既然要打鬼子，就打个痛快！鲁村长、刀子和咱们所有的兵力都听你指挥；趁着吉野分兵给小泉清，要我乘虚而入偷袭工程团营地！咱们这拨人，本事最大的就是你老魏，战场经验也最丰富，以少胜多的仗肯定没少打！魏坤宁对文龙笑着说了句“够贼！”鲁伯拍手称好，这一炸，把火车和鬼子全埋里边！要重新打条隧道，没个一年半载，小鬼子甭想进这林海。服了！这事儿要是成了，你就是我们鲁家屯的大恩人！文龙看了高小庄一眼，跟着我，救安娜和你谭姐。高小庄都不相信自己的耳朵，未等高小庄开口。文龙命令：大家分头准备！众人分开，各自准备。

茫茫林海，无边无际。密林中，冈本和一队日本兵还在苦苦寻找出路。队伍停下，冈本有些恼火，四下观察，发现一些脚印。一个日本兵摇头诧异。冈本确认这是野猪的脚印！瞪了那个日本人几眼。随后，日本兵拿着地图，递到了冈本面前。这几片林子地形很相似，无法判断！冈本意识到真的迷路了！大吼：“指北针呢！”日本兵低下头，忘了带了。冈本又吼：“全都是废物！”

天渐渐黑了下来。一条已经竣工的铁道在月色下泛着幽幽的光泽。小泉清乘坐的一列火车停在铁轨上。火车附近的空旷地带堆着一些枕木，扎着几顶帐篷。

这时，文龙、高小庄悄悄地接近工地，在一个土坡后探出头。小庄两腿直哆嗦。文龙鼓励高小庄：“这世上最难学的就是变戏法，变戏法都会，你啥干不了？”高小庄拍了拍自己在打战的双腿。文龙朝小庄肯定地点点头。

车厢内，小泉清停在了安娜和谭卓茹旁边。小泉清看着二人，满脸得意的笑容，小泉清在二人身上嗅了嗅。谭卓茹不动声色。小泉清一笑，看向了谭卓茹说：“谭小姐，你到劳工营没两天，假5237也来了，真巧啊！他的真实身份你知道吗？”谭卓茹说：“自己也是第一次见他。”小泉清狠狠地看着谭卓茹：“你在警务厅应该听说过钢刺吗？假5237就是钢刺，一个游荡在满洲的幽灵！”谭卓茹惊讶：“他是钢刺！”谭卓茹倒是放心了。小泉清看了看谭卓茹：“谭小姐，你太让我寒心了！你做的这些事，犯的可是死罪！

不过，只要你接下来乖乖听话，救你的办法还是有的。”谭卓茹瞥了眼小泉清：“别假慈悲！既然落到你手里，要杀要剐，悉听尊便！”安娜也插话：“愿杀愿剐随便！”小泉清看看安娜：“我怎么舍得杀你呢？你说5237今晚会来救你吗？”安娜不屑一顾看了眼小泉清：“你怕了？”小泉清哈哈大笑，狠狠回应安娜：“我是怕了，我怕他今晚不敢来！”

远处，一队巡逻的日军走过。日军帐篷附近生着几堆篝火，篝火边围着一些说笑的日军工程兵。土坡后，换上猎户装的文龙、高小庄悄悄探出头来，四下机警地观察。文龙注意到了火车四周的树丛，以及火车背后闪过的一道影子。文龙看了看高小庄，一招手，文龙蹿出了土坡，高小庄一脸为难，但还是硬着头皮跟了上去。二人从土坡后爬出，猫着腰接近铁轨上停着的火车。离火车二十几米时，文龙示意小庄停下，等了一会，再次勾勾手，示意小庄和他上火车。文龙拉开车门，刚要登车，一支上了刺刀的38枪顶到面前。文龙身后的小庄惊恐万分，扭身就跑。二十几个日军从四面涌出，把二人围住，同时火车周围灯光大亮。二人无奈地举起双手。小泉清走过来，看着二人，轻声一笑：“钢刺先生，别来无恙？钢刺先生你的名气很大，现在整个远东地区的情报机构，都知道你我在过招，这次我至少用了七成功力。”文龙冷笑：“你的消息挺灵的嘛！算我倒霉！”小泉清冷笑了一声：“看来我们的安娜小姐魅力实在太大，竟然让你这样的高手都失去了理智。来人，把两位贵宾请上火车！好戏还在后头呢！”两个日本兵上前来搜身。随后将二人押上了火车。小泉清通知司机，准备发车！一个日本兵吹了一声口哨，手中的指挥旗晃动两下，火车一声鸣笛，朝着来时的方向缓缓开了出去。

铁雷带着七八个猎户拿着土枪、撬棍跑步前进。铁雷让弟兄们再快点！魏坤宁、刀子、鲁伯带着四十多个猎户也全速往工程团营地赶，大家手上拿着冲锋枪、驳壳枪、汉阳造、土枪等杂七杂八的武器。魏坤宁吩咐大伙：“兵贵神速，快！我们必须和文龙他们同时动手，不然就全歇菜！”刀子低声：“鲁伯，今天我会给您老人一个交代。”鲁伯严肃地看着刀子：“不是给我，是给小花，给鲁家屯所有的乡亲们！”刀子使劲地点点头。

小泉清坐在椅子上，打量着四人，慢慢笑出声来。文龙、小庄被铐着双手站在他对面。安娜、谭卓茹被日本兵拿枪挟持坐在一旁。小泉清睁大眼睛看着文龙：“钢刺，游戏结束了，你怎么想？”文龙眯着眼看着小泉清：“结束了还可以开始啊！”小泉清冷笑：“很有哲理，可你忘了，你我玩的是死亡游戏”！文龙不屑一顾地瞥了眼小泉清：“这就是说，只要我还活着，游戏就不会结束。”小泉清叹了口气：“你很清楚你自己的价值，也知道在没有对你最后审判之前，我无权杀你。你很聪明！”文龙也叹了口气：“既然这样，何必浪费时间！”

小泉清得意地笑了几声：“钢刺，我听过关于你的传奇故事，可惜，你的传奇就要终结在我手上了，没有机会了！我此刻很享受这种感觉！”安娜关切地看着文龙。小泉清来到高小庄面前。高小庄躲避着小泉清的目光，有点慌。小泉清冷冷地看着高小庄：“戏法先生，你好像有些慌张啊？在你身上，我闻到了恐惧的味道。”高小庄急中生智：“可能是这火车里空气不太好，您的鼻子失灵了吧！”谭卓茹和安娜都没忍住笑起来。

小泉清哈哈一笑，整张脸冷下来，很生气！小泉清钩钩手指，日本兵上前扒高小庄的衣服。高小庄的衣服被扒光，只剩下一个裤衩，环抱着自己瘦弱的躯干，蜷缩在座椅边。日本兵拿着一根铁丝，转身递给了小泉清。小泉清坐在椅子上，手扬起，一段铁丝在灯光中折射着光泽。小泉清大喝一声：“戏法先生，让你变个戏法，变不了枪毙！”墙上的时针一点点走向十一点。高小庄一脸惊慌。

小泉清闻着铁丝，看向高小庄：“你可真够聪明的！为了躲过士兵的搜查，竟然把开锁的铁丝藏在了腋下，不过，这味道不怎么好。”高小庄紧张地看着小泉清。小泉清又转向文龙：“我说呢，整个满洲最让人闻风丧胆的中共特工，怎会如此容易就被我抓到。钢刺，你既然有备而来，那你说说看，到了如今这地步，今晚你还逃得了吗？”文龙一笑：“能做的都已经做了，时间会给出答案！”安娜气氛地看着小泉清：“这是中国的土地，该逃走的应该是你们这些厚颜无耻的侵略者！”

行驶的火车车厢，微微摇晃。小泉清手持军刀端坐在一侧，阴森森地看向高小庄：“戏法先生，这漫长的旅程实在太无聊了，你的节目想好了吗？”

炸车毁轨　再进亡阵

一

一辆火车呼啸着，长驱直入，朝着山林深处开去，火车上灯火通明。铁雷等人从树丛里冒出头来。铁轨距离几人不远，一直蜿蜒进了隧道。铁雷招呼大家："还没到时候，先上去，火车过前面弯道的时候再动手！按照文龙的办法，扒完就撤！上！"众人朝着铁轨摸去。

不远处的树林里，郭三跟着日本兵冒出头来。远远看见隧道里进去了一拨猎户。郭三心想：胆够肥的！大佐果然料事如神！还真有不要命的！郭三招招手，带人从树林中出来，吩咐两头堵，最好抓活的！两队日本兵向隧道另一头跑去。

铁雷等人靠近隧道，向隧道里走去。来到隧道中间。几个猎户正要撬铁轨，铁雷听到了响动。几人去撬铁轨，铁雷贴在铁轨上听动静。铁雷低声："别撬！不好，真有埋伏！"铁雷抬手一枪，对面啊的一声，有人中弹。同时两边的子弹乱飞。双方开火，枪火在漆黑的隧道里飞过。铁雷拿枪一顿还击，好几个鬼子中枪倒地。日本兵们躬身贴着隧道墙根，朝着中间逼近，一边朝着几人还击。几个猎户中枪倒地。铁雷朝着郭三连开几枪，打中了郭三的腿。铁雷扣动扳机，枪里没了子弹。日本兵们围了上来，铁雷抡起枪把砸向日本兵，一个日本兵一枪托把他打倒。郭三的腿在流血，一瘸一拐上来，拿着驳壳枪对准了铁雷。一个日本兵拦住了郭三："要按照小泉清大佐的旨意抓活的！"郭三才压住怒火，不得不收起了手中的枪。铁雷骂郭三："除了跟在鬼子后边装大尾巴狼，你还有啥本事！鬼子不是人，你连个畜生都算不上！”日本兵见状，猛地将枪口对准了铁雷。郭三附身在日本兵耳边，日本兵听完，哈哈大笑。日本兵让人赶紧给小泉清报信。

车窗外的山林夜景不断掠过。小泉清坐在椅子上，揉着太阳穴，看着墙上的时钟。小泉清一笑：“戏法先生，有灵感了吗？观众的耐心可是有限度的。你是不是觉得钢刺还有后手，一定会赢我？”高小庄大怒：“我、我、我想清楚了，我是不会演的！你当着两个女人的面扒我的衣服，简直就是侮辱我！虽然我只是个江湖卖艺的，但我绝不会向你低头！跟文龙哥没关系！”安娜朝着高小庄竖起大拇指，高小庄昂起头，一脸的得意。

一个日本兵进入。报告小泉清：“郭三通过步话机从隧道附近传来消息，他们发现了一队想要扒铁轨的猎人，活捉了那个戴眼镜的。”小泉清听罢，面露微笑，深深吸了口气，示意日本兵退下。文龙、安娜和谭卓茹纷纷吃惊。高小庄一听这话，更是傻了眼。

小泉清看向几人一笑：“扒了铁轨，火车撞进隧道，趁乱动手。救走人质。不不不，还差一招。火车就算脱轨撞上隧道墙，皇军一样可以下车追击，我想想啊……”小泉清故作沉思。安娜愤怒地看向小泉清骂道：“你这个老狐狸！”小泉清“噢”了一声：“想到了，我大胆假设一下，火车被逼停之后，你们趁机脱身，然后，点燃火车上的炸药，嗞……火车、隧道、皇军士兵，轰！真是精彩啊！”高小庄哭起来，扑向文龙，抱怨起文龙：“全被人猜中了！”安娜瞪了高小庄，示意要坚强！高小庄对小泉清说：“是自己看错了人，不该跟他们一伙，您才是最厉害的人！”说着就要给小泉清表演变戏法。要拿文龙演一出飞刀射苹果。小泉清说：“没有飞刀也没有苹果！只有枪！”几人一愣。小泉清露出一个阴恻的笑容。

魏坤宁、刀子和鲁伯走在前头，后面跟着一队拿着猎枪的猎户，魏坤宁和刀子穿着鬼子皮，身后的猎户队伍中也有两人换上了鬼子皮。工程团营地在山坡下，亮着火光，两道门都有守卫。魏坤宁吩咐：“刀子带一个弟兄去左边侧门，剩下的随他去右边正门，别给鬼子开枪的机会！把两边的守卫干倒之后，鲁村长带大部队从这两侧摸进去。”刀子插话：“吉野留给我！”说完，刀子招呼一个兄弟朝着左边的侧门走去。魏坤宁特意嘱咐鲁村长：

"盯紧了，鬼子一倒下，马上跟上。枪晚开一分钟，我们的胜算就越大。"鲁伯和猎户们纷纷点头。魏坤宁也招呼一个兄弟朝着岗哨大摇大摆地走过去。

魏坤宁带着一个身着鬼子皮的猎户朝着门口守卫处走近。两个守卫看见了两人，注意着他们。魏坤宁边走边说："工程队出了点问题，我们先一步回来报告吉野大佐。"两个守卫要他们的证件，魏坤宁两人走上前，猛然出手，将两个守卫干掉。刀子和另一个穿着鬼子皮的猎户也将两个守卫放倒。刀子看向魏坤宁处，两人相互点点头。鲁伯远远看见刀子和魏坤宁都得手，一招手。猎户们兵分两路，缓缓走出了树林。

吉野背着手焦急地在办公室里来回踱步，思索着小泉清的任务是抓捕逃犯，铁道的事情还得靠自己！一个日本兵站在一侧看到冈本来回踱步，也看出了吉野的担心。这是通信兵报告："大佐，刚才前线发来电报，他们已经派人在铁道沿线检查，钢刺也已经被小泉大佐给抓了！"吉野心想这个钢刺像个幽灵一样，实在太可怕了，命令各部，加强巡查，进入备战状态！为防备万一，还是亲自去了。

小泉清过来拍拍高小庄的肩膀，高小庄点头哈腰应承。一个日本兵把手里的枪递给了小泉请。小泉清将枪膛里的子弹退出，只剩下了一颗，递给了高小庄。身旁的几个日本兵见状，警觉起来。高小庄疑惑地看着小泉清。小泉清的手指指向文龙，然后对高小庄说："一颗子弹，打他的……耳朵！打不中，你死；打死了，你也得死！"说完，小泉清退到了高小庄身后。谭卓茹看着小泉清大吼："你简直是疯了！你还有点人性吗！"安娜瞪着高小庄："你别让我看不起你！"高小庄拿着枪，手在发抖。高小庄哭腔："我也是没办法啊，哥，要是有下辈子，我给你当牛做马，我是真不想死啊！"文龙镇定地一笑："别窝囊，端好你的枪，看准了打！"高小庄缓缓抬起枪，对着文龙，枪杆不停摇晃，满头冒汗。小泉清大笑起来："开枪啊！"高小庄一鼓作气，"啊！"了一声。

火车在铁道上飞驰。郭三趴站在铁道边。两个日本兵把全身被紧紧捆住的铁雷推上来。领头的日本兵命令把铁雷固定到枕木上！郭三狠狠地看向铁雷："你不是喜欢扒铁轨吗，让你好好感受一下在铁轨上被压成肉饼的感觉。”两个日本兵拼命按住，铁雷不屈不挠，一个枪把砸向了铁雷的腿后，铁雷被摁倒在地。郭三在一旁大笑着。铁雷被固定在了铁轨上，挣扎着，绳子有些松动，他加快了挣扎的速度。

鲁伯等人朝着大门口过来，吉野带着随从从大门内出来，停在了大门口。魏坤宁连忙朝着正要冲过来的鲁伯等人伸手，止住一行人。鲁伯连忙带人隐没进了树林里。吉野停在了门口。吉野没感到一丝不正常，魏坤宁等就这样混了过去。不远处的侧门边，刀子看到吉野，一脸愤然。吉野左右看了看，转身要进营地。鲁伯等人藏身的树林后面，一个猎户冒头，被鲁伯拉住。吉野驻足，回头看向了树林，树林中看上去没有异样。吉野对装成日本兵的魏坤宁低声吩咐："封锁大门！"魏坤宁一愣。吉野大吼："树林里有情况，马上封锁大门！"魏坤宁一个箭步上前，将吉野挟持。吉野一愣。猎户也将吉野身边的士兵挟持。魏坤宁一个手势，鲁伯的人再次从两路朝着大门涌入。营地内的日本兵见到动静，双方展开激战，枪声四起。

魏坤宁挟持着吉野缓缓逼入营地内。吉野问是否都是钢刺的人，魏坤宁告诉吉野自己是东北军少校营长，就是来取你狗命的！营地内展开枪战，两路鲁家屯的猎户冲入，占据了优势。吉野趁着魏坤宁不注意，猛地推开魏坤宁的手臂，冲入营地混乱的局面中。魏坤宁拿枪瞄准，吉野狡猾地左右躲避，借着猎户遮挡自己。刀子上前来，脱掉上衣，露出腰后的弯刀，夺过一把枪追了上去。刀子瞪着眼，朝吉野快速追了上去。魏坤宁拿着枪不断帮着猎户还击日本兵。一个日本兵对准了鲁伯，魏坤宁一枪过去，击毙了日本兵，替鲁伯解了围。两人再度提着枪冲入了乱战之中。

火车快速飞驰。贺春远远看见火车朝这边驶过来。贺春示意大家先藏好！猎户们全都上树，全都隐藏在铁道旁的树丛中，纷纷做好了准备，等着火车驶过来。

二

高小庄晃动着枪杆，迟迟不敢动手，站起身来，拿枪对准了文龙，但由于害怕，手中的枪一直晃个不停。小泉清提示高小庄再不开枪，火车可就要到站了！日本兵摁着激动的安娜。高小庄满头大汗。小泉清又激励高小庄：“如开了这一枪，你就是我的人，回到要塞你可以协助郭三管理劳工。”谭卓茹看着高小庄大叫：“别听他胡说，开了枪他一样不会放过你！”高小庄带着哭腔对文龙说：“对不住了，哥！”小泉清上前从身后把住高小庄的手，瞄准了文龙。高小庄手中的枪不停晃动，他大喊了一声，手肘照着小泉清的脸一顶，顺势扣动扳机。小泉清吃痛啊了一声。一枪过去，枪竟然打中了文龙身后的火车电闸，车厢陷入了漆黑之中。

车厢内传来几声打斗。日本兵胡乱开了几枪。小泉清大声命令：“别开枪，关闭车厢内的通道！拿矿灯！”黑暗中几个人影闪过。几个日本兵手提矿灯，将车厢照亮，绑几人的地方已经空了。小泉清气急败坏，命令全车搜捕这伙人！封锁通往最后一节车厢的通道！日本兵们纷纷朝着车后走去，剩下一个士兵紧跟小泉清左右。小泉清深思：扒铁轨的人被抓，要实施他的计划，他只能兵分两路，一路点炸药，一路拉闸逼停火车。小泉清猛意识到这伙人一定要去车头，也猛冲向车头，日本兵连忙跟上。

安娜惊慌逃至另一节车厢，两个鬼子端着枪进来。安娜举着手不断退后，两个鬼子追上去。刚一走进车厢，潜伏在两侧的谭卓茹和高小庄冒出来，拿着个铁桶，将两个鬼子砸晕。高小庄连忙去扒鬼子的衣服换上！示意让谭卓茹换上！谭卓茹和安娜四下找文龙，高小庄告诉她俩文龙有更重要的事要办！安娜疑惑地看着高小庄。高小庄一笑：“这都是小爷我聪明，引小泉清钻了我的套！要不是我脑子活，戏演得好，你们俩，早交代了！跟着我文龙哥，总得有点绝活，凡事都得下双保险！”说完得意地笑了笑，一吐舌头，从嘴里拔出一根弯了的铁丝。

一队日本兵从几节车厢外追了过来。高小庄吩咐安娜和谭卓茹去车尾，跟贺春会合！火车开到了贺春等人埋伏的地点。一声清脆的口哨声，贺春及一行猎户从树丛里钻出来，跟着火车朝前狂奔。找准机会，一个个都爬上了火车。贺春朝着火车尾部走过来，鬼子出现在身后。一枪过去，没有打中，贺春连忙躲起来。两个鬼子端着枪追过来。此时，一个猎户过来，一开枪，鬼子中枪倒地。贺春翻入了火车车厢，猎户们凑了过来，都进了车厢。

贺春先一步翻进来。高小庄等人刚走到了此处，吓得躲到谭卓茹身后，一看是贺春等人。贺春诧异高小庄等人为啥不跟着文龙去车头。高小庄看着贺春："小泉清追过去了！不过他一定不是文龙哥的对手，我们就别去裹乱了。"受命前来封锁最后一节车厢的日本兵追过来。贺春摁住高小庄，朝着后方开枪。日本兵不断还击，火力太猛，贺春等人只得且战且退。贺春让高小庄、安娜和谭卓茹往后撤，谭卓茹摁住贺春的手，让贺春去点炸药！贺春点点头，朝着火车最后一节车厢跑去。

谭卓茹与日本兵展开激战。日本兵不断还击，攻击越来越猛烈。此时，七八个猎户从车顶翻窗进入，从身后很快放倒了攻击谭卓茹的日本兵。高小庄看到自己的人都来了，笑了，招呼着安娜一起去帮贺春弄炸药，安娜却要去找文龙。谭卓茹怕安娜添乱添堵，制止了安娜。又一队日本兵迎上来，贺春带人阻击。

高小庄来到末节车厢，装载炸药的车厢被铁门封闭着。贺春在铁门口，试着开锁，告诉高小庄炸药在里面。高小庄掏出铁丝，捅了两下，"啪嗒"一声，锁被打开。高小庄一脸欣喜。贺春钻了进去，高小庄跟上。两人上前将遮布扯开，里面果然是成堆的炸药和枪炮。安娜看向后面，让他们快点，否则顶不住了！谭卓茹跑过来要枪，贺春把枪丢给谭卓茹，谭卓茹转身去帮助猎户。高小庄探头看了看，提示贺春快点，隧道就要到了。贺春连忙将所有炸药的引线头扯出，全都搅和在一起。

文龙走过来，两个守卫拿枪对准了他。文龙借助车内掩体，躲过守卫两枪，上前将两个守卫一招锁喉。两个守卫倒地，文龙上前把门打开。司机见文龙进来，拿出手枪给了文龙一枪，文龙躲过，顺手将其击毙。文龙上前，找到了拉闸。车头已经不断接近隧道，文龙准备好要拉闸。正在此时，一枪过来，连忙闪躲进了一侧。小泉清端着枪过来，走进驾驶室，左右看了看，文龙不见了。小泉清正疑惑着，文龙突然从驾驶室顶部跃下，将小泉清手中的枪支打掉。两人对峙起来。

谭卓茹端着枪和贺春一起对抗围过来的日本兵。日本兵一个接一个倒下，猎户也牺牲很大，只剩下一个。谭卓茹一枪击毙了最后两个日本兵。谭卓茹告诉猎户护着贺春点炸药，她去找文龙！猎户点点头。谭卓茹拿着枪朝着火车头的位置跑去。

火车不断朝着隧道开过去，越来越近。铁雷被绑在铁轨上，听着火车的鸣笛声，不断挣扎着。郭三奸笑着看着铁雷，真是太刺激了！铁雷一边凶狠狠地瞪着郭三，一边加快速度挣脱绳子。

文龙一记重拳过去，打在了小泉清脸上，可小泉清也顺势踢中了的胸膛。两人靠在车墙上，看着对方。小泉清朝文龙扑了过去。两人在狭窄的空间中打斗，驾驶室里的器材和物品被踢得四处乱飞，那个火车司机一直抱头躲在一旁。文龙绕到火车操控设备前，却被小泉清拦住。文龙与小泉清一阵打斗，二人功夫不相上下。文龙顺势取下枪手的斧子，朝小泉清砍去，小泉清躲过一击。

火车距离隧道不足百米。铁雷不断松动身上的绳子，发现已经来不及了。铁雷大叫："啊！哥，下辈子再见啦！"火车轰鸣着开过来。

小泉清见一旁的墙上也有一把斧头，正要去取。文龙将斧头扔过去，差点砍中小泉清的手。文龙上前猛地拉闸。小泉清扑上来，想要将拉下的闸复位。文龙大喝一声，扑上去，与小泉清缠斗。火车的轮子在铁轨上摩擦出火花。车头朝着铁雷逼近。铁雷的声音在隧道里响起，郭三等人哈哈哈大笑。车头在距离铁雷身子一米的距离，停了下来。铁雷一愣，睁开眼来，发现火车就停在了面前。郭三傻眼了。几人都看向了停下来的火车，当再次回头时，被绑在铁轨上的铁雷已经挣脱绳子不见了。日本兵见状意识到车上出事了，不管铁雷了，快上车支援小泉大佐！日本兵们朝着火车跑去。铁雷从火车一侧探出头来，左右观察。郭三见状，连忙掉头朝隧道另一边出口一瘸一拐地跑去。铁雷看见郭三，连忙上前在一个倒地的猎户边捡起一把枪，朝着郭三射击，抠了两下，没有子弹。铁雷气恼地将枪杆扔掉。

刀子端着枪追了过来，将两个拦路的日本兵打死。几个日本兵堵在门口，刀子躲在掩体后，将日本兵一个个击毙。刀子一抬头，见吉野进了其中一间屋子。刀子提着枪连忙追了上去。吉野关上办公室门之后，没了动静。刀子停在门口，将房门踹开。屋内并不见人。刀子端着枪进去，吉野从一侧跳出，一刀劈向刀子。刀子拿着枪杆抵挡，可吉野剑道功力深厚，几个流畅的动作，将刀子手中的枪杆打掉。刀子见状，也伸手将腰后的刀拔出，对准了吉野。两人怒吼着，冲向了对方。

谭卓茹放倒了一个个日本兵，朝着车头冲过去。火车下的日本兵撬开一节车厢的门，从车下上来。谭卓茹快速朝着车头奔去。文龙还在与小泉清搏斗。小泉清一个翻身，抓到了一把枪：“别动，钢刺！”文龙停住。此时，身后突然传来一声枪响，子弹击中了小泉清的手臂，手中枪杆掉落。谭卓茹端着枪逼过来。小泉清不断退后。

贺春理出一条长长的引线。贺春拿出一个自制信号弹，点燃之后，朝着车厢外一扔。信号弹在隧道里绽开一片火光。贺春掏出了打火机。

谭卓茹看到了信号弹的光亮，大喊文龙快跳车。谭卓茹拿枪对准了小泉清。小泉清趁谭卓茹看向文龙一分神，上前夺下谭卓茹的枪。时间像静止了似的。贺春放出的信号火光在隧道里燃起。没时间了！谭卓茹猛地朝身后一撞，文龙一个箭步上前来，拔出匕首插进了小泉清的左肩。小泉清手中枪杆掉落。文龙带着谭卓茹快速跳出窗外。

高小庄和安娜跳下车。两人碰到了铁雷。高小庄连忙上前抱住了铁雷。三人叽咕了几句，就朝着隧道外跑去。

刀子和吉野拼杀。吉野拔出了武士刀，刀子手握弯刀与吉野展开对峙。吉野主动攻击，刀子挡下了他的两次攻击，但手中的匕首被吉野打掉。一声大叫，吉野冲向了刀子。眼看刀子要被砍死，可刀子一个利索的转身，不仅躲过了吉野的武士刀，还将手中的烟袋锅子送进了吉野的脖子里。吉野站定，鲜血流出，扑通一声跪倒下去。刀子拔出烟袋锅子，疲软跪地。刀了满脸是血，倒在地上，不停地笑着。

贺春掏出打火机，弯腰将引线点燃，捡起几条枪，挂在肩上，转身走到窗边，准备跳窗出去。引线不断燃短，一个没有死的日本兵朝着引线爬去。日本兵踢翻了一个水壶，水汩汩流到那长长的引线上，引线被淋湿之后，停止燃烧。爬到窗边的贺春见状，上前一枪把日本兵打死。贺春连忙抓起引线，整条引线大部分都不能用，剩下的长度，实在太短。点燃了就是死路一条！心想：算了，有这么多鬼子陪葬，老子也值了！贺春还是拿起了打火机，将引线点燃，心想：小鬼子，永远别想再进鲁家屯！火光映照着他的脸。

高小庄等三人跑出隧道已经有一段距离，身后跟着铁雷，回头看向了隧道。文龙与谭卓茹从隧道里快速跑出。身后隧道发生剧烈爆炸，两人猛扑出来。一时间，乱石飞出，隧道垮塌，火车被掩埋在隧道之中。安娜惊喜地看向文龙："文龙哥！"几人快速冲上去。

谭卓茹从地上艰难起身，文龙却趴在地上不动。铁雷冲上去叫了声哥，文龙没了反应。安娜也是大喊着文龙的名字。铁雷摇晃着文龙。文龙突然一咳嗽，你们就不能让我缓口气儿啊！众人都笑起来。文龙指着安娜，你别笑，你的账回头慢慢跟你算！文龙抬头看了一圈，继续躺在地上，大松了一口气。林海之中，硝烟升腾。

天边露出鱼肚白。鲁伯和魏坤宁带着活下来的猎户们打扫战场。魏坤宁和鲁伯两人相互夸赞着。猎户们抬着缴获的枪弹出营地。刀子浑身带伤，走到两人面前，把吉野的刀扔在了两人面前，冲两人笑着。鲁伯走上前，拍拍刀子："刀子，好样的！小花没有看错你！"刀子靠在了鲁伯的肩上，喘着气，露出了微笑。

鲁伯欣喜地看着刀子："小花让我转告你，完成你的任务之后，回鲁家屯找她！你现在是鲁家屯的英雄！鲁家屯的大门随时为你敞开！"刀子笑得更灿烂了。这时，文龙等人出现在营地门口，大家都在瞪着眼睛找贺春，高小庄低下头："贺春哥，他、他留下来点炸药……没出来！"鲁伯眼泪流下来："贺春，他死得值！"文龙担心鲁伯回去可能得兜一大圈转移。鲁伯告诉文龙，他已经安排人护送鲁家屯的妇孺老小转移了，从今天开始，我们就守着这林海，鬼子要敢进来，我们就跟他们拼到底！让文龙放心！鬼子可能很快就要来了。给刀子简单包扎一下，就此别过。

茫茫林海，一条山路蜿蜒到山下。文龙等人换上便装继续上路，路上高小庄与几人在打闹。高小庄给魏坤宁描绘着自己演戏骗过小泉清的情形。文龙看向了安娜。安娜低着头："行了，你别这样看着我，我知道错了，我保证，下不为例，下不为例啊！你别生我气嘛！"文龙看了眼安娜："我的任务是护送你回去，以后别再给我添乱就行。"文龙说完就朝前走去，安娜连忙跟上去。魏坤宁看了看身边的谭卓茹："听说你在火车上，被小泉清给挟持了，有这事儿吗？这个王八蛋，我一定替你报仇"谭卓茹白了魏坤宁一样："小泉清人都死了，你说这些有什么用！要找，你去那隧道的土堆里找他吧！”刀子身上包扎着伤口，从队伍前头转过身来。告诉大家：“再往前，就是七道沟了！大伙都跟上！”几人笑着继续赶路。

林海茫茫，风声渐起。一只手从土堆中伸出，小泉清慢慢爬了出来，浑身是伤，全身都蒙着尘土。小泉清沿着铁轨朝着前方愰愰当当走去。旁边的树丛中，郭三探出头来，看到小泉清十分惊讶。小泉清吩咐郭三带他去附近营地！郭三顺势背上小泉清往附近营地走去。

冈本的队伍已经近乎虚脱。听到震天响的爆炸声，确认是从前面的铁轨传来的。冈本欣喜地走上前，看到前方的铁轨。命令大家加快速度，沿着铁轨去工程团营地！这时，郭三背着小泉清过来。几个日本兵围上去。冈本一看是小泉清，傻了眼。小泉清濒临虚脱，摸出郭三腰间的驳壳枪，要枪毙冈本。郭三接过枪，对准了冈本。冈本非常害怕地闭着眼，却不敢躲避。郭三就要扣动扳机，小泉清迟迟没有下命令。小泉清突然晕倒了过去。郭三和冈本狼哭鬼叫地喊着大佐！

三

夜间，一匹快马飞速穿过山林小道，马蹄阵阵，骑马者是抗联战士张会春。他来到了鑫隆镇，缓慢穿过鑫隆镇街口的牌坊。镇街上异常冷清。一个黑影从镇子的一座民房拐角处探出头来，观察着静悄悄的镇子。黑衣人从拐角后缩回头，离开。张会春一脸狐疑，四下张望，放缓马蹄。张会春正疑惑地打量着整个小镇，一队身着百姓服装的人（全是日本兵乔装）从前方巷道里冲出，拿枪对准了他。张会春也连忙拔枪，开枪，便衣日本兵还击，将他打翻在地。这时，身后也涌出一队人马，将他围住。前方一队人马让开一条道，骑着高头大马的同样便装的松田龙平扛着一把枪，走近张会春。

松田白了他一眼，钩钩手指，张大飞一瘸一拐地凑上前去。松田问张大飞这人是否鑫隆镇上的人，张大飞摇了摇头。松田看张会春这身打扮，问是抗联的探子，还是土匪的眼线。张会春别过头，突然从身上摸出一张用密写药水处理过的纸条，要往嘴里塞。松田让拦住张会春，不让把纸条放到嘴里。张会春速度快，连忙把东西塞进嘴里。山口两枪过去，把张会春给打死了。松田走过去，命令三口把纸条取出来，山口过去从张会春喉咙里把纸条取出，沾上了些血迹。松田命令把这里处理干净！然后，一脸愠色地离开。

文龙一行人在七道沟外的山路上停下来。高小庄感觉腿快断了，要歇一会。文龙看向了刀子，刀子朝他点点头。文龙示意大家原地休息，别乱跑！文龙看向安娜，安娜识趣地低下头。文龙和刀子钻进了树林中去探路。魏坤宁等人都纷纷坐了下来。魏坤宁让铁雷把图拿出来看看走到哪儿了，铁雷展开地图，魏坤宁凑上去看。地图显示前面是鑫隆镇，过了鑫隆镇有两条路，一条去佳木斯，一条去哈尔滨。高小庄眼睛一亮："鑫隆镇！大壮哥的家好像就在鑫隆镇！"魏坤宁也插话："不知道大壮这小子现在咋样了！"

谭卓茹看了看地图，瞟了一眼安娜。高小庄凑到安娜身边。高小庄从怀里掏出一瓶汽水，格瓦斯，苏联来的好东西！高小庄告诉安娜："这是在吉野的营地顺手捞来的，可就这一瓶，别让他们看见。"安娜建议留给文龙哥喝，这一路他最辛苦！高小庄不解，一把从安娜手中把汽水夺了过去。高小庄仰头咕噜噜一口，将一瓶格瓦斯喝了个精光，完了还打了一个长长的饱嗝。安娜抱怨高小庄："你也真是的，也不知道给文龙哥留一口！"高小庄舔着嘴，一个饱嗝："嘿嘿，我也是没忍住！"魏坤宁酸笑了一声。几人都笑起来。

谭卓茹拿着水壶起身去打水。魏坤宁跟了上去，有几句话想和谭卓茹说说。谭卓茹不让魏坤宁跟着，也不想不听他那些废话。魏坤宁无奈，只好又回去坐着。谭卓茹朝着文龙和刀子的方向走去，安娜注意到她。

文龙与刀子走进一片树林。刀子告诉文龙："利用树洞来传递消息，隐藏弹药和食物，是抗联跟山里的猎人学来的土办法。"文龙诧异，七道沟地方这么大，树林里树洞不计其数，太难分辨哪些树洞里有隐藏的信息。刀子停在了一棵树前，树干上长着三窝冬青，冬青的后方有一个树洞，指指这就是标记。文龙注意到了面前这个树洞。

刀子上前去，朝着洞里摸了摸。刀子从树洞中拿出卷好的白布，将白布展开，见上面画着一只熊，朝着下方走。文龙不解。刀子告诉文龙，这张图提示了真正的消息所在，同时也可以掩人耳目。真正的消息在树洞里面最下方，得仔细找。刀子伸手往树洞下方一探了一阵，摸出了另一张布条。布条展开，上面有几行字——高队长写的：掌柜的安排你们到鑫隆镇百味楼找老范，他会指明去哈尔滨的密道，鑫隆镇的电台已被监控，我派人到百味楼给你们打前站。两人都明白，先到哈尔滨，看来往后要走一步看一步了，掌柜的让我们到哈尔滨，意图很明确，下一步护送安娜到关内！两人接着看。高队长接头暗号——猪肉炖粉条。没猪肉，炖不了。白菜炖粉条。没粉条，炖不了。

刀子身后在洞中又摸出了一个布袋子。刀子掂了掂，干粮和水，足够了。不远处的树丛里，谭卓茹听完，悄悄缩了回去。文龙听到响动，猛地回头，树林中非常安静。刀子准备说什么，文龙止住。文龙打量四周，发现不远处的草丛后面动了一下。刀子拔出匕首走在前头，朝着草丛后面走去。一个人影在草丛后面隐现。刀子一个箭步上前，拨开草丛，飞快出刀。两人一看傻了眼。胡大壮躺在土沟里，奄奄一息。两人呼喊着胡大壮。

胡大壮缓缓睁开眼来，鬼里古怪地说了一通。准是饿坏了，产生幻觉了！刀子很快会意，从刚才取出的食物中，拿出一块干粮送到了胡大壮嘴边。胡大壮眼睛一亮！连忙夺过来，扭过头大口吃起来。刀子惊讶："喂！省省！这可是所有人的口粮呢！"胡大壮听到这话，猛地回头，激动极了，嘴里的饼渣都掉落出来。胡大壮抱住了刀子。文龙问大壮怎么在这里，大壮说是少校让撤的，接着问他们人呢？文龙指了指下面。胡大壮喝了口水，朝着文龙指的方向跑去。文龙和刀子起身，无奈摇摇了头。文龙提议赶紧动身，免得夜长梦多！刀子告诉文龙千万要记住接头暗号，文龙点了点头。

几人围着大壮，也是十分欣喜。胡大壮埋怨魏坤宁，让自个儿上路，差点饿死。铁雷和谭卓茹都相视一笑。魏坤宁也埋怨大壮没看懂他的手势的意思！高小庄也不解大壮，大壮是猎户出身，在林子里顺手就能捞点吃的。大壮说金顶子林海是老鲁头的地盘，全是陷阱，不敢进，就绕了道，一路上过来，每走几里地就能碰到鬼子！也不敢乱来啊！走着走着，我就困了，谁知道一睡，就没醒过来！安娜说了句，平安回来就好！大壮夸安娜是知识分子，说话中听！几人笑着。

文龙和刀子回来。吩咐继续赶路！魏坤宁问是否直奔鑫隆镇，文龙点点头。魏坤宁又问文龙，到了鑫隆镇之后，奔佳木斯还是哈尔滨？文龙说到了鑫隆镇再计划！胡大壮路熟，今晚就能到！众人出发。谭卓茹低头想了一下，跟在了队伍最后。

小泉清浑身是伤，端坐在军部过道的长椅上，冈本陪坐在一侧。日本军官来来往往，都没有向小泉清打招呼。这时，一个军官从将军办公室里出来，走到了两人面前。军官递过来一份文件："小泉君，很遗憾，这是田中将军亲自签署给你的撤职命令。解除你虎头要塞劳工营的职务，希望你深刻反省！"冈本一惊，倏地站起身。小泉清示意冈本坐下。冈本无奈坐下。

军官又传达了田中的意思："您的大佐军衔暂时保留，责令你们马上带兵抓捕虎头要塞的逃犯，这是计划。"军官递出文件。小泉清起身，接过文件，请军官转告田中将军："属下以性命担保，一定完成任务！"小泉清快步朝着走廊尽头走去，冈本跟了上去。军官一脸轻蔑地看着小泉清离去。

小泉清推开门，冈本、郭三跟进来将门关上。小泉清观察四周，是一间废屋，布满灰尘。郭三在做简单的清理。小泉清告诉了冈本田中的计划，田中判断这伙要犯极有可能通过蒙古一线再次穿越国境抵达苏联，命令我尽快带兵在通往蒙古的沿线一带进行搜捕。

小泉清又想到钢刺如此狡猾，在乌苏里江附近已经被我们断了退路，难道他还会蠢到换一个方向继续穿越国境线吗？苏联他们肯定要去，不过不会再穿越满洲边境线了！绝对不能让这帮人在眼前消失！让属下备一份详细的满洲地图。

四

文龙一行跟着胡大壮翻过一片山地，远远看见了一片沉寂的鑫隆镇。胡大壮看着不远处的故乡，一脸欣喜。抄近道，缩短了将近一天的路程！文龙也凑上来，站在坡地上，看着面前的鑫隆镇眉头紧蹙。文龙看了看身后的安娜。安娜也看向文龙。谭卓茹笑了笑，摇着步子走上前去。

文龙疑惑地看着整个鑫隆镇，整个镇子非常安静，光影稀疏，告诉大家总觉得这地方不太正常。铁雷、胡大壮、魏坤宁、高小庄七嘴八舌地说着，有担心有顾虑的。刀子对文龙说："高队长已经派人打了前站，应该不会有问题。”文龙看了看后面几人吩咐进镇子！

街头的一块牌坊上刻着——鑫隆镇。文龙等人从牌坊下穿过，走进鑫隆镇的街道。街道上冷清异常，风一吹，街面上的落叶就开始翻滚起来。街道上空无一人，一派死寂。一行人都非常机警地望着四周。安娜左右看着，朝着队伍中靠了靠。一只老鼠溜过，高小庄被吓得一哆嗦，靠在了安娜身上。安娜一脸嫌弃。高小庄一见是只老鼠，连忙站好。文龙不让大家咋咋呼呼的！谭卓茹也嘀咕这条街一点人气儿也没有。胡大壮也是惊诧如此地反常。文龙提醒大家小心，总觉得有双眼睛在暗处盯着！魏坤宁一回头，街边的树从后面动了一下，很快没了动静。

胡大壮径直朝自己家走去，一推门，门吱嘎一声开了。胡大壮唤了一声媳妇：“春妮！我回来了！”屋子里一片漆黑。铁雷擦亮了打火机，找到屋子中间的油灯，点上。当整个屋子都亮起来的时候，几人纷纷张望着这栋木房子。房中陈设简单，房梁上挂着些粗粮，并不富裕。胡大壮到后屋寻找妻子春妮的身影，呼唤着“春妮”“春妮”。文龙走到桌边，伸手在桌面一抹，看了看手指头，回头看了眼大壮：“别叫了，家空了有一段了。”文龙又问大壮什么时候来开的镇子，大壮回答是大半年前，上山打狍子，在回来的路上让鬼子给抓了。高小庄猜测是不是大半年了，春妮等不到你，改嫁了。小庄意识到自己话多了，捂住嘴不说话了。文龙四处看看，只见角落里放着一架织衣服的机器，机器上是一件并未完成的衣物。大家又都猜测，文龙摇头：“这种纺织机在每次完工之前，必须要把旁边的卡子归位，不然很容易把衣服绷变形。”魏坤宁点点头：“人是在非常紧急的情况下离开的。”文龙思索着这镇子上到底发生了什么？镇子空荡荡的，好像家家都没人，担心百味楼也有状况。刀子看向文龙：“文龙，高队长派的人我应该认识，我去一趟百味楼探探路。”文龙点点头。铁雷让刀子小心。刀子点点头，出了门。

刀子拐过一个拐角，疾步行走在冷清的鑫隆镇街道上。他借着月光看了看面前那栋楼的牌匾，上面写着百味楼。刀子上前去敲门。屋内一个黑影躲进了角落。门开了，刀子迈了进去。刀子进了屋，屋中依旧空无一人，喊了一声：“有人吗？”声音在空荡的小楼中回荡。刀子擦亮火舌，屋中情形与胡大壮家无异。许多桌子上海摆着剩下的发霉的饭菜。刀子看了看，一脸疑惑。

刀子走进厨房，检查一遍之后发现没有什么异样。刀子停在一口米缸旁，左右看了看刚要转身，踩着一块木板不太对劲。刀子将米缸抬开，弯腰下来敲了敲，发现下方是空的。刀子将木板抠起，发现有个入口，钻了进去。地窖之中一片漆黑，刀子擦亮了火舌，在里面找了一圈。刀子注意到角落里一块布遮住的东西，将布匹扯开，一个电台显露出来。刀子检查一番之后，发现后面有两条线已经断开了，一个零件盖也掉落出来。

刀子从后屋走出，观察着空荡荡的百味楼。黑影在暗中盯着刀子，稍稍一动，被刀子察觉。“谁？”刀子问道。那黑影顿时回过神来，准备从侧门逃走。刀子追上去，见那黑影动作飞快，根本跟不上。刀子伸手摸出一块石子，朝着那黑影一掷，黑影被击中后跌落在地。当黑影再次起身的时候，刀子已经拔出匕首顶住了他的脖子。黑影一抬头，一张脸瘦骨嶙峋，是张大飞。刀子稍微一愣然后将匕首顶得更紧了。张大飞被刀子捆在了百味楼的柱子上，说自己是镇子上的人。刀子问镇子上其他人都到哪儿去了？张大飞避开刀子的目光，摇摇头。刀子用刀顶住张大飞。张大飞想了想撒谎道：“老百姓是被抓进被服厂的！他们抓人没人敢反抗！连镇子上的警察都怕他们！”刀子追问百味楼的下落。张大飞问刀子找百味楼有什么事？刀子一怔：“都被抓了，你怎么没事？”张大飞说知道的就这些，求刀子放了他！刀子想了想，上前一掌将张大飞劈晕，堵上了他的嘴。刀子快步出了门。

文龙等人听完了刀子的叙述，唏嘘不已。刀子告诉文龙听那人的意思，百味楼老板也被抓进去了。胡大壮也猜测春妮肯定也被抓到被服厂了，得救她。文龙让大壮先别急，要救人也得把情况弄清楚。刀子深思了一下说：“能够办厂抓人，让镇上的警察都退避三舍，肯定是鬼子！”文龙问刀子百味楼的情况，刀子说：“在一个隐蔽的地窖里找到了一个废弃的机器，见过那玩意，是电台，不过好像已经坏了。”谭卓茹听到电台，抬头看了看几人。胡大壮问刀子抓的人长啥样。刀子说此人很瘦，是个瘸子。胡大壮大惊，张大飞！镇上的一个二流子，以前是警察身边的狗腿子！他一定知道春妮在哪儿！ 胡大壮还在沉思着。文龙问胡大壮镇子上有没有什么可以藏身的地方！胡大壮说只有他二舅家，在镇子边上，他家有个地窖，还是自己给帮忙挖的！他们搬出镇子之后，房子的钥匙给大壮了！文龙让大伙稍事休息，下半夜搬过去，再另想办法找老范和春妮。胡大壮面色担忧。

月亮在云层中间隐没。整个鑫隆镇寂静诡异。漆黑的房间，谭卓茹睁开眼，安娜还在熟睡。谭卓茹起身用一块黑布蒙住脸，从窗口处跳出。谭卓茹蒙面进入百味楼。张大飞还被捆着，处于晕倒的状态。谭卓茹左右看了看，找到了那口大米缸，把大米缸挪到了一边，翻开木板，钻进了地下室。一束电筒光亮起，谭卓茹找到电台断线的缺口，将线头剥开，把线接上。谭卓茹坐在桌前，不停调试，电台发出声响，指示灯亮起。谭卓茹按动发报机，一排字出现在屏幕上——雪狐，三日后，哈尔滨碰头，云雀。

百味楼的大门被推开，胡大壮探头探脑地进来。胡大壮眯着眼扫视了一眼，发现了被捆在柱子上的张大飞。胡大壮凑上去，拍拍张大飞的脸。张大飞迷瞪了一下，醒过来，看到胡大壮惊讶发愣：“胡大壮！你咋回来了？”胡大壮示意张大飞小声点！问春妮哪儿去了？张大飞低头一笑：“你想知道？你帮我把绳子解开，我就告诉你。”胡大壮知道张大飞是什么人，胡大壮一拳砸在张大飞肚子上。张大飞吃痛，完了笑起来：“接着打，我数三下，你不解绳子，我就是死也不会告诉你春妮的下落。”张大飞也了解胡大壮，数到二。胡大壮犹豫着，想了想，上前将张大飞身上的绳子解开了。

阴差阳错 将计就计

一

文龙、魏坤宁、铁雷和刀子靠在胡大壮家屋子中间的椅子上。高小庄从屋内出来，大喊："不好了，大壮不见了！"文龙一沉思"不好，大壮一定去了百味楼！"魏坤宁也意识到，这小子想从那个张大飞嘴里套出他媳妇儿的下落！文龙起身，铁雷跟着起来。文龙让铁雷和刀子留下，看好安娜！叫上魏坤宁，二人出门。

胡大壮把绳子解开，一把揪住了张大飞，想让张大飞说出春妮的下落。张大飞一缓，拿出枪，一把顶住了胡大壮的肚子，笑话大壮还是傻得这么可爱。胡大壮抡起拳头就要砸向张大飞，张大飞的枪顶住了胡大壮的脸。张大飞问胡大壮想过春妮的将来没有，胡大壮强压住怒火，收回了拳头。张大飞确实也不知道春妮的下落，张大飞慢慢移步到门边，看向胡大壮："实话告诉你，镇子上的人大部分都被抓进了被服厂，可春妮在不在哪儿，我的确不知道。谢啦大壮！作为邻居，我提醒你，这镇子不是你待的地方，没别的事，赶紧走，对你没坏处！"说完张大飞快速转身，一瘸一拐地出了门。胡大壮大怒，准备追上去，刚追到门口，见文龙和魏坤宁从远处过来。胡大壮感觉自已做错了事，连忙钻进了里屋，连忙将房门给关上，左右看了看，目光锁定了厨房内的那个大米缸。胡大壮上前揭开米缸上的木盖子，里面早已经空了。他将米缸挪到边上，压住了地下室入口的木板，连忙钻进了米缸。

文龙与魏坤宁二人走上街头，百味楼就在前方。魏坤宁朝前使了个眼色，文龙看去，空荡的大街上，房门紧闭的百味楼萧条、诡异。文龙眉头紧蹙。

谭卓茹将接上的电台铜丝拔掉，恢复之前的模样，转身走上木楼梯，准备推开木板。木板被米缸压得死死的，她推了两下，没了反应。谭卓茹贴着耳朵在木板下听起来。

胡大壮感觉米缸动了两下，推开盖子左右看了看，尽管盖子又动了两下，胡大壮看了两眼，旁边并未发现异常，又躲了回去。

文龙和魏坤宁把门推开，屋中一片漆黑。魏坤宁掏出火舌子擦亮，走近一看，发现大堂的柱子边有一圈散落的绳子，人已经不见了。文龙狐疑地看着四周。魏坤宁进了里屋。文龙蹲身检查地上的绳子，绳子没有磨损的痕迹。

魏坤宁走进厨房，四下查看，停在了米缸前。米缸里的胡大壮，捂住自己的嘴巴，不敢出声。魏坤宁蹲在米缸边，看了看地板上的痕迹，伸手敲了敲地板，从里屋出来，告诉文龙没发现人。文龙低头想了想，感觉这绳子是让人给解开的，立即喊上魏坤宁撤！两人刚走到门口，一大队便衣日本兵冲入百味楼，全都端着枪对准了两人，带头的是山口。魏坤宁看向文龙，文龙注意到这帮人手里拿着的枪，两人早已知道是鬼子！山口盘问，文龙说是路过的，找口吃的。山口打量了一下两人，绝对不是路过吃饭的，大喊："跟我们回去管吃管住，带走！"身后的日本兵上前来将文龙和魏坤宁绑上带走。

张大飞气喘吁吁从一侧过来。山口很生气，责怪张大飞镇子上来了人不报告，张大飞说是走岔了路，没来得及报告。山口吩咐押走文龙和魏坤宁。两人警觉地打量四周，被推出了百味楼。胡大壮从厨房里出来，看见二人被带走，意识到自己闯大祸了！胡大壮见张大飞跟在日本兵后面，更是悔恨不已，于是悄悄摸出了百味楼。谭卓茹跟在后面，也悄悄出了百味楼，从另一条路返回胡大壮家。

胡大壮猛地把房门推开，刀子、铁雷和高小庄都紧张地起身。胡大壮告诉大伙，文龙和少校让鬼子给抓走了！铁雷问大壮是不是去百味楼了！胡大壮说自己也没想到他们会跟来！高小庄说要不是文龙哥，可能被抓的就是你！胡大壮说是张大飞那小子告的密！铁雷反问张大飞不是被捆着吗？胡大壮招了，张大飞骗他说知道春妮的下落，他才解绳子！高小庄抱怨胡大壮给张大飞解绳子！文龙他们被抓，主心骨没了。铁雷吩咐大伙立即去胡大壮二舅家！

铁雷敲门去叫醒安娜和谭卓茹，房间内两张床隔得不远，窗户紧闭。安娜翻身从床上起来，扭头看了一眼谭卓茹的床，被子鼓鼓的。安娜把房门打开，一惊。铁雷说出了点意外，必须马上走！让安娜赶紧把谭小姐叫起来，现在就去大壮二舅家！安娜转头走到屋内，谭卓茹站在窗边，假装问出了什么事。铁雷说："路上说，请两位快点！"谭卓茹低头想了想。

小泉清站在桌前，冈本、郭三站在一侧。小泉清仔细查看着地图，用红蓝铅笔圈了几个地名，其中有鑫隆镇、哈尔滨。郭三问小泉清怀疑他们要到这几个地方？小泉清眉头紧锁，笔头落在了鑫隆镇的圆圈上，这是他对对手钢刺的第六感。冈本说田中将军给的命令是去蒙古，咱们本就是戴罪之身，如果这时候违令，恐怕没有好结果！小泉清认为只要能抓住安娜，违令，算不了什么！此时，有人来敲门。冈本上前开门，一个日本兵将一份报告递给了冈本。冈本说："一个小时前，司令部破译了一封电文，是从鑫隆镇发出来的。"小泉清诡异一笑，大喊："鑫隆镇！"

小泉清问电文内容，冈本说："电文的内容——雪狐，三日后，哈尔滨碰面。云雀。"小泉清异常吃惊，雪狐是国府在满洲情报网的负责人！不久前，佳木斯宪兵队捣毁复兴社在佳木斯地下联络站，他才浮出水面。冈本说这封电报发出的位置和几个月前他们监听的鑫隆镇抗联的电台位置非常接近。小泉清沉思起来。冈本分析钢刺等人一路走来，都是由抗联的人接应，这会不会只是巧合！小泉清认为这时候在鑫隆镇冒出国府特工，绝不是孤立事件！冈本认为小泉清怀疑国府特工也是为安娜而来！小泉清点头，安娜的身份特殊，有可利用的价值，国府参与营救不是没有可能。冈本深谙中共抗联合国府特工从不联手。小泉清则高度怀疑钢刺一行人中有国府特工。小泉清来回踱步，问郭三认为中国府特工会是谁，郭三猜测是那个少校。小泉清承认少校的确是这拨人里除了钢刺最难对付的一个，可想想他是怎么被送进要塞的，一个特工，不可能毫无意义地自投罗网！小泉清让再想想，冈本和郭三都想到了：是她！小泉清一笑："警务厅的刘厅长，恐怕今晚睡不好觉了！"

小泉清端坐在沙发上，郭三和冈本站在一侧。刘厅长朝小泉清毕恭毕敬地推过来一杯茶，一落座，打了个哈欠。小泉清端起茶杯，吹了吹杯面，故意装着非常抱歉："这么晚了还来打扰。"刘厅长则说为皇军效力，本来就是他的职责。小泉清赞赏刘厅长的茶不错。厅长笑了笑，推过来一份文件袋——谭卓茹的档案。小泉清表示如果一旦查出此人有问题，厅长也脱不了干系。希望厅长尽量主动配合！刘厅长本身就在琢磨这事儿，谭卓茹在这件事上的表现确实有些古怪。小泉清停住，看向了厅长。刘厅长叙述当时接到关东军总部来电，说虎头要塞要借调一名俄语翻译，问了几个人，都推脱不去，只有谭卓茹得知此事后，居然毛遂自荐！小泉清的感觉谭卓茹可不像是喜欢这份工作！刘厅长也感觉有些奇怪，说有一天她从要塞打回电话，说要汇报工作，但是要塞的事都是机密，还特意嘱咐她，没有经过大佐的允许，不能随随便便往外边打电话。小泉清又问到她是怎么进的警务厅。刘厅长回想一下，以前谭卓茹在马占山手下做事，江桥战役之前，幡然悔悟，投靠了国府，被军政部安排进了警务厅。小泉清问特务科为何没有甄别过她的身份。刘厅长回想说她一直干内勤，没有涉及一线任务，特务科对她的侦察只是例行公事而已。小泉清把那份资料拆开，看了看，然后递给冈本，让冈本仔细按照档案上的内容，逐条核查，别遗漏任何信息！

小泉清站在窗前，郭三陪在左右。冈本快步走入。冈本报告，经过核查，谭卓茹在进入哈工大之前，一直生活在奉天，16岁到19岁，这三年没有任何信息。冈本接着报告奉天方面传回的信息，称这三年她的身份一直是失踪人口，后来是她自己到奉天警务处消的案。小泉清一笑，冈本接着报告，谭卓茹19岁之后，进入哈工大俄文班学习，毕业之后，通过马占山手下一名科长介绍，进入军政部，一直从事情报工作。小泉清认为档案有意思！冈本又接着报告，谭的身份很特殊，没有任何亲人。小泉清说一个受训毕业的特工，借助一个失踪人口的身份重新进入人家视野。郭三插嘴："大佐认为谭这个身份是假的？！"

小泉清还原了一下谭这段身份隐瞒的事实：她进入哈工大学习之后，通过国府的地下特工安排，进入马占山手下干事，没想到马占山后来举起反日旗帜。为了让这颗棋子发挥更大的作用，安排了一出幡然悔悟的好戏，将她继续安插在警务厅里！

郭三诧异道："按照正常的行进速度，文龙他们这时候应该还没到鑫隆镇！"小泉清认为国府可能派人沿途接应！电报是她的同伙发的！不过很遗憾，这封电报提前泄露了他们的行踪。小泉清立即召集队伍，火速赶往鑫隆镇，提前布控！否则会贻误战机。

二

文龙和魏坤宁被日本兵一前一后押着，穿过被服厂大门。日本兵们都换上了日本军服。被服厂稀疏的电灯还亮着。日本兵押着两人不断往里走。魏坤宁低语："换着便装上街抓人，工厂里还这么多守卫，看来咱们是钻进套里来了。这地方绝不是个简单的被服厂！"文龙递了个肯定的眼色。魏坤宁感觉刚才该动手，现在动手恐怕不好脱身。文龙的意思是先摸清情况，找机会出去！刚才要是动起手，事情闹大，安娜他们很可能也会被殃及。两人忽视轻微地点了下头。这时，日本兵停下，朝两人招手，文龙、魏坤宁走了过来！一个医生模样的男人坐在一张桌子后，面前放着一个量身高称体重的工具。医生给文龙和魏坤宁检查耳鼻喉和眼睛，然后精确了身高和体重。魏坤宁心想让文龙说中了，小鬼子还真有道道。检查完，医生在他俩的两张表格上都盖上了甲等。日本兵接过一看，走到两人面前，示意另一个日本兵把文龙和魏坤宁给滨崎医生送过去！日本兵使了个手势，另外两个日本兵上前，将两人推着朝操场角落的那条小巷子走去。又有两个日本兵上前，用头罩罩在了两人头上。两人视野顿时黑暗。

张大飞端进来一个盆。穿上日本军服的松田拿出从抗联张会春手中夺下的密写纸条，将纸条放入盆内液体中淌了一阵，上面的字体显露出来。松田将纸条扬起。纸条上显示出了高队长的密信：老范同志，紧急任务，黑虎沟过来几位重要同志，到百味楼与你接头。具体情况，接头后会向你说明，望你部全力配合。记住如下接头暗号：猪肉炖粉条；没猪肉，炖不了；白菜炖粉条；没粉条，炖不了。

松田翻来覆去将纸条看了几遍，确认没有其他字迹后，眯起了眼，心想又是这个老范！张大飞告诉松田："百味楼的老板，就是前两天企图逃走，被您抓住的两个人中的一个。"山口说："他们已经被处决了，看这两人的身手，的确有抗联嫌疑！"松田拧眉细想：这个老范打我们工厂的主意不是一天两天了！虽然我一直不知道他的真实身份，可被处决的一定不是他！山口又猜疑，那难道是百味楼以前的伙计？松田感觉，百味楼也可能只是一个情报中转站，老范还躲在暗处！现在更担心的是，黑虎沟的人来跟鑫隆镇的抗联碰头，想做什么？还有总部截获的那封国府的神秘电文……好像有几股势力正在往鑫隆镇上集结。山口怀疑工厂的秘密是否被已经被抗联掌握了，很惊诧，汗都出来。松田分析：抗联特意派出一个先锋打头阵，却没有告诉这个先锋到底此举是为何事！接着又说几位重要同志要来接头，也没说明情况，真是狡猾！山口也在一旁沉思着。山口忽然想道：刚才在百味楼里抓住了两个人！他们会不会就是这纸条上说的重要同志呢？松田问人呢，山口大惊："坏了！他们被送到滨崎医生的实验室了！"松田大吼："混蛋，赶紧给把那两个人给我带来！"

文龙、魏坤宁两人的头罩被扯开，发现被关在了一个铁牢般的实验室里。两人手脚被捆在了木架上，嘴巴也被堵上，不停挣扎着。两个白大褂站在不远处，捣鼓着一些试管和药剂。两个大白褂说："他们收到的是新送来的药，两个品种，文龙和魏坤宁的身体素质正好适合新品种剂量的试验，细菌试验！"文龙和魏坤宁都惊呆了。其中一个白大褂就是滨崎！他用针管从一个药剂瓶中将药品抽出，将针管在灯光底下挤了挤，转身朝着文龙走去。

突然，门口传来一阵声响。松田使了个眼色，山口冲了出去。被服厂收垃圾的才才被两个日本兵踹翻在地。才才比画着手势，咿咿呀呀不知道在说什么。才才翻身起来，推着木桶离开了。山口勾勾手，两个人凑过去，山口一阵耳语后，两人跑开。

滨崎停在文龙面前，拍了拍文龙手臂肘内部的血管，拿起针管朝着文龙的血管扎了过去。魏坤宁突然大叫起来，一双眼睛紧盯着文龙。滨崎一停，看向魏坤宁："别着急，一会就轮到你！"白大褂再次拍拍文龙的血管，针头就要扎下。文龙的另一只手，已经从绳索中脱出，要动手。一个日本兵停突然在门口："滨崎医生！"滨崎手中的针管在距离文龙的皮肤很近的位置停了下来。文龙的手连忙钻回了绳套里。日本兵勾勾手，滨崎走上前去，耳语了一阵，又走回，说他们的体检有误，吩咐送出去！另一个白大褂收起之前的试验样品，招呼两个日本兵进来。文龙朝魏坤宁点点头，使了个眼色，示意他静观其变。两个日本兵上前将头套罩在了文龙和魏坤宁头上，将两人手腕处的绳子解开，拖了出去。

一道铁门边，文龙再次听到了那个厚重的喘气声。他稍稍顿了顿，被日本兵推走。两人被铐着由日本兵牵着拐过一个个转角，路过一个个铁门。文龙虽然被罩着头，但一直仔细地记住走过的每段路，听到的每个声音。

松田回到座椅上。张大飞怕被认出自己，请示松田先告退。松田没让，张大飞站定。松田问为什么这两个人闯入镇子不提前禀报？听山口君说，是他自己发现两个人的。张大飞说当时出了点意外，当时被绑了，脱身之后赶过去，结果山口太君收到消息，先一步出发，我跟他正巧错过！脱身之后第一时间就赶去给您报信了！松田盯着张大飞问谁绑的？张大飞说是一个瘦啦吧唧的男人，刀使得特溜。松田又问那人到百味楼干什么？张大飞说那人打听了一些镇子上和百味楼老板的情况！松田沉思起来，眼睛一睁问张大飞被抓的这两个人是否与那人是一伙的，张大飞猜测应该不是，因为是分两拨进百味楼。松田又拿张大飞的前科教训了一番，张大飞对松田感恩戴德。松田说给张大飞一个机会，去把绑他的人揪出来！张大飞缓缓退出了松田的办公室。

山口到了松田办公室，问放出来的这两个人准备如何处置？松田让先确定他们是否和百味楼接头一事有关。山口奸笑着说："前两日听滨崎医生说，总部从德国进口了一种特效药水，注射之后，有问必答！"松田感到很是稀奇，山口又说："如果有需要，可以让滨崎医生去要一些。"松田点点头说："这种药水一来一回需要些时间，先派人盯着这两个人！"又交代山口："昨晚捆住张大飞的人向他打听了工厂的事，你的人也不能放松警惕！你记住，保卫工厂是头号任务！"山口领令出去了。

小泉清带队的马队朝着鑫隆镇快速奔袭。

胡大壮带队，刀子、安娜、高小庄、谭卓茹、铁雷几人朝着胡大壮二舅家走去。胡大壮指着不远处的一栋房子，就在那儿！谭卓茹假装摸了摸身上的东西。高小庄提示谭卓茹："赶紧走，这街上说不定有人盯着咱们呢！"谭卓茹说："她的枪忘在大壮家了，枪留在大壮家里，可能会暴露我们，你们先进去，我去去就回！"铁雷吩咐大家快进屋！谭卓茹扭身往回走。胡大壮带着几人进了屋子。

谭卓茹再次翻身进入百味楼，将房门关上。谭卓茹进入厨房翻开了地上的木板，钻了进去。谭卓茹再次将电台修复，敲击出一条电报，发送出去。（电报内容：雪狐，遭遇突发情况，抵哈时间待定，云雀。）谭卓茹将电台复原，钻出了地下室。

小泉清骑着马，身后跟着冈本，以及40余日本兵往鑫隆镇狂奔了一夜。小泉清的马步缓了下来，还有三里地就到鑫隆镇了，提示所有人都换上了老百姓的衣服。小泉清对冈本说："很期待再一次见到钢刺先生！"然后看了看身后跟着的大队日本兵说："既然我们都已经换上了老百姓的衣服，假装抗联，就应该有抗联的样子。"小泉清接着吩咐冈本和郭三带一些人进镇子，作地毯式搜索。冈本立即带人封住镇子通往哈尔滨的每条路口。小泉清一想到要见到钢刺，心情就莫名的兴奋！小泉清策马赶去，一行队伍跟上。不远处的树丛里动了一下，一道黑影跑过。

安娜着急地在地窖里走来走去。大家你一言我一语地抱怨着胡大壮。安娜转向刀子和铁雷，让他们赶紧想办法救文龙和魏坤宁。谭卓茹在一旁整理着包裹，嘟囔："真是活该！这个魏坤宁平时就爱瞎嘚瑟，这次要真出什么事，也是他应得的教训！"安娜狠狠地瞪了一眼谭卓茹。谭卓茹看了眼安娜："我说的是老魏，没打搅你关心文龙！"大家还是纷纷议论着。铁雷一怔："我了解我哥，如果抓他们的是被服厂的人，老范要是如张大飞所说也被抓进了被服厂，没准是个接头的机会！都别急，他们俩应该有办法应付！"谭卓茹点点头说："我们别添乱，就是给他们帮大忙了！"安娜沉思着着，又想去打听打听，准备起身。铁雷问安娜："去哪里？"安娜说肚子不舒服去解手。高小庄怕安娜乱跑，顺手拿起了安娜的相机。安娜不让乱动相机，说很快就回来。

安娜从地窖里出来之后，假装朝后院走了一段，发现没有人跟踪。安娜走到大门口，将房门打开，悄悄溜了出去。安娜出门后，朝前走，见一个老太太。刚想问老太太，老太太连忙退身回到屋中。安娜不解，问个事也这么吓人啊！安娜回头张望一圈，整个镇子街道冷清萧飒。安娜想还是回去，毕竟答应过文龙哥不能乱跑的！安娜于是往回走。巷道内，换上便装的山口带着十几个日本兵探出头来，张大飞就在旁边。山口一挥手，跟上！后面有大鱼！

安娜推门进来。谭卓茹、刀子、铁雷、胡大壮站在屋内。大家又都转向安娜，埋怨她瞎跑。铁雷让大家赶紧躲起来，在他们回来之前不要随便出门！此时，房门被打开，山口带着十几个便装日本兵端着枪冲入。山口走过来，发现了地窖。高小庄刚探头，与山口撞上。山口拿枪顶住高小庄，高小庄连忙举起手，出了地窖，立马被捆上了。山口钻入地窖，四下看了看，确定没人后也出了地窖，大声吩咐："这次收获可真不小！全部带走！"

几人被押出。安娜挣扎着。谭卓茹埋怨安娜又闯祸了！铁雷也在深深地自责，文龙肯定饶不了自己。安娜问高小庄自己的相机，高小庄让安娜放心，早就藏好了，谁也找不到。几人被捆着走上大街，见张大飞跟在队伍后面。胡大壮骂了句："王八蛋！"胡大壮被日本兵拉住。张大飞眯起了眼。日本兵过来拍拍张大飞的肩膀，随后竖起了大拇指！张大飞笑了笑。一行人被带走。

文龙和魏坤宁的头罩被撤掉，两人站在了生产车间门口。车间内，众多工人正在赶制被服。文龙和魏坤宁对视了一眼。文龙上前跟着一旁的工人学习生产。文龙和魏坤宁低声交流着，命悬一剑啊，文龙猜测是山口故意放他们出来的，要出去要费点功夫，文龙大胆地猜测要找的人是不是在厂里，可以打听一下。魏坤宁边听边轻轻点头。附近两个工人鬼鬼祟祟地盯着文龙二人。许多工人在线上熟练地操作着。文龙帮助一个妇女抬箩筐。中年妇女见他俩面生，很快断定他俩不是鑫隆镇的。文龙说是走亲戚路过，听说百味楼的饺子有名，没想到碰上鬼了，也没办法给家里捎个信。中年妇女叹气，认命吧！进来就别想出去了，鬼子看得特严！经交流，文龙得知中年妇女是鑫隆镇的，中年妇女还告诉文龙，百味楼罗老板，在被服厂当后厨。文龙一愣："百味楼的老板不是姓范吗？"中年妇女听完，眉头一蹙："姓范？你们听谁说的，我是镇上的，我不知道啊？"文龙和魏坤宁面色一沉。两名男工在一旁边干活边听着。

松田听完山口的汇报，转过身来，问是否确定。山口说这两个人问的就是百味楼的老板！松田的推断是正确的，他们就是来百味楼接头的。前天晚上的事知道的人不多！女工告诉他们，这个老板还被关在后厨里！松田又问滨崎医生的特效药水怎么样了？山口说已经给哈尔滨宪兵队打了电话，这东西很稀罕，就要来了一支，可能得等到晚上才能到货！松田感觉现在每分每秒可都是煎熬，意识到抗联可能在镇上有大动作，吩咐镇子就让张大飞盯着，让山口把工厂盯紧！松田说完，皱着眉头来回踱了一圈。山口朝门口退去。松田一怔："有了！"山口站定。松田又安排不能坐以待毙，既然来接头的这伙人和百味楼的人互相不认识，那倒是有个办法可以更快地套出他们此行接头的目的！松田把办法给山口描述了一番，两人对视而笑。

三

文龙正在劳作，魏坤宁凑上前来。两人一边劳作，一边交谈，没有春妮的下落，魏坤宁问文龙摸的工厂的情况。文龙描述说进大门的左右两侧，是被服厂的车间。往里走，是一块操场，操场四周防守严密，四周没有任何遮挡物。操场后边，就是之前关押咱们的实验区，根据估算整个工厂里有一个中队的兵力！魏坤宁进一步断定被服厂的文章很大！文龙又描述了被服厂的漏洞，车间右侧有个垃圾场，垃圾场旁边是厕所。这块地方没有鬼子巡逻。另外，劳工每天早上五点上工，晚上九点下工，被服厂产的被服都是每天一早通过操场侧面车棚里的几辆货车运输。魏坤宁对文龙低声说要混出去，可以利用拉货的车，生产车间和厨房还隔着一道铁门，很难进去。文龙说不用进去，后厨的人自然会来！魏坤宁看着文龙一笑。

这时，一个瘦弱的男子（才才）推着一个独轮车过来，车上放着两个大木桶。才才用布条将自己的鼻孔堵住，倾倒垃圾。文龙从边上冒出头来，悄悄跟了上去，拍住才才的肩膀。才才连忙回头，惊惶地看了文龙一眼，不敢直视他的眼睛。文龙知道才才是后厨的，问道百味楼的老板是否现在在后厨的时候，才才摇摇头，目光开始闪躲，比画着哑语。文龙告诉才才，他是百味楼老板的亲戚，见见他！才才惊慌失措，啊啊啊！将独轮车一推，连忙跑开了。文龙一脸狐疑。

才才回到后厨，跟一个厨师比画着哑语，厨师看了看，正要追问。一队日本兵小跑进来，站满了后厨小院。山口让所有的后厨人回去休息。所有厨房帮工都愣了一下。几名男子换上了后厨厨师的衣服，快步进了后厨。领头的是松田。才才看到了这一幕，低头沉思起来。厨师将他拉走。厨房的帮工全都放下手中家伙事，出了厨房。松田迈步入内告诉一个日本兵，后厨需要帮厨的，把我要见的人带来！日本兵会意地点了点头出去了。

魏坤宁听完了文龙的讲述，忍不住笑起来。两人正低声分析着鑫隆镇抗联高队长到百味楼送信的情况，肯定是出了岔子，否则不会到现在没有任何的动静，怀疑送信的人出事了。正说着，两个日本兵走过来，让所有人都停下，文龙和魏坤宁也靠上去。一个日本兵说：“现在需要找个人到后厨帮工，干完活可以加餐，谁去？”劳工们纷纷举手，文龙也连忙举手并冲了上去，魏坤宁愣了一下。日本兵故作随意，一下点住了文龙。文龙从人群后面挤上来，跟着日本兵朝着厨房走去。两个伪装的男工见状，交互点头，也起身朝着边上走去。魏坤宁觉察到两人不对，盯着两人。两人的目光一直锁定在文龙身上。魏坤宁眯着眼：鬼子的眼线！好哇！松田这小子早就布好了局，一直在暗处盯着咱们！文龙啊文龙，这回只能看你自己了！

文龙跟着日本兵走进后厨，日本兵朝着前方松田伪装的厨师稍稍点头。后厨里几个日本兵伪装的厨师都交互看了一眼，目光阴狠。日本兵故意对着松田：“罗老板，帮厨的给你们找来了。”松田故作笑眯眯状：“好的，谢谢太君！”日本兵转身离去，将后厨的大门关上。文龙走上前去要活干，松田指了指屋外的水缸，把水舀进桶里，把蔬菜给洗了。文龙朝着水缸走过去，余光扫视着四周，几个伪装的厨师都在忙活，没有发现异样。

小泉清、冈本以及众多日本兵在原地等候。郭三从镇内跑回来报告：“镇子上的情况，镇上人很少，家家关门闭户，暗中查了查，没有钢刺等人的踪迹。”小泉清问附近有否日本的驻军。冈本说：“鑫隆镇一带由满洲警察管理，没有驻扎军队。”小泉清吩咐郭三带几个人进镇子找个地方落脚。郭三注意到镇子上有家百味楼，以前是间饭店，现在已经空了。小泉清让冈本按计划在镇外布防！小泉清仰头看了看天，心想：按照正常的行进速度，从金顶子林海出来，钢刺也快到了！让所有人都打起精神来！

文龙穿着围裙，在厨房里非常认真地忙来忙去。松田不时地用余光瞟着文龙，开始执行已经给文龙设计好的圈套。要了粉条，一个日本兵伪装的厨师抱着一大捆粉条过来。松田叹气：“这粉条不错，可惜咱们吃不上！这粉条用来做道什么菜好呢？”说着把目光瞥向了在一旁和面的文龙。文龙抬头，拍着手上的面粉：“问我呐？”松田点点头，让文龙过来聊会。文龙一怔：“猪肉炖粉条！”松田眼睛一眯：“没猪肉，做不了！”期待着文龙接下一句。文龙顿了顿，气氛略显紧张。文龙叹了口气，假装一脸失望：“没猪肉啊！白瞎了这么好的粉条！”松田接着试探：“那白菜炖粉条？”文龙摇摇头：“太素了，以为到后厨可以沾点荤腥，白高兴啦！”文龙说完，转身回到远处继续和面。松田看了他两眼，也疑惑地继续整理粉条。

日落西山，夜幕降临。后厨收拾停当，松田夸文龙是勤快人，干活是把好手。文龙有一嘴没一嘴地应着，光有力气，细活不行，在家都是媳妇做饭。松田问文龙不是这镇子上的，怎么也被抓了。文龙说；“从老爷山到佳木斯走亲戚，饿了，到镇上吃口饭，臭名其妙被抓到这儿。”其实文龙早开始警惕了。松田继续引导文龙，现在镇子上不太平，前两天收到老家来的信，有几个亲戚要来，算算日子也该到了，真担心啊！文龙看着松田，一笑:“提示那可得当心，这些日本人机灵着呢，都穿着老百姓的衣服抓人！”松田非常疑惑地盯着文龙。两人继续寒暄，到底文龙没中松田的圈套，松田转过脸，眉头紧皱。

宿舍棚区，工人睡的是大通铺。文龙和魏坤宁找了个角落躺下。两人低声交谈。文龙说有怀疑，没接松田的茬。魏坤宁说：“没接头是对的！松田把我们放出来，早就布好了棋！工人堆里，一直有人盯着我们！通铺另一侧，两个男工盯着这边。”文龙一笑示意知道，两人分析人体试验何等大事，怎么会这么容易出错，松田一定是掌握了什么情报，怀疑我们会找抗联接头，所以把我们放出来，给我们制造机会。一方面套取消息，一方面引出隐藏在工厂里的抗联。魏坤宁非常佩服地说："不过你可比他贼！你故意打听百味楼老板，是为了放风给松田！"文龙又一笑："让松田以为自己推断正确，他的动作越大，就越能引起老范的注意！也可以为我们争取时间！又担心鬼子确实掌握了接头暗号，还很全面！送信的同志和这位罗老板可能都出事了是无疑的了。"魏坤宁点头认可。文龙沉思着。魏坤宁疑惑地看向文龙："那你咋瞧出来他有问题的？！"文龙神秘的一笑。七道沟树林的场景尽在脑海：刀子和文龙往回走。刀子问文龙接头暗号都记住了吗？文龙答道记住啦。刀子又提醒，高队长接头有个习惯，第一句让对方先说，你要先开口，老范肯定不会认你！对付鬼子，高队长总是多留一手！文龙微微一笑。魏坤宁听完恍然大悟。文龙现在最担心的还是安娜！总有一种不祥的预感在心头，决定养养精神，明天一早混出去！

正在这时，一块裹着白布的石头从工棚外飞来，文龙伸手，将石头接住，两人回头，见一个人影从工棚外消失。文龙将布条展开——晚上十点，垃圾场见。魏坤宁还是担心有人盯着！文龙认为不管真假，必须得去一趟！否则更麻烦！魏坤宁决定先把门口的尾巴引开！说着就先一步出门，盯梢的尾巴见状，也溜了出去。文龙起身出门，从另一个方向出了工棚。

高小庄等人被蒙上眼睛送入了制药工厂之中。几人穿过了纺织区，又穿过了操场。高小庄等人被推入牢房，一个日本兵上前来将他们脸上蒙着的布条解开，几人都张望着整个牢房。日本兵出去，刀子站在牢房外侧，观察动静。高小庄、胡大壮、安娜和铁雷正商量着如何通知文龙，大伙认为看看形势再说。牢房外，一个日本兵在做记录。谭卓茹做出一个嘘声的动作。做记录的日本兵停下。谭卓茹比画手势，示意外面有人监听。安娜连忙捂住了自己的嘴，所有人都闭了嘴。

文龙凑上去，拍了拍才才的肩膀。才才扭头，朝着厕所的方向看了一眼。文龙见到了那个厨师，左右看了看，走了上去。两人对了暗号，二人相视一笑。厨师称文龙为同志，总算是见面了。文龙以为是老范，没想到，厨师说自己不是老范，文龙一惊。厨师不让文龙紧张，他是老范派来的。老范一直在鑫隆镇上秘密潜伏，所有消息都是通过百味楼的罗老板进行传递的。两天前，罗老板牺牲了，现在他接手这份工作。文龙告诉厨师，松田掌握的消息比我想象得要全面，猜测高队长派来送信的同志已经落到了他手里！厨师也很遗憾，送信的已经牺牲了。高队长传来的密写纸条被松田拿到，松田知道有人来百味楼接头，也掌握了接头暗号，好在松田还不知道文龙等人的身份，也不知道接头的目的。老范几乎是和松田在同时掌握了相同的情报，所以我们也没有得到你们的基本特征，迟迟不敢接头！文龙进一步想到，松田如此畏惧抗联，那肯定也是抗联的地下工作做得密不透风，他找不到突破口。厨师告诉文龙，一是文龙外面的几位朋友也被抓进了工厂！此举无意中化解了一次危机。二是在他们被抓后不久，你们身后的追兵也到了！并且很快封锁了整个鑫隆镇，他们全都乔装成抗联，一部分驻扎在镇子外边，一部分在百味楼里，指挥官身边跟着一个瘸腿的汉奸！！文龙倒吸一口凉气，意识到一定是小泉清，命可真够硬的！厨师又说，现在情况很复杂！好在被服厂属于关东军内部高级机密，一直是松田和关东军总部单线联系，小泉清暂时还不知道工厂的存在。文龙担心，这事儿恐怕捂不了多久，小泉清只要判断出我们到了镇上，就很可能了解到被服厂，和松田碰头！厨师就想知道文龙等人的此行目的，文龙也正好也想告诉厨师他们的此行目的：上级要求保护的对象（安娜），去哈尔滨的沿途防守非常严密，听说你们掌握着一条去哈尔滨的秘密通道！厨师上前耳语。

四

小泉清钻进地下室，郭三将他引过来，停在了那个电台前。小泉清打量着这部电台，电台边角的灰尘，桌案上有移动的痕迹。这个电台最近有人动过！小泉清拎起一根线头，线头的这一段也是新剥开的，看来是有人试图想要修复这部电台。肯定郭三猜得没错！郭三提示有可能是国府总部的。小泉清进一步想，总部的人说这封电报发出的位置和之前监听的抗联的电台很接近，也有可能国府的这个特工是偷偷用了抗联已经废弃的电台发出了这封电报。郭三告诉小泉清感觉有人在暗处盯着他们！冈本也钻进了地下室。冈本突然说：“有情况！”小泉清一愣。冈本说：“刚才从总部那边得到消息，鑫隆镇的电台在今早凌晨又发出了一封电报！国府的人发的，内容——雪狐，遭遇突发情况，抵哈时间待定，云雀。”小泉清立刻猜到，云雀应该就是谭卓茹！他们都相互推断着文龙他们早于他们到达的原因。

厨师告诉文龙把路线都记住，到时候会派人送！文龙点点，非常感谢。厨师又说原本，计划在这两天就端掉工厂，不过老范现在下了令，得先配合你们！文龙惊讶老范这么相信他们。厨师又说，你们一进鑫隆镇，我们就注意到了。因为没有收到消息，刚开始对你们确有怀疑，后来掌握了情况，加上老范仔细甄别之后，我们才敢露面。总之一切都在老范的可控范围内。文龙说现在问题的关键是，松田把工厂盯得很紧，如果就俩人还好说，其他人被关进了牢房，这要出去恐怕不太容易。此时，才才走了过来。厨师示意有啥事就说。才才告诉厨子，镇子上来的人正在四处搜查，还抓走了一个老太太审问。文龙一惊，才才会说话！才才说完就出去继续盯着。

文龙告诉厨子，小泉清不是一般的对手，相信很快就会查到我们就躲在工厂里！松田也有可能会发现他们！厨师说这也正是老范最担心的地方！为了干掉工厂，文龙告诉厨子了一个两全其美的办法！咱们一起动手，逃出去，端掉工厂！厨子一惊。然后两人一阵耳语。

一个老太太被郭三请入，停在了小泉清面前。老太太躲闪着小泉清的目光，嘴里嘟囔，我什么都不知道。小泉清一笑，说自己一帮人是抗联的人，昨晚我们有几位同志到了镇上，问老太太是否看到了。老太太摇头。

小泉清为了不让老太太紧张，吩咐郭三给老太太倒了杯茶水。这时，冈本一双眼睛怒目而视，小泉清安慰老太太说：“冈本生下来就怒目而视一切。”老太太打消顾虑说：“抗联的来了好啊！现在整个镇子被一伙不知道哪儿来的人搞得鸡犬不宁，他们都拿着枪，见着青壮就抓！镇上以前还有个警察所，这伙人开始在镇上抓人之后，警察所都撤了，就留了几个警察在一里外设了个哨卡！啥事都不管！”郭三和冈本都沉思起来。小泉清又问这帮人的打扮。老太太说都是老百姓的打扮！今天上午，有个女孩也来打听工厂，结果也被这帮人抓走了！小泉清好奇，问这个女孩长相。老太太说，这个姑娘很时髦，短发，具体的我也没看清！郭三一惊。老太太又说，好像还有几个朋友，也被那伙人抓走了，在门缝里看见了，别的啥也不知道，听到外面有响动，就是不敢开门！小泉清眉头紧皱，挥挥手。冈本将老太太带出。门外传来老太太被捅死的声音。

小泉清意识到，老太太说的那个女孩一定就是安娜！小泉清又意识到：这伙人开始在镇上抓人，警察就撤出镇子，说明这里的警察一定知道真相！问道警察设立的哨卡在哪里？冈本说在镇子西北方向一里地。小泉清等一行朝警察哨卡方向走去。

张大飞从一处民房角落后面冒出头，观察着街道。百味楼周围每个路口都有端着枪的便衣在巡逻视察。百味楼屋顶上还匍匐着一个狙击手。小泉清带人从百味楼出来，朝着远处走去，身后跟着冈本和郭三。张大飞皱眉沉思，缩回头，调头离开。

松田听到了张大飞说的这个情况，面色一惊。张大飞描述着小泉清一帮八九个人，镇外四十来人，全都是抗联的打扮，带着硬家伙。松田让张大飞继续盯着，这伙人有什么动静，第一时间报告！张大飞退出房间。松田心想：还真让我说中了！果然有大动作！

山口进门来，报告监听了抓回来的那伙人，已经确定他们和被服厂里的俩人是一伙的！不过监听的人好像最后被他们发现了！松田让把所有的把精力放在外边这两人身上。松田扶额沉思，山口退出。

文龙朝着厨房走过来，两个日本兵将他拦住。文龙机智地说："我白天掉了个东西在厨房，能不能麻烦您通融一下，让罗老板开门，进去找找！"两个尾巴跟上来，在远处给日本兵使了个眼色。日本兵有所领略。文龙朝日本兵打了个招呼。日本兵却跑开了。

松田焦头烂额。山口进门来说，后厨帮厨的人要回厨房找东西！还点名要罗老板帮他开门。松田一喜，让山口把后厨的衣服给拿来，换上。日本兵走回来，罗老板来了，动作快点！文龙点点头。松田换上后厨衣服，从另一个方向过来。文龙说忘记了好东西在里面。松田开门。文龙进屋，拿着白天松田塞给他的烧饼。松田说："现在后厨里也没别人，看你一定是饿了，想不想加个餐？"文龙看着松田，又看了看四周："当然想！"松田放下手中家伙，凑上去，与文龙对起了接头暗号，文龙故作一怔："对不起，特殊时期，特殊环境，不得不留个心眼，请见谅！"松田朝外面看了看，让里面进一步说话。文龙跟着松田进了厨房里屋。

松田将房门关上，朝着文龙伸伸手，文龙在桌边坐下。两人寒暄了一阵。松田装着罗老板的阵势问需要啥配合。文龙问："队伍在哪里？"松田装腔作势地说："鬼子清剿抗联的动作快，而且无所不用其极，已经让所有人都隐藏起来了，你先讲讲你们的情况。"文龙按照设计好的计划说，刚收到消息，部队已经到达鑫隆镇，已在镇内百味楼设立了前敌指挥部。松田又问了文龙的作战计划。文龙更是反问，之前不是和你联系过吗？松田紧张说："工厂守卫森严，内外联络被隔绝，我们都是隔一段时间互通消息。"文龙告诉松田："明早六点，带上你鑫隆镇的弟兄前去接头，里应外合，端掉工厂，杀松田！"松田深深吸了口气。

松田出门来，朝身后的文龙点点头。松田装着对文龙说："下次注意点，别给太君添麻烦！"日本兵更故作大怒："不会有下次了！"文龙、松田两人走向了不同方向，两人各自一笑。

松田快步回了办公室，山口紧跟其后。松田告诉山口："消息已经套出来了！镇子上那伙人是黑虎沟来的抗联！两支抗联会合之后会全力攻打被服厂！这两方人马一旦集结，我们再打就有风险了！现在的关键是要确定消息的准确性。"松田对文龙也是有些不安，这个人白天还对我有所怀疑，晚上就出来相认了。山口提示松田要谨慎！并提醒松田，滨崎医生向总部申请的逼供药水，提前到了！松田怀疑这药真有这么灵，山口说，德国人的东西，效果都不会差！把刚才进后厨的人抓回来试一试。松田想了想，想办法让这伙人里的一个人开口，两组情报如果能对上，就能证明消息千真万确了！如果对不上，那就说明我们演的这出戏已经露了马脚，这几个人都交给滨崎医生。松田让张大飞摸清楚他们的兵力部署！扭头告诉山口君，赶紧去牢房。

文龙回来后，与厨师低声交谈着，松田很谨慎，担心他会怀疑消息的真假。厨师点点头。文龙琢磨，要是这样的话，松田必定还会想办法求证这个消息的真假。看来，老范还得帮一个忙。两人一阵耳语。才才在不远处倾倒着垃圾，朝着这边望了一眼，又望望别处。

文龙回到工棚，魏坤宁连忙凑上去。二人低语。文龙告诉魏坤宁，安娜他们全被抓进被服厂了，现在就关在牢房里！魏坤宁一怔。文龙分析，安娜他们被抓这或许并不是一件坏事。魏坤宁又一怔。文龙说老对手已经追到了鑫隆镇。魏坤宁意识到是小泉清！心想：这王八蛋，命可真够大！文龙又说："好在这个被服厂距离镇子有段距离，又是鬼子的秘密机构，小泉清并不知道被服厂的存在！"魏坤宁担心这事儿恐怕瞒不了多久！文龙说："明天凌晨动手，把人救出来，利用拉货的车出去。"魏坤宁担心工厂无时无刻不被人盯着。文龙见此，两人又一阵耳语。魏坤宁一笑："要我怎么说你，再狡猾的狐狸，也斗不过你这头狼！"

将错就错　扑朔迷离

一

一个鬼子提着一篮子吃的走过来，另一个鬼子提着一篮子窝头，和一盆粥停在门口，晚饭！几人这才松了口气。其中一个鬼子传达了松田的话："松田长官想和你们聊聊，请你们推荐一个代表，一会见面。"然后就转身离去。胡大壮和高小庄依旧斗嘴打闹，高小庄故意激怒胡大壮："你胆儿大，你去！人家鬼子都说了，一会儿松田要过来带人。"谭卓茹提醒他俩消停会。

刀子拿起了一个窝头看了看，一口咬下去，在里面咬出了一张纸条。他将纸条扯出，在手中打开。几人一看，都凑了过来。文龙提示：联络人已找到，今天鬼子很有可能提审几位，切记不可泄露真实身份。到万不得已之时，可按如下消息告知。不到最后关头，不得吐露。几人仔细看着下面的消息内容，完了面面相觑。谭卓茹更是佩服文龙知道松田要提审他们中的一位。刀子告知大伙按文龙说的作准没错。铁雷在思索谁去合适。大伙你一嘴我一嘴地互相推测着，互相分析了各自的优特点。谭卓茹将纸条扬起，翻过一面，背后写着——高小庄，文龙的意思。高小庄疑惑地看向铁雷和刀子，两人都摊摊手，这是命令！高小庄欲哭无泪，一屁股坐下只能等着了。

松田龙平坐在一张椅子上，揉着自己的太阳穴。白大褂走过来站在松田龙平面前，交代松田，对付抗联，那也是为了保住整个工厂，保住我们的实验室！松田倒是反要逼供药水。滨崎说这种药水非常稀有，请慎用。松田点头："但是此事关系到一次重要军事行动，非用不可！"正在这时，蒙着眼的高小庄被两个日本兵带到松田面前，日本兵将其蒙着眼的布条取下。松田勾勾手，高小庄被挂上了刑架。山口拿着鞭子狠狠地抽着高小庄，骂着抗联的人。高小庄嗷嗷直叫。松田扬扬手，山口停下手中动作。松田问高小庄是什么人。高小庄大声喊着："我们就是从这地方过路的，知道您在抓人，所以就躲在了那户人家的地窖里。"松田一勾手，山口继续抽鞭子。

高小庄不停直叫："我说，我说！"松田扬扬手，山口停下动作。高小庄说其实是来找人的，找百味楼的老板。松田继续一板一眼地问下去。高小庄说同行的有个人，是他的远房表弟。松田听完气急，走到了高小庄面前。松田狠狠地看向高小庄："别以为我不知道你们是来干吗的，有人已经告诉我了！"高小庄思考着。松田警告高小庄赶紧说出真实的意图，否则就得死！高小庄灵机一动，骂道："这个杀千刀的，他到底给你说啥了呀，我真不知道啊，他就告诉我他是来找远房表哥的。"

松田见状，让白大褂拿出逼供药水。白大褂说已经让人去办公室取了，马上送到。这时，门被打开，另一个白大褂将铁盒送上。白大褂端着铁盒送上来，松田伸手抚摸着针管。松田满意地点点头，指了指高小庄。两个日本兵将高小庄摁住，白大褂将药剂瓶敲碎，用针管抽出。松田告知高小庄："这是逼供药水，百试百灵，注射之后，有问必答，到了明天，你就会变成傻子！"高小庄傻眼了，嗷嗷大叫。这时白大褂拿着针直逼高小庄。高小庄又大喊："我说！我说！"松田扬手止住。

高小庄陈述了起来，其实是抗联的人，这次过来，是为了跟鑫隆镇的抗联接头，今天，我们的队伍已经趁夜潜入鑫隆镇，就藏在百味楼里，等与鑫隆镇的抗联接了头，就一起突袭被服厂，保证消息千真万确。松田眯着眼，打量着高小庄："很好！"高小庄故作哀求："放了我吧，我可以帮你们找到抗联！"滨崎看向松田，那这药？松田想了想，一笑，示意都拿出来了，就不能浪费，用上！一支针管下去，高小庄开始抽搐。松田本能地退后了两步，高小庄挣扎着，脸上青筋暴露，挣扎了一阵之后，高小庄在刑架上喘着粗气。松田还是想要真的实话。

文龙一笑，对魏坤宁低声道，如果这消息真能通过吃的送到他们手里，我想我就能确定老范到底是谁！文龙又给魏坤宁分析，能够在鬼子营里来去自如，知道所有消息，又能不引起别人怀疑的人，你觉得会是谁？魏坤宁看着四周，更加诧异。一块石头，砸在了边上。文龙起身让魏坤宁拖住两个尾巴。魏坤宁连忙跟了上去。两个尾巴见状也跟了上去。

小泉清、郭三和冈本三匹快马朝着镇外的警察哨卡狂奔而去。冈本勒住缰绳。小泉清和郭三也停下来。不远处，一栋木房子亮着火光。这就是哨卡了。三人下马，朝着木房子而去。

木房子内，乌烟瘴气，三个警察在打扑克。冈本把门踹开，小泉清和郭三跟进。小泉清环顾四周，在鼻前扇了扇，一脸嫌弃。一个警察把牌扔下，骂了句："哪儿来的孙子，不要命了！"另一个警察上去，要掏警棍，冈本上前一耳光就把他扇翻在地。其余两个警察见状，都去摸枪。冈本出手极快，一连三枪打在了三个警察脚边，三人的枪刚拿到手里，纷纷傻眼。郭三上前，掏出证件："小泉清大佐！"警察们一听就傻了眼。三个警察连忙求饶："保证有问必答！"

小泉清问镇子上的人被谁抓走了？警察们互看了一眼，面面相觑。小泉清给冈本使了个眼色，冈本拿枪顶住了一个警察的头，小泉清掏出表，看看时间："只给二十秒，否则格杀勿论！"三个警察吓得连忙闭眼"被服厂！他们都被被服厂的人抓走了！"表针咔嗒一声停下。小泉清一笑。

厨师和才才一起推着车过来，文龙和魏坤宁从一旁出来相见。厨师看了一眼魏坤宁。文龙告诉厨师："魏坤宁，东北军的兄弟，一路出生入死，信得过。被抓进去的高小庄，也是自己的主意。"厨师说给高小庄用了逼供药水。魏坤宁一听急了："逼供药水！这玩意儿我听说过，没人扛得住！"

高小庄耷拉着脑袋，晃来晃去。松田问啥答啥，当松田问到道到鑫隆镇上百味楼，找老范干什么时。高小庄沉寂了两秒，气氛无比紧张，继续说是联系鑫隆镇上的抗联……然后与我们黑虎沟余部一起突袭被服厂。松田听罢，看了身旁的山口一眼。松田问碰头的地点在哪儿？高小庄说就在百味楼，暗号——饭熟了，该出锅了，我们回，大伙一块，时间是今早六点。松田高兴了。松田和山口出了牢房。松田和山口商量了对付抗联和黑虎沟一番计策：伪装成鑫隆镇抗联，打他们个措手不及！山口问如何处理抓回来的人，松田的意思是先留着，尤其是车间里的两个，等消除了危机，拿他们好好做实验。松田和山口一起出了实验室，几个日本兵跟上。高小庄闭着的眼，突然睁开来瞟了一眼，悄悄一笑，狐疑地看了看地上的药。

小泉清责怪警察对这里的情况一问三不知。警察说被服厂的人来了之后，上级给了我们指令，对他们从不过问，他们也从来没找过我们帮忙。小泉清又问被服厂的位置，警察告诉小泉清，被服厂在镇子西南方向，大约十里地，主管是一位叫松田的长官。小泉清听完，转头离去。冈本关上门，对三个警察一阵暴打，屋内哀怨声四起。冈本跟出，擦着拳头上的血，回到了小泉清身边。小泉清分析这个被服厂一定在执行什么秘密任务，被服厂肯定是与总部单线联系！看来保密级别已经接近要塞，马上让冈本以他的名义直接发报给田中，愿以性命担保，安娜等人被抓进了被服厂，希望被服厂的驻军配合！冈本急忙去发报。

魏坤宁正在担心。厨师笑起来：“别担心，逼供药水，已经被老范掉了包。”厨师一伸手，手里躺着一瓶药水。魏坤宁好奇的凑上去看。魏坤宁一笑：“真有你们的！”文龙更是对老范充满敬意。魏坤宁点点头：“佩服，佩服，我这些年光研究阵怎么真刀真枪打鬼子，特工暗战这方面真不如你们！”文龙和厨师相视一笑。魏坤宁说：“高小庄干的是要命的大事，希望成功！”文龙说：“胜算的把握已经七成，事成后能见见老范。”厨师说松田的人一出工厂，会马上通知文龙他们，笑着表示等逃出了这魔窟，你们自然会见面，到时候，他会把你们落在工厂外面的宝贝，亲手交给你。厨师说完转身离去。魏坤宁凑上前来，与文龙一同看着厨师的背影。

松田大跨步回到办公室，身后跟着山口。张大飞已在门口等候多时。松田急匆匆走到办公桌前。张大飞报告：“百味楼四周都布了兵力，房顶东侧藏着一个狙击手，镇子上主要的路口也都设了埋伏，看来他们也是草木皆兵，百味楼在街尾，不管谁靠近，他们都能觉察。”时钟的指针指向四点。松田边解外套，便吩咐马上集结队伍，全换上中国人的衣服，趁夜解决掉他们镇子周边的眼线，打他们个措手不及！松田等人出门。

白大褂出了实验室，高小庄睁开眼来，看了看四周，这啥地方，阴森森的跟鬼屋似的。高小庄轻轻一扭动手腕，就从刑架上挣脱开来，绳子根本就捆不住他。高小庄走到一排药瓶面前，随便拿起两瓶凑到鼻息前嗅了嗅，臭死了！高小庄出于好奇，将桌子上的两瓶颜色不同的药水混合在一起，药水突然膨胀，冒出巨型泡沫。高小庄比画一个防卫的招式，闪身到一旁。此时，实验室里突然传来一阵压着喉咙喘气的怪声。这声音吓得高小庄急忙回头，四下查看。那声音再次传来，在空荡荡的实验室里回响。那声音变换节奏，像是在挣扎。高小庄寻着声音继续寻找，停在了一面放置药瓶的木柜前。高小庄伸手敲着木柜，柜子发出"咚咚咚"的回响，空的！突然，一个人影朝着这边走过来。门开了，白大褂走进来。高小庄已经回到刑架上将自己又绑了起来。白大褂走进来，四下看了看，注意到之前有气体膨胀的量杯。高小庄斜着眼睛看了一眼，发现门口有守卫端着枪走来走去。白大褂走到高小庄面前，转悠着看了一圈，伸手拍了拍高小庄的脸，高小庄还在佯装昏迷。白大褂不放心，从抽屉里拿出一个手铐走向了高小庄，将高小庄铐在了刑架上。白大褂满意地拍拍手，走到了那个摆满药瓶的货架前，转动其中一个大药瓶，柜子突然一转动，呈现出一个暗室，白大褂钻了进去。高小庄的手中露出一根铁丝，轻轻掏着手腕上的手铐锁眼，将手铐打开。高小庄走上去，按照白大褂之前的方式，转动大药瓶，柜子转开，高小庄左右看了看，挑了一个大水瓶拿在手上跟了进去。走过一条过道，过道内亮着灯，两侧都是紧闭的铁门。高小庄被吓得左右张望，小心翼翼跟上去，见白大褂站在一个铁门前，对着铁门内一个实验标本观察，并填写手中的表格。高小庄轻手轻脚地摸过去，在白大褂身后高高举起了拿着的水瓶。白大褂猛地转过头来，高小庄一愣，还是将水瓶砸在了白大褂头上。白大褂吃痛，倒在了地上。高小庄又踹了两脚，凑到铁门前一看，发现铁门内一个浑身腐烂，用铁链套着的人体标本，被吓得缩了回来。越往前走，每道铁门内，都吊着一个已经因实验过度断气的老百姓。此时，白大褂再次站起来，悄悄走到了高小庄身后，拿枪对准了高小庄。

高小庄连忙举手投降，转头看去，白大褂脸上还流着血，一脸愤怒。高小庄装腔说刚才中邪了："我对你干了什么？"白大褂擦了擦额头的血："你真能装！这次你死定了！"高小庄一惊，连忙扇自己两个耳光。白大褂狠狠地看向高小庄："你太狡猾了，没机会了！"

二

几人靠在牢房的墙边，安娜焦急地在牢房里走来走去的，担心高小庄去了这么久，别把事情搞砸了。大家又都担心起来。铁雷让大家别担心，文龙哥这么安排，一定有他的道理。安娜和谭卓茹关于文龙的这一决定又掐上了。

车间刚刚开工，文龙朝着车间走去，魏坤宁打着哈欠走上前来。两人正在为行动的事担心。此时，不远处的铁门处，才才推着独轮车过来，魏坤宁看到了。魏坤宁朝着那个方向努努嘴。文龙一回头，也看到了。才才在推车上挂了一块红色抹布。两人意识到老范安排好了！该行动了。

文龙、魏坤宁见两个卫兵从一栋房子前面走过，魏坤宁跟了上去。魏坤宁朝着二人吹了个口哨。两个卫兵转身看向了魏坤宁，又狐疑地对望了一眼。魏坤宁朝着两个卫兵勾了勾手指，轻蔑一笑。魏坤宁连忙闪身躲到了那个拐角后面。两个日本兵端着枪警觉地走过去，刚拐过拐角，发现魏坤宁不见了。魏坤宁趴在两人头上的墙壁上。魏坤宁突然跳下，二人并未注意，上前扭断了一个士兵的脖子，另一个士兵要反抗，也被魏坤宁制住，朝着墙上一撞就撞倒了。突然这个士兵直起身子，要捅向魏坤宁。魏坤宁一惊，一边捏住枪杆，再度扭断他的脖子。

魏坤宁换上了鬼子的衣服，走到车间前，拿枪对准了文龙。文龙认出了魏坤宁，从生产线上下来。两个日本兵走上前来，看着魏坤宁。魏坤宁说："后厨要这人帮忙，快，就要到饭点了！"两个日本兵端着枪走开。魏坤宁朝文龙点点头，两人转身走开。

文龙和魏坤宁都换上了鬼子皮，朝着办公区走过来。魏坤宁说小庄还在实验室。文龙的意思是先把安娜他们给捞出来，大家一块行动。两人朝着办公区后方走去。刚穿过巷道，接近牢房，两个日本兵冲上来，拿枪对准了二人，其中一个日本兵说："松田队长让他们到牢房例行检查。"魏坤宁飞快转身，一把捏住了日本兵扳机处，日本兵根本抠不动扳机，魏坤宁扭住日本兵的手臂。另一个日本兵连忙调转枪口，文龙捏住枪杆，一翻转，枪杆就勒住了日本兵的脖子。两人都扭断了面前日本兵的脖子。文龙从一个日本兵身上搜出了一串钥匙，朝着牢房深处走去。胡大壮等人还靠在牢房的墙角。魏坤宁走过来，敲了敲牢房门的铁栏杆。几人立马回神过来，显得十分紧张。文龙和魏坤宁站在侧面墙体透进来的光线之下，看不清脸。安娜站上前来，欣喜地看向文龙："文龙哥……"马上又把嘴捂住。几人见是魏坤宁和文龙，立马兴奋起来。魏坤宁一边开门一边看着谭卓茹："卓茹，你这几天受罪了。"谭卓茹白了魏坤宁一眼："废话出去再说！"魏坤宁把牢房门打开。谭卓茹先一步迈出了牢房，文龙招呼几人跟上。一行人摸出了牢房。

一个通信兵在电台前捣鼓着。电台发出声响，总部回电了，通信兵不断记录着。冈本见状凑了上来。小泉清端坐在桌边，冈本进来说田中将军回电了，同意了我们的请求，但他说："如果您判断失误，会按军法两罪并罚！另外，电报做了说明，被服厂的主管是松田龙平！他的被服厂配有一个中队的兵力！"小泉清说；"我们的目的是抓住安娜，杀掉钢刺！松田龙平，可是阿部宽养的好狗！"然后下命令，通知所有队伍到百味楼集合，马上去被服厂。

圆月高悬。松田骑着马跟在队伍后面，在靠近鑫隆镇的路边勒停了马。张大飞紧跟其后。山口带着几人返回来。山口紧张地说："眼线都没了！外面屯着的兵力也不见了！可百味楼还亮着光！"张大飞听到这话也沉思起来。松田沉思两秒："不好，收拢队伍，他们肯定是收到风声想逃走！"松田让山口先带一个小队进去接头，接近他们，自己带大部队摸进镇子！听信号，里应外合，一起动手！一个小队跟着山口再次朝镇子跑去。松田带着大部队，悄悄朝着镇子摸进去。

山口带着乔装之后的队伍，朝着百味楼靠近。附近小泉清的部下注意到靠过来的小股力量，马上返回百味楼中进行汇报。松田的大部队随后悄悄摸入镇子，松田比画了一个手势，兵力散入大街小巷。

小泉清迈出百味楼，冈本已经将队伍整顿好。小泉清挥手示意，出发去被服厂！心想：钢刺，马上就要见面了！小泉清快步迈下石梯。队伍调转方向，准备开拔。一个日本兵返回来报告：有十来个不明身份的武装，穿着老百姓的衣服！朝着百味楼靠拢！郭三说这地方藏有电台，说不定就是个抗联的据点！小泉清命令把队伍先疏散开！先探明他们的身份！小泉清看着郭三，郭三也胆怯，但看到小泉清的色厉眼神，还是乖乖地去了。小泉清返回百味楼等待消息。

文龙吩咐铁雷、刀子、大壮、谭卓茹负责去实验室里营救小庄，现在是五点三刻，六点前必须从里面出来。大壮、铁雷和刀子躲在一条巷子里，探出头一看，果然有四个日本兵端着枪在来回巡逻。谭卓茹也冒出头来，谭卓茹看了看手表怕不准，铁雷说抗联的条件艰苦，就将就着点吧。胡大壮点点头。谭卓茹整理了一下衣服，从巷子里走出来，四个日本兵连忙端着枪对准了她。

谭卓茹连忙抬手扶额，一阵娇嗔："几位太君，这，这是哪儿啊？刚从车间里出来，走错路了。"一个日本兵起了色心，就要上前去。另一个日本兵拉住前一个日本兵让他小心为是。那个日本兵更是心花怒放地说："走错路了，可以原谅，送你出去！"二人往外走，谭卓茹说胸口闷了一天了，难受死了。日本兵凑上去，将谭卓茹搂住。谭卓茹让日本兵看后面。日本兵一扭头，就看见了刀子站在背后，一刀子过去，将其捅死。一个日兵跟出来，胡大壮从暗处上来，猛地将他打晕。剩下两个日本兵觉察出怪异，可巷子里都没有反应。两人端枪出来查看。刚一探头，一块石头飞过，击中鬼子面部，打得鬼子血流满面。刀子，铁雷冲上，扭住二人脖子，鬼子挣扎一会，断了气。刀子看了看谭卓茹。谭卓茹看表，五点五十，快，还有十分钟。

文龙带着魏坤宁和安娜朝着办公区走去。魏坤宁诧异去办公区，文龙说那里有安娜喜欢的东西。安娜也好奇。文龙说这个工厂里的秘密应该让更多的人知道！安娜高兴极了。文龙不让安娜瞎跑，否则会削晕她！安娜萌萌的一笑。魏坤宁看到此景，吐吐舌头酸酸的。三人穿着日军服装上了办公区的二楼，穿过走廊，与两个巡逻的日本兵擦肩而过。文龙停在了一间办公室门前，魏坤宁和安娜帮他挡住。文龙上前把房门拧开，三人闪身进了办公室。房间里摆满了各种各样的资料。安娜翻阅。文龙找到了一份藏在书柜中的文件。安娜仔细阅读，惊诧："看看，看看，简直就是畜生行径！"想到文龙的提示，安娜连忙捂了捂嘴巴，指着面前的文件低声："这是以被服厂作掩护，暗地里进行毒品人体试验的全部计划！这个，还有这个，全拿走！"

高小庄蹲着身子，抱住了白大褂的腿，佯作哭泣。白大褂的手枪一直顶着高小庄的脑袋。高小庄装着哭腔："你可别杀我！打小我妹妹就没了，几年前我娘也死了，我爹不管我，我已经够惨了！你要是有那么一丁点同情心，怎么可能朝我开枪！"白大褂踹了高小庄一脚："够了，你这个狡猾的家伙！"高小庄不断后退。在拐角边一个电灯开关，高小庄越来越近。白大褂扣动扳机，高小庄猛地一拍开关，整个过道陷入黑暗。白大褂受惊，在过道里胡乱开枪，枪火四溅。黑暗中传来高小庄撞翻白大褂的声音，白大褂一声惨叫，之后整个过道都安静下来。高小庄上前将开关打亮，白大褂撞在了铁门上，满头是血。高小庄把枪捡起来，拍了拍白大褂的脸。白大褂已经奄奄一息，血流不止。高小庄朝着过道里面走去。那个压着喉咙的喘气声再度传来。高小庄紧张地看向过道深处声音传来的位置，握紧了手里的枪，慢慢地走了过去。那声音越来越近，高小庄停在了一道铁门前。铁门内一道人影被铁链吊着，但看不清是谁。高小庄凑上前，眯着眼打量，还有个活的！

谭卓茹等四人换上鬼子皮朝着这边走过来。过了铁门，朝着实验区的楼上走去。实验室门口站着两个卫兵，四人迎面走过去。胡大壮和刀子上前将两个卫兵撩翻。胡大壮和刀子上前将房门推开，发现捆绑高小庄的位置已经空了。谭卓茹使了个眼色，三人从不同方向走过去，在实验室里寻找高小庄的身影。几人看到了那个暗室入口，交互看了一眼。胡大壮二话没说，就钻了进去。胡大壮踢到了倒在地上的白大褂的腿，胡大壮愣了一下。铁雷提示："快点找人！时间马上到了！"一行人都跟了进去，注意到两侧关着的人，纷纷怒不可遏。白大褂艰难醒来，看向了手边不远处的一个报警按钮，他伸出手去，摁响了报警器。过道里传来警铃声。胡大壮气急，上前来一刀将白大褂捅死。此时，高小庄从过道里端飞快跑了出来："你们都来了！铃咋响了，快走！"胡大壮看着高小庄身后的暗处。谭卓茹吩咐："警报一响，鬼子马上就到，快撤！"

文龙等人正在不断翻看，突然听到楼外传来日军口哨集结的声音。三人一惊。魏坤宁意识到："不好，可能是大壮他们被发现了。"文龙让安娜，拿好资料，下楼看看。说着三人快步出了房间。日本兵们小跑下楼，文龙等三人尾随其后也跑出了办公区。三人走到楼下，只见有十多个日本兵朝着实验区的方向过去了。魏坤宁低声："这下糟了，他们几个人可都在里边！"

三

山口带人逼近百味楼。两侧的巷道里，隐藏着小泉清的士兵都往回缩了一段。这时，山口带着两个人走了过来说：“我们是百味楼的伙计，诸位这是……山口说出暗语——饭熟了，该出锅了。”郭三愣住了，看了看山口后面几人。气氛紧张。郭三突然笑起来：“说终于等到你们了！你们来了多少人？”山口狐疑地看着郭三，以为对方将自己识破。双方都疑惑对方之际，突然，传来一声响枪，一颗子弹打在山口耳边，郭三问谁打枪了！山口气恼，连忙拔枪朝着郭三回击。一道黑影（开枪人）见双方交火，拿着枪从房顶上跃下。躲在百味楼两侧的冈本部也冲了出来。身后的冈本部已经发起攻势，日本兵躲在身后，也展开反击。双方在黑夜的街巷间展开枪战。

松田跟在队伍后面指挥作战，张大飞跑回来，汇报说对方火力很猛，看样子是想跟咱们鱼死网破！松田急了，命令兵分三路，把百味楼夷为平地，也必须拿下这伙人！松田身后的日本兵都冲了出去。

文龙、魏坤宁、安娜三人快步通过厂区，安娜的挎包鼓鼓囊囊的装着资料，很沉。文龙低头看了看表，六点。鬼子开打了！现在操场已经空了，让安娜到操场边上的车棚边躲起来，他们去实验楼！

天色渐渐亮起。山口的人与小泉清还在交火，双方均有不少伤亡。山口一脸狼狈躲在巷道内，问对方还有多少人，一个日本兵说还有一半人。山口命令上机枪！郭三狼狈地回到小泉清身旁。小泉清分析这不像是一伙普通抗联！武器清一色的三八式，还有十一式轻机枪！抗联的武器向来五花八门，装备没有这么精良。想办法，抓个活口。郭三领命，弯腰再次冲了出去。

文龙等三人混入日本兵之中。刀子他们露馅了！三队日本兵跑过来，将实验区门口围住，并且拿着枪对准了实验区的门口。一个分队的士兵躬身快速朝着实验区摸了过去。一个分队的日本兵跑过来，隐藏在门边，带头的一招手，两个士兵靠近门边。文龙看着堵在门口的十来个日本兵，拧眉思考着。

几人从暗室里出来意识到鬼子上来了！胡大壮站起身来，退到门边，上前拿着枪对准了门口，两个鬼子摸进来。胡大壮打死一个，另一个鬼子抬起冲锋枪开始猛扫，胡大壮闪身躲过。胡大壮靠在一个掩体后面，他随手抓过来一样东西，朝着右边扔过去。然后猛然从左边站出来，打中了鬼子手臂。鬼子手中的枪掉落。铁雷从另一个方向出来，将鬼子击毙。刀子、铁雷、谭卓茹开枪向外冲，高小庄怯怯地跟在后面。日军火力被压制。几个日本兵躲开一阵攻击。带头人比画了一个手势，示意所有人冲进去。三个日本兵冲入，左右看了一眼。胡大壮端着冲锋枪从掩体后面突然站出来，朝着三人一顿猛扫。胡大壮使不惯冲锋枪。把整个实验室打得稀巴烂，可鬼子一个也没打死。三个鬼子见状，冒出头来朝胡大壮还击。谭卓茹和刀子在一旁替他打死了三个鬼子。胡大壮不断朝着门外扫去，根本掌握不住冲锋枪，窗户被打得稀巴烂，气恼地将冲锋枪扔掉。铁雷试了试，没了子弹，把枪丢在了一旁。

实验区外的日本兵都被这阵势吓住了，面面相觑。魏坤宁低语："乱打、胡打，一定是大壮！"文龙低语："里面声音越来越弱，恐怕是没子弹了！"日本兵又上去两个！文龙眼看机会来了，上前请求补给弹药武器！日本兵吩咐把冲锋枪、子弹给文龙他们。魏坤宁接过一挺冲锋枪，低头一笑。文龙一招手，和魏坤宁一起摸上楼。

胡大壮朝前走了两步，发现手臂受了伤，撕下一块布条把手臂勒住。谭卓茹等人也凑上来，关切地看着胡大壮。铁雷心想，这么僵持下去恐怕够呛！铁雷走上前去，将三个小鬼子身上的手雷拔下来，左右看了看，找到一圈铁丝，铁雷将手雷固定在门边，拉出铁丝紧绷着扣在了门口另一边。这时胡大壮捡了把称手的枪。文龙和魏坤宁从门边冒出头，胡大壮两枪过去。文龙拿出帽子挥了挥，胡大壮又一枪过去把帽子给打掉。谭卓茹感觉不太对劲，制止住胡大壮开枪！文龙喊话："里面的人听着，放下武器！"铁雷听出了文龙的声音。文龙和魏坤宁见枪声停了，冒出头来，门内几人面色一喜。文龙要迈入屋内，注意到脚下铁丝，迈了过去。魏坤宁上前朝着胡大壮的帽檐一拍。文龙朝着魏坤宁一点头，两人拿枪朝着墙壁四周突突。魏坤宁从屋内出来，朝着外面一挥手。魏坤宁向日本兵大喊："都解决了！"

日本兵小头目听到此话，朝身后日本兵招手，剩下的七八个日本兵都摸了进去。日本兵小头目带着日本兵们摸了进来，屋内一片狼藉，烟火弥漫。

一个日本兵踩中了铁雷布置的手雷，七八个日本兵被炸翻在地。文龙等人从烟雾中走出，朝着七八个日本兵一阵突突，全部中枪身亡。文龙吩咐大家："赶紧撤，安娜还在外面等着！通知抗联动手救人，出厂子！"

两个日本兵站在门口，战战兢兢。高个子日本兵说："枪声停了！要不要过去看看。"矮个子日本兵说："我们的任务是守住车间，别乱动！"厨师带着才才过来。高个子日本兵让才才站住！厨师和才才一起动手，将两个日本兵击毙。厨师和才才开大门。车间内的劳工们，都看傻了眼。此时，又有两个日本兵端着枪悄悄上前来，对准了厨师和才才。劳工中的几个抗联慢慢从身后摸向两个日本兵，将两个日本兵按倒，身后的劳工都冲上来，将日本兵打死。厨师将大门打开。抗联的人说："总算等到老范动手了！"厨师吩咐大家伙："快撤！出了工厂，各位乡亲最好不要再回鑫隆镇！"劳工们纷纷涌出。

郭三将一个活口带到了小泉清面前。小泉清一把枪顶住了俘虏的头，问到底是哪部分的！俘虏怀疑这帮打扮的人，郭三说这是小泉清大佐，俘虏傻眼了，说自己是一公里外被服厂松田队长的手下，听说这里有抗联的人，我们是过来围剿的！小泉清命令马上给我停火！郭三跑开。小泉清问你松田龙平呢！俘虏说松田队长就在外边！小泉清让俘虏把他找来！

松田带人进来，小泉清一脸愠色。松田大惊失色，说看来我们是中了那几个抗联的诡计！小泉清问那几个人长什么样？松田说总共有八个，六男两女。一个大胡子，一个戴眼镜的……小泉清闭着眼，懊悔不已，命令马上去工厂！

四

文龙吩咐分批上车，马上撤离！文龙带着几人冲出，停在了货车边。安娜也从暗处跑出来，跟了上去。谭卓茹与魏坤宁、胡大壮和高小庄上了一辆车。安娜和刀子跟着文龙上了一辆车。文龙交代铁雷："你留下配合老范，帮助他们在工厂四周埋上炸药，咱们的人一出工厂，就引爆炸药，帮助老范端掉工厂。事成之后，老范的人会掩护送你出去，到约定地点跟我们会合！

一定要快！”

厨师和铁雷在办公区后方的一根铁水管上方绑上了两捆炸药。两人交互点头，走到路口处四下看了看，掉头走向了墙角。操场上，文龙等驾驶的两辆货车驶出大门。大队劳工从厂区出来，跟在货车后面，涌出大门。

小泉清和松田策马出了镇子，朝着工厂狂奔。两人身后跟着四十来人的马队。

魏坤宁驾驶着一辆货车，颠簸快速地前行着。高小庄一动，身上一个平安符掉落出来。胡大壮见状，将平安符拾起，看了看。魏坤宁一看不对问小庄：“哪儿来的？”高小庄说；“在实验室里，一个被鬼子拿来做实验的大姐给的！”胡大壮大喊：“这是春妮的！”高小庄一惊。魏坤宁眉头一皱。

文龙驾驶的货车在魏坤宁的前面。从后视镜中，看到胡大壮踹开后边那辆车的车门，滚下车去，车停了。文龙一看，胡大壮拿着枪站起来往工厂回跑。文龙连忙刹车，此时已经距离工厂大门有一段距离了。高小庄跑过来。文龙跳下车来问怎么回事！高小庄说：“可得救救壮哥，春妮还在里头，他回去了！”文龙气恼不已。高小庄低了头，描述着被服厂秘密实验室的所遇：高小庄停在了过道中的一道铁门前。铁门内还传来压喉咙的喘息声。高小庄一哆嗦举着枪，把铁门打开。高小庄迈步入内，走近一看，一个披头散发的女人（春妮）被吊在空中，奄奄一息，发不出声音。高小庄一吓，连忙退了回去。春妮挣扎了两下，再次发出那阵喘息。高小庄把春妮从绳索上接下来，春妮倒在了地上。春妮将手放在了高小庄的手中，突然断了气。高小庄一看，是一个平安符。高小庄听到巷道里有响动，放下春妮。高小庄作揖，折身出了铁门。

高小庄哭着说：“真不知道那就是春妮嫂子！”文龙一脚踹到车上：“真是人算不如天算！”魏坤宁提枪跟了上去。安娜也连忙跟了上去。文龙让安娜回来，安娜不听，发誓要帮大壮。文龙让刀子在这儿等着！文龙提起一把枪，拉开保险栓，提着枪朝着被服厂大门冲了过去。

小泉清和一脸狼狈的松田驾着马。小泉清怒喊：“松田，你这次惹大麻烦了！阿部宽就再有本事，也保不了你！”小泉清一脸焦急。一群日本兵驾着马队，朝着工厂方向狂奔。

安娜跟着胡大壮冲上来，文龙上前拉住了她。胡大壮已经冲进了操场。安娜甩开了文龙，继续追赶大壮。文龙批评安娜说：“小泉清和松田很快就要到了，你回去就是自投罗网！大壮一根筋，你也跟着胡闹，你要冲进去，大伙都得跟你陪葬！”安娜耍脾气，就不回去！文龙一脸无奈，安娜要转头继续往工厂里跑，文龙一掌将她打晕。文龙将安娜扶着，朝着后面一勾手，刀子和谭卓茹上前来。先保证安娜的安全，我去把他们俩拉回来！在约定的地方等我！刀子点点头，背着安娜朝着后方的货车跑去。文龙转身，朝着工厂内快速跑去。

换上了鬼子皮的厨师站在角落，四处张望，为铁雷放风。铁雷将引爆线拉出，将引爆器攥在了手里。厨师告诉铁雷：“老范为了弄到它，可是费了不少工夫！埋在这儿，你想炸那儿？”铁雷说：“这个位置是实验楼和办公楼的连接点，同时，这面墙也是承重墙，咱们的炸药不多，在这个位置引爆，就能一箭双雕！”厨师佩服铁雷的专业。铁雷说：“等任务完成之后，必须给掌柜的申请，给你们补补课，抗联的家伙事来得都不容易，瞎打乱炸，简直就是浪费！”厨师一笑说：“要真像你说的，愿意马上拜师！”铁雷让厨师退后！“瞧仔细了！”铁雷拉出引爆器，也后退了一段距离。

操场上已经空了，魏坤宁提着枪，警戒着四周。文龙过来问大壮在哪里？魏坤宁看向文龙：“大壮不把嫂子带走，这辈子不会安生！”文龙问魏坤宁：“大壮是不是到实验楼去了！铁雷已经布好了炸药！随时可能引爆实验楼！”魏坤宁一惊，冲向了实验楼。

胡大壮冲进实验楼的密室，沿着各个铁门观察，着急万分喊着：“春妮！春妮！春妮！”停在了最里端一道铁门前。春妮倒在铁门内。胡大壮一惊，冲上去，将春妮抱起。春妮倒在胡大壮怀中，已经没了知觉。胡大壮死死抱住春妮号啕大哭，喊叫宣泄。魏坤宁冲进来，见到这一幕，也是痛心扶额。魏坤宁拉着大壮：“快走！”胡大壮甩开魏坤宁就是不走！魏坤宁急了：“瞧你这点出息，你想想春妮她愿意看你这样吗？不走是吧，那我陪着你，让铁雷把咱俩一起炸死！大壮兄弟，春妮没了，你得活着，给他报仇！报仇！你懂吗！”

铁雷退到了一侧，差不多了，看好了！厨师躲在了一堵墙后，转身等待着爆炸。铁雷就要按下引爆器。文龙冲过来："雷子，等一下！"铁雷一脸的诧异："咋又回来了！又是安娜跑了？"文龙着急地说："安娜有刀子看着，她现在很安全！大壮和老魏在实验楼里！"铁雷抱怨道："他们这是干吗呢！还不走，松田和小泉清可能就要到了！"文龙吩咐等他们出来了再炸！厨师也要与文龙一起去找大壮和魏坤宁。铁雷点点头，文龙、厨师朝实验楼前跑去。

小泉清和松田龙平的马队朝着工厂狂奔。张大飞的马跟在后面，面露焦虑。

胡大壮还死死地抱着春妮，魏坤宁陪他坐在一旁。魏坤宁一愣说："走！背上弟妹，一起撤！"胡大壮将枪挂在脖子上，把春妮背在背上。两人朝着实验楼外面跑去。

魏坤宁和胡大壮朝着实验楼外跑。两人一起冲出了实验楼。文龙和厨师迎上前来。文龙让他们先出去，他去接应铁雷。胡大壮背着春妮冲向大门，魏坤宁跟在胡大壮身后朝着大门外跑去。胡大壮跑到门口突然停下来。大门口，小泉清和松田两支庞大的马队冲过来，众人的枪已经对准了胡大壮。魏坤宁见状，藏在一处障碍后。

车厢内，刀子在开车。颠簸中，安娜醒了过来问："这是哪里？"高小庄告诉安娜这是鑫隆镇被服厂的山路上！问是不是被文龙削傻了？安娜恍然，顿觉头疼，并执意要回去！谭卓茹气愤地说："顾好你自己吧！文龙要是了什么事，那都是你害的！"安娜说："那更得回去了，他们要是碰上小泉清，小泉清不会给他们任何机会！"几人都陷入沉默。刀子看了谭卓茹一眼。谭卓茹对安娜低声："放心，就算他们回不来了，我也会送你回去！"安娜抱怨谭卓茹是乌鸦嘴。

胡大壮低着头，满脸杀气地瞪着门外的小泉清等人。松田龙平见工厂早已经空落。松田说："完啦，工厂完了！"小泉清则说："还远没结束！"小泉清从马上下来。张大飞等几人也下马，朝着胡大壮走去。小泉清笑眯眯地看着胡大壮。胡大壮脸上的怒气越来越重。小泉清掏出手枪，对准了胡大壮。郭三在一旁笑着。小泉清向身边看看，目光锁定了张大飞，把枪递给张大飞。张大飞接过枪，胡大壮一双怒目瞪着张大飞。张大飞朝前走了两步，猛地调转枪口顶住了小泉清的脑袋大吼：“别动！”松田命令张大飞把枪放下！张大飞的枪顶得更紧了：“都把枪放下！”小泉清对着松田大喊：“你还看不明白吗？你处心积虑找老范，一直就在你身边！”松田脑袋瓜子嗡嗡作响，傻眼了。

内鬼被疑　绕道前进

一

松田傻眼了——老范就是张大飞！

时间像倒流一样，时光隧道在张大飞脑海里急速闪现：

回到了鑫隆镇的那个黑衣人的行踪。一个黑衣人吹响一个口哨，张大飞从暗处走出。黑衣人对张大飞说，镇外有一批乔装打扮的鬼子过来了！从哈尔滨方向！他们已经派人封住了出镇子的所有路口，现在只有通往工厂的山路他们还没发现！我听到他们下令，进镇子之后会地毯式搜索！张大飞分析看来就是冲着藏在地窖里的几个人来的！没别的路了，现在唯一能躲过这些追兵的办法就是让松田的人把地窖里的人都抓进工厂！我们的人在里边还能有个照应。黑衣人点点头，两人分头撤离。

一个日本兵送窝窝头到牢房，刚走到门口，张大飞与之错身时，将准备好的一个窝窝头放了上去。张大飞将1支逼供水拿走，换上了氧化钠注射液，张大飞躲在横梁上，日本兵将药水拿走。

鑫隆镇某民房顶上，蒙面人探头看着街道上郭三和山口的人对峙。蒙面人朝着山口开了一枪，缩回了头。街道上枪声四起。蒙面人脱下面罩，张大飞！他把枪藏在了瓦片下，跳下房顶。

时光又回了过来。

张大飞告诉小泉清："让你的人把枪放下！然后撤到三里外，不然我一枪结束了你的狗命！"松田大喊："张大飞！没想到是你！难怪怎么都抓不住鑫隆镇的抗联！”小泉清一笑说：“范先生，我还是这样称呼你吧，因为这样才显得我待会打死你，更合情合理。”张大飞说：“你果然狡猾！难怪钢刺对你印象这么深刻！不过，都到这份上了，你未免显得太狂妄了一些。”小泉清说：“范先生果然是很聪明，不过用我的枪来打我，或许是你这辈子犯过的最大的错误！”张大飞一愣。

小泉清一个眼色给冈本，冈本的枪也顶住了张大飞。小泉清对张大飞说：“你先开枪，要是我还活着，冈本再开枪如何？”张大飞一枪过去，却啪嗒一声，根本没有子弹。郭三一笑对张大飞说：“小泉清大佐听了松田队长讲述整个过程之后，第一时间就怀疑到你了！”张大飞紧张地眯起了眼。胡大壮还恶狠狠地盯着小泉清。冈本的枪也攥得很紧。突然一声枪响，冈本手里的枪被打飞。两人一愣神，众人都看向了操场的角落。魏坤宁和文龙相视一笑。郭三大喊：“那边，是钢刺！”文龙和魏坤宁朝着一群人猛攻，松田、冈本等人边躲边朝这边还击。胡大壮趁势起身撞倒了小泉清。张大飞夺下一个日本兵的枪，打死了两个日本兵。张大飞让大壮快跑！张大飞和胡大壮呈曲线朝着边上跑去，躲在了一个掩体后方。小泉清对松田说：“老范交给你！”又命令冈本“你把钢刺给毙了！”松田带着山口朝着老范追去。小泉清、冈本等人带队朝着文龙和魏坤宁追去。文龙和魏坤宁不断还击，冲过来的日本人一个个倒下。文龙招呼魏坤宁：“向实验楼撤！”魏坤宁瞬间明白。文龙和魏坤宁且战且退，二人朝着实验楼撤去。小泉清命令冈本带着人堵住大门口。小泉清带着十来个人追了上去。

铁雷看着时间，听着枪声一脸着急。他目光落在引爆器上，还是准备引爆炸药。外边在开枪，小泉清到了，两人都意识到了。厨师让铁雷再等等！铁雷一脸的惊异不解。

文龙、魏坤宁朝着涌过来的日本兵不断开枪。魏坤宁对文龙大喊：“大门口被堵住了！”文龙对魏坤宁也大喊：“先消耗他们！进实验楼，跳窗出去！”文龙、魏坤宁钻进实验楼，从后窗翻出。

铁雷和厨师冒出头来，见松田和山口带着大队日本兵冲进了实验楼。铁雷一笑：“好，这一炸可真是赚大发了！给小鬼子来个痛快！”铁雷跑回去，停在了引爆器前。

小泉清带人冲过来，突然停下来。大队日本兵冲了进去。郭三问小泉清进吗？小泉清摇摇头："整个工厂就一个出口，钢刺不突围却带人往里跑，恐怕在耍花招！等等看！"

铁雷拿起引爆器，狠狠摁下。整个实验楼发生爆炸，连同办公楼一起倒下。灰尘漫天。

文龙、魏坤宁见胡大壮、张大飞跑过来，迎上去与两人会合。魏坤宁朝着胡大壮身后上来的日本兵开了两枪，掩护两人过来会合。胡大壮拿起身边的一块草席，盖住春妮。张大飞看向胡大壮："大壮，咱们一起杀出去，为春妮，为无辜死去的整个鑫隆镇的乡亲们，报仇！"胡大壮一抹眼泪鼻涕，把挂在脖子上的枪取下。另一边，两个日本兵抬过来一挺机枪。松田和山口围攻过来。魏坤宁探出头来，一枪过去打死了一个鬼子。机枪手调转枪头，朝着这边不停突突。胡大壮想去干掉那个机枪手！文龙按住大壮，让他先别着急！胡大壮却冲了出去。文龙掩护着胡大壮，一枪打死了一个机枪手。几个日本兵瞄过来，两枪没有打中大壮。胡大壮连忙躲避。魏坤宁和张大飞一人打翻了一个日本兵。

在另一侧的小泉清等人看着倒塌的实验楼。小泉清意识到上当了，大喊："支援松田！"日本兵朝着松田冲过去，两拨人会合。

小泉清出现在松田身后，端起枪，瞄准了胡大壮的脑袋。正要扣动扳机，文龙一枪过来，小泉清打了空枪。小泉清怒不可遏："全部给我上！"日本兵全都冲了上去，三人也冲出来，与胡大壮一起射杀鬼子。山口瞄准胡大壮，一枪过去，胡大壮险些中枪。胡大壮靠在了废墟的掩体后，满脸横肉，气得发抖。铁雷和厨师从另一边冲过来，从侧面对小泉清等人进行攻击。小泉清命令郭三："通知冈本调人！统统地给我消灭掉！"郭三撒腿跑开去通知冈本。

冈本带着二十来人守在大门口。见郭三跑过来。郭三告诉冈本，大佐让带人过去支援！冈本带着人刚要跑开。郭三突然愣在原地。郭三狐疑地看着大门外。冈本也看去。一辆货车朝着这边呈直线开快速地过来。郭三提醒冈本快躲开！冈本等人躲在了边上。货车冲过来，停在了大门口。才才带着身后一队抗联从后箱跳出，抗联一边开枪一边冲入。

文龙等人听到枪声。张大飞意识到抗联的人到了！文龙吩咐："快撕开一条口子，杀出去！"胡大壮冒出头，朝着小泉清等人不断开枪。文龙说："把小泉清交给我！"魏坤宁说："松田交给我！"两人喊着冲了出去。文龙不断开枪，压制住小泉清。魏坤宁也将松田逼到角落。四人借助掩体不断射击。文龙看了一眼机枪旁边空了，吩咐大壮去用机枪扫射鬼子！胡大壮说那玩意儿不好使！魏坤宁一叹气，自己去当掩护了！张大飞和文龙不断掩护魏坤宁，魏坤宁越过一些废墟，冲到机枪前。魏坤宁朝着小泉清等人不断扫射，压制住日本兵。山口又是一枪，差点打中胡大壮。胡大壮还击，没了子弹，冲出了出去。山口又是一枪击中了大壮的胳膊，大壮根本不顾及，喊叫着冲了上去。铁雷和厨师也不断掩护。山口又朝胡大壮开枪，枪里也没了子弹。胡大壮大叫着冲过去，山口一把刺刀刺过去，胡大壮猛地一挡，将山口手里的枪打掉。山口一脸震惊，胡大壮一刀刺过来。山口跌坐在地，不断后退。胡大壮大叫一声，扑上前去，一刀捅进了山口肚子。胡大壮又是一捅，山口口吐鲜血，扭头死掉。

铁雷和厨师冲上来，让大壮赶紧撤！文龙过来也是让大壮赶紧撤，以后有的是时间杀鬼子！张大飞也过来劝大壮："再不走来不及了，大门口的兄弟拖不了多久！"胡大壮一跺脚："哎！只得撤了！"文龙等人不断射击，朝着大门口逃去。小泉清对松田说："钢刺他们没多少子弹了，别让他们逃出工厂！"一队日本兵冲了过来。

才才带领的抗联还在不断阻击冈本一伙，双方各有死伤。文龙等人冲出来。张大飞让大家快撤！才才告诉大伙："马匹在后面，你们撤，我们能拖住鬼子！"几人朝着车后跑去。才才带着两人以停在门口的货车为掩体，不断阻击冲上的鬼子。冈本等人也不断开枪，子弹落在货车上，叮当作响。才才等人还击，几个鬼子相继倒下。小泉清端起枪，两枪过去，两个抗联的兄弟连续被击毙。才才眼看顶不住，翻身上了货车。冈本冲了上去。才才埋着头，挡风玻璃被打得七零八落。他从座椅下方拿出了一个炸药包，将引线点着，才才踩着油门心想：有这么多鬼子陪着，咱哥仨不亏！货车朝着大门内冲入，大队日本兵来不及闪开，货车发生爆炸，堵在门口的日本兵被炸得飞出。

文龙等人全都上了马，听到爆炸声。张大飞眉头紧皱，十分惋惜：“快走！”众人调转马头，沿着山路一阵狂奔而去。

二

硝烟弥漫。小泉清耳朵轰轰作响，让冈本马上给总部去电话，如实汇报鑫隆镇上的情况！同时通知总部，请求安排兵力到哈尔滨的必经之路拦截！小泉清恨得牙痒痒：“钢刺！”松田满脸狼狈，看着一片狼藉的工厂，颓然跪地。

安娜、高小庄、谭卓茹和刀子在路边等着文龙他们。一批马队狂奔而来。安娜喜出望外，看到文龙等人骑马过来。安娜连忙冲出问：“文龙哥没事吧！”文龙跳下马示意没事。说完，文龙看向了胡大壮。胡大壮走到边上一块石头前坐下，打量着手中的护身符，人傻傻地愣着。文龙叹了口气，走向了别处。安娜凑上去安慰大壮。胡大壮猛地抱住了安娜，大哭起来。安娜拍着大壮的肩膀，安慰他。张大飞安顿好抗联一行，朝文龙点了点头。二人走到一边。张大飞看着文龙，感慨地叹了口气。互相感谢。张大飞告诉文龙，会派人从秘密通道护送你们去哈尔滨，这条密道很少有人知道，只要经过长河沟这一道关卡，就能顺利抵达哈尔滨。文龙点点头。

张大飞拿出了安娜随身的相机说：“那天，松田的人把他们几个带走之后，他回去检查了一下，发现了这个。”文龙接过，也掏出了安娜带出的资料交给张大飞。文龙夸老范：“棋下得如此精妙，在下实在佩服。”张大飞说：“这盘棋步步都是杀机，要没你，怕是会输得很惨！”文龙朝张大飞拱手说：“车马炮士相卒，缺了谁，可都保不住这个帅。”张大飞一笑：“此话倒是不假！”两人都看向了安娜的方向。张大飞回过头缓缓收起笑容，告诉文龙，送别你们之后，我们的队伍也会马上转移，不过有件事我必须要提醒你！张大飞问文龙：“有没有想过，小泉清怎么会这么快就到了鑫隆镇？”文龙眼睛一眯说：“一直在怀疑！”张大飞说：“从松林沟出来，小泉清的人没有从后面追，而是从前面堵上来，堵得还这么准……”文龙意识到有人走漏了消息。张大飞接着说：“那天，他回去取了相机之后，又回了一趟百味楼，发现，就有人动过厨房地下室里的那部电台！”文龙沉思起来，肯定是这部电台发出的电报暴露了行踪！张大飞也点点头，不排除这个可能性，在发现电台被动之前，小泉清的人还没到鑫隆镇，而松田也不知道厨房里有这地下室！文龙感觉到张大飞在怀疑动电台的是自己带来的人！张大飞说：“这一点他也不敢下结论，毕竟这封电报发给了谁，是什么内容，也不得而知。”文龙沉思了一下说：“这倒真是个隐患，我探探底再说！”魏坤宁在一旁听到这些对话，佯作无事，起身走开。

胡大壮还在哭泣，安娜拍着他的背，一直哄着他。谭卓茹坐在一旁，喝了口水。魏坤宁上前来，朝谭卓茹使了个眼色，示意她到树林里。谭卓茹白了他，根本没有搭理。魏坤宁走到谭卓茹面前低声：“百味楼、电台。”谭卓茹一惊，跟上了魏坤宁。

两人进了树林，谭卓茹突然停住。魏坤宁看谭卓茹狡辩，说：“别装了，那天我晚上看到你翻窗出去，还去了百味楼厨房的那间地下室！”谭卓茹飞快出刀，一把匕首顶住了魏坤宁。魏坤宁看了看脖子边的匕首，一笑说：“文龙已经发现有人动过电台，这事要是没个结果，他很快就会盯上你！到时候你的身份可就暴露无遗了！这么多年，你我之间还是不能交心，我心里不是滋味。早年，你到东北之后，一直是国府监控东北军的眼线！日本人打进东北之后，你又借机留在了满洲警务厅，继续潜伏！这一次，国府肯启动你这颗棋子，想必是有更重要的任务！”谭卓茹又紧了紧手中的匕首。魏坤宁一笑说：“我就是坑我自己也不会坑你，文龙现在还不知道你当晚去过百味楼。刀子和大壮，文龙一定不会怀疑！剩下的最容易引起他怀疑的人，就只有我！我本来就打算跟他们分道扬镳，我可以替你扛下这件事。”谭卓茹看向了魏坤宁。魏坤宁又说：“文龙虽然有情有义，可他要是觉察到你身份有问题，他会怎么做？为了安娜，他连命都可以不要！”谭卓茹说：“这笔债我欠着，等我完成了任务，我们再把我们俩的事说清。”魏坤宁说：“但愿吧！不过，你真得答应我一件事！你完成你的任务，别伤害他们任何一个人！”谭卓茹点点头。魏坤宁一笑说：“文龙马上就会行动，一会见机行事！”

文龙站在公路边，目送张大飞、厨师等抗联骑上马。张大飞转头对着抗联的兄弟说："你们四位带他们走密道，事成之后再回来报到！"四个留下护送的抗联战士都点点头。文龙上前："范同志，不知道你我是否还能再见，继续论论这下棋之道？"老张大飞看看了看远处，又回过头来说："胜利之光普照大地之时，天涯海角，我也定来赴你之约！"文龙一笑。

张大飞朝文龙等人拱手告辞。众人都朝张大飞回礼。张大飞策马离去，厨师等抗联也都驾马跟了上去，奔向远处。文龙收回目光走向了留下来的四个护送的抗联战士："麻烦几位，到前边等我们，我有点事儿要处理。"四人点点头，沿着一条小路朝着走去。魏坤宁和谭卓茹分别从两个不同方向回来。文龙转过身来，朝着铁雷使了个眼色。铁雷上去将魏坤宁的枪卸了，又走到刀子面前，刀子疑惑地把枪递上，又将刀子身上的烟袋锅子一并抽走。魏坤宁装着问："要卸磨杀驴吗？"高小庄傻眼了。文龙问："到鑫隆镇的那天晚上，进过百味楼厨房的还有谁？胡大壮进过。"文龙扫视了几人一圈问："谁动过那个厨房地下室里的电台？刀子说检查过一遍！"胡大壮诧异："厨房还有地下室！当时就怕你们发现，自己才藏在米缸里，我就纳闷那地还在动呢！"文龙看了看刀子，又看了看胡大壮，目光落在了魏坤宁身上。魏坤宁猛地一推文龙说："什么意思！我进了厨房怎么了？"文龙飞快拔出手枪顶住了魏坤宁："不说清楚，今天谁也过不去！"

松田和小泉清都进行了包扎。松田走到门口，意识到自己的罪过太大了，对小泉清说："可能是最后一次见面了！"小泉清安慰松田："别这么灰心，告辞了，我一定抓住钢刺，给你出了这口恶气！"松田苦笑了一下。小泉清转身跟着冈本等人了上车。郭三等人上了马。车子慢慢开走。

车厢内，冈本看了一眼后视镜说："松田君这次恐怕麻烦大了！"小泉清说："怪他倒霉，要不是遇到钢刺这样的对手，你迟早会改口叫他松田大佐！"冈本又回头看了一眼。小泉清问冈本："钢刺他们或许不会走大路，要进哈尔滨，必经的路卡在哪儿？"冈本说："长河沟！"小泉清命令火速赶往长河沟布防！

高小庄连忙凑上来劝文龙："这是干吗呢！文龙哥，有话好好说啊！"安娜也问："是不是有什么误会？"文龙说："魏坤宁动了百味楼的电台，这才招来了鬼子！"胡大壮不解，挡在了魏坤宁前面说："先枪毙我，再枪毙少校。”安娜说：“那天晚上，还有一个人出去了。”安娜指向了谭卓茹，几人都看向了安娜。魏坤宁眯着眼看向谭卓茹。安娜看向谭卓茹还原说：“你不正常，那天晚上铁雷哥来叫，我出去的时候你还在被窝里躺着，没一分钟回来，你连鞋都穿好了，动作也太快了吧？最合理的解释就是睡在床上的不是你，你只是刚好这时候回来了！这一路上你都很奇怪！”

谭卓茹瞪了安娜一眼。安娜回应谭卓茹：“你看我也没用，我只是实话实说而已！”魏坤宁故作镇定：“卓茹，真要是你就承认了吧！别因为这事坏了我们大家的感情！文龙不会把你怎么样的！”谭卓茹眯着眼看着魏坤宁：“老魏你可真会演！当晚是谁跟着文龙去的百味楼？”铁雷插话：“老魏，当时好像是你主动要求跟着我哥去的！”文龙看向魏坤宁：“厨房也是你主动要求进的！”谭卓茹故作镇定：“没错，刚才大壮也说了，他当时也在厨房里！”胡大壮点点头：“对，老魏你当时进过厨房，还蹲在米缸旁边，捣鼓地上的木板来着，我都听着了！”刀子一惊：“米缸！对，地下室的入口就在米缸下面，你躲进米缸的时候是不是挪动过米缸的位置！”文龙点点头：“老魏你最后停下的位置，就是地下室入口！”

魏坤宁故装着急地看着对文龙：“你不就是要赶我老魏走吗！”文龙摇摇头：“不，你必须告诉我，那封电报发给了谁，是什么内容！”魏坤宁故作一怔：“我给我佳木斯的兄弟发的，告诉他们三天后就去相见！我没想到那部电台会被鬼子监控！”高小庄替魏坤宁争辩：“老魏一路上杀了多少鬼子，不可能给鬼子透信儿！”铁雷看向文龙：“哥，这电台早被鬼子盯上，因为重新启动才被小泉清怀疑上的，老魏不知道这事儿，不是故意的！”安娜看向文龙：“对，我们这不也没事吗，别怪魏大哥了！”

文龙想了想，收住枪，让老魏走！魏坤宁从铁雷手中夺过一把枪，扭头要走。胡大壮跟着魏坤宁走，让高小庄也跟上！高小庄看了看安娜和文龙，不愿意走，等着文龙等人留自己。魏坤宁看了看文龙，文龙侧过身看向了别处。魏坤宁和胡大壮朝着山坡下走去。高小庄一瘪嘴：“保重啊，少校，大壮哥！”魏坤宁没有回头，举起手挥了挥，两人拐进了山林中。文龙叹了口气让大家上路！铁雷问下一站去哪儿？文龙指了指，跟着抗联的兄弟走密道，只要能顺利通过长河沟的关卡，就能到哈尔滨与掌柜的接头。几人跟上。

一块界碑上写着——长河沟。关卡处有不少日本兵在来回巡逻。车队停在了关卡外，日本兵迎上前来，小泉清等人从车上下来。冈本上前交出证件，日本兵躬身让行，命令关卡处除必要的布防士兵之外，其余人全部换成便衣！冈本返身回来。小泉清示意冈本按计划行事。

文龙等人从山地上冒出头来，观察着周围的形势。四个护送几人的抗联也凑了上来。高小庄说："只有四个鬼子，检查也很松懈。我替你们化化妆，要混进去应该不难。"文龙看了看，问四个抗联对这地方熟吗？他们说走过几次。文龙总觉得有点不对劲。高小庄不解。文龙分析说："工厂里闹出这么大动静，这地方不可能这么松懈！"安娜点点头。文龙让试一试，保个险。刀子问怎么试？文龙问工厂里劳工的衣服还在吗？铁雷把劳工的衣服拿了过来。文龙使了个眼色，前面那辆马车，不远处，一个满警驾着一辆马车正在排队等待过关卡。文龙跟刀子一阵耳语。

两个满警从马车上下来，靠在一边有些不耐烦。刀子戴着个草帽朝着两人走去，刀子掏出两根烟递过去："能向两位长官能借个火吗？"满警不耐烦地掏出火柴，先给自己点上，递给了刀子。刀子顺口问："这查啥呢？"一个满警说；"你肯定是头一次来，这地方是出入哈尔滨的咽喉，一直检查严格，今天这算轻的了。"铁雷将那件衣服趁两人不注意，丢在车上，露出个衣服边角。刀子装着急地说："这么查下去，估计天黑都过不了，算了，我还是明天再来吧。您等着。"满警挥挥手。

刀子压低帽檐，朝着一边走去。日本兵朝着两个满警招招手，两个满警驾着车朝着关卡处走去。日本兵拦住马车，例行检查，查了一遍之后，两人正准备通过，马车刚进入一半，两个日本兵对望了一眼，端着枪过来。一个日本兵上前用刺刀将车上的衣服挑起，另一个日本兵连忙吹响了口哨。旁边的日本兵和便衣全都涌了过来。冈本也冲了过来。冈本接过衣服来看，下令马上搜！日本兵全都围了上去，仔细地检查着马车。

两个满警低头站在小泉清面前，有些害怕。小泉清看着手中的衣服，愤怒地闭着眼问："这件衣服哪儿来的？"满警摇摇头："真不知道，进城之前是点过货的，马车里装的都是从警务厅运来的补给，没有这件衣服。"

郭三一怔："这件衣服可能是在关卡外面被人偷偷放上去的。"满警猛地一想："当时好像是有一个戴草帽的人靠近过这辆车。"小泉清猛地一拳砸在了桌面上："他们已经猜到我会到这里暗中布防。"冈本点点头："要么他们会另想办法通过长河沟，要么他们就会换一条路走。"小泉清摇摇头："钢刺他们已经知道此处有人防守，再往下走已经没有意义了。"郭三看向小泉清："他们不去哈尔滨，他们没抗联的接应，他们也就像断线的风筝，肯定会暴露踪迹。"小泉清眯起眼，万一他们还有备选方案，我们这么苦等就不会有任何结果！命令冈本继续在此地布防，再遇到什么情况，查清楚再动手！小泉清意识到自己必须得去一趟司令部，当面给将军汇报一下当前的情况！

文龙等人见到了这一幕，看到冈本，纷纷面露惊色，幸好文龙棋高一着，不然真掉进陷阱里了。刀子也着急。文龙深思了一下："小泉清好像料到了我们是奔哈尔滨去的！"谭卓茹看向文龙："就一个关卡，冲过去！"文龙一拦说："硬打恐怕没有胜算，看来哈尔滨是去不了了！"谭卓茹抬眼看了看几人。高小庄也着急了。文龙要地图。铁雷将地图递上，文龙将地图展开，愁眉不展。文龙问抗联的兄弟有否别的路。抗联的说绕道太远了，其他道的情况也不清楚。刀子上前说："倒是有个主意。"几人都看向了刀子。

刀子提示："有一个地方咱们忽略了，在北满，有个地方是所有抗联秘密信息的中转站。"文龙说："佳木斯！"刀子点点头："佳木斯潜伏着许多抗联组织的接头人，他们都通过同一种形式，不同手法接头。"铁雷说："死信箱。"刀子点点头。文龙担心：死信箱是通过双方事先商定好的方式联络，进行信息传递。我们没有与接头人议定，就算佳木斯潜伏着许多抗联同志，他们也没法读懂我们的暗号。刀子说："两年前，我和高队长去过一次，当时联络过一支队伍，使用那个死信箱的具体方式我还记得。"铁雷一怔："如果这支抗联还在城里，有可能联络得上。"谭卓茹一惊："这可是拿大家的生命做赌注！"安娜看了眼谭卓茹："谭小姐好像很害怕我们不去哈尔滨啊？"谭卓茹故意愤愤地看了眼安娜："安娜，你……行啊，去佳木斯我没意见，免得有的人跟癞皮狗似的，咬着就不放。"文龙深思了一下：

“佳木斯和哈尔滨的方向完全不同，两地相距几百公里，这时候取道去佳木斯，小泉清一定想不到！”刀子点点头：“也可以从长河沟旁边绕过去，神不知鬼不觉。”高小庄问为啥非要去佳木斯？安娜瞥了眼高小庄：“别以为我看不出来，你之前本来想跟老魏他们一块走，表面上你说是因为我，其实你是不想去佳木斯。这地方到底藏着你什么秘密？”高小庄急了：“去就去，不过……佳木斯鬼子多，都凶神恶煞的，联系上抗联，咱们得马上离开！”安娜疑惑地看着高小庄：“不对，我感觉小庄眼里还藏着别的事！”高小庄说真没有！文龙转头告诉抗联的兄弟：“把我们的情况转告老范，让他想办法联系掌柜的，接下来的路，我们自己走！”四个抗联朝着另一个方向走去。文龙也吩咐大家事不宜迟，出发！

三

魏坤宁和胡大壮从一处树丛后面冒出头来，警觉地打量着四周，两人看上去邋遢、窘迫。“布谷！”“布谷！”魏坤宁开始学布谷鸟叫，声音在山林之中阵阵回响。胡大壮已经饿得筋疲力尽了，一巴掌拍过去，有气无力地说：“别‘布谷’了，你一‘布谷’，我这肚子就咕噜咕噜叫。”两个人斗了一阵子嘴，都饿得够呛了。

魏坤宁继续学布谷鸟叫，一阵子风刮过，林子里树叶唰唰传出响动，四周突然亮起了火把。胡大壮也跟着魏坤宁一起卖力地学布谷鸟叫。几道黑影从林中闪出。六七个人端枪将二人围住。魏坤宁说：“兄弟，误会！我们就搁这儿找一失散的弟兄，没想打扰！”众人相视哈哈大笑。魏坤宁说：“我兄弟叫魏七，不知几位兄弟认不认得？”一个瘦子正在戏弄魏坤宁，啪！瘦子的头上突然被旁边的壮汉拍了一下。壮汉一怔：“七爷，不是咱二当家么？”哈哈大笑的众人突然都愣住。

深夜的佳木斯城，灯影稀疏。一间亮灯的民居内陈设简陋，魏七和两个手下围桌喝酒。贺老三向魏七禀报：“七爷，听说潘大海前两天端了抗联一个联络点，抄着宝贝了，打算交给日本人邀功领赏呢！”魏七一怔：“叫你俩来就是商量这事儿！”魏七窗户一推，下面是一条街道：“明儿个，送潘大海的车打这儿过……”贺老三意识到魏七打算劫道。魏七扔了颗花米进嘴：“我他娘倒想，这劫道可不比打狍子，要的是脑子和过硬的真本事！”贺老三和另一手下闻言面露难色。

另一个手下突然推门进来。手下附在魏七耳朵边低语。魏七猛地抬头问可听清了？手下点点头，千真万确，就是布谷鸟，起初我还以为真是鸟叫，后来越听越不对劲，上去一瞧，林子里还真藏着两个人！魏七面色欣喜：“人呢，人在哪儿？”手下说在后院。魏七让把人带过来。门打开，两个手下押着魏坤宁和胡大壮进来。魏坤宁一抬头突然愣住，魏七也放下酒杯快速站了起来，上前亲手给魏坤宁解绳子。手下也连忙给胡大壮把绳子解开了。魏七说：“没想到还真把老大你给盼来了，吩咐左右都出去，他要和大哥唠会儿。”贺老三等人见状连忙撤了。

魏七所在的林子就在佳木斯城外。魏七和魏坤宁碰杯，胡大壮在一旁狼吞虎咽塞地吃着。魏坤宁向魏七介绍胡大壮说：“这位是我的好兄弟，大壮，这一路跟着我没少杀鬼子！枪法一绝！”胡大壮有点不好意思了说：“自己就是一打猎的！”胡大壮一笑伸出手，突然意识到手上油乎乎的，又不好意思地在身上擦了擦。魏七一笑，一把握住胡大壮说：“我，魏七，今后咱就是自家兄弟了！”

魏坤宁又问魏七现在啥样？魏七摇摇头：“分手后，没办法了，得活下去，带着几个兄弟上山当了绺子！一直憋着劲打小鬼子。”魏坤宁点点头：“我老魏没看走眼！绺子怎么了，只要打鬼子一样是好汉！不过小七子，你不老老实待在你们山头上，跑这城边上来，怕是有事儿吧？”魏七摇头承认魏坤宁脑子还是那么精！魏七透漏：“前两天，协和会潘大海那个王八蛋端了抗联一个点，据说是抄到东西了，打算交给日本人邀赏，正盘算着劫了他。”魏坤宁认为魏七有事瞒着自己。魏七看样子瞒不过魏坤宁，就说：“啥事也瞒不了你，我和潘大海有点过节儿，他抓过山上的兄弟。”魏坤宁干了杯中酒，重重地放下：“这事儿交给大哥我了！”魏七目瞪口呆：“这……”魏坤宁伸手阻止：“山上的规矩我也懂，这事儿权当我和大壮纳的投名状！”魏七点点头：“行，办了这事儿，我领你上山见大当家的，凭你之前中尉的身份，山寨的虎皮椅肯定有你一把。”胡大壮听到“中尉”，眨了眨眼看向魏坤宁。魏坤宁有些不自在，咳了两声。三只酒杯碰到一起。

铁雷、刀子换上了普通装束，两人一脸别扭地看着对方。安娜一身女学生打扮，娇滴滴地走出来，手指头绞着肩上的辫角。铁雷朝着刀子拐了一下说：“野劲儿一少，看上去好多了。”文龙背对着安娜，安娜走到他身后，将文龙一拉过来，见文龙的脸上贴着两撇小胡子，西装革履，十分帅气，她还要再帮文龙再捯饬捯饬，文龙不让，安娜假装生气！谭卓茹从屋后走出来，穿着一身大棉袄，包着头巾，像足了一个村妇，问刀子、铁雷咋样？铁雷和刀子二人也低下头去，实在难开口评价。谭卓茹疑惑不解：“有啥不好意思开口评价的？”安娜憋住笑，看着对谭卓茹：“看着面善，好像换了个人。”谭卓茹指了指安娜，大喊高小庄！

高小庄从屋后走出，身上一件貂绒披风，脸上贴满了胡子，戴着一个独眼眼罩，头上还顶着一顶大帽子。高小庄清了清嗓子：“帅吧！人靠衣裳马靠鞍，我高小庄随便一捯饬，迷倒一片。”安娜说：“吹吧，你老实交代，是不是在佳木斯里欠下了什么风流债？怕被人讨债上门？”高小庄把嘴瞥到一边。安娜瞥了眼高小庄：“你别装了，你眼里有事儿！”高小庄说安娜瞎想。安娜看向高小庄：“瞎想？你知道吗，大部分绯闻被证实，都是从怀疑开始的。”文龙制止他们争吵：“行了，不管以前在这地方有过什么事，这次一定都得给我捂住了。大事儿小事儿，都有可能是要命的事儿，事不宜迟，马上进城。”

佳木斯街道，车来人往。高老庄从街角冒出头来，身后跟着一个抗联战士小东，二人普通市民打扮。高老庄告诉小东，前面就是西大街。小东点点头。高老庄说西大街是潘大海去警务处的必经之路。高老庄掏出怀表，看了看。高老庄又说：“潘大海手上的名单要是落到日本人手里，损失可就大了。”小东低声：“今儿个就是我死在这儿，也一定要把名单拿回来！”高老庄拽了下小东：“名单要拿回来，命也要给我保住！”

西大街这头，魏坤宁和胡大壮坐在一个露天茶桌前佯装喝茶，魏坤宁机警地扫视着四周。胡大壮又问起魏坤宁关于中尉的事，魏坤宁嫌大壮叨叨这事儿时候不对。胡大壮疑惑地看了眼魏坤宁，你也太谦虚了，还把自己往小了说？魏坤宁一愣。胡大壮低声：“我虽然不懂你们那军衔啥的，可我至少知道那中比少大呀，上中下嘛！嘿嘿！”魏坤宁偷乐，碰了碰胡大壮：“潘大海来了，”街头有一辆小车缓缓驶来。

前面坐着一个日本便衣，后座上两个便衣手里提着手枪，随时戒备。潘大海坐在中间，伸手撩开车厢内的窗帘，朝外面张望。一个便衣让潘大海放下窗帘，怕有抗联狙击。潘大海把帘子放下说：“有两位太君在这儿，抗联胆儿再大，也不敢在这儿动手！”便衣看向潘大海：“刘处长委托的事，我们自然会尽全力。不过那帮地下抗联的做事手法你是知道的。”潘大海问还有多久到警务处？便衣说再过两条街就到了。潘大海害怕得左顾右盼，心想：到了就好，到了就安全了。

小东佯装穿过街头，在地面上撒下许多钉子。高老庄从不远处探出头来，两人交互点头。载着潘大海的汽车越来越近。车里的潘大海靠在座椅上，有些焦虑。

人来人往的佳木斯城门口。文龙等人乔装入城。满警朝他仔细打量，挥了挥手，示意他进城。文龙点头哈腰地进了城门，在旁边的街边看着后面几人。紧接着，谭卓茹、刀子和铁雷都相继避过了满警的检查，安娜通过检查，入了城门。高小庄跟上，却被满警拦住。满警围着高小庄狐疑地看了一圈。站在城门内的文龙、刀子也纷纷紧张起来。这时，一个日本兵走上前来，问怎么回事？满警看着高小庄：“这人看上去有点奇怪。”日本兵一把揪住高小庄，让他过来过来接受检查！这一拉扯，高小庄嘴上贴着的假胡须被拉掉。日本兵一看，连忙掏出枪来对准了高小庄。其他日本兵都相继围了上来，让高小庄放下东西。远处的文龙和刀子互相使了个眼色。高小庄脑子转得快说：“我是佳木斯里的剧团请过来救场的，事出突然，妆都是化好了才来的。”日本兵问：“哪个剧团的？”高小庄回答：“千和剧团！”日本兵勾勾手，满警凑上去。满警点点头：“没错，城里有这么个剧团。”高小庄看向日本兵：“太君，您就高抬贵手，我们本来就是良民，要是因为这个误会耽搁了演出，这不是亏了这佳木斯城里这么多的票友吗？”日本兵扫了一眼两人说：“既然你们赶着演出，那好，我送你们过去。”

魏坤宁和胡大壮站在街道两侧的巷道里，掏出一块黑布将脸蒙住，并拔出枪来，等待汽车驶过来。载着潘大海的汽车驶过，车轮轧上钉子，车身晃荡了两下，撞在了一旁的墙体上。潘大海受此一惊，吓得一哆嗦。三个便衣掏出枪来，下车迎战。蒙面的高老庄和抗联战士小东一起冒出头来，冲上前去。三个便衣下车，与高老庄二人展开枪战。二人一边借着掩体躲避，一边朝着对面开枪。潘大海被枪声吓得哆嗦。一颗子弹击穿车厢后方玻璃，从潘大海的脸边擦过，在他脸上留下了很深一道血痕。潘大海吃痛，捂住脸躲避。

听到枪声，所有人都是一惊，望向了打枪的方向。日本兵问什么地方在打枪？随着一声口哨响起，附近的日本兵纷纷列队，跳上摩托车。满警一惊，城里好像出事了！另一个日本兵赶过来说："西大街发生枪战，现场有警务处要保护的人，要求我们马上支援！"日本兵将高小庄放开。日本兵挥了挥手，骑车离去。安娜和高小庄都松了口气。 文龙、刀子、铁雷、安娜和谭卓茹，都面露忧虑之色。

胡大壮一看急了："谁啊！敢抢我的买卖！"魏坤宁制止胡大壮："别管是谁，敢朝警务处保护的人开枪，绝不是我们的敌人。"胡大壮看向一侧，有一队日本兵朝这边跑过来。魏坤宁看向巷子对面路边垒着一堆木箱。魏坤宁冲胡大壮使眼色，看向对面的箱子，让大壮堵住他们的道儿！胡大壮点了点头，把枪收起跑到对面，一撸袖子用力推着箱子，小山堆一样的箱子轰然倒塌。日本兵被硬挡在了箱子堆另一侧。魏坤宁叫上大壮，直接去警务厅，那个潘大海肯定往那儿逃命！

一个便衣被击倒。高老庄吩咐小东掩护他！小东冒出头来，朝着两个便衣接连开枪。高老庄冲出，胳膊中了一枪。小东借机打死了第二个便衣。高老庄倒下，便衣藏身于车门后，瞄准了倒在地上的高老庄。小东咬牙冲出，与便衣展开枪战，企图将倒在地上的高老庄拖回。便衣一枪过来，将小东打死。高老庄趁机一枪解决掉了第三个便衣。高老庄抱着小东！高老庄一回头见潘大海提着箱子狼狈逃窜，高老庄一枪过去，潘大海受惊吓箱子掉落，撒腿逃掉。高老庄冲上前去，用匕首把箱子撬开，里面只是一些简单衣物，和钞票。远处传来日军集结的口哨声，高老庄拿起箱子里的钱朝着天空中一撒，高老庄看了一眼倒在地上的小东，捂着手上的胳膊追进了巷子。钱币在空中纷飞，路人扑上来抢钱。

潘大海在巷子中惊慌穿行，不小心撞到了一个废弃箩筐，摔了一跤。他连忙爬起来，回头张望了一眼，继续朝前。高老庄捂住胳膊继续追击。走到一个拐角处，高老庄看到了晃晃悠悠的潘大海，朝着他一枪过去，可惜并未击中，潘大海继续逃跑。高老庄追上去。

潘大海眼看就到警务处了，一脸欣喜，惊慌中，粗气连连。高老庄追出，看到警务处门口的满警守卫，连忙侧身躲进了巷子里。潘大海朝着巷子里指过来，警务处队长刘银山招招手，五六个满警端着枪冲过来。高老庄靠在墙上，非常遗憾的捶了下墙面，掉头跑掉。高老庄撤离后，从一道墙后魏坤宁和胡大壮也探出了头。魏坤宁看到高老庄，像是抗联的！胡大壮摇摇头："兔子进窝了，下次再掏吧！"两人一猫腰也迅速撤离。

四

受伤的高老庄摘下面巾，左右看了看，敲门。门开了，高老庄刚一进屋，突然靠在了门后，手下连忙将他扶住。高老庄吩咐手下："快关门！行动失败，有追兵！"手下听说小东牺牲了，很是震惊。高老庄急了："别磨叽，鬼子正挨家挨户往这边搜呢！"手下让高老庄先去后院暗道躲躲。让手下给他包扎一下，高老庄说还有几分钟，戏就要开演了，这出戏不能有任何意外！说完跌跌撞撞地朝着化妆间走去。

人来人往，非常热闹，有几个剧团的人在发传单。剧团门口上方挂着牌子——千和剧团。文龙等人走上前来。谭卓茹看向高小庄，投来赞许的目光！安娜问高小庄，戏演得好，和这剧团有啥关系吧？高小庄摇摇头："啥关系没有，戏演得好，靠的全是天分，没出生我就会！"谭卓茹扬起传单，上面写着——千和剧团周年庆，特惠演出！谭卓茹问高小庄："这个剧团成立才一周年，而你这一年不都在虎头要塞里吗？"高小庄看了一眼谭卓茹："听说过有人要成立这么个剧团不行吗？"安娜告诉小庄："她以前在苏联，每个星期都要去看话剧演出的，要不咱俩去看一出。"文龙告诉大家都消停点儿，这儿可不是消遣的！

刀子和铁雷返回。铁雷告诉文龙，都摸清楚了，这条街前后通达，要是遇到什么情况，方便撤离。刀子说："今天在西大街上，是有两个蒙面人拦了警务处的轿车，不过车上他们追杀的那个人逃走了。"文龙眉头紧蹙，左右看了看，问这条街上有旅馆吗？刀子点点头说："有，前边不远。"文龙、刀子和铁雷朝着不远处的旅店走去。高小庄回头看了看旁边的剧团，眼神复杂，跟了上去。

高老庄坐在一张椅子上，手下替他将子弹拔出，他的嘴里咬着一根木棍，满头大汗。手下心疼地看着高老庄："团长，你干脆歇一天吧。"高老庄急了："不行，行动失败，鬼子在四处找人，如果这时候剧团有什么异常，很可能被鬼子盯上。"手下帮他包扎胳膊。另一个手下跟进来说："可你这状况……"高老庄摇摇头："别说了，所有剧目照常进行。"手下请示高老庄："要不就换一出文戏？"另一个手下摇摇头："这出戏是团长为他失散多年的儿子专门创作的，从公演的那一天起，就没落下过一天。"高老庄看了眼两个手下："行了，你们都去忙吧，我躺一下就没事了。只希望潘大海还没把名单交给日本人！"高老庄刚一起身，没走两步一下就倒了下去。手下连忙大喊："团长！"

潘大海坐在沙发上。刘银山焦急地来回走动，"名单呢？"潘大海笑呵呵上前说："被我藏在了一个很安全的地方，刘处长，这些年你可没少冒我的功呀！交名单可以，但必须是新京方面直接派人来取！一来嘛，有啥条件我可以直接跟特派员谈，二来嘛，交到特派员手中，我这里呀……踏实！"潘大海摸了摸心脏。刘银山很生气地看着潘大海。潘大海一笑："可别这么戳着我，特派员一来，咱俩这官衔谁高谁低，可就说不准喽！"刘银山强压住怒火："行啊，可名单的事儿都是你在说，你总该有点其他的表示吧？看不到一点诚意，我怎么放心把你交给新京来的特派员？"潘大海想了想："我端掉的第3抗联小组和其他小组都是通过死信箱联络的。"刘银山问潘大海是否了解这些死信箱。潘大海说知道一些。刘银山一笑："那就请你现在通过这死信箱向我证明一下你的诚意吧，找找正在使用的死信箱，顺藤摸瓜，看能不能有意外的收获。"潘大海意识到，又要他跟着出去找抗联……刘银山怀疑地看着潘大海。潘大海想了想，只得服从，要刘银山一定得保证他的安全。

文龙等人进屋，四下打量了一番，放下包袱休整。两间房对门，四个爷们住一屋，安娜和谭卓茹住一屋。安娜伸了个懒腰："总算能好好歇会儿了。"谭卓茹看了眼安娜："这儿的床倒是挺软和的，能不能睡个踏实觉可就未必了。"

另一个屋里，铁雷看向文龙："这佳木斯城里的确有很浓的火药味。"高小庄低声："咱们接上头尽快撤，免得夜长梦多。"文龙眯起了眼睛："刚才在西大街开枪的到底是什么人？"刀子摇摇头说："蒙着面没看清，看来我们真得抓紧时间办事！"文龙点点头："小庄，你在这儿陪着他俩，我们去去就回！"高小庄竟然有些恍神儿，回过神来："放心吧！"文龙拍了拍高小庄和刀子铁雷离开。看着文龙的背影消失后，高小庄一低头看着手中那张千和剧团的宣传单。

人来人往的街头。一辆小汽车行驶过来。潘大海和刘银山坐在车内。潘大海开始讲述抗联如何运用死信箱传递消息。潘大海告诉刘银山，这大街上每天人来人往，但有一些角落和一些物件总是会被普通人所忽略。比如，一个废弃的信箱，一个酒瓶，一个垃圾桶，一个花盆，甚至是一个烟盒……他们把联络信息想办法弄在这些物件上，放在事先商量好的地方。选的这个地方通常很特别，不然你留下的信息也很容易被哪个无聊的路人给带走。

街头，刀子走到一个白天关门的夜总会外，专门卡空酒瓶的栏杆处，故意将这个酒瓶和其他酒瓶的方向反放，然后离开。文龙和铁雷在不远处看着。

潘大海撩开车窗帘，一直注视着街边上的各个位置。车辆经过那段栏杆。潘大海看到了那个酒瓶。潘大海"嘿"了一声说："还真的撞上条死耗子。"刘银山不解。潘大海指了指刚才刀子放酒瓶的铁栏杆说："看到没，那个栏杆上一个唯一被反方向放置的酒瓶。"刘银山疑惑那就是抗联联络的死信箱？潘大海点点头，刘银山吩咐停车！

刀子、文龙和铁雷在巷道处朝着那个栏杆张望。几人注意到一辆汽车停在不远处，都交互看了一眼。

潘大海吩咐司机不要停车，继续走！刘银山狐疑地看着潘大海问："既然死信箱已经被启用，为什么不去找出来看看！"潘大海摇摇头："在死信箱启用之后，放置信息的人通常会在周围蛰伏一段时间，要是自己已经被盯上，对方一定会很快上去查看，如果是这样，就可以马上用别的方式进行补救，取消计划。”刘银山说抗联的人真是狡猾！潘大海指挥继续朝前走，然后派一个便衣上去把瓶子取了。刘银山命令下属按潘大海说的做。

刀子、文龙和铁雷见到车子开走。三人钻进巷道。文龙疑虑地回头看了一眼那辆车。

潘大海和刘银山回到警务处，看着上面写着的情报——下午两点，东大街仓库碰头。潘大海一惊：“这个位置和放置信息的手法，是抗联第三小组以前用过的，奇怪了！我端掉的就是第三小组啊！”潘大海正在纳闷。刘银山冷笑了一声：“那就是外来的抗联想要联络这个第三小组，知道这个死信箱，但不知道佳木斯近期的变故，更不知道第三小组已经被端了！”潘大海点头：“有这个可能，问刘银山打算怎么办？”刘银山一怔：“这个情报很重要，我必须马上向上级请示。”

又进巧局　一触即发

一

小泉清坐在对面，田中的副官福山带着文件走进来，福山低头示意：“久等了。”小泉清睁开眼来，微笑着点头。福山说已经将鑫隆镇上发生的事情如实做了汇报，将军对此事做了明确批示——鉴于你在此事上做出的正确的判断，将军决定不追究你违抗军令的责任。另外，追捕虎头要塞逃犯一事，仍由您全权指挥，紧急情况下，你可以调动事发当地的驻军。小泉清舒了一口气。福山将文件递给小泉清，并告诉他松田下场很惨。小泉清做很遗憾的姿态。福山笑了笑，准备出门。小泉清叫住福山，刚才发布的简报中，提到佳木斯有人抄到了一份抗联名单。福山说此事不必劳烦小泉清大佐操心了。小泉清站起来说：“如果我怀疑追捕的逃犯可能会和佳木斯的事情有关联呢？有了这份名单，就能将整个三江省隐藏的地下抗联连根拔起。”福山想了想，告诉小泉清，佳木斯协和会的潘大海一举端掉了一个抗联组织，这份名单就是他抄到的。福山看向小泉清，此事与你要追捕的钢刺等人有何关联？小泉清一笑：“钢刺等人之所以能一路平安无事，除了他本来狡猾的本质之外，还靠着这一路抗联的接应。”

这时，一个日本兵走进来，朝着副官走去，在副官耳边一阵耳语。福山一听是佳木斯的电报，让日本兵直接念，电报内容——佳木斯警务处长刘银山来电，经由潘大海提供线索，查到抗联的一个死信箱，信箱中有留言要求下午两点，在东大街仓库碰头。福山“喔”了一声。日本兵很是奇怪，这个信箱是由佳木斯抗联第3小组掌握，而潘大海端掉的就是第3小组。福山自语："今天下午，看来会有大鱼咬钩。"小泉清深思了一下说："向一个已经端掉的小组，发出了一个要求碰头的信号……不简单呐。"福山递过来求解的目光。小泉清分析，这种情况有两种可能。一，这个消息是个圈套，说不定仓库里已经布下了重重埋伏；还有一种可能……佳木斯里来了不清楚情况的抗联，并且这伙人与上线断了联系，企图用自己掌握的这个方法找到这个曾经有过联络的抗联小组，但他们不知道这个小组已经被端了。小泉清说完，眯起了眼。

剧团内，高老庄正在衣帽间中休息。手下进门来，将门关上。高老庄关切地问打听的警务处里的情况。手下说："有新情况，潘大海截了一个通过第三小组的死信箱传出的消息。"高老庄惊诧。手下接着说："被拦截的内容——下午两点，东大街仓库碰面。"第三小组都被捕了啊！高老庄意识到可能是外来的抗联同志进了佳木斯，想联系他们。手下问怎么办？高老庄让先派人到仓库附近盯着，如果双方真的交起火来，就出手营救。另一个手下进来提示，团长的戏要开场了。

福山和小泉清站在一张地图前。小泉清指着地图，钢刺原本计划是去哈尔滨，在去哈尔滨的必经之路长河谷附近布防多时，没有任何线索。福山意会到小泉清的考虑，怀疑这伙人没有去哈尔滨，而是转道去了佳木斯，启用死信箱的人就是他们。小泉清点点头。

福山问是否现在需要采取行动。小泉清看向福山："刚才听说佳木斯的潘大海要求司令部派一名特派员前去接收名单。"福山说："正在物色合适的人选！"小泉清请命自己代劳。福山拿不定主意也担心小泉清。小泉清告诉福山，现在佳木斯城中其他抗联都已如惊弓之鸟，不足为惧，最可怕的是新混入的钢刺！福山也知道田中对小泉清对付钢刺最有经验！应该会同意。小泉清很高兴，马上安排行动计划，通知这位刘银山让人到接头的仓库附近设伏。另外，派人搜查全城的旅店，查刚入住的房客！他们没有接上头，旅店是他们在城里唯一可能落脚的地方。

文龙、铁雷、刀子正围坐在一个小店外面的小桌旁吃饭。铁雷说了查仓库的情况，这个仓库一年前失过火，一直荒废到现在。刀子也说了仓库周围的情况，佳木斯警务处就在仓库500米外，附近有满警在执勤。文龙点点头，看表，还有五分钟。刀子请命去接头，当初刀子和高队长与这个抗联小组的人有过一面之交，方便沟通。文龙眉头紧皱，打量着四周。

小酒馆内，胡大壮和魏坤宁喝酒，魏七陪坐在一旁。胡大壮向魏七拱手："对不住，今儿个没想到有别的好汉先出了手！"魏七一笑："今早那么危险的局面，你们能全身而退，已经很了不起了！"魏坤宁也请魏七放心，潘大海躲得过初一，躲不过十五，会继续盯梢！魏七知道魏坤宁的脾气，继续喝酒！让他们好好歇息。三人举杯碰杯。窗户外，一队警察荷枪经过。

佳木斯西大街街头，警察端着枪从街头跑过，四处检查，朝着高小庄等人暂住的旅店而来。在旅店等候文龙的安娜和谭卓茹坐在房间内。高小庄说出去打水，有一会了。安娜担心小庄是不是遇到啥事了。谭卓茹突然看到房间中的水瓶，摇头。知道小庄撒谎说出去打水，安娜正猜测小庄能去哪里。谭卓茹看到桌上的千和剧团宣传单，应该是看剧去了。两人不约而同地都想去找小庄，谭卓茹怕安娜乱跑，让她待在这里等。谭卓茹刚动身安娜就跟上来了。安娜鬼精灵一笑："这都大半年没进剧院了，心里闹得慌，刚好陪你一起。"两人出门而去。

一队警察停在了旅店前。警察长官模样的人提示，六男两女，一个大胡子，一个戴眼镜的男的，一个女记者，挨门挨户的搜！警察涌入旅店。一名警察敲门，发现房门关着，敲门，房门内没有反应；敲门的警察一招手，几个警察小跑过来，警察将房门一撞，门开了。警察们涌入，发现屋中只有一些衣物，四下打量，找到了一些高小庄换下的衣物。警察长官模样的人问老板，几个人，什么时间入住的？老板回答，今天住的，一拨人，四个男的，两个女的，对门两间房。这时，一个警察回来说，对门没人！老板又回忆，有一个戴着眼镜，另外两个，有一个不太爱说话，一脸严肃，一个很瘦，瘦的那个很闹腾；两个女的都挺漂亮。警察长官模样的人又问他们去哪里了？老板说也不知道，刚开始有三个男的出去了，后来那两个女的一个男的，也没见影。警察模样的人立即派人在旅店附近搜查，又交代老板："这拨人一回来，第一时间通知警察局！"

魏坤宁和胡大壮来到，跟在门口围观的人群里看着警察离去。魏坤宁进屋，来到柜台旁，问临街面儿的，还有房吗？老板说就剩一间了！魏坤宁递上钱，要光线敞亮的房间；然后扫向门外警察远去的身影，问老板刚才……这帮人找啥呢？老板说找六男二女！也说不出个具体特征！魏坤宁和胡大壮对视。其实他们还不知道文龙他们已经到了并被盯梢了。

魏坤宁推开门进了房间，大壮猜测是文龙他们到了。魏坤宁说："满大街都是出差做买卖的，哪那么巧的事。"胡大壮点头并露愁容。魏坤宁拎起水瓶倒了杯开水："放心吧，咱们早上干那票没露脸，查不到咱们头上！"大壮说愁的是晚上咋睡，冲着床呶了努嘴。魏坤宁一回头，只见这房间只有一张很小的床，也有点傻眼。

剧场大堂之中，观众满座。台上高老庄一个商人打扮，一个漂亮的动作，在台上用枪将一个土匪装扮的人打死。台下观众爆发掌声，高小庄静静地坐在台下一角，只有他没鼓掌，看着台上高老庄的动作，神情复杂。一只手突然拍在高小庄肩上，是安娜。安娜和谭卓茹一左一右到高小庄两侧，高小庄惊讶地说："你们……"安娜做了个嘘的手势，同时注意到高小庄的眼角，还哭了？谭卓茹抱怨小庄："真是胡来！要是被文龙知道，不骂你才怪！"高小庄不自在，建议回旅馆。

安娜沉浸在话剧中，赞赏着剧中高老庄扮演的高尚人物。高小庄苦笑："指着台上，连自己的妻子和儿子都不闻不问，就是没责任心！什么狗屁理想抱负，那都是他不负责任的借口！"其实这其中的寻儿滋味只有高老庄自己才能感受。安娜陷入了沉默，反驳道："要是我的亲生父亲也是这样一位大英雄，我绝不怨他！"安娜再度鼓掌。

高小庄戒备地看着四周。谭卓茹说："小庄，你看戏怎么还鬼鬼祟祟的，你到底是在躲谁呢？"高小庄一愣，灵机一动："你说躲谁？被鬼子追了一路，就没有敢正大光明露脸的时候！"

这时，日本兵们在剧团门口排成一排。一日本兵头目吩咐："把大堂、后台统统给我检查一遍！记住，不要打草惊蛇，以免让人趁乱给跑了！"日本兵们纷纷进入了剧团。

二

谭卓茹朝身后看了一眼，日本兵涌入。警察紧跟其后，刘银山也背着手进来。谭卓茹和高小庄都注意到了日本兵，正在想如何应对。日本兵头目给几个日本兵比画手势，从大堂最后方的座位开始依次检查。安娜问高小庄：“怎么了？”高小庄不让安娜回头。谭卓茹担心看向安娜和高小庄：“如果是冲我们来的，这样下去迟早会查到我们。”安娜建议：“投降吧，这里太多人，要是真的开枪，肯定会伤及无辜的！”谭卓茹吩咐：“去后台，别回头看，散开走。”台上的高老庄也见到了正挨个检查过来的日本兵和警察。

高老庄的两个手下也注意到这一幕，他俩正在推测日本兵是冲着谁来的，怕是冲着高老庄团长来的，不管冲着谁来的，只能去通知后台，把家伙收好。一会要是真动起手来，也千万注意不要伤及无辜！一个手下点点头跑开。

高小庄、谭卓茹和安娜从不同方向走向后台。高老庄手下发现了他们，问他们是干什么的？高小庄做了个嘘声的动作。另一个手下说这里是后台，请出去！谭卓茹一掌劈过去，手下晕倒。高小庄很惊讶。谭卓茹不让高小庄磨叽！三人把手下抬入了一个化妆间。

三人进屋，三个演员被吓住。一个男演员一惊，不断后退。谭卓茹和高小庄掏出枪来对准了三人，示意别动！高小庄看了看三人，又看了看在化妆台上的一本话剧剧本。三人被捆住，身上的戏服被扒，高小庄等人把衣服换上。安娜不解。这时，日本兵们已经朝着剧团过来，谭卓茹缩回头说：“他们查过来了！”高小庄看了看化妆间里的一张床，以及化妆台上的柜子里的一排洋酒，又看了看三人。高小庄给谭卓茹使了个眼色：“你的绝招，弄晕！”谭卓茹有些犹豫。安娜突然明白了，示意谭卓茹快点！谭卓茹咬牙上前去。

两个日本人站在仓库的窗口处，一个望远镜紧紧盯着仓库的大门，旁边一个狙击手架着枪也瞄准了仓库的位置。墙上的时钟逼近两点。

文龙、铁雷、刀子还围在桌边一起吃饭一边观察情况。时间差不多了，刀子朝着那仓库走去。文龙看了看，左右环顾，愁眉苦脸。铁雷不解文龙为何发愁。文龙说："总觉得有点不对劲，进城时发生的枪战，担心和城里的抗联有关；还有刚才在我们在那个死信箱留下线索之后，在旁边停下又开走的汽车……我担心佳木斯抗联里出了什么状况。"铁雷分析："城里的抗联向来都是隐蔽作战，这样大张旗鼓地当街截人，要真是他们，就一定是遇到了什么性命攸关的大事。"文龙朝着铁雷使了个眼色，不远处另一张桌子上的那个日本人。日本人吃完，起身要走，饭店老板上前索要饭钱。日本人瞪着老板"八嘎！"日本人比画着拳头，老板害怕地躲开。日本人转身拿着包走了。文龙钩钩手指，与铁雷一阵耳语。

日本兵的望远镜中，刀子朝着仓库大门不断走近。满警提示："来了，来了。"一名小队长举着望远镜观察，命令人一进仓库，马上逮捕。可就在刀子走到门口时，手刚落到门把手上，一只手落在了他肩上。刀子一扭头，见是戴着帽子的文龙。文龙让刀子先等等。刀子诧异。刀子一回头，见铁雷跟上了那个嚣张的日本商人。趁着日本人商人不注意，铁雷突然出手将日本人手上的包抢过，朝着一条巷子钻了进去。日本人大叫："抢劫啦！抢劫！"连忙追了上去。文龙一笑。刀子还是不解。文龙说："一会就知道了。"

满警一看，铁雷和日本商人一前一后地跑着，诧异这是啥情况啊，是不是这俩人啊。另一个满警说："街上有个日本商人被人给抢了，管不管？"日本兵小队长不让管，免得打草惊蛇。

桌边，刀子看了看时间到了，文龙还是不让刀子动。刀子疑惑地看着文龙。文龙摇摇头："现在谁进这仓库谁就是个死，这个地方距离佳木斯警务处500米，一个日本人当街被抢，已经过去了五分钟，为什么还没出警？"刀子点点头，突然明白了。文龙说："警察肯定在办比这更要紧的事，担心一出动会把事儿给搅黄了。我判断，这仓库里不会有抗联的接头人，有的只是鬼子和满洲警察！"文龙起身，拍了拍刀子的肩膀。两人掉头离开。

剧场大堂内，观众满座。台上正在表演：两个土匪模样的男人要将一个戴着面具的年轻人砍头。高老庄拿着枪冲上台去，朝着两个土匪开枪。土匪还击，高老庄非常英勇，两个土匪相继中枪倒地。戴着面具的年轻人逃下台去。高老庄大喊："这个世界到底怎么了，他们怎会连如此年轻的生命都忍心杀害……”

舞台一侧，谭卓茹穿着一身演出服，非常别扭，问高小庄到底想干啥？小庄低声：“最危险的地方，也就最安全，鬼子没有封锁剧团，说明并没有确定我们就在剧团里。现在我们上台，只要别把戏演砸，不露出马脚，他们应该不会注意到我们！”安娜从来不会表演，很紧张。小庄对安娜说：“会配合就行，其他的不用管。”谭卓茹点点头。小庄提示她俩，该咱们上场了！

舞台上，高老庄表演着诉说着：年轻时，我背井离乡到关内做买卖，本想自己有了钱，就可以让更多的穷人有饭吃，让他们不会因为别无选择而走上极端！可如今看来，我一个人的微薄力量根本就改变不了什么！这时，高小庄装扮的年轻人缓缓走上台来，戴着面具。高老庄看向高小庄说：“年轻人，你没事吧？”高小庄甩开高老庄的手，别过头去。高老庄有些吃惊问：“年轻人，你怎么了，是不是伤着了？”高小庄回应：“被土匪砍了头，也比被自己的亲人剜了心来得好！”高老庄见对方不按台词说，怔住了：“你……”高老庄围着高小庄转圈，打量着他。高小庄环视台下，大家都期盼地看着他。高小庄接着表演说：“一个男人，连自己的家都照顾不好，却一心想着去改变世界当英雄，这不是很可笑吗？”观众们看得十分揪心。

台下，大堂中——刘银山带着几个警察在台下挨个检查。

舞台上，话剧内容继续着，高老庄继续念着台词：“你的声音……好熟悉……仿佛让我听到故乡傍晚时的日落，还有晨曦中的鸡鸣！”高小庄回应：“那是你耳朵出了问题！”高老庄继续着：“不！不止这些！还有我妻子在睡梦中的呢喃，以及我儿子在襁褓里的哭声，我……”高小庄又回应：“够了！你的妻子，早已经去了另一个世界！如果她真的在天有灵，也绝不会想听到你这些虚伪的辩解！”高老庄失神，晃荡了两步，隐隐约约感到，站在自己身旁与自己对演的人是……

安娜和谭卓茹站在台上，相互嘀咕。很惊讶小庄的表演与配合。随着音乐，谭卓茹拉着安娜木偶似的走两步、走两步……

化妆间内，几个警察推门进入，迎面扑来一阵酒味，化妆间里满地都是空酒瓶子，一个满警撩开化妆间床上的幔子，两男两女昏睡在床上。两个满警相视一笑。警察长官模样的问是不是昏睡的两男两女。一个满警展开画像对比，摇了摇头。警察长官模样的命令他们继续到别处搜，两个满警连连点头，出了化妆间。

大堂的舞台上，高老庄盯着高小庄，神色吃惊地问："你到底是谁？"高小庄对道："你不必知道！我只是一个被土匪劫掠的无辜路人，而你，尽管把自己当作高尚的英雄好了！"音乐起，高老庄上前要摘下高小庄的面具。高小庄一惊拼命护住，伴着音乐，两人你争我夺的画面让观众揪心。看到这一幕，怕暴露，谭卓茹和安娜连忙上前拉劝，台下不明真相的观众看得突然乐起来，不停鼓掌，连搜查的警察也停下工作忍不住一乐，根本没察觉异常。舞台一黑，音乐毕，舞台落幕。台下阵阵掌声。刘银山一挥手"撤！"警察队伍跟着刘银山一起退出剧团。

高小庄气冲冲地从台上下来，来到后台。高老庄的手下上前来，问高小庄等是什么人！高老庄连忙跟了进来，伸手止住。这时门帘一掀，高老庄的另两个手下进屋，他们还揉着脑袋，正是之前被高小庄他们打晕的那两个。被打晕的手下看到高小庄先是一愣，接着发火，追着高小庄想动手。高老庄将他拦住。手下们一愣。高老庄指着高小庄说："他……就是小庄！我儿子，这部剧来就是为他写的。"手下都很疑惑，看向高老庄："团长，您不是说……他就是您儿子？！"高老庄一笑："人家还不一定肯认我这个爹呢！"

谭卓茹和安娜听得一脸愕然。安娜转过头来问高小庄："他真是你爹？戏里演的都是真的？"高小庄瞥了眼高老庄："别以为我要来找你，只不过是阴差阳错才回的佳木斯。"高老庄看向安娜和谭卓茹："望两位姑娘不要见外啊。"手下附身在高老庄耳边说了刚才发生的事。高老庄听完，看向安娜、谭卓茹和高小庄："既然不是来找我的，你们就请走吧，待在这里对你们没有好处。"安娜和谭卓茹埋怨高老庄这个无情无义的爹。谭卓茹一怔："不能走，门外全是鬼子，出去就死定了！"高老庄听到这话，看了手下一眼。高老庄问："为什么？"高小庄说："不用你管！"安娜气愤地瞪了眼高老庄："要不是被鬼子追，我们也不会上台搅和！"高老庄更是不让走了，知道鬼子是冲着小庄他们来的了。一个手下回来汇报，看到了高小庄等人，住了嘴。高老庄让手下说。手下说：“鬼子在约定的仓库旁边的小楼里布下了埋伏……”安娜一惊：“坏了，他们上当了！”手下一怔：“谁上当了？也不知道什么原因，鬼子也没动手！”高老庄问安娜：“他们跟你们是一块的？”谭卓茹连忙将安娜拉住。高老庄胳膊传来剧痛，他连忙靠在了一张椅子上，胳膊上的血从衣袖渗出来。手下忙喊“团长！”谭卓茹看得一脸疑惑。高老庄脸色苍白地看向安娜、谭卓茹和高小庄：“莫非启用废弃死信箱的人就是你们！”谭卓茹诧异看向高老庄：“你们到底什么人？”

三

文龙等人混在人群之中，远远看见旅店门口站在两个日本兵把守。文龙意识到是冲着他们来的。刀子看见一个刚被搜查过的住客出来，刀子将一住客拉住，问日本人在这干啥呢？住客一惊，听掌柜的说，日本人和警察正在找六个男的，两个女的，具体也不知道！刀子一惊，日本抓到人了吗？住客一怔，在这个旅店里找到了几个，结果给跑了，正满大街搜呢！刀子提醒住客，街面太乱了！住客点点头，转身走开。文龙看了眼刀子：“鬼子一面在仓库设伏，一面搜查旅店，佳木斯不能多待！”正当三人要钻进旁边的巷子，一个男人站出来，是高老庄的手下，喊道：“请三位留步。”文龙看了看这人问：“有事吗？”刀子和铁雷退后，觉察到不对，准备动手。那人拱手：“请三位跟我走一趟，”说完将手一扬，手中一根安娜配在相机上的吊坠露出。

哈尔滨关东军司令部门口外，副官和小泉清从司令部出来。副官告诉小泉清，已经给佳木斯去了电报，将你的事告知了警务处的刘银山，他会全力配合；刚才佳木斯方面又发来电报。小泉问怎么样，有收获吗？副官摇摇头告诉小泉清，东大街的仓库附近发生了一宗离奇的抢劫案，一个日本商人被抢了包。小泉清问刘银山是否出警了？副官摇摇头，害怕打草惊蛇。小泉清一笑，这就是钢刺的手段！日本商人当街被抢，这是何等大事？这时候不出警，岂不是不打自招了？副官也对钢刺的阵前试探佩服，示意小泉清赶紧动身！小泉清让通知佳木斯方面，人别查了，钢刺太狡猾，不要打草惊蛇！

文龙等人在高老庄手下带进门。安娜见了，连忙迎上。高老庄说："你们的情况，小庄已经给我讲清楚了。"铁雷埋怨小庄等随便跟外人泄露身份。文龙看向安娜："到底怎么回事？"安娜指着高老庄："他是小庄的亲生父亲！"安娜给文龙等讲了起来……

日本兵小队长走在佳木斯的街头中间站定，两个鬼子，朝他摇摇头，继续搜索着。一个日本兵过来耳语。日本兵小队长点点头，"撤"！日本兵呈两路纵队朝着一条街小跑撤离。

剧场高老庄的房间内，文龙看向高小庄。高小庄点点头，并不看高老庄。这时候，高老庄的手下进来，掌柜的回电了，让我们护送他们离开佳木，这是电报具体内容。高老庄接过，看完，朝着手下挥挥手。手下退出房间。高老庄朝着文龙伸出手去："钢刺同志，你好。我是佳木斯地下抗联的负责人高老庄。也希望你能够理解，在没有确认你们的身份之前，有些话我不能说。"小庄不敢相信，问高老庄是抗联的人！高老庄看向高小庄："当年离开你和你娘，也是迫不得已。"高小庄让文龙好好考察考察高老庄。文龙问高老庄："今天上午我们进城时，城里发生的枪战，可是你们干的？"高老庄将衣袖挽起，露出枪伤，点点头说："不过很遗憾，牺牲了一个兄弟，还是让那混蛋给跑了！"高小庄看到父亲胳膊的伤后，脸上还是闪过担心的神色。

文龙问高老庄："佳木斯里出什么事了？"高老庄叹了口气："前不久，我们抗联第三小组被协和会的人逮捕，更要命的是一份绝密的地下抗联名单落到了协和会的潘大海手里！这份名单关系到整个三江省的地下抗联人员的生死！我们想夺回名单，可惜失败了！"

谭卓茹走到高老庄面前："潘大海前两天就把名单弄到手，那为什么你们还安然无事？"铁雷点头看向高老庄。高老庄说："我们也纳闷！照说，这潘大海都进警务厅了，可小鬼子方面还是不见动静儿！目前是佳木斯警务处的刘银山！"文龙看向高老庄："潘大海没有及时交出名单，他要干什么？"高老庄摇摇头，据说刘银山自私霸道，不只是潘大海，身边的人都没少打压！谭卓茹大骂："贪功、溜须拍马是这帮伪警的通病！"高老庄点点头："我得到消息，哈尔滨派了一个特派员来佳木斯！我们怀疑是来检查刘银山工作的！”文龙一笑，那就对了！所有人看文龙一笑，都轻松下来。

文龙深思了一下：“这特派员来的时机很微妙，我看不是冲着刘银山来的！”高老庄一怔：“难不成，是冲潘大海来的？”文龙点点头说：“潘大海很贼，他可能是想把这名单亲手交给这个特派员！”高老庄很是佩服文龙。安娜欣赏的眼光看向文龙说；“在西方，管这叫心理学！”文龙只是一笑。

谭卓茹点点头：“那这么说来，在特派员调来之前，咱们还有机会。”高老庄看着文龙：“佳木斯的事儿你们先别管，天黑之后，就安排你们出城。”文龙看向高老庄：“我们走了，你准备怎么对付这个潘大海？”高老庄义愤填膺地说：“潘大海现在被安排在警务处里，送走你们之后，我们就行动，他要是不配合，我们就只能杀了他。”文龙摇摇头。高老庄怔住。文龙眯起眼说：“已经打草惊蛇了，他肯定留有后手，动手杀他，名单同样有可能落入日本人手中！这种人异常狡猾，他不主动交出的名单可能都会有问题。”高老庄着急，必须完成上级交给护送文龙他们出城的任务，让文龙等先别管这事儿了，想安排文龙他们的撤离计划。文龙伸手止住：“我们这一路都是靠着抗联的接应，一旦这名单泄露给了日本人，那也会绝了我们的后路！”文龙环视众人，大家都点了点头，只有高小庄没有表态。文龙咬了咬牙：“此事事关重大，必须得做到万无一失！”

小泉清带着一队三十来人的马队朝着佳木斯狂奔。郭三逢迎地笑着说：“大佐放心，明天就能到！”小泉清眯起眼：“担心钢刺已经嗅到了危险。”我郭三点点头说：“按照您的吩咐，已经通知佳木斯方面收兵，钢刺再神，也猜不到特派员是您！他们这次是插翅难飞了！”

高老庄的房间内，众人都坐在房间中。高老庄从窗边转身，街上的鬼子都撤了！小庄建议赶紧撤！高老庄的一个手下进来说：“刚得到消息，哈尔滨来的特派员名叫小泉清。”几人一惊。谭卓茹骂小泉清是狗皮膏药。文龙深思了一下说：“小泉清可没工夫做特派员，肯定是之前的死信箱惊动了他，猜到了我们的行踪！这时候收兵，是怕惊着我们！”高小庄更加着急着撤！铁雷看了眼高小庄说：“你撤了，你爹咋办？”高小庄不屑地一笑：“他和你们是一家人，和我不是！”说完，高小庄就夺门出了房间。高老庄看向手下，示意把小庄拦下来！谭卓茹一笑：“我看不用，他也就是耍耍嘴皮子，外面都是日本兵，他没那胆儿。”高老庄摇摇头：“要搁平日里，他可能也就随口说说，他当初就是为了躲我才离家出走的！”铁雷一惊，跟了出去。安娜看向高老庄：“你这个当爹的还真奇怪，儿子失踪了这么久就没想过去找吗？”高老庄惆怅地说：“五年前，他负气离家之后，我以为他只是赌气，可过了半个月还没消息，我就托人四处打听，一直没有他的下落。”

高小庄急匆匆地要出门去。铁雷冲上前来，将高小庄拦住，高老庄手下站在了一旁。铁雷拽住高小庄：“现在外面风声很紧，你一旦被抓，这整个剧团里的抗联，还有我们所有人都得受牵连！”高小庄想了想，冷静下来，将手松开。铁雷拉过来一张椅子，示意高小庄坐下。铁雷看着高小庄：“其实我能看出来，你爹是真心疼你！他肯定也是有苦衷的。”高小庄又不屑地一笑：“当初因为家里穷，没钱给妹妹治病，才三岁就去世了！这也就算了……我娘咽气那会儿，给他的信明明就收到了！他心里根本就没我们这个家！”铁雷拍了拍高小庄：“干抗联的，谁不是舍家撇业的！当时一定出了紧急状况！”高小庄叽咕：“你们总有说不完的理由！”

高老庄的房间内，安娜看向高老庄：“说实在的，抗联的英雄我一直很佩服，不过站在小庄的角度，谁都会心寒的。”高老庄看向安娜：“听说你们要去的是苏联，你明明是中国人，怎会有一个苏联的父亲？”安娜一笑：“说起来这点我和小庄还真是挺像的，我从小被亲生父母丢了，是现在的养父把我带回苏联收养。他收养我的时候我才三岁，那会一直生活在东北。第一次国共合作失败后，我跟他去了苏联。”安娜说完转向高老庄。高老庄苦笑着说：“想我家丫头了，她要是活到现在，应该也有你这个儿了！”

剧团门口，铁雷安慰着高小庄。高老庄的手下看着高小庄说：“团长这些年一直把你的照片挂在衣柜里，几乎每天早上都会对着你的照片说说话。那出话剧里，所有的话都是他想对你说的。他说他不敢奢望得到你的原谅，只希望在死之前能够再看你一眼！”高小庄死活不肯原谅高老庄，掉头走开。

高老庄的房间内，文龙看向了高老庄，高老庄低下头去，高老庄异样的神情全被文龙看在眼里。文龙打断高老庄，让他说说抗联名单的事。安娜想下楼去找高小庄。文龙拦住安娜，说有任务给她。安娜一怔。文龙低声："没有高小庄，这事儿成不了，而现在这种情况下，要说通他，你是最佳人选。"刀子一笑："看来，文龙哥已经有办法了。"文龙看向谭卓茹："以你的了解，佳木斯警务处的人会认识虎头要塞的小泉清吗？"谭卓茹思索了一下："两个毫不相干的体系，认识的可能性微乎其微！"谭卓茹大悟，文龙的设计太……文龙点头说："没错，在小泉清到来之前，冒充小泉清，混入警务处，带走潘大海；可这也是目前我们唯一的办法了！"高老庄反应激烈："不行，绝对不行！这太危险了！"但和高老庄激烈的反应不同，刀子几人倒很淡定，显然他们对于文龙的行事风格已经习以为常。刀子冲高老庄一笑："老高同志，你太不了解文龙哥的手段了，他说行，那准行！"几人互相看了一眼。文龙安排着，所有人边听边点头。谭卓茹一笑，掉头出门。

剧团的某个空房间，谭卓茹站在空荡荡的房间中央，低头思考，在做着仔细的思考，布置着仿造小泉清的房间布置。目的是在剧团里伪造一个日本军官的办公室，把潘大海蒙面带过来，以小泉清的名义取得他的信任，诈出他身上的名单！。

文龙交代安娜，说服小庄要做好心理准备，安娜朝着高小庄的房门走去。

文龙安排：在表演方面，老高把关，一定不要露出马脚。到时候由小庄正面面对潘大海，套出名单的下落。证件、鬼子皮还有小泉清要人的手令，由谭卓茹提供模板，老高联系剧团里的道具师进行准备，还得找辆车，最好把这辆车做到和日军指挥部的车一模一样。谭卓茹双手交叉在胸前点点头。至于小泉清的笔迹，文龙安排由谭卓茹模仿，谭卓茹自信地点点头说："就算小泉清自己都未必能看出来！"

高老庄手下给高小庄送吃的，一直敲门。门开了，手下端着吃的想进去，高小庄探头出来，将手下手上的吃的拿走，将他推了出来。安娜停在门口，伸手去敲门。高小庄猛地把房门给打开了。安娜将高小庄一把朝屋内一推，进屋把门给关上了。高老庄的手下站在门口，不得其解地挠了挠头，离开了。

夜空之中，月亮十分明亮。文龙和刀子也在排练：文龙假扮成日本兵，以小泉清抵达了佳木斯，要求马上面见潘大海为由，把潘大海从警务处里带出来，刀子乔装成车夫，拉着文龙从警务处门口大摇大摆经过。把附近胡同的绕道全摸清！

高小庄气鼓鼓地坐在桌边，安娜凑过去仔细看他。高小庄别过头去，一提高老庄，小庄一身的不高兴。安娜看着高小庄："今天多亏你，要不是你急中生智混上舞台，我们肯定就被鬼子抓走了。"高小庄一怔："这有啥？保护你，那不应该的嘛！"安娜一笑："你喜欢我？"高小庄一惊，连忙避开了安娜的眼睛。安娜看着高小庄，高小庄少有的不自在。高小庄羞涩地说："就是看到你心里挺高兴的！这到底啥意思，我也闹不明白！就是感觉看到你，这心里挺亲！"安娜一笑："我也是，看到你就像看到哥哥一样！"高小庄听到亲哥哥怔住了，心里不是味。安娜会意地一笑："咱们无亲无故的，这一路上你这么照顾我，还真是挺感谢的！"高小庄突然想了想说："安娜！如果你回苏联了，还会回来再看咱们吗？"安娜一笑，使劲地点点头。高小庄也跟着笑："嘿嘿，那就好，我就怕，你这一走咱就再也见不着了！"安娜很严肃地看着高小庄："不要忘了，中国才是我真正的故乡！"高小庄听安娜这么一说，心情好多了！问安娜有啥事？安娜说："有一个任务要交给你，但你得先答应我，不许反对！"高小庄看了眼安娜："有话你尽管说，绝不说半个不字！"安娜一乐，那你现在就跟我走，去拜一拜师！安娜拉着高小庄站了起身。

该彩排的彩排去了，该踩点的踩点去了。一切都安排妥当了！

四

佳木斯百货大楼门口，一辆拖板车停在路边，高老庄的手下将东西搬上货车，走到谭卓茹面前："谭小姐，东西齐了。"谭卓茹一怔说："还差些小物件，你先回去吧，按之前安排的做。"高老庄的手下疑惑地看着谭卓茹："这街上到处都是日本人，你一个女人，恐怕……"谭卓茹一笑："放心，我以前在警务厅做过事，知道怎么应付。没事的。"高老庄手下回剧场去了。

谭卓茹绕过一条街。两个日本兵走过来，谭卓茹侧身在巷子里躲过。谭卓茹正要出巷子，两个日本兵突然倒回来出现在巷子口，两人端着枪对准了巷子里的谭卓茹。一个日本兵大吼："出来！"谭卓茹缓缓迈动脚步，走出。两人一看是个美女，顿时心花怒放，两人相互使了个眼色，放下了手中的枪，朝着谭卓茹走了过去。谭卓茹没有出声，两手拳头紧紧攥起。两个日本兵走过来，正要朝着谭卓茹扑过去。谭卓茹一个飞快的动作，一掌戳向一个日本兵的脖子，日本兵当场倒地。另一个日本兵有些慌了，连忙把枪甩过来。谭卓茹箭步上前，扳住日本兵要伸向扳机的手指头，一个漂亮转身，拧断了日本兵的脖子。谭卓茹从巷子里冒出头来，四下看了看，朝着空楼走去。谭卓茹敲了敲，房门紧锁。谭卓茹取下一个发卡，在锁孔里捅了捅，门开了。

谭卓茹快步走到空楼前，谭卓茹左右看看，上前一推，门开了，谭卓茹疑惑地进屋。空楼中已经满是蜘蛛网，桌面上积满了尘土。谭卓茹环视屋内，只见窗门口右手边挂着一条毛巾，谭卓茹上前将毛巾取下挂在了左手边的钉子上，然后快步离开。一道黑影来到楼下，仰头看了看，快步进屋。门推开，黑影闪身进来，竟然是魏七。一把枪突然顶住了魏七的后脑门，谭卓茹低声："别动！"然后魏七与谭卓茹对齐了暗号。谭卓茹神情放松，收起枪。魏七一笑回头伸出手："我是复兴社佳木斯站站长，夜隼！"谭卓茹回应："我是云雀！"两只手紧紧握在一起。谭卓茹看着魏七："此次我受命护送一位重要人士到哈尔滨，路上出了点状况，这才转道佳木斯，拜托你尽快给雪狐发报，汇报一下我目前的情况。"魏七想问个究竟。谭卓茹用复兴社的纪律约束住了魏七。魏七点点头说："有什么需要尽管吩咐，在下义不容辞！联系到雪狐之后，我再通知你。"谭卓茹点点头告辞！谭卓茹出门，魏七一双鹰眼眯起。

高小庄跟着安娜走向后院，高老庄坐在一张石桌前，背对着二人。高小庄看到高老庄的背影突然收回了步子。安娜不解。高小庄一怔："我看还是不去了吧！你们还是换一个人演小泉清吧。"说完，高小庄就要往回走。安娜喝道："回来！"抱怨高小庄说话不算数。高小庄站定，就是不愿意跟高老庄学，演小泉清没问题。高小庄说完又要走。高老庄将手中的茶杯放下，看了眼高小庄："你给我站住！你对我有怨气，这事完了之后你怎么撒就行，但现在，你得老老实实练习！"高小庄瞥了眼高老庄："打小你就逼我练这玩意儿，逼得我都离家出走了，没想到，这才刚回来，嘿，还得被你逼着练！"高老庄急了："就练这一次，成了，我煮你最爱吃的手擀面！"高小庄抄着手在气头上。高老庄突然抄起身边一把笤帚："你别给他脸，瞧把他能的！"高老庄和高小庄围着院子中间的石桌展开了追逐游戏，安娜掺和在中间左拉右挡，好不热闹。

高小庄穿上了小泉清的大佐军服，贴上了胡子，手一背，与小泉清非常相似。高小庄看了安娜一眼，安娜竖起大拇指。排练中高小庄很快进入状态，与小泉清酷似，一般人很难分辨开。高老庄交代小庄，表演第一步是要消除紧张，其次强调自然和胆量！做人也一样，你给我记住了："不管你面儿上怎么演，这心里得是真的！不管到了啥场合，都得有胆量和担当！"高小庄严肃起来。

剧场内装扮的小泉清办公室里，铁雷正将抗联手下采购回来的物件按要求进行摆放。谭卓茹从外面进来，监督着房间的各个角落的布置。铁雷从办公室内出来，正好看见刀子和文龙进屋。铁雷招了招手，把办公室的门轻轻一推。文龙和刀子往里一看愣住了，原本空置的剧团房间俨然变成了一间高档的日本军官办公室。谭卓茹站在办公桌前回眸一笑。文龙也回应一笑，竖起大拇指："谭小姐果然厉害，这简直是把小泉清的办公室直接搬了过来啊！"文龙问铁雷："小庄练习得怎么样了？"文龙让小庄过来踩踩场子，以免到时紧张惊慌。

旅馆里，魏坤宁和胡大壮挤在一张小床上，胡大壮呼噜打得震山响，魏坤宁则毫无睡意。胡大壮抓了抓自己的肚皮，一翻身差点把魏坤宁给顶下床去。魏坤宁赶紧伸手撑住床头的柜子才稳住身子。魏坤宁叹了口气，侧着身子重新入睡，突然身上的被子又被扯走一角。魏坤宁忍着火，拉回被子，刚扯了半截回来，嗖！这次索性全部被胡大壮扯走了。魏坤宁戳了下胡大壮的腰。胡大壮突然惊醒，一把紧紧地抱住了魏坤宁："别，别开枪，别开枪！春妮！"魏坤宁一脚踹过去，胡大壮整个人坐到了床下。胡大壮睁开眼突然冷静下来。胡大壮没有爬起来的意思，抱着膝盖靠在床沿神情哀伤，说梦到春妮了……魏坤宁顿时愣住，最后静静地走过去陪着胡大壮一起靠在床沿旁。

剧场布置好的小泉清办公室里，几碗手擀面摆放到文龙他们面前。大家一人分走一碗，只有高小庄坐在原地没动的意思。高老庄扫了一眼，端着一碗手擀面走到高小庄面前，这碗少放了葱姜，特意给你留的。安娜端走一碗手擀面的同时顺道拐了高小庄一下。高小庄想了想，还是动手接下了，高老庄一笑。高老庄看到安娜坐在一角，走了过去。高老庄看着安娜的精灵劲儿，越看越喜欢。高老庄和安娜聊了一会小庄。安娜看着高老庄低声："告诉你啊，别看小庄置气，小庄心里其实挺在乎你的！"高老庄一笑。

一个小酒馆内，刘银山正和几名跟班一起喝闷酒。刘银山明显有了醉意。几个手下都替刘银山不平，生怕潘大海一不留神爬到刘银山头上去。刘银山苦笑说："我只希望在明天特派员到来之前，别再出什么岔子就好！"门开了，一名手下进来，报告说魏七来了，有事要见你。魏七堆着笑脸进门，坐在了刘银山对面，一脸神秘，说是来给刘银山道喜的。刘银山一怔："道喜！特派员马上就要到了！我的乌纱帽随时可能丢掉！"魏七低声："有个绝密情报要向您汇报！这事儿要办成了，潘大海就算再拿出两份名单，那也盖不过您的功劳。"刘银山眯起了眼看着魏七神神秘秘的表情，冲旁边两位手下使了个眼色。两名手下识趣起身离开。魏七附到刘银山耳边一阵低语："这是条大鱼，我觉得起码值500大洋！"刘银山一怔："你穷疯啦？我告诉你，现在给你的任务是在牛头山上好好当你的二当家，找机会把这山头给我吞咯！滚滚！"刘银山的两名手下进屋把魏七请了出去。魏七还在讲着价格，刘银山低头喝酒完全不搭理。

魏七被轰出了门，门啪的一声关上了。魏七的手下贺老三等在门口。魏七冲着门啐了一口："呸！这老狐狸抠得很，10块大洋都不肯出！"贺老三摇摇头："嗨，还是潘大海手上的名单值钱呀！你那俩兄弟不给力啊！"魏七一笑："那潘大海也是个人精，名单不是那么好夺的！至少试一下魏坤宁的身手，手艺还在，上了山还能为我所用！"贺老三点点头。

胡大壮和魏坤宁靠在床沿谈心。他们又谈起了魏七，大壮死活看不上魏七一帮人。魏坤宁一怔："现在非常时期，但人多力量大，能发展成一支杠杠的抗日队伍。"但是胡大壮还是对魏七上山当绺子的事不太放心，想摸清清楚到底在干啥。魏坤宁有点不耐烦。胡大壮嘱咐魏坤宁："咱们在要塞的事别告诉他，也得留一手！"魏坤宁点点头，提醒大壮还得起个早继续蹲点，等那潘大海露面。

佳木斯这座城市在晨曦中苏醒。文龙、高小庄、高老庄、安娜、谭卓茹、铁雷、刀子站在一起。文龙打开一张地图说："根据情报，小泉清昨天已经出发，抵达的时间应该是在今天上午！"几人都点点头。文龙打开一块怀表，上面的分针滴答滴答走动——8点，随后说："我和刀子去警务处接潘大海！"文龙说完，在地图上画了一个圈——协和会。众人看着地图。

亮子河街外，铁雷出现在街角，脑海里闪烁着文龙给他的任务——佳木斯协和会在亮子河街，你去埋两个地雷，弄出点动静来！完事之后，你到城门口盯梢，小泉清一旦进城，马上汇报！。清晨，铁雷在协和会门口的木桶下悄悄埋下了两个地雷，吹着口哨淡定离开。铁雷走远后，身后的协和会门口发生爆炸。

刘银山办公桌上的电话铃响起。刘银山大喊："什么，吃了熊心豹子胆了！这帮抗联太疯狂了，连协和会都敢炸！封锁亮子河街！"刘银山气恼地挂断电话，戴上警帽出门，一个警察随他出门。刘银山带着几名手下匆匆上车离开。身着日军军服的文龙和刀子的车停在十字路口另一条街道。车内的文龙看着刘银山的车子驶远，发动车子缓缓停在了警务处门口。文龙下车回头朝刀子点点头，两人便朝着警务处门口走去。走到门口，文龙主动掏出证件，问两个满警守卫："刘处长在吗？"一个卫兵拿着证件边看边说："刘处长刚走！太君有何贵干？"文龙看向卫兵："小泉清大佐已经抵达佳木斯，奉他之令，带潘大海问话，这是小泉大佐的手令。"卫兵拿过手令仔细查看，让稍等一下，去通知一下刘处长。文龙问什么意思？卫兵点头退回，又要给宪兵队打个电话。文龙一个大嘴巴抽了上去："八嘎！你们把小泉大佐的手令当成废纸吗！"卫兵捂着脸，吓得往后退："太君对不起，请！请！"文龙和刀子淡定地朝着楼上走去。

文龙和刀子二人停在潘大海休息室门口敲门。门开了，日本兵背着手站在里面，日本兵问找谁？文龙用日语回应：“奉特派员小泉大佐之令，接潘大海到宪兵队。”日本兵问：“特派员这么快就到了？”文龙点点头：“事关重大，当然要快！”文龙将手中的证件递过去。日本兵侧身让过。

行驶的警车内。刘银山吩咐司机：“老张，调头回警务处，刚才走的急，忘了特派员上午来，我得回去给他们交代一下。”警车调头会警务处。

到了潘大海的房间门口，文龙走进门来，自我介绍说：“我是小川，潘桑，跟我们到宪兵队！”潘大海点头哈腰。文龙看向潘大海：“潘桑，你脸上的伤怎么回事？”潘大海一脸苦相：“来警务处的时候，在路上碰上抗联了。”文龙点点头说：“你的情况，特派员很重视，请携带名单马上过去。”潘大海依旧点头哈腰。

警务处大门外，刘银山回来了。卫兵告诉刘银山，小泉清大佐的人刚上去，来接潘大海的。刘银山一想，这么快！又想了想，快步朝楼上走去。

内线败露　患难又聚

一

刘银山正要拐过楼梯上楼，身着日本军服的刀子站出来。刘银山狐疑地看着他。刀子看向刘银山："不好意思，刘处长您来得正好，请您借一步说话。"刘银山点头哈腰问："太君，您认识我？"刀子点点头说："小泉大佐给我们看过你的资料。"刘银山给刀子带路朝自己办公室走去。刀子跟上，两人刚进了办公室，刀子将房门一关，猛地出手，将其打晕。

潘大海跟着文龙和刀子下了楼，旁边的两个卫兵朝几人点头。文龙拉开车门，朝着里面一伸手。潘大海左右看了看，车头上挂着小型的太阳旗，确定之后，潘大海跟着钻进了车内。文龙也钻了进去，将一个头罩扔到潘大海的面前。潘大海一惊："这是干什么！我是大日本帝国的功臣，不是犯人！这玩意儿我戴着不舒服！"文龙摁了下潘大海："这是特派员的指示，你现在很抢手，抗联的人可都惦记着你，把脸露出来万一有抗联的打冷枪就危险了！我们也是为你着想！请执行命令！"文龙使了个眼色，刀子将车子发动。

魏坤宁和胡大壮在路边一个早点铺吃早点。魏坤宁看着那辆日本军车缓缓驶离。魏坤宁低声："小日本儿的车，刚刚接了个人上去，挺像潘大海。"胡大壮急了："那还吃个啥，走吧！"说完，胡大壮把一个馒头全塞进了嘴里。魏坤宁拍下点零钱结账。两人迅速起身离开。

高小庄跟着高老庄、安娜和谭卓茹走进布置好的办公室。谭卓茹看了看

表："潘大海快到了，小庄，一会要装的像点！从现在起，我会屈尊给你做半天秘书！潘大海来了，该说不该说的我会给你提示。"高小庄点点头。高小庄打量着皮椅，表情变得有些不自然起来，有点心慌，还真有点怕！安娜严肃地看着高小庄："小庄，还记得你爹昨天说的那番话吗？做人和演戏一样，要有胆量和担当！"高小庄吞吞吐吐："话是记得，可就是管不住腿！安娜，要不你站我旁边儿吧，有你在，我心里好像踏实点儿！"安娜看向谭卓茹。

文龙那辆轿车停在了剧团门口。文龙将潘大海从车上迎下来，刀子也跟下车来。文龙让刀子快去通知特派员，人到了。潘大海一惊："头罩这玩意儿能不能摘了？"文龙说："到了办公室，就给你摘掉。"潘大海不再作声了。

刀子走进办公室说："潘大海来了，都准备好。"安娜已经换上了秘书的服装，高小庄闻言有些紧张，安娜轻轻拍了拍他。谭卓茹看向高小庄："潘大海是个人精，你这种状态很容易穿帮！"高老庄走过来，拍拍高小庄的肩膀说："拿出点勇气，直面心中的恐惧！咱俩换换，小泉清我来演！你演小泉清的副官，安娜小姐也在这儿陪着你，这次你该不会打退堂鼓了吧？"高小庄急了："将我是吧？演！副官我演定了！"安娜摇了摇头，叹了口气。

刀子站在到门口，敲了两下门。文龙带着潘大海进了房门，刀子留在门外。文龙看到高小庄在旁边站着，安娜在高小庄旁边站着，高老庄坐在了椅子上，有些疑惑但很快恢复镇定。谭卓茹朝文龙使了个眼色，文龙点点头，刀子将房门关上。文龙将潘大海头上的头罩一摘。潘大海眯着眼睛四下打量，周围的一切，与日军大佐办公室没有任何差别。一道光打过来，潘大海稍稍挡挡光，低头想要看看写字台后坐在椅子上的人，但看不清。高小庄上前："我是小泉清大佐的部下冈本！幸会，潘先生！"高小庄伸出手。潘大海没回应，潘大海看了看这阵势："你们，有点过了吧？"几人都面色一沉。高老庄沉思了两秒。高小庄急中生智："看来，潘桑对我们有不满！这话大佐听了可不太高兴！"高小庄也狠狠盯着潘大海，一脸挑衅。高老庄开口吩咐高小庄："冈本，让潘桑说！"潘大海一笑："特派员，我觉得你的人谨慎得有点过头了，我是给特派员献宝来了，就算危险，也不必拿头罩蒙住我的头吧？”高小庄看了文龙一眼，装腔作势道：“有这回事？你们还不快给潘先生道歉！你们就是这么保护潘先生安全的吗！”文龙点点头：“潘先生，多有得罪！”潘大海故作镇定：“不必道歉，我也给两位太君添麻烦了！在下是非常诚心地跟特派员先生交朋友的！以后，还得靠特派员和诸位多多照顾！”高老庄一笑：“潘桑，你谦虚了！有您这样聪明的中国人替我们做事，我相信未来的佳木斯城甚至整个满洲都会越来越好！”潘大海点头哈腰一脸奴才相：“大东亚共荣！小的以后一定鞍前马后，为佳木斯城的安全，全力以赴！”高小庄点点头：“潘桑，名单带了吗？”潘大海一怔：“当然，当然，不过，在这之前我有一些条件。”文龙注意到窗帘没拉严实，走上前拉窗帘。

魏坤宁和胡大壮来到楼顶卧倒，两人看着对面的剧团。魏坤宁奇怪低语：“小鬼子把他接到剧团干吗？”胡大壮一怔：“接他来看戏？不可能吧！小鬼子心眼儿多，多半是在秘密交易。”对面房间的窗帘并没拉严，可以看到高小庄伪装的日本军官正在接见潘大海。

魏坤宁和胡大壮专心致志地瞄着。穿着日本兵服装的文龙突然上前来拉窗帘。魏坤宁定神一看，惊奇地说：“大壮，你瞅瞅……那人是不是文龙？”胡大壮仔细一看：“是他小子！”对面的窗帘彻底拉上。胡大壮和魏坤宁面面相觑。

潘大海已经说完了条件。高老庄点点头：“我答应你的条件！名单呢？”潘大海点点头：“这就拿，别急。”潘大海弯腰把鞋子脱下。安娜一惊，嘿！居然藏鞋里了！潘大海觉察出不对，把手里的鞋缩了回去，狐疑地看着安娜。高小庄一怔：“这位是从哈尔滨警务厅调来的，大佐的秘书！”潘大海试探着问：“我与哈尔滨警务厅的徐科长可是老朋友，不知这位秘书小姐与他可认识？”安娜晃神地说：“警务厅人员流动性大，我并不认识你口中的这位徐科长。”潘大海一惊：“不应该吧，徐科长在警务厅可是老人，你怎么会不认识呢？”

这时，门打开，谭卓茹端着一杯茶进来，谭卓茹将茶放到了高老庄面前。潘大海的眼睛眯了起来。高小庄等人都显得紧张起来，面面相觑。谭卓茹大方一笑："安秘书是警务厅的新人，你说的徐科长啊，我认识。戴一个金丝眼镜儿，整天烟不离手，最喜欢的就是城南牌香烟。"潘大海一听，神情放松下来。谭卓茹端着托盘退出。潘大海将鞋底撕开，掏出了一份名单。文龙将名单接过来一看，是一份完整的名单，总共有五十余人。高小庄将名单接过看了看，给高老庄递过去，高老庄看完："点点头，很好，潘桑，你立大功了。安秘书，去倒几杯红酒酒，庆祝我们的合作有一个良好的开始。"安娜去倒红酒了。

文龙和安娜下楼，刀子、谭卓茹迎上来。谭卓茹低声："接下来准备怎么办？"文龙低声："一会儿喝庆功酒，在酒里下点麻药，把人药倒之后交给佳木斯抗联组织，等候上级发落。别节外生枝！而且，我总担心，这个潘大海还留着一手。"文龙批评安娜说："刚才差点坏了大事！一旦被他识破，事情办砸不说，大伙都得完蛋！"安娜委屈，但仍然倔强地昂着脖子："我也不想的，我不是想帮小庄吗！"文龙看到安娜的委屈样也不再忍心数落。刀子递过来一个药包，安娜接过，朝着里屋走去。见安娜气冲冲走开，谭卓茹低头沉思。

安娜在屋子里的柜子里翻到了一瓶红酒，将红酒倒入三个杯子里。那个纸包被放在桌台上。安娜嘟嘟囔囔，十分委屈。谭卓茹进来。安娜突然一瘪嘴："我也是想帮忙，没想惹祸！"谭卓茹上去抱抱安娜。谭卓茹一只手在身后，将摆在桌台上的那包药粉调了包。安娜昂起头，抹了抹泪："行了，我没事！"安娜长长吐出一口气，露出一个微笑，一边将药粉倒入左手的酒杯中，将有毒的酒杯里的酒摇匀，放上托盘，端了出去。

谭卓茹出门，停在门口，将装药的纸包拿出来看了看，轻蔑一笑，又装进兜里。谭卓茹将随身的口红取出，拆开底盖露出里面的氰化钾，将所有氰化钾包在了一个纸包里。谭卓茹掉头走开。转头出门。

二

安娜端着二杯酒进屋来，将那杯放有药粉的酒端起，递到了潘大海面前，继而又将另一杯酒递给了高小庄。高小庄一笑："来，以后我们可得多多合作，一起为大佐排忧解难啊。”潘大海恭敬地看向高小庄：“冈本先生，多多关照，特派员大人多多提携！”高小庄点点头：“潘先生，只要你对皇军百分百的忠诚，大佐会重用你的！不过我要提醒你，不要和大佐耍小聪明，那样会死得很惨。”高老庄一笑，从桌子后站起：“潘桑，不要紧张，我很欣赏你，让我们举杯！”潘大海很感动：“大佐，您待人真好，我还真有点事儿瞒您了！来宪兵队之前，这名单我还有个备份。”众人一惊。

高小庄一惊：“八嘎，你还藏了一份！”潘大海一怔：“冈本太君，别激动，那份名单不过是我的备份而已，而且只有那一份。和特派员手上的这份，是一样的。”高老庄问潘大海什么意思！潘大海上前：“大佐，您别误会！这两天，抗联的人一直在打名单的主意，如果我死了，身上的名单被抢，皇军迟早会发现这个备份的。佳木斯情况复杂，我也是保个险，我发誓，以后对您绝无半点保留！”几人面色一沉。潘大海意识到不妙，连忙扬起手中酒杯说：“形势所迫，我不得不防，给您添麻烦了，请您谅解，我先干为敬！”潘大海仰头将那杯酒喝了下去。高老庄问备份名单在哪儿？潘大海一笑：“在警务处的我住的那间屋子里！一会我就回去给您取回来！”潘大海的脸部微微抽搐，显得有些难受。没等小庄问完。潘大海倒了下去。突然，倒在地上的潘大海开始口吐白沫，不停抽搐，挣扎了一会没了反应。几人都看傻了。

文龙和刀子推门进来。高老庄看向文龙：“文龙，如你所料，这小子真留了一手！有一份备份的名单在警务处！”其实文龙听见了。文龙伸手一探，潘大海死了！

小泉清的马队即将进城，在门口停下。一个日本兵和郭三下马交出证件，对方看了看，让行。两人回到马上，骑马进城。铁雷看了看，缩回了脑袋，钻进了巷道里。

文龙站起身来，看了眼安娜，又看了眼高老庄，潘大海的死很可疑！文龙、谭卓茹都让安娜说说过程。安娜发现自己竟然无法解释，急了：“怎么都冲我来？行，人是我杀的，我又闯祸了！”安娜说完摔门而去。铁雷这时候进门来，说小泉清已经进城了，看到潘大海死了傻眼了。

小泉清等人通过城门口，放缓了马蹄。小泉清冷笑了一声：“终于到了，已经闻到猎物的味道了！”郭三点头哈腰地看向小泉清：“恭喜大佐，这次既能除掉钢刺，又能拿到抗联名单！必定威震全军啊！”小泉清吩咐郭三去警务处，让他们把潘大海给我带到佳木斯宪兵队！小泉清掉头走向了另一个方向。

刀子意识到危险时刻到了，请命去一趟警务处！文龙眉头深敛，现在小泉清进城，相信他会第一时间会见潘大海。所以这一趟，会非常危险。刀子急了。文龙拦住刀子：“你们马上把这里清理一下，警务处，我去！”文龙把枪带上。刀子和铁雷异口同声：“一起去！”文龙吩咐大伙：“照顾好安娜，有什么变故，直接出城，到那间破庙等我。”高老庄要文龙多带几个人吧，有些照应。文龙摇摇头：“人多还是反而不好行动，照顾好他们！”高老庄点点头。

文龙看向铁雷：“雷子，我要是回不来，你的首要任务是替我把安娜安全送到目的地！”铁雷哭了！文龙严肃地看向铁雷：“这是命令，不管怎样，一定要把安娜平安送达！”铁雷点了点头。高老庄和刀子面面相觑，十分担忧。

安娜坐在椅子上伤心，谭卓茹将一块手绢递过来。安娜头也不回接过手绢。谭卓茹故作抱怨：“为了一个汉奸这么凶你，真是不可理喻！别跟他置气了！”高小庄停在房门口敲门。高小庄回应：“是我，安娜你别跟我哥置气了，他就这臭脾气！你别多想啊，文龙哥也是担心事情败露，所以刚才激动了些。”安娜点点头：“我理解，可我就是生气！”高小庄想了想，转身离开。安娜本想出门。谭卓茹拍了拍安娜的肩膀：“姓文的都这么对你了，你不会还真打算服软吧？”安娜一气，倒在了被窝里。没理谭卓茹。

郭三骑马带着两个日本兵朝警务处赶去。穿着警察服的文龙低头在街道上疾步行走。气氛很紧张。郭三一行下了马带着两个日本兵直奔警务处门口而去。看门的警察伸手拦住郭三一行：“站住，什么人？”郭三一笑：“特派员小泉清大佐让我通知你们，把潘大海带到宪兵队！”两名警察面面相觑，警察低声交谈后反问郭三：“人不是带走了吗？”警察要检查郭三一行的证件。郭三拿上证件：“看清楚！怎么的，你们刘处长不亲自恭迎也就算了，你们还在这儿摆脸色？”警察看看证件，没发现问题，接着要特派员的手令。郭三急了："什么手令！走得急，没有手令！"警察不让郭三一行进去。郭三上前给警察一记耳光说："不要命了！敢违抗特派员的命令！"警察也火了："老子今天是触了霉神了！你这孙子！冒充皇军长官，拿下！"两个警察要冲上来，郭三身后的日本兵端起枪过来，几个警察不敢动手。此时，警务处里的皇军士兵也闻声冲出。挨打的警察喊向冲出来的日本兵："太君们，这几个是冒充的！"冲出来的日本兵拿着枪对准了几人。挨打的警察过来，给了郭三一记耳光，郭三一脸委屈地看着众人。郭三也掏出枪，双方对峙起来。穿着警察服装的文龙趁乱钻进了大堂。

长长的走廊，文龙的脚步疾速前进，来到潘大海之前的房间，环顾左右后闪身进屋，开始翻箱倒柜寻找名单副本。文龙找遍了房间里的柜子、抽屉，没有发现副本的存在。文龙在从头打量房间，思考可能藏名单副本的地方，突然注意到墙上的一条缝，沿着那条缝，用匕首轻轻拨动，一块砖掉落。

宪兵队的办公室里，小泉清靠在沙发上，微闭着眼，手指头在沙发边上敲击。小泉清睁开眼，看了看手表。电话铃响起，小泉清接了电话。小泉清骑马飞快赶来，将马在警务处的大门口勒停。郭三等人已经被包围，脸上挂了彩。小泉清掏出枪，一枪过去，打翻了带头警察的帽子。一队警察和日本兵都拿枪对准了小泉清，却都面有惧色。小泉清冷笑一声："我倒要看看，今天谁敢朝我开枪！"众人都被震住。

一个警察忙跑去给刘银山报信，拍拍门，门内没反应，撞开门。警察看到刘银山竟然躺在地上。刘银山拍拍脑袋从地上醒过来，他撑着脑袋有些难受，问潘大海呢。警察报告，早上被特派员的人带走了。刘银山摸了下发疼的脖根儿。警察报告："楼下又来了个特派员，没有手令，跟咱们的人干上了！"刘银山想了想一跺脚："蠢货！"意识到闯大祸了。

刘银山冲出来。小泉清昂着头骑在马上。刘银山上前认罪："小泉清大佐，在下刘银山，这帮属下有眼无珠，得罪得罪！"小泉清狠狠地看着刘银山："我看你是在佳木斯待得太舒坦！头上这顶帽子，恐怕戴不了多久！毙了！"郭三掏出枪，不知对准谁，忙请示小泉清。小泉清咬了咬牙："谁打你，你毙谁！"郭三一听，连忙拿枪对准了打他的那个警察。警察立即跪地求饶！刘银山一怔：“小泉大佐，这事儿咱们以后再办吧！现在，我们有大麻烦了！潘、潘大海被人给劫走了！”小泉清气死了：“什么？那名单呢？”刘银山吞吞吐吐：“名单……只怕……”小泉清凶狠地看着刘银山：“人不是在你警务处里吗？！”刘银山报告：“早上来了一拨人，冒充您，带走了潘大海，我也被他们给打晕了！”小泉清拨开刘银山径直上楼，直接去潘大海房间视查，刘银山只得跟在身后。

文龙果然找到了一份折叠好的名单，赶紧掏出，打开，确认之后，将名单揣进兜里。文龙刚要转身出门，突然听到走廊里传来响动。文龙意识到小泉清到了，迅速环视四周，他推开窗户，只见下面有一名站岗的警察，文龙上前非常利索地将警察打晕。

小泉清已经到了门口，刘银山帮忙打开了房门。小泉清进入房间，只见房子内空空如也，窗户紧闭。小泉清失望极了怒吼：“八嘎！连要塞都能轻松进出，区区一个警务处根本关不住他！”刘银山上前说：“大佐！潘大海被调走这事儿是属下监管不力，可，他们伪造的这些东西也太逼真了！”刘银山打开一个盒子，里面装的是早上文龙和刀子递交的手令。小泉清接过大吼：“钢刺！八嘎！竟敢利用我的身份！”刘银山报告：“我已经下了命令，全力配合您进行全城搜查！抓回钢刺，拿回丢失的名单！”小泉清狠狠地眯起眼：“放心，只要抓住了人，什么东西都丢不了。组织力量，挨家挨户给我搜！”

一队队警察从警务处内冲上街头。一名警察跑到刘银山旁边报告：“刘处长，在山河路的小胡同里也发现了两具尸体！”小泉清眯起眼睛：“刘处长，我跟你去一趟，郭桑，你带队加紧搜捕！”郭三领命。

刘银山跟着小泉清朝着空楼前不远处的一条巷子赶去。有两个警察站在巷子里，见小泉清赶来，纷纷侧身，见杂物堆中，两个巡逻队警察的尸体倒在地上。小泉清问死了多久了，身旁的警察报告，应该是昨晚。小泉清蹲下身去检查，查看了一下两具尸体的脖子处的瘀伤，又摁了摁尸体的肋骨处，动了动两具尸体的手臂。小泉清深思了一下，动作又快又狠，善用肘击，招式零碎却招招击中要害，看来是个行家，还是个女人。刘银山一怔，问会不会是抗联的人干的？小泉清没有搭话在巷子里摇着步子，正面对着那栋空楼，问是什么地方？刘银山指着前方的那栋空楼，一愣愰神，想起来了，我们在那栋空楼里端掉过一个复兴社地下情报站，站长已经投靠了我们。

三

到了那栋空楼旁，小泉清低头查看门环上的印记，确认这门环有人碰过，就在不久前。门被打开。小泉清背着手进入，四下张望。刘银山告诉小泉清，端掉这个情报站之后，这房子就一直空着。小泉清思考着说："我想我大概知道是谁了！没看出来，她还有这身手！"刘银山听完了小泉清的话，面色一惊。刘银山灵机一动："您要找的人里有复兴社的特工？"小泉清点点头说："这名特工与上线断了联系，到了佳木斯之后，找到复兴社在佳木斯的情报站，希望与上线联络，不过扑了空。"刘银山看向小泉清："大佐，你要追的这伙逃犯，到底是什么身份？"小泉清瞥了眼刘银山："这个你就无须过问了，你只须知道她的重要性大过抗联那份名单！"刘银山一惊："昨儿个，复兴社的站长魏七来找过我，说是他们复兴社的站点有鱼咬钩！"小泉清大怒："八嘎！那个站长现在在哪儿？马上带来见我！"

魏七正和魏坤宁、胡大壮喝酒。魏坤宁和胡大壮都说潘大海这个汉奸碰上活阎王了！不死，也落不了啥好下场！魏七一惊，说半天，潘大海还是落别人手里了。魏坤宁一笑："落谁手里不重要，重要的是他受到了应有的惩罚，不就结了！"魏七不便发作，干笑两下。贺老三突然匆匆进来。贺老三看了魏坤宁二人一眼，低头在魏七耳边说了几句。魏七喜上眉梢："魏老大，我有急事儿先告辞了，回头再陪你喝！"魏坤宁点点头。魏七和贺老三风风火火地离去。魏坤宁和胡大壮继续喝酒。胡大壮看了眼魏坤宁："你就真不打算去跟谭小姐打个招呼？"魏坤宁哼了一声："咱散伙的时候怎么说的，好马不吃回头草！"魏坤宁端起酒杯一饮而尽。

高小庄和高老庄等人正在将之前假扮日军的衣服，旗帜等放火全部烧掉。高老庄夸赞小庄刚才演得不错。高小庄扭头走开。

郭三带人停在了剧团门口，突然闻到了一股味道。郭三看着招牌，千和剧团？问这地方搜过了吗？警察上前来报告，搜过了，这是佳木斯城里最有名的剧团。郭三点点头，听说，你们是在前面那间旅馆里查到有可疑的人入住过？警察回应，他们到的时候，人已经不见了。这条街都挨家挨户搜了，当时也进了这个剧团。郭三冷眼看着剧团。

高老庄披着衣服站在门后，刀子等人也都已经走进了大堂。郭三儿在剧团门口。高小庄担心。铁雷低声："郭三这狗腿子向来狡诈，只要进来肯定会全面搜索，咱们不可能躲过他的搜查。"正在此时，门外响起了敲门声。高老庄叫上安娜小姐和谭卓茹小姐到后院。警察在门前也拼命在敲门，敲了半天，还是没有反应。郭三吩咐砸开！警察怔住。郭三大怒："我现在怀疑我要找的人，就在这剧团里面，命令你砸开。"警察一招手，另外两个警察上前来，三人朝着剧团的大门撞上去。

高小庄使劲敲安娜的门，高老庄上前来："别敲了，我有钥匙！"房门打开，安娜的房间空了。高小庄大惊："安娜又跑哪啦！"高老庄急了："鬼子马上就要进门了，你们先躲起来。"高老庄指着后院里的一块大石头。铁雷、刀子和高小庄三人走到石头前，高老庄将那块石头推开，下面竟然是有一个黑漆漆的洞。高老庄交代三人，如果待会出了啥状况，井里有条小道可以直通城门外。几个人下去。高老庄将头上的石头搬上来封住。

大门被撞开，郭三带着人冲进了大堂之中。高老庄披着衣服，提着一盏油灯走过来，将油灯扬起。警察们呈现两路纵队，朝着剧团里面搜进去。大堂里的灯也被打开。郭三看向高老庄："你是这里的团长？"高老庄点点头："年龄大了，耳朵有些背。"郭三迈步在大堂里转了一圈。高老庄故作一惊看向郭三："到底出啥事了，长官？"郭三狠狠地看着高老庄："没事，找几个朋友，看看是不是你把他们给收留了。告诉你欺骗皇军可是大罪。要是发现你窝藏罪犯，我把你这儿全砸喽！给我搜！"

郭三和两个警察站在一堆灰烬前。郭三弯腰下去一看，捡起了一块还未燃尽的布，这是什么？高老庄上前，别误会，这些都是没用的道具，做的尺寸不对。郭三狐疑，扔掉手中的半拉布回头看向了谭卓茹的房间。高老庄冲过来拦住了两个警察，这，这是我女儿的房间，里面真没其他人。郭三抓住高老庄，小泉大佐找的就是两个女人，让开，不然我一枪崩了你！郭三将高老庄推开，两人一起去撞门。哐！门被猛地撞开了。

郭三带着警察将谭卓茹房间的门撞开了。高老庄将手伸进了衣服里，随时准备动手。警察冲进房间，房间里只有一张床，都非常整洁。郭三凶狠地看向高老庄："不是说你女儿在里面吗？"高老庄也有些不明所以，四下看了看说："她去外地念书了，很少回来。"另一个警察四下检查返回过来，摇摇头。郭三又打量了一圈，转身和两个警察快步出了房门。高老庄也一脸狐疑地跟了上去。

舞台之上，站着几个剧团里高老庄的手下。郭三带着两个警察过来。搜查的警察过来报告，整个剧团已经搜查完毕，都查了，连房梁都检查了一遍，就这几个人。郭三背着手在几人面前来回踱步。高老庄故作无奈地看向郭三："长官，您看这……"郭三大吼："老东西，我告诉你，有啥情况立即汇报！走！"说完拍拍高老庄的肩膀，带人离开。

身着满警大衣的文龙见郭三带人从剧团离开之后，低头朝着剧团走去。几人焦急地坐在大堂中央。高小庄急了："两个大活人，咋说没就没了？"铁雷眉头紧蹙："这街上全是巡逻的警察，要是她们被抓住可就死定了！""咚咚咚"门外再次响起敲门声。几人一惊。高老庄上前去，凑到门缝一看，连忙将门打开了。文龙从门外进来，说东西到手了！高老庄左右看了看，将房门给关上。高老庄接过名单。高小庄欣喜地看着文龙："哥，你可算回来了，安娜和谭卓茹不见了！"文龙一惊！一把扒开众人朝着安娜的房间赶去。

文龙在房间里逛了一圈，走到窗户边上看了看，发现窗户角上的一个螺丝钉上挂着一小块衣服的纤维。文龙将纤维拿在手中，看了看，她们跳窗走的！文龙走到床边。高老庄的手下返回来报告，不见了两套西服。文龙在枕头里摸到了什么，将枕头拆开。胶卷从里面掉落出来，上面还裹着一张纸条——药应该是谭换的，我会向你证明她的身份有问题的，不过，回来之后你必须向我道歉。文龙看完，一脸焦急。

安娜当时被文龙劈头盖脸地批了一顿，安娜生气将自己捂在被子里，谭卓茹坐到床边。谭卓茹拍了拍安娜："还生气呢？"安娜不吭声。谭卓茹故作抱怨："别说你，连我都受够了文龙！那些汉奸本来就该死！"安娜猛地打开被子："没错！就是因为有这些蛀虫助长了日本人侵略的野心！而且那药包本来就是他们给我的！"谭卓茹故作镇定："明眼人都能看出来，文龙不是紧张你，而是紧张你身上的胶卷……"安娜沉默。谭卓茹看了眼安娜："说回来，现在胶卷还没有冲印，随时可能曝光，文龙紧张也是正常反应。"安娜思索了一下说："知道，如果胶卷一不小心曝光了，那我之前的所有努力都白费了，我倒是一直想冲印出来，可一直没机会啊！"谭卓茹一笑："谁说没机会？"安娜假装惊喜："你有法子？"谭卓茹点头。

说完两人穿了西服，简单化了妆，就奔佳木斯某个照相馆去了。门推开，身着西服，头戴礼帽的谭卓茹带着相同打扮的安娜进门。谭卓茹安慰安娜："放心，这家相馆是我一位朋友开的，绝对靠得住。"安娜打量了一下房间："他人呢？"谭卓茹安抚安娜："待会儿就过来了，胶卷带了吧？"安娜愣了一下，但很快点了点头："嗯！在这儿呢！"谭卓茹叹了口气："先歇口气！等老板回来！"

文龙收起纸条生气地说："胡闹！"铁雷看向文龙："哥，还好胶卷还在，咱们必须想办法找到她们！"高小庄一惊："这满大街都是鬼子和警察，他们是要上哪儿去呀！"文龙深思了一下说："这事没这么简单。"铁雷一怔："哥，你怀疑谭小姐有问题。"高小庄懵了。文龙眉头紧皱："哈尔滨，一定是哈尔滨！在鑫隆镇动百味楼电台的人是她！"高小庄和铁雷一惊。文龙点点头说："少校是替她顶包的！现在看来一切都合理了！安娜对谭卓茹的怀疑是对的，她跟着我们闯出劳工营，理由本就有些牵强，再想想这一路上她面对危机时的反应！有时候镇定得连我都佩服！绝不是个普通的警察！小泉清在鑫隆镇能中咱们的计，说明她不是鬼子的人！百味楼里发出的那封电报，一定提到了哈尔滨，小泉清只掌握了这一点，所以才会在必经之路长河沟的关卡设伏！"众人点头。文龙接着分析："不是鬼子，又能使电台，加上之前少校对她或多或少的描述，我要没猜错，这谭卓茹应该是国府的人！她一路跟着我们，是想找机会劫走安娜！"文龙一拳捶在墙上。几人都面面相觑。

高小庄一惊："安娜把胶卷留下，这说明她不是诚心跟谭卓茹走的！"文龙点点头："这事怨我！是我太冲动了！"铁雷怔住。文龙眯起眼："潘大海死于氰化钾中毒，安娜不可能有这东西！昨晚，是我把话说得太重，让她伤了心！谭卓茹见我们生出罅隙，借机怂恿安娜离开，安娜跟她走，是想用事实向我证明，这事是谭卓茹干的！”高小庄埋怨安娜不直接向文龙说明事实。刀子瞥了眼高小庄：“要啥事都能用嘴说清，鲁家屯的乡亲也不会怨我这么多年！”高小庄听了这话，不知再说什么。文龙靠在墙头，思考着。高老庄看向文龙：“现在整个佳木斯城都被封锁了，她们根本出不去呀！”文龙意识到，谭卓茹这个时候带她走，一定有她的门道！或许，有人接应她！

魏七站在小泉清和刘银山面前。刘银山介绍说：“这位就是复兴社佳木斯联络站的站长——魏七。这位是小泉清大佐，哈尔滨来的特派员！”小泉清点点头：“魏桑，幸会。今天请魏桑来，是想请魏桑帮个忙。”魏七点头哈腰道：“愿为大佐肝脑涂地！”小泉清看向魏七：“我们正在追捕的一伙重犯，其中有一个女人可能是贵机关的特务。”魏七听到这话稍有一愣：“女特务？”小泉清眯起眼：“没错，原本这伙人要去哈尔滨，被我堵到佳木斯来了，我们侦察发现，她昨晚进过你们之前的站点！”魏七一怔：“云雀！”小泉清眼前一亮！魏七看了眼小泉清说：“昨晚她发信号见我的就是她，我还向刘处长汇报过！”小泉清看了眼刘银山，刘银山不自在。刘银山想向小泉清解释。小泉清怒目看向刘银山：“蠢货！”刘银山不敢说话，小泉清转向魏七微笑，示意继续说。魏七一笑：“她与佳木斯的联络站没有直接关系，这次走投无路才联系的我！请我帮忙，护送她和一个女孩出城！这女孩身份很神秘！”小泉清大笑：“真是踏破铁鞋无觅处，得来全不费功夫！”

四

铁雷看向文龙：“难怪，每次只要你不在的时候，她就好像变了个人，果断，机智。”高老庄一惊：“那个药包，也有可能是她换的！”文龙点点头：“她想借此挑拨安娜和我的关系，让安娜可以配合她行动。”铁雷推了推眼镜：“果然啊，唯女子与小人不可养也！”高小庄紧锁眉头低声：

"这个姓谭的到底是什么人？"文龙叹了口气："她跟了一路，在佳木斯才选择动手。不是抗联，不是共产国际，不是日本人，又愿意和我们一起入关……"铁雷大惊："国民政府的人？"文龙点点头："十有八九是带着安娜去跟她的同党接头了！"

魏七看看表说："按照计划，谭小姐现在已经带着安娜到我们约好的接头地点了。"小泉清微笑："很好！魏桑，你立大功了！"郭三进屋，走到小泉清面前复命，说没搜到钢刺等人任何的线索。小泉清冷笑了一声："不信钢刺能带着潘大海遁地了不成！"我魏七听到潘大海的名字精神一振。魏七说他知道潘大海在哪里。小泉清和刘银山都很兴奋。魏七动了动两个手指头，示意要钱，1000大洋。刘银山不爽。小泉清却点了点头："能用钱解决的问题就不是问题，这个主我替刘处长做了。"魏七说："潘大海在在千和剧团！"郭三摇头："不对啊，我刚搜过了千和剧团，里面没发现钢刺一伙的身影啊！在门口闻到了一些焦味儿，进去发现他们在烧东西，不过已经烧光了，应该是戏服之类的。"小泉清点点头："那就对了！他们是假冒我们的身份带走潘大海的，这出戏完美收官，戏服当然要处理掉！"小泉清说他和魏七去应付云雀，命令刘银山立即带人前去剧团围剿钢刺！

一辆装扮普通的轿车行驶过来。小泉清与魏七并排而坐。魏七一脸的奴才相看向小泉清："大佐，一会要动起手来，还请大佐不要露了我的身份！"小泉清点点头："办成了这事，你的身份就算是发挥了最大价值！"魏七一笑："我这不还想利用身份继续为皇军效力嘛！"小泉清冷眼看向魏七："你不就是怕事情败露，遭到贵机关的特务追杀吗？"魏七尴尬一笑："有大风险，就有大回报，可万事还得小心为妙！"小泉清点头示意明白。

小车停在了相馆前面的街道一侧。魏七一指："昨晚我和她约定的地点就在前面的相馆儿。"小泉清吩咐按计划行事。小泉清吩咐左右，抓住了安娜，就能将钢刺等人一网打尽！

剧团内，高老庄的手下进屋来，手下摇摇头："都找遍了，没有发现谭小姐和安娜小姐。城门也一直封着，只能进不能出。"文龙点点头："人应该还在城里，我出去找找！"刀子提醒文龙："现在外面全是小泉清的眼线啊！"文龙摇摇头："那我也不能不管安娜！"说完就往门外走去。

刘银山和郭三站在门口。郭三告诉刘银山，咱们的人已经把这儿全围上了。刘银山看向郭三："咱可说好，人归你，名单归我！"郭三一笑："那就要看你下手是不是够快了！"刘银山一咬牙一挥手，一队警察冲向剧团。

文龙刚要走到门口时突然听到外面脚步震动声。文龙迅速掏枪道："有人来了，准备家伙！"高老庄等人闻言都纷纷拿起枪。高老庄示意大家，往后院撤！这时突然一梭子弹打了进来，门板上破开洞。文龙等人简单还击后，迅速向后院撤退。

剧团的门被踹倒，一队警察涌入。刘银山和郭三随后跟进，郭三指了指走廊里端通向院子的方向，进后院儿！一个便衣提着枪上前，刚走出走廊，就被一枪爆头。文龙拿着枪躲在一个掩体后面。又有两个警察冲入，文龙开枪，警察中枪倒地。刘银山招手："给点猛料！"两名警察上前来，朝着院落中丢了一颗炸弹。炸弹爆炸，剧团内院一阵火光。警察们纷纷涌入。院落中随即响起了枪声。高老庄的几名手下靠在柱子后面还在拼命还击，阻挡警察的冲击，掩护文龙他们撤离！一个手下上前来，朝前丢了一颗烟幕弹，烟雾渐渐涌出。趁着烟雾弥散，视线看不清。高老庄将几人招过来说："你们从密道先走！"铁雷、刀子要高老庄一起走！高老庄急了："别废话了，鬼子的人一到齐，一股脑冲进来，谁也招架不住！快走！"两个手下上前将那块石头推开。文龙命令先撤！刀子一手将高小庄钳制住，拖到了暗道口。高小庄眼珠一转："你松手，我就和他说两句话！"刀子不忍拒绝，松开了手。高小庄爬出暗道口走到高老庄面前："爹，你说的，这做人和演戏一样，不论什么场合，得有胆量和担当……打小就是你保护我，今儿个，就让我这当儿子的，替你一次！"高小庄说完一把将高老庄推下暗道。高小庄径直将石头移过来，堵住了暗道口，然后靠在石头上，眼神坚毅掏出了枪，但腿还是有点哆嗦，他狠狠地拍了两下大腿。

暗道中一片漆黑。铁雷要杀出去救小庄！高老庄强压着悲痛的情绪说："暗道口里面根本打不开，时间不多了，先撤！"所有的人愣住。高老庄喊出撤的时候，眼泪在眼眶打转。文龙看了看头顶，下决定说："听老高的，撤！"

烟雾渐渐散开，高小庄躲在一个掩体后面不断还击，一边打一边喊叫，子弹乱蹦，另两个老高的手下分别中枪倒地。高小庄独自面对着一队警察。高小庄藏身的掩体已经被警察包围。刘银山一挥手，身前的警察打出一梭子弹，高小庄藏身的掩体被打得尘土飞扬。高小庄听到外面的枪声停了一咬牙站出身举枪还击。高小庄连抠机枪，子弹都蹿到房顶上去了。再抠，却是空响，没子弹了。郭三一笑：“抓活的，快！”

高小庄被抓进来，押到刘银山面前。高老庄的几个手下，被陈尸堂前。郭三看到高小庄：“是你！你的枪法比起你的戏法可差远了，你不好好变戏法，也演上英雄了？想不到，这个剧团里还有大文章。”高小庄白了郭三一眼。警察搜查回来，朝刘银山摇摇头。郭三亲自带着一队警察出去搜索。郭三在后院里仔细查看，郭三的脚下突然踩到一样东西。郭三低头一看，是一个烟嘴。郭三注意了一下烟嘴的位置，旁边就是一块石头。郭三试着推了推发现石头竟然可以移动，石头彻底移开，下面露出了一个暗道。郭三露出得意的笑容。刘银山问有暗道？郭三点头：“没错，他们肯定是从地道跑了！”刘银山大喊：“名单一定在他们身上！跑不了多远，你把这家伙押回去，我现在就带上兄弟和警犬追捕逃犯！”刘银山一招手，一队警察迅速跟上。刘银山带着警察从地道口跳下，身后一只警犬四处嗅着气味，顺着暗道，赶紧追了上来。

五

照相馆内，谭卓茹打量四周。安娜左顾右盼：“没想到，在佳木斯还有你的朋友。”谭卓茹一笑：“你没想到的多了去了！”安娜瞥了眼谭卓茹：“是啊！现在应该告诉我你到底是什么人了吧？不用绕弯子了，你带我来不止冲洗胶卷这么简单吧？”安娜眼神逼问谭卓茹，谭卓茹却不慌，淡定一笑：“不急，你很快就会知道了。”

正在这时，魏七从门外进来。谭卓茹叫了声夜隼先生。魏七示意谭卓茹坐下，问安娜是？谭卓茹一笑，指着魏七向安娜介绍：“他是复兴社佳木斯联络站站长魏七。”安娜一惊：“复兴社？这么说来你是国民政府的人？”谭卓茹点头。魏七故作镇定姿态：“出城的事已经安排了，今天中午，鬼子会安排一批运货的卡车出城，你们可以借助这批卡车混出去；日本人在各地以清剿抗联的名义搜刮来的不义之财，所以日本人都心知肚明，这些货都见不得光；3号仓库，时间不早了，现在就跟我过去。”谭卓茹拉安娜，安娜却不为所动，谭卓茹说：“还犯傻呢！这一路下来文龙早在关东军里那儿挂上号了，你再跟着他只会更危险！”魏七搭腔：“请放心，接下来，我们一定安全把你们送到哈尔滨！”安娜怒目瞪着谭卓茹：“谭小姐啊谭小姐，真没想到，这一路上大家对你百般照顾，你居然这么自私！背信弃义！你们走吧，对我来说，最安全的地方就是文龙身边！” 安娜说完就要往外走。谭卓茹看了眼安娜：“不过是各为其主罢了，我的任务就是保护你的安全！”谭卓茹拦住安娜，架起安娜往门外走去。

街道不远处一个隐蔽的巷口，小泉清坐在车内，眯着眼静静地看着相馆，期待地搓着手。便衣鬼子已经将整个照相馆四周的出路堵住，几组便衣站好位置，交互点头。

谭卓茹拉着安娜出门，魏七在前面带路。谭卓茹扶着安娜低声：“你别乱动，现在街上全是鬼子的眼线，露了马脚就是死路一条！”安娜果然消停了一些。

魏七带着安娜和谭卓茹走向一个巷子口，眼睛却悄悄斜向小泉清所在的方向。安娜看着离巷口越来越近，内心在挣扎：“姓谭的，如果你肯让你的朋友把文龙他们也带出城，出去后，我跟你走。谭卓茹一笑，没机会了！”谭卓茹牵着安娜继续向巷口走去。安娜一咬牙突然甩手想挣脱谭卓茹。安娜低头咬了谭卓茹一口，谭卓茹痛得一叫，甩开了手。安娜想跑但是被魏七一把拉住。路边埋伏的便衣见状紧张随时准备掏枪，谭卓茹敏锐地捕捉到了这一细节。谭卓茹一把伸手搂住安娜低头往前走一边悄悄掏枪，有两个便衣迎面走了过来。谭卓茹主动开枪，两个便衣迅速掏出枪还击。枪声一响，顿时又有几名便衣冲了过来。

魏七说：“不好，你先带人进巷子，我断后！”说完把安娜推给谭卓茹，一副大义凛然的样子。谭卓茹没有犹豫地拉过安娜，冲进了巷子。魏七靠在巷口佯装开枪还击，回头看到谭卓茹的身影消失在巷子某拐角，嘴角一笑，收起了枪。

谭卓茹拉着安娜快速逃跑，突然前面涌出日本兵。谭卓茹持枪射击后拉着安娜往左闪。不料，左边也同样冲出来日本兵，谭卓茹再想后退时发现后面也已经被日本兵堵上。日本兵队伍裂开，小泉清走了出来。谭卓茹本能地把安娜护在身后。小泉清出现了，笑了笑说："两位美丽的小姐，我们又见面了！"

文龙、铁雷、刀子、高老庄四人出城走进一间破庙。铁雷心中愤懑，朝着破庙里的稻草堆泄愤似的猛踹。刀子也坐在一旁，没有吭声。高老庄靠在门口，看着远方。文龙走到高老庄身边，轻轻拍了拍他："放心，小庄脑子灵，会逢凶化吉的！"高老庄点点头："我不担心他，只是很内疚……打小没好好疼过他！"高老庄见大家都看着自己，摆了摆手说："找回安娜才是当前最重要的任务！"

路边丛林的草堆里，草丛晃动，突然一个接一个警察从里面钻了出来。刘银山也钻了出来，拍了拍身上的土。刘银山打量四周。刘银山晃了晃手上的烟嘴："警犬！"一挥手，一名警察牵着一只猎犬上前闻了闻那个烟嘴，狗开始往前蹦。刘银山点了点头，带着警察队伍跟着猎犬往前追。

文龙一行正在商量对策。大家分析着安娜的安危。文龙一怔："不！安娜既然给我们留了纸条，说明心里是向着咱们的，只要出了城，她肯定会想办法和我们取得联系。"高老庄点点头："城外有我们的流动哨，可以让他们联系城里潜伏的同志，继续寻找安娜的下落！"高老庄起身要出门，突然看到破庙外草丛晃动："坏了，野狗又咬上来了！"高老庄话音刚落。所有人都掏出了武器。

刘银山带着一队警察来到了破庙外。刘银山一笑，一挥手，警察分别围住了破庙。刘银山靠在一棵大树后喊话："里面的人听着，放下武器，交出名单！趁我心情好，可以不杀你们！"砰！刘银山靠身的大树中了一枪，树皮翻飞。刘银山吓得一缩脖子。刘银山恼怒："给老子打，喂饱他们！一梭子弹打出，破庙瞬间尘土飞扬，火花四溅。"一名警察扔出一颗手雷。一颗手雷从外面飞进来，铁雷眼疾手快，直接一脚将半空中的手雷踢了回去。手雷在警察上空炸开了花。文龙听着外面的枪声，得有20杆枪！高老庄摇摇头："人倒是不算多，可咱们的弹药不够了！"文龙让省着点打！刘银山听着文龙他们还击的枪声，一笑说："给我往死里打，我不信他们还能有地道！"所有警察继续加大火力，破庙的墙壁上全是弹孔。

铁雷开枪还击，突然卡壳，没子弹了。文龙头也不回继续专注地瞄准射击，草丛里一个刚冒头的警察不小心中枪。高老庄看向文龙："子弹要全打光了，放他们进来，跟他们拼刺刀！"铁雷闻言掏出了匕首做好了肉搏的准备，眼神里全是视死如归的坚毅。

刘银山听到庙里还击的枪声变稀薄了，一笑："看来他们子弹打得差不多了！"

刀子开枪，同样哑火。文龙示意用刀子干！刀子抽出烟袋锅子。只剩下文龙和高老庄还在勉强支撑。文龙看向高老庄："老高，先停火，省点子弹，放近了打！"高老庄点了点头，突然停止射击。刘银山听到破庙里枪声停了，大喊一声："他们的老本打光了，给我上！"警察们一起从掩体里出来，成队形往破庙围拢。文龙和高老庄举着枪，看着破庙外的警察越来越近。高老庄和文龙一起开枪，立即有两个警察中枪倒地。

刘银山身边的警察突然中枪倒地，刘银山大惊，没想到身后竟然有子弹偷袭。刘银山再往回看，只见高处草丛摇晃，树枝晃动，群鸟惊飞，枪声连响。一个警察报告："处长，莫不是有抗联队伍来接应了吧！"警察话音刚落，突然中枪，刘银山吓得一激灵，赶紧就地一滚，滚到了一个石头后面。一梭子弹追过来，打石头上，火花四溅。刘银山抱头大喊："撤！"

文龙听到解围的枪声，很是惊讶。高老庄看向文龙："这附近牛头山上倒是有一窝土匪，不过没理由来帮咱啊！"文龙一笑："肯开枪的，肯定是咱的朋友了！"刀子说警察都撤了！文龙让赶紧换地。文龙等人准备离开时突然看到对面草丛里有人钻出来，文龙迅速举起枪。草丛里的人影越来越近，是魏坤宁和胡大壮。铁雷和刀子等人都是相视而笑，只有高老庄一头雾水。

原来，魏坤宁和胡大壮进入剧团内，发现剧团里一片狼藉，人去楼空。胡大壮指着后院的某个地方，只见那里的石头处于移开状态，下面是一个秘道。魏坤宁突然皱眉："秘道没合上，看样子小鬼子同样也发现了！"胡大壮问咋办。魏坤宁吩咐跟过去！魏坤宁和胡大壮持枪来到，两人趴下身子架好枪。庙里没动静了，文龙他们是不是没子弹了？胡大壮正准备开枪时被魏坤宁制止。魏坤宁点着警察的人数，想全身而退也够呛！吩咐大壮去附近树林搞出点儿动静来！胡大壮没多问起身就去。魏坤宁把两条枪架在身前瞄准。魏坤宁听到文龙的枪声也开枪，面前的两把枪不断发射子弹。胡大壮此时则在林子里不断转悠，踹树干。魏坤宁瞄准下面的警察用力开火，子弹打得震山响。眼看着刘银山带关手下狼狈逃跑，魏坤宁的枪也放空响了，刚好打光了子弹。魏坤宁一笑。

魏坤宁和胡大壮冲进了庙里。铁雷和刀子激动地上前和两人拥抱。铁雷一笑："我当哪儿来的神仙！少校，你们回来得可真是时候啊！"胡大壮很兴奋一把将刀子给抱得脚尖离地说："怪得很，本来觉得你们挺气人的！可这才走几天，看到你们竟然亲得很！"高老庄惊讶："就你们俩？可听刚才那动静儿……"魏坤宁点点头："就咱俩！"文龙一笑："行啊，少校！刚才要不是你虚张声势，我们只怕出不了这破庙了！"魏坤宁一笑："就动动手指头，你也别给我戴高帽子，要不是看你们危险我老魏可不会回来！"魏坤宁打量人群，皱眉问："谭卓茹和安娜呢？"文龙等人脸色沉了下来。文龙示意魏坤宁换个地方说话！高老庄指了指远方，城南边树林里有个山洞，我们的流动哨都在那儿。

内鬼接应　暂断敌路

一

谭卓茹和安娜都被绑在木桩上。小泉清看着安娜说：“从来没有人像她这样令他牵肠挂肚，一天不见就睡不踏实。”安娜愤怒地瞪了眼小泉清：“坏事做尽自然天天噩梦缠身。”小泉清一笑：“你一定在想，你剧团里的朋友会来救你吧？千和剧团，你的同党一个都跑不了！奉劝你这次早点跟我合作，不要再抱任何幻想了！”安娜和谭卓茹听到剧团都是一惊。安娜很快佯装镇定：“我没你那么自私！我巴不得他们走得越远越好！”安娜面容担忧。

小泉清说完拍了拍手。门打开，郭三押着高小庄进屋。安娜和谭卓茹同时惊讶——小庄！高小庄很担忧地看向安娜。高小庄想挣扎但被束缚住，郭三把高小庄绑在了安娜对面。小泉清奸笑：“不要急，其他人很快也会来跟你们团聚了！”走到谭卓茹面前，托起了她的下巴：“谭小姐，我们的账再慢慢算……”

一个警察走了进来，走到郭三面前低语了几句，郭三表情一变。郭三走到小泉清身后，附在小泉清耳边低语：“钢刺跑掉了！”小泉清震惊。

刘银山一脸颓败。小泉清满脸怒容：“是抗联！”刘银山结结巴巴回应：“这……属下也着实不知。”小泉清叹了口气：“让钢刺跑了，这是放虎归山！”刘银山难堪沉默。小泉清拂袖而去。

高小庄直勾勾地盯着谭卓茹：“哎！知人知面不知心！没想到啊，姓谭的，亏我一天到晚姐姐姐姐地叫着，原来藏得最深的是你呀！”谭卓茹颇不自在地回应：“你不用拿这种眼神看我，我做的所有事都是为了党国利益，也没想过害你们任何一个人！”高小庄怒目看了眼谭卓茹：“你是不想，可结果呢……要不是你，安娜也不会落到小泉清手上！”谭卓茹沉默。安娜自责说：“现在不是内讧的时候，再说我也有责任……我要不是我要性子跟她走，也不会有这一出，为了保护我们，她的一个朋友也牺牲了！都怨我！”高小庄想说，但还是忍住了。谭卓茹找理由埋怨安娜：“如果你不咬我，闹出动静，我想小鬼子的眼线也不会注意到我们，现在，说什么都晚了。”安娜也有点内疚。高小庄插话：“算了，好消息是文龙哥他们逃出去了，他一定会想办法！”

文龙、魏坤宁、刀子、铁雷、高老庄、胡大壮走进山洞。一个抗联战士从山洞里出来。高老庄迎上对暗号：大观园起火，刘姥姥携人暂住两天。抗联战士点点头：“里边请。”几人进了山洞。胡大壮在抱怨谭卓茹：“没想到姓谭的还藏了一层皮呢！”魏坤宁低头自责：“别说了，这事儿我老魏也有责任……”胡大壮怔住了。文龙看了魏坤宁和胡大壮一眼：“算了，现在不是说这些的时候，重点是尽快打听到谭卓茹和安娜的下落！”魏坤宁想到了魏七，向文龙解释说：“魏七是我以前的战友，他底下有些人手，就在附近的牛头山上，他是山上的二当家，人壮见过我那兄弟，人品没得说，跟我一样，最痛恨的就是鬼子！”高老庄惊讶：“牛头山，那是董霸天的地盘，这个董霸天倒是听说过，和鬼子不是一道儿的。”文龙思考了一下说：“就算你的朋友信得过，但他身边毕竟鱼龙混杂，保不齐有鬼子的眼线！”铁雷点点头。魏坤宁沉思。高老庄看向身边的抗联战士：“这样，兄弟，你联系一下城里的同志，打听他们的消息。”抗联战士点点头。高老庄看向文龙：“抗联的兄弟对这带熟，和刀子兄弟出去探探风声！”文龙点头示意他们小心！

铁门打开，小泉清冷着脸进入。安娜等人抬起头看向小泉清。小泉清踱步笑了笑：“告诉三位一个好消息！你们的朋友，钢刺……又逃跑了！”安娜闻言，朝他轻蔑一笑：“你不是他对手，不可能抓得住他！”小泉清脸色一沉：“不过，这意味着你们，要换个地方好好吹吹风了！”小泉清一挥手，一队警察上前来替安娜她们解绳子。

安娜等被押上城门，安娜被绑在了木架上。谭卓茹和高小庄都被掉在了城门顶楼的一个木架上，高小庄大喊不让日本兵绑安娜。日本兵将安娜绑好之后，走到高小庄面前，抡起枪把朝着高小庄的脸上砸去。高小庄一口血水吐在了日本兵脸上。日本兵再次抡起枪把朝着高小庄脸上一顿猛砸，血水从嘴里流出来。高小庄声音有气无力："把她，给我放了！把她放了！"日本兵准备再次猛打，另一个日本兵上前来把他拦住，让他把高小庄的嘴堵上。

城门口有不少人正在排队入城，日本兵正在进行检查。郭三带着几个日本兵走上前来，将一张通告贴在了城门边："来来来，大伙都上前来瞅瞅，有没有认识这画像上的几个人的，如果能够提供抓住这几个犯人的线索，或者能找到皇军丢失的东西，重重有赏；城门楼子上的三个是已经逮捕的罪犯，通告上写得很清楚，如果明天这个时候，还没抓到其他犯人，找到皇军要的东西，楼上的三个人，就地枪决。"在场的人都围了过去，仔细看着。人群中有个戴着草帽的男子抬起头来，正是刀子。刀子看到通告上的画像正是他、文龙和铁雷。而下方画着的是谭卓茹、高小庄和安娜三人。刀子朝城门楼子上看，见三个人被绑在一个木架子上，正是安娜、谭卓茹和高小庄。

小泉清站在城楼上眯着眼看着下方。郭三过来提示小泉清："大佐，这样做，是不是有问题？"小泉清哼了一声："这样做最重要的是告诉钢刺，安娜在我手上！"郭三提到上次在火车上发生的……小泉清愠怒："别跟我提上次！上次是他运气好！"小泉清看向被绑在一旁的高小庄，安娜和谭卓茹都是被粗绳捆绑，高小庄却是被铁链紧紧地捆在木桩上。高小庄正用力挣脱却徒劳无功，无趣地摇头。小泉清一笑："可这一次，钢刺不会有任何机会了！别忘了，除了眼前这三位之外，我手中还有一枚很重要的筹码！"郭三略一思索，展眉一笑："相信大佐，这次一定会将钢刺和胶卷一并擒获！"小泉清不说话，眯起眼睛仔细盯着楼下城门口的群众。突然小泉清的目光注意到了一个戴着草帽的人正挤出人群离开，正是刀子戴的那顶草帽。又没下雨，又没有太阳，这家伙戴着顶草帽很可疑啊!小泉清命令郭三去把他拿过来问问话。郭三说罢下楼。

戴着草帽的男子挤出人群快速向回走。郭三带着一名警察拨开人群，追向草帽。郭三将枪顶在了草帽人的腰间："喂，戴草帽的，转过身来。"草帽闻言一愣，果然停住了举起手缓缓转过身来。草帽男缓缓转过身，但并不是刀子。郭三追问："这不下雨也不遮阳的，戴什么草帽？"草帽男惊吓了一下："长官，怎么啦？我就刚才在地上捡的，看成色还挺新，就，就戴上了！这，这也犯法啊？"说完把草帽递给郭三。郭三不耐烦把草帽打掉："滚滚滚！"郭三又带着警察回到城门。不远处草丛后，刀子冷冷地看着这一幕，在他身后，高老庄正期盼地看着他。刀子转过身："一个好消息，一个坏消息！好消息是，小庄还活着，不过也被吊在了城门楼子上，坏消息是安娜和谭卓茹都落在小泉清手里了。"高老庄悲喜交加："只要人还活着，咱们就有机会，走！赶紧回去商量！"

刀子和高老庄做完了汇报，气氛有些严肃。文龙拿着安娜留下的两卷胶卷在手中打量着，胡大壮焦急地走来走去。铁雷看向文龙："小泉清的目的是胶卷，我们的任务是护送安娜到苏联，干脆拿胶卷把人给换回来！"魏坤宁接过话："吃一堑长一智，上次他栽了跟头，这次只会更难对付！"文龙皱眉说："不管怎样，小泉清手里握着三条人命，我们没有谈条件的资格。弄不好，胶卷和人都得赔进去！要交换可以，前提必须是我们也得有足够多的筹码！附近还有没有我们的人？"高老庄站起来，城里城外都有咱们的人。文龙点点头："看来得再联系城里的同志一次。"高老庄看向身边的抗联战士。抗联战士点点头。

刘银山正在请郭三喝酒。刘银山不停地给郭三夹菜："来，多吃点儿，郭三爷。"刘银山放下筷子，回头还请郭三爷在大佐面前多多美言几句啊！郭三叹气："煮熟的鸭子飞了，以大佐的性格，难呐！"刘银山一怔："这不还没到最后一步嘛，这鸭子我一定会抓回来的，将功补过！"郭三看着刘银山："据我所知，大佐已经生了要撤除您警务处长一职之意！"刘银山恼怒："哼！他怎么这么不近人情，也不想想，要不是他的身份被人冒名了，这名单也不会丢！"郭三也怒声："辨不出真假的，可是您！"刘银山无言以对。刘银山露出轻蔑的脸色："那就看看他有什么本事吧，拿人质换胶卷这事儿，我看悬！"郭三冷笑一声说："你太小看大佐了，这次他故技重施，是因为他手中有更大的筹码！"

魏七掰开一筒大洋，喜笑颜开，拿起一块大洋吹了一口气拿到耳边陶醉地听着响。小泉清就坐在魏七对面，欣赏着魏七的笑容："这些都是你应得的，魏桑不愧是搞情报工作的！这次提供的情报对我们帮助大大地。可惜呀，虽然抓到了几只小虾，但因为刘银山的愚蠢让钢刺跑掉了，所以我想要的东西还没到手！"魏七拍着小泉清的马屁："听说大佐已经把那几个人质吊到城门楼子上了，这招高明，他们的同伙只能把您想要的东西双手送上了。"小泉清哼了一声说："你太不了解这个钢刺了！"魏七拍拍胸脯："大佐有什么需要我魏某的，尽管说！"小泉清点头，拿起一张画像说："潘大海在千和剧团的事，是这两个人告诉你的？"上面正是魏坤宁和胡大壮的。魏七不假思索地点点头："没错儿！这个人叫魏坤宁，以前在东北军的时候是我的上级！"小泉清点头："很好！看来明天，钢刺要么一个人质也别想带走，要么就得带走四个了！"魏七疑惑："四个，不是只有三个吗？"小泉清一笑："不，还有一个。"小泉清附身过来说："远在天边，近在眼前！到目前为止，你的身份还并没暴露，谭卓茹和安娜还为你的英勇献身痛心疾首呢！"魏七思索明白过来，一怔说："您的意思是……让我也成为人质？"小泉清点头说："聪明！你既是谭卓茹的上级又是姓魏的老战友，他们不会不管你！"魏七深思了一下说："这，我倒没问题，可钢刺那么狡猾，他会不会怀疑？"

小泉清说完突然掏出枪对着魏七。魏七大惊："大佐……"砰！小泉清眼也不眨地开了一枪，正打中魏七的肩膀，魏七捂着肩膀惨叫倒地。小泉清又一笑："辛苦，事成之后我会额外给你2000大洋！"小泉清命令把魏七关进监狱！两名警察推门而入，将魏七拖出。小泉清用手帕擦手唤住一个准备离开的警察吩咐："把城门上的人质放下来，是时候和他们叙叙旧了……"

安娜和谭卓茹都被推了进来，高小庄也被推入。谭卓茹看着安娜："对不住了安娜，是我害了你。"安娜也看着谭卓茹："本来我挺讨厌你的，不过今天过后，我会拿你当真朋友，别向这疯子低头，他除了杀人，没有别的招！"两人的心靠近了些。

小泉清走进门来，看着安娜："瞧瞧，城楼上吹了一天，小脸都快被吹裂了。"高小庄看着小泉清："混蛋，别碰她！小泉清，你有啥本事都冲你爷爷使，别为难女人！”日本兵将高小庄按住。小泉清一笑：“这几日不见，戏法先生也成了一个不要命的硬骨头了。”安娜凶狠狠地看着小泉清：“疯子，就算我们都死了，你也不可能拿到胶卷！”小泉清点点头：“瞧你说的，要杀你们很简单，不过你们也知道，我是一个特别讨厌乏味无趣的人。”

高小庄冷冷地看向小泉清：“你又想要什么花招？”小泉清回头说：“还是戏法先生了解我，一场游戏，马上开始。让你看看，除了杀人，我还有很多妙招。”小泉清拍拍手，郭三从门外进来，手中一个托盘里放着六个杯子，站定清了清嗓子：“这里有六个杯子，里面都装着酒，有一个杯子里是毒酒；每人一杯挨着往下喝，如果谁肯说出一条有用的线索，可以免喝一次，直到有人中毒身亡；不喝可以，那就重新洗牌，换上三杯，三位一人一杯，都是毒酒。”几人一惊。

谭卓茹愤愤地看着小泉清：“我不信你会这么做，我和他可以杀，安娜是你手中唯一的筹码。”小泉清冷笑：“筹码？我要杀你们的消息已经放出去了，要是有用的话，明天下午之前自会有人上门。要是没用，你们也死活不肯开口，那你们活着对我而言和死人有什么分别！”

安娜大骂小泉清：“混蛋！放了他们，我告诉你东西在哪儿！东西在钢刺手里！”小泉清也大喊：“能不能别用这种废话来浪费时间？我要知道的是这伙人在哪儿？嗯？”三人都沉默了。

小泉清朝着郭三使了个眼色。郭三插话：“三位请商量一下，谁开始，可以采取投票制，二比一胜。”安娜等三人都面面相觑。郭三一伸手：“想好了吗？五分钟可过去了。”高小庄站出来要先来。郭三眯起眼：“你？你是要说出他们的下落，还是要……”高小庄昂首挺胸：“我不知道他们在哪儿，我来喝第一杯。”小泉清故意挑唆：“聪明，现在有六杯，六选一，中毒的机会很小。两位女士有什么意见吗？”安娜和谭卓茹都保持着沉默。

小泉清朝郭三使了个手势。郭三上前将高小庄解开，高小庄看着面前的酒，又看了看安娜：“安娜，你要好好活下去。我说过，只要有我在，就不会让你有事的！”所有人都疑惑地看着高小庄。

高小庄突然两手端起所有的酒杯，一杯杯送进了自己的嘴里。安娜大喊："高小庄，你疯了！"谭卓茹也看傻了眼。高小庄喝完最后一杯，看向了安娜，突然双眼一睁，发出剧烈咳嗽，随即便难受得蹲了下去，咳嗽得越来越剧烈。安娜声嘶力竭地大喊："高小庄，你看着我，你不能死！我没同意，你给我站起来！你不能死！你别死，我欠你那么多……"说着，安娜突然哭起来。

高小庄抬起头来看着安娜："我只是喝得太急，被呛着了，耳朵差点给我叫破了。"安娜傻了眼："你，没事儿吧？"高小庄笑笑："没事啊，不过这酒实在不咋的！"

郭三傻眼了："你……"小泉清将郭三拦住，鼓掌上前说："精彩！还真是一点不输给你的戏法啊！"高小庄蔑视小泉清："你在哪儿买的毒药，被哪个小作坊给骗了吧？下肚都半天了，咋一点反应都没有！"小泉清笑着背手出了门，把他们押下去！

郭三一脸狐疑的跟上了小泉清："大佐，您的那酒，不会真是为了诈他们的吧？"小泉清看着郭三说："好戏，还在后面，哈哈哈！"小泉清快步下落，郭三看看办公室的门，一脸不解地跟了上去。

二

文龙靠在庙门口，魏坤宁提这个水壶上前来，递给了文龙。文龙笑着接过，喝了一口，一口下去发现是酒，差点吐了出来。魏坤宁笑了："别装，刀子说过，在吉野工程团的营地里，你可是一口气喝了一坛子。"文龙装着发怒："刀子这小子，竟然出卖我！"魏坤宁接过话："不过说实在的，你不觉得自个儿一天到晚特累吗？"文龙一脸的疑问。魏坤宁正色："把脸绷得跟牛皮毡子似的，谁欠你了？"文龙低下头："习惯了。"魏坤宁也喝了一口问："你有办法了？"

文龙朝里看了看说："小泉清这人心思缜密，又很多疑，我没有别的办法，明天，我准备拿这个胶卷去换人。"魏坤宁看着文龙手中的胶卷："你觉得这个小小的胶卷能从小泉清手中换回三条性命？"文龙露出难色："明天还得麻烦你带着弟兄们走一趟。"魏坤宁狐疑地问："去哪儿？攻打佳木斯？”文龙摇头：“不是，诱捕刘银山！”魏坤宁一惊：“你说的是警务处长刘银山？！”文龙点头说：“对，不要忘了，小泉清只是特派员，这儿的警察全是刘银山的手下，捉了他们的头儿，这些警察会怎么办？”魏坤宁点头。文龙又补充说：“有了胶卷加上刘银山这个人质，让小泉清放人他就不得不松口了，至少能拖延时间，争取机会！”魏坤宁想了想，指着胶卷问道：“这就是小泉清一路追踪想要的东西？”文龙点点头：“他的目的是销毁这胶卷里的东西。”魏坤宁迷信着说：“但愿都如你所料吧，我这眼皮一直跳。”文龙看着魏坤宁说：“心不动，就不会乱。”魏坤宁生气了：“你说啥呢！”文龙笑笑说：“你对谭小姐是什么想法，是个明眼人都能看出来，你喜欢她，你们之前恐怕不只是共过事这么简单吧？”魏坤宁笑了笑：“你小子！有时候眼睛太贼，不是啥好事。”文龙撞了撞魏坤宁：“说说！有问题啊，赶紧的。”魏坤宁清了清嗓子：“你别告诉别人啊，嗨，我第一次见她是五年前的5月27号……”

魏坤宁述说着他与谭卓茹的相逢：

魏坤宁站在一个巷子边，手里拿着一捧玫瑰，穿着笔挺的西装，他不断把自己的头发朝后捋，显得有些紧张。魏坤宁几个兄弟七嘴八舌地鼓励着他，因为当时只是见过谭卓茹的照片，没有见过她真人。魏坤宁清了清嗓子，朝着咖啡店走去。

魏坤宁走进咖啡店，见一身职业装的谭卓茹在窗边的位置，抿着咖啡。魏坤宁突然想掉头，真人比照片漂亮多了去了，有点不自信了，咋比上阵杀敌还紧张。魏坤宁再次回头时，见谭卓茹坐在椅子上，双手操在胸前，冷冷地看着他。魏坤宁连忙收拾起自己的狼狈，朝着谭卓茹走了过去，您好……话音还未落下，谭卓茹立即将他打断，今天要不是看在我老师的面子上，我是不会来应这个约的。魏坤宁傻眼了，那……谭卓茹又打断魏坤宁，你别说了，请收起你的花，一看你就是不懂情调的人，红玫瑰是这世上最俗气的花，你觉得它和我配吗？我点的这杯咖啡已经付过钱了，你想吃什么，自己点，回头我老师问起，希望你能够稍微有点绅士风度，告诉他我们已经见过面了，不过我们并不适合。魏坤宁更傻眼了，这……谭卓茹起身，又补了两个字：谢谢。谭卓茹出门，魏坤宁起身试图去拉谭卓茹，谭卓茹突然站定，对了，为了你让你死心，实话告诉你吧，我有喜欢的人了，再见。谭卓茹走开，魏坤宁的手悬在了半空……

文龙听完，一脸吃惊："你们的相亲，你前前后后就说了4个字？你到现在还喜欢她？"魏坤宁脸上闪过一丝不悦："本来早死心了，没想到居然能在虎头要塞又碰上。"文龙追问："当时你就知道她的身份了吧？"魏坤宁点点头说："以我对她的了解，这根直肠子没那么容易拐弯，要说她做汉奸叛徒，总是有点说不过去的，她这个人我很了解，外冷内热，不会害你们！"文龙抱怨魏坤宁："你呀，早告诉我，不就没这一出了吗？"魏坤宁急道："别整这些没用的！说正题，你刚说诱捕刘银山，你一定是有计划了吧？"文龙一笑："咱还得从这人心理去分析，小泉清看重的是胶卷，而刘银山呢？他最在乎的其实是那份名单，从这点来说，他俩就有了分歧！"魏坤宁想了想，一笑："行啊！"文龙也一笑："猜到了？"两人一阵耳语。

魏坤宁打了一下文龙："好你个文龙，论兵道我老魏自认不输你，可要论到分析这鬼子的心理，我老魏可差着好几条沟！"文龙瞟了魏坤宁一眼："哟，这话可不像你老魏说的啊！"魏坤宁递过酒："成，干了这口，咱好好歇一晚，明天干票大的。"文龙接过喝了一口，两人相视一笑。

谭卓茹靠在墙角，望着窗外。高小庄被打得鼻青脸肿，靠在隔壁的牢房的角落里，两间牢房隔着铁栏杆，高小庄两眼放空。安娜伸手够到他面前摆了摆说："你没事吧？你在想啥呢？在想你爸和文龙他们吧？"高小庄沉默了一下，算是默认。说到高老庄，安娜安慰小庄："其实，高伯挺在乎你的！"小庄点头说："经过这次，我想我能理解他一些了！"安娜高兴地说："那就好，相信你们一定可以再团聚的！高伯还答应我，要给我唱《定军山》呢！"高小庄来了兴志，这是他看家的本事，不过可不肯轻易开嗓……但突然意识到什么，又打住了。安娜看着高小庄一笑："那杯毒酒喝下去，你真一点反应都没有？"高小庄笑了一下："能有啥，小泉清就是吓唬你们，幸好没说。"安娜很自责："都怪我，要不是我不听文龙的话，也不会害得大家都这样！"高小庄安慰安娜："你也别多想了，逃过这一关，回到苏联，好好生活。"安娜抹着泪说："我欠大家实在是太多了！"高小庄看着安娜伤心的样子，想辙。高小庄给安娜哼起了《定军山》，天助黄忠成功劳，站立在营门三军叫，大小儿郎听根苗。头通鼓、战饭造；二通鼓、紧战袍……谭卓茹靠在墙边，望着窗外，一直没有说话。

监狱里一片寂静，走廊里回响着高小庄的哼唱声，三通鼓、刀出鞘；四通鼓、把兵交。向前个个有犒赏，退后难免吃一刀。三军与爷归营号，到明天午时三刻要成功劳……阴森的监狱竟然因为高小庄的哼唱而多了份美好。

天光大亮。胡大壮、刀子、铁雷和抗联战士蹲在地上，拍了拍还在沉睡的文龙。文龙睁开眼，见四人都狐疑地打量着自己，缓缓坐起来。文龙打了个哈欠问："你们要干吗？几点了？"铁雷说九点了。文龙一拍脑袋："这一觉睡得不错！"胡大壮一笑："是不是昨晚老魏把你给灌傻了？"文龙意识到老魏自己冒险去了。铁雷把魏坤宁留在文龙身上一张纸条递了过来。纸条上的内容——对不住了，在酒里给你加了点料，胶卷我拿走了，你的计划不错，不过这是个拿命赌的事儿，小泉清关着我老魏喜欢的女人，这一次别再跟我抢风头。一切，按计划执行！大伙都蒙在鼓里，铁雷一惊说："我明白了，哥，你这是在给老魏一个英雄救美的机会呢！"文龙又打个哈欠说："这机会不是我给的，是老魏自己心甘情愿拿命换的！胶卷是新的，里面啥也没有！要是没本事拖住小泉清，老魏可能会吃小泉清第一颗枪子！"众人一惊。

魏坤宁戴着一顶草帽，走到城门口，四下看了看，见郭三在前方协助日本人检查入城的人。魏坤宁走上前去，跟着待检查的老百姓一起进城。轮到魏坤宁时，郭三上前来。魏坤宁抬起头看，看着郭三一笑。郭三一惊，被吓得连连后退，躲在了日本兵身后："快，把这人给我抓起来！"日本兵莫名其妙，魏坤宁缓缓将手抱在了脑后："带我去见小泉清，我有他要的东西！"日本兵把魏坤宁抓住！

刘银山再次向小泉清请战："大佐，请再给次机会，我一定会帮助你抓住钢刺，夺回所有东西！"小泉清冷冷地看了眼刘银山："凭你？我还得感谢你，你的无知无能，倒是让我想念起我的部下冈本了！"刘银山低下头。小泉清冷笑一声说："昨天我派人去了城外你和钢刺交火的地方，我的人数了下弹壳，你猜怎么着？从弹壳的数量和分布的地点来看，从后面偷袭你的只有区区两把枪而已！"刘银山震惊："这……这不可能！"小泉清哼了一声："他们只是故意夸大了动静而已，你就吓得草木皆兵，屁滚尿流了！你还真是替皇军长脸啊！"刘银山脸憋得通红："属，属下失职！请大佐再给次机会，属下一定将功补过！"小泉清厉声大喝道："你现在对我最大的帮助，就是什么都不要做！"刘银山脸色难堪却不便发作。

此时，郭三从门外进来，告诉小泉清东北军的那个少校到了！小泉清沉思一愣："他？钢刺没来，来了个东北军少校？不过，对于我的计划，倒是更有利了！把他带进来！"小泉清看向还站在一旁的刘银山示意出去！刘银山退了出去。

警察押着魏坤宁走向办公室。从办公室出来的刘银山看到魏坤宁，上前拦住："等一下！你就是那个来交胶卷的家伙？"魏坤宁一怔。刘银山一笑："就你一个人，你的同伙呢？"魏坤宁冷笑一声："呸！我和他们不是同伙，不过是一起逃命的！"刘银山一愣："喔，那就你一个人来？"魏坤宁嗤笑刘银山了一下说："亏你还是处长，这还瞧不明白吗？那帮家伙认为胶卷更重要，并不打算交换，所以我就偷了出来！老子没什么别的爱好，就稀罕女人！连他自己喜欢的女人都保护不好，算什么男人！"刘银山一笑："是那个姓谭的吧？"魏坤宁默认。刘银山又上前一步："这样啊，不如我们先做个交易！你告诉我钢刺的下落，我保证你的女人在牢子里吃香喝辣直到平安放走！"魏坤宁故作心里一高兴又马上沉下来问："好像，这些我需要跟小泉清谈吧？"刘银山不悦地说："别忘了，我才是这儿的头，她们可是关在我的监狱里！"魏坤宁不说话。

刘银山围着魏坤宁踱步着步说："谭小姐如此美丽，可你说，万一在她被放走之前不小心毁了容，或是被哪位太君看上了，那多不好？"魏坤宁生气地瞪了刘银山一眼，接着眯起眼看向刘银山说："你威胁我？"刘银山倒是很认真："怎么着，一边是你心爱的女人，一边是跟你毫不相干的家伙，孰轻孰重，很好选择吧！"魏坤宁故作咬牙："好，我告诉你！"魏坤宁附在刘银山在他耳边轻声说了几句。刘银山得意一笑："识时务为俊杰！行了，先带他进去见大佐吧！"警察押着魏坤宁走向小泉清的办公室，刘银山眼神一变迅速离去。

高老庄、刀子、铁雷、胡大壮、抗联战士围在文龙面前。文龙低声吩咐大家："按我和老魏的计划，他会借机给刘银山透露咱们的窝点！诱使刘银山前来围捕我们！"高老庄认为这是不是有点太冒险了!文龙摇头说："今天小泉清会集重兵在城门，刘银山带不了几个人手！他来就是自投罗网！"胡大壮像开窍了："没错，进了林子可就是咱的地盘儿了！"文龙点头："大家加点儿紧，大壮，你带着大家一起设套布陷阱！"胡大壮拳头一握去办了。文龙又问给城里抗联的信发出去了吗？抗联战士点点头，告诉文龙说他们一早就出发了。

魏坤宁被推入。小泉清围着魏坤宁看了一圈说："咱们又见面了，你是来干什么的？"魏坤宁正声回应："我手里有你要的东西，是来请你放人的！东西在我这儿，只要你放人，我一定把东西交出来。"小泉清看向郭三。郭三报告，已经搜过一遍了，什么都没有。小泉清用怀疑的目光看向魏坤宁："我凭什么相信你？！"魏坤宁也冷冷地看着小泉清："胶卷，我没兴趣，相反，我稀罕的宝贝，在你们手中！"小泉清假友好地回应："是谭小姐吧？"魏坤宁默认。小泉清一笑："巧了，谭小姐，我也看上了。"魏坤宁一眯眼。小泉清又一笑："别紧张，这个女人固然特别，但我只要我能如愿拿到胶卷。人，你可以如愿带走！"魏坤宁回应："至少，先让我确认她们的安全吧？"小泉清递了个"请"的眼色。

刘银山从魏坤宁处得知文龙等一行的驻点，在一辆小车内，踌躇满志。随身一近卫警察问刘银山："处长，情报准确吗？"刘银山蛮有信心地喘了口气："我问过郭三了，这个姓魏的和钢刺他们的确不是一伙的，只是从要塞结伴逃跑的亡命之徒罢了！"警察有疑虑人手问题。刘银山哼了一声："上次在破庙里来增援他们的只有两杆枪而已！"警察惊叹！刘银山意识到说漏嘴："咳咳，这不是重点，重点是他们的弹药都打空了，凭咱们手上的家伙，够他们吃不了兜着走了！这个小泉清，让他看看老子的本事！"警察赶紧敷衍道："是是是！恭喜处长，能拿下钢刺夺回名单，这可是大功一件！"

一辆汽车从马路上行驶过来，旁边还跟着几辆摩托车在保驾护航。路边的树林中，文龙骑在一棵树上放下望远镜说："来了！"高老庄，刀子，铁雷等人也都相继从相邻的树上冒出头来。文龙问铁雷："你这枪好使吗？"

铁雷一笑："有效射程500米，应该够得着！"胡大壮抱怨抗联配备的枪支弹药太少。文龙对大壮笑了笑："都打起精神头来，瞄准点儿，咱的子弹可都没几响了！没事，一会加倍奉还！先放这伙人过来，刀子，你瞄准前面那辆摩托车上的警察。铁雷，你瞄准后面那辆。老高同志，你打汽车的轮胎，随便爆掉一个就行。"胡大壮一看没自己的任务，看向文龙。文龙手一指："待会儿枪一响，这帮孙子只能往林子里跑，你的套子就可以派上用场了。"大壮高兴极了说："瞧好吧！套上野狗的可都得算我的！"胡大壮说完滑下了树去。文龙拿着望远镜看着，望远镜中的车辆越来越近，三、二、一！

随着文龙的一声令下，三枪齐发，两个摩托车上骑车的人被打死，汽车的轮胎被打爆。小汽车拐到一旁的山体上撞了车。摩托车上的警察吓得跳车跑头乱窜，跑进了林子。文龙抱着枪，从树滑下冲上去，呈Z字形跑动，汽车里的警察不断朝着他开枪，一枪未中。

刘银山身边的警察被吓坏了，努力打开车门要跳车逃跑。刘银山急忙喝道："慌啥慌！咱们就是来抓人抢名单的！把硬家伙给老子亮出来！"两个警察点点头，身后坐在摩托车上的警察，抬出了一挺机枪。警察端着机枪朝着跑过来的文龙一阵突突。车内的另两个警察兵跟着刘银山下车，刚迈出步子，文龙一枪击毙一人，远处的刀子也一枪过来打死了一人。刀子、铁雷、高老庄、抗联战士都相继分散冲了过来。车内的刘银山和警察不停开枪，就是打不中。身后的警察们相继倒下。刘银山见状，意识到不妙。趁机和另外几个逃命的警察跳车一起钻进了路旁的树林。两个警察也一边放枪，一边往树林里边撤。

刘银山和几个警察在林子中乱跑。刘银山掏出枪，拦住了身旁的警察："都镇定点儿，他们没几杆枪；咱们面前可是重要的通缉犯，拿下了，个个升官发财！"另外几名警察经刘银山一呵，也停止了逃跑。警察们一听受到鼓舞，都端起家伙准备杀回去。胡大壮在不远处的树后露出眼睛，冷笑。一个警察的脚踩到一个套子中，胡大壮一拉绳子，只见那个警察瞬间被斜拉着倒地，嗖地一下被拽进了旁边的草丛中。警察们见状一惊，更是乱了阵形，其中一个警察后退时，后背不小心碰到了一根树藤，只见旁边一个尖尖的竹耙子像个钟摆一样嗖地砸过来，将警察硬生生砸死。刘银山气急骂了起来：“邪了，着了道！”

汽车旁，文龙和高老庄一行把死掉的警察身上的武器扒了下来。文龙将一捆炸药筒扔给铁雷：“接着！”铁雷呵呵一笑：“硬货不少啊，待会儿和小泉清干，有底气了！”刀子也一笑：“不但让姓刘的自投罗网，还让他给咱输送了最缺的弹药！”文龙吩咐：“现在，好好去谢谢给咱送大礼的刘处长吧！”大家对视一笑，抄着武器向林中包抄去。胡大壮上前来，告诉抗联的战士说：“没想到我这陷阱，还真不赖！兄弟，一会我就把子弹数给你！”抗联战士也是一笑。

三

还活着的三个警察都如惊弓之鸟，和刘银山挤在一起一动不敢动了。刘银山起来：“他，他们没招了，走！”刘银山话音刚落，砰！砰！砰！三声枪响，刘银山身边的三个警察齐齐中枪倒地，就剩下刘银山一个人了。刘银山握着枪转圈儿，四处指着：“钢刺，你，你给我出来！”砰！又是一枪，刘银山手中的枪也被打落在地。文龙一行扛着枪从烟雾中走了出来：“刘处长！受惊了！”文龙搭了个口哨，一张大网突然从天而降将刘银山牢牢罩住。胡大壮大笑着从一旁的树丛中走出。胡大壮“哇”了一声：“好大一只熊瞎子！”高老庄担心地说：“捉了他，小泉清会受制约吗？”文龙眯起眼：“小泉清不会，但那些警察有可能！”胡大壮点头说：“有可能？老魏的命可就攥在他们手上！”文龙告诉大家：“我们的信已经送到了城里，我们拿他拖住了小泉清，事情就成了一半！”

一只信鸽落在了佳木斯城内一个楼房窗台。一个男人过来，将信鸽脚下的密信取出，看了看，连忙关窗进屋。

小泉清带着魏坤宁来到了监狱房间前，里面的谭卓茹和安娜、隔壁牢房的高小庄见到魏坤宁都是一惊。谭卓茹惊了声：“老魏！”高小庄也惊疑：“少校，你怎么来了？”小泉清一笑：“怎么样，看到你心爱的女人，现在放心了吧？”小泉清意味深长地看了眼谭卓茹，谭卓茹有些意外地看向魏坤宁。魏坤宁点头，然后看着谭卓茹。谭卓茹问："谁让你来的？你是嫌你的命太长了吧？"魏坤宁一笑："老魏我自个儿来的！他小泉清又不是阎罗王，我活到几时，还轮不到他做主。"小泉清一笑问："接下来，你想怎么交易？"魏坤宁正声回应："我把胶卷埋在城外不远，你带他们到城门口，我取胶卷，交易放人！"小泉清沉思一下说："好！"

谭卓茹一行戴着手铐，被警察押着。魏坤宁则被小泉清押着慢慢向外走去。突然，魏坤宁看到拐角一间牢房里昏睡着一个熟悉的身影——魏七。魏坤宁惊讶！谭卓茹和安娜也注意到魏七。谭卓茹惊疑："夜隼？他也被抓了！"魏坤宁更是惊疑："你也认识他？"谭卓茹点头。安娜给魏坤宁说："魏七是谭卓茹的上线，之前就是为了掩护我们逃跑才留下断后的！"魏坤宁向魏七喊道："没想到你也成了国民政府的人！硬气！不愧是我兄弟！"魏坤宁转头看向小泉清："我的条件有改变。"小泉清故意气愤："你不要得寸进尺！"魏坤宁回应小泉清："你要的是胶卷，多放一个犯人，对你没什么影响！"小泉清想了想，对身后的郭三使了个眼神。警察打开监狱门，郭三进去一脚将昏迷的魏七踹醒："起来！"魏七嘴唇干裂，造型邋遢，他缓缓睁开眼，逆光中看到了魏坤宁一行的身影。魏七气息微弱："老，老大？"小泉清吩咐魏七："跟你兄弟走吧！"魏七看着小泉清，胳膊上的枪伤疼痛，摇摇晃晃跟了出去。

小泉清带着一队警察从城内出来，魏坤宁也被押着走上前来。小泉清看着身后的高小庄、谭卓茹等人。小泉清看向魏坤宁："人我已经带出来了，东西你总该给我看一眼吧。"魏坤宁一怔："笑话，这里都是你的人，我要拿出东西，你一声令下，人不还是到你手里了吗？"小泉清反问："这么说，这个买卖是做不成了？"魏坤宁看着小泉清："你找辆车，让他们上车，我自然会告诉你，胶卷在哪儿。"郭三假装着急："你……"小泉清淡定一摆手："照他说的做。"小泉清在郭三耳边一阵耳语。

文龙在土桥一头对刀子、胡大壮、铁雷、高老庄吩咐："待会儿，我接应到小庄他们后，会从这里撤回！"铁雷要和文龙一起去！文龙摇头："不，你在这桥下埋好炸点，到时我们一撤过来，咱们就炸桥跑路！"铁雷点头道："明白！"其他的人跟着文龙出发了。

一辆车停在了小泉清身旁。小泉清一个眼色，高小庄、谭卓茹、安娜和魏七被送上了车，几人都被手铐铐住，高小庄坐在前排，手被铐在边上。小泉清看着魏坤宁：“现在，够意思了吧？”魏坤宁看了看小泉清：“放他们开车走！”小泉清愠怒：“别再考验我的耐心！”小泉清抬枪对着车内：“你要不肯交出来，我马上毙了她！”魏坤宁见小泉清的枪口对准了谭卓茹，然后再次看向小泉清：“那你永远也得不到那份胶卷！”小泉清着急了：“放他们走了，我也同样得不到！别废话了，三！”魏坤宁十分犹豫地看着两人。小泉清又喊：“二！”谭卓茹大喊：“别管我，交了东西，我们一样活不了！”安娜也大喊：“不要给他，千万不要！那里面记录着他的罪行！”小泉清恨恨地喊：“一！”小泉清就要开枪，魏坤宁捏住小泉清的枪口。魏坤宁喊道：“慢！”众警察的枪都对准了魏坤宁。魏坤宁朝着身后一挪脚。魏坤宁朝着脚底踩着的那块石砖使了个眼色：“胶卷就在里面！”郭三上前将那块砖去开，里面果然有一个盒子。小泉清看着郭三。郭三打开盒子大喊：“是胶卷！”魏坤宁问小泉清：“可以放人了吗？”小泉清一笑：“你觉得呢？你还真是天真！把人给我铐起来！”魏坤宁恨恨地看向小泉清：“你这不守信用的家伙！”小泉清冷笑：“我至少得验一验这胶卷是不是真的吧？”谭卓茹大喊：“别信他的话，一旦验出来，咱们谁都走不了！”小泉清又冷笑：“谭小姐，你认为现在这局面，你们谁就能走得了了吗？”几个警察上前来，要将魏坤宁拷住。

文龙的声音从远处传来一声——“慢着！”

四

文龙、胡大壮、高老庄、刀子四人扛着枪朝着城门走过来。刘银山那一脸狼狈，被捆着在前面跌跌撞撞的朝前走。众人回头看去，都是一惊。小泉清一看：“到齐了！”文龙大喊：“老魏，你的药不错，让我睡了个舒坦觉！”高小庄和安娜欣喜，异口同声喊道：“文龙哥！”

文龙冲着小泉清身后的警察们大声吆喝：“喂，你们的头儿在这儿，还不快把枪放下。”郭三见状一惊：“刘处长……怎么，落他们手上了！”

小泉清眉头一皱："这个蠢货！"刘银山对着小泉清大喊："大佐，快救我！"文龙看着小泉清："你要的东西既然已经得到了，就把人放了吧！"小泉清听到这话，一双鹰眼狠狠眯起。刘银山又喊："小泉大佐，东西你已经拿到了，请你赶快放人！"小泉清眯着眼说："这东西我还得冲洗出来验了才知道！"刘银山接着喊："大佐，你要的是胶卷，你，你手中的不就是胶卷吗？"小泉清悄悄递给郭三低声："赶紧找个相馆洗出来！"郭三带着盒子离开。

阳光刺眼，气氛凝重。小泉清故意拖延时间。小泉清大声问刘银山："怎么？刘处长，放了人，你追踪的抗联名单还要不要了？"刘银山抱怨："这都什么时候了！"文龙看着小泉清："小泉大佐是在故意拖延时间吗？"小泉清继续眯着眼："是又怎么样！"文龙撂话："既然小泉大佐这么有兴致，我们就陪着你！"

刘银山大声喊向警察们："快，快放下！你们跟着我这么久，我要出事，你们也别想有好日子过！"警察们听到老大发话，缓缓放低枪杆。小泉清直接抬枪击毙了一个警察。其余警察连忙抬起枪对准了文龙等人。

文龙转头向魏坤宁："老魏，你先回来！"几个警察看向小泉清。小泉清点点头："今儿个谁都逃不了！也不怕多他一杆枪！"警察侧身让开。魏坤宁看了看车内的谭卓茹等人，走向了文龙一边。胡大壮丢过来一把枪，魏坤宁接住。魏坤宁对文龙低语："得让他把他们四个也放了！"文龙继续喊话："小泉清，其他四个也放了吧？"小泉清回应："我是个讲诚信的人，拿出胶卷可以换走一个，要是胶卷是真的，我还能放走一个，你手上的刘处长还能换一个，至于安娜小姐嘛，没商量！"所有警察都看向小泉清，小泉清感受到压力暗暗握紧了拳头。一个警察过来将一个步话机递给了小泉清："是郭三爷！"小泉清问："郭桑，怎么样？"郭三那头大喊："大佐，胶卷是假的，啥也没有！"

小泉清调换步话机频道："宪兵队，宪兵队，我是小泉清，马上调集四个分队到城门口支援！"文龙预感不妙，对小泉清喊话："你不讲理，就别怪我不客气了！都把枪放下！"文龙一个眼神，胡大壮端起枪杆。砰！胡大壮一枪打在了刘银山的手臂上。刘银山惨叫："都把枪放下！"所有警察见状，面面相觑，手中的枪杆握得更紧了。高小庄看着车边围着的日本兵，又看了看驾驶室的方向盘，不敢乱动。车内的安娜和谭卓茹都非常焦急，魏七左右看着，目光阴狠。小泉清大喊："胶卷是假的，给我打！"所有警察都意见不统一，不敢妄动。砰！小泉清突然抬手一枪将刘银山打死。

小泉清大喊："现在，都听我的，给我上！给我杀光他们！"大队警察快步冲出，不断攻击文龙等人。胡大壮喊道："都来了！咱们几个顶不住啊！"文龙一边还击，一边看着城门内大喊："拖时间！"

小泉清回到轿车边："安娜小姐，看见了吧，你的朋友实在太狡猾了！"安娜狠瞪小泉清："别以为我看不出来！就算胶卷是真的，你一样会下令攻击！"小泉清一笑："不错，你有进步！可钢刺就不同了，居然傻到以为我会被一条走狗的性命威胁！"安娜大喊："小泉清你这种人，没有任何感情，迟早会遭天谴！"小泉清手一摊："只可惜，我遭天谴的画面，你的这几个朋友，恐怕没机会看到了！"小泉清走到一侧，看着远处。

那队警察根本不是文龙等人的对手，一个个相继倒下。日本兵问："大佐，我们是否过去支援？"小泉清眼一眯："我们按兵不动，让他们消耗钢刺！等我们大部队到了，全力攻击！"日本兵退后。谭卓茹大喊："他是要让这些满洲警察废光文龙他们的子弹！"安娜愤愤地说："历史已经印证了，侵略者都这么无耻！"小泉清一脸得意地站在城门口。

城门内，有不少人围在门口观看，两个日本兵和两个满警拉着木桩阻挡着里面的人。

大队日本兵朝着城门口小跑。六七个抗联从巷道里冒出头来，朝着大队日本兵开枪阻击。日本兵还击。六七个抗联边打边掩护。

远远围观的人堆中，听到城内的枪声。一个抗联附身到另一个抗联耳边："第五小组的同志已经和鬼子交上火了！"另一个抗联喊道："杀出去！"有十几个抗联冒出头来开枪，将四个岗卫打死。潜伏在人堆中的抗联战士纷纷拔枪冲了出去。小泉清闻声一惊，扭头看去，一个抗联战士举着炸药丢了过来。小泉清一惊大喊："趴下！"炸弹落下，小泉清身边的日本兵被炸倒在地。抗联战士们冲了出来，不断朝着日本兵射击。不远处，文龙等人也听见了炸弹声。文龙喝声："快，冲过去！跟他们会合！"魏坤宁要宰了小泉清！魏坤宁提着枪冲了过去。文龙等人打死了面前的警察，也要冲上前去。刀子对文龙喊：“我们也没多少子弹了！”文龙边冲边喊：“先救人！”

小泉清被两面包抄，在几个日本兵的掩护下，朝着侧面跑去。魏坤宁提着枪冲了过去，打死了两个日本兵。文龙冲过来：“老魏别追了！他们援兵很快就会到！”魏坤宁朝地上啐了一口：“下次见到非宰了小泉清！”文龙朝车内探头：“你们没事吧？”安娜哭着说：“文龙哥，我真担心我再也见不到你了！”安娜的手钩住了文龙的脖子。高小庄从后视镜里看到这一幕，躲开了目光。

高小庄见高老庄过来。高小庄大喊：“爹！”高老庄也很激动：“好样的儿子！”魏坤宁走过来，与谭卓茹的目光交集，谭卓茹看向了别处。魏坤宁哼了声：“行了，赶紧走吧！”文龙上车，将车发动开走，穿过前边树林，铁雷在土桥边等着呢！魏七低头沉思。

车子驶出，一队抗联跟着文龙等人也朝着土桥方向撤去。

六七个抗联已经牺牲，剩下一个。日本兵冲过来，将最后一个抗联打死。抗联咽气前，手中摊开一个手雷。突然发生爆炸。一阵火光之后，死了几个日本兵。郭三冲上来：“快，到城门口支援大佐！”日本兵朝着城门口跑去。

轿车冲上了公路。车厢内，高小庄兴奋不已：“我们终于活着出来了，到了地儿，我替你们开手铐！”车子突然在林中停了下来，熄火了。文龙大喊：“车子有问题！下车！”胡大壮在远处跑过来喊道：“干啥呢！快跑啊！”文龙看向身后，小泉清带队追近。文龙下车，掏出一个别针，将手铐一一捅开。魏七想磨蹭时间，故意举得慢。魏坤宁不解：“老七，磨蹭啥呢，快！”魏七这才把手铐亮出，文龙把别针丢过来，魏坤宁将魏七的手铐打开。文龙和魏坤宁将车上的高小庄、安娜四人扶出。文龙大喊：“快走，再往前不远就是土桥，铁雷在那儿接应咱！”魏坤宁大喊：“桥下有炸点，只要过了桥，鬼子就追不上咱了！”魏七听在心里，眼睛一眯。

铁雷埋伏在桥另一头的草丛中。文龙带着众人赶过来，问铁雷：“办好了吗？”铁雷点头：“放心，没问题！一个都没少！太好了！”胡大壮大喊：“这叫啥话，还多带回来一个！”几人看了看魏七。众人欣喜。

小泉清灰头土脸，带着郭三和大队日本兵赶来，看到停在路边的车。小泉清一笑：“继续追！”小泉清带队向文龙一行逃跑的方向追去。

文龙等人朝着桥头走去。高老庄转向高小庄：“你没事吧？”高小庄摆摆手：“我自己能行！就头有点晕！”高小庄扶着土桥墩上了桥头。高老庄一笑，递过来水壶。高小庄夺过水壶：“笑啥笑，你要再自己逞英雄，我可不管你了！”高小庄喝完塞回水壶。高老庄高兴地一笑：“成，以后都听你的！”高老庄把水壶递给了魏七：“兄弟，快跟上！”魏七点点头，跟在最后，趁着高老庄和高小庄扭头走去，魏七将水壶倒在桥面，水壶的水往流下，将桥下的炸药引线淌湿。文龙回头：“快，别耽误了，赶紧撤！”魏坤宁大喊：“老七，快撤！”魏七连忙跟上。

小泉清带着警察队伍来到。小泉清招呼所有的人：“就在对面，给我打！”小泉清他们不断开向对面开枪。流弹嗖嗖乱飞。

高老庄大喊：“快走！”文龙一行边战边退。高老庄断后举枪还击。嗖！高老庄的腿被一颗子弹袭中。胡大壮一把将高老庄扶住：“老高，你没事吧？”高老庄摇头。文龙看到鬼子的先头部队已经上了桥。文龙吩咐铁雷：“雷子，可以点了！”铁雷点头，打燃火舌子点燃了引线一头，然后随文龙一伙快速向身后的林子里撤退。可刚到林子口时，铁雷一回头突然停住了：“坏了，引线燃到桥头处时突然熄了火，得回去续上！”那引线太短，点了就没机会撤了！大伙都感觉回去太危险了！铁雷正要动身时，高老庄突然一把将他手中的火舌子夺走了，大喊：“我去！你们的任务是送安娜，而我的任务，是护送你们！听我的，走！”高老庄说完拖着伤腿，用枪当着拐杖支地，走向桥头。安娜大喊：“高伯，你不能有事，你说过还要给我唱定军山，还要给我煮酸辣汤的！”高老庄坚定地往前走着，并没回头，心想：丫头，高伯是给你煮不了手擀面了，今后你手擀面的时候，能念想一下你高伯，我就满足了！

高小庄看着父亲拄着枪坚毅决绝的背影，泪湿了眼眶，心中压抑的情感终于喷涌而出，“爹！”这一声喊响彻山间。高老庄的身子微微颤了一下，他顿了一下，但仍然没有回头，继续往前走去，心想：儿子，做个顶天立地的汉子，好好活着！高老庄突然哼唱起了《定军山》，声调铿锵——天助黄忠成功劳，站立在营门三军叫，大小儿郎听根苗。头通鼓、战饭造；二通鼓、紧战袍……

文龙一行都已经是热泪盈眶，掩护老高！文龙等人不断开枪，阻挡小泉清部。小泉清一行听到对面传来《定军山》的唱词，又看到一个身影竟然折回，拄着枪孤身走向对面桥头。高老庄继续唱——三通鼓、刀出鞘；四通鼓、把兵交。向前个个有犒赏，退后难免吃一刀。

郭三请示小泉清："大佐，这怎么回事？"小泉清一摆手示意——慢！所有人都感觉到了不安，停下了脚步。高老庄突然打燃了火舌子，唱出了最后一句——三军与爷归营号，到明天午时三刻要……成功劳！小泉清大惊，忙喊："后退！"小泉清所幸才刚上桥头，往后一跳及时退回，但还在桥上的那些警察则来不及了。火舌子落在炸点最后一小截引线上，炸点被迅速引爆。轰！一声巨响，高老庄挺拔的身躯连同土桥消失在滚滚浓烟之中。高小庄悲痛挣扎大喊："爹！"胡大壮紧紧地扶住了高小庄。所有人都落下了热泪。

环局相克　内应露馅

一

高小庄看着父亲身亡悲痛欲绝，他一把夺过胡大壮手中的枪就要往下冲：“小泉清！我跟你拼了！”胡大壮等人一把拦住高小庄。胡大壮大喊：“小庄！冷静点儿，回去只能送死！”突然，高小庄手捂胸口，哇！一张嘴，吐出了一口白沫。安娜忙问：“小庄，你怎么了？”谭卓茹忽然想起：“糟了，是小泉清的那杯毒酒！”

郭三看着文龙他们不见了踪影，忙问：“大佐，难道就这样让他们跑了？”小泉清冷笑：“跑！他们跑不掉的！”郭三狐疑：“为啥呀大佐？不追！这不眼见着跑了吗！”小泉清又笑：“昨晚那杯毒酒很珍贵的，酒中的毒是附近一个人称华叔的神医调制出的，这种毒无色无味，能杀人于无形，而且不会马上起反应……”

魏七查看高小庄的脸色：“不好，小庄兄弟中的毒我知道，这种毒，名叫‘阎罗散’！”文龙惊讶！魏七点头：“阎罗散，头天躺，二天狂，三天送你见阎王！此毒出自华叔之手，小庄现在只是毒发的第一阶段！”安娜忙问：“华叔？他是什么人？”魏七说：“佳木斯的老中医，他的女儿被小鬼子抓走，给害死了，华叔研制出这个药，就是为了暗杀鬼子给他女儿报仇，他的毒药只有他能解。”魏坤宁反问：“可这药怎么反落到鬼子手上了呢？”魏七讲道：“两个月前，鬼子找到了华叔的藏身之处，虽然没抓到他，但搜到了一些他配的阎罗散。”

郭三惊吓："阎罗散！光听这药名就够吓人的。"小泉清点头："之前我们在一些抗联的俘虏身上试过这药，从毒效发作到彻底断气，需要三天的时间，中毒者会从昏迷到发狂最终暴毙而死！"郭三小心翼翼地问："那……有解药吗？"小泉清摇头："很少！不过据说牛头山的董霸天与他有交情，手里有一副，他们要想救变戏法的命，只能上牛头山！"郭三大拇指一伸："大佐，您高明，都替钢刺安排好了；相信在大佐的精妙计谋下，魏七一定能帮您夺得胶卷，捉住钢刺！"小泉清点头："钢刺啊钢刺，你以为你脱了虎口，不过是又入了狼穴而已。"小泉清一笑："先回吧！"说完转身离开。

文龙着急地问魏七："华叔一定有解药，他在哪？你知道吗？"魏七摇头："华叔行踪莫测，鬼子一直在抓他，没人知道他的下落。"胡大壮跺脚："小庄这回完了！"魏七又假装一想："都别急，小兄弟命好，阎罗散的解药，我们大当家的手上有一副，现在随我上山还来得及。"魏坤宁插话："老七，上了牛头山，你一定给你们大当家的多求求情，救救小庄兄弟！"魏七冷静下来盘算着说："放心吧！我这条命也是大家给救出来的！"大家都看向文龙。文龙看了下绵延险峻的牛头山问："看我干吗？救小庄要紧，上山！"

青山绵延，云雾缭绕。一条羊肠小道上，文龙一行正向牛头山顶攀爬。胡大壮背着高小庄吃力地往上走着。安娜担心地跟在身后。魏坤宁跟在谭卓茹身旁，两人都不说话。魏七走在最前面带路说："这牛头山，地势险峻，易守难攻，所以小鬼子一直拿牛头山没办法！照这个速度，再走一个时辰吧！"安娜明显有些虚弱，默默拭着汗。

安娜突然脚下一滑，差点摔倒，幸被身旁的文龙及时扶住。安娜对文龙说没事，继续走。谭卓茹看了眼安娜："你就别逞强了，被小泉清吊了半晌，说没事是假的！"安娜倔强，看了眼谭卓茹："你不也被吊了，你能走，我就能走！"安娜要强地继续往前走，但再次感觉到有些头晕，身体直打晃。文龙看了安娜一眼，俯下身子说："来，我背你，大家要赶路，快点吧!"安娜有些犹豫，还是趴到文龙的背上。其他人看着两人。文龙起身，向前走去。安娜略带感动地看着文龙，她慢慢把头靠在了背上，听着他均匀的呼吸感觉到踏实。魏坤宁见状也看向旁边的谭卓茹。谭卓茹警惕地瞪了一眼："怎么了？"魏坤宁挠头说："没，没啥！"

郭三给小泉清递上一杯茶说："看来，还是大佐技高一筹！一切还在您的掌控之中！"小泉清喝口水说："给冈本发过电报，他应该已经带着一支中队前来支援我了！"郭三疑惑："冈本君？为什么非得等他过来？"小泉清一笑："我要跟冈本君一起唱一出好戏，在长河沟蹲守了这么久，也该带他活动活动了！"

牛头山寨门口有端着枪的手下在站岗。贺老三正坐在一个阴凉的地方就着花生米喝酒。站岗的手下突然看到前方出现了一队人影。哨兵问："谁？"魏七暗语一打："是我！"贺老三突然听到了魏七的声音，一喜，二当家回来了。贺老三迅速起身跑到了寨门口。

魏七指着寨门："瞧见了吗，到山头了！"魏七带着文龙一行紧赶两步来到门口，安娜还陶醉地趴在文龙的背上。谭卓茹见状一笑："我说安娜小姐，这可到地儿了。"安娜回过神来睁开眼赶紧推开文龙跳到地上，说刚才有点头晕！大家都只是会心一笑。

贺老三跑出来："二当家，你可回来了。"魏七一笑："老三，这些人是我的恩人，快请大家进去。"突然哨兵们把枪一合，挡住。哨兵喊道："二当家的，您可以进，但后面的得搜下身。"魏七故作不满："都说了是我的恩人！"贺老三见状赶紧当和事佬："二当家，你别为难自家兄弟，这规矩确实不能坏！"魏七故作愠怒："怎么，连我说话都不好使了是吧？"文龙等人相互看了一眼，文龙一笑。文龙挡住魏七说："这位兄弟说得没错，国有国法，帮有帮规，不就搜身嘛……"文龙转身对魏坤宁等人示意，大家伙都把东西拿了出来。

哨兵把文龙一行身上的东西一件一件搜出摆放在一旁的一个石头上，连昏迷的高小庄都不放过。魏七仔细地盯着一件件摆出来的物品，等着胶卷的身影。哨兵最后将魏坤宁身上的一个水壶也摘下检查放到了石板上。两名哨兵对贺老三摇头低语："都搜过了，家伙什全在这儿了。"魏七盯着石头上的物件，竟然没有胶卷，有些疑惑和失望。贺老三堆笑："行，让大伙受累了赶紧进来吧！"魏七回过神来说："对，各位兄弟，赶紧进。"文龙一行进了山寨。

山寨里屋舍俨然。魏七在前面带路，准备进一间厢房休息。文龙摆手：“魏七兄弟，小庄兄弟情况危急，不如先带我们去见大当家的讨要解药。”安娜顺话：“对！你看他全身都是虚汗……”魏七想了想：“行，大当家的厢房在东边，你们随我来。”文龙一行点了点头跟上。

魏七带着文龙一行来到。门口一个扎着辫子姓郭的汉子正在盯梢。郭辫子上前来：“二当家的，你回来了，这会儿正晌午，老大眯一觉！”魏七点头就要进门：“行，你去通报一声，说我有事儿找他。”郭辫子看了下魏七身后的这些陌生人，表情有点为难地说：“二当家的，你知道老大的脾气，如果不是本帮的事情只怕……”高小庄这时突然又开始抽搐，魏七看在眼里假装一副很担心的样子，不理郭辫子径直推开了门，自己就进了老大的住处。

魏七一进大厅就嚷嚷开了：“老大，老大！”魏七佯装焦急地推开了卧室的门大喊：“老大，魏七有急事相禀！”卧室的床被床幔遮着，里面很安静，没有回应。文龙等人站在大堂里，疑惑地等待。唰！突然一条长鞭从床幔里抖出，不偏不离，刚好打在魏七的脚前，魏七吓得往后一退。唰！长鞭又是一抖，正好打在魏七的身上，把魏七逼出了门槛。董霸天大嚷：“二当家的，你胆量渐长啊，连我的闺房都敢乱闯！”竟然是个女声，慵懒娇柔中却不失威严，文龙等人面面相觑，都有些意外。听到魏七说话：“大当家的，实在对不住，我这边有位兄弟中了毒，急需你出手续命，只要你救了我这位兄弟，怎么罚我都行！”魏七的话令众人感动。微风拂过，床幔轻摇，文龙一行都探长脖子想一睹床幔之后董霸天的真容。董霸天略一沉默后回应：“大堂稍候！”魏七将门关上。

文龙一行坐在大堂内焦急地等待着，大堂门口，郭辫子带着一排土匪列队等候。突然，一道身影从屏风后走出，正是董霸天，和所有人想象中的不同，这个山头大当家白面长身，身着紫底白花斗篷，竟是一名气质不凡的美娇娘。面对这个女匪首，安娜和谭卓茹身为女人都忍不住多看了两眼。文龙起身拱手说：“在下文龙，给大当家的问好，方才二当家的私闯香闺全因我的这位小兄弟中了奇毒，命在旦夕，望大当家的见谅。”董霸天看了眼高小庄，已经明了。董霸天皱眉说：“阎罗散……我要是你，现在就一枪给这兄弟一个痛快。”董霸天说完掏出一把枪瞄向高小庄。魏坤宁等人见状一惊准备掏枪。文龙上前大喊：“慢着！”董霸天一笑：“华叔的阎罗散，一旦毒发，生不如死！”

铁雷喊了一嗓子：“大当家的，我们知道你手上有解药，救人一命胜造七级浮屠，还望高抬贵手！”董霸天看向魏七，知道是他泄的信儿。魏七支支吾吾：“大当家的，实不相瞒，这几位兄弟在佳木斯城里救了我一命，还有这个……”魏七拉过魏坤宁说：“这个是我以前在东北军一块儿出生入死的弟兄，他们的人出了事儿，我老七不能不管。”董霸天不说话，仔细观察了一下高小庄。董霸天对身旁一个手下吩咐：“先给他安排个房间，扶他下去，给他擦拭身子，多服温水！”董霸天的手下正准备动身。安娜走到高小庄面前：“还是我来吧！”安娜和谭卓茹上前把高小庄扶起，跟着手下出门。

门打开，安娜将高小庄放倒在床上。谭卓茹对安娜说出去打点水。谭卓茹转身离开，安娜看着高小庄痛苦的模样心疼：“小庄啊小庄，你再忍忍，一定会有解药的！”

二

文龙、魏坤宁、胡大壮、刀子、铁雷坐在一侧。董霸天坐在大堂之上，四个护卫站立左右，郭辫子站在跟前。魏七立于堂前。董霸天坦言：“没错，解药我手上是有一副！”文龙等人闻言都松了一口气，喜上眉梢。

胡大壮有些雀跃地说：“那还磨叽个啥……”文龙将胡大壮按住。董霸天白了胡大壮一眼：“但是！老七，这山上的规矩你应该懂！”魏七闻言，为难地点点头。董霸天又言：“自打这毒药落入鬼子手中，我们的弟兄就没少遭殃，今儿个我要是把这药给了这位兄弟，那明儿个，很可能我自家兄弟就会因为中毒而白白送命了，到时，我怎么跟山上的弟兄交代。”

文龙闻言为难。刀子和铁雷也不满地互看了一眼。文站起来，拱手抱拳说：“大当家的，凡事都有解决的办法，有什么条件你尽管提。”董霸天明示：“条件只有一个，除非你们也成了咱山上的弟兄！”胡大壮一笑：“这有什么难的，我老胡现在就可以给你磕头拜山头！”胡大壮说完就准备拜，但被文龙扶住。文龙上前一步说：“只怕不只是拜山头那么简单吧。”魏坤宁上前两步说：“大当家的，江湖上的规矩我懂，想加入得纳个投名状，是吧？”董霸天夸赞魏坤宁说：“不愧是行军打过仗的，懂规矩！”刀子也站起来说：“我们刚刚在佳木斯把警务处的刘银山都给杀了，这还不算投名状吗？”董霸天摇头说：“那是你们的事与我何干？我说的投名状，任务得由我布置！”文龙拱手：“行，什么任务，大当家的给个话，只要我们兄弟几个能做到的，刀山火海，在所不辞！”董霸天点头：“这位文龙兄弟倒挺仗义的，不过这任务嘛，我暂时还没想好，不如这样，你们先歇着吧，我再想想，送客！”董霸天说完转身回房。胡大壮看着董霸天：“哎，你……”大堂里的手下上前挡住了胡大壮。铁雷不说话拉下胡大壮，看着董霸天的背影深思。

众人回到小庄休息的房间，说了刚才的经过。安娜问：“什么，不肯给解药？”胡大壮气哼哼地说：“什么想好任务再告诉咱，可你瞧瞧，小庄还挺得住吗？”魏七插话：“这个阎罗散是慢性毒药，从发病到身亡有三天的时间！”谭卓茹也插话：“也就是说，后天中午之前再拿不到解药，小庄就真的……”魏七点了点头。

刀子和铁雷也非常着急。魏坤宁安慰魏七：“老七，你也不用自责，你怎么帮咱大家伙都瞧在眼里。”胡大壮也夸赞魏七：“没错，不愧是少校的兄弟，义气！”文龙走到魏七跟前：“魏兄，你自个儿手上还有伤你先回房养伤吧，有需要我们再叨扰你。”魏七假惺惺地说：“也行，你们也别太着急，大当家的性子我了解，她既然开了口就一定会给机会。”文龙等人点头，但心里却仍然忐忑。魏七走出房门，脸色一变。

魏七回房左右探了探后，匆匆关门。贺老三尾随其后。魏七房间的大堂里供着一尊关公像，魏七按了香案下方一个开关。只见关公像竟然转开，里面露出一间不大的暗室。魏七和贺老三快步进入。

暗室里的一个箱子开着，里面赫然是一台电报机。魏七示意贺老三，给小泉大佐发报！贺老三坐下开始操作发报。

警务室内，小泉清的手指在桌面上焦躁不安地敲打着，似在等待重要情报。郭三突然进屋：“大佐，魏七来电了！”小泉清猛地睁眼。郭三惊喜：“魏七说上山的都搜过身，并没发现胶卷。”小泉清又眯起眼：“这个钢刺行事一向谨慎，没搜到才算正常，其他呢？”郭三附身低语：“如魏七所料，文龙他们要拿解药必须得完成一桩任务，不过是什么任务，电报里还没提。”小泉清一笑：“有意思，钢刺一定想不到，他这么快就又要和我碰面了！”郭三有些疑惑：“大佐，您知道是什么任务？”小泉清并不正面回答，而是踌躇满志地起身，命令郭三去从警察队伍里挑出一些身手好的，待会儿有用！郭三急速离开！

谭卓茹在从井里打水，旁边不远处围了好些土匪嬉笑着偷看，还有搭口哨的。谭卓茹理也不理，淡定地打了桶水，便准备拎起。魏坤宁突然走了过来，他看着那些嬉皮笑脸的土匪不悦，走到谭卓茹跟前：“你一个女的别到处晃，也不看看这什么地儿，这些粗活就交给我吧！”谭卓茹却自顾着拎起了水桶往回走。谭卓茹回头：“老魏你来得正好，有件事儿我想问你，你必须给我说实话！”魏坤宁猜不透女人的心思，有点紧张。魏坤宁抻着衣角：“咳，这么正式，啥，啥事儿？”谭卓茹低声：“魏七和你以前是战友？他什么时候加入复兴社的，你知道吗？”魏坤宁狐疑：“这我哪儿知道，两年多前我们就打散了，他还不知道我被关进了虎头要塞呢！”谭卓茹想了想把水塞给了魏坤宁说：“行了，你先回吧！”说完转头离开。魏坤宁没喊住谭卓茹。

魏七正小心地把电台装进箱子。咚咚咚！突然响起敲门声。贺老三赶紧合上箱子，跟魏七退出暗室，关公像重新转回。魏七理了理衣衫前去开门：“谁呀？”谭卓茹低声回应：“我！”魏七把门打开。谭卓茹风风火火，一进门便把门带上了。魏七急问：“谭小姐，就你一人儿？”谭卓茹看了贺老三一眼。魏七给贺老三使个眼色，贺老三退出房门。谭卓茹看着魏七说：“有些问题还是私下问比较合适。”魏七想了想，明白了谭卓茹的意思，一笑说：“你是怪我没把土匪这层身份告诉你吧？”谭卓茹摇摇头说：“不，我的问题是你为什么当土匪！”魏七假装狐疑：“嗨！干咱们这行的谁还没个表面身份啊？”谭卓茹接着说：“是！有干医生的、有干裁缝的、有开药铺的，可越是搞情报工作的就越要少在明面上和鬼子作对，当土匪的还真是罕见！”魏七倒是一脸淡定：“谭小姐，我明白你的疑虑，坦白说要不是当初部队打散了加上一些机缘巧合，我魏七压根不会去搞什么情报工作，我和老魏是一样的出身，一样的脾气，就爱和鬼子正面扛！”

谭卓茹认真听着。魏七又说：“咱们在东北这边的情报系统你也了解，破坏殆尽，大多数时候形同虚设，我魏七可不愿就这么闲着养膘！怎么，谭小姐，你怀疑我？”谭卓茹一笑：“魏先生言重了，干咱这行的多点警惕没坏处，有些问题当面锣对面鼓，说清楚了就成，你怎么帮咱们的，大伙全看在眼里！”魏七点头示意这是应该的！谭卓茹冷冷地看着魏七：“大当家的条件我也听说了，我来找你还有一个目的，就是希望你能再给说说情，不就是要给山里弟兄们一个交代么，随便找个任务意思意思就行了。”魏七为难地说：“我肯定会尽力，只是以大当家的性格，恐怕难呐！”

董霸天正在喝茶，吹着热气儿，郭辫子坐在一旁。郭辫子附身低语：“大当家的，人家那边急着拿药换命你却按兵不动！你这葫芦里卖的什么药，我咋就瞧不明白呢？”董霸天合上茶碗：“这个魏七，这次进城一连好几天都没个信儿，现在回来了却带了这么一伙人，他们什么身份，我也得多瞧瞧！”郭辫子点头说：“还是大当家的心细，我看这伙人不像什么善茬！莫不是二当家的找上山的帮手？”董霸天差点儿烫了舌头，四周警惕地望了望，责怪郭辫子：“嘘，这话可不能乱说！我倒觉得这伙人重情重义！尤其是那个叫文龙的，冷静睿智，不简单！”郭辫子探过身子，好奇地并试探着说：“所以，这任务大当家的你是打算给还是不给？”董霸天点头说：“给，也正好借这个机会探探他们到底什么来路！”郭辫子还是以询问的口气：“啥，啥任务？”董霸天只是一笑。

安娜正准备出门倒水，刚一拉门发现董霸天和郭辫子站在门口，安娜激动地回过神来，哐当一下连手中的盆都扔了说：“大当家的，你可来了，你快看看，他真的撑不住了！”盆中的水溅开，董霸天跳了下脚撩起自己的斗篷。郭辫子责怪安娜没眼力架。安娜赶紧赔不是说：“对不起！我，我就是见着大当家的太激动了！”董霸天一抬手制止了郭辫子。文龙正在探高小庄的额头，听到动静转过身子来。文龙拱手：“大当家来了！”董霸天点了点头看了下病床上的高小庄，又翻看了下他的眼皮说：“昨晚中的毒，现在是头一天，头天躺，对的，明天该二天狂了。”胡大壮着急问董霸天：“你啥意思，能不能说明白点儿？”董霸天一笑：“我就喜欢和聪明人说话。”董霸天说完还故意扫了胡大壮一眼，胡大壮不爽但也不好发作。文龙又拱手：“大当家的，你这次来该是要布置任务了吧？”安娜追了过来说：“对，大当家的，什么任务？”董霸天并未说话。郭辫子看了众人一眼，烦请几位聚义厅走一趟。

董霸天坐在虎皮椅之上，魏七居次席，另有郭辫子、贺三儿和一干土匪环列大厅两侧。文龙、魏坤宁、胡大壮、刀子、铁雷列于台下。董霸天言道：“诸位的情况山上的弟兄也都知道了，规则很简单，要入伙牛头山，先纳投名状，即便是二当家的朋友，也不例外。”文龙上前拱手说：“山上的规矩我们懂，还请大当家的尽快布置任务！”

董霸天点头：“据可靠情报，今天傍晚，小鬼子有一车军火要进佳木斯，你们只要能杀了鬼子劫了这批军火，就算你们成功。”文龙几人对视了一眼，都毫不犹豫地点头。文龙拱手：“好，我们应了！”董霸天提醒：“你可想好了，这批军火可是武装押运，为了救一条命到头来白搭进几条命，这买卖可不划算。”文龙再拱手：“交兄弟不是谈买卖！大当家的，你就等我们的好消息就成了。”董霸天眼神中流露出钦佩的意思。

文龙上前几步说：“不过在此之前，在下有个请求。”董霸天点头示意请讲。文龙面向董霸天：“如果我们回不来，还请大当家的放了随行的几人，护送他们下山。”董霸天点头：“好说，我董霸天就欣赏仗义豪爽之人，就这么定了！”文龙准备带着几人出门。

胡大壮急忙上前：“哎，等等……”大家都看向胡大壮。胡大壮一摸肚皮说：“大当家的是不是该弄点酒菜，毕竟吃饱了才有力气杀鬼子啊！”董霸天一笑，看了眼郭辫子。郭辫子一笑说：“我马上安排席面！”

一队警察站在大厅前，郭三正在清点，点完后到小泉清跟前：“大佐，人都在这儿了。”小泉清点头向大家喊话：“这两天发生了诸多变故，但我以特派员的身份向你们保证，只要成功抓回了钢刺，列位荣华富贵都将享之不尽。”郭三附和着拍了拍掌。小泉清一挥手说：“现在，我已经令后厨备好了酒菜，大家先饱餐一顿，稍后随我一起行动。”警察们行礼示意执行。郭三摆摆手，警察们散去。

小泉清对郭三使了个眼色：“郭桑，做好准备和我一起迎接冈本君和钢刺的到来吧！”郭三突然回过味儿来：“冈本君和钢刺撞到一起了，难道……这就是山上派给钢刺的任务？”小泉清点头一笑：“没错！不过，更准确点说，这不过是我借董霸天之手派给钢刺的任务！”郭三闻言脸色一喜：“啊！到时候大佐带队和冈本太君兵合一处，布下天罗地网，这个钢刺是插翅难逃了！”小泉清得意一笑，眯起了眼。

牛头山上聚义厅，桌面上摆着酒菜，胡大壮正在大快朵颐。魏坤宁拍了下胡大壮油乎乎的手：“别吃了，忘了咱干啥来了吗？”魏坤宁一行都放下了碗看着文龙，等着文龙吩咐任务。文龙扫视了众人一眼说：“铁雷和安娜，你俩留下来照看高小庄，大壮、老魏、刀子你们跟我下山执行任务。”文龙特别看了眼谭卓茹：“喔，对了，还有谭小姐，既然你身手这么好，不搭把手可惜了！”谭卓茹点头：“拿到解药后，之前的事我会给你一个解释的！”安娜也上前请命：“都是女人，谭卓茹可以去为什么我就不行？这可是关系到小庄的性命！”文龙看向安娜：“小庄现在最需要的是你的照顾，相信没人会比你照顾得更好！”铁雷狐疑为什么不让自己也去。文龙凑到铁雷身边低语：“这次任务敌我悬殊，万一有什么意外，后面的路总得有人陪着安娜走下去。”铁雷想再说什么，但明白道理的他把话吞了回去。文龙大喊：“都吃好喝好了吧，咱得说说计划了！”

一个厨子端着一盘菜正要送入，突然被魏七拦住。魏七接过菜摆了摆手示意厨子退下。魏七端着菜走到门口，贴上耳朵监听。

啪！文龙将一张地图摆在了桌面上说：“军火车想要进佳木斯城，必须走这条道。”文龙、铁雷、刀子、胡大壮、魏坤宁等人全围了过来。文龙在地图上画了一条直线。众人点头。胡大壮着急地说：“可小鬼子人不在少数，咱想吃下这批货，不容易啊！”文龙点头：“从人数上来说咱肯定不占优势，所以我们必须从战术上着手，好在咱们先搞到了情报，可以提前布置计划。”刀子点头：“这倒是！占了先机！”

魏坤宁一直不说话，他眯着眼盯着那张图，在思考对策。魏坤宁突然伸手在地图上点了一下："这儿，是咱们这一仗的气口！"文龙一笑："少校这出手够准够狠啊!"胡大壮抬头看着魏坤宁，摸着脑袋问："这儿，有什么讲究？"魏坤宁低语："这是个山谷，但这里地形特殊，这个过道口像葫芦嘴似的很窄，咱只要提前埋好炸药到时放军火车通过后一炸，嘿嘿！这葫芦嘴就被堵上了，后面的小鬼子想飞也飞不过来了！"文龙一笑："没错！就像这条鱼！文龙伸出筷子拨了下面前的鱼。鱼头是军火车，后边儿的全是鬼子！我们只吃鱼头！后边的刺儿多，扔掉！"胡大壮一摸脑门："哎，文兄弟你这么一说我就懂了嘛！"众人一笑。文龙拍了拍铁雷的肩膀："所以不带你下山不代表这次你没任务，这炸药得你备齐了。"铁雷一笑："放心吧！"

门外，魏七听得投入，手中的盘子碰到了门。文龙警觉："谁？"魏七忙答："是我！"门被推开，魏七堆笑端着菜进来。魏七一笑："好菜不怕晚！"魏七放下菜盘义愤填膺地说："这次任务甭管你们怎么安排，算我老魏一个，这牛头山地势险峻，总得有个人带路不是？"魏坤宁关切地看着魏七："这路是得有人带，不过你手上的伤还没好，得换个人。"文龙点头："没错！"谭卓茹也点头："有道理，你派人给带路就行了，你这二当家的出手帮忙，到时候只怕这票干成了山上的弟兄也会说闲话。"魏七点头。文龙向大伙喊道："兄弟们准备开练吧！"

三

安娜、魏七、铁雷在寨门口送别文龙一行，其中，贺老三也跟在文龙等人的队伍中。魏七假惺惺地交代："老三，这次下山你可得把路带好了！"贺老三一笑："放心吧，看准的地儿不会错！"魏七和贺老三对视一笑，笑中暗藏深意。胡大壮挥手："都回吧，等着听响吧！"文龙一行下山出发。看着文龙一行的背影下山后，魏七眯起眼睛转身离开，回到电报机的暗室里，坐下开始操作发报。

郭辫子看到刚才送行的情况，进来汇报，大当家的，他们下山了，贺老三给带的路。董霸天正在品茶，合上茶盖说："给你个任务！"董霸天勾了勾手，郭辫子探上头去。董霸天对郭辫子一阵低语，郭辫子点头答应着。

小泉清带着一队警察来到山谷口。山风刮过，小泉清迎风闭上眼大脑在盘算着计划。小泉清问郭三：“在你们中国古有曹操兵败华容道，今天，我就让这个钢刺死在这葫芦口。”郭三狐疑地问：“大佐，好像魏七的电报还没传下来吧，你就这么确定钢刺他们从这儿下手？”小泉清一笑：“没错，他们要想偷袭，只有从这儿下手才有胜算，不出意外，他们的人马上就要来这风口埋炸点了！”小泉清又一笑，就在这时一名警察过来报告：“大佐，刚收到了魏七的电报！”小泉清示意警察说！警察站定：“就三字，葫芦口！”郭三一听惊叹：“大佐果然神机妙算啊！”小泉清自信一笑，打量着四周对身后的郭三吩咐：“郭桑，传我的命令，让大家找地方藏好！”

安娜正在替高小庄拭汗，突然高小庄一把握住了安娜的手。安娜欣喜：“小庄，你醒啦？”高小庄说话胡话：“别，别开枪！”高小庄越说越激动突然坐直了身子，高小庄用手挠自己的脖子，显得有些难受。安娜刚伸手便被高小庄胡乱地推开，高小庄有些狂躁地起身，安娜想扶住他却被一把推倒在地。高小庄准备冲出门去。门突然打开，门口的铁雷挡住了去路。铁雷一把抱住了高小庄，高小庄低头在铁雷手臂上就是一口。铁雷忍着疼，脚下一绊将高小庄抱摔在地上。高小庄这才渐渐平复下去。铁雷重新将他放回到床上说：“看样子，快到发狂的阶段了。”两人叹气，看向窗外的天色。安娜双手合十，希望文龙他们能成功完成任务。铁雷沉默不语。安娜看向铁雷说：“你看着他，我去打点水。”

安娜将一桶水倒入盆中，正要端起盆子时，只见盈盈水波中倒映出一张脸——魏七。安娜一回头，看见魏七正微笑站在自己身后，忙打招呼说：“二当家？”魏七上前问：“安娜小姐！你这手怎么了？”安娜手上还有刚才被高小庄挠后留下的红印。魏七正色道：“不用遮掩，一定是小庄兄弟弄的吧？”安娜点头默认。安娜担心地说：“二当家的，真的就没有别的办法拿到解药了么？”魏七摇头，面露难色，一低头却暗自一笑说：“我记得安娜小姐好像有台相机吧？”安娜点头：“是啊，不过这个和解药有什么关系？”魏七一笑说：“是没有必然关系，但你有所不知，我们大当家以前是个富家大小姐，还念过学堂，后来家父被小日本迫害了，索性变卖家当拉起一支联防队伍上这山和小鬼子对着干了！”安娜一惊说：“啊，没想到大当家的还有这样一番故事！”魏七点点头说：“没错，她以前最大的爱好就是拍照，可现在上了这山头，就只能存个念想了，这山上，野鸡倒是不少，相机那都是稀罕玩意儿。”安娜有所悟：“所以，你的意思是，我可以替她拍照换取解药？”魏七又点头：“没错，至少是个机会！”安娜认真思考着说：“相机我倒是有，可是……胶卷没在我身上！”魏七故作叹息：“哎，那就可惜了！”安娜向魏七拱手说：“您去给大当家的求求情，让她先把解药拿出来，等文龙哥回来，拿到胶卷，我给她拍多少都行！”魏七又故作惋惜：“拍不成，这事就没法办了，等等吧！”魏七说完，掉头离开。安娜一脸焦急。

葫芦口旁树林在血红的晚霞下方，文龙一行人的身影出现。贺老三在前面带路，他指着前面的山谷：“喏，几位兄弟，你们说的葫芦口就在前边儿了！”文龙一行停下。文龙问：“雷子的炸药呢？”胡大壮随手递过来。文龙点了点头：“根据情报来看，大约还有一个时辰，这军火车就该到了，老魏。”魏坤宁狐疑：“咋了？”文龙一沉说：“雷子没来，这埋炸点的工作就由你代劳吧！”魏坤宁一笑：“瞧好吧！”魏坤宁接过炸药猫着身子出发。

小泉清带着人马埋伏在高高的草丛之中。枪口都瞄向了葫芦口。只见前方一道人影闪现，走到葫芦口，正是魏坤宁。郭三一惊：“大佐，好像是那个少校！”小泉清一笑：“很好，果然来了！先别动，免得打草惊蛇！”小泉清用手压下了郭三抬起的枪口。郭三点头收起了枪。小泉清的脸一沉说：“和聪明的猎物游戏，一定要比他更有耐心。”

魏坤宁把炸点埋好，用脚紧了紧土，四下张望后没有察觉异常，拍拍手快速离开。

文龙一行藏在树林中，魏坤宁回来。文龙给魏坤宁一使眼色。魏坤宁示意，全搞定了！魏坤宁将一个起爆器交到文龙面前。刀子、大壮等都聚精会神地等待着迎接战斗。贺老三趴在一旁看向葫芦口附近小泉清等人藏身的位置。

山风刮过，树枝摇曳，枯草起舞。葫芦口静谧之下暗潮涌动。几辆军用摩托和一辆军用卡车列队缓缓驶向葫芦口。卡车上，冈本坐在副驾位置打量着四周的环境。司机看向冈本："冈本君，再往前五公里就是葫芦口了。"冈本点点头吩咐："停！车子停下。"冈本下车走到车尾处对后面的骑摩托车的士兵交代："待会儿过葫芦口时，你们记得和卡车拉开点距离。"众人点头。

冈本说完转身来到军用大卡车厢尾，掀开布帘，只见里面根本没有军火，而是坐着一队荷枪实弹的士兵。冈本满意一笑："前面就是葫芦口了，打起精神来，做好战斗准备。"冈本放下了布帘，命令继续前进！

文龙等人趴在地上，谭卓茹趴在了文龙旁边。谭卓茹低语："你叫我下山恐怕真正的目的不是劫军火吧？你是怕留我在山上又把安娜给拐跑了吧。"文龙倒也坦诚地低语回应："是有这个顾虑！"谭卓茹点点头："上次捅那么大的篓子，况且我这边的关系网全断了，所以你放心，我不会再打安娜的主意了！"文龙又回应道："关系断了可以续上，话可不能说太满！"突然听到远处隐隐传来了车轮轰鸣声。胡大壮一惊："你们听，来了！"谭卓茹看向大壮；"不愧是打猎的，耳朵还挺灵的。"文龙把手放到了起爆器上说："都打起精神来，这鱼头好吃不好啃啊！"大家都端起了手中的枪，贺老三在一旁露出一抹不易察觉地笑。

小泉清看到葫芦口对面缓缓驶近的车队。小泉清奸笑道："钢刺啊钢刺，这次我看你还怎么逃！传令下去准备战斗！"郭三回头，挥了下手，所有警察都把枪栓拉上了膛。

四

军用卡车缓缓驶过了葫芦口。冈本坐在车内。树梢之上一只觅食的秃鹰展翅起飞。

文龙举起望远镜，镜头中冈本的车越来越近。文龙放下望远镜说："准备，待会儿启爆之后，老魏、大壮你俩瞄前轮！"胡大壮、魏坤宁齐声："明白！"文龙转向谭卓茹："谭小姐的枪法我领教过，后面的轮胎，咱俩负责！如何？"谭卓茹点头。文龙看着冈本的车经过了葫芦口，但后面的摩托车队还没有及时通过。文龙看准时机手猛地拍下，摁下了起爆器。

轰！一声巨响，尘土飞扬。只见窄窄的葫芦口两旁石头滑落，迅速将卡车和后面的摩托隔成了两段。冈本佯装大惊：“快，加速通过！”冈本所在的军用卡车加速向前开。

文龙举枪瞄准了车子的轮胎。突然，文龙皱起了眉头，没有及时扣动扳机。谭卓茹见状，她瞄准后轮就是一枪。砰！砰！军用卡车的后轮中枪。军用卡车歪歪扭扭开出一段距离后，趴窝了。谭卓茹狐疑地问：“文龙，你咋不开枪？”文龙重新拿起望远镜观察心想：轮胎刚刚辗过一个泥坑，轮胎上沾有泥渍，货车行驶起来非常清便，这里面一定有问题。胡大壮捺不住性子了大喊：“车子趴窝了，咱赶紧冲啊！”胡大壮说完提着枪爬了起来。

文龙按住大壮：“等一下！”胡大壮一愣。刀子狐疑地看向文龙：“咋了？”贺老三也故作很疑惑地盯着文龙。文龙警觉地说：“车子是空的，有诈！车胎是新的，胎毛都还没起，不像是长途跋涉走了多远山路而来，更像是就近调的一辆新车。”魏坤宁惊诧：“啊？！”贺老三假装惊疑地问：“鬼子用一辆新车运送有什么问题！”文龙接着分析：“这货车底部的钢板和车轮所受的气压不对，如果是满车军火，车轮吃泥应该很深，钢板也应该是弯的，但是面前这辆并没有！”贺老三有点着急：“不就一个轮胎嘛，哪这么道道，想多了吧！”谭卓茹点头：“不，文龙说得有道理！”

小泉清猫在草丛里发现爆炸后竟然没有动静。郭三也一惊：“大佐，这什么情况？”小泉清一挥手：“再等等，这个钢刺狡猾着呢！”

文龙打了个手势说：“看来摆在咱面前的不是鱼头，而是鱼钩啊！这钩咱不能咬，撤！”胡大壮着急地说：“啊，撤？那小庄怎么办？”大家沉默。文龙脸一沉：“情报有问题，这账咱得找大当家算！”魏坤宁悟到了：“文龙说得对，理亏的是姓董的！现在去就是白白送死，走！”胡大壮看了眼停在前面不远处的军用卡车低语：“我不信你文龙每次都对，到嘴的鸭子不能飞了！”魏坤宁拉了胡大壮一把：“大壮别冲动，你一露头可把大伙全暴露了！”贺老三趁乱掏出一面镜子，对着太阳，镜子发出反光。

小泉清猫在草丛里看见上方树林里闪出一道亮光。小泉清捶地：“八嘎！”郭三狐疑地看向小泉清：“大佐，怎么了？”小泉清恨恨地又跺地：“事先约定的信号，看来钢刺是发现破绽了！”郭三被惊地张着大嘴。小泉清又一想：“不过，亮光的位置就是他们现在的位置，再耗下去他们就撤上山了……”小泉清眼神一沉，下决定：“主动出击，给我打！”

胡大壮一把架开魏坤宁：“你们都说有诈，鬼子呢，在哪儿啊？”胡大壮冷笑道：“我看是这两天被鬼子打怕了，自个儿吓自个儿了吧！你们怕死，我老胡不怕。”胡大壮说完就提起枪准备往外冲。嗖！一发子弹擦着胡大壮的头皮而过，打中了他旁边的树干。所有人都一愣，胡大壮也一惊。刀子大喊：“不好，你们看！”众人一抬头脸色俱是一变，前方葫芦口处，军用卡车里跳出一队日本兵，而草丛中一队警察也闪身而出持枪向文龙方向射击。嗖！嗖！子弹开始乱飞。文龙大喊：“撤！”

小泉清举枪射击和冈本兵合一处。冈本笑脸相迎：“大佐！”小泉清一笑：“来得好，这次一定不能让狡猾的钢刺跑掉！全力追击！”日本兵和警察兵合一处对着林子方向猛烈开火。小泉清命令：“冈本君，我这边加重火力狠狠咬住他们，你带两个轻机枪手抄到他们后面截住退路。”冈本领令，一招手，两名端着轻机枪的日本兵跟着一猫腰钻进了旁边的草丛中。小泉清大喊：“给我打，一个人头悬赏200大洋！”

流弹如雨点一般射进林中。

文龙一行人躲在树后抽空还击。魏坤宁佩服地看着文龙：“让你说中了，还真他娘有埋伏。”胡大壮怨恨自己：“娘的，差点着了鬼子的道！”文龙大喊：“撤，往回撤！”文龙一伙借着树林做掩护，且战且退。

日本兵已经到了树林口。小泉清一个手势，分散包抄。所有日本兵分散开来持枪扫荡。

文龙瞄准一个扫荡进来的鬼子，抬手一枪，鬼子中弹。日本兵大叫：“八嘎，在这边！”谭卓茹也在一旁持枪冷静地射击，一个小鬼子冒头被打中。文龙还不忘打趣：“谭小姐的枪法果然不错啊！”谭卓茹看了一眼文龙：“可惜再好的枪法，一颗子弹也只能喂一个鬼子！”文龙大喊：“你们先撤，我断后！”大伙都不愿意，要走一起走。文龙说：“这样下去我们的速度会被拖住！必须火力反制！手雷呢？”刀子递过一颗。文龙大喊：“全拿出来！给我看准了扔，然后加速撤退！”刀子取出全部手雷一人分了一颗。所有人点了点头。文龙用牙咬掉拉环将手雷扔出。魏坤宁等人的手雷相继扔出。

几颗手雷从天而降。小泉清大喊：“卧倒！”所有日本兵都快速卧倒。轰！轰！手雷相继炸开花，有日本兵和警察都不幸被炸中。

烟土飞扬，日军的火力果然小了很多。文龙一行快速向山上跑去。

小泉清抹掉头上的泥土，迅速从地上爬了起来。小泉清大叫：“八嘎，给我追！”日本兵和警察队继续穷追不舍。

文龙一行快速往山上跑着。胡大壮一笑：“小鬼子也没啥了不起，几颗手雷就喂饱了！”魏坤宁问贺老三：“翻过前面那道梁子，咱就算到牛头山的脚跟儿了，对吧？”贺老三假笑：“哎，是。”贺老三一低头暗暗心急，不时向后张望。文龙吩咐：“上了牛头山鬼子就不敢追了，加快！”就在这时，前方突然传来一串枪响。嗖！嗖！嗖！一梭子弹突然袭来。魏坤宁一把扑倒身旁的谭卓茹，两人就势在地上一滚，子弹刚刚追打在他们身后。一颗子弹擦中了魏坤宁的手臂。魏坤宁和谭卓茹跌到了个小沟里，两人就势作为掩体。文龙等人一惊也迅速找粗壮的树干做掩体藏好了。

谭卓茹看着魏坤宁，魏坤宁却浑然不觉手臂背后的伤。他的精神高度集中地看向前方，持枪的手本能地护在谭卓茹的肩上。逆光中，谭卓茹看着魏坤宁专注保护自己的模样，竟然有些失神。

冈本和两名机枪手趴在一处掩体后面，冈本大喊：“给我打！”机枪手开枪，枪口喷出一条毒毒的火舌。

胡大壮躲在一棵树后。一梭梭子弹打过来，树皮翻飞。胡大壮惊疑：“怎么前边儿还有火舌子啊？”刀子对着大壮喊：“是歪把子！至少有两挺！”文龙看向后方，鬼子的身影也越追越近。胡大壮惊诧：“怎么办，咱们被包饺子了！”文龙有些疲惫地靠在树干上思考，头顶上空，最后一抹残阳消失在重山之后。

小泉清听到了前方传来的轻机枪扫射声：“大喜，很好！冈本君已经截住他们的退路了，给我追！”小泉清一挥枪，所有警察和日本兵一起往前压上。

文龙不时抬枪还击，但是刚开两枪便被身后的机枪火力压制躲回大树后。胡大壮举枪还击，突然被一颗流弹擦伤了手臂。文龙一惊："大壮，你没事吧？"胡大壮在一棵树后喊话："没事，不过再这么下去，子弹可全打光了！"刀子急了："不如冲出去，拼一下！"文龙大喊："不行，得把那两挺歪把子打掉！还有手雷吗？"刀子着急回答："没了，全用光了！"文龙发愁。

五

魏坤宁一低头发现谭卓茹正看着自己，回过神来有些不自在地将护在谭卓茹的肩膀上的手收回："对，对不起，我是怕你危险！"谭卓茹瞥了魏坤宁一眼："下次再这样，姑奶奶一枪毙了你！"魏坤宁一笑："要真还有下次，能死你枪口下倒好了！"谭卓茹不解地问："你什么意思？"魏坤宁突然严肃低语："你看到那两挺歪把子没，跟两条火舌似的，不给它剪掉，咱们今儿谁也别想出去了。"谭卓茹警惕："你不许去！"谭卓茹看向魏坤宁肩膀上刚添的新伤，关切地说："你肩上还有伤！"魏坤宁扬了扬拿枪的右手，一笑："这儿离这两根舌头最近，待会儿，我扑出去，就算两条手臂都废了，老子拿胸口堵也给它堵上，到时候你和文龙他们一块儿撤上山！"谭卓茹一怒："不行！你要去，我陪你一起。"魏坤宁一笑："卓茹，打仗哪儿有不流血牺牲的，我老魏临死前能在你面前逞把英雄，知足了！"魏坤宁说完便起身要冲出掩体。谭卓茹拉住魏坤宁："姓魏的，你给我站住！"

冈本突然注意到了魏坤宁方向有身影探出来，大喊："那边！"一名机枪手听到指挥迅速调转枪头向魏坤宁。砰！突然机枪手的额头竟然中了一枪。冈本震惊："八嘎！"冈本大惊迅速起身就近找了一棵树做掩体，另一名机枪手也大惊，迅速调转了枪口。

魏坤宁被谭卓茹拉回了掩体后："什么情况？"文龙回过头问，"谁打的冷枪？"胡大壮回头一笑："嘿，难道还有援兵不成？"

郭辫子带着一小队兄弟在树林上方，下方的另一名机枪手刚从地上爬起完全暴露在他面前。郭辫子举枪瞄准了那名还没来得及藏到树后的机枪手，抬手就是一枪，机枪手应声毙命。手下一惊："郭老大，大当家的只是让咱暗中观察没说让咱搭手吧？"郭辫子辩解："可她也没说不让搭手啊！听我的，大当家对那个叫文龙的感觉好像不一般，搭把手没错！"

小泉清疑惑，哪儿来的枪声？郭三也狐疑："大佐，机枪声好像也停了！"小泉清一脸的不悦："八嘎！"小泉清预感到不妙，大喊："全力追击！一颗人头加奖200大洋！"所有警察和日本兵闻言都冲出掩体向上边开枪边追击。

冈本被突如其来的冷枪吓得如惊弓之鸟，躲到一处树干后，紧张地盯着上山的方向。突然一只手拍了拍冈本的肩膀。冈本一回头，只见文龙竟然已经偷袭到了他的身后。冈本大叫："钢刺！"冈本想开枪但是枪被文龙一把夺了过去。两人交手，冈本不是文龙对手，才两个回合，文龙的枪便已经顶在了冈本的脑门上，冈本瞬间如被点穴一般，不敢动弹。身后传来一通枪响。

小泉清从一棵树后喊话："钢刺，乖乖投降吧！"文龙用枪顶着冈本将他推出树干："都停下，谁再往上走半步，我就杀了他。"小泉清冷冷地说："钢刺，你认为这样就能拦得住我？"文龙一笑："你当然可以开枪，就像打死刘银山那样一枪干掉冈本！"胡大壮、刀子、魏坤宁和谭卓茹等人都看向文龙方向。冈本失色，因为害怕而身体颤抖地说："大佐，救，救我呀！"

魏坤宁眼尖，突然注意到了冈本手上的动作，他的腰间藏着一颗手雷，他假装害怕颤抖时一根手指却悄悄地扣到了拉环上。魏坤宁举枪对着冈本就是一枪："小心冈本！"与此同时，冈本刚好拉断了引线，手雷冒烟。文龙一惊，一把将冈本推向小泉清方向。小泉清大惊，隐蔽！冈本猛地转身，将手中的手雷掷了出去。手雷在不远处的空中爆炸，冈本被炸翻在地。文龙大喊："撤！"文龙和魏坤宁一伙心有默契，同时迅速向山上撤退。

硝烟散尽，小泉清从树后探出头，只见旁边不远处，冈本倒在地上。小泉清大喊："冈本君！"冈本站起身来，浑身狼狈，东倒西歪，又重重地摔倒在地。小泉清又大喊："把冈本君给我送回去！"两个日本兵冲上前去，将冈本抬起。冈本也大喊："不，我要杀了钢刺！"说完昏了过去。两个日本兵把冈本抬走。小泉清愤怒，连向前方开了数枪："都给我冲，谁退后，我就一枪毙了他！"

郭辫子大喊："弟兄们，露脸的时候到了，所有人都给我听好咯，这一仗给老子打漂亮了，别让大当家的以为咱们在山上净顾着养膘了！"郭辫子一声枪向，所有人朝着文龙方向迎去。郭辫子大喊："文龙兄弟，我们来了！"文龙欣喜："是郭辫子！"贺老三闻言失落。郭辫子带着人手冲下来和文龙众人会和，一起向身后紧追的小泉清部队还击。郭辫子看了眼胡大壮和魏坤宁的伤势："你们先撤上山，这里交给我们！"胡大壮大喊："我还能打！"魏坤宁点点头："没错，郭兄弟的好意我们心领了，但自个儿的屁股还得自己擦干净！"文龙一笑："你不了解我这两位兄弟的脾气，他们是不会当逃兵的！"郭辫子佩服地说："都是条汉子，行，我们边战边退！"

一颗流弹打过来，打中贺老三旁边的树干，贺老三躲避时脚下一滑，摔倒在地。文龙搭把手："没事吧兄弟？"贺老三摇摇头："没事！"贺老三被拉起继续还击，文龙看到贺老三身子下面压碎了一面镜子，文龙皱眉。

夜色已经笼罩住了这片林子，枪声在林中此起彼伏。小泉清还在开枪。郭三劝小泉清："大佐，不能再往前了，再往前就是牛头山了！董霸天不好惹，我们随时会碰到埋伏！"小泉清怒色："八嘎！你这个懦夫！"小泉清拿枪对准了郭三。郭三大喊："大佐冷静！"小泉清果然沉默了下来。郭三又劝导："大佐，你看这天色，啥也看不见了，咱再往前追，只怕会白白送命！"小泉清抬头看了眼夜空，不甘地放下了枪。小泉清大喊："钢刺！不要以为逃上山就安全了！"随后又下命令封锁住所有下山的出路。

铲除内奸　鬼子断线

一

安娜在高小庄旁边焦急不安地走来走去。铁雷坐在一旁："安娜，你就别这样晃来晃去了，搞得我这心也跟着七上八下的，我哥的计划很周密，肯定没事的！"安娜很焦急："能不急嘛，天都黑了，也不知道文龙哥他们怎么样了！"铁雷虽然这样说，脸上同样有些焦虑。

门突然被推开，只见谭卓茹扶着魏坤宁，刀子架着胡大壮和文龙一起风风火火地进了屋。谭卓茹等人纷纷落座。文龙上前看了看高小庄，高小庄迷迷糊糊嘟囔着什么。铁雷说："二当家的说得没错，真犯病了，小庄真发狂了，见人就抓，还把安娜给弄伤了。"文龙担心小庄恐怕挨不了多久了。文龙看了一眼安娜。安娜插话："我不碍事！大当家让你们办的事，成了吗？"文龙等人都一脸愠色。胡大壮嚷嚷："我就知道，董霸天那娘们信不得！"铁雷打量了魏坤宁一眼："受伤了？"魏坤宁摆手："不打紧，皮外伤而已！"安娜走到桌前倒水，端给文龙等人。安娜期盼地看着文龙："任务完成得还顺利吗？"大家都愣住，胡大壮索性大口喝水，用碗遮住了脸。安娜一看这情景便知道不妙，脸色黯淡下来。

郭辫子给董霸天汇报工作，说了当时的情况，看形势不妙，所以就出手相助了，看向董霸天："大当家的，你不会怪我吧？"董霸天点点头："他们是真打鬼子，说明和咱是一路人，该救！"郭辫子给自己边倒茶水边说："那个文龙真不简单，这次小鬼子其实早就设好了埋伏，所幸他关键时候看出了破绽没往套里钻，一只脚都踏进鬼门关了，又愣是给拔了回来！”郭辫子大口喝了口水，一抹嘴说：“不然呐，就算我们想出手救，搬来神仙都没办法了！”董霸天脸上露出钦佩之色。郭辫子疑惑：“这个文龙到底什么来路！”董霸天回应：“文龙什么来路，会搞清楚的，现在关心的是，这鬼子怎么会提前设好埋伏？”郭辫子也诧异：“小伍的情报从没出过错啊！我现在就拿他过来问个明白？”董霸天点头。

贺老三也刚给魏七讲完了经过。魏七大惊：“什么，没得手！”贺老三点头：“那个文龙太狡猾了，都到了鬼门关口了，他又愣是给逃出来了；坏了，现在他们肯定会怀疑情报的来源。”贺老三大惊：“怎么办？他们肯定会找小伍问个明白！到时，估计要不了两三下，那小子就会供出是你的指使！”魏七摆摆手说：“我刚才就担心有个万一，所以晚上拼命灌他酒，要醒过来至少得明儿早上了！”贺老三狠狠瞪了瞪眼：“现在看来，根本就不能让他醒过来了！”魏七点头：“这事儿就交给你去办！干净点儿！你还是不太明白，要干掉一个人就得利用他的弱点！”魏七勾了勾手指，贺老三探上脑袋，魏七低声吩咐。贺老三欣喜，竖起大拇指，这招绝了！贺老三起身出门，魏七喝了口茶，搁下茶杯，也快速起身。

郭辫子带着一个手下来到小伍房门口，敲门，无人应声，郭辫子用刀将门闩挑开。郭辫子走上前一看，只见小伍趴在桌子上睡大觉，旁边歪歪倒倒的全是酒瓶。郭辫子抱怨：“喝喝，就知道喝！”小伍醉得不省人事，根本没有反应。郭辫子刚把小伍的头抬起来，结果小伍张嘴就吐出一堆秽物。郭辫子及时后退还是沾了些秽物在身上。小伍直接从凳子上摔倒在了地上，继续睡。郭辫子摇头，对身后的手下吩咐：“你在门口看着他，醒了带来见我和大当家。”郭辫子看着身上弄脏的地方，摇头离开。

铁雷看着病床上的高小庄自责地抽了自己一耳光：“要不是我炸点没布好，老高也不会牺牲了，我就应该跟你们一起下山，救不活小庄，我怎么跟九泉之下的老高交代！”魏坤宁安慰铁雷：“你冷静点，你下山也一样，这次的失利，不是件简单的事……”文龙示意魏坤宁不要说下去。

门推开，魏七突然从外面进来，一脸的关切并假露愁容说：“文龙兄弟，你们回来了。具体情况贺老三已经跟我说过了！”大家点点头，情绪都很糟糕。安娜激动地迎过去："魏大哥，你再给大当家求求情，看能不能先让出解药啊？"魏七接着一幅恼怒的样子："这事儿不是求不求情的问题，而是得找大当家的论清楚，任务是她给的，怎么会出现这样的问题。"胡大壮大喊："没错！姓魏的，你们大当家的不会和鬼子穿一条裤子吧？她故意给咱下套，和小鬼子勾连！"胡大壮这么一说大家都抬起头来。魏七做了个紧张噤声的手势："可别乱说，也不看看这什么地界儿。"胡大壮又喊："怎么了，她要心里有鬼，心虚的是她。"文龙训斥大壮："冷静点儿！你也不想想要不是郭兄弟及时出现，咱们今天还回得来吗？"胡大壮果然不再说话了。文龙走到魏七面前一拱手："魏兄弟，这事儿的确得找大当家的问个清楚！"魏七点头："明白，我们现在就去！"一行人往董霸天住处走去。

董霸天问郭大辫子："你是说小伍喝多了？"郭辫子点头："没错，醉得跟头猪似的，今晚是审不了了。"董霸天疑惑："这个小伍平时可不大喝酒的呀，查了吗，跟谁喝的？"郭辫子摇头："还真问了，不过没人知道。"董霸天疑虑！郭辫子一怔："大当家的，您觉得这是有人故意灌的？"董霸天点头："这小伍可是关键，找人盯好了，回头给我好好杳杳，到底是谁灌了这小子酒！"郭辫子点点头："放心吧，已经安排人站岗盯梢了。"门外突然传来敲门声。魏七在喊："大当家的，睡了吗？"董霸天看了郭辫子一眼，郭辫子上前开门。

魏七带着文龙、刀子前来。郭辫子瞥了魏七一眼："哟，二当家的，什么事这么着急呀？"魏七甩了郭大辫子一下："起开，我有事问大当家。"魏七带着文龙、刀子进屋。魏七风风火火地进到大厅，走到董霸天面前，一幅理直气壮的模样。文龙一拱手："大当家的，郭兄弟之前仗义出手相救，我文龙在这儿先代表弟兄们谢过！"郭辫子微一拱手回礼。魏七理直气壮："大当家的，我问你，你给我这些兄弟的情报打哪儿来的？这就是一个圈套！"董霸天脸色一怔，起身说："二当家搂住火啊！这事儿我也正想查清楚呢。"文龙走上前："有恩咱得谢，可有冤咱也得喊！这次下山，如果是我们本事不到家失败了，那我们认栽，可这次的任务根本就是个圈套，我和兄弟们不服气！"董霸天点头："放心，我董霸天心里有杆秤！情报是咱们山头小伍给传回来的，会问个明白。”魏七一幅着急的模样：“小伍？他在哪儿，赶紧把他叫过来咱当面锣对面鼓审清楚不就完了吗？”董霸天冷哼一声：“他喝多了，现在啥也问不了，等他清醒了，我们一定审个明白，要真是我的人有问题，这解药，我双手捧上。”文龙又一拱手：“大当家的讲道理，以德服人！难怪这牛头山上下一心，固若金汤，佩服！”董霸天大声表态：“我素来赏罚分明，要是让我查清楚是你们自个儿的问题，那对不起，山高路宽，各走一边，天一亮就请诸位速速下山。”文龙点头：“明白，打扰了！”

文龙一行走出门。魏七假惺惺地说：“好了，既然大当家的已经发话了，那咱们就等着明早的结果！”文龙一拱手：“魏兄弟一直帮着咱们说理，多谢了！”魏七拱手还礼：“这话外道了！几位兄弟也累了一天，我已经让人给大家伙把房间收拾出来了，大家就赶紧歇歇脚吧！”文龙和刀子拱手：“好，魏大哥受累了！”魏七又拱手：“客气，那我先告辞了！”魏七转身离开，文龙看着魏七的背影走远，拍了拍刀子，你去请老魏他们来我房间一趟，然后你留下陪安娜看着高小庄。刀子点头。

谭卓茹正替胡大壮的伤口缝线，魏坤宁的手臂已经绑上了绷带靠在一旁，安娜则照顾着高小庄。谭卓茹手中拿着针在烛火上烤了烤，然后准备给胡大壮肩膀上的伤口缝补上，这针还没扎呢胡大壮就咧嘴叫开了：“嗨，我吃枪子儿不怕，就怕扎针，要不就别缝了吧？”谭卓茹白了胡大壮一眼：“这还没上手呢？你要再嚷嚷，我先给你把嘴缝上。”胡大壮迅速闭嘴。门推开，刀子钻了进来。魏坤宁问刀子：“那边儿怎么说的？”刀子一摇头：“那个情报员小伍喝大了，现在审不了，不过大当家的说了，明天一早会审个明白，真要是她们的情报有问题，这药照给。”安娜高兴地说：“太好了！”魏坤宁等人脸上都露出喜色。刀子示意说：“文大哥有事，叫你们仨去一趟。”谭卓茹、魏坤宁等人对望了一眼一同离开去文龙房间。

门推开，魏坤宁、胡大壮和谭卓茹来到，胡大壮还不时揉着自己刚缝针的地方。文龙看了一下铁雷：“你去外面盯梢。”铁雷点头，迅速跳出去从外面把门关上了。魏坤宁不解：“咋了，这么神秘？”文龙表情严肃地说：“有些事儿，得找大家一起捋捋清楚。”魏坤宁一行走过来围坐在了桌前。

文龙扔出了一块碎掉的镜子。胡大壮狐疑："镜子，这啥意思？"文龙看向大家低语："这是之前下山行动时，从贺老三身上掉下来的。"大家闻言皱眉。胡大壮一笑："大老爷们，身上带块女人用的镜子，他没毛病吧？"文龙也一笑："谭小姐要是带块镜子，我不会不怀疑，毕竟女人嘛，爱美，可这贺老三带着就奇怪了。"谭卓茹打量着镜子。魏坤宁脸一沉说："打仗时身上带块镜子，一定得有用才行，用不上的玩意，谁也不会带。"文龙看咱这魏坤宁点头说："说到点上了，大家好好回忆回忆，我们看出那小鬼子有埋伏之后本是打算悄悄撤的，照理说没暴露咱们的位置，可这小鬼子咋就能准地判断出了我们的方向，追过来？"所有人沉默。

胡大壮突然着急地说："会不会是因为我当时……"文龙摇头说："不会，大胡子你当时是有些激动不假，可要是你暴露的位置，那第一个挨枪子儿的就是你，你还能全须全尾地回来？"胡大壮点头觉得有道理。魏坤宁低语："所以，你怀疑贺老三有问题？"文龙叹了口气说："如果真的只是贺老三有问题，反倒容易了。"大家警觉起来。谭卓茹一怔："怎么，你是怀疑还有更大的黑手？"文龙点了点头，沾了茶水在桌上写了七字。大家看完都是一惊。魏坤宁狐疑："你怀疑他？"文龙做了个嘘的手势。

深夜，小泉清坐在办公桌前闭目养神，并没休息。郭三进屋说："大佐，山上来电了。"小泉清迅速睁眼。郭三附身低语："魏七传回来最新情况，表示当务之急是尽力撇清嫌疑再谋大计。"小泉清一眯眼："看来他的脑子还算清楚！"郭三又言："不过他也提到了，狡猾的钢刺把胶卷藏在哪儿他无从得知，正在想办法找线索。"小泉清眯着眼："你告诉他，安娜是个突破口！要利用她找到胶卷。"郭三立即离去回电。

郭辫子的手下站在门口盯梢，不时打呵欠。贺老三拎着一只烧鸡经过："哟，兄弟，这么晚了还值岗呢。"手下一惊："三哥就别笑话我了，外面天凉，您赶紧歇着。"贺老三扯下一块鸡腿递给看哨的。手下欣喜接过："谢谢三哥！"贺老三看着叮梢的手下狼吞虎咽的模样，"都自家兄弟，甭客气！"暗地一笑，离开。

文龙房间内像是时间静止了，魏坤宁突然哑声："不可能，老七绝不是那样的人。"文龙摇头："我知道你和老七的交情，你先听我说完。"

魏坤宁压下话头。文龙反问："这贺老三是谁的人？他听谁的差遣，是不是魏七？"魏坤宁点头，文龙接着分析："可这并不能代表他俩就穿一条裤子！"文龙严肃了："没错，我只是由这个事儿想到了咱们从佳木斯撤退时的一个细节，大家还记不记得，铁雷埋的炸点引线最后莫名其妙就灭了？"胡大壮激动："当然记得，要不是这纰漏，老高也不会死。"文龙脸色一沉："我问过雷子了，这种炸点他布一百次也难有一次纰漏，而这线头还偏偏是断在最后一截儿。"谭卓茹插话："文龙，凡事都有意外！"文龙脸色又一沉："可你们再想想，当时我们杀出佳木斯在桥头和老高他们接上头时，有个人吐了，他吐的地点正是引线断掉的位置！"大家都回想起来了，当时，文龙一行在桥头和老高拥抱，魏七喝完水壶中的水，将水壶倒在了桥面上。

胡大壮又激动："是魏七！"谭卓茹狐疑："会不会是我们想多了，只是巧合？"魏坤宁也狐疑："没错，老七的品性我再了解不过了，况且打逃出佳木斯以来他怎么帮咱们的大伙都瞧在眼里。"文龙点头："我也希望是我们想多了，所以才找你们来核实几个问题。"魏坤宁严肃："问吧，只要知道的绝不打马虎眼儿。"

文龙转向谭卓茹："你和安娜当时为什么会被小泉清发现？还有，小泉清怎么知道我们藏身在剧团，你们有没有跟魏七提起过？"谭卓茹想了想："当时我和安娜在街上，但安娜想回去所以咬了我的手……"

谭卓茹想起来了，复述着细节：魏七带着安娜和谭卓茹走向一个巷子口，眼睛却悄悄斜向小泉清所在的方向。安娜看着离巷口越来越近，内心在挣扎，姓谭的，如果你肯让你的朋友把文龙他们也带出城，出去后，我跟你走。谭卓茹着急，都什么时候了，就算我同意也没机会了！谭卓茹牵着安娜继续向巷口走去。安娜一咬牙突然甩手想挣脱谭卓茹。安娜低头想咬谭卓茹，谭卓茹痛得一叫，甩开了手。安娜想跑但是被魏七一把拉住。路边埋伏的便衣见状紧张随时准备掏枪，谭卓茹敏锐地捕捉到了这一细节，一惊，有鬼子！

文龙思考了一下说："这么说来，有可能是安娜的动作引起了便衣的注意？"谭卓茹无确定地点点头。

文龙又转向大壮和老魏："你俩有没有跟魏七提起过我们藏身的位置？"胡大壮点头："我提过！"魏坤宁也点了点头："在喝酒的时候提过一嘴……"

魏坤宁也想起来了，复述着细节：魏七正和魏坤宁、胡大壮喝酒。魏坤宁和胡大壮说潘大海可能死了，魏七大惊，什么，你们是说，潘大海死了？魏坤宁一笑，放心吧，不死，也落不了啥好下场！魏七狐疑，不是，到底什么意思，说明白呀？胡大壮一笑，潘大海被几个人请到了千和剧团里，那伙人的底细我和少校都清楚得很，这小子这次算是碰上活阎王了。魏七怔住，所以，说半天还是落别人手里了？魏坤宁点头，落谁手里不重要，重要的是他受到了应有的惩罚，不就结了！魏七不便发作，干笑两下，是，是！

魏坤宁疑惑："当时，我们只是想告诉他潘大海这个叛徒已经罪有应得了。"文龙点点头问你："什么时候提的？"胡大壮想起来了："噫，你这么一说还真是，就在你们被包抄的上午吧！"魏坤宁一怔："可我听老高也说了一嘴，就在剧团被抄之前，郭三可是进剧团去搜过一圈的，算时间的话，他如果当时发现了剧团的异常立即回去做报告，也刚好对得上。"文龙点点头："好了，我知道了！"胡大壮疑惑；"文兄弟，所谓捉贼拿赃，现在来看怀疑这魏七可没有绝对的证据呀！"魏坤宁不高兴了："什么做贼拿脏了，狗嘴里吐不出象牙，我老七兄弟能是贼吗？"胡大壮着急："我不就这么一说嘛，你咋还护犊子呢？"文龙生气了："都别吵了，情况我已经了解了，你们回去休息吧！"谭卓茹等人看了文龙一眼，点头退出。

铁雷看着离开的胡大壮等人，进屋询问文龙怎么样了？文龙摇摇头说："魏七和谭卓茹是一个组织的，又是少校的老战友，拿不到直接证据，他们是不会信服的，这个时候可不能再起内讧。"铁雷点点头说："我倒希望他们说的是对的，这魏七要真是个内鬼，咱这麻烦可就大了。"文龙脸色一沉："防人之心不可无，要想确认我的怀疑是否准确，有个办法倒是可以一试。"铁雷一怔。文龙低语："魏七的肩膀上一直缠着绷带，可是否真如他所说有枪伤？这谁也没见过呀！"铁雷一惊："是啊！要他和小鬼子是一伙的，这枪伤很可能只是装装样子换咱们信任。"文龙点头点头说："我去会会魏七。"

二

牛头山的密室里。魏七放下收听器，坐在电报机前刚接收完电报。魏七在纸上记下了电报信号，放在烛光之下观看。魏七一笑心想：大佐啊大佐，我早就看准了，想要拿到胶卷只能从这个安娜入手。魏七将纸放在烛火上顺手一烧，化为灰烬。现在万事俱备，接下来就该给这匹马松松缰绳了！门外突然响起敲门声。魏七迅速吹灭了蜡烛，关上密室门。魏七披上外套，佯装刚从床上起来的样子去开门，边走边问："谁呀？"魏七打开门，门外站着的竟然是谭卓茹。谭卓茹径直进屋把门关上了。魏七假装疑惑："谭小姐？这么晚了……"谭卓茹低："喔，老魏的伤口复发了，没药水了，过来问你借点儿。"魏七转身去柜子里取药和纱布。谭卓茹打量着魏七肩膀上的绷带。魏七将药递过来。谭卓茹一笑，视线落在了魏七的肩膀上，"哎，你这药也该换了吧！不如我帮你……"魏七一惊："不用了，我自己会换！"谭卓茹又一笑："别客气，不然该说我偏心了。"谭卓茹主动伸出手，不容抗拒的架势，魏七也不好再推辞。谭卓茹帮魏七一层一层地松开纱布，直到揭开最后一层，里面果然露出了清晰的枪伤。谭卓茹一愣："喔，伤得不轻啊！"魏七看在眼里，暗自得意。魏七一笑："谭小姐，你也不用跟我绕弯子，我猜，你还是有点怀疑我，所以想看看我这伤到底是真是假吧！"谭卓茹被戳穿动机，有点不好意思地说："是我糊涂，作为同仁本应无条件相互信任，只是最近的形势确实让人不得不多分警惕！"魏七又一笑："没关系，只希望谭小姐不要忘了，不管什么时候，我们都应该是一条战线上的，也希望你别忘了，安娜才是你的主要任务！"谭卓茹明白魏七的意思，点点头说："我们当然是一条战线上的，至于任务，保护安娜小姐的安全才是第一位的，如果我们没了足够的能力和渠道护送她，交给钢刺会是最好的选择。"魏七一怔："谭小姐这话，只怕会让上峰失望啊！"门外突然又响起了敲门声，两人一愣。

文龙在门外敲门，边敲边喊："二当家的，睡了吗？"吱……房门打开，开门的竟是谭卓茹。文龙一怔："谭小姐，怎么在这儿？"谭作茹指了指自己的肩膀。文龙会意地点点头。文龙跟着谭卓茹进屋，文龙看见魏七肩膀上拆开的纱布，也猜到了谭卓茹前来的意思。谭卓茹故意咳嗽：“咳咳，你也是来替老魏取药的吧？”文龙反应很快：“啊，没错，没想到咱俩打个岔，你倒先来了！”文龙看到魏七拆开的纱布走上前说：“谭小姐你先给少校送过去，我搭把手，给魏兄弟把药换了。”谭卓茹点头：“也好，那我先走了。”文龙给魏七重新上纱布，文龙的眼睛仔细盯着伤口，伤口周围有一圈黑色轮状痕迹。

魏七假装坚强：“不用，我自己来吧。”文龙表面上笑着回应：“你自己不方便，我给你搭把手。”然后文龙不露声色地将纱布缠上。

站在小伍门口盯梢的手下，突然感觉肚子不舒服，用手捂住肚子，左右瞄了两眼，见没人一调头跑向茅厕的方向。一棵大树后，贺老三探出头来一笑，快速钻进了小伍房间。小伍还在床上昏睡，贺老三上前一把将他扶了起来：“小伍，该起来撒尿了！”小伍迷迷糊糊：“嗯！”贺老三扶着小伍出了门。小伍扶在一棵树前撒尿，撒完后提上裤子往回走。贺老三提示：“哎，这边儿！”贺老三扶着小伍直接拐到了旁边的安娜的房间门口。贺老三拿刀去挑里面的门闩。

安娜躺在床上睡觉，因为太困了她睡得有些沉。门缝中，一把匕首探进来，将门闩挑开了。门打开，小伍醉醺醺地进了屋。小伍打着酒嗝来到床前，突然眯起眼睛。小伍看到床上竟然躺着一个大美人。小伍突然露出淫笑：“噫……小美人儿！”安娜听到了动静一睁眼只见床边竟然站着一个淫笑的土匪，害怕地大叫一声：“啊！”小伍一听就扑上前去了。谭卓茹正好来到房间门口，听到安娜的呼喊，大喊：“住手！”谭卓茹大怒，冲上前将小伍踢倒在地。小伍爬起来晃了晃身子，一看谭卓茹又咧嘴笑了：“哟，又来个大美人儿，行啊，一块儿给办咯！”小伍说完走向谭卓茹，安娜一看急了从后面抄了个杯子砸在小伍身后。小伍一回头一把揪住安娜。谭卓茹大喊：“放开她！”小伍激动了，突然掏出枪：“你，别过来！”谭卓茹见状一个箭步上前夺下了小伍手中的枪，小伍另一只手挥起拳头准备砸下，谭卓茹顺手用肘子磁在了小伍的喉结上，趁着小伍吃痛，谭卓茹上前将小伍劈晕了。安娜害怕地贴到谭卓茹身边：“姐，咋办？”谭卓茹也意识到闯祸了，眉头紧锁了一下说：“没事，只是打晕了，我们去找文龙商量一下怎么办。”

贺老三从一堵墙后探出脑袋一看，露出阴笑。贺老三把头缩回墙后。谭卓茹和安娜离开，贺老三冒出头来，钻进了安娜房间，三抱住晕倒的小伍的头，猛地扭断了小伍的脖子。贺老三从屋内出来，四下看了看，心想：这下，你们恐怕是吃不完兜着走了！贺老三一笑转身消失在夜色之中。

文龙、魏坤宁、胡大壮、铁雷、谭卓茹、安娜都围站在屋内，小伍的尸体就横在地上，文龙蹲在小伍尸体旁探鼻息。文龙站起身，摇头。大家都一脸愁容。铁雷焦急：“山上的人死在这儿，有点麻烦。”谭卓茹争辩：“我可没想要他的命！”铁雷摇头说：“想不想，这都已经是不争的事实了。”文龙仔细地看着小伍的脖子处，两道瘀痕一深一浅。安娜辩解：“这事儿不能怨谭姐！”胡大壮也争辩：“半夜摸进安娜房间，肯定没安好心，死有应得！”魏坤宁一脸的凝重：“董霸天不是个糊涂人，一是一、二是二，我们实话实说，看她咋办！”文龙摇摇头：“这人不是个小喽啰！酒气熏天，出现的时机又这么蹊跷，我想我知道他是谁了！十有八九是那个情报员，小伍！”所有人震惊。

文龙看向谭卓茹：“你刚回来时在外边有看到什么人吗？”谭卓茹思索：“有一道黑影一闪而过，但并没看清长什么样。”文龙点头：“那就对了，这根本就不是一个意外，这是一个圈套！有人借咱们的手灭口！”胡大壮一怔：“现在咋整啊，小庄还等着解药呢？”魏坤宁焦虑：“人折在了咱们手上，这下恐怕有理也说不清了！！”谭卓茹想了想突然起身出门。文龙急问：“你去哪儿？”谭卓茹不回声，快速离开。文龙见状迅速追出。

一棵大树下面，文龙一把拉住了谭卓茹：“你站住！”谭卓茹坦言：“人，是我不小心弄死的，我自己想办法解决。”文龙怔住：“怎么解决，你想去找魏七？”谭卓茹点头默认：“他是二当家，只要跟他说清楚，在大当家面前说说情比咱们好使！”文龙左右环视了一下将谭卓茹拉到树后。文龙压低声音：“你现在最不能去找的人就是他！这事儿和他有关。”谭卓茹吃惊地看着文龙：“不可能，刚才你也看见了，他的枪伤是真的，绝没有骗我们！”文龙冷笑：“你只看到了枪伤……你有没有注意到伤口的具体情况？”谭卓茹一愣。文龙提示：“你仔细想想，他的枪伤周围有一圈黑色痕迹！”谭卓茹一怔：“没太看仔细。”文龙说：“枪伤周围有一圈黑色痕迹，叫火烧轮，是枪口近距离射击时喷射的火焰造成的，开枪距离在6厘米到40厘米之间！”谭卓茹震惊：“这么近？是自伤！”文龙点头：“枪伤帮了他，但同样也出卖了他！再看他受伤的部位，肩胛部却没打穿胛骨，更好痊愈恢复，这绝不是巧合。”谭卓茹点头:“可如果真是这样，我们不通知他反倒会令他警惕，觉得我们识破他的身份了！”文龙又点点头：“小伍这事儿肯定得通知他，但不是现在，谁知道他下一步打的什么鬼主意！”谭卓茹一脸的焦急：“那现在怎么办？”文龙低语：“现在最重要的是救小庄的命，我想先把药偷到手再说，你们先不要声张。”谭卓如点点头，叹气说：“也只能这样了！”

贺老三给魏七说完了情况。魏七一笑：“老三，你这把干得漂亮！回头我替你请赏。”贺老三拱手：“您过奖了，都是您指导有方啊，接下来我们怎么办？”魏七冷笑道：“我们假装什么都不知道就好了！”贺老三竖起大拇指朝着魏七：“你和大佐分析得对，那个女记者才是突破点。”魏七点头：“只有她才能从文龙嘴里问出胶卷的下落，也只有她问胶卷的下落文龙才不会警觉。”贺老三点点头：“老大这招真是绝了，现在小伍一死不但撇清了我们的关系，也堵死了他们换解药的门道。”魏七得意地说：“看来，那匹小野马快脱缰了。”

董霸天房间的窗户被打开，文龙悄悄从外面翻入，像猫一样轻轻落地。文龙看了一眼床，床纱半卷，董霸天正在床上睡觉，月色之下另有几分美艳。文龙轻手轻脚地开始翻找起药瓶但并没收获。突然，文龙注意到董霸天的枕头下压着一个小药瓶，半露了出来。文龙蹑手蹑脚来到床边，半趴在床沿下悄悄伸手上去偷。董霸天突然一个翻身，刚好压住了药瓶，文龙只得缩回手。董霸天将枕头压得死死的，文龙没有下手的机会，文龙有些着急，他左右环视了一下，从床边桌上的鸡毛弹子上拔了一根鸡毛下来。文龙悄悄用鸡毛挠了下董霸天的鼻子。董霸天果然伸手去挠，就势一翻身面向里侧而睡，露出了身后枕头下的药瓶。文龙一喜再次伸手准备去拿，就在这时突然砰砰砰！响起了敲门声。文龙一惊，就势一滚躲到了床底。董霸天惊醒：“谁？”安娜回应：“大当家的，我是安娜！”

董霸天点亮烛光下床开了门。安娜站在门外：“对不起，大当家的，打扰了！”董霸天不悦：“是你，什么事？”安娜直言：“我想和你做个交易。”董霸天一怔，心想：两个女人，大晚上的做交易，莫不是见不得光？董霸天打着呵欠。安娜看着董霸天：“我知道，你以前是大户人家的千金，最爱拍照，比黄金翡翠还要稀罕，我是记者有相机，可以给你拍照。”董霸天意外：“这都谁告诉你的？”安娜又直言：“二当家告诉我的，说得对吗？”床底下，文龙意外的反应。董霸天点头：“这倒是一点不假，你有相机？”安娜点头。董霸天欣喜：“好啊，自打上了这牛头山我就再也没有拍过照了！不过……你说交易肯定是有条件吧？”安娜露出笑容：“是的，我想换解药！”董霸天摇头：“我已经说过了，天一亮，审完小伍之后，如果真是情报有问题，解药我会给的。”安娜咬牙，手捏着衣角，纠结地说：“可是……”床底下文龙侧耳听着，紧张。董霸天一脸的不悦：“可是什么？”安娜有些害怕：“呃，没什么，我的条件你再好好考虑一下吧，打扰了！”安娜说完掉头出了门。董霸天有些疑惑地看着安娜的背影重新关上门，一回头有些警惕地扫视了屋内一番，没发现异常，董霸天把药瓶拿起，放到了身上，然后吹灭蜡烛重新躺在了床上。床底的文龙长松一口气。

三

贺老三在一棵树后探出头，看着安娜从屋内出来。贺老三一笑，跟着离开。安娜正从窗户翻进来，听到外面的声音迅速躺到了床上。文龙进屋，谭卓茹、胡大壮和魏坤宁围了上来。铁雷急问：“怎么样了？”文龙摇头：“就差那么一点点。安娜呢？”铁雷低语：“半天没动静了，可能睡了。”文龙看向里屋，长叹一口气说：“这个安娜，人小鬼儿大，真不好看！”铁雷狐疑：“哥，啥意思？”文龙没回答。

谭卓茹看向文龙：“现在怎么办？”文龙看向魏坤宁：“请魏七吧，少校，你去。”魏坤宁叹气：“早就该请了，关键时刻就得靠自家兄弟，老七肯定能帮咱想辙。”魏坤宁说完离开，文龙和谭卓茹对视了一眼。

贺老三向魏七汇报，亲眼看见那小野马从大当家屋里出来，肯定如你所料，谈条件去了。魏七点头说："既然这小野马已经撒开蹄儿了！咱就瞧好吧，很快就会带咱找到胶卷了。"贺老三疑惑："还有啊，那边出了事儿，怎么不来找你？"魏七叹了口气说："谁不想靠自个儿摆平，没辙了，自然会来找我了。"贺老三上前："二当家的要是帮他们把这事儿平了，那他们对你就差跪地谢恩了吧？"魏七冷笑："争取到越多的信任，我才越有机会完成大佐给的任务！"魏七话音刚落外面响起拍门声。

魏坤宁在拍魏七的房门："老七，老七睡了吗？"魏七一个眼神，贺老三躲了起来。魏七假装睡下又起来："哎，来了！"魏七披上外套，眯着眼佯装刚睡醒的样子，开了门，故作急切地问："哥，啥事儿啊，着急忙慌的？"魏坤宁一脸愁容。

魏七来到安娜的房间，看着躺在地上的小伍，露出为难的样子，假惺惺地慌张问："死多久了？"安娜坐起来说："不到一个时辰！"魏七露出假愁容："这家伙就是那个跑情报的小伍，这下麻烦了！"胡大壮抱怨："哎，这回说可说不清楚了！"魏七故作担忧："哎，你们有所不知，这家伙就他娘好色，肯定是借着酒疯壮了色胆……也难怪，这山头上好久没来女人了，更何况还是像安娜小姐这样漂亮的。"魏七一脸担心和假装为大家考虑的模样。胡大壮拍了下大腿："倒霉啊！他死在了咱们手上，明天这山头还不闹翻天，肯定说我们故意的！有理也说不清了！"文龙故意焦虑："所以，不能让大家认为这人是死在咱们手上。"大家附和："对，没错。"魏七故装作镇定："现在天还没亮，只要我们把他放自己房间摆到地上，可以伪造他酒喝多摔下地摔死的！"魏坤宁难言："老七，我们和你想的一样，不过，他房间外有人看守，这得劳驾你把他引开我们才能把尸体给抬回去。"魏七暗自一笑说："这个好办。"

那个看守还站在门口，肚子还是不太舒服，用手捂着。魏七经过："怎么样，没什么问题吧？"看守扫了眼身后的房门："二当家的，放心，一直在里面睡着呢。"魏七假装关心："那就好，你这是怎么了？"看守捂着肚子："肚，肚子有点不太舒服。"魏七挥手："嗨，谁没个三急，你去吧，我替你看会儿！"看守的很激动："这，这哪使得。谢谢二当家了。"看守捂着肚子跑开，魏七回头使了个眼色，胡大壮和魏坤宁抬着尸体钻进了屋。

天边浮现出了鱼肚白。董霸天有些震惊："什么，小伍死了？"郭辫子上前一步："没错，我估摸着他该醒了就去找他，哪想到他摔到了床底下，死了！"董霸天一言不发推门而出。

董霸天看着地上小伍的尸体问："昨天有人进来过吗？"魏七看了眼郭辫子："我和老郭已经问过看守了，昨晚没人进来过。"郭辫子露出愁容："看小伍的人是我安排的，我特意交代过不能离开半步。"董霸天仔细打量着尸体，魏坤宁等人略有些紧张。董霸天站起身来，大家都期待着她的结果。董霸天叹气："传我的命令，接下来半个月，山上禁酒，谁都不能擅开酒戒！"魏七拱手："是，要不是喝酒也出不了这样的事儿。"文龙拱手上前："可大当家的，这小伍死了，咱这解药怎么说？"董霸天一挥手："不管怎么样，你们这趟下山打死了不少鬼子，虽然任务没完成，但至少表明你们跟咱都是一路人，山上的弟兄能理解！"董霸天看了眼安娜："安娜小姐，还记得你提的条件吗？"安娜欣喜："你同意了？"董霸天点头："这药我权当送给你的人情。"安娜激动地说："谢谢大当家的！"

董霸天走安娜跟前低声："不过光拍不行，你还得教会我怎么使这相机盒子。"安娜欣喜点头："一定！一定！"董霸天看了眼天色说："你们这兄弟撑不过晌午，时间不多了。"魏七站在一旁侧耳听到了这段话，嘴角上扬。董霸天对郭辫子吩咐说："找块地儿，把小伍埋了，把事儿跟山上的兄弟们说说，让大家引以为戒，少喝酒。"郭辫子领命后拱手离去！

董霸天说完离开。胡大壮和魏坤宁迅速围到安娜面前。魏坤宁疑惑地问安娜："你跟大当家提的啥条件啊？"胡大壮狐疑："就是，啥时提的呀？咱咋不知道！"安娜一笑："没，没啥，就是说教她拍照。"胡大壮信以为真地想：董霸天看着凶神恶煞的，到底还是女人，臭美！

大家都不约而同地来到高小庄的房间。谭卓茹领了些稀饭和窝头进来分给大家。魏坤宁看着魏七："老七，昨晚要没你，这事真不知道咋收场。"魏七一笑："老大这么说就外道了，咱都是过命的交情，还分什么你我。"魏坤宁端起一碗稀饭敬魏七："来，就当是酒了，咱俩喝一个。"胡大壮在一旁咋咋呼呼也端起碗："算我老胡一个！"三人碰碗。

文龙拿了个窝头走到门口蹲着吃。安娜瞥了一眼迅速跟过来蹲下："文龙哥，咱们上山时搜身，好像没看到胶卷啊！”文龙点头说：“以防万一，我藏在半道上了，放心吧。”安娜问藏哪儿了。文龙疑问地看着她。安娜低语：“没啥，你知道这胶卷就是我的命根子，它没在我边上，我这心总是没着没落的。”文龙低头深思，没搭理安娜。安娜又低语插话：“再说了，多个人知道下落也安全点，万一，我说万一哈，你受伤昏迷了，这不就坏了吗？”文龙咬了口窝头，勾了勾手。安娜欣喜点头，送上耳朵。文龙低声说了胶卷的下落，让她别告诉别人。安娜点头低声：“放心！之前拍的胶卷和没用过的胶卷都在一块吧？”文龙点点头。魏七放下碗，看着安娜，嘴角暗地浮起一抹笑。

刀子端着一盘咸菜往回走着，安娜突然迎面而来。刀子一惊：“安娜小姐，你这是去哪啊？”安娜边跑边说：“我肚子不太舒服！你们甭管我！可能是吃坏肚子了。”安娜匆匆离开。一根柱子后面，魏七探出了头。

安娜快速穿过山寨大门，在山路上走着。魏七远远地跟在身后。安娜警惕地停下脚步。魏七钻进旁边的草丛。安娜回头张望，身后十分安静，安娜放心往前继续走。安娜从外面钻进了破庙。安娜径直走到破庙最左侧的角落里，里面有一块松动的板砖，安娜移开板砖，下面露出一个盒子，正是装胶卷的盒子。安娜欣喜捧起盒子吹了吹上面的灰，安娜刚起身突然发现地面上还有一道身影。安娜警惕，一回头发现是魏七站在门口，只是这次魏七脸上的笑容有些奇怪。安娜本能地把盒子藏到了身后说：“二当家的？”魏七一笑：“真要感谢你这头小野马呀，不然我还真找不着这宝贝东西。”安娜惊疑地问：“二当家的，你什么意思，你怎么跟来了？”魏七冷笑了一声说：“还不是为了你手里的东西，为了它，可把我累得不轻。”安娜震惊：“你……你是鬼子的人！你这条狗！”魏七不耐烦地说：“啧啧，别说得这么难听，志向不同而已。”安娜大喊：“你一直都在骗我们！”魏七奸笑道：“这叫谋略，苦肉计懂吗！你瞧瞧我这伤，这一枪可不能白挨！”魏七眼睛盯着安娜手中的盒子，上前抢！安娜拼命护着，魏七一脚把安娜踹倒，夺过了盒子。安娜大喊：“来人啊，救命啊！”魏七大笑：“哈哈哈，荒郊野地，你就喊破嗓子，也没人听见！”文龙大喊：“喔，是吗？！”文龙低沉而霸气的声音突然从外面传入，魏七震在当场。

门推开，文龙、董霸天、谭卓茹、胡大壮、刀子鱼贯而入。董霸天鼓掌说："二当家的，你不容易的，天天演戏骗人。"魏七冷笑道："你们设计我？"文龙一笑说："不用点手段，你也现不了形，怎么样，被骗的滋味不好受吧？"安娜看到文龙，既惊又喜："文龙哥！"文龙霸气地一伸手，安娜快速躲到了文龙身旁，抱着文龙坚实的臂膀，所有紧张和害怕都烟消云散。文龙看向魏七："我们怎么来了，二当家的，你一定也很好奇吧？"魏七指着文龙和董霸天失声道："你们……什么时候搅到一块儿的？"文龙和董霸天对视一笑。

四

文龙看着魏七，给他讲了设计的经过：

昨晚，董霸天送走安娜后关上了门，吹灭了蜡烛，躺在了床上。董霸天却并没闭眼睡觉，而是轻轻拍了下床沿，出来吧？床底下文龙一笑，露出身来，拍了拍身上的土，早就发现了，为何不叫人？董霸天翻身坐起，伸手妩媚的勾了勾文龙的衣领，大半夜闯进我的闺房，我想看看你到底是冲啥来的？文龙拱手，大当家的真会说笑，你说我半夜闯进来，冲的是什么？董霸天一笑，挑逗着文龙，你要真是冲我来的，下次不用翻窗户，我给你留门啊！文龙躲闪，大当家的……喂喂。董霸天一笑，怎么，还没开始呢，就怕了？文龙拱手，我不是这个意思。董霸天突然掩嘴笑起来，我董霸天阅人无数，你把色狼装成小绵羊了。董霸天一把捉住文龙的一只手，摁向自己藏药瓶的地方，你是在找这瓶解药吧？文龙缩回手，没错！董霸天一笑，你们那个虎妞突然半夜来找我谈交易，你又偷摸进我的房，看来是又出状况了啊！文龙点头，你说得没错，小伍死了！董霸天一怔，什么？文龙很严肃，你们山上有内奸！而且，他就在你身边！……

董霸天看着魏七一声冷哼："魏七啊魏七，你上山大半年了，几乎骗过了山上所有的兄弟，就连我都差点上了当！"董霸天踱步到文龙身边："没想到这位文龙兄弟眼光独到，才短短几天时间，就看穿了你这只老狐狸！"董霸天抬眼看着文龙，眼中全是欣赏的眼神。安娜疑惑低声问文龙："你们俩就是在昨晚，我走之后设的局？”文龙点头一笑：“没错！”

文龙接着又讲起了设局的经过：

董霸天狐疑，什么内奸，姓文的，饭可以乱吃，这话可不能乱说。文龙拱手，这小伍先是提供了一份有圈套的情报，然后晚上莫名其妙摸进了安娜的房间要非礼，逼得我们的人出手，死于非命来了个死无对证，大当家的，你不觉得这事儿很蹊跷么？董霸天一怔，这些都只是你的猜测而已。文龙分析，小伍脖子上的伤，我检查过，要命的不是谭小姐的那一击，在他们出门后，有人进屋补了一下！董霸天露出愁容，不过就算你的推理都成立，也不足以指认幕后真凶啊。文龙再拱手，我明白，要指认必须人赃并获！董霸天眼前一亮，你有法子？文龙点点头，不过，需你搭把手，配合我演一场戏！首先，你得答应安娜提的那个交易……董霸天边听边点头……

魏七听罢，愤怒地指着董霸天：“你，你故意演戏给我看！”谭卓茹冷笑：“演戏的人，是你自己！魏七，亏我这么信任你，你知道你这样做的后果吗？”文龙瞥了魏七一眼：“其实你已经够聪明了，要不是我趴在床下偷听到了安娜的话，我还没猜到你在背后有这一手呢？”魏七突然咧嘴坏笑起来：“可惜啊，你们还是来晚了，现在胶卷在我手上了，你们退后……”魏七做出准备打开盒子的手势说：“谁要是敢逼我，我就马上打开盒子让它曝光，你们拍的东西可就什么都没啦！”文龙笑了一下。魏七发现恐吓对大家无效。文龙脸色冷了下来看着魏七说：“你真以为盒子里有胶卷？”魏七一惊，打开盒子一倒，一块小石头掉了出来。刀子和大壮趁势一个箭步冲上前拧住了魏七。魏七大喊：“放开我，放开我！”文龙董霸天对视一眼走出了破庙。

魏坤宁独自一人背对破庙蹲在门口，一言不发。文龙等人对视一眼都没说话，能体会到魏坤宁的心情。谭卓茹上前轻轻拍了一下魏坤宁的肩。魏坤宁突然站了起身，一言不发地转身进了破庙。魏坤宁看了眼刚把魏七给绑上的胡大壮和刀子沉着脸说：“你们先出去！”胡大壮和刀子对视一眼，离开了。魏七装作可怜大喊：“老大，救我！”魏坤宁上前看着魏七举起一个巴掌，魏七本能地闭眼，但这巴掌迟迟没落下来。魏坤宁看到魏七因为挣扎而乱掉的衣领，突然伸手上前替他抻了抻：“老七啊，看看你现在，成他妈什么样了？文龙说你是叛徒的时候，他们都信了，就我老魏没信，你说我怎么能信？”魏坤宁动容并痛苦地看着魏七：“记得吗？从魏家村出来加入东北军的时候，你还是二十出头的愣头青，别的新兵蛋子听到炮声吓得战壕里直哆嗦，而你魏七没有，你问指挥，怎么还不吹喇叭冲锋！”魏坤宁的声音铿锵有力。文龙等人站在院中能清楚听到魏坤宁的控诉声，也不免嘘唏。

魏坤宁越说越激动：“九一八，鬼子进了东三省，咱没有跟着大部队撤离，留下来继续跟鬼子干，你老七哪一次不是冲在最前头！我就没明白，你还是当年那个老七吗？”一番话说得魏七低下了头。魏坤宁很难受：“我说过，就算你拿着枪当面给我了一枪，我也只相信那是枪走火！可是老七，这一次，你这一枪真比打在我心窝上还狠啊！”

董霸天听得动容，伸手取下身上挂着的酒葫芦，递给谭卓茹。谭卓茹拿着酒葫芦进庙。谭卓茹将酒葫芦递到了魏坤宁面前。魏坤宁接过用力喝了一口。魏坤宁把酒葫芦递给魏七说：“喝完这一口，咱们就再也没有任何关系了，我魏坤宁就当这辈子从来没有过你这个兄弟！”魏七抬起头：“老大，别说了，你以为我不想抗日吗，不想继续杀鬼子吗，这些年里，你根本就不知道我经历了什么……”

魏坤宁沉默。魏七看向谭卓茹：“谭小姐，你是恨我出卖了你，可你知道又是谁先出卖了我，出卖了我们的同志吗？”谭卓茹疑惑地看向魏七：“你什么意思？”魏七苦笑了一下说：“你在佳木斯给上级发报确认我可不可信，你的上级难道就可信吗？”谭卓茹皱眉，已经明白过来。

魏七手里拿着一小块刀片，悄悄地切割着绳子：“老大，外面的世道变了，我有我的道。”魏坤宁厉声大喝：“什么道，跟着鬼子，祸害中国人！你混蛋！”魏坤宁把酒瓶一倾，将酒倒在了魏七面前，酒渗到地里，大喊：“你我兄弟的情就跟这酒一样，没了！带他上山，接下来怎么处置，听候大家发落，和我无关。”魏坤宁说完转身出门。

谭卓茹把魏七拎了起来：“走吧！”魏七用刀片快速地割着绳子。

魏坤宁气冲冲地从庙内走出，径直掠过文龙等人离开了破庙。大伙也纷纷摇头准备启程。谭卓茹押着魏七刚走出破庙时，魏七的绳子已经被暗中割开了，魏七突然一把扣住谭卓茹，用刀片顶在了谭卓茹的喉咙处大喊：“都别过来！”文龙等人一惊：“你要干什么？”魏七失去理智：“都别动，谁敢掏枪老子现在就杀了她。别逼我，我也不想这样的！”魏七手上更用力，刀片的尖口已经把谭卓茹白皙的脖子刺出血渍了。董霸天厉声喝道：“魏七，你冷静点，有什么要求，你可以提。”魏七冷笑：“别废话，都给我让开，否则老子今天就鱼死网破！”谭卓茹镇定地说：“魏七，杀了我，你也走不了。”文龙等人犹豫手慢慢伸向枪袋。魏七大喊：“我说了，都别动！我真的会杀了她！”

魏七情绪几近癫狂。砰！突然，魏七的后脑勺上中了一枪。魏七瞪大眼睛，文龙等人转头看向身后，刚刚离开的魏坤宁不知什么时候站到了院门口，手中握着的枪口还微微冒着青烟。魏七直愣愣地倒下了，魏坤宁手中的枪也几乎同时落在地上。安娜第一个上前扶住谭卓茹：“卓茹姐，你没事吧？”谭卓茹只是愣愣地摇头，眼睛看着人群之后的魏坤宁。魏坤宁开那一枪似乎用尽了全身的力气，他一个踉跄靠在了身后的破门板上。

贺老三坐在院子里的一个石桌旁吃着花生米，喝着烧酒。贺老三不时地眯眼看着寨门口。贺老三又将一颗花生米高高抛起时，半空中突然被一只手接住。郭辫子和铁雷站在贺老三面前，落座。铁雷将接过来的那颗花生米扔进了自己嘴里。贺老三一怔：“哟，二位爷，也来两口？”郭辫子生气的样子：“老三，一个喝酒不闷得慌啊，大当家的说了不让喝酒，你不知道啊？”贺老三一笑：“管不住自己，行，不喝了，你们俩到我这儿干啥？”铁雷也一笑说：“瞎转呦，我刚帮郭兄看完手相，怎么样，我也给你看看。”贺老三很感兴趣地说：“嘿，你还会这手，那你帮我看看！”贺老三把右手伸出，铁雷接过去装模作样看了又看。铁雷假装行家：“哟，掌纹太乱，咋说呢，我再看看那手。”贺老三两只手都摊在了面前。贺老三忙问：“看出啥了吗，眼镜兄弟？”铁雷朝郭辫子使了个眼色，郭辫子从腰后掏出一根绳子，将贺老三的手快速捆住，铁雷弯腰过去，卸了贺老三腰后的枪。贺老三一惊：“干啥呢这是？！”铁雷掂了掂手里的枪：“别乱动！”贺老三苦拉着脸说：“我说这位眼镜兄弟，咱俩无冤无仇，你拿枪瞎比画什么？”铁雷推了下眼镜说：“咱有多大冤多大仇，你心里清楚，待会儿在弟兄们面前，把你跟二当家干的那些亏心事都一五一十地撂了！否则……”郭辫子和铁雷一笑。贺老三大惊："不是，不是……"两人将贺老三押走。

牛头山的弟兄们齐聚一起。魏七的尸体和小伍的尸体就躺在前面。董霸天站在最前面，文龙、郭辫子、胡大壮分列两边。贺老三被铁雷一把推到了台前。董霸天愤怒地看着贺老三："说吧，你跟着那二当家都干了些什么龌龊勾当？"贺老三双手被捆，紧张得瑟瑟发抖："我，我，我对不起大当家，对不起山上的弟兄们！这二当家其实是刘银山和鬼子的眼线，一直想帮鬼子灭了咱们山头！"贺老三此言一出众人震惊喧哗。董霸天厉声喝道："昨天小伍的情报是怎么回事？"贺老三全身发抖："那情报，是，是二当家提前和日本人串通好的，借小伍的嘴告诉给您的！"郭辫子点头说："幸亏大当家的多留了一手，让我带几个兄弟跟过去了，这才帮文兄弟他们解了围。"文龙脸色一沉问贺老三："小伍是咋死的，接着说。"贺老三有气无力地说："二当家的想灭口，让我借刀杀人，小伍命的不是谭小姐要的，是我后来进去又补了一下！"郭辫子手下站出来说："昨晚就是他给我吃了只鸡腿，之后就闹肚子！"所有人都开始嘘贺老三。

贺老三跪下："大当家的，饶了我吧，我不该受魏七忽悠，鬼迷心窍地跟着他背叛山寨，大当家的，你，你给我次改过的机会，我错了！"董霸天大声宣布："大家伙都听明白了，魏七是刘银山和鬼子安插在咱山头的内奸，多亏这位文龙兄弟设计逼他露出原形，不然，咱这山头现在恐怕得变天了。"众手下顿时议论纷纷，好不担忧；但对大当家的和文龙的智慧，无不加以赞赏。

董霸天把解药瓶高高举起："上有天，下有土，我董霸天讲规矩更讲道理，今儿个既然把事儿说清了，理儿挑明了，弟兄们说一句，这解药我给还是不给？"众手下一起挥拳："给，给，给！"董霸天点头将药瓶交到了文龙手里。所有人鼓掌！

诚换解药　谋策解码

一

安娜将药一勺一勺地喂进了高小庄的嘴中。文龙等人在一旁关切地看着。安娜放下空空的药碗，同样面带期待。高小庄突然咳嗽了两声。大家一喜，不敢大声说话继续盯着高小庄。安娜低声：“小庄，小庄！”高小庄微微睁开了眼睛，环视着大家问：“这……是哪儿啊？咱们，都死啦？”所有人都乐了起来。胡大壮惊喜：“嘿，你看看这小子，才缓过秧来，这嘴又臭了！”铁雷感叹：“吉人自有天相啊！大难不死，必有后福，好人有好报啊！”刀子白了铁雷一眼：“直接说这药真灵不就完了吗？”胡大壮上前擂了高小庄一拳：“你真是吓死老子了！”安娜赶紧一把打掉胡大壮的手，瞪了他一眼。大家都轻松发笑，高小庄也露出一抹笑容，文龙也微笑着，静静欣赏着此情此景。

魏坤宁正在小心地给谭卓茹颈上的伤上药，谭卓茹的衣服垮到了肩边。药水对伤口有些刺激，谭卓茹微微皱眉。魏坤宁关切：“疼不疼？”谭卓茹急说：“这点儿伤，没大事，我问你，如果魏七挟持的不是我，你会开那一枪吗？”魏坤宁沉默了两秒：“会的，我不会让他再造孽了。”谭卓茹低语：“我能看出来，魏七叛变，你心里不是滋味。”魏坤宁反问：“你上峰背叛了组织，出卖了你，你心里是滋味吗？”谭卓茹叹了口气：“其实我一早就觉察出上峰的问题，魏七的话印证了我的怀疑。”魏坤宁惋惜地说：“九一八之后，东北军一路败下来，我一直在想，到底因为什么，当年的一条好汉，为了苟活站到了鬼子一边。”谭卓茹点点头说：“这个问题我也想过。”就在这时门被推开，胡大壮兴冲冲地进来。谭卓茹连忙拉起衣服遮住了肩头和脖子。胡大壮立马怔住尴尬了起来：“小，小庄醒啦！”

魏坤宁和谭卓茹进屋，高小庄已经站在桌边了。安娜很关切地说：“都跟你说了，别乱动。”高小庄故意撒娇说：“给，给我端个椅子！”安娜赶紧去端了个椅子过来放到了高小庄屁股下面。高小庄见状一笑：“嘿，这毒没白中，说话比以前好使了！雷哥，渴，我渴！”铁雷一推眼镜：“哎，这就给你倒去，别乱动。”铁雷转身倒水去了。

魏坤宁和谭卓茹看着大家这忙碌状，对视一笑。胡大壮一笑：“臭小子，还有啥要吩咐的赶紧的，过了今儿你胡爷爷可就不让你使唤喽！”高小庄故意又撒娇：“饿了，弄点儿吃的。”胡大壮急问：“行，擀面条行不？”胡大壮说完大家都一愣，胡大壮自己也意识到说错话轻轻抽了下自己的嘴巴。高小庄的表情果然黯淡下去。谭卓茹灵机一动：“喔，那个不是还有粥么，盛点粥暖暖胃再好不过了。”高小庄心里一颤说：“不用了。”高小庄双手撑在桌沿上并没有抬头说：“就擀面条吧，我想我爹了，小时候一饿，我爹就给我擀面条。”大家都不再说话。

董霸天带着文龙巡视整个山寨，两人在城楼上站定。董霸天看着文龙：“你看看，这牛头山，是佳木斯周边的最高峰。”文龙一怔问：“城内的鬼子就没有想过上山清剿？”董霸天一笑：“牛头山易守难攻，鬼子想攻不容易，鬼子倒是派人来谈过两次，想要我山寨的这些兄弟全都归顺他们。不过我没有答应。”文龙狐疑：“归顺？”董霸天叹气：“没错，让我们成立一支城防队，由我和日本人协同管理。”文龙反问：“这个条件倒是不错，为什么不答应？”董霸天有些恼怒：“我虽是女儿身好歹也知尊严廉耻，我们中国人凭啥让他日本人来指挥？”文龙一笑：“大当家的果然有胆识！这次能赠药给我的兄弟解毒，多谢了！”董霸天拱手说：“要谢也是我谢你，要不是你帮揪出了魏七这个内奸，到时候他和鬼子里应外合，这牛头山可就有大麻烦了。”文龙点头说：“魏七除了并不代表安全，这伙鬼子不简单，大当家的还需加强提防才是。”董霸天镇定地说：“放心吧，吃一堑长一智！”

小泉清正在用放大镜打量一张地图问："冈本君现在怎么样了？"郭三报告："在医院养伤，医生说没什么大碍。"小泉清扭头又问："魏七那边有消息吗？"郭三又报："没有，最新的一封还是早上发的，让大佐等他好消息，胶卷快到手了。"小泉清疑惑地问："那怎么一直没动静？"郭三猜测地回答："应该是还在等待时机吧！"小泉清放下放大镜，让先给魏七发个电报，让他切不要心急，隐藏身份才是第一位的，如果找不到胶卷，就想办法送文龙他们离开牛头山。郭三有些惊讶地问："放钢刺他们走，大佐，这太便宜他们了吧？"小泉清冷笑一声，让郭三好好看看魏七给的这张地图了。郭三上前瞅了两眼，牛头山地形图。小泉清冷笑道："这都是魏七潜伏半年的杰作！魏七说了，文龙他们下一站要去的是长春方向，他们要从牛头山走就必须经过这儿！"小泉清在山脚下的一个黑猫子岭点了点。郭三大惊："大佐，你好像把所有兵力都埋伏在这儿了吧？"小泉清点头："当然，必须掐断他们的去路！"郭三恍然大悟："难怪您放心让他们走，只要他们下山了，就一定会带上胶卷，到时来个一网打尽！"小泉清一笑："郭桑越来越聪明了！"郭三又问："如果他们识破了埋伏呢？"小泉清脸色一沉："那他们只能一直困在牛头山上，只要他们人还没跑，咱们就有机会。"郭三一笑；"没错，毕竟我们还有魏七在做内应。"小泉清自信满满地一笑，快去发报吧！郭三大跑着去发报了。

魏七和小伍的两口棺材就摆放在地上。门打开，郭辫子拎着双手被捆的贺老三来到。贺老三看了眼屋中的棺材就想往外走。郭辫子身后还跟着两个土匪，两个土匪把枪一合，拦住了贺老三。贺老三大惊："我不爱跟死人挨一堆，怪瘆得慌！"郭辫子发怒："大当家的说了，与其面壁思过不如给您老上级守一夜灵，好好看看当叛徒是什么下场，忏悔得好了，就给你改造的机会，要是忏悔得不好，明天就让你跟他俩一起陪葬了。"贺老三一惊："哎哎，我，我一定好好忏悔！"郭辫子重重关上了门。贺老三一低头看到身后的两具尸体就痛苦地闭眼。

董霸天和文龙回到了牛头寨，董霸天问文龙："接下来不知道文龙兄弟有何打算？"文龙转向董霸天："等小庄兄弟身子恢复一些了，我们就继续赶路。"董霸天叹气道："我就知道我这庙小搁不下你这尊大佛。"文龙拱手："大当家的言重了，各有使命罢了！"董霸天摆手："我让小郭先下山去探路，你和你的兄弟就安心歇息吧！"文龙双手一摆："不用，我已经让铁雷跟刀子先去打探了！侦察这方面，刀子是一把好手。"董霸天点头："你都夸了，肯定差不了，如果你改变主意想留下，随时欢迎！"文龙拱手："多谢大当家美意！我们纳投名状毕竟是失败了，你们肯让出解药是弟兄们讲道理，我们要赖着不走就是不合规矩了。"

安娜端着一碗胡辣汤出现，她面带笑意地来找文龙，恰好看到文龙和董霸天谈笑的身影，一愣。安娜看了眼手中的胡辣汤，脸上的笑黯淡下来，她叫住一个从面前经过的土匪。土匪一愣，左右望了望指着自己鼻子。安娜点头："没错，就是叫你，你饿不饿？"土匪一怔："不饿啊，咋了？"土匪闻到了胡辣汤的味道。安娜把胡辣汤递上说："不饿也给我喝了！"土匪乐呵呵地接过："真的？这胡辣汤，闻着都香，哎，谢了！"土匪接过低头喝了起来，刚想喘口气。安娜一瞪："喝完它！"土匪连忙点头埋头继续喝，呛得眼泪都快出来了。土匪长长打了个嗝，如释重负一般递回了空碗。文龙刚好回头看到了安娜。安娜接过空碗，一扭头走了。土匪看着安娜的背影擦了把嘴，一笑。土匪自己美起来了："啥意思啊？"董霸天看着文龙："找你的吧？"文龙一笑，打了个岔道："贺老三在哪儿？有些问题我想再审审他。"

贺老三跪在魏七棺材旁边一脸苦相："二当家呀二当家，你说早知今日咱们何必呢！还说什么荣华富贵，现在可好了，命都搭进去了。"贺老三越说越伤心："你早上出门儿的时候怎么说的，等你回来就发捷报，结果我眼巴巴地盼了半天，就盼来这结果！"贺老三摇头，突然，贺老三一愣，心想：对呀，捷报啊！二当家你就安心去吧，接下来的事儿我替你办，功劳兄弟也替你先拿着，以后逢年过节也给你多烧点！贺老三表情顿时大喜，他拍拍魏七的棺材，扭头看向密室的方向。真是风吹草帽扣鹌鹑,运气来了不由人啊！贺老三起身警惕地听了下门外，外面没动静。贺老三蹑手蹑脚地走向密室开关。

贺老三钻进了密室，他轻车熟路地找到一盒火柴，他的手被绳子套着，他只能用嘴叼起一根火柴往火柴皮上划，划了两次都没成功，第三根时火柴着了。叼着燃烧的火柴点亮了桌上的煤油灯，然后贺老三转过身，把手上的绳子放到火上去烤。火焰缓缓烧断了绳子。贺老三欣喜，赶紧打开箱子取出了电台。

两名看守看到文龙和董霸天来到："大当家的！"董霸天点点头问："贺老三在里面吗？"一看守点头。门打开，文龙和董霸天来到。两人进屋一看，皱眉，屋里竟然没有贺老三的身影。

贺老三正在敲打电台，突然听到外面的声响。董霸天奇怪，难道会遁地术不成？贺老三一惊，赶紧把那本密码母本《大地》放到火上焚烧。

董霸天呵斥看守："你们干什么吃的，人都跑了怎么会没察觉？"两名看守都很困惑。另一看守走上前拱手："回大当家的，我们一直在门口，这人真没出来。"文龙从进屋就没有说过话，一直在细致地观察屋内环境。文龙的视线落在了那个关公像上，只见关公像前面供着的香有些撒落在地上。文龙对着关公香仔细打量起来并上手到处摸索。突然，文龙摸到了香案下方的一个开关，对董霸天使眼色。董霸天明了，掏出了枪。文龙一摁开关，关公像果然开始缓缓转动了。一个密室从后面露出来。

文龙和董霸天往前面一站，贺老三突然愣住了。董霸天把枪对准了贺老三："别动！"贺老三缓缓举手抱头，思考着对策。文龙打量房间，注意到了电台。电台旁有一本公开发行的公共电码书，但文龙同时注意到在旁边地上的火盆里有东西被烧过。文龙走到贺老三面前："电台是小泉清给的吧，密码母本呢？"贺老三装傻充愣，指了指火盆："母本？是不是这个？"文龙眉头一皱。董霸天大怒："知错不改，都这时候了，你还向着日本人！我最恨手下的人骗我！"贺老三眼睛一转："今天你们在审问我的时候，我把知道的都交代了，你们把我关在这儿，我无意中发现了这间密室，我担心你们说我知情不报，怀疑我的诚意，所以我想趁你们还没发现之前，把这些东西给毁了！"董霸天冷笑："笑话！你当我三岁小孩是不是？"贺老三连忙跪下："大当家的，您饶了我吧，我真知道错了！"文龙揪住贺老三："说！母本是什么？"贺老三交代："就一本书，全是洋码字儿！它认识我，我不认识它啊！"董霸天的枪顶住了贺老三的头。贺老三眼睛又一转："对了对了，魏七那孙子已经把牛头山的地形图交给鬼子了，鬼子迟早会杀上山来！大当家的，你留我一命，到时候帮你杀鬼子！全都怪那魏七，那些龌龊事都是他指使我干的！”董霸天看向了文龙。

贺老三的目光一侧，发现了桌下还藏着一把匕首。趁董霸天不备，贺老三伸手摸向了匕首。贺老三猛地出手，文龙反应及时，将贺老三手中匕首打掉。“找死！”董霸天说完朝着贺老三胸膛连开数枪。文龙一惊：“不要！”贺老三靠在墙角，头一歪闭上了眼睛，已经没了反应。文龙探了下鼻息，摇头。董霸天大怒：“死不足惜！”文龙摇摇头说：“留着贺老三，或许还有和小泉清周旋的余地！”董霸天冷笑：“这种屡教不改的叛徒，就算活着，也信不得！”文龙沉思：“如果小泉清真地拿到了牛头山的地图，那么他现在第一步肯定是扼守住我们的去路！”董霸天一惊：“照这么说，他下一步就该攻打山寨了！”文龙摇头说：“不，以他现有的兵力，要打上山并不容易。他的目标是我们，没必要跟你拼个你死我活。他最希望的，应该是用好魏七这张牌！攻山是下下策！”董霸天叹气：“可他一旦知道魏七和贺老三都已经死了，那也就只能采取这下下策了！”文龙点点头说：“等铁雷和刀子探明情况回来，就知道我的推测对不对了！如果不幸被我言中，事情恐怕会很麻烦！”文龙看了眼电台，又不甘心地凑到那堆烧掉的灰烬中扒拉，突然，文龙注意到还有一块很小的残片没有被烧掉。文龙举起残片观察，这是密码母本中还没烧尽的一角，上面有页码：120页，和几行残缺的文字，是英文。董霸天转向文龙：“有发现吗？”文龙点头说：“有，不过信息量太少了，无法判断出自哪本书。”

二

铁雷和刀子带着两个山上的弟兄在侦察道路。刀子突然看到了一些折断的松树枝，断痕还很新。铁雷一惊：“咋了，你这一路都一惊一乍的？”刀子摇头：“你看这些松树枝都是刚折断的。”铁雷疑惑：“没错，还折了不少，有什么门道吗？”刀子抬头打量着前方的地形说：“这种松树枝是在野外搭帐篷必需的物料，即能遮雨又便于隐藏！”铁雷点头：“明白了，一下子被人折去这么多松树枝，有蹊跷。”刀子点头：“对，你再看前方不远的地势，地界儿稍高利于排水，又近山泉便于烧饭，是野外扎蓬的绝佳位置，我敢肯定，现在一定有支队伍驻扎在那儿。”铁雷竖起大拇指：“行啊，刀子兄弟不愧是侦察能手，这牛不白吹。”刀子一笑：“别酸了，咱赶紧回去报信儿吧！”

董霸天和文龙听完了刀子铁雷的汇报。文龙叹气：“看来贺老三说得没错！”董霸天点头：“还真如你所料，这小泉清把去路给掐了。”铁雷露出难色说：“哥，咱们现在这形势，骑虎难下呀！”董霸天拳头一攥：“不如我带一队弟兄助你们杀出去。”文龙摇头：“不可，小泉清选的那个地界儿易守难攻，加上他们武器精良，强攻只能是白白送死。况且，我们只是打山上经过的客人，山上的弟兄没道理为了咱们豁出命去！”董霸天闻言皱起眉头问：“现在还有别的办法吗？”文龙踱步沉思了一下说：“有，而且只有一个办法，不过这事儿要成，不太容易。”董霸天大悦：“但说无妨！”文龙点头：“将计救计，利用那个秘密电台！”铁雷和刀子面面相觑，他们还不知道电台的事。文龙一笑：“小泉清现在还不知道魏七和贺老三死了，只要我们能拿到母本，就可以假装成魏七和他继续通信！”董霸天恍然大悟：“明白了，这样一来咱们就可以给他发假情报溜他，化被动为主动了！”文龙点头：“所以，那个被烧掉的密码母本！是关键中的关键！”董霸天又愁眉紧锁：“我不太懂什么密电码，这个母本还能找到吗？”铁雷插话：“小泉清那儿肯定有一本！”董霸天有点丧气地说：“在他那儿怎么可能拿到？”文龙拳头一握：“我决定今晚冒险去他府上一趟，偷！”董霸天摇头：“不行！上门去偷太冒险！”文龙脸色一沉：“小泉清很狡猾，如果魏七还不给他回复，他肯定会起疑！现在没别的法子。”董霸天一拍巴掌：“别忘了，咱们山上还有一个人可以大大方方地去见他！”文龙三人疑惑地看向董霸天。刀子狐疑：“对呀，魏七和贺老三都死了。”不文龙看着董霸天：“是大当家的！”董霸天一笑：“小鬼子一直想找我谈判招安，我主动登门，他们求之不得呢！”文龙摇头说：“大当家的心意领了，可这是我们和小泉清之间的恩怨，不劳你费心。”董霸天生气了：“都什么时候了还死要面子！就这么定了！”

高小庄房间内，安娜正在替高小庄揉肩膀：“小庄，哪儿疼啊，是这儿吗？身体感应良好，看来恢复得不错嘛！”高小庄讽刺安娜说：“那是，倒是你，送碗汤回来怎么整个人都带着气儿啊？”安娜尴尬地回应：“我就是想着你快点恢复了咱们早点下山！”谭卓茹在一旁修着指甲，闻言突然自顾一笑：“要说啊，这女人才最了解女人，安娜小姐这么着急催着下山，恐怕是不只是急着赶路吧？”高小庄更是丈二和尚摸不着头脑：“那，那还能有啥？”谭卓茹一笑：“小庄，你上山后还一直没瞅过这大当家的模样吧？”高小庄更是不解：“是啊，不是董霸天嘛那有啥好瞅的。”谭卓茹摇头：“是个女的，生得那叫一个俊！这文龙最近天天搁她裹一块儿呢！”安娜有些羞怒地看着谭卓茹：“你，你别这儿乱嚼舌根，文龙哥跟她主要是谈正事儿。”高小庄还在琢磨谭卓茹的话：“是嘛，有这么俊？哎，我倒真想去看看。”高小庄刚想起身便被安娜重新摁下了。安娜打了一下小庄：“给我老实点儿，赶紧喝药，明天咱就下山。”铁雷已经到了门外，听到小庄和安娜的对话，回应说：“明天恐怕是走不了咯！”文龙、铁雷和刀子推门进来了。谭卓茹一怔。

董霸天和郭辫子以及另外三个看上去像是山头元老的人坐在一起，商量决定。郭辫子一脸震惊：“什么，大当家的你要去鬼子那儿帮他们偷东西？不行，绝对不行！”牛头山的一元老也表明了反对的态度：“这简直荒唐！医好了他们的人，咱们已经仁至义尽了，只要把这伙人尽快送下山，咱们还是过咱们的！”董霸天倒是一脸淡定：“我董霸天做决定，几时轮到你们同意了？现在也就是知会你们一声！”郭辫子大惊：“你要是出了意外，咱这山头上这么多弟兄，咋整？”另一元老也坚决反对：“山上的弟兄没一个会同意！”董霸天厉声：“可现在只有我可以堂堂正正地去找那个小泉清谈判！”郭辫子争辩：“他们去不了那是他们的问题，大当家的，你已经破例把解药给他们了，你再这么做，坏规矩。”又一元老站出来：“没错，他替咱揪出内奸，可咱也给了解药算是两清，接下来各过各的，要搭上大当家和全山头弟兄的性命去帮他们，坏规矩。”董霸天有些不耐烦了：“规矩规矩，规矩是死的，人是活的，就不能变通一下吗？”郭辫子疑惑地问：“大当家的，跟了你这么多年，我看得出来你对这小子有意思，要不这样，我老郭代你走这一趟！”董霸天一怒：“这次要找的是一本书，你郭大辫子大字不识一个，去了也没用！”大家都沉默了。

董霸天一琢磨，倒是突然精神了，指着郭辫子问：“刚说啥来着？”你郭辫子惊疑：“我，我替你走一趟。”董霸天摇头：“不不不，上一句。”郭辫子大惊：“能看出来你喜欢他——文龙！”董霸天拍掌：“对，我想问问几位，咱山上是不是还有一条规矩，要是我嫁给了那个文龙，那他们是不是就成自已人了？”董霸天一笑：“我嫁谁，这总不用你们说了算吧？”几位元老面面相觑，也只能无奈地点头。

文龙已经给谭卓茹等人讲完了贺老三身亡，发现电台和小泉清掐断去路这些消息。安娜大怒：“这个魏七，临死还给咱挖这么大一坑！”高小庄感慨：“天呐，我一觉醒来发生了这么多事儿！”谭卓茹在低头翻看着那本电码书。铁雷一惊：“密码情报，谭小姐是行家，你有啥想法说说看？”谭卓茹合上电码书起身：“很简单，这是本公共电码书，随处可见，魏七发报时，他先根据公共电码书把他的信息转换成电报码，接着他用其他数字来改变这四位数代码，这其中用到了一本英文书，也就是我们说的母本，而为了减轻嫌疑，这本英文书一定是本常见的书，能在任何一间小型图书馆里找到！”刀子对谭卓茹所说疑惑：“你咋跟铁雷老师一样学会绕人了，能说重点吗？”谭卓茹一怔：“重点就是，现在必须找到那本被烧掉的英文书！有更多的线索吗？”文龙出示了一块残片：“只剩下这么一小片儿了，具体出自哪本书，还不得而知。”谭卓茹接过纸片观察：“这本书刘银山那儿肯定有，如果能去他的书房比对，有机会能找出母本。”安娜一撇谭卓茹：“说得轻松，刘银山的书房现在是小泉清的地儿了，怎么去？”铁雷灵机一动：“大当家的已经应了这事儿，能去的也只有她了！”谭卓茹点头：“大当家虽是个仗义人，可跟咱们非亲非故的，能去冒这个险吗？”郭辫子突然来到门口大喊：“文龙兄弟在吗？”文龙应声：“郭兄，什么事？”郭辫子表情有些反常，对文龙一脸不爽的样子：“大当家的请你去她房间一趟！”文龙想了想点头：“行，这就去。”文龙说完出门，郭辫子也跟着准备离开，安娜突然追了出门。

安娜拦住了郭辫子：“哎，你们大当家天天没事儿怎么老找文龙啊？”郭辫子没好气：“嗨，那是人家的事儿我哪管得上！”郭辫子突然想起了什么，停下脚步盯着安娜问："文龙现在有老婆吗？"安娜一愣，然后摇头："那是人家的家事儿，我哪管得着啊！"安娜盯着郭辫子的背影犯嘀咕："这都什么情况啊！"魏坤宁和胡大壮从外边回来，看到了安娜。胡大壮好奇地问："这郭辫子又叫文龙去干啥呀？"安娜一脸的不悦："不知道，还问他有没有老婆啥的。"魏坤宁和胡大壮对望了一眼。胡大壮更是奇怪："这娘们儿莫不是真看上文龙了吧？"魏坤宁也惊奇拍了下大壮："走，看看去！"

文龙进了大厅拱手："大当家的，你找我？"大厅里没人。闺房里突然传来了董霸天的声音"进来！"文龙一愣走到了卧室门口，有些迟疑。董霸天打开门，一把将文龙拉了进去。董霸天把文龙推靠到墙上："怕什么怕，大白天的，我还能吃了你不成？"文龙一惊："倒不是那意思，怎么样，和你的部下商量好了吗？"董霸天点头："商量好了，只有一个办法，但必须得你点头。"文龙点头："放心，能帮上的，我肯定不打半点推辞。"董霸天大笑："好！娶我过门。"文龙一脸的疑惑："什么？"董霸天认真地重复了一遍："娶我过门，当我牛头山的姑爷！"

文龙推开董霸天，摇摇头说："娶你过门儿，大当家的，你不是在开玩笑吧！"董霸天不悦："你看我像在开玩笑吗？"文龙一惊："这个事太大，实难从命。"董霸天心中不快："龙，我很欣赏你，你是个聪明人，怎么到了关键时候，反倒糊涂了呢？"文董霸天走到桌边给自己倒了杯茶，一笑说："你想想，只有咱俩好了，这山上的弟兄才会拿出命来保护你和你的朋友，就算这次我拿母本失败了，回头还可以一起杀下山，光凭你们那几杆子枪恐怕是不行吧？"文龙点头说："这是自然！"董霸天接着说理由："其二，就算咱拿到了母本，可这魏七毕竟已经死了，万一小泉清要求他下山复命怎么办？"文龙又点头说："小泉清素来狡猾，有这个可能。"董霸天看到文龙都认可接着说："所以未雨绸缪，咱得有个好说辞！如果说是大当家的要办喜事儿，他魏七这几天得在山上张罗，脱不开身不就行了吗。"文龙拱手感动地说："大当家说得有道理！可我不能为了自己的任务，利用你！"董霸天一笑："谈不上利用！我可是真的瞧上你了！"文龙惊疑："那就更不行了！"董霸天急了："你……怎么跟个娘们似的！只有我俩结了婚，这出戏才能在对手面前演下去！你要非跟我拧着，这婚我还结定了！我现在就通知郭辫子，让他们筹备！”

魏坤宁和胡大壮来到了门口，门口已经站了几个等着汇报工作的土匪了。在胡大壮二人之前，一个厨子拎着饭菜前来准备敲门，被郭辫子拦下说：“什么眼力见儿，没看都等着吗？”厨子走过来说：“到点了，大当家的该吃饭了。”郭辫子不自在地看了眼厨子：“就知道吃饭，这会儿大当家的正在休息呢。”厨子抬头看天色：“呀，这个点儿还在休息啊？”郭辫子瞪了厨子一眼：“还得跟你请示是不？”厨子没争辩：“那行，那我等会儿再送。”魏坤宁和胡大壮对望一眼，疑惑。胡大壮低语：“他说这大当家的休息，文龙搁里边干啥？”魏坤宁对胡大壮做了个噤声的手势。

董霸天从房间里出来，做了个舒展的动作。魏坤宁和胡大壮已经隐约猜到了几分，瞪大了眼睛。两个在外等候的手下在旁边忍住笑，装得毕恭毕敬。董霸天吩咐：“辫子，给姑爷备点吃的。”手下发愣。文龙跟出来，想要解释，被董霸天打断。董霸天不悦地看着郭辫子：“没听见我说的话吗！”郭辫子示意手下：“快，给姑爷上吃的！”手下赶紧跑着去通知厨子。胡大壮看看文龙：“哦！可这也太突然了，连我都没反应过来！”魏坤宁和胡大壮调头准备走。董霸天看向胡大壮和魏坤宁：“你俩回来，回来！”魏坤宁和胡大壮停下脚步，回过头来嘿嘿一笑。胡大壮笑着：“哎，我们就是路过，啥也没看见。”魏坤宁碰了胡大壮一下：“意思是演得有点假了，文龙，动作够快的呀！”文龙不悦：“这事儿不是你想的这样！”董霸天再次打断：“文龙，把另外几位朋友也一道请来吧，既然是喜事儿，就应该大大方方地宣布一下，大伙等着喝喜酒吧！”胡大壮一惊：“还要摆席面，这好！”

三

安娜正在给高小庄喂药。高小庄看着安娜心里就美，笑着把嘴又张大了点。胡大壮一下冲进来：“不好了，出大事了！”铁雷正在擦眼镜儿：“啥事儿啊，咋咋呼呼的！”胡大壮拐了魏坤宁一下：“少校，你，你说！”魏坤宁低语："董霸天要和文龙成婚了。"几人一听都傻了眼。安娜一惊，手中的药碗掉落在地："怎么回事，跟她成亲，留山上了，不护送我啦！"谭卓茹安慰安娜："你别急，不可能的事儿！老魏，咋回事，你快说说！"魏坤宁疑惑："我也没整明白，这不请咱们都过去吗！"

董霸天和文龙坐在堂前，四个女保镖站在左右，文龙有些焦急。高小庄，安娜一行还有山寨里之前的那几个元老坐在堂下。董霸天低声："我可警告你，你要不认账，他们现在就会赶你们下山！后面的事儿都没法办！"文龙无奈，仰头喝了口酒。高小庄探着脖子盯着董霸天低语："这就是大当家的，照我说比老妹儿你差远了！"安娜则有些忐忑地搓着衣角。安娜拐了高小庄一下。董霸天看向文龙："文龙，咱俩成亲的事儿你给大家说说吧。"文龙别过头，没有搭腔。

董霸天一笑，上前说："今天诸位都在场！有一件我董霸天的私事，当然也是山寨的大事，要通报各位。文龙兄弟，身怀绝技，胆识过人，我看上了！愿意娶他，今后还望各位朋友，各位兄弟，多多帮衬文龙，一起壮大我们山寨！"高小庄一惊："啥？她娶我文龙哥，没搞错吧！"郭辫子带头鼓掌："大当家的找了个好姑爷，这是咱们山头的大喜事儿啊，恭喜恭喜！"其他人也跟着鼓掌。

胡大壮低语："人多力量大，牛头山上这么多兄弟，小泉清以后不敢找咱们麻烦了！"魏坤宁也低语："大壮，别二喝喝地跟着起哄！"郭辫子掐指说："我算算，得挑个好日子。"董霸天大喊："辫子，别整你那套，我和文龙商量了，就明天！"安娜放大嗓门："文龙哥，她跟你商量了吗，这刚认识几天啊！"高小庄也大嗓门："哥，这婚姻大事自己可不能做主啊！你爹娘不在身边，你得征求一下我们大伙的意见。"魏坤宁低语："小庄说得有点道理啊！"谭卓茹对魏坤宁低语："屁道理！老魏，你懂男女之情吗！我觉得他们俩挺般配！"文龙不想听，无奈地捂住了耳朵。刀子对几个人低语："别瞎呛呛了，文龙哥这么做，自有他的道理。"铁雷在一旁吃着，没有搭腔。董霸天笑眯眯地听着。

文龙突然站起身来。董霸天低声："你可想清楚了，点个头，你没损失！可你这个头要不点，他们把你的人赶下山，小泉清设好了埋伏等着呢！

你看看安娜，她可就成了小泉清嘴里的一块肉了！”安娜又大嗓门：“文龙哥，你别闷着！这是你的意思吗，给大伙儿句话啊！”文龙看了安娜一眼，抬起一杯酒仰头喝下。董霸天鼓掌起身：“此时无声胜有声！好！辫子，解除禁酒令，今天就开喝！让山上的兄弟们也高兴高兴！”高小庄低声对铁雷说：“没看出来，这董霸天脸皮够厚的。”铁雷疑惑地抓耳挠腮；“我这会儿心特乱，别跟我说话，我琢磨琢磨这事儿。”

董霸天又扯开大嗓门道：“我和文龙成亲之后，咱们就是一家人了，你们的事就是山寨的事，护送安娜的事包在我身上。”几人都交头接耳议论起来。安娜端着一杯热茶站起身来：“合着你俩成亲是为了帮我，好吧，我在这儿就以茶代酒，先敬两位一杯。我祝两位永结同心，白头到老。来来来，都坐着干吗！都起来喝一个，就当是提前为文龙哥祝贺了！”众人都迟疑着站起身来。安娜的情绪不太对劲。谭卓茹劝安娜：“你没事吧！”安娜甩开谭卓茹：“我先干为敬！”安娜一口将酒都喝了下去，扬了扬手中的杯子：“咱们可说好了，明晚一定不醉不归！”文龙喊了声：“安娜，别耍小孩子脾气。”安娜扭身就走。高小庄跟了出去。文龙看着安娜出去，很是发愁。魏坤宁等人举也不是不举也不是。董霸天一笑：“行，那就等着明晚上喝喜酒！”魏坤宁也不舒服：“那啥，我们也先告辞了。”董霸天做了个请的姿势。几人都撤出了大堂，铁雷走在最后，看了文龙一眼。

几人跟着安娜进了房间。胡大壮一笑：“我觉得这挺好的，你看那董霸天，虽然是个大虎妞，不过长得倒是不赖，文龙不吃亏。”魏坤宁撞了下大壮：“闭上你的嘴，你懂个屁！”胡大壮争辩：“我咋不懂了，你看她对文龙那个喜欢劲儿，谁看不出来啊！还是山寨的头儿，这有啥不好？这男人啊本事再大，终归图个老婆孩子热炕头嘛。”魏坤宁白了大壮一眼：“你以为都跟你一样，瞧你那点出息……”胡大壮一笑：“对了，就刚才我瞅见了，董霸天身边的人给文龙备的是马奶，这玩意儿你知道有啥用吗？是补……”安娜突然回过头来：“出去！你们都给我出去！”安娜将众人推了出去。小庄不出去。安娜低语：“小庄，你也出去。”小庄被推了出去，谭卓茹在外面敲门。安娜用背顶住了房门。

魏坤宁推了胡大壮一把：“你呀你！”胡大壮不服地辩解：“我咋啦，

我说的不都是大实话吗？”谭卓茹看了眼大壮：“我真是服了你了！”谭卓茹快步朝前走去，魏坤宁等人跟上。谭卓茹回头对魏坤宁说：“别跟着我，你们这屋我征用了，你们自己找地儿去。”谭卓茹钻进房间，将房门关上。魏坤宁摇头，心里还真不是个滋味！胡大壮疑惑：“你又咋啦？文龙娶媳妇儿这又碍着你啥事儿了？”魏坤宁尴尬一笑：“我总感觉吧，好像这吃的住的，都是当上门女婿换来的，憋屈！”魏坤宁摇摇头，走向了旁边的屋里。

董霸天关上了房门：“大计划已经有了，接下来具体怎么做，该说道说道了吧？”文龙别过头，不说话。董霸天不悦：“还生气呢？这可不是我董霸天逼你，这形势你也看见了，我这么做，可是想帮你！”文龙不高兴地说：“无论如何，这门亲事我是不会应的。”董霸天瞥了文龙一眼：“先别说这个，说说母本的事儿。”文龙没有看她，沉默了两秒说：“天黑之前，咱们得赶到佳木斯！”董霸天疑惑：“你们去干吗？会小泉清我一个人就行。”文龙摇头：“我们一起下山，分头行动，刀子和铁雷会暗中配合。”董霸天一笑：“不放心我是吧！没问题，怎么配合？”文龙低语：“密码母本肯定在刘银山的办公室，现在这办公室被小泉清征用了，今天晚上你去找小泉清，到时候你把他引出办公室，书房我去！”董霸天想了想，点点头说：“书房里的书肯定不少，你怎么找？”文龙取出那片没烧完的母本残片：“做对比！残片上面有页码：120页，和几行残缺的文字，是英文。”董霸天也仔细打量那些字母。董霸天一惊说：“明白了，在他书房里找出这本书，比对第120页，行列抬头是这些字母的就是母本。”文龙点头说：“对，找到后也不用偷走，记下书名就行了。”董霸天点点头。文龙一怔：“这你就不用费心了，你拖住小泉清，别让他进办公室就行！”董霸天看了文龙两眼，凑上去低声：“好说！你同意让我帮忙找母本，我就当你也默许了我的主意，事成之后，你得给我一个交代，成不成亲我都跟着你……”文龙不悦地说：“大当家的，怎么还提成亲这事！”董霸天一笑：“好好，后边的事儿咱先不提，就找母本，行了吧？”文龙低语；“时候不早了，趁早动身吧！”

铁雷、刀子、胡大壮、魏坤宁在一个房间。魏坤宁在屋子里走来走去，思索着。刀子、胡大壮、魏坤宁讨论着文龙和董霸天的事，各自说着自己的归宿。只有铁雷沉默着，掏出枪擦着。接着又一块讨论起文龙到底喜欢谁？魏坤宁疑惑地看着铁雷：“今儿个你也看见了，那不像是在开玩笑啊。要不这样，这儿就你跟他认识的时间最长，你找机会去套点实话，也好让咱们心里有个底不是？”铁雷不悦：“这事我干不了，非挨骂不可，不过我相信，我哥能处理好。”魏坤宁、胡大壮和刀子三个人都围了过来，吊着膀子看着铁雷。铁雷不自在地推了下眼镜儿抱怨哥几个：“真是没事找事！”

四

小泉清站立在书架前，将母本《大地》放入书架。郭三站在一旁。小泉清眉头皱起，魏七发报时间已经过点了。郭三看出小泉清的顾虑，上前说：“冈本君倒是来了电报，冈本君所驻守的牛头山后山出口没有发现异常，只是一直建议您攻山。”小泉清眯起眼：“要攻一个牛头山当然不是难事，可要能用好魏七，可以省去很多麻烦！冈本君屡次在钢刺面前栽跟头，心里有火，这可以理解。让他少安毋躁，如果魏七不行，马上就能用上他！这牛头山只有前后山两个出口，钢刺跑不了！就这魏七迟迟不来信，心里有点不安呐！”说完皱起了眉头。

文龙和董霸天出门，铁雷正等在门口，上前对董霸天赔笑：“不好意思，大当家的，找我哥有点事儿。”铁雷连忙将文龙拉到一侧：“哥，大伙儿让我来问问，你是不是真打算在这儿成家？”文龙低语：“成家是后话，现在跟我下山，到城里走一趟！”董霸天听到这话，上前说：“兄弟，该说的都说了，我们马上下山，别耽误婚姻大事。”铁雷不解这里面啥意思：“哥，我要听你亲口告诉我，你是不是要娶她！”文龙看了看铁雷，又看了看董霸天。文龙低语：“事情我已经给大当家讲明白了！你准备准备，叫上刀子！”铁雷又插话：“那你不送安娜去关内了？”文龙镇定地说：“这事儿变不了，任务必须完成，除非我死了。”铁雷看不透文龙，赶紧跑去叫刀子了。

铁雷从门外进来，无精打采，坐下没说话。谭卓茹一笑：“说话啊你……别说了，我知道了。”铁雷不悦地说：“我看董霸天是一厢情愿，我哥到底咋想的，我不知道。”几人互看了一眼。铁雷叫了一声刀子：“我哥和大当家要去城里，让咱俩跟着。”刀子抬起头，应声。胡大壮笑着掰指头算着喝喜酒的事。

文龙、董霸天、铁雷、刀子站在牛头寨门口，董霸天身后站着两个保镖，郭辫子前来送行。董霸天看向郭大辫子：“辫子，回去吧，看好山寨，记住了，没我的命令谁都不许下山；张罗婚事要忙活的事不少，人手不够，你找文龙那帮朋友，让他们也给搭把手。”郭辫子点头：“明白！你们一路小心。”文龙示意铁雷和刀子出发！

文龙一行很快来到了佳木斯城门口。文龙看着铁雷和刀子说：“你们俩听好了，今天咱们来是找密码母本的。”铁雷和刀子一听是来执行任务，立马精神了。董霸天插话：“找到母本，还真得劳烦二位帮忙置办点东西。”文龙布置开始任务：“刀子，你和我混进警务处，大当家想办法帮咱把小泉清调开，我去刘银山办公室找母本，大当家会替我们拖着小泉清；铁雷望风，做好接应工作。”铁雷忽问：“可这城门，咱好进吗？”文龙一笑：“你忘了，在千和剧团咱还有条暗道！”铁雷和刀子恍然大悟。文龙接着分析：“现在小泉清的兵全调到牛头山背面去了，城里根本没啥人，况且，他做梦也想不到咱们还敢再回城。”铁雷和刀子点头。文龙转向董霸天：“我们从暗道入城，劳驾你去千和剧团把那个暗道口打开，我们在那儿碰头；大当家，这小泉清很狡猾，可不是那么好骗的！”董霸天点点头：“我料到了！放心，我自有办法唬住他！”

高小庄靠在床头上，安娜端着药碗上前来。高小庄欲起身说：“还是我自己来吧。”安娜不让小庄起来，高小庄只得乖乖躺下。安娜一勺一勺地给高小庄喂进了嘴里。高小庄知道安娜在为文龙的事儿置气。药喝完了，安娜让小庄继续休息，自己出去刷碗了。高小庄望着安娜的背影心想：文龙啊文龙，你这葫芦里到底卖的啥药啊，要娶董霸天就麻利点，也好给兄弟让个道！

千和剧团内一片破败，门上面贴着大大的封条。董霸天和两个保镖，左右环视后，翻身翻进了院子，左右寻找，两个保镖折返回来，朝董霸天点点头，董霸天跟了上去，来到那两块石头前。董霸天让两个保镖将两块石头缓缓移开。文龙第一个冒出了头，铁雷和刀子紧跟着爬出来。文龙低语：“还真准时。”董霸天一笑：“你交代的事儿，我能不上心吗。”文龙面色一沉，没有接话。

文龙、董霸天、刀子等来到警务处。有警察在警务处站岗。董霸天带着两个保镖，款款走到了门口。看守喝道：“站住，干啥的？”董霸天不屑一顾地说：“我找你们特派员小泉清大佐，有要事相商，传个话，牛头山董霸天！”两名看守一惊，慌忙跑进了里屋。

小泉清正在练习剑道，发泄似地加大力度挥剑。看守大叫着冲进来。小泉清一回头，手中竹剑停在看守的头上，只差毫厘。看守吓得闭嘴。郭三大怒：“什么事儿啊慌慌张张的？”看守结结巴巴地说：“外面来了个女人说要见你，说是牛头山的，叫董霸天！”郭三一惊，小泉清眯起眼睛：“没盼来魏七的信儿，倒是把这个大当家给盼来了，就一个人？”看守回应：“一个人，带着两个女保镖！”小泉清收起竹剑说：“有意思，请她到办公室。”

警察哨兵在门口持枪站岗，一旁岗亭内，几名日本警察正在吃饭。铁雷从一侧露出头来看了眼，冲身后挥了下手。文龙和刀子推着一辆垃圾车过到。哨兵仔细盘查着文龙。哨亭里一名正在吃饭的警察头子探出头来：“臭死了，赶紧走远点！”搜完身才让文龙进去。文龙挥了下手，刀子从后面推着垃圾车进门。

小泉清背着手等候。手下领着董霸天进屋。小泉清一回头，一笑说：“没想到啊，牛头山的大当家长得这么漂亮，真是巾帼不让须眉啊！”董霸天一笑：“大佐过奖了！”小泉清镇定地说：“我这次来佳木斯是执行秘密行动，大当家从哪儿收到我来佳木斯的消息？”董霸天也镇定了一下说：“大佐，最近这段时间佳木斯风云突变，各路豪杰汇聚，动静不小啊，这一切不都源自于大佐您吗？”小泉清笑起来：“董大当家的消息很灵通嘛！那不知这次董大当家的前来找我有什么事儿？”董霸天一笑：“无事不登三宝殿，这事儿，恐怕一句两句还说不完了，这小泉大佐是不是先来点吃点，填填肚子？”小泉清一笑，吩咐道郭三：“赶紧让后厨备点好酒好菜，今晚我要和董大当家的好好叙叙！”郭三应着赶紧去安排了。

大厨显然是累了一天了，正好解下围腰擦汗，心想可算是伺候完了！大厨刚转身发现郭三进来。大厨点头哈腰道："郭三爷，今晚我老丈人60大寿还等着我呢！我提前打过招呼呀！"郭三大怒："这不临时来贵宾了嘛，哪儿那么多废话，快点给做一桌子好菜！"郭三不再听大厨的任何解释，背着手出门了。

大厨显然还很不满，拿着菜刀剁着菜板抱怨说："凭啥啊，你们来贵客了就得我加班，我媳妇儿要是不高兴跑了，你们给找去？"大厨拿了棵白菜拿刀乱切。突然，大厨想到了什么，对了，这收垃圾的老唐以前不就是个大厨吗，这个点也该来了！去看看！

文龙和刀子推着车往院里走，郭三急匆匆朝着主楼走去，文龙二人别过头过去了。文龙低语："郭三去了后厨，等他们一吃上，我就摸进办公室！"刀子点点头。两人正欲朝前走。大厨叫住了两人。两人顿住脚步。大厨把文龙当成了老唐，低语："老唐你们来得正好，处里来了贵宾，老总们让加班，我家里有点事，你能不能帮我顶个班，你的厨艺我知道，没问题！"刀子看了文龙一眼。文龙也没想到会遇到这一出，左右一看，院子里站着不少持枪的站岗警察。文龙连忙安抚："不巧，老唐今天生病了，让我们来替他。"大厨打量着二人说："老唐换人来收，至少得给我打个招呼啊，这是啥地儿，不要命啦？不行，我得给老总们汇报！"文龙低语："别啊，谁家里没点急事，您不是也忙着回家吗？我这兄弟以前在四海楼颠过勺，厨艺不比老唐差，他帮你顶着，这事儿也别往外捅了，大家都是朋友嘛！"大厨高兴点头。两个警察走过来。文龙低语："那赶紧的吧，先把您的事儿办完，再收垃圾。"大厨点头："那敢情好，先把这玩意儿推走，跟我到厨房！"两人跟着大厨直接进了厨房。

刀子上前接过菜刀耍了两手，麻利地切了一颗土豆丝。大厨看花了眼。大厨乐了："嗯，这刀功一瞧就是个行家！菜单在边上！"刀子看了一眼："没问题！"大厨放心了，拍了拍刀子的肩膀。大厨麻利地给刀子把围腰套上。大厨低语："切记，你不说，我不说。"刀子眨了下眼，两人一笑。

大厨出了门。文龙松了口气说："还好你这个大厨，货真价实！"刀子也长出了一口气："差点坏了大事！"文龙低语："有个地方落脚也不错，咱们在后厨，也好掌握时间。小泉清会见大当家，肯定是在办公室，可菜一上去，总不能在办公室就开吃吧？一通知上菜，说明他们已经从办公室出去了。”刀子一笑，有道理！

小泉清沏了茶给董霸天。董霸天暗中观察着环境，她注意到书房和会客室是分开的，书房在里屋。小泉清客气了一下说：“大当家的路途辛苦，先喝杯茶解解乏。”董霸天接过茶，大大方方地喝下，拱手道谢。小泉清一笑：“董大当家的好魄力，都不担心我在这茶里下药？”董霸天镇定：“我这次下山是来交朋友的，畏畏缩缩又怎能坦诚相见？”小泉清拍手道：“好！这是上等好茶，色、香、味、形均有独特个性，其颜色鲜润、干净，香气高雅、清新一如董大当家您啊！”董霸天拱手：“小泉大佐过奖了！”小泉清的脸稍微一沉：“据我所知，之前刘银山几次上山拉拢你，你都没有同意，这一次怎么反倒主动下山了呢？”董霸天正在品茶，微微一怔。

冒死脱险　敌临空寨

一

刀子正在切菜，文龙进来捡起一个西红柿擦了两下放进了嘴里。刀子问：“董霸天能否骗得过小泉清？” 刀子停下手上的活等文龙的理由。文龙品味着西红柿，拍了下刀子：“大当家的为人率性，做事又不乏智慧，更重要的是，小泉清也很想交她这个朋友。”

董霸天大大方方地放下了茶杯，微微一笑说：“在我们中国有句古话，良禽择木而栖！和大佐您比起来，确实是！这个刘银山心眼太小，连自己人都容不下，更何况是招安过来的人？”小泉清点头：“有道理，听你这意思，那刘银山不过是枯木朽枝了？但就凭这个，你也绝不可能下山吧？”小泉清看着董霸天，似笑非笑的眼神中暗藏威严。董霸天想了想，一笑：“没错，还有一个很重要的原因，再不找帮手，我这山头恐怕不保了！”小泉清狐疑地看着董霸天。董霸天环顾左后突然加重了语气：“大佐有所不知，我们山头二当家的想夺我的位。”小泉清微微一惊，但很快镇定下来。董霸天低语：“千真万确，打他上山以来我就一直观察他，我发现他表面上对我很顺从，但其实一直在暗中培养自己的羽翼。”小泉清故作疑虑地说：“据我所知这个二当家可是当初你好心收留的呀！”董霸天一脸严肃：“农夫与蛇的故事，大佐一定听过吧！”董霸天苦笑道：“更可怕的是，现在这条蛇还找来了帮凶。”小泉清故用更加疑惑的眼光看着董霸天。董霸天故作愤怒地说：“就这两天，魏七带了几个陌生人上山，据我观察，这伙人身手个顶个的好，一个魏七就已经让我寝食难安了，现在他还找来了这么多狠角色，大佐，你认为我还能坐得住吗？”小泉清故作好奇地问：“怎么就知道那是魏七的帮手？”董霸天故作一沉说：“他自己都说了，是他在东北军的战友。”小泉清暗笑道：“所以，你决定先下手为强？”董霸天故作冷冷地点头：“没错，昨儿个我以纳投名状的借口逼他们下山执行了一项死任务，本想借您的手，除掉他们，没想到这伙人硬是死里逃生了！”小泉清敢怒不敢言，故作镇定地说：“你的担心是对的，这伙人的确都是危险角色！”董霸天一看小泉清，机会来了，低声说：“所以我这才下山找大佐您谈合作了，这个牛头山是我一手创立的，谁都别想染指半分，这是我的底线！”小泉清咬着嘴唇来了兴致：“大当家是聪明人，跟我合作，我保证这山头永远都姓董。”接着吩咐后厨：“上菜！大当家，我们移步饭厅。”小泉清放下手中的茶杯对董霸天做了个请的手势。董霸天起身跟着小泉清出门。

长饭桌上摆满了西式的菜肴和餐具。小泉清围着桌子四处转了转，最后拉开椅子，给董霸天做了个请的姿势。董霸天微微一笑落座。小泉清坐在对面。桌子有点长，两人的距离有点远。小泉清皱眉头。

小泉清办公室内静悄悄的，门突然吱呀开了条缝。文龙悄然闪身进屋。文龙环顾左右后，快速走向里屋的书房，迅速打量书房的环境。书房内有两排书架，在里侧的书架旁边还有一个套内的独立卫生间。文龙开始来到左侧的书架上翻找书。文龙打开了一本英文书，直接翻到第120页，但内容与母本残片的内容不同，文龙迅速合上书，然后又拿起了另一本英文小说，快速查看。

董霸天尝了口饭菜，故作满意：“嗯，味道真不错。”小泉清却并不动餐具。董霸天惊奇：“大佐为何不吃？”小泉清一笑，董小姐这次前来是和我小泉交朋友的，可这桌子太长了，拉远了我们之间的距离。董霸天一笑：“无妨！”小泉清有所怀疑：“不，距离太远，可不利于谈论一些秘密话题。”董霸天尽量把事情控制在计划范围之内，赶紧抢话：“不如，我挪到大佐身边来？”小泉清摆手：“不用了，我办公室的餐桌虽小，可更有利于促膝谈心。”小泉清不由分说地起身对站在一旁的郭三下命令：“把菜移到我的办公室来。”董霸天担忧起来。小泉清站起：“请吧，董小姐！”

文龙还在紧张地翻书，核对页码内容。文龙已经快查完左边这一排书架了，到了最后一列。

小泉清和董霸天走在从客厅到办公室的长廊里，董霸天走在小泉清身后，表情有些焦虑。

文龙听到了外面的声音。文龙一惊，他冲到窗边往下一看，下面有警察在巡逻。文龙快速向门口冲去，可刚到门口时听到脚步声已经到了门外。文龙只得快速一闪身躲到了门后，手中抖出了钢刺。

董霸天故意提高嗓门："大佐，早就听说你们的清酒是一绝，不知道和我们山头的烧刀子有何区别？"小泉清一笑："董小姐想喝清酒吗？"董霸天故作不好意思地说："就想尝尝。"小泉清点头："好！我房间有上好清酒，请您稍等一下，待会一定要好好喝上两杯。"

文龙听到董霸天的声音长舒一口气，快速开门闪身而出。

文龙和董霸天快速擦身而过，文龙低声："书房内有卫生间，左侧书架已经查过，没有母本，大当家，只得靠你了！"文龙说完快速离开。董霸天眉头紧蹙。文龙刚消失在反方向的拐角处时，小泉清拿着一瓶清酒微笑着现身了。小泉清走了过来："不好意思，让大当家的久等了。"董霸天一笑："有好酒！不白等！"这时两名警察端着饭菜过来。小泉清一笑："菜来了，里边请吧！"两人进屋。

桌上摆着菜肴和清酒。小泉清举杯："来，为我们的合作干杯。"小泉清喝完一停："董小姐，现在我们已经是朋友了，有着共同的敌人，接下来该商量一下怎么对付这帮家伙了吧？"董霸天看向小泉清："您有什么好的想法吗？"小泉清一笑："你主动上门来，肯定已经有了妙计，先听听你的！"董霸天一笑："我把解药给了那伙人，但我提出了一个条件！"小泉清的脖子往前伸了伸："什么条件？"董霸天一笑："我要求其中一个叫文龙必须嫁给我。"小泉清一愣："这，难道你真看上他？"董霸天嫌弃一笑："他？长得还行，可城府太深！这种人哪能信？我这样做不过是想麻痹他们，让他们以为我根本胸无大志，只是贪图声色的小女人罢了。"小泉清大拇指一竖："好一招美人计呀！"董霸天低语："当然，更重要的还在后面，成亲当晚，依山上的规矩，所有弟兄都不可带家伙参加喜宴，这个时候……”小泉清赞赏不已：“董小姐高明，和我想法一样！这个时候只要我带一队人马突袭上山，可以把钢刺那伙人生擒活捉，对，还有二当家魏七……”

董霸天脸色一沉：“喜宴预定九点正是开始，上山的通道我会提前给你清空！”两人对视一笑，兴奋地举杯。小泉清狠狠地点头：“只要咱们里应外合，钢刺一伙插翅难飞了！”董霸天故作狠狠地点头说：“为了合作成功，干杯！”

文龙回到后厨。刀子看向文龙。文龙一脸愁眉，摇摇头说：“找到一半，小泉清带着大当家突然过去了，现在只能看她的了！”刀子低语：“要在小泉清眼皮子底下搞小动作，这可悬！”文龙一掐腰说：“所以，我还得去一趟侧楼的电机房，那个位置可以观察到办公室里的动静！要是有什么意外，接应大当家的，杀出去！”刀子点点头。

二

郭三将寿司摆放到桌中央。小泉清指着说：“这是我们日本的特色菜，寿司，董小姐可以尝尝。”董霸天吃了一块寿司，小泉清期待地看着。董霸天点点头：“嗯，真好吃！多谢您的款待。”小泉清轻轻拍手，很欣慰地说：“董小姐如此喜爱我们大日本帝国的食物，我想你也一定会喜欢我们帝国其他的一切。”董霸天故作好奇：“当然，今后还请大佐多多介绍日本文化。”小泉清高兴地点头：“一定！”

董霸天瞥了眼书房，突然捂住肚子。小泉清一怔：“怎么了？”董霸天尴尬一笑：“不好意思，可能一时贪嘴，肚子有些不舒服。”小泉清随手一指：“里面就是卫生间，请便！”董霸天起身，小泉清也跟着起身。董霸天一笑：“怎么，大佐也要方便？”小泉表情尴尬地说：“不是，我只是想给你引路而已，嗯，你进书房里右侧就是。”董霸天点头示谢，进了书房。

董霸天关上门，开始直奔右侧的书架找书。董霸天拿到一本英文书籍，直接翻到第120页，但是内容与母本残片内容对不上，董霸天摇头又翻看下一本。

小泉清独自坐在餐桌前，品着清酒，微闭着眼，胸有成竹。

董霸天很紧张，不时看向门口。她已经翻到书架下半层了。董霸天抽出了一本英文小说，赛珍珠的《大地》，董霸天翻到第120页，看了下文龙给她的那个纸片，内容和残片的英文完全对上了，董霸天一喜。

小泉清看了眼墙上的挂钟，有些疑惑地放下了手中的清酒。小泉清快速走向书房，来到了书房门口，叫了声董小姐。董霸天站在书房，听到小泉清的喊声一惊。董霸天快速合上书放回了书架。就在这时，咔嚓一声，门把手一转，拧开了。董霸天猝不及防，愣在当场。突然啪！一声，警务处停电了，面前一片漆黑。小泉清开门一愣，试探着呼喊："董小姐？"漆黑的书房内没有回声。小泉清疑惑着划着火柴，点亮了桌上的蜡烛。卫生间里传来水龙头拧开洗手的声音。董霸天从卫生间出来看到小泉清故作一愣："大佐，你……"小泉清一笑缓解尴尬："喔，没事，我担心董小姐安全，进来看看。"董霸天故作惊疑："怎么突然停电了？"小泉清镇定了一下说："最近佳木斯电力不足，停电是常事！让董小姐受惊了。"董霸天故作理解地一笑。

电闸旁，文龙的手还搭在拉下的电闸上。他站到窗边远远看了眼对面，撒开手一猫腰闪进了黑暗的楼道中。

餐桌上点上了蜡烛。小泉清一笑说："变成烛光晚餐反倒更有气氛了。"董霸天故作尴尬："大佐这儿的酒菜虽好，看来我的肠胃还需要再适应啊！"小泉清点点头说："今后董小姐就是我的座上贵宾了，很快就会适应了！董小姐的计谋非常好，明晚我们就依计行事。"董霸天故作拿酒示意："能得大佐相助，终于能除掉我的心头大患了！过了明晚，一定能睡个好觉了！"两人举杯碰杯。

董霸天故作惊讶："这天儿都快亮了，我得先告辞了！"小泉清点头："好，不过董大当家的大婚我怎么也应该送份厚礼吧！"董霸天一愣。小泉清身边站着一名着便衣的青年，手中捧着一个礼盒，他是工藤，小泉清安排他跟着董霸天，首要任务是上山后联系魏七，另外，多打听一些山上的情况，随时向小泉清汇报。

董霸天出来，两个保镖迎上。小泉清指着工藤说："这是我们这儿最优秀的侦察兵，工藤，他要陪同董小姐你一起上山献礼！”董霸天故作谢意：“大佐想得真周到，跟我还是有点见外啊。”董霸天明白小泉清的用意。小泉清也不隐晦：“毕竟山上的情况都是董大当家自己说的，我，只相信自己的眼睛。”董霸天一笑：“没问题！”小泉清向董霸天低语：“工藤是你我的联络人，婚宴开始前，会来跟我复命，如果他看到的和你说的一样，那我一定会按计划带兵上山！”董霸天故作诚信地点头：“好！我董霸天诚心合作没什么好遮掩的，我会给工藤一个合理的身份，闲话少叙，请工藤君随我马上上山。”小泉清拍手道：“祝我们明晚合作愉快！”

文龙和刀子推着垃圾车来到一个拐角后，铁雷早就等在这儿了。铁雷问情况。文龙点头说：“一切顺利，就等董霸天那边的结果了！”铁雷一笑：“行，佳木斯最大的书店在草市街，告诉我母本是啥，我明儿一早就能买到手。”刀子一使眼色，文龙、铁雷看到董霸天过来了。三人定睛一看发现董霸天身边多了一个人。文龙低声：“小泉清还是不信任董大当家的，派了个眼线。”刀子一惊问文龙：“现在咋整？”文龙想了想推着垃圾车走过去了。

文龙和刀子埋头推着垃圾车佯装突然从岔路里推出来。车子差点和董霸天撞上。工藤大怒：“八嘎，推车不长眼，不想活了！”刀子取下脖子上的毛巾说：“太君，没给您蹭脏了吧，我给您擦擦！”工藤抱紧礼盒大嚷：“滚滚滚，你别乱碰！”董霸天在文龙耳边低声：“母本是小说《大地》。”董霸天假装捂着鼻子：“臭死了，赶紧推走！”文龙和刀子推着车离开了。

文龙和刀子回到了拐角后。铁雷惊问：“咋样？”文龙一笑说：“母本是赛珍珠的《大地》。”铁雷也一笑说：“畅销书啊，好办！”刀子一笑：“文龙哥，董霸天的手段很高啊，跟你有一拼。”铁雷瞥了刀子一眼：“刀子，你咋跟大壮一个口气啊，我哥跟她还很般配是吧？”文龙拍了下铁雷：“雷子，你也少说两句，我和刀子得赶紧上山了，你留在城里，天一亮，你把书买到手，马上送上山。”铁雷高兴地点点头。文龙拍了下刀子：“走！”

山寨里的人正在忙碌着布置婚庆现场，四处挂上彩色绸缎，升起大红灯笼。郭辫子正有条不紊地指挥着。胡大壮也在帮忙挂灯笼，魏坤宁虽然也站在一旁并不动手。胡大壮抱怨魏坤宁不搭把手。魏坤宁冷哼："你倒是没心没肺，忙得挺欢！"胡大壮一愣："文龙娶的是董大当家的，又不是谭小姐，你板着脸是啥意思！再说，这大当家的结婚，席面肯定差不了，能撮一顿了。"魏坤宁瞥了下大壮："就知道吃！文龙这会指不定咋闹心呢！"胡大壮生气了："我说少校，我哪句话说错了？你对谭小姐那点心思你以为我看不出来啊！"魏坤宁竟无言以对，一抬头突然看到文龙和刀子急匆匆地过来了。魏坤宁迎上前："你们可回来了！"文龙却并没理魏坤宁而是对身后的刀子吩咐："快，把魏七房里的棺材抬出去找人看好！"刀子点点头，抽身跑开。文龙说完进了屋。魏坤宁和胡大壮对视。胡大壮一怔："哎，大当家的也回来了，咦，身边咋多了个人？"董霸天和工藤也到了山寨。

三

工藤打量着四周，一派张灯结彩的喜庆气氛。工藤满意地点头："不愧是大当家的婚礼，气派。"董霸天指着戏台："已经搭好了，就等着晚上鸣锣开唱呢。"工藤和董霸天对视，二人心照不宣地一笑。

董霸天领着工藤到了屋内。文龙正在大堂里假装指点工作。董霸天凑上去低语："文龙，这是小泉清的眼线工藤，别把戏演砸了！"文龙会意地看了工藤一眼。文龙放大声音："一大早的，你这是去哪儿了？"董霸天对着工藤大嗓："来，我给你介绍下，这位就是我的未婚夫文龙。"工藤行礼示意："啊，这位文龙兄弟气宇不凡，大当家的好福气呀。"董霸天一笑："文龙，我从城里买了两套结婚礼服，怕不合适，又把刘裁缝请上山了，一会你试试，不合适赶紧让他改改！"文龙故作会意地一笑："你想得周到。"工藤把手中的礼盒递过："试试吧，不合适我再改改。"文龙假装会意地点头："哎哟，谢谢，谢谢！"文龙朝着屋内走。工藤看着郭大辫子他们："几位兄弟，也整身新衣服？"郭辫子上前说："给我量量，我这都两年没身新衣服了！"工藤拿起家伙事，给郭辫子量起来，边量边说："上趟山不容易，别的兄弟做吗？"其他兄弟都摇摇头。工藤继续发问郭辫子：

“听说山上有个二当家，咋一直没见人啊？”郭辫子急了：“别瞎打听！”工藤试探着说：“我就想，这大当家成婚，二当家也得有身体面新衣服不是？”郭辫子发怒：“我告诉你，你别在大当家面前提他，晦气！”工藤眉头一皱，连连点头。董霸天的房门后，文龙把原本咧开的房门合上了。

魏坤宁和胡大壮从树后探出脑袋，见刀子往屋里走。魏坤宁让大壮问问刀子，跟文龙下山干啥去了！胡大壮生气地说：“还问啥问，改礼服的裁缝都请来了！”魏坤宁低语：“文龙这劲儿不对，昨天还端着，今儿个回来就跟董霸天配合上了，有问题，快去！”

安娜坐在门口发呆，手中摘着一朵花的花瓣。高小庄端了碗粥递过来问：“昨晚又是一宿没睡吧？”安娜没回应，脚下飘落着摘落的花瓣。高小庄看了安娜一眼，有点受不了这压抑的气氛。高小庄把粥往桌面上一搁说：“我知道你喜欢文龙！可有什么用啊，人家都要成亲了。”安娜有气无力地低语：“我知道他要结婚了，可我这心就是放不下！”高小庄有心低语：“安娜，以前我跟我爹演过一出戏，里面有句词儿，叫天涯何处无芳草，你明白我的意思吗？”安娜根本没听小庄的话。安娜自语：“刚从劳工营逃出来的时候，我挺讨厌他，受不了他那劲儿！后来不知咋的，又慢慢喜欢他了，昨天晚上，我整整想了一夜！我觉得你们都不懂他！说我自欺欺人也好，说我傻也好，我就不信他真会娶董霸天！”高小庄大惊地喊道：“我的傻妹妹，你没看这满山头都张灯结彩的啦？”安娜摇头：“不，不到最后一刻，我都不会信！我还是相信自己的直觉！”高小庄发着怒气：“行，我陪你等！”

小泉清看着窗外泛白的天空，对郭三下命令：“到点了，看魏七有没有发电，如果没有，再给他去一封电报，问他跟工藤接上头没有！要再等不到回电，魏七只怕是真出事了！”郭三转身离开。小泉清看着天边涌动的云层感：今天的天气真是变幻莫测啊！

刀子被魏坤宁和胡大壮摁着坐在了凳子上，刀子一脸的疑惑不解。魏坤宁追问：“昨晚到底和文龙干啥去了？”刀子低语：“闯警务处，找译电的母本嘛！”谭卓茹在一旁正在修着指甲，吹了口指甲站起了身：“得了得了，刀子性子直，不可能撒谎，我信刀子，母本找到了吗？”刀子点头：

“铁雷买去了，应该马上就能送到你手上。”谭卓茹点头：“嗯，这还差不多。”胡大壮还不甘心地问：“那跟着董霸天上山的那家伙是谁？”刀子急了：“你傻啊！鬼子！看不出来啊！”魏坤宁点点头：“我说呢，这文龙的态度咋变这么快！这么说来，文龙不是真要娶董霸天？”就在这时铁雷从外面进来。谭卓茹一笑：“说曹操曹操到，怎么样，母本买到了吗？”铁雷得意一扬，手中是小说《大地》。谭卓茹一惊：“原来是它啊！”铁雷低语：“我哥说了，让你接管电台，以魏七的口吻和小泉清周旋！”谭卓茹拍了下母本：“放心吧，有了这个宝贝，小泉清可就得被咱牵着鼻子走了！别耽误工夫，现在就去！”谭卓茹和铁雷出门。胡大壮一脸的疑惑。魏坤宁悟到了文龙的下一步行动，自己该干啥似乎也明白了。

文龙穿上了礼服，走出来，礼服非常合身。工藤假惺惺地：“啊，大当家的眼光就是准，挑的这件特别合身，我上山都多余！”郭辫子在一旁赔笑，但笑得却并不自在。董霸天唤文龙：“你进来帮我看看。”文龙进屋，工藤看着郭辫子一笑，也不便跟过去。

谭卓茹和铁雷来到魏七的密室。电报机前，谭卓茹正在接收电报信号，她把收到的信号在笔记本上记下，然后开始查看小说《大地》。谭卓茹打着日本腔调说：“小泉清大佐来电，我给大家念念啊。”铁雷一笑回应：“小泉大佐请指示！”谭卓茹比对完小说，放下了笔说：“小泉清问魏七跟工藤接上头了吗？让马上复电！”铁雷一惊：“哟，要我再回来晚一点，小泉清就该起疑了。”谭卓茹问铁雷：“你说这条咱怎么回？”铁雷想了想说：“联系上了！”谭卓茹一怔：“要说联系上了，工藤一下山不就穿帮了吗？”铁雷镇定地说：“就联系上了！”谭卓茹想了想欣喜地说：“懂了，高！”谭卓茹重新戴上耳机，开始发报。

文龙看着面前的董霸天故意大声夸赞：“真好看！”说完看了眼门外。董霸天低语：“小泉清这个老狐狸，晚上真能打上山来吗？”文龙低声回应：“只要我们演好这出戏，唬住工藤，应该问题不大！”

在小泉清的办公室内，郭三来回踱步：“大佐，你觉得那个董霸天的话可信吗？”小泉清眯起眼：“能不能信，很快就可以确认了！魏七第一次没有按时发报，董霸天就下山了，这不得不让人怀疑啊！工藤这一趟，不管能不能回来，都可以给我们带来明确的答案。”郭三点头：“小的明白了，他要能回来，就肯定能探个清楚明白，要是回不来，就说明如您所料，魏七出事了！”小泉清点了点头。

一个日本兵进门，报告魏七来电。小泉清一怔吩咐：“念！”日本兵读电报内容：已经联系上工藤，一切正常。小泉清闭眼沉思。郭三插话：“大佐，看来您是多虑了，董霸天是真心实意地向您投诚。”小泉清一笑：“给他回电，我已与董霸天进行了会谈，今晚会按与董霸天商定的计划攻山，让他做好内应工作。”日本兵记下，出门。小泉清冷笑道：“这场游戏越来越有意思了！郭桑，通知剩下的人整队，把牛头山前山的路也给我封住！”郭三出门布置去了。

谭卓茹戴上耳机，又回电了。谭卓茹认真记录密码。铁雷问这次说啥？谭卓茹翻译：“一切按工藤转告你的计划进行。”铁雷一笑：“小泉清上钩了！”

时近黄昏，牛头山也隐入沉沉暮色之中。牛头山上张挂的彩灯更加艳丽亮眼。刀子把玩着手中的烟袋锅子，躺在床上。胡大壮换上了一件衣服，走到魏坤宁面前。魏坤宁一摆手：“去去去，没闲工夫跟你瞎扯！这一路上多少抗联的弟兄都是为了保护安娜送了命，文龙不会跟这儿娶老婆！以前我小看抗联了！这一路过来，我发现只有抗联才是团结一心，真正的抗日队伍！”刀子点头：“少校，你这话算是说对了。”魏坤宁给大壮和刀子分析着文龙与董霸天的婚事：“今晚文龙这婚事办不成。依我看，这文龙就是跟董霸天演戏呢！你们想啊，让大当家去假装投诚，然后先下山找母本，假装魏七跟小泉清发报，为啥？”胡大壮一拍脑袋：“哈哈，引小泉清上山，弄死他！”魏坤宁瞥了大壮一眼：“你傻呀！就凭这山上的几条破枪还敢跟小泉清硬碰？”胡大壮反问魏坤宁：“那你说，不是为了弄死他，把他引上山干啥？”魏坤宁皱眉：“这一点我也闹不明白！”刀子劝魏坤宁和大壮：“你们还是歇着吧，有人替你动着脑子，操那闲心干吗！”胡大壮一笑：“歇啥歇！婚礼要开始了，准备准备，一会可得多杀几个鬼了！”魏坤宁陷入沉思，想不透。

小泉清带着郭三和日军在前山入口处驻扎，站定说：“大家辛苦了！今晚过后，你们都将会成为帝国的骄傲！”郭三疑惑地问：“大佐，魏七也回电了，这工藤太君还不下来呀？我太了解中国人了，我觉得这个董霸天不能信任，投诚不会是假的吧！”小泉清冷笑：“聪明！如果工藤确认了董霸天可信，那今晚我们就按约定上山，如果工藤回不来，简单，我和冈本君分别把住前后山出口，围而不攻，困死他们！”小泉清闭着眼，胸有成竹。郭三哈头哈腰地竖起大拇指：“兵不血刃，好计谋！”

谭卓茹太困了，趴在电台桌上睡着了。密室门突然打开。文龙进来。铁雷放松了下来，谭卓茹也惊醒。文龙问这边怎么样？谭卓茹打了个呵欠，扬起一个本子，往来内容都翻译出来。文龙翻看着那本记录通电内容的笔记本。文龙点头：“你们的回复很得体，非常好。”铁雷推了推眼镜一笑：“都是谭小姐的功劳，说到翻译情报这一块儿，她真是一把好手。”文龙扬了扬旁边的《大地》夸奖道：“雷子，你也不差，要不是你及时买回来母本，今天可就穿帮了。”文龙说这儿暂不用盯了，回去歇息一下，有事随时通知。三人都出了门。

安娜还坐在门口发呆。高小庄走了过来，坐在安娜身边说：“傻丫头，该醒醒了吧，这天都快黑透了。”安娜用力地摘掉了手中花朵上最后一块花瓣，愤愤地说：“那是不是说明，他真的是喜欢董霸天的，你不也说过了吗，如果真喜欢一个人，会真心祝他幸福的吧！”高小庄故意激怒安娜：“你说你一大记者，还苏联念过学的，什么枪啊炮的都不怕，还怕跟人表个白？”安娜腾地站起身：“没错，勇气，勇气，关键时刻我不能当逃兵！”安娜表情坚定地出门。

四

各种宴桌已经布置完毕。文龙正在接受一些土匪的祝贺，工藤就坐在不远的一张桌上佯装喝茶。安娜突然追了过来，站在了文龙面前。文龙转身：“安娜？你怎么跑这儿来了，快回屋里。”文龙见到工藤在一旁拿眼光瞥向这边问：“对了，姑爷，茅房在什么地方？”文龙示意，出门左转。工藤一笑：“那我先去方便一下。”说完就朝着门外走去。文龙向安娜低语：“有什么事明天再说！”文龙想要跟上工藤，安娜将其拉住。安娜拉着文龙低语：“不，现在我必须说，再晚就没机会了！”文龙看着工藤离去的方向：“那你快说！”安娜突然不好意思地低头，十分紧张地说：“我……其实我……哎，也没什么……我就是……”文龙十分着急：“你到底说不说？”安娜脸一红问：“你对我是什么感觉？”文龙一脸的焦急：“没什么感觉，今天这日子你就别裹乱了行不！”安娜拽住文龙：“你什么意思，你听我把话说完的时间都没有吗？”文龙突然怒了：“你有完没完！这一路上你给大家惹了多少麻烦，添了多少乱，我真是烦透你了！”安娜听到这话，顿时傻了眼。安娜下不来台突然一调头跑走了。高小庄刚跟过来看到这一幕。高小庄追了上去。文龙追出大门，发现工藤人已经不见了，微微一笑。

工藤出门，回头看了眼，朝着右边走去，四下打量，山寨里每个房间都有人走来走去，唯独一间屋子前，房门紧闭。工藤左右打量，快步走了上去。门打开，工藤进屋，只见三口棺材停在屋中。工藤眉头一皱。

安娜径直跑到了一片小树林中。高小庄紧追过来。安娜终于停下脚步，靠在一棵树上，倔强地将眼泪擦干。安娜突然朝着高小庄扑了过去，突然号啕大哭起来：“他拒绝我了，他说我只会给他添乱，烦透了我！他怎么可以这样！我一直以为他只是嘴上讨厌，表面冷血，没想到他是这样的人！”高小庄一时不知道怎么安慰，只得轻轻拍下了安娜。安娜哭得更厉害了：“我难受，从来没有过这种感觉……”高小庄低语：“文龙既然不是真心喜欢这个董霸天，你放心，我不会让他和董霸天成亲的。”安娜哭着大喊：“别！我对文龙来说，永远都只是个任务，一个永远解决不完的麻烦……他既然对我只有这种感觉，那这时候我也应该祝福他。”

安娜看向远处，陷入回忆：受伤时，文龙背着她穿过山林；昏迷时，文龙伸手探着她的额头，文龙不由分说扛起她上牛头山。

安娜擦干泪水，勉强一笑：“我去看看董大当家的。”安娜跑开，高小庄陷入沉思。安娜坚定地朝董霸天房间走去，心里默念：死了这条心吧安娜，你们本来就只是萍水相逢而已。一个手下走过。安娜继续朝着董霸天的房间走去。

工藤从屋子里出来，左右看了看朝着大堂走去。

董霸天已经打扮好，看着梳妆台前的一个盒子（背对着，看不见里面是什么），幸福地笑着。敲门声响。董霸天一惊："谁呀？"文龙应声。董霸天去开门，文龙迅速冲进屋并关上。董霸天一笑："哟，新郎官，这就等不及啦？"文龙低语："工藤……"

突然又传来了急促的敲门声。董霸天一怔："谁？"女保镖传报告："是安娜小姐，说找你有点事。"董霸天看向文龙："你到后面去，安娜单独来找我，一定有悄悄话跟我说。"文龙点点头。董霸天稍微一镇定："请安娜小姐进来。"文龙快步闪身躲到了屏风后面藏好。

董霸天把房门打开说："安娜小姐，你怎么来了？"安娜气冲冲进门，四下张望。董霸天态度温和地问："有啥事，你说吧？"安娜结结巴巴不好意思地说："你……真喜欢文龙吗？"董霸天一笑："姑娘你这是说的啥话，我都决定嫁给他了，这个问题还用问吗？"安娜有气无力地说："那就好，他这个人脾气很臭……如果你要不是真喜欢他，你一定会受不了的。"董霸天故作一惊："这大喜临门，这样说话可就是你的不对了。"安娜急着解释说："我不是那个意思，我只是好心提醒你。"董霸天示意安娜继续。

安娜接着低语："文龙这人脾气臭，做事情非常霸道，对所有人都有掌控欲，还特别不懂情趣，他要是不懂得体贴你，关心你，你要多包涵。你受伤了，难过了，他可能不会说一句安慰你的话，但他其实会在暗地里做一些你看不见的事，然后还要装作无所谓的样子。"董霸天一笑："谢谢，不过我已经过了你那个年纪，这些事早就无所谓了。"安娜故作镇定："那就好。你太在意他对你的态度，你会很受不了的，他就是这样一个整天把脸绷得跟牛皮毡子，但心里却害怕你受一点委屈的人。"

董霸天点点头问："还有吗？"安娜想了想继续低语："他不喜欢吃肉，心情不好的时候会主动喝酒，这一点你要特别注意。做每件事之前，他都会有详尽的计划，有条不紊。你可以对他计划的任何一个部分提出质疑，但绝不能在计划敲定之后，中途变卦，影响他的判断。怎么说呢，他做人做事都是个完美主义者。然后……"

文龙隔着屏风，闭着眼叹了口气，有些感触。

董霸天一摆手："行了行了，这些你就不用操心了。"安娜刚要出门，突然折身回来说：“大当家的，请你一定照顾好他。”董霸天一愣：“我都记住了，这你就别操心了！”安娜点头致谢，退出了房门。

董霸天朝着屏风喊了句：“出来吧！”文龙从屏风后走出。董霸天叹气：“想不到，你还真是老少通吃啊。”文龙眉头紧皱。董霸天一笑：“以女人的直觉，这个姑娘已经彻彻底底爱上你了。”文龙低语：“她年纪小，还不懂事，容易产生错觉。”董霸天摇头：“嘴上说的全是你的缺点，可心里却对你每一个缺点都赞不绝口，理解你，包容你，这不像是头脑发热产生的错觉。”文龙急了：“安娜的事儿先放一放！小泉清何其狡猾，事情没成之前，恐怕会有变数！”

董霸天思考，突然想起了什么，问：“对，你说工藤怎么了？工藤发现了魏七的尸体！发现得好啊！”文龙点头，就差最后一把火了。

工藤走入大堂，四个女保镖站在大堂门口。大堂里没人，董霸天的屋子房门紧闭。工藤看了看几个女保镖，凑到了董霸天房门外。董霸天故意大嗓：“都到这时候了，成亲的事儿你还不肯松口？那个裁缝不是我请来的，是小泉清派上山的眼线！”门外，工藤一愣。文龙也故意大嗓：“我知道，不然我也不会配合你在他面前说那些话！”

董霸天看了眼房门，继续说：“我下山见小泉清，已经跟他商量好了攻山的计划。”文龙也看了眼房门说：“这我也知道！一面用魏七的电报稳住小泉清，一面你以假结婚的名义引他上山，把他的人全部歼灭！我们逃走，也解你牛头山之围，这不都是我们商量好的吗？”

董霸天故意生气：“对，是我们商量好的，可到这时候你还不答应跟我结婚，我也能假戏真做，真就配合小泉清！”文龙也假装生气：“什么！大当家的，做人要讲诚信！魏七可是我们帮你除掉的！”

董霸天又大嗓：“哟，文龙你可别逼我，我告诉你，我真瞧上你了！”文龙也大嗓：“咱可早说好的，这假结婚是诓小泉清上山！”

董霸天又看向房门大喊：“我不想玩假的，现在我想玩真的！”文龙也看向房门大喊：“大当家的，江湖上，一提您董霸天的名号，那可是响当当的！您今天怎么一点道义都不讲了呢！”

董霸天故意大怒：“我是女人，还跟我讲道理！实话告诉你，我还有一条密道可以直通山下！只要跟我入洞房，我保你们全身而退！”

门外，工藤继续听着。

文龙故意发问：“密道？你怎么早不说！”董霸天又大嗓：“早说？小泉清堵住了下山的路，现在连上山的路也封了，要是让你们从密道撤了，我这牛头山肯定保不住！我损失可就大了，但是得到你，我觉得这一切就值！”文龙故装沉默。

董霸天又故装大怒：“你点个头，我们可以提前办婚礼，我跟小泉清商量的时间是晚上九点，不管他信不信我的话，上不上山，我们在这之前都可以全身而退！”文龙故意生气地说：“大当家，你这是乘人之危！”董霸天故意一笑：“给句痛快话吧！点个头，你能救下所有人，还能挣回一个媳妇，绝不亏！”

文龙又假装沉默一阵：“好好好，我答应，先告诉我，密道在哪儿！”董霸天故意讲条件：“不行，必须先举办婚礼！”文龙假装结结巴巴：“你……好，那赶紧！”董霸天大笑：“这不是皆大欢喜吗！”

门外，工藤听完，低头沉思，掉头离开。

董霸天出门来，郭辫子进门。董霸天问郭大辫子：“裁缝呢？”郭辫子报告：“刚出门，说他家里有事先回去了，让我跟您说一声。”董霸天钩钩手指，跟郭辫子一阵耳语。郭辫子点点头。

小泉清听完工藤的汇报，沉思起来。郭三上前：“大佐，这帮人太狡猾了！还好您已经猜到了，不然可就真吃大亏了！”小泉清恨恨地咬着牙：“董霸天这个女人太可怕了，为了一个男人，居然大费周章，骗我上山！连她的山寨都可以不要！”郭三冷笑：“就凭她，还想全歼咱的队伍！”小泉清眯起眼：“不，她更大的目的是借我之手，逼迫钢刺！这女人简直是疯了！”郭三一惊：“咋办啊大佐？”小泉清恨恨地握着拳：“攻山！”郭三疑惑时间太急，怕来不及。小泉清脸一沉：“不，我和董霸天约定的攻山时间是晚上九点，我们现在就动身，在他们从密道逃走前，杀他们个措手不及！最好还能赶上钢刺先生的婚礼！”郭三点头！小泉清命令马上通知后山的冈本君，八点之前，杀上牛头山！

高小庄从房间里出来，见四周还有不少土匪手下在布置，四处都牵上了红绸，喜气洋洋。高小庄逮住一个土匪问：“你们姑爷现在在哪儿？”土匪一指：“好像去找你们那个少校了。”文龙刚走到魏坤宁的门口，高小庄上前来说：“文龙哥到我屋里，有话跟你说！”文龙点点头：“来得正好，安娜呢？一块过来，说说今晚的事儿。”高小庄拉住文龙：“先进这边屋，就两句话，耽误不了多少时间。”文龙想了想，跟了进去。高小庄把门关上，趁着文龙背对着几人，悄悄从门后摸出了一根棍子。高小庄突然从面一棒敲中文龙的后脑勺。文龙突觉眩晕，眼前的一切有了重影。文龙并没晕倒而是靠在了墙壁上，一只手痛苦地捂着手脑：“小庄，你……”

高小庄双手颤抖，木棍掉地，大喊：“对不起，文龙哥，这婚你不能结！”文龙想说什么，但是头疼得厉害，痛苦地用手抱着头。高小庄有点哭腔：“哥，对不起，为了安娜还有你的幸福，我不能让你结这个婚！”文龙甩甩头，手撑住桌子：“我，我刚刚想做什么来着……”文龙拼命晃了下脑袋，想清醒一点。

小泉清带着部队经过哨岗，队伍有20人。岗哨里空空如也。郭三一笑：“这董霸天，聪明反被聪明误，今晚这喜事要变丧事了。”小泉清命令队伍加快行军速度。

高小庄站在原地手足无措，魏坤宁等人推门进入，身后跟着董霸天。文龙站在屋中，仔细回想自己来干吗。董霸天一惊：“咋啦？”高小庄看着董霸天结结巴巴地说：“我，我……我不能让他娶你！安娜心里有他！”安娜上前来追问：“小庄，你把文龙哥怎么了？”高小庄低语：“我给了他头上一棍子。”铁雷大惊：“你闯大祸了！”他头上有伤，弹片在脑子里还没取出来呢！

文龙还在回忆，我刚想做什么来着？董霸天吩咐：“把文龙弄出去，我知道下面的计划！”高小庄拦上去：“不行，他不能跟你结婚！”董霸天大喊：“辫子！辫子！”郭辫子进来。董霸天大喊：“把文龙给我扛出去，小庄，你小子再拦着，我现在就弄死你！”

到了牛头山的路口附近，冈本坐在一块石头上，伤势严重，双手吊在胸前。冈本身后站在一大帮日本兵，扎着两个帐篷。日本兵走过来：“冈本队长，大佐来电！命令我们马上上山，跟他会合，捉拿安娜，血洗山寨！”

冈本大喜："机会来了！所有人听令，马上上山！"冈本冲在前头，日本兵全都跟着冈本快步朝着山上跑去。冈本把手上的绷带拆了："快快！全速前进！"大队人马朝着山顶冲上去。

就在冈本的部队离开之后，他之前停留的那块大石头开始晃动起来。石头被推开，下方露出一个大洞。董霸天等人从洞中钻出来。魏坤宁、刀子、铁雷、安娜、高小庄、董霸天、谭卓茹等人爬出地道。胡大壮背着文龙也从洞里爬出来。董霸天背着那个盒子，上前搀扶。胡大壮把文龙放在了一旁的草地上。几人都停了下来，安娜和董霸天凑到文龙身边，关切地看着他。刀子低语："到现在，我算是看明白了。"魏坤宁更是明白了："到底咋回事？大当家，现在可以说了吧？"董霸天站起身来，这是我和文龙一早就商量好的计划！

计划是这样的：

昨天在董霸天房间内。董霸天一看文龙唯唯诺诺的样子，俨然失去了往日的阳刚之气。董霸天一怒，你……怎么跟个娘们似的！只有我俩结了婚，这出戏才能在对手面前演下去！你要非跟我拧着，这婚我还结定了！我现在就通知郭辫子，让他们筹备！文龙摇头，不行！我绝不会答应的！董霸天一笑，真是拿你没办法！实话告诉你吧，有一条密道，可以直通山底。文龙一惊，密道？！可我们要下山了，小泉清不会善罢甘休，你怎么办？董霸天正言，文龙，我是真瞧上你了，为了你我什么都可以舍，我可以送你们下山，但现在这条密道不能用。文龙疑惑不解。董霸天一怔，封锁后山的日军部队，就在密道的出口处！文龙眯起眼，想下山，必须调动这支队伍！董霸天脸一沉，不好调，那是下山的必经之路，小泉清不会轻易放弃！文龙摇头，我倒是有办法把小泉清的部队调上山，可这对你太不公平，不能这么干！董霸天一怒，别老跟娘们似的。文龙犹豫了一下，需要你跟我冒点险。首先，你面见小泉清假投诚，顺便找密码母本，我再安排冒充魏七给他发电。

董霸天一惊，可你说过，小泉清是个多疑的人，他会信吗？文龙点头，肯定不信！他会派人上山印证你说的话！他会发现你的投诚是假的、魏七的电报是假的，我们在骗他……董霸天点头，既然发现一切都是假的，那他就会按兵不动！文龙脸色严肃，假投诚、假电报，让他看穿，他就会确认自己的判断是对的！这时候，再把密道的事告诉他，他一定中计！董霸天狐疑，这局布得好，可婚礼还得办。文龙叹气，办就办吧，事情过去之后再给大伙解释！董霸天点头，就这么定了！说完，董霸天出了门。

众人听完，唏嘘不已。魏坤宁不解的眼神看向董霸天："牛头山，真不要了？那么多弟兄！"董霸天很深沉："大部分兄弟会顺着这条道下来，按规矩，抽到死签的留下断后，辫子也主动留下了。"魏坤宁大悟："这招还真是高！只是，还是没把我老魏当自己人啊！"董霸天摇头："这事儿知道的人太多容易走漏风声，没拿你当外人！"刀子也很深沉："辫子兄弟人不错，可惜了。"董霸天黯然。

铁雷突然插话："别说这了！我哥都这样了！"高小庄大惊："都怨我！早知道你们是在演戏，我可是万万不该敲这一棍子！"谭卓茹拉了下小庄："凭文龙的身手，估计也就他完全信任的人才能对他下手！"文龙面色惨白，昏迷中在喃喃自语。

安娜突然插话："文龙不太对劲！"董霸天急着上前来查探，着急地说："我略通一些医术，不过还真看不太明白；我认识一个人，他应该能治，他要治不好，恐怕就没别的办法了！" 董霸天说出了那个神医的住处。大家都很担心文龙，争着背文龙。胡大壮连将别人挤开，忽地一下将文龙背上，一行人朝着远处走去。董霸天回头看了一眼山寨的方向。

四周一片安静，山寨方向灯火通明。小泉清带队从后山摸上了牛头山，做了个手势。所有士兵弯腰散开队形，快速摸向大厅方向。

郭辫子带着四五个手下靠在门边休息。手下走上前："郭老大，你说大当家他们下山了吗？"郭辫子很严肃地点头："我打上牛头山起就只干一件事儿，保护大当家的！现在大当家的找着心上人了，也不用我操心了，这最后一道，我替她挡着！"手下们闻言动容。郭辫子大喊："弟兄们，你们也从密道走吧，我一个人够了！"手下们异口同声："咱们抽中了死签，哪有不认账的道理，死之前能和鬼子干一仗，那也不亏！还能保大当家和其他兄弟一个周全！"郭辫子很感动："大当家的没看错你们！"董霸天的四个女保镖也从大堂里走出来。郭大辫子让她们赶紧从密道里走！四个女保镖一人手里提着一把枪，面色从容，站在大堂口，一言不发。

小泉清的大军杀到，与冈本部会合。冈本提出一把枪，手上的伤吃痛，他咬牙忍着：“大佐，属下愿做先锋！”小泉清一个眼色。冈本率人破门而入。整个山寨非常安静。突然，郭辫子从一个高处岗亭冒出来，居高临下，不断往下开枪。几个手下和四个女保镖也从两侧冒出来，不断射击。日本兵们只得躲到大门后探头还击。小泉清恨恨地咬着牙：“八嘎，不许躲，一起冲锋！”小泉清带头冲上前，所有士兵被鼓舞，一起跟着冲出，不断向哨塔和山寨内的几人开枪。郭辫子的手下不断被打中。郭辫子异常沉着，不断探头往下开枪。小泉清带着一队人马冲了进来。小泉清一伸手，郭三递上两个手雷到小泉清手中。小泉清拉响手雷，看准时机往上一扔。郭辫子的子弹已经打光，给枪上了刺刀，就在这时手雷突然扔上来就在他身边炸响。四个女保镖也相继中枪倒地。小泉清气急败坏：“给我搜，把密道给我找出来！”

董霸天一行人突然听到身后山上隐隐传来剧烈的爆炸声。董霸天背着木盒子，停下脚步，没有转身，但脸颊上滑下两行热泪，她催促大家走快点。一行人没入了大山之中。

急中生智　劲敌又逢

一

小泉清有气无力地打开办公室门，田中将军的副官福山身后跟着四个日本兵站立在门口。小泉清明知故问地低语："福山副官怎么来了，佳木斯的事我能处理！"福山挖苦小泉清说："你目中无人，临阵抗令，愚笨无能，恐怕难成此事！"小泉清瞪着副官："你……福山发威，这是将军的原话。"小泉清气恼地别过头说："我知道钢刺下一站会去哪儿！"福山上前："光有判断解决不了问题！将军命你马上回哈尔滨！"小泉清想了想说："请允许我再打一个电话。"福山做了个有请的手势。小泉清走到镜子前，整理了一下军装离去。

胡大壮背着文龙，与小庄、刀子、铁雷等一行人过山路、涉浅滩。安娜一直跟在胡大壮一侧，不时地帮文龙理一理盖在身上的衣服。董霸天挎着那个随身的箱子在前方带路，回头看着胡大壮背上面色惨白的文龙，焦急地加快了脚步。谭卓茹则累得不行，拿着一根树干支撑着自己前行，魏坤宁把水壶递给她，谭卓茹接过水壶抿了一口。

文龙一行人在一间破屋中休整。文龙躺在干草堆上。高小庄从门外端着两只碗进来，里面盛着汤药。董霸天夺过碗："我来！"董霸天将文龙扶起，把那只碗凑到了文龙嘴边。可由于动作太陡，文龙根本喝不过来，一咳嗽，碗中汤药顺着文龙嘴边流下。安娜连忙上前夺过了她手里的碗："大当家的你太累了，歇会吧，我来！"安娜靠在边上，一勺一勺地给文龙喂下。

文龙十分虚弱，面色难受。董霸天一怔：“这是我董霸天拜过堂的男人，再累我也乐意！”安娜急了：“拜堂，拜堂，你不逼他拜堂，他能成这样吗！”董霸天看向高小庄：“合着这一棒子是我砸的，是吧？”高小庄略显难堪地说：“怨我，都怨我行了吧！二位姑奶奶，还是赶紧喂了药，接着赶路吧！”

魏坤宁、谭卓茹、刀子、胡大壮和铁雷坐在门口。魏坤宁低语：“幸好你没跟着瞎搅和！”谭卓茹疑惑不解地看过来：“啥意思？”魏坤宁一笑：“三个女人一台戏，就这两个女人已经够人受的了！得亏，你没瞧上文龙！”谭卓茹不悦地说：“谁说的！文龙这样的男人，是个女人都喜欢！”魏坤宁急了：“不是，他哪点就比我老魏强了？”谭卓茹白了魏坤宁一眼：“你除了这嘴尖皮厚，还真没一点能比得上他！”魏坤宁不服：“咱说说，就说这排兵布阵……”几人都看着他。魏坤宁来劲了：“那好，说说这胆识义气……”几人继续看着他。谭卓茹又瞥了魏坤宁一眼：“一瓶子不满，半瓶子逛荡！”魏坤宁别过头：“嗨，有啥好争的，他牛就牛，反正我也没掉块肉！”胡大壮凑过来对魏坤宁说：“谭小姐要真瞧上文龙，你这胸膛里的半斤肉得掉！”谭卓茹和刀子都是一笑。魏坤宁又转过头故意问谭卓茹：“你不会真稀罕上他了吧？”谭卓茹转向一边说：“是真是假也没碍着你！”魏坤宁故怒：“那可不行！你看看啊，这董大当家和安娜两个已经闹翻天了，你跟着添啥乱啊！”一旁的铁雷倒是眉头紧皱，不时地看向身后的屋内。刀子一笑，看向一旁的铁雷，拐了他一下：“行啦，阎王就是见了文龙，也不敢收！”铁雷使劲地点头。

田中端坐在茶盘前，将茶壶里的茶水缓缓倒入茶杯。福山将小泉清带入办公室，小泉清站在不远处，低垂着脑袋。田中停下了手中动作，伸手挥了挥。福山和另一个日本兵退出房门，将房门关上。田中站起身来，面对背后巨大的东北地图说：“昭和六年，著名的仙台师团，也就是关东军第二师团，被派驻满洲，不久后发生满洲事变。该师团作为主力进攻东北军在奉天的北大营，在整场战役中，陆军上尉小泉清表现尤为突出。”小泉清低垂下头，沉默不语。

瞥了眼低头的小泉清，田中继续说：“战役结束后，这名上尉被授予少佐军衔。昭和八年，第二师团受命回国整编，可这位表现突出的少佐不但留了下来，还因战功卓越，被提升为中佐，之后，他被派往国境前线参加‘东方马其诺防线’的筹备和建设工作。一年后，擢升为大佐，主管虎头要塞工程。”小泉清听不下去了，立正坦言：“没有将军的栽培，就不会有属下的今日。”

田中看向一边说：“我时常怀念当年那个宛如毒蛇的小泉清……只可惜，这条毒蛇如今似乎到了冬眠的时候。”小泉清低头，咬牙狠狠地表示：“属下愿在任务完成之后，承担所有罪责！”田中正视小泉清：“军人重视自己的荣誉无可厚非，可也要识时务！服从，才是军人的天职！”小泉清立正点头应声。

田中给小泉清新的任务：“接下来，钢刺你不用管了，有新的职位安排给你！”小泉清疑惑！田中大怒：“这是命令！帝国要在满洲成立一间满映电影公司，以影片的方式在整个满洲宣传‘东亚共荣、日满一体’，他们问我要人，你，是最佳人选！”小泉清继续解释：“属下已经锁定钢刺等人下一站的去处，请再给我一次机会，如果此次失败，属下甘愿接受任何调遣！”田中一笑，接着严肃起来：“属于每个人的机会都只有那么几次！准备准备，即刻启程去新京！”小泉清一愣：“新京？您是说满映是准备在新京成立？”田中点头：“没错，可不管在哪儿，你都得全力以赴保卫它的安全！”小泉清立正：“属下马上动身！”田中将军挥挥手，小泉清出了房门。

福山进门走向田中说：“让小泉清大佐去新京，这步棋实在太高了！”田中低语：“他现在不是追击钢刺的最佳人选，让他去新京，一来可以让新京方面满意，二来，小泉清是个自负的人，不会甘心承认自己的失败，起码能在新京拖住钢刺，以待阿部宽归来！”福山拍手称赞：“阿部宽中佐带着他封闭训练了三个月的特战队已从帝国本土出发，很快就会抵达满洲！他在电话中请求，立即将特战队投入战场，不用休整！”

田中笑起来：“这就是他与小泉清最大的区别！一个阴狠狡猾，死死贴着你，一旦不注意就他会一口咬住你。而另一个凶悍勇猛，一旦发现目标，会毫不犹豫地扑上去，撕咬你的致命处。”副官一笑：“这也是毒蛇和狼的区别。”此时电话响起，福山上前接起说：“我是福山，好好，咬住他们，我马上汇报将军！”电话挂断。

福山立即转向田中：“城外东南方向一百里，发现抗联一个临时医院，芥川中佐部遭到顽强阻击，芥川中佐请求支援。”田中一惊：“芥川手底下有一个中队，居然连一伙抗联都解决不了！马上给附近部队打电话，火速增援！”福山点头，伸手准备拿起电话拨出，一个电话却先一步打了过来。福山看了田中一眼，田中朝他点点头。

福山接起：“我是福山！阿部宽中佐？”田中一愣。福山喊话：“请报告您的位置……好！”福山捂住话筒向田中汇报：“阿部宽中佐已经率队抵达满洲，现在就在进城的路上。”田中一笑，手指落在了地图上城外一百里的位置。福山放开话筒：“哈尔滨城外东南方向一百里发现抗联，芥川中佐遭遇顽强阻击，将军命您带着特战队赶往支援！是！是！我马上汇报将军！”福山挂了电话说：“阿部宽中佐已向芥川部所在位置进发，他提出向您要一个人。”田中思索：“哦？”

哈尔滨城外，狼烟遍地。一条战壕内，抗联的伤兵被不断抬走，一名抗联队员快速跑过战壕。高队长趴在战壕边，抗联队员跑过来向高队长报告：“医院的伤兵和物资还在转移，起码还得撑上两个小时！”高队长点头：“只要阵地不丢，没问题！精神头都给我提起来，咱这位置居高临下，鬼子要攻上来，门儿都没有！”剩下的一排抗联队员都坚定地点点头。

高队长大喊：“大头！”一个抗联跑上来。高队长看着几个抗联：“今早我接到掌柜的电报，负责护送安娜一行的钢刺还没抵达新京，可能遇到了点麻烦。大头，你现在带人去协助医院撤离，完事之后，到通往新京的必经之路等待钢刺，如果他们遇到麻烦，全力护送！”抗联队员点点头，跑出了战壕。

小泉清从楼中出来，一辆车停在了院中。一名要犯被两个士兵从旁边的牢房中押解出来，这名要犯正是松田龙平。松田礼貌地给小泉清打了个招呼。小泉清打量了松田一下问士兵：“我能和松田队长说两句话吗？”士兵点头，两个士兵走到了一旁。小泉清一怔：“我没猜错，看来田中将军是有了追击钢刺的更佳人选。”松田点头说：“小泉大佐一向足智多谋，没什么事能瞒过您的眼睛。”小泉清一笑：“阿部宽？就算他有三头六臂，也休想在钢刺身上讨到任何便宜！”松田也一笑：“那就请您拭目以待。”小泉清严肃下来：“松田队长，我相信你现在怎么出去，一定还会怎么回来，或者，会更惨。”松田苦笑了下：“这就不用您操心了，至少现在您能睡上几个踏实觉了。”松田则朝大楼走去。小泉清看着松田的背影，狠狠眯起了双眼。

松田被押进办公室，福山等在屋内。福山走到松田面前：“松田队长，受委屈了。”松田昂起头：“败军之将，何谈委屈。”福山一笑说：“将军有事先走了，不过他留下话，让我转达给你。”松田点头恭听。福山传达田中的命令：“机会是阿部宽中佐替你争取的，如果你们顺利完成任务，他会亲自为你戴上你的肩章！”松田一个立正的动作：“属下一定将功赎罪，不会让将军和阿部宽中佐失望！”福山说：“等阿部宽中佐解决了芥川部的麻烦，就会来与你会合！”松田点头。福山递过来一个文件袋说：“这是阿部宽中佐在德学习期间的嘉奖信，给你看看，涨涨士气。”福山使了个眼色，士兵上前将松田身上的镣铐解开。松田打开文件袋，一张阿部宽的毕业照掉落出来。松田拿起这张照片，目光锁定在阿部宽的脸上。

此时，阿部宽身着特战服正按照田中的命令，带着十名特战队快速朝着芥川部奔袭。芥川带着几个人迎上来，一脸狼狈。阿部宽率队过来，非常整齐地站成一列。芥川高兴地看着阿部宽说：“终于把您盼来了。”芥川向阿部宽汇报情况：“抗联的一所临时医院在山坡后，初步预计有伤员50—70人，要进入这所医院，必须越过前面这个山坡，山坡顶部有一支抗联抵抗顽强，已经打退我们三次进攻！现在还有战斗能力的，大概30—40人。”阿部宽一笑：“火力配置如何？”芥川一怔：“与别的抗联游击队一样，枪炮混杂，不过他们枪法太好，几乎是弹无虚发！”阿部宽眯起了眼睛：“烟幕弹用过了吗？”芥川回答：“试过用烟幕弹掩护夺取对方阵地，可烟幕弹投掷的距离，不如他们子弹的有效射程，根本无法掩护。”阿部宽大怒：“这你不用管，给我备足了烟幕弹！”芥川正布置下属如何进攻。阿部宽伸手止住：“不必了，让你的所有人退到两百米外，看见信号弹之后过来打扫战场！”芥川目瞪口呆地失声：“你……”

阿部宽的特战队员快速冲入了前线。阿部宽带着特战队员涌入芥川部挖好的壕沟，上烟幕弹，四人分区域投射，笼罩所有推进区域！四个特战队员站在不同位置，用力朝前扔出了烟幕弹。坡地上，烟雾腾起。

高队长正在抽烟，旁边的士兵拍了他一下："队长，队长，起雾了！"高队长回过头来，趴在战壕里向外看，见坡地上烟雾弥漫，又来这手，这帮鬼子的脑子真是让驴踢了！一名抗联朝雾阵中开了一枪。高队长急喊："别浪费子弹，看这烟幕弹能掩护他们走多远，放近了再打！"

阿部宽的特战队员在烟雾中摸进，留下两人继续往敌人阵地投射烟幕弹，其他人分两路，从侧翼包抄，别动枪！特战队员们纷纷摸出了腿边的长匕首。兵分两路，朝左右两侧跑开，两个特战队员继续朝前扔着烟幕弹。

芥川站在远处的山坡上，拿着望远镜观看形势。芥川一笑："这个阿部宽如此自负，这种打法，等于拿烟幕弹蒙了自己的眼睛，他很快就会吃大亏！"

高队长等人越看越不对劲。一个抗联狐疑："不对啊，高队长，这烟雾距离咱们越来越近！"高队长一怔："不好！鬼子要把烟幕弹一直投到咱们跟前儿，然后夺取咱们的阵地！"抗联点头："咱们人少，要鬼子借着烟雾冲过来，恐怕招架不住啊！"高队长脸色严肃："放心，这烟雾，掩护不了鬼子的大部队！他们想来夺咱的阵地，咱就把战线推到前面去！"抗联一惊："到雾里跟他们干？"高队长点点头："咱们看不见，他们也看不见，没人敢乱开枪！咱们就跟鬼子来个刺刀拼刺刀！上刺刀！"抗联队员们哗哗地将刀子亮出。高队长命令："柱子，你们留守战壕；其他人跟我冲出去，两两一组分散推进，烟雾散开之前，拿下这伙鬼子！"高队长等人跳出战壕，躬身摸进了烟雾之中。

二

烟雾弥漫的坡地。高队长等没入烟雾之中，雾中视野很小，抗联战士两两一组朝前推进。气氛诡秘。一名抗联踩中了地上一个鬼子的尸体，惊了一下。一旁的高队长拍拍他，示意不要紧张。突然，一道人影在烟雾前方闪过。抗联连忙开了两枪，却打了空。高队长低声："别开枪！"抗联十分紧张。砰！一枪过来，抗联倒地。高队长拿枪对准了枪声响起的方向，人已经不见了。一组抗联处，还在不断摸进，一名特战队员轻轻出现在两人身后。特战队员一手一把匕首，突然跃起，两手的匕首分别插穿了两个抗联的脖子。特战队员迅速跑开。另一组抗联，一前一后，戒备周围。另一名特战队员从后方摸出，将后一名的抗联嘴巴捂住，飞速抹了脖子。前一名抗联发现动静，转过身来，要与特战队员拼刺刀，被特战队员躲过，猛地刺穿了胸口。特战队员再度消失。

烟雾渐渐弥漫过来，将战壕笼罩。一名抗联还趴在战壕处，突然，一把刺刀从大雾中捅出，将抗联杀死。阿部宽率领八名特战队员跳入战壕，抗联队员还来不及反应，很快被解决。阿部宽气势汹汹走向了一个抗联，抗联抬起枪，对准阿部宽。阿部宽伸手一挡，抗联的枪口被挡开，朝别处开了一枪。阿部宽上前一刀，刺中抗联的手臂，抗联手中的枪掉落。阿部宽又是飞快地几刀，抗联很快失去反抗能力。阿部宽的刀落在了抗联的脖子上。抗联大喊："小鬼子，有本事杀了你爷爷！"

高队长等人听到枪声，低声喊："所有人会合！"烟雾中的抗联的十几个抗联跑过来，高队长问："其他人呢？"一个抗联回应："没看到！刚才战壕的方向好像响了一枪！"高队长眉头紧蹙："上当了！"此时烟雾渐渐散开。高队长等人端着枪暴露在战壕前方，见阿部宽等人已经拿枪对准了几人，被活捉的抗联被阿部宽挟持。阿部宽大喊："不想他死，就把枪放下，跪地抱头！"被活捉的抗联挣扎大喊："别听小鬼子的，队长，开枪！"阿部宽当着众人的面，把活捉的抗联抹了脖子。高队长大呼："柱子！"高队长身边的抗联见状大怒，纷纷朝着阿部宽部开枪。阿部宽的特战队员全都藏身在战壕之中，一波攻击之后，阿部宽抬起头大喊："全力射击！"特战队员们的枪不停扫射，高队长等人暴露在坡地上毫无遮掩，被鬼子全部扫死。高队长缓缓倒地，目光中的日光晕眩。阿部宽命令："发信号弹！"一颗信号弹在坡地上冲天而起。阿部宽一个阴狠的笑容。

文龙躺在草堆上，难受地挣扎着。出现了幻觉：少青围上一条围巾，转动着身子，笑靥如花。文龙轻轻地喊："少青……"安娜一愣。高小庄低语："这个名字都叫了几百次了。"文龙迷糊中，抓住了安娜的手："少青，不要走！”安娜顿觉别扭，挣脱开文龙的手，别过头去。

董霸天见状上前挤开了安娜，握住了文龙的手，另一只手不停抚摸着文龙惨白的脸庞：“我在这儿，别担心，我哪儿也不会去。”文龙喃喃地又喊：“少青，我很想你。”董霸天眼泪都出来了：“我都知道，好好睡一觉，我在你身边，不会再离开你了。”文龙慢慢地睡了过去。

安娜有些怄气，站在一旁不说话。董霸天起身来：“咋样，安娜小姐？”安娜瞥了董霸天一眼：“大当家可是啥都会装啊！”董霸天一笑：“男人和女人其实没什么区别，有时候需要的不只是嘘寒问暖，还有依靠、包容和理解。我不管他口中的少青是谁，如果是他老婆，那我也甘愿给他做小的！”安娜白了董霸天一眼，气恼地出了门。高小庄不解：“大当家的，您说您也算是有头有脸的人物，干吗非要在别人锅里抢食儿呢！”董霸天一笑：“我看上的就得抢，管他谁的锅！”高小庄叹了口气，追了出去。

安娜从门内出来，停在了铁雷面前问：“少青是谁？是不是文龙未婚妻？”铁雷点点头，意图离开。安娜拉住铁雷：“你还准备隐瞒我们到什么时候？”铁雷一怔：“这哪是我有意隐瞒，这是我哥的私事，他自个儿不愿提，我要瞎说，他醒了非扒了我不可。”谭卓茹低语：“避而不谈，心头却又无时不在挂念，这毒中得还真是够深的啊！”魏坤宁埋怨文龙：“这小子，刚还跟我比啥胆识义气，我老魏在佳木斯城外可是啥底儿都露给他了，这样藏着掖着，哪当我们是自己人了！”谭卓茹疑惑地看着魏坤宁：“你露底？啥底儿？”魏坤宁一笑：“卓茹你别添乱，说文龙的事儿！”

铁雷想了想，看向安娜：“要不等他醒了，让他亲口告诉你？”安娜沉思了一下说：“从他受伤到现在，一直在喊少青这个名字，如果知道他和少青的事，或许会对他的治疗有帮助！”

铁雷长长地叹了一口气：“哎……你说得没错，少青就是我嫂子，其实在嫂子去世之前，我哥和现在简直是两个人。”安娜让铁雷快说！

铁雷给大家述说着文龙和林少青的往事：

华丽的礼堂之中，放着舒缓的舞曲。舞池中有许多男女跟随舞曲节奏在摇着舞步。文龙端着酒杯走入，边走边想着上级给自己安排的搭档——在舞池旁寻找一位身穿红色礼服，头戴黑色女式礼帽的女人。

文龙目光扫过周围，见有三个身着红色礼服的女子坐在舞池旁边。文龙锁定了一个正在静静喝酒的女子，一笑，朝着对方走了过去。边走边回想着上级的提示——今晚是你首次执行任务，希望你能够小心行事，我们需要的是能够长期对敌斗争的战士，不是开一枪便永远倒下的烈士。

文龙停在了女子（林少青）面前，躬身朝她伸出手去："小姐，能请您赏光跳一支舞吗？"林少青别过头去，不理他。文龙一笑说："美酒过后，来一段合拍的舞蹈，会更让人身心愉悦。"林少青听到这话，看向文龙说："可舞蹈和音乐都有停的时候。"文龙低语："舞曲的妙处，就在高潮后戛然而止的那一刻，那是最令人热血沸腾时刻。"林少青笑了笑，把手搭在了文龙的手上，两人跳舞。林少青好奇文龙的眼力："你怎么认出我的？"文龙一笑说："三个红衣服的女人，只有你在左顾右盼，明显是在等人。"林少青紧问："然后呢？"文龙又一笑说："另两个女人非常放松，而你腰杆笔直，很警惕周围。"林少青摇头："有点武断，我要是便衣特务怎么办？"文龙低语："进礼堂之前，你被人撞了一下，礼帽才会掉入水池。"林少青一惊："你都看见了？"文龙低声："当时门口只有两个服务生。"林少青一怔："你就是其中一个？"文龙点头："小心一点总是好的，下午四点，我就已经混进来了。"林少青一笑："掌柜的说你才受训出师，让我关照你，看来他是多虑了。"文龙一笑："放心，有我在，汉奸必死，你我一根毫毛都不会掉。"

大汉奸走入礼堂，坐在居中的位置。音乐进入高潮，两人不断舞动，非常合拍。两人渐渐成为全场焦点，音乐在高潮过后，戛然而止，两人的动作定格。全场掌声。

林少青看着文龙，两人含情脉脉。大汉奸站起身来鼓掌。林少青低声："东南方30度。"文龙一笑，拉着林少青弯腰致谢，这一弯腰，手中一块铁片飞出，打中了吊灯的吊绳，吊灯从半空坠落，整个礼堂陷入黑暗。黑暗中，响起两声枪响。便衣大喊："来人来人！特使中枪了！"文龙拉着林少青快步朝着后门跑去。便衣发现了他们大喊："往后门跑了，快追！"

文龙拉着林少青冲进后院，林少青跟着文龙朝前一跃，脚下一根铁丝冒出寒光，接着两人又同时翻墙。林少青翻上墙，胸前礼服被崩坏。文龙一看，傻了眼。林少青连忙捂住："你看什么呢！不要命了！"文龙伸手，借力爬出。满警冲出，不料踩中那根紧绷的铁丝，早已经埋好的两颗手雷发生爆炸，满警被炸死。

一大波满警冲过来，日本士兵也相继赶到。文龙和林少青换上了一套满警的衣服，从暗处走出。一个满警急问："人呢？"文龙朝着一条岔路指过去。满警和日本兵都端着枪追了过去。文龙朝林少青指了指旁边停着的车，两人一起上了车。林少青取下帽子，在车厢里大笑："真刺激！"文龙也跟着笑。林少青突然指着文龙："刚才的事儿不准说出去！"文龙低语："你说你衣服被扯坏的事儿啊？"林少青瞪着文龙。文龙故作严肃回应："好，我保证，我发誓！"林少青一笑："你这个小兄弟挺厉害啊，哪年的？哪月的？"文龙一一道出："属虎，七月。"林少青又一笑："小我整整一个月，叫姐。"文龙一怔："幼稚！你叫我哥还差不多！"

回想完这一段，铁雷叹了口气："从那之后，他们就被调入同一个小组，出生入死了多少次，连我都数不清了。"胡大壮急问："那时候还没你呢吧！"铁雷瞪了胡大壮一眼："两年前，我受训毕业加入小组，去年，他俩订了婚。"

铁雷接着给大家回想述说：

哈尔滨街头，文龙站在江边，眉头深敛。铁雷站在一侧。林少青过来，满脸欣喜地说："文龙，你看这是什么？"文龙接过来一看，连忙拆开。林少青惊喜："这是京西饭店的回函，同意了我们提前举办婚礼的请求！"文龙看完，有些无奈。

林少青一脸的不解，问文龙怎么了？文龙一怔："今晚你就在家等我，我和铁雷有点事情要办，放心，12点之前，我会去找你，好好商量婚礼的事儿。"林少青看向铁雷："铁雷，你说！"文龙瞪着铁雷。铁雷灵机一动："没啥事儿，就是，就是今晚去见掌柜的。"林少青不悦："连你都学会撒谎了啊？说！到底怎么回事，不说你们今晚别想走！"铁雷看了看文龙，文龙别过头。

铁雷无奈就说了："掌柜的让我们今晚潜入鬼子的宪兵队，偷取一份计划书！"林少青一惊："宪兵队？"铁雷点头："刚收到消息，这份计划书明天就会由阿部宽转交给田中，今晚是最后的机会！”林少青又一惊：“阿部宽？”文龙点头；“时间太紧，等我们回来，再跟你详细汇报。”林少青想了想：“我跟你们一起去！”文龙坚决不同意！林少青急了：“我们三个从来没有分开行动过，这次也不能例外！”文龙很担心：“少青你听我说，这次的行动和以往不同，这个阿部宽是整个关东军里最狡猾的指挥官！”林少青意已决：“别说了，准备吧。”

铁雷含着泪说：“我们在这次行动中，本来我们制定了周密的计划，没想到阿部宽老奸巨猾，抓住了我嫂子。就在阿部宽的营地破木房子门口，为了保护我哥和我，完成了任务，嫂子引爆了随身携带的手雷！嫂子不想见到我们身陷危局，和鬼子同归于尽了。巨浪冲过来，一块铁片打入文龙的脑中。铁雷拖着文龙离开，文龙看着爆炸火光燃起，拼命哀号……”

魏坤宁也很震惊：“她就这么牺牲了？”铁雷点头，眼泪止不住地流着说：“我哥的脑袋就在那时受的伤，只可惜，当时没能炸死阿部宽！他一直很自责，他认为嫂子的死，是因为他的疏忽。”

谭卓茹也很惊讶：“想不到文龙还有这样的过去。”铁雷点头：“他是怕悲剧重演！”魏坤宁叹了口气：“难怪！这小子虽说行动的时候总爱剑走偏锋，但每次都下双保险。”听完铁雷讲述，安娜淌下两行泪。铁雷镇定地说：“这事儿在我心里憋着都难受，更何况是他！过去的一切，对他而言，可都是切肤之痛！”刀子听到这里，摸出腰间的烟袋锅子，放在日光下面细细端详，想起了还在等待他的鲁小花。安娜抽泣起来。高小庄劝安娜：“安娜，这都是过去的事儿，现在我们应该尽快找到华叔，治好他的伤！”胡大壮也掉了眼泪：“过去的事儿咋地！难怪当初我媳妇儿死的时候，他说他理解我！没想到他比我还惨！”安娜抹了抹眼泪：“我没事，我敬佩少青！”董霸天出门来，安娜连忙背对着董霸天，将眼泪抹干。董霸天吩咐大伙：“时候差不多了，上路吧！”

三

硝烟弥漫的战壕边。阿部宽一挥手命令：“给将军发电，汇报情况。”

一个特战队员跑开去发报。阿部宽走到被打死了高队长一行面前，高队长的胸口衣兜处露出一张被鲜血浸染过后的信函。一个特战队员蹲身用刀挑开以上，把那封信函取了出来。阿部宽将信函展开，快速浏览，从信函得知：这支抗联是临时受命调过来打阻击的，他们的真正任务是联络在附近的东北军郭云川部！

特战队员报告；“这个郭云川部擅长偷袭，袭扰之后马上撤离，整个关东军至今还没人找到他们的巢穴！《读卖新闻》也曾报道过！”阿部宽看着那封信，狠笑了一下。前往发报的特战队员返回报告：“中佐，将军复电，命我们火速赶往新京，接手追击钢刺的任务！”阿部宽奸笑说：“给将军复电，请多给我一天时间，在接手追击钢刺之前，我要送他一份特别的见面礼！”特战队员听完，迅速跑开。

阿部宽弯腰捡起高队长的驳壳枪，扒两套他们能用的衣服，命令出发！芥川带着士兵上前来说：“阿部君返回满洲的首秀，果然让人眼前一亮！”阿部宽一笑：“打扫战场和追击逃敌的事就交给你了，这点抗联还不够我塞牙缝！”芥川一怔：“阿部君胃口不小！看来很快我就要改口称你阿部宽大佐了。”阿部宽狠狠地咬牙：“虚名不重要，重要的是为帝国消灭更多的敌人！芥川君，借你的汽车一用！”阿部宽礼貌性点头，带队很快跑出了阵地。芥川感叹：“满洲的反日游击队，看来好日子是到头了！”

高小庄等人继续赶路，文龙趴在胡大壮背上还未完全清醒。董霸天在前方带路，魏坤宁凑上前来问：“董大当家的，咱们要去的郭家坳，里面的人信得过吗？”董霸天点头：“这支队伍是东北军残部，华叔是他们的联络员，他一直想拉我入伙，所以跟我保持着联系。”魏坤宁一惊：“东北军？”董霸天点头说：“这支队伍经常袭扰周边的鬼子，打完就跑，鬼子至今还找不着他们！”魏坤宁连问：“带头的是谁？”董霸天脸上掠过一丝遗憾：“我没有答应入伙，所以没见过他们队长！”魏坤宁交代：“那还请董大当家的不要泄露我们的身份。”董霸天点点头说：“我明白！你们只是我山寨的兄弟，别的，我什么都不知道！”魏坤宁拱手示意多谢！董霸天一怔：“魏七的事，看来真是让你寒了心，连自己昔日的兄弟队伍都不信了！”魏坤宁摇头说：“特殊时期，小心为上，我相信如果文龙还醒着，也会跟您提出这个请求。”董霸天神色严肃地说：“行！我董霸天一口唾沫一颗钉，你就把心揣在肚子里吧！”

沐浴在月光之中的山林。高小庄等一行人还在继续赶路，胡大壮背上的文龙面色惨白。文龙有气无力地喊：“冷……”安娜凑上来问：“怎么了？”高小庄也很紧张：“文龙哥一直浑身冒冷汗。”胡大壮掂了掂文龙：“嗯，后背都给我淌湿了。”安娜伸手一探：“不好，发烧了！”董霸天急了：“愣着干啥，马上就到了！快走！但愿华叔在家！”胡大壮又将文龙接过背上说：“兄弟，你壮哥背厚实着呢，好好睡吧，醒了就没事了！”铁雷吩咐大伙赶紧走！一行人朝着郭家坳赶去。

郭家坳拗口，郭云川带着华叔和另外两个战士到拗口巡查岗哨。侧面的树林中，两个流动哨朝这边吹了个口哨。华叔惊疑：“老郭，喜子可是你亲手带的兵，他在拗口守着，你还不放心！”郭云川点头：“今时不同往日，我们最近活动频繁，还是小心为妙！”华叔点头说：“咱这郭家坳可是个好地方，鬼子就算来了，也讨不着好！”郭云川反复交代大家凡事还是小心为上！

此时，高小庄等人出现在了拗口。喜子从林中冲出来，跑到了郭云川面前说：“有几个人正朝着拗口靠近！路人打扮。”郭云川示意上去探一探。喜子点点头，带着一个战士端着枪上前：“站住！什么人！”董霸天上前来：“在下董霸天，有要事拜见华叔！”董霸天递上来一只药袋子。喜子接过一看。另一个战士上前：“放下家伙！”董霸天吩咐大家把家伙都放下！几人都将手中的枪放在了地上。喜子吹了一个口哨，郭云川等人从身后的暗处走出，华叔边走边喊：“董大当家的！”董霸天一笑：“华叔，可算是找着你了！”华叔指着郭云川介绍：“这位是我们郭队长！”郭云川拱手：“董大当家的，闻名不如见面！只听闻你的枪法一绝，没想到人还这么漂亮！”董霸天插话：“郭队长，此次前来，是有要事相求！”郭云川看到了昏迷中的文龙：“他们是你什么人？”董霸天忙解释：“都是我山寨的弟兄，这位受伤的，是我男人！”安娜急了：“你……”谭卓茹将安娜按住。

郭云川仔细打量着几人。魏坤宁从几人身后走出惊喜地喊道：“云川！”郭云川一愣，定睛一看：“老魏？真是你！”魏坤宁一笑：“行啊，这大半年没见，你小子都当上头儿了！”郭云川上前抱住了魏坤宁，两人都笑起来。魏坤宁打了下郭云川：“你小子行啊，我还以为你飞上枝头瞧不上咱了！”郭云川一笑：“这是哪里话！我郭云川是那样的人吗！听说你的队伍在猫子岭打散了，没想到你还活着！”魏坤宁点头：“这中间的故事长着呢！赶紧的！替我这兄弟瞧瞧！”郭云川点头说：“行，不急，有的是机会慢慢唠！华叔，露两手，别被这老战友把咱们给看扁了！”

华叔上前来，翻开文龙的眼皮看了看，又探了探脉搏问：“伤在哪儿？”安娜走到华叔面前：“老先生，一年前他的脑袋被炮弹炸伤，脑子里有一块弹片没取出来，昨天在山寨里，脑子挨了一棍，旧伤复发，求您救救他！”华叔惊讶地说：“这位兄弟命够硬的啊，这都能活着，先进去，我给他退了烧再说！”一行人连忙跟上。

郭云川带着众人来到了营地前，然后对魏坤宁说：“老魏，今晚你可得陪我喝两盅！”魏坤宁急了：“我这兄弟还伤着，我没那心情！”郭云川看向华叔：“人交给你了，可得上点心！”华叔点头说：“你不说我也知道，董大当家交代的人，那就是我的朋友！”华叔转向大壮：“右边第二间屋子，我去屋里拿家伙，你们先把人带过去，前边那屋！”胡大壮背着人连忙朝着那边跑去，一不注意跑过了。胡大壮连忙返回来，把门撞开，冲了进去。郭云川安慰地看着魏坤宁：“放心，有华叔在，你就把心揣在肚子里，华叔，上点心啊！”魏坤宁一脸担忧。郭云川扯了扯魏坤宁进屋去了！

阿部宽带领着十个特战队员蹲在一个山路边，合上手中的指北针，一招手，十个特战队员跟着阿部宽在山路中朝前奔袭，动作极快。一行人跑出一段，来到一个坡地。阿部宽一伸手，十人都整齐地停了下来。阿部宽交代说：“还有三里地就是郭家坳，这个东北军郭云川部隐藏在深山密林之中，时常偷袭我军在附近的工事，神出鬼没，是田中将军的心头大患，此次回到满洲，我们就拿这支队伍给将军作见面礼。”特战队员都注视着阿部宽点点头。

阿部宽看着地图说：“郭家坳三面都是悬崖，一道口子进出，易守难攻，其中的兵力部署和火力配备情况全然不明，我们的任务是摸清里面所有情况，等援军一到，将他们全部歼灭！”阿部宽在地图上画下两个圈，一个圈在郭家坳山沟里部，一个圈在了郭家坳山沟侧面的山崖。阿部宽回头吩咐：“你们两个跟我乔装进入郭家坳，你们几个带上我们的投掷装备驻守在侧面的山崖。”几名特战队员点头。

阿部宽命令：“十二点前，如果没有发信号弹，说明已经得手，马上给总部发电报请求调兵！倘若有什么意外，就按B计划执行！”阿部宽收起地图，一行人朝着郭家坳摸去。

胡大壮把文龙放在了炕上。安娜凑上去：“文龙哥，没事，神医很快就过来了！”董霸天打湿了一张毛巾，要去给文龙擦脸，安娜一把夺过。董霸天不解：“你……”

安娜小心地给文龙擦脸，文龙难受地挣扎着。华叔从门外进来说：“都让让，我先给他施针！”几人都纷纷让开，华叔坐在了炕边，拿出了银针带说：“脑部受到撞击，有可能震动脑部残留的弹片，引发颅内出血，不过现在看来，出血量不大。”

安娜等人站在一旁，都眉头紧皱。华叔将文龙肩上和头上的银针拔掉，边拔针边说：“先逐寒祛湿，止住高烧，再吃上两服药。”安娜关切地询问：“老先生，今晚他不会有事吧？”华叔点头：“止住了高烧，休息足了，他应该很快就能恢复意识！这位兄弟身体健壮，休息几日，加上药物调理，不会有大碍。”听到这话，安娜、高小庄、董霸天等人都相继松了口气。

董霸天、安娜同时说：“今晚我留下来！”华叔一笑：“这位兄弟还真是艳福不浅，我看不管谁受了伤，有这么好的两个女人替他操心，都没有不好的道理。”安娜低下头去。董霸天一笑：“你这华老头，跟谁学的油腔滑调！”华叔爽朗一笑：“好好，我多嘴！只是，我们这营地里，还缺一味药。”高小庄连忙请缨：“缺啥，我去找！”华叔吩咐：“喜子，你熟门熟路，有劳你一趟，地丁草，能找到多少是多少，天亮之前送回来。”高小庄忙喊：“喜子，我跟你一块去。”董霸天拦住小庄：“郭家坳周边地形崎岖，你还是别添乱的好！”铁雷扶了扶眼镜说：“那我跟喜子兄弟去，有劳几位照顾好我哥。”铁雷和喜子出了门。

阿部宽带着两名手下，乔装打扮成战败的抗联，靠近郭家坳。阿部宽带头，一名手下背着另一名手下。阿部宽朝他们使了个眼色，慢慢走近了山沟。刚要靠近时，铁雷和喜子从拗口里走出来，阿部宽急忙三人躲在一旁。待铁雷和喜子离开后，阿部宽等走进了拗口。山口侧面山崖的丛林中，两名东北军战士冒出头来，见了三人，互相使了个眼色，两人端着枪冲了下来。阿部宽看了两人一眼，低声道："来了！"两名战士端着枪围住了三人："什么人？"三人连忙举手投降。阿部宽编起来了："两位兄弟，请听我们说明情况！我是附近抗联临时医院的护卫班长，我姓李。我们高队长之前与你们郭队长有过联系，我们在撤回的途中接到上级指令掩护一个临时医院撤退，遭到鬼子猛烈攻击，高队长牺牲了，这是前两日队长与贵部的接头信函。"一个战士接过来看了看信函又问："这人怎么了？"战士看了看那个背在背上的手下。阿部宽急忙解释："鬼子的炮火太厉害，这位兄弟被炸晕了！希望能搭把手。"战士使了个眼色，另一名战士上前查看，探了探阿部宽手下的伤情，朝战友点点头。战士放下枪，吹了个口哨，山坳中跑出几个战士，吩咐带他们进去见队长，他们都是抗联的人。几个战士点点头。守卫的两个战士都惊疑："今天是什么日子，接连来了两拨伤员。"阿部宽等三人跟着几个战士进了郭家坳，阿部宽暗中朝两人点点头。

阿部宽等跟在几名战士身后，不断往里走。郭家坳中搭着许多草房，有不少战士扛着枪，来回走动。阿部宽不断四处打量周围的地形和兵力部署。当几人停在了驻地前，郭云川带着魏坤宁出来问："怎么回事？"战士报告："队长，抗联的，遇到鬼子突袭，拿着信函前来投奔。都查过了！没问题！"战士将信函递上来，郭云川接过并看了一下，吩咐安排战士通知华叔！阿部宽假惺惺地面带感激："多谢，多谢！队长！"郭云川吩咐："正好，今日还来了另一个伤员，你们干脆就住一个屋，也方便华叔照看。"阿部宽低头说："给您添麻烦了！"

阿部宽带着两个手下跟着一名战士进入了文龙所在的房屋。战士说："这是附近抗联的人，在哈尔滨城外一百里遇到鬼子突袭。"华叔吩咐："快！到那边！"阿部宽引着两名手下到炕的另一头躺下。华叔问怎么受的伤？阿部宽说是炮弹轰的，一下就晕过去了。华叔让他休息一下，给他开两服药。只是夜里下凉，得准备一点炭火。阿部宽感谢老先生。

刀子等人听到这话，迎上前来问："你们是抗联的人？"阿部宽看了看站在面前的几人，点点头。刀子问又："你们是哪个部分的？"阿部宽惊疑："你们也是抗联的？"刀子要回答，谭卓茹上前来阻止插话说："我们是从佳木斯牛头山来的，这位是我们大当家！"谭卓茹侧身。董霸天上前来："在下董霸天，请三位兄弟晚上悠着点，我男人受了伤，需要静养。"阿部宽一怔："原来是董大当家的，以前听过您的威名。"董霸天朝阿部宽拱手。阿部宽附言："曾经听闻您拉了一支队伍占领了牛头山，日本人不止一次向您抛出橄榄枝，可您都拒绝了，实在是女中豪杰。"董霸天拱手："也就心里的气儿顺不过，是个中国人都不能这么干！"阿部宽慢慢走近，看到了倒在床上的文龙，文龙还在不断伤痛中挣扎着。阿部宽略有一愣，眉头紧紧皱起，想起来了……

阿部宽努力地回想着去年发生的那一刻：

文龙大喊："阿部宽，文件我可以给你，但你必须把她放了！"阿部宽一笑："居然知道我的名字！能把东西从我眼皮底下取走，整个满洲，恐怕只有一个人，你是钢刺！"文龙又大喊："阿部宽，我是谁不重要，我手里的文件才是最重要的！"

林少青声嘶力竭地喊："哥，别过来，你要知道！你手上的东西比我的命值钱！"文龙走出，扬起了手中的公文包。林少青大怒："文龙别过来！我知道你要干什么！"文龙志在必得地笑着，晃了晃继续往前走……

阿部宽的眉头紧皱，又伸长脖子看了昏迷中的文龙两眼，真的是钢刺！阿部宽扫视了几人一周，注意到了正坐在文龙炕边的安娜。阿部宽一双眼睛狠狠眯起，心想：这可真是冤家路窄！一年前没能要你的命，今晚，只能怪你运气不好！阿部宽盘算着说："诸位先歇着，我们出去找点炭火。"阿部宽和另外一个特战队员出了房门。

阿部宽附身在手下耳边："真是应了中国人的老话，踏破铁鞋无觅处，得来全不费功夫！"手下疑惑地问："中佐，什么意思？"阿部宽低语："躺在炕上的另一个伤员，正是田中将军日思夜想的钢刺！"手下傻眼了。阿部宽又低语："现在马上探明整个郭家坳的情况，今晚，找机会杀掉钢刺，劫走安娜！等援军一到，里应外合，血洗郭家坳！"手下高兴地点头。

阿部宽闭上眼，面露微笑。两人走向了别处。

四

阿部宽的另外四五个手下展开一部电台，戴上耳机，不断敲击，发出电报。

福山拿着一份电报疾步走向田中的办公室急报：“阿部宽中佐发来急电——确定东北军郭云川部具体位置及相关情况，请求让松田调集一个中队围歼！后面，还附上了郭云川部老巢的坐标。”田中大笑：“太好了！这个郭云川部向来神出鬼没，阿部宽果然没让我失望！你马上通知松田，带队前去支援！”田中低语：“看来，有了阿部宽，钢刺这个大难题，很快也会被解决了！”福山退出了房间。

阿部宽和手下回到屋中，将找来的炭火放在了炕前。华叔看向几个人：“依我看，二位女士还是先到别处休息，毕竟这里还有另外三位兄弟。”高小庄要留下照顾文龙！安娜和谭卓茹感觉小庄刚康复，不同意。大壮执意留下照顾文龙，说完就倒在了床上。华叔点头说：“这位大胡子兄弟身壮如牛，他留下来，二位可以放心！”董霸天和安娜都互看了一眼。华叔吩咐：“我让郭队长把你们安排到隔壁屋，就隔一堵墙，有啥事一喊就能听见。”几人都准备撤出房间。

文龙躺在床上，迷迷糊糊睁开眼，眼前的一切模糊朦胧。文龙锁定了阿部宽，阿部宽在旁边露出阴狠的笑。文龙呢喃：“阿部宽，阿部宽……”高小庄问文龙在喊啥？谭卓茹眉头一皱，顺着文龙微睁的目光，看向了站在旁边一脸微笑的阿部宽。阿部宽在一旁顿了一下。谭卓茹看了他一眼，心里一怔。文龙看着站在旁边的阿部宽，又有气无力地喊：“阿部宽……”

董霸天安慰文龙：“好好养伤，等你好了，办完手上的事儿，我陪你一起找这个天杀的阿部宽报仇雪恨！”华叔劝大伙：“行了，都出去吧，尽量让他多休息！”阿部宽背过身，露出一个阴狠的笑容。一行人退出了房门。胡大壮看着几个伪装成抗联的阿部宽三人：“喂！你们三个！我这兄弟要养伤，晚上可都小点声！”阿部宽点头：“放心，我们一定注意！”胡大壮倒在文龙一侧，睡了过去。阿部宽朝手下点了点头。

郭云川与魏坤宁已酒过三巡，起了醉意。郭云川看一下眼魏坤宁说："老魏，你要诚心，就留下咱俩一块干！我这副队长的位子可一直空着！"魏坤宁一笑："你小子是在涮我吧？别忘了，当初是谁教你开的枪！"郭云川严肃："谁没第一次啊？可凡事得讲个先来后到，你要想当这个（竖起拇指），我倒是有个建议，这董大当家的手里不是有几十号弟兄吗，把这支队伍拉到咱们阵营……"魏坤宁指了指郭云川："我算看出来了，你小子就没安好心眼！"郭云川低语："你是有所不知啊，今时不同往日了，抗联的人找过我几次，准备整合咱们，再咋说咱也是正规军出身，哪能让他们统了！"魏坤宁疑惑："就是今天来的那三个人？"郭云川摇摇头说："来的是他们队长，奉的是他们上级的命令。"魏坤宁点点头："依我看，要抗联统一指挥，也不是件坏事！"郭云川一摆手："这可不像你老魏嘴里说出来的话！"魏坤宁低语："队伍大撤退之后，断了补给，你这样跟鬼子孤军周旋，早晚吃大亏！抗联的游击战术正好符合东北当下的形势，而且，他们的抗日决心，绝对在你我之上！"郭云川一笑："我算明白了！这几日你就在我营地里歇着，等你那兄弟伤愈之后，你爱去哪儿去哪儿！"魏坤宁一脸严肃："不是当哥的跟你较真，魏七的叛变，已经让我寒了心！"郭云川不服地说："不能出了魏七一个败类，就把咱们东北军都给看扁了！"魏坤宁拍了拍郭云川："这事儿就不必多说了，我老魏心里有数。"魏坤宁与郭云川干了最后一杯酒，出了门。

魏坤宁从郭云川屋里出来，谭卓茹从边上迎上来。魏坤宁知道文龙没啥大碍了，看了看谭卓茹愁眉苦脸的，很是不理解。谭卓茹说："我总感觉这郭家坳有点不对劲。"魏坤宁一惊，酒劲下去不少。谭卓茹低语："刚才，华叔给文龙施针之后，文龙一直在喊阿部宽！我感觉他不像在说胡话！而且他喊这个名字的时候一直看着那屋里的另外一个人。"魏坤宁惊疑："杀妻之仇，不共戴天！可以理解！难不成阿部宽就在那间屋子里？"谭卓茹清醒地感觉不祥地说："那几个人也很奇怪，说自己是抗联的人，在路上遇到鬼子突袭，如果这个说法成立，那也有可能是鬼子拿到了信函冒充抗联！"魏坤宁点头："这三个人好像是不太对劲，咱们的真实身份没暴露吧？"谭卓茹说没有。魏坤宁点点头问："今晚谁陪着文龙？"谭卓茹告诉是大壮！魏坤宁一怔说："晚上都留点心，明天我让郭云川送那三人离开后派人跟着，确定他们的身份。"谭卓茹依然眉头紧锁。魏坤宁低语："行了，早点休息吧，有啥事喊我一声就成。"谭卓茹想了想，也回了屋。

月光从窗户映照进来，屋内有稀薄光线。胡大壮的鼾声大起，非常滑稽。阿部宽睁开眼来，一旁的手下也跟着翻身下床，两人从枕头下拔出匕首，匕首在月光中发亮。两人朝着文龙走了过去。胡大壮还摊在床上，打着鼾。阿部宽使了个眼色，示意手下解决胡大壮，自己朝着还在昏睡的文龙走过去。突然，胡大壮大喊了一声："别动！"阿部宽和手下一愣。胡大壮是在说梦话。胡大壮又大喊："别动我的鸡腿！别动啊！"

阿部宽和手下松了口气，继续上前。阿部宽停在了文龙面前，将文龙身上的被子掀开。手下停在胡大壮面前，二人几乎同时举起了手中的匕首，气氛紧张。眼看两人的匕首就要落下，门外一声脆响，被推了一下。阿部宽和手下连忙收回匕首，回到了炕上。门被打开，董霸天推门进来。董霸天将桌面上的油灯点亮，走近文龙一看，身上的被子全掀开了。董霸天把胡大壮摇醒："起来，你给我起来！"胡大壮迷迷糊糊："啥事啊？"董霸天大怒："让你照看病人，身上被子全撩开了，你没看见啊？"胡大壮不好意思地挠挠头。董霸天推了一把大壮："你……你出去！去别地儿睡去！"董霸天看大壮不走，大喊："走不走，信不信我抽你！"胡大壮无奈地说："好好，文龙兄弟要真娶了你，那才真是倒了八辈子的霉！"胡大壮一边打着哈欠出了屋子。

董霸天将被子给文龙盖好，上前吹灭了油灯，紧挨着文龙，靠在文龙的肩头，静静感受着，面露微笑。阿部宽侧身睡着，听着屋内的动静。

窗外，圆月高悬。阿部宽再次翻身下床，手下也跟上。两人慢慢走向了董霸天和文龙。手下上前将房门的门闩别上。文龙慢慢睁开眼，朦胧中看到了阿部宽和手下拿着刀慢慢靠近。文龙挣扎着："阿部宽……"董霸天动了两下，依然紧靠着文龙。阿部宽一脸阴狠的笑容，不断逼近。文龙挣扎着："快，快醒醒！"董霸天迷糊中睁开眼。阿部宽和手下同时朝着两人出刀，董霸天翻身而起，一脚踢在了阿部宽的手腕，自己却中了手下一刀。董霸天大喊：“你们干什么？！”董霸天挡在了文龙面前。阿部宽阴笑：“钢刺，我们又见面了，这次你不会这么好运了！”董霸天一愣。

文龙有气无力地说：“他、他是阿部宽！”董霸天大惊！手下扑上去与董霸天搏斗，董霸天也拔刀挡住了手下的进攻。阿部宽一咬牙大喊：“找死！”阿部宽猛地一击，打掉了董霸天手上的匕首，一刀刺中了董霸天的肩膀。董霸天吃痛，看向了挂在炕头的手枪。阿部宽大喊：“美丽的小姐，识相的就给我让开！”董霸天大喊：“要动他，先杀了我！”董霸天扑上去夺枪，被阿部宽拦下。文龙艰难地伸手去抓炕头的枪，董霸天再次受了阿部宽一刀。文龙扯下炕头的手枪，拿起手枪，可伤势严重的他握不紧手枪，枪口晃来晃去，根本就对不准。文龙一枪过去，没有打中。阿部宽回过神来，要扑向文龙，董霸天上前挡住，阿部宽一脚踹飞了文龙手中的枪。

魏坤宁听到枪声猛地坐起身来：“哪儿打枪了？”急忙翻身下床。

董霸天捂住肩上的伤口，依然毫不让步。手下见状扑上去，拖住董霸天，阿部宽上前抓住了手枪，朝着文龙开枪，董霸天猛地扑上去，肚子中了一枪。文龙面色大惊。阿部宽继续瞄准了文龙，门突然被撞响。阿部宽朝着文龙开了一枪，董霸天再次挡下。阿部宽带着手下跳出后窗逃走。董霸天受伤，在炕边缓缓蹲下。门被撞开，魏坤宁、胡大壮、谭卓茹、高小庄、郭云川等人闯入。魏坤宁大惊：“怎么回事？谁开枪了！”文龙有气无力地说：“阿部宽……逃走了！”魏坤宁大怒：“什么！真是他！大壮，云川，带人跟我追！”几人夺门而出。

文龙爬到床头，艰难下床，将董霸天扶起：“大当家，大当家！”董霸天面色惨白，却露出一个笑容。董霸天低语：“别看，我现在的样子一定丑得吓人！”高小庄傻眼了。安娜大喊：“找华叔！”文龙看着安娜：“你快找个地方躲起来，小庄你看好她！”安娜哭着大喊：“我没事，小庄快去找华叔！”高小庄点头连忙冲出了房间。

代价沉重　绝处逃生

一

阿部宽等三人逃出房屋，躲在暗处，命令手下发信号弹。手下取出信号弹，对着夜空中发射。一束亮光冲天。魏坤宁等人见到光线。魏坤宁带着一队人马追了过去。阿部宽的另外几名手下见到信号弹，意识到这是下达命令执行B计划！另一个手下从衣服挂兜里取下毒气弹，将毒气弹迅速装入弹筒。三个特战队员从拗口的小树林中冒出头来。两个流动哨趴在丛林里，监视着拗口。三个特战队员从身后将两个流动哨一刀毙命。一名特战队员吩咐："拗口把地雷坑挖好，掩护中佐撤退！"另两名特战队员点点头。一名特战队员留守在林中，另两名特战队员跑到拗口，开始挖坑。

阿部宽等三人蒙上面，躬身从侧面涌出。三名郭家坳战士在原地警戒。阿部宽一个手势，三人一起上前，眨眼的工夫便将三名战士全部割断了喉咙。阿部宽三人抢了枪。魏坤宁等人越追越近，阿部宽比画出一个手势，三人从另一个方向逃走。谭卓茹跟在正从另一个方向追去的魏坤宁的队伍后面，发现了阿部宽，大喊："他们在那边！"谭卓茹不断开枪。

阿部宽三人曲线快跑，一行人全部追了上去。此时，一颗炮弹坠入山中。火光映天。魏坤宁大喊："趴下！"炮火过后，魏坤宁站起身来。谭卓茹注意到许多士兵倒在地上，一些战士死亡，另一些在不停地痛苦挣扎。谭卓茹疑惑："不对！你看他们！"魏坤宁蹲身翻起其中一人，中弹之人身上起了水泡，魏坤宁面色大惊："这玩意儿有毒！把嘴巴鼻子都捂上！身子也捂严实了！”

阿部宽手下，将第二枚毒气弹上筒，再度发射。

魏坤宁带着一行人不断追击阿部宽，一边朝着前面开枪。阿部宽三人的枪法极好，互相交替掩护，行动诡异，在打死了不少东北军战士的情况下，不断朝着拗口逃离。正在此时，铁雷和喜子从拗口外冲过来，看情况不对，两人开始攻击。阿部宽三人遭受到两面夹击，加大火力朝着铁雷和喜子射击。喜子和铁雷朝着拗口跑去。阿部宽手下瞄准铁雷。一枪过去，铁雷的手臂中弹。魏坤宁大喊：“是雷子和喜子，掩护他们！”魏坤宁部不断朝着阿部宽等人加大火力开枪，喜子连忙扶着铁雷冲进了坳里。阿部宽的手下也不断还击掩护阿部宽撤离。

安娜焦急地等在门口，华叔和高小庄将文龙和董霸天从屋内背出。当他们走到门口时，安娜看到一颗炮弹朝着这边呼啸着坠落过来。安娜将几人推开，炮弹落入房屋，毒气弹爆炸，安娜倒在了房屋门口。文龙推开高小庄，嘴里喊着安娜，冲上去，因为站不稳，跌倒在安娜面前。安娜咳嗽了两声：“文龙哥你没事吧？”文龙有气无力地说：“你怎么那么傻！”高小庄凑上来一看安娜身上起的反应，面色大惊：“这炮弹有毒！”文龙虚弱地喊：“快，快进屋，封上窗户和门缝！隔绝毒气！”高小庄将安娜抱起，朝着旁边的一座屋子跑去。华叔上前扶起文龙，把人送到隔壁屋！

华叔将董霸天抱进来放在了炕上。董霸天中了枪伤，奄奄一息。文龙艰难地站起身来，看着董霸天一脸难受，文龙眼眶湿润：“大当家，我不值得你为我这么做！”董霸天艰难地微笑着地说：“瞧你，一个大男人还会哭鼻子？”文龙转向华叔：“华叔，求你救救她！”华叔眼里热泪滚滚：“子弹打穿了肚子，神仙也没办法了！”董霸天指着桌上的那个箱子：“文龙……箱子……帮我把箱子打开。”华叔上前把箱子撬开，里面躺着一身新娘装。董霸天笑着说：“在这乱世之中，我一个女儿家，能做的都已经做了，唯一让我觉得可惜的，就是没能穿上这身我娘亲手为我做的凤冠霞帔，堂堂正正的跟我最爱的男人拜堂成亲。”文龙看向了那个箱了里的新娘装。董霸天继续微弱地笑着，剧烈咳嗽着说：“自打我第一眼见到你，我就喜欢上你了，唯一的遗憾，就是没能跟你进洞房。”文龙愣在炕边。

董霸天虚弱极了，艰难地看着文龙说："你转过去，我不想看到你哭的样子！"文龙转过身，两行热泪淌下。董霸天喘了口气，又看向文龙："……能救下你的命，我这两枪不白挨，看来我要先走一步了，等你百年之后，到了那边记得找我，我不叫董霸天，我叫……黄、美、媛。"董霸天的手缓缓垂下。文龙淌下两行热泪。

阿部宽三人跑出拗口，在拗口外不断阻击冲过来的东北军战士。不远处的战士们不断中枪倒下。阿部宽命令手下："分散！这拗口一夫当关万夫莫开，易守难攻，把住这个地方，他们也出不来，援兵一到，他们就是插翅难飞了！"两名手下朝着两边的树林跑去。

三个东北军战士欲冲出拗口，刚冒出头，就被阿部宽的四个狙击手快速干掉。魏坤宁等人连忙找到掩体躲起来，抱怨道："云川，你选的啥破地儿！拗口一丢，就被人钳住了脖子！"胡大壮愣哼哼地说："冲出去，咱们这么多人，怕个球，我先上！"魏坤宁大喊着让大壮回来！郭云川一愣问："鬼子好不容易逃出去，守着拗口不撤退，是啥意思？"魏坤宁深思道："肯定在打鬼主意！大壮说得对，他们就几把枪，咱们一起冲过去！"郭云川一惊："不行！这几个人敢冒险混入郭家坳，肯定还有后手！"魏坤宁摇摇头说："鬼子堵住了出口，援兵一到必死无疑！别舍不得你这一尺三寸地！"郭云川担忧地说："他们的枪法你也瞧见了，这么冲只会牺牲更多人！"魏坤宁眉头紧蹙。

阿部宽安排在郭家坳外接应的几名特战队员及山崖上投掷毒气弹的特战队员也扛着弹药箱来到拗口外。阿部宽缓缓退到拗口外。手下将箱子打开，里面还躺着许多地雷。阿部宽命令："加强掩护，趁敌人还没有发起总攻，其他人跟我埋雷！"手下的两人开始埋雷。另外四名手下跑到拗口两侧的树林隐蔽。魏坤宁等人看着阿部宽在埋雷，开了机枪，很快又被埋伏在林中的特战队员逼了回去。

魏坤宁和郭云川在掩体后面藏着，不敢贸然进攻。魏坤宁探头看了一眼说："你看鬼子在干吗？"郭云川远远望过去说："在布雷！"郭云川冒头，刚朝阿部宽开了一枪，拗口外两侧树林中的狙击手连开几枪，子弹落在郭云川脸边的土层上。郭云川灰头土脸的一惊！

阿部宽从一个盒子中捧出了一颗地雷。阿部宽一笑：“这是我从德国带回来的宝贝，今天，我就亲手把它送给郭家坳！”阿部宽一个邪笑，放入了一个坑里，埋好。

魏坤宁等人的掩体后，铁雷和喜子也凑上前来。铁雷捂住手臂的枪伤，有些难受地说：“看他们的装扮不像是普通的鬼子！”魏坤宁让快点把铁雷送回去！铁雷摇摇头：“我没事！鬼子在外边早就挖好了地雷坑，估计在埋雷呢！不能瞎冲锋！”胡大壮瞪着郭云川：“都怨你，早冲出去不就没事了！”郭云川一脸内疚！

阿部宽吹响了一个口哨。两名在坳口外两侧掩护的特战队员也到阿部宽旁会合，几人已在地雷阵之后。阿部宽命令手下：“马上给田中发报，告知将军，我们在郭家坳遭遇钢刺！”阿部宽奸笑了一下想：有了这地雷阵，他们一时半会出不来！坳口一里外扎营，等待援兵！我要活捉这几条大鱼！然后特战队向布置一里外的营地进发。

二

大堂内躺着二三十个中了毒气弹的伤员，纷纷痛苦呻吟。高小庄端着热水进了里屋。华叔给安娜看了伤势之后，摆了摆脑袋。高小庄将热水盆一丢，揪住了华叔的衣领：“啥意思！你不是神医吗！”华叔一怒：“安娜与大堂里的兄弟们一样，而且她距离毒气弹爆炸的中心更近，情况更糟！”高小庄气恼的别过头去，气愤地踹翻了水盆。安娜睁开眼来，很虚弱地说：“华老先生，文龙哥怎么样了？”华叔连忙上前说：“我给他施了针，又喝了药，身体倒是恢复得不错，能下地走路了！他一直在问你的情况！”安娜很担心文龙，让华叔转达：“告诉他，我没事！你赶紧治好他，他一定有办法的！”华叔叹了口气：“大当家的死，让他想起了一些痛苦的往事，他现在状态很不好。”

董霸天换上了那身新娘装，静静躺在一个临时挖出的坟墓中的简陋的方木盒子里。魏坤宁、胡大壮、谭卓茹、郭云川，以及吊着手臂的铁雷站在一侧。文龙在刀子的搀扶下，走上前来。文龙看了一眼董霸天的尸体，痛惜地闭上了眼。战士们将棺材合上，泥土不断掩盖。文龙的脸，一脸木讷，林少青被炸死、董霸天中枪的情景来回在文龙脑海里闪现，文龙顿觉头疼，撑住了脑袋。魏坤宁、郭云川等人朝着营地走去。魏坤宁看了一眼文龙，心里也不是滋味。

郭云川看着魏坤宁说："半数的兄弟着了那毒气弹的道，你不是把你那文兄弟吹得跟神一样吗，倒是让他想想办法啊！"魏坤宁瞥了文龙一眼："他状态还没恢复。这次，恐怕是要靠我们了！"郭云川疑惑地问："你啥意思！"魏坤宁背着手快步走开。铁雷走到文龙身边："哥，现在可不是伤心难过的时候。"文龙没有应声。铁雷转到文龙面前："我知道你在想啥，董大当家的死，让你想起了嫂子，亲眼看着身边的女人两次被阿部宽所害，你恨自己无能！"文龙的眼眶中噙满泪水。铁雷低声发怒："阿部宽已经在拗口外布下了地雷阵，等阿部宽的援军一到，我们就真的没机会了！哥！"文龙依旧没有反应。华叔过来说："赶紧送文兄弟回去吧，染了风寒可不好！"铁雷点点头，转向文龙说："哥，没事，你就安心养伤，剩下的事，兄弟来办！"刀子搀扶着文龙回到了营地。铁雷问华叔："受伤的弟兄们怎么样了？"华叔摇头说："有的没扛住，活下来的身上都起了脓包和红斑。"铁雷快步走向受伤的兄弟们。

铁雷戴着一块蒙面布，挨个检查躺在屋中的伤员。铁雷问华叔："有烫伤膏吗？给他们试试看！"华叔点头并疑惑地说："常年跟鬼子打仗，烫伤膏当然有！不会这么简单吧！"铁雷低语："在拗口的那伙鬼子，看装备像是德式的特种部队，我以前听我哥说过，德国有一种毒气弹，主要成分是芥子气，这种气体会从呼吸道和皮肤对人造成危害。"华叔抬头看向铁雷问："人中毒后，具体啥症状？"铁雷站起来分析："如果从呼吸道进入人体，中毒者会马上毙命，如果只是皮肤感染，症状就是起水泡和红斑，如果及时用烫伤膏，隔绝细菌侵入，休息一段时间，有伤愈的可能，但如果一直拖延，可能会引发病变，导致人丧命。"华叔点头说："死马当作活马医，先试试再说！"

喜子将一碗汤药送进来。文龙端过碗来，手一直在抖，洒落汤药，两手捧起药碗，一口喝下。喜子端着碗出了门。魏坤宁、谭卓茹、刀子站在门口。魏坤宁拉住喜子："文龙咋样？"喜子摇摇头说："连碗都端不起来。"魏坤宁推门进入，在文龙对面坐下，手里的枪也顺势放在了桌上。魏坤宁倒了一杯水递给了文龙，又给自己倒了一杯，看着文龙说："我知道你心里很难过。当年你没有败，那只是意外！昨天晚上发生的事，更不能怨你！现在只要你好好计划，好好盘算，阿部宽根本就不是你的对手！何况你还有我们……"文龙没有应声，伸手去拿枪，可因为双手无力，连枪都举不起来，反复试了几次无果。文龙一气把枪扔在了一旁。魏坤宁上前把枪捡起说："你现在受伤了，拿不起枪很正常，枪不用你拿，有当哥的替你拿着！你说往哪儿打，我绝不含糊！"文龙没有应声，十分沮丧。魏坤宁正视文龙："文龙，从劳工营里出来，这一路，这么多关咱们都闯过来了，我相信没有什么人能挡住咱们，每次遇到事儿，你就拿话捧我，我听得出来！这次不用你捧，看我老魏的！"文龙有气无力地点点头："老魏，这一仗恐怕只能靠你们了！保护好安娜，尽快排雷，第一时间撤出去！"魏坤宁松了口气说："你开口我就放心了，你听华叔的，按时服药，剩下的事交给我们！"魏坤宁起身朝着门外走去。

魏坤宁从门内出来。铁雷从别处迎上去问："我哥怎么样？"魏坤宁摇头说："这身上的伤有所好转，可这心里的伤恐怕没那么容易愈合。"铁雷看了看文龙的房间说："那些伤员的伤我看了，是芥子毒气，我让华叔取烫伤膏试试！"魏坤宁点头说："文龙现在状态不好，我们得想点办法，不能光靠他一个人。当务之急，是得想办法出去，不能被阿部宽困死在这儿！"铁雷点头："老魏，咱俩分分工，我破地雷阵，你带领大伙往外冲。"魏坤宁疑惑看着铁雷："这不是一颗两颗啊，有把握吗？"铁雷一掐腰："我问过郭队长，他们有探雷器，咱们这群人里，我是爆破专家，必须有把握！"魏坤宁拍拍铁雷的肩膀："好样的！我叫上刀子，替你打掩护！"

阿部宽的帐篷内。一名手下进来报告："总部回电了，将军命我们守住拗口，援军已经开拔，预计三个小时内就能抵达！将军特别交代，活捉安娜，其他人，可以就地击杀！"阿部宽点头："明白！可要没有这道命令，我们随时可以灭了整个郭家坳！"手下低头沉默。阿部宽又问："拗口有没有动静？"手下告诉阿部宽："留守了两个狙击手，预防他们排雷！"阿部宽一笑说："这些雷是我亲手布下的，就算是顶尖的排雷高手，要排完整个拗口的雷，起码也要三个小时！"手下一笑说："要是这样，就算他们排完雷，我们的援军也到了！"阿部宽深思了一下："我们特战队就是要做到快速机动，灵活对敌，不能干等着，把守在拗口的狙击手叫回来！"手下疑惑地看着阿部宽："狙击手可以有效地阻止他们排雷，现在撤回来岂不是正好给他们缝隙！"阿部宽摇头说："我们是能直插敌人心脏的匕首，不是守株待兔的庸人！整队，我们要利用这个机会，打他们个措手不及！另外，从我们的队伍中分出四个人……"

布置完，阿部宽的手落在了面前那份手绘简略图中"郭云川部营地"的位置。阿部宽与手下一阵耳语。手下点点头。手下出了营帐。阿部宽恨恨地奸笑："钢刺啊，你的克星来了！"

铁雷收拾好东西，走到房间门口，看到胡大壮、高小庄还在熟睡，铁雷悄悄把门关上。魏坤宁、刀子提着枪在门口等着铁雷。郭云川站在魏坤宁身侧。魏坤宁告诉郭云川："让士兵们收拾好行李，休息一下，等排完雷马上转移。"郭云川提醒要注意安全！魏坤宁点点头。等铁雷上前来，三人一起朝着拗口而去。

铁雷提上工具包，朝着郭家坳拗口的地雷阵走去。月光稀薄。魏坤宁和刀子提着枪随时警戒着周围，山风过来，四周的树哗哗翻动。

阿部宽带着特战队员快速奔袭停留在了后山山坡之下。阿部宽收起指北针说："翻上这座山，我们就到了郭家坳顶部。"特战队一行飞快搭好人肉架子，一个个特战队员，踩着肉架，攀上了山坡。先一步登上去的，放下绳子，其余特战队员也快速上了山坡，整个动作过程非常迅速。阿部宽率队登上了郭家坳后山顶部，山风呼啸，三面环崖的郭家坳在底部亮着火光。阿部宽命令行动！特战队员将几根钢钎打入悬崖石壁，几人将绳索固定，握着绳索，朝着郭家坳飞速空降进入郭云川部营地。

铁雷解开了吊着手臂的绷带，拿着探测器，确定了一个位置，将一颗颗埋在地下的雷挖出。铁雷心里默念："阿部宽啊阿部宽，这布雷的功夫可比当年长进不少啊！"铁雷继续朝前排雷。魏坤宁和刀子端着枪警戒着四周。铁雷将排出的几颗雷放在了一侧，抬眼看着拗口整片区域心想："根据我的判断，整个拗口大约有15—20颗雷，这布雷的手法古怪，起码还得要两个小时！”魏坤宁和刀子抬着枪戒备。魏坤宁说感觉有点不对劲。刀子疑惑。魏坤宁对刀子低语：“如果你是阿部宽，在门口布了地雷阵拖延咱们，你会不派狙击手吗？”刀子点点头。魏坤宁接着分析：“又或者，他的援军已经在来的路上了，他已经判断出来，你不可能在援军到来之前排完所有的雷。”铁雷一笑：“这个阿部宽本事不小，可也很自负，他有可能觉得他布下的地雷阵，这郭家坳里没人能排。”魏坤宁看向铁雷：“打起精神，雷子你快点！”

三

阿部宽的特战队，陆续从后山的绝壁中空降而至。阿部宽部蹲在地上，比画了一个手势，队伍呈左中右三路快速没入了郭家坳营地。两名特战队员从营房两侧冒头，门口有两个站岗的东北军战士，两名特战队员交互点了个头，轻轻摸上去，一手捂住岗哨的嘴，一手快速将对方抹了脖子。营房内，窗户剪影上看到两名岗哨倒下，营房内的士兵还在睡觉，毫无知觉。很快，两名特战队员轻轻撬开了营房的房门，身后七八名特战队员跟进，声音极轻。特战队员纷纷站到了熟睡中的东北军战士背后，动作非常整齐，快速将整个营房的东北军战士杀掉，仅有手起刀落的声音，没有一个东北军战士反应过来。特战队员们涌出了营房。

铁雷还在排雷，排出的地雷被放在一侧。魏坤宁和刀子还在警戒着四周。魏坤宁看向刀子：“不对劲，刀子你回去把情况告诉文龙，让他做个判断。”刀子点点头，慢慢退入了郭家坳之中。

阿部宽率队正从另一间营房里出来，见刀子返回，一行人藏在了暗处。刀子钻进了文龙的房间。文龙听到声音，睁开眼来。刀子关切地问：“文龙哥，你好些了吗？”文龙摇头说：“我还是连拿枪的力气都没有！”刀子低语：“雷子在拗口排雷，我和老魏给他打掩护，可是没有碰上阿部宽的狙击手，老魏让我问问你……”文龙点头说：“阿部宽不是个善茬，想想他在拗口布雷的目的是什么？”刀子点头回答说：“拖住我们，等待援军！”文龙轻轻点头说："如果只是利用地雷阵拖延时间，那他一定会安排狙击手。"刀子一惊道："你的意思是他还有别的招！"文龙看向刀子低声："以前的阿部宽已经很难对付，他去德国学习的就是特种作战，我们已经吃了他的大亏！想想，特种作战，讲求的是什么？"刀子连连摇头。文龙有气无力地讲给刀子："特种作战讲求的是把握每一分钟，快速机动的把敌人置于死地！按照这个思路，如果我是阿部宽，很有可能利用敌人排雷的时间，另想别的办法，尽量消耗敌人！"刀子疑惑地问："可他的人在拗口外没动静啊！郭家坳三面都是悬崖，鬼子不可能摸进来吧！"文龙闭了下眼，问安娜的伤怎么样？刀子告诉文龙："安娜用了华叔的烫伤膏，情况稳定了。"文龙吩咐刀子："马上通知郭队长，加强营地内部排查，不要放过每个角落！把我们的人也叫起来，集中到这儿！"刀子点头，出了房门。

刀子敲开了郭云川的房门。郭云川听完刀子讲述，吩咐门岗，通知营房里的兄弟全部起来，安排两个排进行内部检查！门岗听完，扭头离开。隔壁的高小庄和胡大壮也从屋中出来。刀子让小庄把安娜和谭小姐叫起来，把安娜转移到文龙的房间！胡大壮问铁雷排完雷了没有，刀子摇头。胡大壮疑惑地说："没排完叫我干啥，我这睡得半生不熟的，浑身都没劲啊！"刀子没理大壮，气咻咻走开。胡大壮也只得一边抱怨，一边跟着刀子进了文龙房间。

高小庄敲开了谭卓茹的房门，谭卓茹还穿着白天的衣服。小庄惊疑谭卓茹一直没休息。谭卓茹叹气："我这心里不好受，本来一早就觉察到那三个人不对劲，要是早做准备，大当家就不会死！这事一出，我没法睡。"高小庄打住谭卓茹："先别说这个了，到文龙哥屋里，带上安娜！"谭卓茹点点头。高小庄暗示自己要撒尿。谭卓茹会意，尴尬一笑，关上了房门。高小庄转头朝着茅房走去。

阿部宽等人见郭云川部都活动起来，躲在了暗处。阿部宽低声："这个钢刺看来恢复得不错！最难对付的人是钢刺，他现在恢复了意识，可没有行动能力，先分散隐藏，不到万不得已，不要动枪。"手下们纷纷点头，分头没入了郭家坳的暗处。

两个特战队员小跑过来，藏在了茅房一侧的草堆后。高小庄打着哈欠，进了茅房，一面吹着口哨，一面撒尿。草堆后，一只猫跳出来，落在草堆上，就在两名隐藏的特战队员头顶，猫的动作弄出动静。高小庄一哆嗦：“谁？！”两个特战队员警觉起来。高小庄提着裤子从茅房里出来，四下张望。高小庄的目光锁定了茅房旁边的那个草堆：“谁在那儿！”两个特战队员摸出匕首，往前一横，刀光泛起。高小庄看了看草堆，觉得不对劲，又不敢贸然靠近，左右看了看，发现了一根木杆子，拿起木杆子朝着那草堆使劲捅。两个特战队员被长的木杆子戳了两下，顿时怒了，握紧匕首准备冲出解决高小庄。正在这时，刀子走过来。高小庄一愣：“哎哟我的哥，你吓死我了！”刀子怒问小庄：“你干啥呢！让你赶紧去文龙哥房间！”高小庄把杆子一丢，我刚才好像听到那草堆后面有声音！刀子的目光落在了草堆上。刀子一步步走上去。特战队员准备好攻击。突然，那只猫从草堆上跃下，跳开。两人走开。草堆后的特战队将匕首缓缓收起。

郭云川站在营房中间。喜子从营房内跑出，十分惊慌大喊：“队长，出事了！”郭云川推开房门，发现所有战士已经毙命，炕上到处都是血！郭云川大喊：“快快！鬼子摸进来了！把所有人叫起来！到屋外集合！”喜子跑开。华叔跑入，被面前的景象一惊，对面营房的兄弟也全死了！郭云川一听，狠狠闭上眼说：“快，整队！”

谭卓茹搀扶着安娜来到了文龙房间，把安娜又扶到椅子上坐下。高小庄给安娜递过来一杯水。文龙关切地看着安娜：“怎么样，安娜？”安娜看向文龙：“我没事，文龙哥，你得快点好起来，大伙都靠你！”郭云川和华叔进门来。郭云川大喊：“我们营房里的士兵都死了！”文龙大惊：“阿部宽！阿部宽现在就在营地里！”胡大壮大怒：“这小子胆子也太大了！眼里没人是吧，走！”文龙朝着大壮：“站住！”胡大壮站定恼怒地说：“必须把这伙人揪出来，扒了他们的皮！”郭云川吩咐：“队伍已经集合，现在可以五人一组，分开搜索！”文龙摆摆手：“不，马上收拾东西，赶到拗口，等铁雷排完所有的地雷，一起出去！”郭云川大怒：“这太窝囊了，他也就十来号人！”胡大壮也大怒：“对，怕个球，这阿部宽就算有两颗脑袋，我也给他拧下来！”文龙又摆摆手：“阿部宽不是一般的对手！他带的特战队单兵能力太强，装备也远比我们精良，硬碰硬，讨不着好果子吃！马上，把队伍集中撤到拗口！交替掩护！一会要真打起来，千万不要恋战！”郭云川还在犹豫。华叔上前硕：“云川，好汉不吃眼前亏，按文龙兄弟的意思办，他毕竟最了解阿部宽。”郭云川重重地点点头。

松田龙平率领着大批马队在山路中快速朝拗口奔袭，马蹄阵阵。

阿部宽等人藏身的掩体后。阿部宽一笑：“钢刺啊钢刺，还是你了解我，逃跑的确是你最明智的选择，可这一次，你没路可逃了！”手下低语：“算时间，援军应该已经到了附近！”阿部宽一个手势示意：跟过去，保持一定距离，先不要动他！这地雷阵就算你钢刺亲自来排，也没那么容易！援军一到，来个里外夹击，除了安娜，别的人都可以就地射杀！阿部宽等人从掩体后面跟了出来，也缓缓朝着拗口摸进。

文龙等人走到拗口，身后跟着郭云川活下来的队伍。魏坤宁上前来问：“文龙，怎么了？”刀子上前说：“阿部宽的人已经摸进来了。”魏坤宁大惊失色，看了看队伍中的伤兵，又看了看谭卓茹搀扶着的安娜，无奈把枪收了起来。文龙走上前：“雷子，怎么样？”铁雷站起身来，看着四周已经被排除的地雷，又看了看前方说：“差不多了，根据前面已经排除的地雷密度判断，拗口外最多还有一颗！”刀子疑惑地问：“最多一颗？那到底是有还是没有？”铁雷摇头说：“这不能确定。”文龙吩咐：“抓紧时间！后方的兄弟注意身后警戒，两侧高处的林子，安排两个枪法好的，盯紧后方。”郭云川朝喜子一摆手说：“去，按文龙的意思办！”喜子安排了几个人跑入两侧小树林。铁雷把目光收回，落到前面未排除的区域，拿着探测器，慢慢朝前推进。

松田的马队继续奔袭，亮着火把的队伍穿过郭家坳对面山沟。

喜子惊慌地从树林里跑出报告：“不好了，鬼子的援军到了！众人一惊。”文龙深思问：“在什么位置？”喜子一指说：“两里外的山沟！”文龙低语：“我们的时间不多了，最多几分钟！”铁雷听到这话，满头大汗地加快了排进速度。

阿部宽带领的特战队朝着拗口逼近。特战队员报告：“他们全在拗口！还在排雷！目测了一下，我们的援军已到两里外。”阿部宽看了看手表说：“他们没机会了！郭家坳，就是他们的葬身之地！”特战队员请示阿部宽要不要袭扰他们？阿部宽一摆手：“让他们排！准备好行动，援军一到，一起杀出去！”

铁雷加快了排雷速度，铁雷说：“阿部宽埋下的那颗特别的怪雷就在土层之下。”魏坤宁非常着急：“不行，这样排下去，大家都走不了！”所有人都着急地看着铁雷。华叔左右看了看，试探着朝前走了两步。铁雷朝前迈出两步，继续探扫。华叔趁几人不注意，冲上前去，将铁雷拉起，朝身后猛地一推：“交给我！”华叔横躺在地上，朝着前方滚了过去。众人一看，都非常震惊。华叔滚出一段，突然，华叔压到了阿部宽所布下的那颗怪雷。华叔朝前一滚，地雷发出爆炸，整个拗口火光映天，华叔被炸得灰飞烟灭，一切发生得非常快速。身后的众人躲开，火光之后，众人震惊不已。文龙等人迅速从拗口内撤走。

阿部宽一听雷声，面色一惊：“不好！他们趟了雷要逃走！杀出去！”阿部宽率队冲上去，朝着文龙一行不断射击。后方东北军战士不断还击，接连倒下。文龙等人冲出拗口，见松田的队伍已经马上杀到了面前。郭云川看向拗口，留下断后的几个东北军战士挨个倒下，敌人的枪声越来越近，这样走，鬼子很快就会追上来。喜子跑到郭云川面前：“队长，你带领弟兄们先走，我带一部分阻击鬼子！”郭云川看向喜子。喜子很严肃地说：“我喜子没啥本事，但也不能输给华叔，放心，你们撤，我们尽量拖延时间！”郭云川点头：“好！主要任务是拖延时间，实在顶不住就撤离！”喜子点点头。郭云川走过来：“老魏，带上你的人，我们撤！”文龙示意往西南方向！一行人没入了山林之中。喜子见众人离开后，松田的队伍越来越近。喜子小声喊道：“都进林子，把这条路堵住！”战士们没入了树林，全都埋伏起来。

阿部宽等人冲出拗口，在拗口断后的东北军战士全部被毙掉。特战队员跑过来报告：“中佐，他们撤走了，拗口外西南方向的林子留了一支伏兵，大约十几个人，我们的援军就在拗口外！”阿部宽大喊：“十分钟内解决战斗！钢刺！你以为你出了郭家坳就能逃出我的手心吗？好戏，还在后面呢！”阿部宽率人冲出了郭家坳。

阿部宽率队从拗口内奔袭而出，松田带领的援军上前来与阿部宽会合。松田走到阿部宽面前立正敬礼报到。阿部宽低语：“松田，敌人从西南方向逃走了！队伍里有钢刺！”松田一惊：“什么？钢刺也到了郭家坳！”阿部宽冷笑：“他运气不好，受了伤，还遇到了我！西南方向的树林里有一支东北军想要阻挡我们，十分钟内解决他们！”松田走上前命令：“第二小队！上手雷，交替掩护，攻进树林！”阿部宽命令身后特种部队，从两翼冲锋，所有人就地击杀！特战队员跑开。

喜子等人分散埋伏，吩咐大伙：“把家伙都看紧了，咱们子弹不多，尽量拖延时间！”东北军战士们纷纷点头，全都握紧了手中的步枪。一行鬼子躬身朝着这边摸了过来。东北军战士们开了两枪，并未打中。鬼子很快朝着这边投掷过来手雷。手雷朝着喜子等人飞过来。喜子大喊：“趴下！手雷！”几人连忙趴下。当喜子等人再度冒头，又一批手雷投掷过来。喜子又喊：“手雷掩护！往林子里撤回一百米！”两个东北军战士冒头，要朝着追过来的日本兵投掷手雷，刚一冒头，被两侧靠近的特战队员分别一枪爆头。喜子捡起手雷，朝着前方扔了出去，大喊：“撤！”喜子等人沿着林中退回一百米。日本兵大部队跟着前方突击的小分队一起摸进了树林。喜子等人撤进树林。阿部宽的特战队悄悄从两侧冒出头来，朝着喜子等人开枪。喜子身边的东北军战士挨个被爆头倒下。喜子端着枪看看左右，朝着前方奔袭过来的日军开了几枪。侧面的特战队员一枪过来，打中喜子的手臂，喜子咬着牙，拖着受伤的手臂将枪杆抬起。阿部宽冲上来，一枪打在了喜子的眉心。喜子缓缓倒下。阿部宽看着松田命令：“整顿队伍，往西南方向追击！我带着特战队先行，你的人跟上，钢刺跑不了，前面还有我的人等着他！”阿部宽说完，带着特战队朝着西南方向追了上去。

天边擦亮，茫茫山林中，晨雾笼罩。文龙等人还在快速赶路。郭云川带着突围的小部队人马在前面开路。文龙提醒让所有人都快点！魏坤宁等人跟在身后。胡大壮边跑边问魏坤宁：“这文龙咋就这么怕阿部宽？”魏坤宁瞥了大壮一眼：“董大当家和华叔的死，你还看不明白吗？这伙鬼子不是善茬，他是为了安娜和我们大家伙！按他说的做！”胡大壮发怒：“十来个人就把咱跟兔子似的赶，我心里这口气就顺不下！”魏坤宁狠狠地低语：“放心，阿部宽没那么容易甩掉，等文龙好了，咱哥儿几个有的是机会出这口气！为董大当家和华叔报仇！”高小庄背着安娜过来，大伙继续赶路。

四

丛林之中，一把枪从树丛中伸出来，瞄准了从远处过来走进山沟的文龙等人。两侧的树林都伸出了几杆狙击枪。郭云川的队伍在前面开路。文龙示意大家等一下。郭云川站定：“咋啦？”魏坤宁迎上来说：“这地方两边是坡地，只有面前一条沟可以过去。”郭云川上前问文龙：“你怀疑有埋伏？”文龙点头：“小心一点好，注意两侧。”文龙话音刚落，众人还没有来得及反应，接连传来一阵枪响。在前头开路的东北军战士相继倒下。魏坤宁向所有人挥手：“退回去！”郭云川见自己的人全部被击毙，朝着树林中胡乱开了几枪。整片树林恢复了安静，根本找不到狙击手在什么位置。魏坤宁急着挥手：“快，退回去！”郭云川等人退回了一段。大家正讨论如何对付。文龙急喊雷子！铁雷上前来。文龙吩咐铁雷：“马上到进林子入口，拿你的绝活挡阿部宽一道！”铁雷点头：“明白，刀子，跟我去！”铁雷和刀子朝着林子外路口跑过去。

魏坤宁思索着：“还得想个办法，把这几个狙击手引出来。”郭云川看向大家：“我去！华叔和弟兄们全死了，我一个人苟活着也没劲！”魏坤宁摇头说：“你先稳一稳，要冲过这条沟，还得有点真本事，你小子这些年枪法有长进吧？”郭云川有些怒气：“不比你老魏差！”魏坤宁点头：“行，老郭你盯紧左边，大壮，你盯紧右边，我冲过去，只要两侧有人开枪，就找准机会把狙击手给我干了！”胡大壮一握拳头：“放心，麻雀的脑袋我都能打！”魏坤宁点点头：“把枪勒在了腰间，看了看前面的路。”安娜有些害怕地说：“魏大哥！”魏坤宁摆摆手：“别怕，有当哥的在，还轮不到你挨枪子。”谭卓茹看向魏坤宁：“喂！你要有个三长两短，我跟你没完！”魏坤宁回头看了谭卓茹一眼：“放心，能打死我老魏的鬼子还没出生呢！有你挂着心，我老魏舍不得死！云川，大壮，看好了！”文龙示意魏坤宁：“当心，老魏！”魏坤宁一抬手，表示听见了，没有回头，躬身朝着那条小沟慢慢加速跑了过去。

铁雷和刀子来到入口处。铁雷扬起了一颗地雷。刀子一惊：“就一颗？那你还答应得这么利索，叫上我有啥用！”铁雷摇头说：“别急，多着呢！

铁雷手里拿着匕首敲了敲刀子和自己腰间的水壶，又掂了掂匕首。”刀子惊疑。铁雷一笑：“阿部宽的特种部队，一定随身带着探雷器，探雷器的原理是感应土层下边的金属物，明白了吗？”刀子连忙摆着脑袋。铁雷叹气：“现在没工夫解释，我说你做！先刨坑，越多越好！”刀子拿着匕首飞快刨坑。

魏坤宁躬身来到了刚才东北军战士被击毙的位置，留意看了看两侧，又回头看了看慢慢上来的胡大壮和郭云川。魏坤宁点点头，起身朝着前面呈曲线快速跑动。在后方的文龙等人看着这一幕都非常揪心。安娜紧紧握住了谭卓茹的手。魏坤宁跑出一段距离，一个狙击手开枪，子弹落在了魏坤宁脚边。趁着这个狙击手开枪，胡大壮一枪过去，打中了一个狙击手。魏坤宁靠在一块石头后面，喘着气，伸手竖起了一个大拇指。狙击手又是一枪过来，魏坤宁的手差点被打中。魏坤宁再度起身朝前跑，第二个狙击手冒头狙击。郭云川瞧准，一枪过去，树丛后面没了反应。山坡上丛林后，狙击手并未被击毙，但肩膀受了伤。胡大壮看到郭云川挺紧张：“瞧你那样，紧张个啥，就想着对面的是兔子，一动弹子弹就招呼过去！”郭云川示意别说话！魏坤宁起身继续朝前跑动。山坡上，受伤的狙击手找准时机，冒头朝着魏坤宁开枪，郭云川找准时机，一枪过去，将狙击手击毙。魏坤宁猛地一头扎进了旁边草丛，魏坤宁的肩头中了一枪。小山沟两侧，一边还剩下了一个狙击手。谭卓茹见状：“不好，老魏好像中枪了！”文龙按住谭卓茹：“别冲动，相信他！”胡大壮大喊：“老魏没事吧？”见魏坤宁藏身的树丛抖动了两下。郭云川担心：“估计是动不了了！”高小庄着急：“狙击手没打干净，咱也过不去呀！”郭云川也把枪套在了腰间，准备朝着小沟冲过去。

铁雷将唯一的一颗雷埋进了一个坑里。刀子抱怨：“就一颗雷，真不知道你让我挖这有啥劲！”铁雷一笑：“有用！”说着将铁水壶埋进了一个坑里。刀子看得云里雾里低声：“你要用水壶把阿部宽炸死？”

阿部宽率队追上前来。特战队员发现路边的树枝有折损的痕迹，这些树枝是新断的，他们应该就在前面！阿部宽示意——追！

阿部宽率队刚走到路口，见前方的小路上，一片区域中许多位置的土层都是被翻新过的。一特战队员一惊：“地雷阵！工兵，排雷！”阿部宽伸手止住："给我盯紧四周，我来排！"另一名特战队员递上来便携式探雷器，阿部宽接过，开始朝前排进，旁边跟着一个特战队员。高处的山坡上，铁雷和刀子冒出头来。铁雷低语："这机会给你，能打中阿部宽吗？"刀子露出难色："要是近距离用我的绝活应该没问题，这个位置，难说。"刀子拿起枪瞄了瞄，瞄准了阿部宽。

入口小路处，阿部宽还在排雷，探雷器有了反应，几名特战队员动作非常熟练，准备排雷。阿部宽命令："两点钟方向，可能藏着伏兵，全力射击！"此时，刀子的枪已经架好，就要扣动扳机。特战队员抢先一步朝着刀子和铁雷火力全开，两人被打退，缩回了树丛中。铁雷一惊："哎哟，多好的机会！咱还没动呢，他咋知道我们在这儿！"刀子低语："还真是个高手，他是根据周边地形判断出来的！撤！"特战队员们准备追击，被阿部宽喝住。阿部宽收回目光，一笑："别追了，排雷！"特战队员一惊："排这么多雷，太浪费时间，我们可以从侧面绕过去！"阿部宽示意："只需要排掉这颗就行！"阿部宽的探测器落在了其中一块新土层的位置上。

铁雷和刀子跑回来。铁雷走到文龙面前："哥，阿部宽到了，正在林子入口排雷！"文龙点头："能拖多久？"铁雷着急："挨不了多久，实在是手里没货啊！"郭云川沿着魏坤宁刚才跑动的方向，冲了过去。一个狙击手瞄准了郭云川的腿。郭云川飞速跑动。狙击手扣动扳机。郭云川的腿中了一枪，倒在一片空地上。胡大壮找准机会，冒头一枪过去，被另一个狙击手一枪打岔，胡大壮打了个空。谭卓茹看到郭云川腿中枪了："不好，旁边没有掩体！"文龙的眉头皱起来。胡大壮在责怪自己。郭云川艰难站起来，继续朝着前面跑动。另一侧的狙击手再次瞄准郭云川的腿部。在郭云川跑动之间，又是一枪打了过去。胡大壮见状一枪过去，将狙击手打伤。狙击手看了看自己的伤口，并不理会，继续瞄准。郭云川倒在地上，忍住剧痛，只能通过双手分离朝前爬。一枪过来，子弹落在郭云川前头，但并未打中。高小庄大喊："郭队长！这小鬼子咋净挑腿打？"文龙点头："他们留活的，是想吸引我们过去救他！谁上前谁就是个死！"

胡大壮急了，要上前。郭云川靠在一块石头上，双腿淌着血，猛喘着粗气："大胡子！滚回去！老子不稀罕你救！你要再过来，老子现在就死！”郭云川把枪取下，对准了自己。胡大壮点头：“好好，你咋比我老胡还浑！”胡大壮退了回去。魏坤宁看了眼郭云川：“云川，别干傻事！”郭云川看向魏坤宁：“老魏，你见过的世面比我多，这情况还看不出来了吗？老子是堂堂正正的正规军，哪能成了一个诱饵！”魏坤宁摆手示意：“别冲动，一定有办法的！”郭云川镇定了一下说：“当年是你教我放的枪，不过这枪往哪儿打，得我自己说了算！老魏，记住我的话，一个魏七算不了啥，不是所有的东北军都是孬种，至少老子带的兵，个顶个的都是真汉子！”说着举起枪对准了自己的脑袋，就要扣动扳机。狙击手一枪过来，打在了郭云川的手上，枪杆掉落。文龙等人一见都揪起心来。胡大壮朝着狙击手隐藏的方向接连打了好几枪，草丛被打秃了。狙击手并未被打中，缩回头，换了一个方向，继续隐藏狙击。郭云川爬过去，倒在地上，拿起枪口。大喊：“弟兄们，我来了！”郭云川含住枪口，另一只手扣动扳机，一枪打穿了脑袋。众人都难过地闭上了眼。

松田率着马队奔过来。阿部宽手下的特战队员已经将那颗雷排除。松田下马，来到阿部宽面前。阿部宽一指前方：“他们就在前面，追击！”松田看了看地上的一些明显动过的土层，有些迟疑。阿部宽疑惑地看着松田：“怕啦？”松田一笑：“要怕死，就不配做您的兵！”松田带头朝前走了两步，踩中了两个土坑，也没发生爆炸，更是迟疑。阿部宽一笑：“抬枪就朝着其他几个土坑连发打过去。”“啪嗒”声接连响起，并未发生爆炸。

松田弯腰将土层拨开，发现里面只是一个水壶，又拨开另一个土坑，里面是一枚子弹壳……阿部宽一惊：“这是个高手，对探雷器的原理十分了解，可惜，巧妇难为无米之炊，只能用这些金属物来做障眼法！真正的雷只有这一颗！”松田大怒：“实在太狡猾了！”阿部宽命令：“马上追击！”

郭云川死在了前方的空地上，两侧的狙击手还未完全解决，众人非常着急。高小庄着急了：“文龙哥，快想想办法！”刀子请命，要去试试！文龙摇头：“来不及了！阿部宽已经到跟前了！”文龙低头思考着，沉思之中，头痛传来。文龙显得有些难受。安娜走上前说：“你们别逼他，他头上的伤还没有痊愈！”高小庄更加着急了：“鬼子就上来了！咋办啊，这个阿部宽可不像小泉清，不好周旋！”安娜一怔：“我有办法！”几人都看向了安娜，安娜一把夺过了谭卓茹腰间的枪。

阿部宽带着松田部追了上来，一大群日本兵和特战队员端着枪从林中出现，枪口全对准了几人。安娜走上前去。文龙拦住安娜："别耍脾气！回来！"安娜甩开文龙说："我知道自己在做什么！"

阿部宽的人已经逼近了众人，阿部宽一抬手，全都停住。胡大壮上前来："阿部宽！要抓他们，先打死老子！"阿部宽没有应声，飞快拉动枪栓，瞄准了胡大壮，就要开枪，安娜挡在了胡大壮面前。安娜大喊："阿部宽！你要抓的人是我，把他们放了！"阿部宽一笑："别拿对付小泉清这些小伎俩来对付我，要想活命，你和钢刺把枪丢了，到我这边来！"安娜很镇定："可以，但你必须放了他们！"阿部宽一笑："别把我的话当玩笑！"阿部宽的枪口再度瞄准了胡大壮。安娜拿枪对准了自己的脑袋，大喊："你要敢朝他们开枪，我马上自尽！"阿部宽笑起来："美丽的安娜小姐，你很聪明！"田中将军给我的命令的确是活捉你和钢刺。安娜怒目瞪着阿部宽："那你还不乖乖照做，放了他们！"阿部宽凶狠地看着安娜："将军那命令的意思是，我在抓捕你们的过程中，不能朝你和钢刺开枪，但你现在要是自尽了，那也不能怪我，你开枪吧！"安娜愣了一下。文龙上前："安娜，把枪收起来！"

就在安娜拿着枪，双方僵持不下时，山林中突然冲出一帮抗联。领头的抗联招呼："兄弟们，狠狠地招呼！"抗联们朝着阿部宽部射击。高小庄一惊："啥情况？天兵来了？"文龙让大壮把安娜拖回来！胡大壮上前："将安娜拖着，跑了回来。"一部分日本兵调转枪口朝着文龙等人射击。文龙大喊："趴下！"几人趴下不停朝着阿部宽部还击。文龙端起一杆枪瞄准阿部宽，可因为手抖，一枪过去，并未打中。阿部宽狠狠地瞪了文龙一眼。二三十名抗联队员们冲下。领头的抗联上前："钢刺同志，高队长奉掌柜的命令，安排我们在此处接应你们。我们在赶过来的路上，遇到鬼子袭击附近的医院，高队长留下一队兄弟打阻击，据后来撤出来报信的兄弟说，高队长他……已经牺牲了！"刀子愤然："什么？"领头的抗联低下头："报信的兄弟说，本来，他们的阻击很顺利，后来不知从哪冒出一伙鬼子，他们穿着奇特，神出鬼没，在烟雾里就跟开了天眼似的！没一会，就把咱的人全撂了！”文龙看向对面：“难不成就是对面阿部宽的人！”领头的抗联点头：“我瞧着，也很像！”刀子愤然，拿起枪，大喊一声，朝着阿部宽部不断射击。领头的抗联拦住刀子：“兄弟，别耽误工夫！你们先撤，我们的人顶住。”文龙示意抗联，后方两侧的山沟上面还有两个狙击手！领头的抗联点头意会：“好！兵分三路，一路挡住鬼子，两路掩护你们撤出山沟。”抗联队员留下一路在山沟内阻击鬼子。另外两路人分别站在文龙一行人两侧，枪杆对准了两侧的山沟上方。魏坤宁倒在地上受了伤，谭卓茹连忙上前将魏坤宁扶起。一行人不断朝前行进。

阿部宽和松田会合。松田一惊：“有人要掩护他们撤退了！”阿部宽大怒：“没想到他们还有这手，不能让煮熟的鸭子飞了！”阿部宽看了看左右命令松田：“我们从侧翼包抄，你们正面冲锋！以最快速度打破他们的阻击！”松田大喊：“所有人听着，正前方，冲锋！”鬼子整队朝着前方冲了过去。留守的抗联借助掩体不断射击。阿部宽的特战队跟在冲锋队伍之后，不断射杀抗联，弹无虚发。一个个抗联倒下。

文龙等人在抗联的掩护下，快速撤出了山林。领头的抗联说：“我们两个护送你们去新京，剩下的兄弟负责拖住这伙鬼子！”文龙等人听到山林中阿部宽处传来激烈的枪炮声。领头的抗联拉文龙：“走吧！”文龙一行人继续朝前行进。

阿部宽的特战队在士兵掩护下，将抗联悉数击毙。阿部宽大喊：“全力追击！”在阿部宽和松田率领下，日军部队朝前追去。抗联们冲上来，奋力抵抗。阿部宽恨得咬牙切齿：“杀光他们！”松田部全力还击，日本兵抬上机枪和迫击炮。

文龙等人朝前赶路，听到爆炸声，回过头去，山林中火光冒起，枪炮声可以听出，战斗异常惨烈。魏坤宁握紧拳头：“这回我算真服了，抗联都是好样的！”领头的抗联招呼大伙：“快撤吧！”文龙难过地说：“大家走吧，不然这一仗白打了！”几人只得回头继续赶路。

听完福山的汇报，田中惋惜地闭上了眼：“这多好的机会！”福山上前一步：“将军，这次如果不是横空杀出的抗联解救，阿部宽中佐肯定已经得手了！”田中点头：“他没让我失望，至少这短短一天时间，就替我解决了敦化的抗联阻击部队和郭云川部，马上给他复电！”

整个战场非常惨烈，抗联战士悉数牺牲。阿部宽站在硝烟弥漫的战场上，十分懊悔，正在苦苦思索这波抗联是哪儿来的？松田走过来说：“这附近没有抗联盘踞，从衣着打扮和出现的时间来看，有可能就是您和芥川部遇到的那支队伍。”阿部宽大怒：“要不是他们半路杀出来，钢刺和安娜已经到手了！”一个特战队员跑上来，中佐，将军复电。阿部宽示意特战队员念电报——经断，钢刺一行下一站目的地是新京，你部火速前往！

阿部宽狠狠地大叫：“钢刺！我看你还能往哪儿跑！整队，追击！”

围追堵截　局中有局

一

文龙等人在不断赶路，身体虚弱，有些疲惫。刀子在队伍最后，趴在一个土坡后面，观察身后追兵。两个抗联在前方探路。遇到一个岔路口，两名抗联走上了主路。领头的抗联看了看：“走这边！”文龙回头看了眼几人，连忙跟上。谭卓茹搀扶着安娜，高小庄跟在一旁。

阿部宽带领着特战队在前方追踪。松田带领着大队日本兵紧跟其后。负责侦察的特战队员返回来报告：“中佐，往西边去了。”阿部宽点头点说：“果然被将军料中，不要停，往新京方向全速追击！”

文龙和两名抗联上前来，前方有三条岔路口。刀子在土坡上看到了阿部宽带领的特战队从远处奔袭过来，身后大队日军紧随其后。刀子连忙从土坡上跳下，走到文龙面前说：“阿部宽的人追上来了，就在后面山沟里！”大家七嘴八舌地讨论着敌人的敏锐嗅觉。文龙眉头皱起：“看来，阿部宽是知道我们要去哪儿！所以他根本就不用侦察别的岔路上有没有我们的痕迹。”几人都沉思起来了。谭卓茹仔细一想：“知道我们要去新京的，除了咱们几个，就只有小庄他爹！”文龙想到了什么，看向了魏坤宁说：“不，还有一个人。”魏坤宁支支吾吾起来：“上牛头山之前，我好像跟魏七提过。”几人纷纷紧张起来。文龙深思着说：“如果我们在那时就露了底，新京是绝不能去了！”铁雷点头：“对，就算后边没有阿部宽咬着，鬼子也在新京设好了套！”

文龙转头看向两个抗联兄弟问："这两条路，通向哪儿？"领头的抗联指着两条路说："面前这条大路到新京，左边这条路走上七八里是一个小镇，叫绿河，右边到敦化，脚程至少得一天。"刀子插话："绿河我知道，是个山煤集散地，有个火车站。"领头的抗联点头："没错，一头到哈尔滨，一头到新京。"文龙忙问："新京的前一站，可是九台？"领头的抗联点头。文龙示意领头的抗联说："接下来二位不用护送我们了，有劳你们沿着面前这条大路走一段，然后撤回去。"领头的抗联一惊："我们走大路，你们走哪儿？"文龙用手一指："绿河！"领头的抗联点点头："我明白了，你是想我们把鬼子引开！"文龙点头："不用纠缠，遛上几里地就成！另外，想尽一切办法与掌柜的取得联系，把我们现在的处境汇报给他，让他通知新京方面接头的同志，到九台车站等我们。有劳了兄弟，务必把信送到！"领头的抗联拱手："放心吧！宜早不宜迟，你们快走吧！"文龙招呼随行几人赶紧撤！安娜含情脉脉地看着文龙。谭卓茹碰了安娜一下："哎，看迷了吧？你文龙哥的脑子恢复得挺快啊！"安娜羞红了脸："华叔的药管用，我身上的伤也好多了！"高小庄催谭卓茹和安娜赶快走！

一条横幅在新京福利院的林荫道中间拉起。横幅上写着——著名影星田心儿爱心慰问演出活动。横幅下方，两个摄影师正在捣鼓相机。田心儿身着一身洁白长裙站在一群小孩子中间，面带微笑招呼着孩子们到镜头前坐好："孩子们，大家按高矮顺序依次排队啊，不要乱！"孩子们在田心儿身边跑来跑去，不听安排，一个孩子还撞了田心儿一下。福利院修女上前来，一脸堆笑："田小姐，实在不好意思，这福利院人手不够，我平时也没时间管他们，都野惯了。"田心儿看了一眼在面前跑来跑去的孩子们，感叹起来："小孩子嘛，活泼一点才好呢！要不是这连年打仗，这些孩子也不至于没有父母照看，他们之中可能有些连自己的亲生父母长什么样都不知道。每次一想到这些，我就……"田心儿掩面故作抽泣。修女上前劝田心儿："田小姐，您平时这么忙，心里还念着他们，我和孩子们都很感动。"修女朝田心儿鞠躬说："上帝会保佑你这么美丽又善良的女士。"田心儿故作客气："您别这么说，这都是我该做的，只恨自己一个人力量太小，不能关心到每个孩子。"

站在一旁的林少梅面含微笑地看着跑来跑去的孩子们，上前将所有孩子都着集中到横幅下说："小朋友们，都到中间来，田姐姐要跟大家拍张照片作纪念，以后啊，你们每个人都能有一张照片呢！"孩子们听到这话，都非常配合的过来排队站好。摄影师已经将相机架好，对准了大家，田心儿站在孩子们正中间，露出非常和善的笑容，"啪"的一声，照片定格。

田心儿从福利院出来，修女站在门口目送几人离开。林少梅上前将车门打开，田心儿快步朝车门走去，面色一沉，一改刚才的温和并低声："快走！"林少梅点点头。这时，一个小孩手里拿着一张画追出来："田姐姐，田姐姐！"田心儿背对几人面露难色，可在回头之际又挤出一个笑容来。一个小孩冲上前来，一个趔趄，手中油画抹在了田心儿的白裙子上。田心儿一惊，将小孩推倒在地，看着自己被抹脏的裙子。林少梅连忙上前将小孩扶起："你看你把田姐姐都给吓着了，找田姐姐干什么呀？"小孩拿起手中的那副油画："这是我专门画给田姐姐的。"林少梅一看那副油画，上面画着白裙子的田心儿牵着两个小孩走在林荫道上。田心儿抬头，挤出一个笑容："谢谢你，画得太棒了！真乖！"小孩很高兴："谢谢田姐姐，下次你来，我还给你画！"修女上前来："小孩子太莽撞了，田小姐别介意啊。"田心儿赶紧插话："哪儿的话！少梅，我们走吧。"林少梅朝修女点点头，上了车。

林少梅坐在副驾驶上。田心儿看了看自己被弄脏的衣角，咒骂了一声："晦气！一会回去还要接受记者采访呢！"林少梅从车内镜子上看了田心儿一眼。司机低语："从哈尔滨过来的小泉清大佐已经到了两天了， 一直想见您。"田心儿怒了："那你还不快开车？"司机点头，连忙启动了汽车。

阿部宽带领的特战队很快追踪到了岔路口。一名特战队员观察路上的刚折断的小草枝叶，拿着望远镜往前方一看，两个抗联队员消失在前方拐角处。特战队员向阿部宽报告："大路是往新京的方向，前方发现他们的踪迹！"阿部宽回头看了一眼，松田带领的大队人马，也追了上来。阿部宽大喝一声："继续追击！"说完带领着特战队一行朝着通往新京的大路追去。

几条铁轨伸向远方。文龙等人沿着铁轨走进了绿河火车站。铁雷在前方的一块黑板前看了看火车时刻表，返回告诉文龙最快的火车还有差不多半个小时进站。高小庄担心："咱们没有证件，买不了票。"魏坤宁叹气："就算买了票，车上也一定会有乘务员检查！"不远处，文龙看到两个警察，带着一个女孩走进了不远处的休息室。文龙低语："乘务员敢不敢查警察的票？"魏坤宁顺着文龙的目光也远远看见了这一幕。魏坤宁一笑。文龙吩咐："刀子，你跟我来！"铁雷拦住文龙："哥，你也还伤着呢，刀子，咱俩去！"刀子点点头。

阿部宽带着特战队继续朝前追击。一名特战队员在前方的路边侦察，返回报告："中佐，前方痕迹没了。"阿部宽眉头皱起。松田的人也追上来说："中佐，他们几个人中钢刺、安娜和那个少校身上都有伤，跑不了这么快！"阿部宽眯起眼："看来是钢刺故意在耍我们！除了这条大路，还有没有别的路可以通往新京？"特战队员报告："后方岔路口另外两条小路，一条通往敦化，一条通往绿河镇……"阿部宽问特战队员："敦化有火车到新京，到敦化要多久？"特战队员报告："我们全速前进，也要将近一天的脚程。"阿部宽又问："到绿河呢？"特战队员报告："绿河镇距此七公里左右，镇上也有一个火车站，连接哈尔滨和新京！"阿部宽一惊："混蛋！上当了！"马上联系绿河镇！

两个警察坐下，喝了口茶。一个被查到没钱买票的女孩站在旁边。年长点的警察掏出手铐，在女孩面前比画，女孩非常害怕。他用手铐轻轻拨开女孩外面的棉袄，看了一眼女孩："没钱补票，这事儿说大也大，说小也小。你运气好，遇到了我们两个好哥哥。"女孩低下头，朝后面退去。那个警察逼上前来说："你要是懂点事，可以换种方式补票，以后你坐火车到绿河，只要说是我的好妹妹，没有乘务员敢查你的票。"

刀子和铁雷从窗外的拐角探出头来。铁雷使出一个眼色，刀子会意，从边上捡起一颗石子，掂了掂，朝着警察休息室的玻璃窗户扔了过去。年长的警察大叫："嘿，哪个犊子？"欲起身，被年轻点的警察拦住。年轻点的警察低语："少安毋躁，我去看看，"说完出了休息室，到了边上拐角处，草丛动了一下。年轻点的警察拐过拐角，铁雷突然冒出来，手捂住警察的嘴，将人拖进了后方草丛。休息室内，年长点的警察等了一阵，疑惑地起身，看向女孩说："好好待着，别乱动！"抽出警棍，刚要迈出门。换上警察衣服的铁雷上前来。年长点的警察正要挥动警棍，铁雷的手枪对准了他。铁雷看向女孩："姑娘你先走，刚才发生的事别往外说。"女孩点点头，连忙逃出休息室。此时电话响起。年长点的警察想上前接电话。铁雷抬了抬枪口："别乱动，把警棍乖乖收起来，别逼我！"年长点的警察收起警棍，退了两步，铁雷上前把电话接起。电话那头大喊——马上封锁车站，搜索六男两女，一个戴眼镜，一个大胡子……接听完，铁雷"嗨依"一声，连忙把电话挂掉。年长点的警察听完看到戴着眼镜的铁雷一惊："戴眼镜……我没听见，啥也没听见，您要啥尽管拿！"铁雷低语："我要你身上的衣服！"年长点的警察一怔："这……"

刀子从门外进来，一掌将年长点的警察劈晕。铁雷上前去扒年长点的警察的衣服，衣兜里摸出来一沓钱和一张证件。

一辆火车呼啸着驶入绿河火车站。

火车停在站台边。铁雷换上了警察的衣服，左右观察，站台上的乘客陆续上车。换上警察服的刀子带着文龙等人过来。铁雷朝几人点点头，扭头走向了一个站在最后一节车厢的乘务员："你是这节车厢的乘务员？乘务员点头哈腰，老总好。"铁雷指着文龙他们："他们是我亲戚，去城里办点事，走得急，没来得及买票。"乘务员点头："您招呼一声就行了，还买啥票！"铁雷从衣兜里掏出钱塞进了乘务员手里说："人就在9号车厢，他们一路奔波很辛苦，没什么特别的事就别来打扰了。"乘务员一惊："这……您的钱，我不好收，再说，也要不了这么多。"铁雷一怒："给你的你就拿着！一会给我们送点热水和点心来就行！"乘务员一怔："是，是，老总！对了，6号和7号车厢里有日本宪兵队的人，只要不惊动他们，这一趟保证平安顺利！"铁雷一惊："宪兵队？哪儿来的？"乘务员低语："哈尔滨上的车，好像是调到新京协助满映成立大会的。"铁雷点头："知道了，多谢！"铁雷转头，朝着文龙等人点点头，几人都上了9号车厢。一个工作人员在站台上挥动指挥旗，火车鸣笛，轰隆隆离开。

阿部宽正在朝绿河行进。前方特战队员返回报告："前方的确发现了他们的踪迹！"阿部宽点头："这个钢刺，真是太狡猾了！"另一个日本兵跑上前来："中佐，绿河镇的警察已在各处展开搜索！"阿部宽命令全速前进！一行人快速朝着绿河镇奔袭而去。

阿部宽带着几名特战队员朝着休息室走来，松田跟在一侧。阿部宽进门，被扒了衣服的两个警察穿着一件破大衣，哆嗦着坐在椅子上。松田示意："说吧，怎么回事？"两个警察说了被扒衣的经过，两个男的，先砸坏了我们的玻璃，又把我们给打晕了！两个都挺瘦，一个戴着眼镜。阿部宽眼睛眯起："人去哪儿了？"年长点的警察回答："听站台上吹哨的说，是上火车跑了！还带着另外几个人，当中还有两个女的！"阿部宽点头："真是他们！"年轻点的警察报告："几位太君，你们可以以你们的名义跟火车联系，车上有你们的人！"阿部宽一惊："什么意思？"年长点的警察插话："这趟车6号和7号车厢里有从哈尔滨调往新京支援满映大会的日本宪兵队！"阿部宽看向松田。松田点头："三天后满映成立大会将在新京举行，小泉清负责安保。"阿部宽一笑："这可真是巧了……火车出站多久了？"年长点的警察报告快一个小时了。阿部宽眯起眼问："从这里到下一站，要多长时间？"年长点的警察说："下一站到九台，要四个半小时。"阿部宽点头："意思就是说，火车还没靠站。"两个警察点头。阿部宽大喊："马上通知九台的人！"松田上前："您是怀疑，钢刺要去的是九台，而不是新京？"阿部宽点头："什么都有可能！不要惊动车上宪兵队的人，暗中布控！让去九台的人全部换上便衣，带着画像暗中搜查！抄近路，去九台！"

二

火车穿过山林，朝着新京开去。火车的最后一节车厢内，并未全部坐满。刀子和铁雷坐在一起，二人闭着眼休息。过道对面，高小庄和胡大壮并排坐着，对坐的是一对母女。小女孩不时地看高小庄。高小庄的手在小女孩面前动了动，一颗糖变出来，女孩惊呆了。高小庄又是一抖，另一颗糖又被变出来，女孩连忙鼓掌。高小庄把两颗糖送给她，在女孩羡慕的眼神中，挺直腰杆，不时甩动额前头发，装帅。胡大壮仰躺在椅子上，睡着了，张着嘴打鼾。睡着睡着，胡大壮朝着高小庄倒了过去。高小庄将胡大壮的头推开，拍了拍自己的肩膀，瞟了对面的母女一眼。胡大壮再次倒了过来。高小庄要推开。胡大壮抱住了高小庄："媳妇儿，媳妇儿……"高小庄顿时尴尬无比，女孩和妈妈都低头笑。高小庄扭头看向侧面，安娜靠在谭卓茹肩头，睡着了。

九台火车站候车室内，孙海（中共新京地下组织负责人）一身中山装，提着一个箱子走入，手里拿着一份报纸。候车室里三三两两坐着些人。孙海看准一个座位，上前落座，看着报纸。这时，两个便衣走进候车室，左右查看，后面又跟进了十几个便衣，分别走到几个门口假装等人。一个便衣与一个乘客擦肩，孙海远远看见便衣的腰间别着枪。孙海看见了几人，继续看着报纸，瞥了一眼墙上的时钟。

谭卓茹将安娜从厕所里扶出来。安娜来到文龙身边坐下。文龙看了眼安娜："怎么样，好些了吗？"谭卓茹插话："好多了，幸亏药用得及时。"安娜看向文龙："文龙哥，你吃药了吗？"文龙点点头："太苦了。"安娜一怔："还嫌苦，要不是华叔把药都磨成了粉，还真没地儿煎药。"文龙伸了伸胳膊："我没事，恢复得也还不错，就是这手上的劲儿差点。"安娜低语："华叔的药真是灵，连卓茹姐都夸呢！"谭卓茹眉头紧皱，反应过来点点头。文龙向谭卓茹："谭小姐，在担心什么？"谭卓茹深思了一下说："阿部宽这人不好对付，这趟车上又有宪兵队。"文龙示意说："这么长时间都没动静，应该不会有问题！趁这机会，好好歇一歇吧。"铁雷凑上前来，附身在文龙耳边："车快到九台了，大概二十分钟。"文龙点头："新京方面的人应该已经到了，都做好准备。"

火车呼啸着进入站台，慢慢放缓，停了下来。站台上站着一些乘客，十几个便衣两两一组，分散在站台上。便衣们警觉起来，暗中拿出一张画像，上面画着文龙等人。一个便衣使了个眼色，便衣们全都散开。孙海提着箱子走上去，将其中一个便衣一撞，画像掉落。孙海连忙捡起："不好意思，不好意思！"便衣大怒："滚开！"孙海的目光掠过两张画像，是魏坤宁和胡大壮，孙海点头示意了一下，扭头走开。

火车停了下来。车上的乘客陆续下车。文龙吩咐："我跟老魏先下车，你们先坐着。"文龙起身过去，给魏坤宁使了个眼色。魏坤宁点点头起身朝着火车外走去。便衣们混在下车的人堆中，每节车厢外都站着至少两个便衣。孙海走上站台，看到这一幕，眉头紧皱。孙海走上前，看到旁边一个窗口里坐着一个工作人员，工作人员座位边有一个警报器按钮，窗口上写着一串咨询电话号码。孙海把扯了扯帽子，走向了旁边的一个公用电话亭。孙海拿出手帕蒙在了电话说话的位置。孙海用蹩脚中文伪装日本人："你地，马上到站长办公室！"孙海猛地把电话挂了。工作人员连忙从窗口里出来，跑向了候车室里。孙海走进房间，伸手按响了警报器。警报器在整个站台响起，乘客们引起骚乱。便衣们连忙摸出了腰后别着的手枪，冲了过去。文龙看到了人群中的便衣，连忙将魏坤宁拉回："有便衣！"魏坤宁一脸疑惑。刀子凑上来："警报器怎么突然响了？这么多便衣，鬼子反应够快的啊！"十几个便衣朝着窗口处聚拢。文龙皱着眉，低头沉思。魏坤宁一怔："现在咋整？"文龙低语："手里就两把枪，下车死定了！"魏坤宁焦急："这一站不下车，前面可就是新京了。"文龙眉头紧蹙："你我身上都有伤，不宜这时候暴露。"站台上，人群慌乱。一个便衣大喊："封锁车站！去查一查谁拉的警报！"另一个便衣跑开。站台上，工作人员挥动旗帜，吹响哨子，火车慢慢启动出站。

换上西装的孙海从侧面的厕所口出来，走向了门口。门口站着另外两个便衣，那个车站工作人员也站在边上。一便衣大喝："站住，现在不能出站！"孙海掏出一张证件说："有紧急任务，没赶上火车，需要马上出去找车回新京。"便衣看了看证件，又看了看孙海，将证件递回，示意孙海赶紧走开。阿部宽一行人随后进了车站，与孙海擦肩而过。孙海驻足回头看了一眼，压低帽檐，离开了。

火车已经驶出了站台。车厢里的人不多，三三两两坐着，那对母女还坐在原先的座位上。文龙招呼众人围坐到角落里，低声说："刚才的警报，一定是我们的同志暗示我们的信号。"安娜低语："看来鬼子已经查到我们上了火车了！"铁雷点头："拉响了警报，那就说明他们已经放弃了在九台接头。"谭卓茹一惊："前面可就是新京了！"安娜插话："要是这样，新京站肯定有更多鬼子等着咱们。"文龙点头。

文龙抬头看向了魏坤宁、谭卓茹、胡大壮和高小庄，低声说："本来，我以为可以绕过新京在九台跟我们的人接头，现在看来，新京是非去不可了！”胡大壮发怒低语：“去就去，有啥好怕的呀！正好我还没逛过新京城呢！”文龙看了大壮一眼：“我们三个受上级安排护送安娜，新京不得不去，但是你们，没必要冒这个险！”谭卓茹不屑一笑：“看向了窗外。”高小庄疑惑：“不是，这啥意思啊！”文龙一脸严肃：“新京是什么地方你们很清楚，阿部宽的本事你们也见到了，再跟着，对你们没好处！”胡大壮的脸也一拉：“这没说的！松田龙平那小子害死了我媳妇儿，我还得找他报仇，你要不带咱们，我就自己去！”高小庄理直气壮：“我也不干！我跟定你们了！安娜，你帮忙说句话啊！”安娜很感动：“这……文龙哥！”文龙又看了大家一眼：“不是我要赶你们走！鬼子的主要目标是我们，你们没必要跟着把性命搭进来！以你们四个的身手可以中途跳车！”魏坤宁瞥了文龙一眼：“行啦，说来说去也简单！你不就没把咱当自己人吗？”铁雷和安娜替文龙安抚魏坤宁。魏坤宁一怔急了：“他是啥意思，我很清楚！既然如此，我今天也把话挑明了！老子这个少校不干了，就跟着你文龙，作你的大头兵！要觉得我符合条件，就给我个机会，让我加入共产党！”文龙一惊。胡大壮一拍腿：“对！我也不当啥军官了，跟着抗联杀鬼子！”高小庄站起来：“还有我！我虽然不会开枪，不会打架，可我能给你们端茶倒水，累了给你们变戏法逗闷子！”魏坤宁看向谭卓茹：“茹，你也表个态吧！”卓谭卓茹双手交叉在胸前，一脸傲气：“这还有啥好说的，我早不是国府的人了，共产党是铁了心的抗日，就冲这一点，只要他们愿意，我绝无二话！”魏坤宁一笑：“卓茹，我没瞧错你！”谭卓茹把头别向了一边，没有接话。

文龙站起身来：“可都想清楚了？”魏坤宁看向文龙：“老魏我跟鬼子斗了这么多年，抛家舍业，全搭进去了！现在就剩了这条命，就跟着你们干，把小鬼子赶出东北！”胡大壮和高小庄都连连点头，谭卓茹一笑。文龙点点头：“好！既然如此，咱就拧成一股绳，不管前方有什么妖魔鬼怪，咱都一起对付！”文龙伸出手，几人紧紧握在了在一起。铁雷、刀子和安娜也笑着点点头。火车一声长鸣，响彻从山。

阿部宽在九台火车站听完便衣的汇报，一脸怒气。松田猜测：“警报拉响的时间太巧合！一定是抗联的人！”阿部宽大怒：“人没抓到！说这些还有什么用！”松田低下头。阿部宽眯起眼：“如果真是抗联，弄出这样的动静，说明他们已经嗅到危险，看来他们不会在九台站接头，整顿，去新京！”松田低语：“钢刺明知自己动向已经暴露，还会冒险去新京吗？”阿部宽冷笑道：“箭在弦上，他不得不发！”

坐落在新京的满映电影公司的小泉清办公室很是气派。冈本快步走入电影公司大院，门口挂着一块牌子——“满洲映画协会筹备处”。大院中，有不少电影工扛着摄影器材走过。

小泉清坐在椅子上，闭目沉思，满脑子里全是钢刺！冈本疾步走过，朝着小泉清指挥室走去，边走边说：“大佐，有消息了。”小泉清猛地睁眼：“钢刺到了？”冈本附身低语：“我们安插在各个出入口的眼线，没有发现钢刺等人的行踪。”小泉清又靠了回去。冈本一笑：“不过，哈尔滨总部传来消息，阿部宽部突袭东北军郭云川部时，在郭家坳碰上了钢刺。”小泉清嗖地起身：“他得手了？”冈本摇摇头：“郭云川部全军覆没，阿部宽部在追击的路上又遭遇抗联的顽强抵抗，可惜，还是让钢刺和安娜逃走了。”小泉清缓缓坐回说：“没什么可惜的！这早在我意料之中！”郭三凑上前：“大佐，这钢刺咋会从牛头山跑到郭家坳去了？”小泉清沉思：“郭云川部原来隶属东北军，或许是那位少校牵的线。”冈本又报告：“情报显示，钢刺头部受伤，到郭家坳是为了找一位大夫！”小泉清不解：“受伤？”冈本点点头。小泉清惋惜：“这阿部宽就算贴了金，依然是块朽木！多好的机会啊！”郭三又拍马屁说：“钢刺注定只会败在您的手上！”小泉清急问：“我们从哈尔滨调过来支援的宪兵队，什么时候到？”冈本眯起眼：“就快到站了。”小泉清狠笑一声：“郭桑，你代表我去接他们；保护满映也是我们的职责，这支援兵一到，让他们驻守在满映！”郭三点头示意。小泉清看向冈本：“另外，我不希望这里还有我不知道的秘密，只有家里安稳了，我才能腾出手来欢迎钢刺！”

火车在铁轨上行驶，“哐当”“哐当”作响。日军队伍骑着摩托全速在后面追赶；阿部宽大喊：“快，追上去！赶在火车进站前，到达新京！”松田提醒：“附近有一条直插新京的小道！”阿部宽大怒：“那还等什么，去！”松田调转车头，驶入了旁边的一条岔路，后方的队伍紧跟其后。阿部宽狠笑：“钢刺，这次我让你插翅难逃！”

火车慢慢朝着新京火车站开过去。火车站内，阿部宽背着手冲了进来，身后跟着一大波日本兵。日本兵很快封锁了整个车站。不远处，郭三带着几个便衣也在站台上守候。松田凑上前来，停在阿部宽面前。郭三见状，眉头一皱，侧身躲着。阿部宽给松田下命令："火车到站后，先把车围起来，所有人不准下车，挨个检查！"松田担心地说："哈尔滨过来的宪兵队也在车上。"阿部宽一惊："这么一闹，一定会惊动小泉清，今天必须逮住钢刺和安娜！"

火车速度越来越慢，拐过拐角，朝着火车站慢慢开过来，最后停在了站台前。旅客们正要下车，发现车厢外和窗外都站满了拿着枪的日本兵对准了车厢内。松田进来大喊："所有人不准下车，坐回去！给我挨个检查！"旅客们都非常惊惶，全都坐了回去。日本兵们冲上车去。阿部宽一双鹰眼眯起。

其实在刚出九台火车站时，文龙就知道了在离新京火车站500米处有一个大转弯，拐弯时火车的速度会很慢，让大伙都要准备好跳车！避开日军的站内排查，这是最后的办法了。文龙还提醒大家，新京城可是满洲的重中之重，咱们现在到了鬼子眼皮子底下，说话做事都搂着点。大家行动要快，趁阿部宽的人都在车站里，先去亚荣酒店……我们要去的是酒店旁边的民房！先过去缓口气，换身衣服！天黑之后再去接头！大家都对文龙的决定点头赞赏。

文龙等人之前所坐的车厢。日本兵挨着坐在座椅上的人一个个检查。货架、座位底下，也都搜查得非常仔细。有几个人背对着搜过来的日本兵。日本兵端着枪走了过去。文龙、魏坤宁等人冒出头来。魏坤宁远远看着那个大转弯后面车站内，日本兵正在全站搜索。谭卓茹一惊，鬼子在搜查火车。魏坤宁点头："行啊文龙，咱要跟着火车拐过去，还真死定了！"说完，大家都向亚荣酒店旁边的民房走去。

新京火车内，鬼子来来回回地仔细地搜查，没有放过一个人。松田返回来报告："都检查了，没人！那两个假警察也不见了！据车上乘务员说，那两个假警察，当时就在最后的9号车厢，9号车厢我们查了，没有发现。"阿部宽疑惑："难道他们还能长了翅膀飞出去！"松田灵机一转："他们会不会中途跳车了？”阿部宽摇头：“不可能，他们中三个人有伤，要跳车，那就是玩命！”松田上前请示：“九台那边的人还在盯着，是否让他们撤离？”阿部宽摆手：“不，让他们继续盯着！6号和7号车厢里宪兵队的人可以先放了，其他人不准下车！”阿部宽一怔：“带几个人跟我来！”松田招呼几个人跟着阿部宽上了9号车厢。郭三迎接着一队日本宪兵从火车上下来。郭三看着上车的阿部宽和松田，低头想了想，决定回去给小泉清汇报情况。

郭三向小泉清汇报完毕。小泉清沉思了一下说：“既然阿部宽到了，那就说明钢刺也到了。”郭三摇头：“阿部宽他们没有搜到钢刺。”小泉清疑惑：“阿部宽的追踪技术，不用怀疑，只是现在羊只有一只，狮子却有两头，不好分。”郭三上前：“阿部宽手下的人虽然厉害，但他这个指挥官没法跟您比。”小泉清笑着，想了想问：“让冈本君办的事都办好了吧？”郭三报告说：“在满映各个房间都布上了我们的耳朵。”小泉清点头：“你去找阿部宽，就说田小姐邀请他到满映作客。听说田小姐已经回来了，我先去看看她。”郭三领命离去。

三

一个化妆师正在给田心儿化妆。孙海化妆成记者坐在一侧，朝着田心儿不停发问：“满映筹备期间，您一直以该公司代表的名义出席各类活动，请问在满映电影公司成立之后，您是否会以女主角的身份出演贵公司出品的影片？”田心儿照着镜子说：“对，第一部故事片已经在筹备阶段，至于未来，在其他影片中承担多少戏份，这要看公司的具体安排。”孙海边记录边说：“非常感谢，我想代表我们的几位资深读者问您一个问题。他们都非常关心，您签约满映之后，会不会在中国人的这个身份和日本电影公司签约女演员之间难以自处？”田心儿一愣。孙海看到田心儿的愣态，接着说：“当然，您可以选择不回答。”田心儿一笑说：“电影和小说一样，都是以客观历史和现实为背景，进行虚构的艺术手法创作。”孙海点头，不停记录。田心儿接着补充：“不过我可以保证的是，我绝不会违背中国人的良知，不会捏造子虚乌有的东西呈现在影片中，我是个演员，同时，也是一个中国人。”孙海一笑说：“我个人非常钦佩您！”田心儿又补充：“我只是做好我该做的，生长在这个时代是我们的不幸，这句话请不要记录。”孙海稍微一停，收起笔，笑着点点头，示意对田心儿的回答非常满意，起身感谢。田心儿一笑：“应该的，三天后的满映成立大会也希望您来捧场。”孙海礼貌回答道：“一定到!”孙海起身朝田心儿伸出手，要握手，田心儿看了看孙海手上沾染的油墨，迟疑了一下。林少梅见状，连忙上前伸手握住了孙海的手，以化解尴尬，并解释道：“田小姐马上要拍摄宣传画报，正赶时间呢！抱歉！”孙海连忙赔礼说：“是我冒失了，刚从外面办事过来，没来得及洗手，失礼了。”田心儿给林少梅使了个眼色，林少梅点点头。林少梅跟着孙海出了化妆间。田心儿回到化妆台继续化妆，化妆台下，一个监听器正在工作。

林少梅送孙海走到公司院内，喊了声：“孙记者。”孙海站定看了看她，又看了看周围。林少梅递过来一个信封说：“辛苦您跑一趟，还希望您能多费心，多多宣传公司，宣传田心儿小姐。”孙海接过信封放入衣服的内兜：“好说，好说。”孙海朝林少梅点点头，扭头出了满映公司。

田心儿还在化妆台前化着妆，小泉清敲门进入。田心儿在镜子里看到了小泉清，小泉清朝她礼貌一笑。田心儿看向化妆师说：“你先出去吧，我跟小泉大佐聊聊。”化妆师点点头，放下工具出了化妆间。小泉清轻轻鞠躬：“田小姐好。”田心儿轻笑道：“这两日我一直在外参加活动，让小泉大佐久等了，抱歉！”田心儿主动伸手，与小泉清握手。小泉清一笑：“您真是越来越漂亮了，满街的画报，也只能展示您七分的美貌。”田心儿羞笑：“您要这么说，摄影师该被辞退了。”两人都笑起来。小泉清收起笑容说：“田中将军交代，在满映的一切行动都要以武田先生的指示为准，可在下来了两日，并未见过他本人。”田心儿告诉小泉清：“武田先生有事离开了，有什么事可以直接问她。”小泉清笑着上前来，盯着田心儿说：“既然如此，我觉得还是叫你淑子小姐比较好；这样，至少我们可以以大日本帝国军人的身份对话，而不会让我产生一种，必须要听命于一个中国女人的错觉，你说对吧？”田心儿眯起了眼。

松田和几个日本兵端着枪站在车厢内。旅客们起身排队站成一列，其中那个小女孩被妈妈保护着。阿部宽坐在一旁的座椅上，有些不耐烦。松田大喊："再提示一下，总共八个人，六男两女，两个男的穿警服。他们去哪里了？"旅客们都低着头不愿回答。阿部宽叹了口气，朝松田使了个眼色，松田笑着走过去，停在了小女孩面前。松田拿出枪走到小女孩面前："小朋友，这个玩具手枪，你喜欢吗？"女孩看着拿枪，想要伸手去接，妈妈一把揽住了她。松田拿着几人的画像递到了小女孩面前："你看看，认不认识他们？他们和你们坐的同一趟车，是叔叔的朋友，现在叔叔找不到他们了。"女孩的表情顿时变了，大声喊："是魔术叔叔！"阿部宽一笑。妈妈连忙拦住："她还是个孩子，什么都不知道！"阿部宽朝他点点头。松田将手枪的保险松开，枪口对准了小女孩："小朋友，叔叔也会变魔术，把嘴张开，一会我一抠手指，就有一颗糖掉进你的嘴巴，喜不喜欢？"妈妈护住孩子。一个男人站出来，大声喊道："你们这帮日本人还有没有人性，她这么小，懂什么！"阿部宽冷笑："大人不说实话，会教坏孩子的，我只是让你们知道，有时候谎话会害死人！"男人冲上来："要问就问我！"阿部宽狠狠地瞪着男人："可你会说吗？"男人把头别向一边。阿部宽一笑，一枪把男人打死。松田要拖小女孩。妈妈连忙上前来抱住："我说，我说！他们在火车快靠新京站的时候，在那个弯道的位置跳车了！"阿部宽一惊大喊："混蛋！"猛地起身出了车厢，扭头出了车厢，松田跟出。阿部宽回头命令松田："向新京总部申请，全城戒严！捉拿钢刺！"一个日本兵带着郭三上前来："中佐，这位是满映的人，找您有点事。"郭三点头哈腰地过来："阿部宽中佐您好，小的郭三。得知中佐到了新京，我们田心儿小姐邀请您过去一趟。"阿部宽舒了口气吩咐："去满映！"

孙海拿着一份报纸敲门，里面的人看了看孙海，又看了看身后，将孙海放入。孙海拿着林少梅递过来的信封，走到桌边。抗联成员程老板和一位抗联凑上前来："怎么样，和钢刺接上头了吗？"孙海摇头说："没有，九台车站被鬼子提前封锁，全是便衣！没办法，我拉响了车站的警报，我估计他们跟着火车进了新京。"程老板点头点头说："难怪，刚收到消息，鬼子的人下午搜查了一趟从哈尔滨来的火车！"孙海一惊，忙问："搜到什么了吗？”程老板摇摇头！孙海松了口气说：“先不要轻举妄动，你要看着服装店，留个人在这儿等着，他们要是进了城，会来联系咱们的；回城之后，我去了满映，跟少梅接了头。”孙海掏出了信封递给程老板。程老板将信封里的几张钱掏出来，一把有编号的钥匙掉落出来。程老板将信封拆掉，用药水朝着信封内侧一刷，三人凑上去查看，文字逐渐显现——田系日本人无疑，田之身份部分佐证已存大丰银行私人储物柜，可与远东方面所提供之照片合为确凿证据，速取之。满映大会之后，田将作为代表，带着日伪拍摄的伪纪录片进行全满洲巡播，查清伪纪录片母带及胶卷拷贝位置，将作为下一步重点工作开展。孙海拿起了那把有编号的钥匙，眉头紧蹙，建议说：“派人去银行把少梅存的东西取出来，天黑之后，找她再合计合计。”程老板点点头。

满映电影公司化妆间内，田心儿听完小泉清对自己的称呼，看向小泉清：“你就这样暴露我的真实身份，武田先生和田中将军知道了，会不高兴的。”小泉清一怔说：“我相信，我们私底下的谈话，你也不会轻易告诉外人。”田心儿一笑：“小泉大佐肩负着整个满映的安全，请你保守秘密，我的身份，在特高课都是机密。”小泉清也一笑：“当然！今天，得知你回满映，我替你约了一位朋友。”田心儿低语：“你我好像没有共同的朋友。”小泉清提示田心儿仔细想想。田心儿一惊说：“你说的是阿部宽？他也到了新京？”小泉清又一笑说：“虽然你的身份是机密，可我能理解你们阔别一年的心情，满映由我看着，不会走漏风声的，这点放心。”田心儿有点怒气：“请你不要擅作主张！”小泉清点点头说：“顺水人情而已，正好我也想见见他，算算时间，他应该快到了。”

此时，门外传来敲门声。小泉清看向了门外。田心儿提示小泉清：“敲门的是她的助理林少梅。”小泉清点点头。林少梅进屋，小泉清的目光锁定了她。林少梅看了一眼小泉清，点点头，以示招呼。林少梅向田心儿汇报：“孙记者走了，您交代的事都办妥了，他知道怎么做！”田心儿看向小泉清。小泉清上前来说：“林小姐，你好，在下小泉清。”林少梅点头说：“小泉大佐您好，田小姐可是对您的到来非常期待，看来，你们聊得不错。”田心儿和小泉清各自把对方夸了一番。林少梅点头示意：“大佐，您太客气了，您才是英气逼人，威风凛凛。”小泉清一笑：“以后在满映，大家就是一家人，有用得着我的地方，尽管开口。我还有点事，先告辞了。”小泉清看了田心儿一眼，扭头出了办公室。田心儿想回房休息一下，吩咐林少梅让摄影师两个小时之后再来。林少梅点点头。田心儿笑着点点头离去。

阿部宽端坐在后排。松田边开车边说：“上车前，按您的要求，给新京总部去了电话；他们没有同意我们全城戒严的申请，他们说，新京作为都城，必须要为日满和谐做出表率，责令我们只能暗中搜查，不能弄出大动静，更不能影响几天后的满映大会。”阿部宽大怒：“这帮混蛋！拔不掉这根刺，日满和谐只会是个笑话！”松田继续开车。

一辆轿车停在了院中。阿部宽从车上下来，吩咐松田在车上等他，然后便朝着主楼走去。林少梅从不远处走过来。阿部宽正好迎上去，刚与林少梅擦肩，阿部宽突然顿住了脚步：“小姐请留步。”阿部宽看见林少梅，眉头一皱，林少梅怎么这么像林少青！林少梅驻足，回头看向阿部宽：“请问，有什么事吗？”阿部宽一笑：“请问，小泉大佐在什么地方？”林少梅一指说：“底楼最里间。”阿部宽点头说：“多谢！小姐，你也是满映的人？”林少梅一笑说：“我是田心儿小姐的助理。”阿部宽一笑：“连助理都这么漂亮，田小姐现在在吗？不知道有没有机会能见见这位光彩熠熠的大明星。”林少梅告诉阿部宽：“现在恐怕不行，她在二楼休息呢！”阿部宽鞠躬：“那好吧，多谢！”林少梅点头示意不客气。林少梅扭头走进了侧面的一间屋子。阿部宽看着林少梅的背影，眼睛眯起。掉头径直朝着二楼走去。

四

小泉清站在一台监听器旁边，拿着耳机听着。冈本进来说：“阿部宽中佐到了，直接去了田小姐房间。”小泉清伸手止住，示意别说话。

阿部宽敲门，田心儿上前来把房间门打开，然后迅速关上。田心儿见了阿部宽，上前两人就拥吻在一起。田心儿从床上起身，慢慢将衣服穿上。阿部宽坐起身将田心儿抱住。田心儿将阿部宽挪开起身说：“对不起，帝国为何成立满映，你应该也很清楚。”阿部宽略显失望地说：“这我不知道……”

田心儿看着阿部宽说：“用文化侵略的手段给中国人洗脑，让他们信服我们所宣扬的日满一家，这不比你在前线作战简单。为了达到更好的效果，我必须隐瞒我的真实身份，我们的事，也只能先放一放；你什么时候到的满洲？”阿部宽略有不甘，还是起身穿上了衣服，回答说：“两天前，我接手了追击钢刺的任务。”田心儿一惊：“钢刺也到了新京？”阿部宽点头说：“没错，刚掌握的情报，人已经到了新京！”田心儿一笑说：“看来小泉清约你来，也是想探你的口风；三天后的满映成立大会何等重要，他居然还惦记着钢刺！”阿部宽点头说：“有可能，正因为他追击钢刺失败，才被调到了满映；放心，抓钢刺的事他插不上手！三天之内，我会抓住钢刺，替你解决这个后患！”田心儿问有否线索，阿部宽摇了摇头说：“暂时还没有。”

小泉清仔细听着。旁边的监听人员也在做着记录。阿部宽又问田心儿：“对了，刚才我在院子里碰到了一个女人，短头发，穿着灰色大衣，她是谁？”田心儿疑惑地说：“怎么了？我的助理，林少梅。”阿部宽沉思着说：“一年前，我和钢刺在新京城里交手，你知道吧？”田心儿点头说：“当然，特高课还调查过，这事卷宗上也有写。”阿部宽叹气说：“当时钢刺一起执行任务的还有他的未婚妻，被炸死了。可刚才我见到的这个林少梅，和当时被炸死的那个女共产党，也就是钢刺的未婚妻，长得一模一样！”

在隔壁的小泉清听到此一惊。阿部宽又：“我不会记错，林少青的那张脸让自己印象太深刻了。”田心儿疑问：“林少青当时被炸死了啊！”可阿部宽更是疑惑地说：“当时林少青就死了，现在看来这事没这么简单！”田心儿说：“五年前，我被特高课以田心儿的身份安插到中国念大学，执行秘密任务，林少梅那时就是自己的同学，不可能是共产党！”阿部宽反问田心儿：“如果是两个毫无关系的人，又怎会长得这么像！”田心儿一惊：“对了，听她说过，她有个姐姐，出意外死了，好像就是一年前的事儿。”阿部宽也一惊：“这就对了！她们应该是双胞胎！”小泉清听到此，眉头也皱了起来。

阿部宽正在说服田心儿如何用林少梅引诱出钢刺，把田心儿对林少青的满映大会的影响逐条犹豫进行打消。钢刺在看到林少梅被抓的报纸消息后，肯定会出现，毕竟钢刺重情重义！阿部宽也答应在不耽误满映大会的前提下，如果两天抓不到钢刺就立马放掉林少梅，只是个误会而已，田心儿还要用林少梅。阿部宽还给田心儿说了自己的周密布置，到时候如果是真的，安娜、钢刺、林少梅等一个也跑不了！田心儿问阿部宽是否将这个行动告诉小泉清，阿部宽摇头。阿部宽说就让小泉清看好门，抓钢刺是自己的任务，本来也不想见小泉清。

小泉清放下了耳机，心想：阿部宽啊阿部宽，我还真得谢谢你，给我带来了这么多有用的线索。冈本上前："大佐，一会要见他吗？"小泉清一笑："凭什么是我去见他，他很快就会来见我了，不对，应该是求我，中国的牌局中，有一种情况叫作截胡；晚上，林少梅出满映之后，第一时间把她抓起来！别给阿部宽留机会！"冈本一笑。

文龙带着大家到了原来自己在新京的住所，大伙都相继进了屋。几人张望着这栋小木楼。安娜感叹："这是谁的房子啊？收拾得这么整洁！"谭卓茹吸了吸空气："看样子空了有一阵了。"铁雷一笑："以前我们到新京执行任务的秘密落脚点。"胡大壮已经渴得不行，拎起桌子上的茶壶倒头一口喝下。文龙拦住："别喝，好久的水啦！"胡大壮"噗"一口吐出。文龙吩咐："天就快黑了，老规矩，铁雷你留下来照顾他们，我跟刀子去接头。"铁雷点点头。魏坤宁疑惑："这一来一去的，还能找着人吗？"文龙很自信地说："警报是他们拉响的，他们应该能猜到我们会进城！"魏坤宁上前一步说："既然都是一路人了，何不让我跟你一块去？"铁雷埋怨老魏："这份差事我都没争，你一条胳膊还伤着，消停会！"文龙点头说："放心，好好养伤，出城还得靠你！走吧，刀子。"说完，文龙的目光落在了安娜身上。安娜看着文龙："文龙哥，你们注意安全，刚才街上到处都是警察和鬼子。"文龙点点头出了门。高小庄凑到安娜面前："行了，别看了，他现在脑子恢复了，用不着你担心。"安娜收回目光，打量着房间。

夜幕降临，圆月升起。田心儿和林少梅从大楼里出来。林少梅一惊："糟了，我的外套落在摄影棚里了。"田心儿一怔："没事，门都关了，反正我们体型差不多，你穿我的吧。"林少梅推脱说："你可不能受凉，三天后的成立大会，还得你出面主持呢。”田心儿一笑：“行了，快回家吧。”田心儿脱下外套，给林少梅披上。林少梅一笑：“那谢谢啦。”说完朝着大门外走去，田心儿看着她的背影，面色一沉。不远处的楼中，小泉清看到这一幕，咧嘴笑起来。

孙海朝着满映大门口走了过来，刚要拐过拐角，注意到街对面穿着便衣的冈本朝着几个同样穿着便衣的手下点点头，几个手下朝着街道两边走过去，在路口处假装等人。孙海低头一想，担忧起来。

林少梅从公司大门走出来，那波便衣看见林少梅，互相点了个头。林少梅刚走到拐角处，两边的四个便衣快步跟上去，用一个黑色的头罩将林少梅罩住。林少梅一惊：“你们是什么人，要干什么！”四个便衣根本不说话，将林少梅生生摁进了车里。林少梅大喊：“救命，救命！”冈本也上了车，汽车迅速开走。

孙海站在一侧，担忧地看着这一切，连忙掉头离开。

孙海急奔新京地下组织秘密据点，紧张地敲门。程老板上前来开门，孙海连忙边进边说：“出事了！少梅在满映门口被人抓走了！”程老板惊疑地问：“什么？谁干的？”孙海一脸焦急：“一伙便衣，是日本人伪装的！”程老板一惊：“难道鬼子已经查到了她的身份？”孙海低头说：“我也在纳闷！他们动作很快，像是很担心身份被暴露；带上电台，马上转移！查清楚少梅被他们关在什么地方，再做打算！这两天继续监听满映的电话，看能不能得到点线索！”程老板疑惑地问：“那钢刺一行人不等了？”孙海点头说：“今晚和掌柜的联系后再说！”

调虎离山　破局即发

一

文龙和刀子沿着大街朝着据点走来，大门紧闭。两人看了看街道两侧，空无一人。文龙上前敲门，三下、两下、一下。等了一阵，无人应答。刀子细看门锁，门是从外面锁上的，好像没人。文龙低语：“他们应该能猜到我们会到这儿！”文龙还没有做出回应，刀子已经掏出一根铁丝，将门锁捅开了。两人闪身进了屋子。屋内的一切陈设如旧。文龙看了看四周，刀子折身钻进了里屋。文龙上前探了探摆在桌上的水壶。刀子从里屋出来说：“衣柜是空的，别的东西都在。”文龙一模水壶是热的，意识到人离开应该不到一小时。刀子惊疑地问：“到底出了什么事？走得这么急！”文龙注意到了摆在一旁的一份报纸《新京社会》，报纸摊开，上面有明显折痕。文龙将报纸按照原来的纹路折回，一篇报道在明面上——影星田心儿签约满映 或将成为满映首捧女星。文龙深思道：“满映？看来他们已经盯上鬼子的这个机构了。”刀子在屋中继续搜索，没有发现线索。刀子低语：“能判断出人去哪儿了吗？”文龙摇摇头：“除非我是神仙，现在我只知道，必须尽快离开。”

铁雷等人在文龙原住所的屋中。魏坤宁和谭卓茹有些担心。安娜问铁雷：“以前文龙哥和少青也在这里住？”铁雷点头：“没错，他们住楼上，我住楼下。”安娜看了看楼梯，略有些失落地问：“那他们住哪个房间？”铁雷正要指出去，突然会过意来说：“别误会啊，我哥住右边那屋，嫂子住左边。”高小庄插话：“你就别打掩护了，嫂子嫂子都叫得这么亲热，他俩能没住在一起？”安娜望向了铁雷。铁雷脸一沉：“真没有！他们一直相敬如宾，非常默契，他俩的爱情，就跟勃朗特的小说一样美好，让人羡慕。”胡大壮嘴撇了一下说：“嗨，啥美好，看得着吃不着，那滋味不好受！”安娜和谭卓茹都看了胡大壮一眼。安娜低语：“我明白铁雷哥说的，柏拉图式爱情，这是爱情的最高境界。”铁雷冷冷一笑：“可我们终究都是凡人，不管什么事都求个开花结果，少青嫂子的死，我哥恐怕这一辈子是无法释怀了。”安娜突然沉默了。谭卓茹拉起安娜说：“别老是念着他了，咱们上楼先选房间，安娜，走！”魏坤宁抱怨说：“这个文龙，接个头咋去了这么长时间！”

林少梅手脚被绑，双眼被蒙上，斜靠在角落，不停挣扎。冈本跟着小泉清从门外进来，小泉清停在了林少梅面前，没有说话。林少梅侧着耳朵听了听。小泉清朝冈本点点头，两人出了房门，冈本将房门关上。小泉清看向冈本：“注意不要在她面前暴露身份，我们的目的是引钢刺现身，不要节外生枝；时候不早了，马上联系本市的报纸，把消息放出去，我要这个消息成为明天的爆炸新闻。”冈本点头领命将要去办。小泉清拦住冈本，冈本凑上前，小泉清一阵耳语说：“她的姐姐是共产党，她现在肩负着筹备满映大会的诸多重要工作，人既然到了我们手里，找个机会试探一下她的身份……”冈本不住地点头应着。小泉清说完背着手快步出了房子。

文龙和刀子回来，同样按照三二一的节奏敲门。铁雷上前把门打开。魏坤宁急问：“咋样，接上头了吗？”刀子摇摇头。文龙低语：“屋子空了，从外面锁上的！”高小庄插话：“会不会是出门去了？”文龙摇头说：“九台车站的情况他们都清楚，没特别的事，他们不会离开；带走了换洗的衣物，是主动撤离的。”铁雷一惊：“阿部宽到了新京，一旦发现蛛丝马迹，很容易找到我们！”刀子低语：“可没有接上头，也就没办法往下走。”几人都沉思起来。文龙问安娜呢？铁雷朝问楼上使了个眼色。文龙点点头：“在没有接上头之前，不要随便到外边走动，先歇着吧。”魏坤宁看向文龙：“这事儿可得尽快，免得夜长梦多。”文龙点点头，朝着楼上走去。

文龙停在房间门口，敲了敲门。谭卓茹把门打开。文龙建议安娜和谭卓茹换个房间。谭卓茹扭头看了一眼屋内的安娜："换吗，安娜？"安娜喊道："不换，我都睡了。"谭卓茹看向文龙。文龙点头："行，早点休息。"说完就进了隔壁房间。

谭卓茹将房门关上，安娜在房间里踱步，仔细观察着四周。谭卓茹打开衣柜，衣柜里的衣物非常整洁。安娜打开抽屉，在一个本子里发现了一张照片，是林少青的一张照片。安娜静静看着。谭卓茹发现不对劲，凑上来看了一眼说："没想到少青这么漂亮。"安娜低语："我能从她的眼神里感受到一些东西，拍这张照片的时候她一定很幸福。"谭卓茹一笑："我看你和文龙还真是够般配的，整天神神道道。"安娜将照片放好，再次打量整个房间说："都一年了，这屋子里的东西还这么整洁，屋子肯定是少青替他收拾的，他舍不得弄乱了。"谭卓茹说着要去搬柜子里的棉被。安娜止住："别动！咱们就这么睡吧！"谭卓茹吓一哆嗦说："神经病啊！吓我一跳！不是吧？这么冷，晚上不盖被子，不被冻死才怪！"安娜一笑说："我把我的大衣给你，卓茹姐，你最好了！"谭卓茹无奈地说："行行行！你这个重伤初愈的小丫头都不怕，我还能有啥意见！"安娜躺上床，谭卓茹将大衣摊开，也给安娜盖上点。安娜静静地看着窗外的月光。

文龙和铁雷分别睡在两张床上，铁雷已经微微起了鼾声，文龙枕着手臂望着窗外。与少青的点点滴滴又重现在文龙的脑海：

文龙穿上了一件风衣，站在镜子前，非常帅气。少青上前来替文龙整理。文龙一笑说："接下来的任务，又要混进舞会里吗？"文龙看向了少青。少青有些怒的样子说："瞧你！整天脑子里就只有任务，任务固然重要，可我们也应该有生活；庆祝我们订婚，我送你的礼物！"文龙伸手抚摸少青的脸颊："对不起，我连一个像样的订婚仪式都不能给你。"少青一笑："能够嫁给你，我就知足了，又不是小姑娘，哪儿那么矫情！"文龙一笑。逆光中，少青特别漂亮。文龙缓缓朝着少青附身过去，两人就要吻在一起。铁雷突然推门出来，看到了这一幕，连忙缩了回去说："啥也没看见！（打哈欠，伸懒腰）我再补补觉，补补啊！"铁雷把门关上了。文龙和少青相视一笑，两人相拥……文龙还枕着手臂，回忆起当初的美好，缓缓闭上眼，脸上露出了微笑。

晨光破云而出，整个新京城逐渐苏醒。松田疾步朝着一间办公室走去，脚下的皮鞋在木地板上掷地有声。松田推开了一间办公室，看到阿部宽站在窗口处，报告说："我们的人在她家门外守了一夜，人没有回来。"阿部宽一惊说："怎么可能！"松田接着报告："不过我们在她家发现了一张遗照，不出中佐所料，她就是钢刺未婚妻的双胞胎妹妹！"阿部宽着急吩咐松田："赶快查清楚，她现在在何处！"

一个日本兵进门，报告说："刚收到今天的报纸，满映出事了！满映女星田心儿的助理林少梅，昨晚被不明身份的黑帮组织绑架。"阿部宽猛地回头："什么！在哪里被绑走的？"日本兵看着阿部宽硕："报上说有目击者称是在满映大门口不远处。"松田一惊："中佐，不会有这么巧的事，这里面一定有文章！"阿部宽猛地拍了下桌子："混蛋！马上跟我去满映！"松田跟随阿部宽一起出了房门。

阿部宽的汽车到了满映电影公司门口，被卫兵拦下。阿部宽一脸威严，坐在汽车之中。松田递出一张军官证，卫兵马上放行。车子驶入院中。卫兵跑步去通报小泉大佐："阿部宽中佐到了。"

阿部宽带着松田快步过来。郭三迎候在门口："阿部宽中佐，我们大佐正在等您。"阿部宽没有应声，直接迈步进了办公室。小泉清看着阿部宽，上前来，给了阿部宽一个拥抱说："阿部君，一年多未见，别来无恙啊！我看看，看看啊；你这身派头，可不比希特勒的党卫军逊色啊！"小泉清上下打量着阿部宽。阿部宽一脸怒然："收起你这套！林少梅被你关在什么地方！"小泉清故惊："林少梅？我关她干吗？谁告诉你的？"阿部宽大喊："除了你我想不到别人！"小泉清别过头说："我不知道你在说什么！"阿部宽瞥了小泉清一眼："少装了！你应该知道了吧，一年前跟钢刺一起到特务机关偷计划书的女共产党，就是林少梅的姐姐！"小泉清死不承认地说："可我根本就没见过这个女共产党！你到满映就见了田小姐，要绑也是她绑的啊！"阿部宽大怒："昨天，我到了满映，说起了这件事，接着林少梅就被绑了，除了你还有谁？别装了！是我太大意，居然会在你的地盘，说这种话！"小泉清一笑说："美丽的女人确实很容易让男人冲昏头脑。"阿部宽上前揪住了小泉清的衣领。冈本要动手，松田凑上前来。小泉清伸手止住，拍拍阿部宽揪住自己的手，倒了杯水，递到阿部宽面前，自己悠然坐回了椅子，看了眼阿部宽说：“要是来谈合作的，可以坐下聊，如果不是，慢走不送！”小泉清指了指大门口。

二

安娜从厨房里端出馒头，又快速进了厨房，几人都狐疑地看着。只有胡大壮狼吞虎咽着。高小庄低声：“谭姐，安娜咋啦？”谭卓茹指了指脑子说：“好像出问题了。”高小庄狐疑：“啥？她的伤不是好了吗？”谭卓茹一笑：“没说她的伤，昨晚我俩睡在以前文龙住的房间，她说她能看出文龙的未婚妻是个上得厅堂又下得厨房的女人，所以就这样了。”魏坤宁看向铁雷：“雷子，你那未过门的嫂子，有这么好吗？”铁雷一笑说：“除了能上厅堂下厨房之外，她还是个知书达理、学识渊博、静若处子动若脱兔……”

铁雷和魏坤宁就林少青的好，互相酸酸地讨论着。谭卓茹一个馒头朝着魏坤宁塞过来说：“大馒头还堵不上你的嘴！”铁雷朝着魏坤宁一笑：“真是！狗嘴里吐不出象牙来！”谭卓茹再去夹馒头，胡大壮抢先一步把馒头夹走了，胡大壮一面大口啃起来，一面朝谭卓茹傻笑，谭卓茹笑着瞪了大壮一眼。魏坤宁将自己的馒头分了一半给谭卓茹。谭卓茹推开说：“不要，我不饿！”刀子在一旁看着一份报纸。铁雷瞥了眼刀子：“别装了，字儿认识你，你认识字儿吗？”刀子吞吞吐吐地念：“女明星……田心儿……助理在满映……打架……”魏坤宁看了一眼刀子拿着的报纸说：“那是绑架，还打架！”铁雷一笑说：“老魏有空你多教教刀子！”

安娜忙活着，将一锅粥倒入了一个大盆中，被溅起的粥烫了一下，连忙把手递到嘴边吹了吹，又将大盆边沿擦干净，端了出去，对大家说：“都尝尝！厨艺不佳，大家将就着吃。”胡大壮连忙抢了一碗。谭卓茹瞪了胡大壮一眼，胡大壮把那碗粥送到了谭卓茹面前，碗里的粥很浓稠，几乎没有汤汁。谭卓茹一看大大盆粥说：“安娜，一看你就是大户人家出来的！”安娜疑惑：“啊？什么意思？”谭卓茹将两根筷子朝着粥里一插，筷子在粥里竖了起来，故作抱怨道：“有你这么煮粥的吗，完全是浪费粮食。”安娜羞笑："我，我以前就看我们家的阿姨煮过，这是第一次……给文龙哥留一碗。"魏坤宁低语："这文龙倒是睡得挺香的啊，说到底还是自家的床宽敞。"安娜看刀子："你看啥呢？"安娜一看，注意到报纸上林少梅的照片，一惊。安娜将报纸夺过来，仔细看起来。几人看出安娜不对劲，都凑了上去。铁雷一看，也是面露惊色。安娜大惊："这不是少青吗？"铁雷低语："我以前听我哥说过，少青嫂子有个妹妹，就叫林少梅！"众人一惊。

这时，文龙从楼上下来。魏坤宁低声："收起来！当务之急的是找人接头，先不要节外生枝！"铁雷把报纸藏在身后，安娜低头沉思着。文龙一看说："都坐吧，看着我干吗？"几人都坐了下去。文龙一边喝粥一边看向铁雷："拿来！你身后的东西！"魏坤宁一脸无奈。铁雷只得将报纸地上，文龙一边吃一边看着。安娜低语："文龙哥，铁雷哥说这是少青的妹妹，你得想想办法啊。"文龙看着报纸，只埋头吃着。

阿部宽看着面前的水杯，坐在了小泉清对面，端起水杯喝了一口。小泉清一笑："这就对了嘛，我们要是联手，钢刺还能跑得了？"阿部宽脸一沉："你要拿林少梅作诱饵，可你的鱼钩够结实吗？"小泉清点头说："阿部君说话总能一针见血，这就是我们要谈的合作。"阿部宽一怔："你想借我的人？"小泉清点头说："准确说，是把你的人交给我指挥，一旦抓住钢刺，功劳我分你一半。"阿部宽一笑："你这算盘打得可真是够精的啊！"小泉清的脸一沉："牌面已经很明显了，是让我截你的胡好，还是一炮双响好？"松田急了："中佐……"阿部宽伸手止住说："没问题，现在可以告诉我林少梅被关在哪儿了吧？"小泉清一笑："在此之前，我还得确认一件事，林少梅的身份！她姐姐是地下党，她很难让人不怀疑！她的身份，还关系到整个满映的安危，请你理解！"阿部宽怒色："可以，给你半天时间，如果还没结果，就别谈合作了。"小泉清点点头，伸出手来，要与阿部宽握手。阿部宽根本不理会，起身就出了房门。

两人从大楼中走出。松田急着跟上阿部宽说："中佐，您的意思是我们掌握情况之后，去把人抢过来？"阿部宽摇头说："回去等小泉清电话，小泉清都很清楚，现在不是争功的时候，我们毕竟都是大日本帝国的军人！"松田惊疑："可让我们的人替他办事，这恐怕不太妥当！"阿部宽反问松田：“你觉得凭他手下的人能抓住钢刺吗？”松田想了想说：“属下明白了，等钢刺一旦落网，马上劫走！”阿部宽一笑：“这本就是我们的任务！到时候一定要好好谢谢他，你先去吧，我还有点事。”松田鞠躬离开。阿部宽看了看大楼，扭头进了大楼。

文龙放下了手中的碗，一大碗已经快吃光了。安娜急了说：“文龙哥，少梅一定得救！”文龙没有搭话转而说：“这粥味道不赖！现在吃饱喝足了，得想想办法，如何联络当地组织！”安娜一听，以为文龙不打算救少梅，上前一把夺过文龙手中的筷子，有点愤怒地说：“我知道你办事的规矩，你不愿节外生枝！咱们先不说林少梅和少青这层关系，就说眼前的事！”高小庄疑惑：“眼前啥事？眼前的事不就是找组织接头，然后出城吗？”安娜大喊：“错！眼前最大的事，是满映！我听父亲说过，日本人几年前就已经开始谋划在满洲成立电影公司，只是最近才获得批准！”魏坤宁等人都认真地听着。

安娜接着分析：“日本人侵略中国，一面在前线利用枪炮占领我们的国土，镇压我们的国民，一面还想在他们的统治区用文化洗脑的方式，腐蚀中国人的反抗精神！一场仗打败了，或许还能赢回来，可要是中国人的精神被腐蚀，意志被瓦解，这将永无翻身之日，统治区的中国人，会彻底沦为日本人的奴隶！”谭卓茹也肯定地点头。高小庄也点点头说：“赞赏安娜话说得有水平！”

安娜看了眼文龙：“少梅是满映首捧女星的助理，她一定知道很多内幕！于公与私，都得救！你们要是不救她，新京城我也不出了！我找别的方法，调查满映，就算丢了我的性命，我也要揭开满映丑陋的真面目！”谭卓茹鼓掌说：“我赞同安娜的观点！”大伙也连忙配合。

铁雷转向文龙：“哥，安娜说得有道理！”文龙擦了擦嘴说：“瞧把你激动得，我哪句话说了，不救少梅了？”安娜一喜：“文龙哥，你说要联系人吗？你真打算救少梅？”文龙点头说：“你说得对，于公与私，人都得救！你说了公的，那我来说说私的！”胡大壮插话：“有啥好说的，私的，那不就是你小姨子嘛！”魏坤宁瞪了眼大壮：“打什么岔，让文龙说完！”文龙一笑：“之前我想不明白，新京的组织明知道我们放弃了在九台接头，怎么还会人去楼空，现在我明白了！他们消失的时间正好和报上说的少梅被绑走的时间不谋而合！我们现在无法联系新京的地下组织，而少梅，是唯一浮在水面上的地下组织成员。”

魏坤宁疑惑地问：“林少梅，她也加入了组织？”文龙点头：“没错，之前掌柜的向我转达过，她通过了组织考察，已成为正式党员，只是在此之前，我不知道她在哪里，为哪个组织工作。”魏坤宁等人都叹了口气。谭卓茹低语：“明白了，林少梅被绑，让新京的组织嗅到了危险！”文龙点头说：“对，这也印证了我的推断，少梅就是组织的人。”安娜着急了：“既然这样，那人更得救！”文龙低头沉思着计策和下一步的行动。

安娜插话：“文龙哥，你不用担心我，只要你愿意救人，我啥事都听你的！”文龙没搭理安娜，转向大伙说：“少梅肯定是被阿部宽绑走的！他见过少青，少梅和少青是双胞胎姐妹，一定是他觉察到了这层关系。”魏坤宁一惊：“所以，他绑人，是冲着你文龙来的！”高小庄发怒：“这阿部宽咋和小泉清一个德行啊！也爱使阴招！”文龙点头说：“阿部宽行动能力极强，可要说耍手段，他可比不上小泉清！进了新京，日本人要维护和谐宁静的假象，他展不开手脚！所以，他们抓走少梅，要只是单纯冲着我，这我倒不担心。我担心的是，少梅的真实身份会暴露！少梅和当地的组织这时候可能看不透日本人的动机，会误以为是日本人觉察到他们的身份，然后铤而走险！”魏坤宁严肃地说：“那可真就是不打自招了！”安娜担心极了：“少梅啊少梅，这时候你可千万别暴露！”文龙转向铁雷：“雷子，新京城你熟悉，你走一趟，先确定少梅被关的地方，一定注意安全！”文龙贴着铁雷的耳朵安排了一番。铁雷点点头。

新京与安路17号木楼，在关押林少梅房间外，领头的便衣带着几个便衣冲进来，便衣头一招手，两个便衣上前，将林少梅从角落里拖了起来。林少梅挣扎着。一个便衣一记耳光过去，林少梅消停了。便衣将林少梅手上绑着的绳子解开，一台电话推到了林少梅面前。林少梅慢慢将眼睛上的蒙布解开，光线刺眼。林少梅看清了站在面前的几个便衣。便衣头朝她一笑。

林少梅的脑海里，马上出现了在新京地下组织秘密据点的一幕：林少梅走进来，将帽子和墨镜摘下，朝孙海点点头。孙海递过来一张照片说：“查清楚了，新换到满映作看守的是位大佐，叫小泉清。”林少梅拿起照片——小泉清站在中间，骑着高头大马，照片的后景处，另一个人也骑在马上，非常渺小，正是朝他笑的便衣头。孙海提醒：“此人原是虎头要塞劳工营的主管，在关东军里有些威望。”林少梅点点头说：“我马上要随田心儿出城，两天之内不会回来，我会想好办法如何应对！”

林少梅马上从便衣头的脸上挪开了目光。一个便衣将电话挪到了林少梅面前。便衣头看着林少梅：“马上给你的家人打电话，让他们明晚之前准备六千大洋！”林少梅别过头：“我没有家人！”便衣头一笑：“那就给你最信得过的人打！明天要是凑不齐，就让他们替你收尸！”一个便衣拿枪对准了林少梅。林少梅看了看电话，慢慢伸手过去，将电话拿了起来，转动拨号器。

孙海正在办公室整理材料，电话突然响起，孙海盯着那个电话，眉头一皱。

林少梅拿起电话，电话已经拨通。便衣头恨恨地瞪着林少梅：“你只要敢乱说话，子弹可不长眼。”电话接通了说：“我是林少梅，你现在别说话，听我说。”便衣头眯起了眼。林少梅心里很明白自己的处境，只有拿田心儿说事，稍作一停说：“绑匪是冲着钱来的，昨天晚上我穿了田小姐的衣服，绑匪的真正目标可能是她，让她注意安全，不要管我！”便衣头上前把电话挂断：“混蛋！”一记耳光甩在了林少梅的脸上。林少梅笑着说：“有本事就杀了我，你们休想打田小姐的主意！”便衣头眯起了眼：“捆起来！”两个便衣上前将林少梅绑起来，便衣头背着手出了房门。

这时，在孙海的办公室又响起了电话铃。孙海接起电话：“您好，新京社会报。”电话里是男人的声音：“昨晚有人去了，无法确定身份。”孙海故装疑惑：“什么？”孙海看了看门外来回走动忙碌的报社大厅。一个工作人员进入，递过来稿子。孙海回复着电话：“你们继续盯着，在确定受访者身份前，不要贸然打扰！”孙海挂了电话。工作人员向孙海报告：“主编，今天的民生版新闻。”

满映电影公司的工作人员接完电话，将话筒放下。赶紧起身走开。摄影棚中各类工作人员来回走动。田心儿在灯光之下摆出各种优美妩媚的姿势，啪！啪！啪！相机相继摁下定格画面。阿部宽背着手在对面来回踱步，田心儿见到了他，稍有愣神。阿部宽一笑，将一张纸条放进了田心儿放在旁边桌子上的一个手提包里，然后转身离开。田心儿继续微笑拍照。

工作人员进门来，与阿部宽擦肩。工作人员进来跟摄影师交谈了两句，摄影师停下。田心儿上前来："怎么了？"工作人员转向田心儿："刚才接到一个您的电话，请借一步说话。"田心儿有些狐疑，跟上前。工作人员低语："电话是林小姐打来的！"田心儿故装疑惑："什么，少梅？"工作人员点头说："她让我告诉你，昨天她穿了你的外套，绑匪可能是冲着你来的，让你一定小心，这两天不要出门！"田心儿听完，眉头皱起问："还说什么了吗？"工作人员摇头说："刚说完，电话就挂断了。"田心儿沉思了一下说："我知道了，你去忙吧。"工作人员走开之后，田心儿沉思起来。

三

小泉清听完，眉头皱起，这种情况下，她怎么会给田小姐去电话。冈本上前："大佐，是不是我多虑了，林少梅的身份真是清白的！"小泉清扭头向冈本："你确定你们当时没有露出什么破绽？"冈本点头说："绝对没有！我们的人都是从哈尔滨刚过来的，她根本就不认识！"小泉清眯起眼："我的直觉告诉我，这个林少梅没这么简单！"冈本低语："松田打电话来催问，什么时候让他们过去？如何回复他们？"小泉清冷笑："不着急！倒是现在林少梅的身份，越来越有意思，我看，她关系着大局！算了算了，让他们过去吧！我们的人全部撤进楼里，让他们在楼外布防！"冈本刚要转身离开，突然顿住问："林少梅还需要试探吗？"小泉清摆摆手："让我想想。"冈本退出。

工作人员回到工作桌前，见冈本出门，朝冈本点点头。工作人员发现电话没有放稳，又轻轻碰了碰。电话的话筒内部，被装上了一个监听器。就在满映电影公司的隔壁木楼，一名抗联同志将窃听到的内容记录下来，走到旁边拿起电话拨了出去："请问是孙记者吗？你不用说话，听着就行，第一，我们的人已经查到，少梅被关在与安路17号的木楼里。第二，刚才少梅给满映去了电话，初步判断，少梅的真实身份没有暴露，具体通话内容如下……”

铁雷戴着一顶帽子站在特务机关大门口外，门口守卫森严，日本兵端着枪来回巡逻。铁雷微微抬头，见便衣后的松田快步从特务机关出来，快步离开。铁雷悄悄跟了上去，暗中跟踪便衣的松田穿街过巷。松田非常警觉，不时回头查看，铁雷躲过。松田靠近了一栋木楼，十几个换上便衣的特战队员上前来，朝他点点头。松田进了木楼，十几个便衣分散没入附近街道。木楼外贴着门牌号——与安路17号。铁雷掉头离开。

铁雷返回，报告了情况，文龙等人听完沉思。胡大壮大喊：“跟他们干！松田交给我，给我媳妇报仇！”魏坤宁看了眼大壮：“别打岔！让文龙好好想想。”文龙点点头，沉思了一会说：“有一个办法，阿部宽喜欢玩追踪，我们就好好陪他玩一把！调虎离山！”文龙勾勾手，几人凑到一块。

铁雷戴着帽子，到了新京的一个药店，在药店里左右看着，问老板有没有烫伤膏？老板起身拿出了一盒烫伤膏，递给了铁雷。铁雷看了看，另一个客人正与老板交谈。铁雷看了看门外街道，有两个便衣在暗中巡视，这时铁雷想起了文龙的安排——阿部宽的人这两天都换上便衣守在各个出入口，到附近弄出点动静，让他们的人盯上，把人引过来。

铁雷把烫伤膏装入口袋，转身出门。老板追出来，在店门口将铁雷拦下：“朋友，钱还没付呢！”铁雷故装出一副抵赖相：“咋没付，刚才不是给你了吗？”老板揪住铁雷说：“嘿，你咋耍赖啊？也不瞧瞧，这可是新京城！大伙都来看看啊！买了烫伤膏不付钱！”

店门外，一些看客围过来，两个便衣看到了这一幕，互相点了点头。铁雷一看便衣来了：“行了，我付给你还不行吗！真是的！”铁雷掏出钱递给了老板。老板骂了几句。铁雷没理会，连忙溜出了药店。两个便衣跟上了他。

文龙将衣柜的隔间翻开，从里面提出了两个箱子。文龙将一个箱子递给了身后的谭卓茹。谭卓茹打开，里面藏着几把手枪。谭卓茹拿起一把，试了试，都是些好东西！文龙拍了拍自己手里提出的箱子说：“更有用的在这里！”谭卓茹非常好奇地说：“啥东西？”文龙一笑说：“晚点告诉你！”

两名便衣特战队员一路跟踪铁雷，来到了文龙等人的据点外。铁雷上前敲门，门开了，铁雷进门。一个便衣的特战队员示意另一个便衣，回去报告中佐！另一个便衣特战队员迅速离开。

阿部宽正在和换上一身男装的田心儿吃饭。阿部宽低语："来的路上没人发现吧？"田心儿点头低语："这点我比你小心，过了今晚，暂时不要和我联系，也不要到满映找我，我不想被记者拍到什么。"阿部宽点点头说："看来女明星也不是这么好做的。"田心儿继续低语："我的身份现在就是满映的面子，一旦他们发现我是日本人，满映的秘密就会不攻自破！"阿部宽点头。正在这时，松田急匆匆敲门进来。阿部宽一怒："没看见我正在吃饭吗？"松田凑到阿部宽耳边。阿部宽一惊："连忙放下了筷子，烫伤膏、毒气弹……一定是他们！带人马上过去！"松田出门而去。田心儿急问："怎么了？"阿部宽一脸严肃："你这身装扮不会被人认出来吧？"田心儿摇头说："应该不会，何况天就要黑了。"阿部宽冷笑道："好，你跟我去，今天我就让你见见钢刺是如何败在我手上的！"

天色已经暗下来。小泉清带人到了关押林少梅的木楼，一行人进门。冈本迎上来。小泉清一惊："外面的人呢？"冈本低语："十分钟前，松田带着他们离开了！说是有要事，具体什么事没有说。"小泉清不解："什么事比看着人质还重要？林少梅有没有什么反应？"冈本摇头说："没什么动静，很听话。"小泉清点头说："很沉得住气啊！既然阿部宽的人走了，不妨再试她一试！"冈本上前来，小泉清跟他一阵耳语交代。

阿部宽带领着特战队奔袭过来，男装的田心儿跟在一旁。之前留守盯梢的便衣特战队员上前来报告："一直盯着，没人出来。"阿部宽看着那栋小木楼，眉头深敛命令："松田，带人破门！"松田带着五个特战队员直接朝着小木楼冲过去，一人手中拿着一把冲锋枪，动作快速敏捷。松田一声令下，五个特战队直接在大门口放出一颗雷，大门破开，五人分成两队，快速涌入。门口烟雾弥漫。阿部宽命令上！阿部宽和田心儿都跟了进来。屋中烟雾腾腾。松田返回："没人！一个特战队员返回，有个后门！"阿部宽眉头一皱。底层大堂一面木墙的隔层内，一台录音设备正在运转。

文龙带着安娜等人出现在另一条街。胡大壮看到是松田！胡大壮欲冲出。魏坤宁拉住他："搂住火，别坏了事！"胡大壮朝墙上一捶："今天算他命大！"文龙吩咐铁雷："你现在带安娜、小庄和谭小姐先去约定的地方等我们，老魏，你手上的伤没问题了吧？"魏坤宁将手上的绷带拆掉说："没事了！"文龙低语："老魏、大壮和刀子跟我走一趟。"魏坤宁和刀子都点点头。胡大壮还看着据点的位置，一脸愤然。魏坤宁转向胡大壮："大壮，以大局为重，有机会这仇我跟你一起报！"胡大壮缩回头。安娜看着文龙等人说："你们都注意安全。"文龙看着安娜："安心跟铁雷走，照顾好他们，雷子！"铁雷点点头。文龙带着三人跑开。

冈本按照小泉清的安排，带着几个便衣都蒙着脸。冈本一招手，几个便衣冲了上去，将大门撞开。冈本带领的几个蒙面便衣将绑着的林少梅从木楼中扛了出来，拐进了东边的巷子。四个看守在门口看了看，回到了木楼中，将房门关上了。

孙海等人在对面的二楼的窗户口观察着，这小鬼子咋突然就不见了？程老板一惊："老孙，你看！"孙海凑上去一看，冈本等人冲入了17号木楼。孙海眉头皱起："有问题！"孙海等人看到了这一幕，不明所以。程老板低语："这一前一后，像是商量好的！"孙海一怔："鬼子自导自演了这出救人的戏码，难道是想诈少梅？"程老板低语："要不要跟上去看看？"孙海点头说："让我们的人盯紧各个路口！"然后就各自行动了。

四

文龙带着刀子、魏坤宁和胡大壮从街角冒头出来。胡大壮见17号木楼外没有便衣看守。胡大壮一拍脑袋："我懂了！文龙让刀子跑这一趟，是要把他的人调过去打我们，然后我们来打他们！"魏坤宁一笑："不错啊，大壮，吃饱睡足了，这脑子也变得好使了，不过依我看，你也就猜对了一半。一会告诉你！"胡大壮又疑惑了。文龙低语："都跟在我后面！都搂住火，看准了再动手！"魏坤宁等三人跟着文龙朝着17号小木楼冲了过去。巷尾处，一个黑影闪过。

冈本的人将林少梅扛进了巷子，她脸上蒙着眼的布条并未扯下。小泉清背着手从巷子一头进来。冈本蹲身在少梅面前说："组织派我来营救你，你的上线现在不便露面。"林少梅挣扎着。冈本将堵在林少梅嘴里的布团扯出又说："特殊时期，必须先确定你的身份，暗号。"林少梅沉默了一阵："各位大哥，好人做到底，请放了我，我会记得你们的大恩大德！"冈本问问："你是叫林少梅？"林少梅点头："没错，是我！"冈本又问："暗号！"林少梅故作一惊："暗号？我不知道什么暗号，我是被这帮绑匪抓来的肉票！"冈本看向了小泉清。小泉清一脸愠色，摆摆手。两个便衣将林少梅拖走。林少梅故作疑惑："喂，各位大哥行行好，我是无辜的，请放了我！"冈本故作一惊："不对，救错人了！不好，他们的人追来了！"一队便衣冲进来，一阵打斗声，冈本等人跑开。冈本返回："大佐，现在怎么办？"小泉清急了命令："先把林少梅带回去，马上回17号木楼附近布防！"

阿部宽、松田和乔装后的田心儿站在木楼中。松田一惊："看来我们是中计了！"阿部宽深思了一下："难道钢刺真正的目的是调虎离山？松田，你马上带人去与安路！"松田带领着特战队员朝着17号木楼赶去。田心儿上前："今天我算是见识到了，钢刺果然名不虚传！"阿部宽一惊："钢刺这时候把我调开，目的只有一个，就是救林少梅！"田心儿疑惑地问："他已经知道这事儿是你们干的？"阿部宽抱怨："小泉清这个蠢货！一定事他露了什么破绽！"田心儿一怔："那就奇怪了，钢刺只把你调开了，却没有调动小泉清的人，是何用意？"阿部宽猛然醒悟："难道钢刺不知道小泉清也参与了这件事！"田心儿瞥了阿部宽一眼："我以为你早有了判断，不然你干吗不亲自带队过去！人要到了小泉清手里，你手下的松田可能抢不回来吧？"阿部宽有些怒色："是你说，过了今晚，就不能再联系你，我想多争取一点和你独处的时间。"田心儿冷笑："看来倒是我束缚了你，你想想，钢刺不知道小泉清的人都在那栋木楼里，他会怎么办？"阿部宽一惊："不好，不能让小泉清这个蠢货捡了便宜！"

孙海还在继续观察。程老板上来汇报："在17号楼西边的巷子里发现了四个人。"孙海惊疑："又是哪路的？"程老板示意："你看你看，他们冲进木楼了！"孙海夺过望远镜观察。望远镜中，胡大壮回头看了一眼，看到胡大壮，孙海立即想起了九台车站，孙海一个便衣的画像上，见到胡大壮的画像。孙海一愣。

文龙等四人冲进木楼，两个便衣看守从门内出来，正巧碰上。魏坤宁和刀子上前，魏坤宁劈晕了一人，刀子直接拧断了另一人的脖子。四人进入木楼。木楼中还有两个看守。文龙上前，将一个看守一招锁喉，另一个看守想要拔枪，被胡大壮先拧断了胳膊，又咔擦掰断了脖子。魏坤宁上前来，朝文龙低语："行诶，恢复得不错！"魏坤宁把夺来的枪握在手中。刀子已经上了楼。在原先关押林少梅的房间里，刀子发现了一圈绳子。文龙上来问："找着了吗？"刀子摇头："人没了！"胡大壮插话："咋回事！阿部宽和松田都引开了，人上哪儿去了？不会跳楼跑了吧？"刀子指了指，窗户是从里面封上的！文龙深思了一下："不对，楼下那几个人也不像是阿部宽的人！几人正纳闷。"木楼中冲进来两人，带头的是孙海。魏坤宁摸出刚才从便衣身上夺来的枪对准了两人。孙海走过来低语："这儿不安全，四位请挪一步说话！"文龙看了眼魏坤宁："少校，把枪放下！"胡大壮更加疑惑："这啥人啊就放下枪！"魏坤宁一笑："这就是刚才说的，你没猜到的另一半！"孙海低语："快走吧，再不走没机会了！"四人跟着孙海二人出了木楼。

文龙等人钻进一条小巷，冒头看着。便衣冈本带着另外的一波便衣，将蒙着眼的林少梅拖了回来。小泉清紧跟其后。魏坤宁一惊："小泉清！"文龙一怔："没想到他也到了新京，差点掉坑里了！"魏坤宁指着日本便衣肩扛的黑袋子："那是林少梅吗？"文龙眉头紧皱。

孙海看了文龙等人一眼："几位好汉，该亮底了吧？你们是哪路的？"文龙看了孙海一眼，一笑："小媳妇在路上染了麻子，老舅托我来拿药。"孙海一惊："我这看不了麻子，只能看疹子。"文龙又一笑："老舅说，疹子药里少一味，就能治麻子，说您是知道的。"孙海笑起来，上前与文龙握手："钢刺同志，还真是你们！"文龙疑惑："这咋回事？"孙海握着文龙的手说："我们的人在这儿盯了一天了，总共有两拨鬼子，前一拨一个小时前撤走了，这拨不知道在这儿折腾什么，把人拖走之后，又给送了回来！"文龙点头："小泉清多疑，可能是在试探少梅的身份！"孙海急问："你们也是来救少梅的？”文龙点点头：“三两句说不清，咱们先撤吧！”孙海点头，接着问：“你们其他人呢？带上他们，去我们的地方！”文龙示意刀子，刀子点头跑开。

小泉清进了木楼，冈本见到倒在屋内的四个人，一脸吃惊，这……小泉清伸手止住，示意他先将少梅送进屋。冈本招呼了两个便衣，两人将林少梅拖进了楼上关押她的房间。小泉清蹲下身来，检查其中一个被文龙一招锁喉的便衣，大惊道：“钢刺来过了！混蛋！人离开不到十分钟，我甚至都能闻到他的气味！阿部宽带走他的人，所谓的重要任务，看来就是抓钢刺！我让阿部宽的人守在楼外，这一点被钢刺侦察到了。钢刺只料到这里有阿部宽一支队伍，没想到我们也在！他使了个调虎离山的计策！”冈本一惊：“这么说来，我们要是不带走林少梅作试探，钢刺这时候……”小泉清恼怒：“眼看着我错失良机，你很开心是吗？”冈本自己打了自己一个嘴巴：“属下多嘴！”小泉清叹了口气：“这回真是让我们的对手看笑话了！多好的机会！”

阿部宽带着田心儿从门外进来。阿部宽看着地面上躺着的四个人，眉头一皱：“钢刺来了？”小泉清怒色：“阿部君，你干的好事！”阿部宽没有应声，看了看倒在地上的四人。小泉清苦笑：“怎么样，被人下套的感觉舒服吗？”阿部宽急了：“别兜圈子，钢刺人在哪儿？”小泉清冷笑：“你觉得我要是抓住了钢刺，还会在这里等你吗？”阿部宽一惊：“这么说，钢刺当着你们这么多人面前，徒手杀掉了四个人，你们却连一枪都没放？还让人给跑了？”小泉清别过头去。阿部宽惊疑：“我倒真是奇怪了，你手下这么多人，钢刺是怎么在你们面前动的手？”冈本低语：“我们带走了林少梅，是想试探她的身份，谁知道钢刺会这时候上门！”小泉清怒色瞪向冈本：“闭嘴！”阿部宽一笑：“小泉大佐，我要是不了解你，听了你的这套说辞，恐怕只会怀疑你是钢刺的卧底！”小泉清一脸的严肃：“你要是提前说明你为什么撤走你的人，这事就不会发生！”田心儿怒了：“别争了，人质不是没丢吗？”小泉清看向阿部宽：“你要想清楚，还有没有必要跟我合作？”阿部宽怒色道：“是我在给你机会！别忘了你到新京是干什么来的！将军要是知道你丢下满映不管，会怎么想？”小泉清冷笑：“只有无能的人才只会打小报告！”阿部宽本想反驳，却不知说什么。小泉清脸一沉：“你我必须齐心，否则，这一加一就只会小于一了。”阿部宽一脸愠色。小泉清一笑：“事已至此，也不必置气，筹码在我们手上，牌局仍由我们掌控！”阿部宽低语：“但愿不要再发生这样的事！”小泉清安排冈本：“另外找个地方，把林少梅转移过去！做戏也得做得真一点！”

文龙、魏坤宁等人跟着孙海进了住所。孙海疑惑：“你们怎么会去救少梅？”胡大壮抱怨：“问这话还有啥意思，竹篮打水一场空，瞎折腾！”魏坤宁看了眼胡大壮：“大壮，这一趟没白跑，你看，咱们盼的人不是来了吗？”孙海一惊，看向了文龙说：“听这话的意思，你们今晚的行动不是奔着救少梅去的，而是奔着我？”高小庄埋怨；“嗨，我们几个跟着他早就习惯了，这天上地下，啥事文龙哥都知道，可就是不肯告诉咱。”孙海一笑：“钢刺同志，请给大家去去疑吧。”文龙放下了手中的水杯。

一辆轿车从新京街道行驶过来，在一栋洋楼前停了下来。田心儿从车上下来。阿部宽坐在驾驶室内，探头看着田心儿：“不请我进去坐坐？”田心儿看了看洋楼内。阿部宽一笑：“过了今晚，我就要专心对付钢刺了，一旦钢刺落网，我可能就会被调去热河。”田心儿点头：“记得把门带上。”阿部宽挤眼一笑。

文龙看向大家说：“我们去过事先约定的接头地点，可那儿已经空了。看到今天的新闻，我才发现，少梅被绑，正是你们临时转移的原因！”孙海看着文龙，微微笑起。文龙朝孙海点点头继续说：“所以，今晚的行动，一方面是为了救少梅，另一方面，也是为了引出你们，你们肯定也和我们一样，早查到了，只是不敢动手！”孙海拍手道：“高明！”文龙接着给大家讲：“这一切看似很巧合，可绝不是巧合这么简单！”孙海一怔问文龙：“你一直叫她少梅，莫非你们以前就认识？”安娜插话：“林少梅的姐姐林少青就是他的未婚妻。”孙海一惊：“你就是文龙？钢刺就是少梅的姐夫？”文龙并不吃惊：“看来少梅没少在你面前责备我。”孙海摇头说：“我只知道少青是在跟钢刺一起执行任务的时候牺牲的，没想到钢刺就是少梅的姐夫！”文龙点点头：“少青就死在阿部宽手上，所以，阿部宽才会绑少梅，他们的目的是引我现身！我只是没想到，小泉清也会被掺和进来！”

孙海看向文龙："原来如此！难怪，我们怎么都看不明白，鬼子为何要演这么一出！"魏坤宁插话："一个小鬼就够难缠了，这两个人绑在一块恐怕更难对付！"孙海提醒大家："小泉清现在奉命驻守满映，少梅被我们打入满映，潜伏在田心儿的身边，所以小泉清才会试探她！"文龙听到这话，眉头紧蹙。孙海叹了口气说："少梅一直跟我说她的这个姐夫如何如何的无能，要是他知道你的另一个身份是钢刺，我想所有的误会都能马上化解！"文龙吩咐刀子、雷子："你们走一趟，把东西取回来！今天这出调虎离山的好戏，其实有三重功效。"众人都吃惊地看向文龙。文龙一笑："谭小姐不是也好奇，我从暗门里取出的箱子，到底装了什么吗，一会就为大家揭晓！"孙海看向文龙："钢刺同志，我们借一步说话吧。"

孙海进屋，文龙房门关上。孙海很严肃地看着文龙："现在咱们聊聊正事，昨天晚上，我们又联系了掌柜的，掌握了一些情况，加上刚才在与安路上看你们跟日本人动手，我才确定了你们是自己人；掌柜的让我转告你，虽有狂风暴雨，但请你相信，你不是一个人在撑船！"文龙笑着说："这一点我从未质疑过，任务呢？"孙海贴着文龙的耳朵："掌柜的指示，下一站的目的地是奉天城，我们的人在满洲中央银行奉天支行。"文龙点点头。孙海又贴近文龙的耳朵："他会告诉你们下一站往哪儿走，另外，更重要的是，在奉天，我们有同志在相馆工作，掌柜的让你们到那儿之后把随身的胶卷洗出来！"文龙点头说："还是掌柜的想得周到！"孙海又低语："没错，他安排的在奉天跟你接头的同志，做事也非常谨慎，除了我和掌柜的，他就只认信物！"文龙看向孙海："信物？什么样的？"孙海接着又低语："一枚赌场的筹码币，这枚筹码币是这位同志特制的，与奉天几个大赌场流通的筹码币，表面上看着一模一样，但轻重上有分别！"孙海喝了口水接着低语："掌柜的意思是让我护送你们到奉天，有我跟着，这个信物也用不到。"文龙点头说："有你这话，我心里就有底了！"孙海笑着点点头。文龙一笑说："刚才忘了说，门外那几位都跟我谈过了，他们都愿意加入组织！"孙海惊疑地问："信得过吗？"文龙点头说："一路出生入死过来，绝对没问题！他们可都是虎将！"孙海笑着点头说："这事我一定会转告掌柜的！"文龙拱手："有劳！"

孙海缓缓收起笑容说：“现在我担心的是，少梅的任务是潜伏进满映，搜集证据揭露满映的阴谋，破坏满映成立后用于给中国人洗脑的电影拷贝和母带，现在她被抓，可能会影响到这次任务。另外，小泉清和阿部宽两人已经联手，他们盯住了所有出城的通道，咱们怎么才能出城，这是个大问题！”文龙低头想了想，一笑说：“孙海同志不必焦虑，小泉清和阿部宽联手，不算坏事。”孙海疑惑地看向文龙：“此话怎讲？”文龙低语：“你见过狗和羊成为朋友的吗？”孙海点头说：“我明白了！这两人不对付！”文龙点点头说：“他们的联手徒有其表，可我们却是货真价实的同志！”孙海笑了说：“听你这话，是有办法了？”文龙点头低语：“等铁雷把东西取回来，我再细说！一个可以揭露满映真相，救出少梅的好东西！”

刀子和铁雷从一扇窗户外翻进来，悄悄跳了进去。刀子低语，雷子小点声，外面有鬼子看着呢！铁雷也做了个嘘声的动作，两人走向了一道墙边，墙上镶着木板，铁雷将木板取下。一台录音器已经停止了工作。铁雷将机器拿出来，从里面提出了那个手提箱，将机器装好之后，两人从窗外跳了出去。

戏法破局　担悲重演

一

刀子和铁雷把取回的东西打开，录音器在不停转动，几人都凑在边上仔细听着。

阿部宽的声音：是你说，过了今晚，就不能再联系你，我想多争取一点和你独处的时间。

田心儿的声音：看来倒是我束缚了你，你想想，如果真如我们所料，钢刺不知道小泉清的人都在那栋木楼里，他会怎么办？

阿部宽的声音：不好，不能让小泉清捡了便宜！

录音器继续播放，后面就是两人出门的声音。文龙将录音器关掉。

谭卓茹听完一怔说："从这段录音上可以明确两点，第一，少梅被绑是由日本人一手策划的，第二，这个田心儿是个日本人，和阿部宽曾经有过情史。"文龙一笑："我本来，只是想录下阿部宽和他手下的对话，没想到卷进来一个田心儿。"魏坤宁也一笑："有了这个意外收获，我们就能变被动为主动了。"孙海点头说："其实这些，少梅已经侦察出来了，我们还有一张田心儿和一个日本军官的合照；之前我们没在意这张照片，现在看来会派上大用场，这个日本军官，就是阿部宽！"文龙一脸的严肃："什么！要这样，这事情就好办多了！咱们既然也出不去，那就把两件事一起办！第一步，孙海同志，你有没有联系小报的渠道？不能是公开发行的报纸，最好是日本人查不到的报纸！"孙海点头说："这个好办！你要在这时候揭穿满映的秘密？”文龙点头说：“我们就拿少梅给我们的证据做文章！他们对少梅的试探肯定没起到作用，敌我态势又这么明朗，这时候只要稍微给他们一点压力，他们不得不放人！”安娜插话：“我可以帮忙！在苏联，我吃的就是这口饭！说吧，怎么做！我都闲了这么久，早就手痒了！”谭卓茹点头一笑：“对，他们喜欢利用报纸造声势，咱们也来造一次！”文龙点头说：“他们利用报纸报的都是假新闻，咱们，报的却是真相！”文龙附身跟几人安排计划。

所有关于田心儿的资料都摆放在一张桌子上。胡大壮在一旁的椅子上仰躺着睡着了。安娜和孙海在桌边策划写稿。高小庄在一旁靠着，也开始打盹。孙海写完给安娜看。安娜仔细校对手稿说：“这个地方我觉得可以再把这段材料加进去，你看啊，我们主要是以田心儿多年前和阿部宽的一张合照来推理整个事件。”孙海点头。安娜一怔说：“这些证据是客观事实，我们要做的是引导读者去猜想背后真相，而且应该站在娱乐新闻的角度来报道，不要直接影射满映和日本人，这对发稿人也是一种变相的保护，您觉得呢？”孙海一看，竖起大拇指说：“你果然厉害，连我这个主编都能被你挑出毛病。”安娜被夸赞的都不好意思了。

早晨大街上，人们来回疾步穿行。一个报童背着报纸在街上叫卖：“号外！号外！著名影星田心儿与日本神秘军官地下恋情曝光！”几个路人听到叫卖，上前来。路人们都大喊：“给我一份，给我一份！”报童也嚷嚷着：“别抢，都有，都有！”

郭三这时候拿着一份报纸着急忙慌地跑进小泉清的办公室：“大佐，大佐，不好了！您看！”郭三递过来报纸。小泉清接过来一看，面色大惊地问：“这报纸是哪家报社印的？”郭三气喘吁吁地说：“一大早就在街上卖，我们收到消息赶过去的时候，人已经不见了！”小泉清大怒：“混蛋！阿部宽呢？这个白痴，这回闯大祸了！”松田惊疑小泉清的如此失态之举。小泉清扔掉报纸，夺门而出。松田捡起报纸一看，也皱起了眉头。

在田心儿的住处，阿部宽一边穿上外套，就要出门，刚一打开门，众多记者拿着相机朝着阿部宽不断拍照，后面还有一些田心儿的影迷，阿部宽连忙把房门关上。田心儿也穿上外衣从楼上下来，见阿部宽神色紧张。田心儿到门缝边朝外望去，见门外堵满了记者和粉丝。田心儿沉思起来说："这样躲着只会更说不清，必须面对，一会你不要乱说话，听我的。"阿部宽点点头。

田心儿把房门打开，门外的记者不停拍照。记者们大喊："看，那就是阿部宽中佐！田小姐，今天街上小报上的内容是真是假，请您给大家说明一下！"田心儿接过一份报纸，快速扫视了一眼。记者们纷纷提问，一时间根本听不清。田心儿把报纸递给了阿部宽，接着说："大家请安静，一个一个地问。"

第一个记者大喊："今天早上街上出现的一份小报说明，田心儿小姐和一位名叫阿部宽的日本军官有地下恋情，请问这事儿是真的吗？"田心儿看了阿部宽一眼。

第二个记者大喊："您与日本军官保持恋情，这与满洲政府宣扬的日满一家并不相悖，要是真的，为何您之前要向大家隐瞒！"田心儿回应："这是没有的事！"众人纷纷疑惑起来。

第一个记者又问："站在您旁边的这位就是报上的阿部宽中佐，请问，他留宿在您家，这又作何解释？"田心儿心里很焦急："还有别的问题吗？"

第三个记者又问："根据报上所言，您的真实身份可能是日本公民，你隐瞒身份，是担心身份暴露之后，会被关内的媒体运用炒作，而影响到满映的正式运营吗？"

阿部宽厉声大喝第三个记者："注意你的措辞！"

这时，田心儿止住阿部宽，眯起了眼问："还有别的问题吗？"

孙海上前问："今天我们收到读者来电询问，他们猜测，会不会是林少梅女士察觉到了您是日本公民的身份以及与阿部宽中佐的恋情，而已经被灭口？"田心儿一脸焦急："还有吗？"

孙海紧逼问："请田心儿小姐回答我们刚才的问题！"

田心儿一怔："关于我身份的问题，一早就有记者朋友发布过的身份信息，如果大家不相信，可以依照当时发布的信息，逐条核查。我与阿部宽中佐的确是朋友，报上所登载的这张照片，是十年前，我去日本旅游的时候，认识阿部宽先生时拍下的。”

所有记者快速记录，也有记者不断拿着相机拍照。

孙海又问：“那如何解释阿部宽中佐在您家中留宿一事，读者都很关心您的个人问题，请您说明一下！”

田心儿灵机一动说：“阿部宽中佐昨夜留宿我家，是他答应帮我营救我的助理林少梅女士，我们为营救计划商量了整整一夜！林少梅女士是我的助理，跟着我已经很长时间了，我和她情同姐妹，只要能够救出她，我愿意放弃一切！请各位不要为难我一介女流，也请大家相信，我所做的一切都是为了少梅，阿部宽中佐已经答应，愿意携手下的特战队，出手相救，相信少梅很快就会回到我身边！”田心儿看向了阿部宽。阿部宽走上前来说：“田小姐说的都是真的！借此，也希望各位记者朋友，将我的话刊登出去，我阿部宽以大日本帝国军人的荣誉担保，如果绑匪还不尽快放出林少梅女士，我们将采取强制措施！”记者们不停拍照。

孙海又转向阿部宽：“阿部宽中佐，您所谓的强制措施具体指什么？”阿部宽一怔说：“林少梅女士除了是田小姐的好朋友，也是满洲的合法公民，我们有义务保证她的安全！今天之内，林少梅女士要是还没有平安归来，我将出动我的特战队，全城搜捕，务必保证林少梅女士的安全！”记者们不断拍照。

孙海面向记者们说：“既然阿部宽中佐都已经表态，看来是场恶作剧，大家都散了吧！”记者们听完，都纷纷散去。田心儿看着记者们远去的背影，一脸悒色。

小泉清将那封信猛地拍在了桌上：“这是个机会！”阿部宽和田心儿坐在对面。阿部宽看了一眼：“你是想借营救林少梅这个理由，搜捕藏在暗处的钢刺？”小泉清怒色：“没错！”田心儿点头说：“那份小报我看了，上面所言都确有其事，要是我们把他们逼急了，指不定还会曝出什么别的东西！这些证据要是传了出去，舆论控制不住，从满映到整个东亚的战局，都会受到影响！”小泉清看着田心儿：“这可是在满洲！大日本帝国的地盘，谁敢乱说话？”田心儿一怔说：“你还看不明白吗，钢刺这伙人中有搞新闻的高人！他们会把这些证据不露痕迹的曝光出来，一传十、十传百，很快就会被关内的报纸利用上！”小泉清冷笑：“没错，钢刺身边的安娜就一位资深记者！那你们想怎么办？”阿部宽无奈一笑：“话已经放出去了，你可以顺水推舟，放了林少梅！”小泉清惊疑地看向阿部宽：“放了她？”阿部宽大喊：“这是目前唯一的选择！反正林少梅现在也不知道是谁绑了她！记者已经跟到了大门外，这事要没个结果，收不了场！”小泉清眉头紧皱。

二

一辆车开过来，突然停下。林少梅被从车上推了下来。车子开走。林少梅在地上挣扎着起身。几个路人上前来，将林少梅蒙在脸上的布条扯下，又给她松了绑。林少梅看了看几人。两个警察过来引导林少梅离开。

阿部宽、林少梅和田心儿站在满映大门口。林少梅已经换上了衣服，脸上还有瘀伤。记者们上前来不断拍照。田心儿的手一直紧紧握着林少梅：“少梅，没事就好，没事就好。”林少梅看向阿部宽和田心儿：“谢谢田小姐，谢谢阿部宽中佐！”田心儿装着关切和担心：“哪里的话，你要是出了什么事，我以后可真不知道怎么办！”林少梅轻轻一笑。

记者问：“林少梅女士，请问一下，你知道绑你的是什么人吗？”林少梅的目光很快锁定在记者群中的孙海，孙海轻轻摇摇头。林少梅面带微笑说：“不知道。”

记者又问：“田小姐为了救你，这两天废寝忘食，你有什么话想对她说？”

林少梅看向田心儿：“谢谢！”

记者们纷纷拍照，以为后面还有话，林少梅却只是一笑。

田心儿招呼记者：“少梅这两日吃了不少苦，她需要休息，大家请回吧。”

阿部宽微笑着说：“通知大家过来，是想给大家一个满意的答复，林少梅女士现在很安全，大家不用再胡乱猜忌！”

不远处几个路人挤在一起观看，文龙也戴着帽子在其中。林少梅要迈步走进满映，回头张望了一圈，文龙掩住了帽子，钻出了人堆。林少梅跟着田心儿进去了。阿部宽站在记者们面前。有记者问："阿部宽中佐，能够判断出这帮劫匪的身份吗？"阿部宽镇定了一下说："我们会尽快查清楚的，大家请回吧！"阿部宽也扭头进了满映。记者们冲上去，不停拍照，松田带领卫兵将记者们堵在了门外。

几人听了文龙的讲述，都笑起来。安娜也松了口气。文龙转向安娜："安娜，你赶紧去歇着。"高小庄插话："对对对，昨晚熬了一宿。"文龙点头说："他们说得没错，做好准备，养足精神，明天出城。"安娜看了看几人，点点头，转身上了楼。魏坤宁看着文龙："事情恐怕没这么简单吧？"文龙深思了一下："他们肯放人，至少可以肯定，到现在为止，少梅共产党的身份还没有暴露，这一点，算是好消息。"孙海点头说："我会找机会跟她接头，完成了明天的计划，会第一时间将她护送出城。"魏坤宁看向文龙："文龙，你之前说要把救人和咱们出城的事一起办，咋办？"文龙一笑说："救人只是第一步，我说的两件事，是满映大会和咱们出城！"魏坤宁一怔："你是想搅浑满映大会这潭水，制造机会出城。"文龙点点头。几人都紧张起来。

小泉清坐在座椅上，冈本站在一侧。阿部宽和田心儿坐在对面。小泉清很严肃地说："这回满意了吧？现在，是不是该说说接下来的重点了？"阿部宽疑惑地看向小泉清："重点？"小泉清点头："这份报纸上报道的内容，你们有没有想过，从哪里来的？"田心儿一惊："你还在怀疑林少梅的身份？"小泉清看了田心儿一眼："这张照片现在在哪儿，什么人有机会能接触到它？"田心儿惊疑："这张照片是在日本拍的，现在也留在日本的家里，林少梅不可能接触到！"小泉清一愣："这么说来，是地下党通过别的途径获得的这张照片，而被钢刺拿来作了文章。"田心儿点头说："有可能！"小泉清摇头："这很奇怪，没感觉到吗？共产党的做事风格你们也了解，这张照片何等重要！他们会为了一个跟他们组织毫无关系的人，曝光这么重要的证据吗？"田心儿和阿部宽都沉思起来。

小泉清喝了口水说："我没必要针对一个女人，我只是担心，钢刺现在走投无路，可能会借助满映大会制造机会出城！"田心儿一惊说："这样可就麻烦了！"小泉清又看了眼田心儿："刚才的问题，有两种可能，第一，林少梅就是地下党，他们是在营救自己的同伙！第二，救出林少梅对他们出城能起到关键作用！”阿部宽和田心儿互看了一眼。小泉清又看了眼阿部宽：“再想想，就算林少梅不是共产党，如果钢刺联系上她，掌握了大会的所有细节，会不会转告当地地下党，最后会发生什么，应该不难猜到吧？”阿部宽一惊：“明天大会落幕之前，看紧她！”小泉清点点头：“没错，大会结束之后，我们可以撒开手对付钢刺，到时候，林少梅也发挥完了她的作用，这个诱饵，我们还可以加点料。淑子小姐，你不会舍不得吧？”田心儿一笑：“就算你们不动手，过了明天，她也必须消失！”三人都笑起来。

等大家都去休息了，孙海和文龙走到另一屋。文龙低语：“要想完成所有计划，必须先联系上少梅！”孙海点头：“我这就派人到满映门口盯着，少梅一脱身，马上跟她联系。”文龙摇头说：“不会这么简单的！”孙海一怔说：“总得试试，我派个生脸到附近去盯着！”

林少梅从电影公司院子朝着大门口走去。大门外，一名抗联门外的茶摊喝茶，远远看见了走出来的林少梅。林少梅刚走到了门口，松田从边上走上前来，将她拦住说：“为了您的安全，请您这两天就留在这里。”林少梅抬头看向了松田：“我要回家换衣服。”松田看了身后一眼，一个日本兵上前来，手里提着一个箱子。松田说：“衣服在里面，还有你挂在墙上的那张遗照。”林少梅故意生气发怒：“什么意思？你……谁让你们动我东西的！”松田一脸严肃地看着林少梅：“小泉大佐和阿部宽中佐都是为了你的安全，希望你理解。”林少梅不得不接过手提箱，扭头又进了满映公司。在大门对面喝茶的抗联见状，眉头一皱，喝了最后一口茶，将差钱放在桌上，起身离开了。

文龙等人听完了孙海的讲述，都皱起眉头来。魏坤宁一惊：“文龙，果然又被你猜中了。”铁雷低语：“有没有什么办法，可以混进去？”孙海一怔说：“我倒是可以以采访的名义进去。”文龙摇头说：“不妥，既然他们不让少梅出满映，那肯定是在防着她。”谭卓茹深思了一下：“我怀疑小泉清可能已经觉察到了林少梅的身份，尤其是今天见报的照片！田心儿是日本人，这个身份一定是高级机密！”文龙看向了孙海。孙海喝了口水说：“这照片的来源和少梅没关系，远东方面在日本安插的特工获取的这份情报。”

文龙脸色一沉说："少梅暂时是安全的，他们不让她从满映出来，是怕我会去找她。"谭卓茹冷笑："这可不像小泉清的作风！"安娜插话："对，少梅虽然被放了，小泉清仍然可以拿她钓鱼。"文龙眯起眼："他恐怕也是有所忌惮，担心我们会影响到满映大会！"胡大壮插话："他怕啥，咱就跟他玩啥！"文龙点头说："没错，不过要想计划成功，还必须搞清楚几个问题，对满映来说，有两样东西是绝密，一是田心儿的身份，二是伪纪录片的母带所在的位置。"胡大壮一激动："我有个办法！"高小庄瞥了眼胡大壮："大壮哥，你打猎的那一套，在这儿使不上。"文龙转向大壮："大壮，你说说看。"胡大壮一脸深思地说："我们把田心儿抓回来，直接问她！"高小庄看向大壮："你说你……我们把田心儿抓了，这满映成立大会正好可以延期，小泉清和阿部宽更有理由全城搜捕！"文龙点头说："大壮说得不无道理！"胡大壮受到文龙的肯定很是高兴。文龙接着说："不过现在还不是绑架田心儿的时候，孙海同志，少梅被绑架之前，有没有向你透露过她在满映大会之前的安排？"刀子插话："文龙是说，有没有什么地方是田心儿一定会去的？"孙海沉思了一阵说："还真有，在大会开始之前，有一个地方，得她亲自去！"众人都看向了孙海。

林少梅坐在屋中，桌上那个手提箱被打开。林少梅从里面翻出了林少青的照片，将照片拿出来，小心放好。林少梅起身到门边，发现门口站着好几个日本兵，又凑到了窗前，朝着窗外一看，窗外也有好几个便衣在来回走动。林少梅在房间里四处检查，果然，在台灯灯罩里发现了一个正在工作的窃听器。林少梅回过头来，坐在床边沉思了一阵，想起什么，摸到裤子口袋里的一张纸条。条子上写着——程记服装店：礼服一套，旗袍两套。林少梅将条子收了起来。

文龙听完孙海的讲述问："这个程记服装店，有没有我们的人？"孙海点点头说："当然，老板是我们的人，昨晚在巷子里见过的！"文龙一笑："如果是这样，那事情就好办了。"魏坤宁一惊："就算她能出来，小泉清肯定也会盯着她，要接头，恐怕没那么容易。"文龙又一笑；"可你别忘了，咱们几个也有他们没有的本事。"几人都狐疑地看着文龙。文龙却把目光转向了高小庄。高小庄一愣："啥？你不会是想让我去跟林少梅接头吧？”文龙摇头：“不，要你办一件只有你才能办成的事。”高小庄有点怨气：“给鬼子变戏法？别逗了！”文龙点头一笑说：“你说对了，就是变戏法，来一个移形换影！”高小庄眉头一皱。

孙海带着乔装过的文龙、高小庄、谭卓茹等人进了程记服装店。程老板从里屋走出来，朝几人点点头。孙海带着几人进了试衣间。程老板起身把店门关上，门上挂上了“暂停营业”的牌子。程老板也跟了进去。试衣间在服装店里间，有两个试衣的隔间，隔间的门板一直连着天花板。高小庄在房间里转了一圈，又将两个试衣隔间的门打开，门上有插销，高小庄抽动了两下。文龙上前问高小庄：“怎么样？”高小庄迈入试衣隔间，伸手敲了敲里面的木板，木板很厚实，问程老板：“隔壁是哪儿？楼上呢？”高小庄抬头看了眼天花板，程老板说：“隔壁是仓库，楼上平时他住，这一号试衣间顶上是厕所。”高小庄看了眼程老板，又问：“只有四面的承重墙是石头，中间所有的隔墙都是木板。”程老板点点头。文龙看向高小庄：“有办法吗？多久？”高小庄点头说：“可以试一试，最少得半天时间。”文龙看了看孙海。孙海点头示意来得及。高小庄看向孙海：“老孙，找两个你的人帮忙，这是我的绝活，不能让他们瞧了去！”孙海和文龙相视一笑。

田心儿在化妆间里化妆，林少梅站在一侧。田心儿从镜子里看了眼林少梅：“少梅，你要理解，明天大会就要开始了，你现在可不能再有事。”林少梅点头：“明白。”田心儿转过身来，握住林少梅的手说：“少梅，咱们认识都五年了，在整个新京，我能说上两句体己话的人也就只有你，闹出这事，我也很担心你的安全；你那天来的电话，让我很感动。”林少梅假装明白地说：“这我当然知道！这两天，我这心也一直悬着，我担心他们的真正目标是你。”田心儿看着林少梅的眼睛，假惺惺地关切：“没什么事是哪个人应该为别人做的，我们一直都是好姐妹，就好像当初在学校里一样；话说回来，整整两天，你就没觉察到绑你的是谁？”林少梅点头感谢，然后低头想了想说：“他们几乎就没有跟我说过话，不好判断是什么人。”

田心儿想了想。林少梅突然打断田心儿的深思说：“不过昨晚来了一拨人，把我从里面弄了出去，问我要什么暗号，说什么组织、上线的，真是奇怪。”田心儿一惊：“后来呢？”林少梅一笑：“后来，绑匪又追过来，把我给抢回去了，大半夜的又拖着我换了个地方！”田心儿一怔：“如果让你大胆猜测一下，你觉得绑走你的会是什么人？”林少梅假装看了看门外。田心儿假装鼓励林少梅：“有什么话，但说无妨。”田心儿坐着的化妆台下，一个窃听器在化妆台下运转着。

一个日本兵戴着耳机，将收音器的声音调大，一边听着，一边记录。田心儿看着林少梅。林少梅假装悟出什么了说：“两种可能，绑匪是图财，那他们的真正目标应该是你。”田心儿很急切地问：“另一种可能呢？”林少梅故露严肃：“如果不是为财，他们也没有为难我，我怀疑是日本人。”田心儿眉头一皱：“日本人为什么要绑你？”林少梅低语：“我怀疑有人认识我姐姐！”田心儿假装担心：“你姐姐？就是去年出意外的姐姐？”林少梅又故作担心地看了眼外面：“我姐姐是共产党，据说就是在执行任务的过程中出的意外，我和她是双胞胎，这一点你知道。”田心儿假装点点头：“你是说，他们怀疑你也是共产党？”林少梅点头说：“有可能！所以，绑我、要挟我打电话、救我，可能都是在诈我！”田心儿假惺惺地说：“这不可能吧，他们要真怀疑你，可以直接抓人。”林少梅故作疑惑地说：“这我也搞不懂，可能是我多虑了。”林少梅扭头去收拾东西。

田心儿故作挑逗地语气问林少梅：“你就不问问，我和阿部宽中佐的事？”林少梅故作信任地看向田心儿：“我相信你说的话！那照片可能也是假的，我以前听说过有一种技术可以合成照片，把两个人凑到一张照片上！”田心儿得意的一笑：“还是你了解我。”林少梅也故作一笑：“行了，你一直为我担心，我真的很感动。”田心儿假装天真地说：“瞧你，说什么呢，跟我还这么见外！”林少梅一笑：“明天大会的流程要不要再过一遍？”田心儿摇头说：“不用了。”林少梅深思了一下说：“明天讲话完毕之后，你要献唱一首歌，想好唱什么了吗？”田心儿顺口回应：“这种时刻，东家当然希望我们唱满洲国歌，以表忠心。”林少梅看了眼田心儿：“行！对了，大会结束之后，我们就要开始整个满洲的巡展，第一站是奉天，胶卷的事……”田心儿一怔说：“影片胶卷非常重要，武田先生有他的安排。”林少梅点点头。

正在窃听的日本兵在纸上写下最后一个字，又听了听，发现后面没声了，将手中记录的纸张递给了旁边的日本兵。旁边的日本兵拿着那张纸出了房门。

冈本和郭三站在一侧，小泉清看完了所有窃听记录。小泉清沉思起来。郭三上前："大佐，有啥问题吗？"小泉清一怔："林少梅直接告诉田心儿，她怀疑是我们在试探她。"冈本一惊："看来她已经有所觉察。"郭三又凑过来："依小的看，这倒有可能说明她是清白的。"小泉清看了眼郭三："说说你的看法。"郭三受到小泉清的鼓励，就分析起来："如果她是共产党，她会把自己的真实想法告诉田小姐吗？她敢这样正面质疑我们，说明她的身份应该没问题，更不会强调自己的姐姐，另外，她要是共产党，绝不会把已经暴露身份的姐姐的遗照挂在家里！"小泉清摇头说："这也可能是她的高明之处，不然她也不可能在田小姐身边潜伏这么久。"冈本上前说："既然大佐还是怀疑她，干脆把人抓了！"小泉清摆摆手："不用急，过了明天，她的日子可就不好过了。"冈本点头说："您说得对，中国人，不能知道得太多！"小泉清吩咐，大会落幕之前，不要让林少梅迈出满映一步。冈本低语："阿部宽也安排了松田龙平守住大门。"小泉清点头说："盯紧她，别让她和外界有任何接触！"

三

房门紧闭的服装店内。文龙等人都站在服装店中，听着试衣间里一直"当当当"的响。谭卓茹看了眼文龙："能成吗？"文龙点头："相信他！"谭卓茹一怔："我不是不信他，是鬼子的人眼睛太尖，我担心露出马脚。"文龙叹了口气："现在也没别的办法！一会大家都机灵点，互相配合！"几人都点点头。程老板走出来："妥了！"

文龙等人连忙进了试衣间。高小庄一脸得意。可面前的试衣间，看上去并没有什么变化。胡大壮上前，在试衣间的木质墙壁上敲了敲。胡大壮疑惑："没啥问题啊！"高小庄一笑："等着！"高小庄进了一号试衣间，把房门关上说："大伙都看仔细了！"高小庄拍了一下手，就瞬间安静了。胡大壮上前去，推开刚才高小庄进的那个试衣间，发现里面的人没了。胡大壮一愣："咋回事？小庄？嘿，还真不见了！"高小庄从隔壁的试衣间里走了出来，摊开双手，准备迎接掌声。胡大壮又疑惑："咋弄的啊，这两个隔间的隔层不都死死的吗？"文龙一笑说："文章不在两个隔间中间的隔层上。"高小庄一惊："哥，你不会一眼就看明白了吧？"文龙点头说："我看没看明白不重要，重要的是，不能让鬼子看明白！"高小庄急了："你觉得呢？鬼子能瞧出道道来吗？"文龙摇头说："我看行！"高小庄笑着说："这不就结了！"

文龙转向大伙说："可刚才这种演法可骗不了人，两个试衣间，另一间必须得有一个人占着，另外，还得找一个少梅的替身。"高小庄点头朝文龙："你果然看明白了！可不准说出去！"文龙看向安娜和谭小姐说："就你们两个女人，看来得辛苦你们了。"安娜一笑："这么说，一会我也可以亲眼看到，这戏法是怎么变成的了？"高小庄埋怨："你们可得替我保密，这可花了我大心血！"安娜和谭卓茹相视一笑。文龙看向程老板："是时候给少梅去电话了。"程老板点点头。

满映电影公司大堂内。电话突然响起，工作人员接起电话："喂，满映电影公司，好，好，我马上通知她。"工作人员挂了电话，走向满映电影公司筹备办公室。林少梅和筹备组的人员正在紧张地筹备整个成立大会。林少梅让筹备人员把现场灯光和安保图给她看一下。筹备人员点头说："安保图，我们从小泉大佐那里复制了一份，在这儿。"筹备人员将一张安保图递给了林少梅。林少梅刚接过。田心儿走进来："怎么样了，少梅？"林少梅走上前说："都准备好了，晚上您可能要到礼堂去彩排一下。"田心儿点点头。这时，刚才在大堂接电话的中作人员从门外进来，敲了敲门进来说："刚才接到一个电话，是程记服装店打来的。"林少梅故装糊涂说："看我，真是忙晕了，我居然把取衣服的事给忘了。"田心儿插话："我派人去取吧。"工作人员交代："来电话的人说，衣服是定制的，必须要本人试穿，签字确认之后才能拿走。"田心儿一怔："本人？"工作人员又提醒："老板说要下单和量体型的人，也就是林小姐。"林少梅故作无奈："这……"田心儿想了想说："咱俩体型差不多，衣服也是你替我量的，还是你去走一趟吧。"林少梅故作一惊："可小泉大佐那边……"田心儿一怔说："没事，我去找他，这里的事先交给他们。"林少梅点头说："好，最多一个小时。"田心儿点点头。

田心儿走进小泉清的办公室，看了门口的郭三一眼。郭三出门，将房门拉上。小泉清看到田心儿问："有什么事吗？"田心儿低语："我在服装店定制了几套衣服，要让少梅替我去取。"小泉清疑惑："为什么非得是她？我都说了，这时候不让她离开满映！"田心儿无奈一摊手说："衣服是她定的，尺寸也是她量的，必须她去取，这个服装店一直是这规矩！"

林少梅穿上了一件外套朝着门外走去。松田上前来，再度将林少梅拦住。林少梅看了眼松田说："田小姐让我出去办事。"松田又拦住林少梅说："你不能出去，除非是阿部宽中佐或者小泉大佐的命令。"林少梅瞥了眼松田："田小姐已经跟他说了。"松田想了想，给士兵使了个眼色，士兵拿起门口的电话拨了出去。

小泉清怒色："之前我的话，说得还不够明白吗？"田心儿一怔说："我明白你的意思，你可以派人跟着她。"小泉清眯起了眼。田心儿也怒色："明天整个大会会通过广播全城转播，场内外还有这么多记者，我可是满映的脸面！你总不能明天让我穿这身衣服上台吧？"此时，电话响起。小泉清接起："喂，是我……可以让她出去，跟紧她！"小泉清挂了电话："郭桑！"郭三进门来。小泉清吩咐郭三："通知冈本跟着林少梅，不能让她脱离视线。"郭三迅速出了门。

松田走到林少梅面前："小泉大佐说了，为了你的安全，必须有两个人保护你。"一辆轿车停在了大门外。冈本走上前来："林小姐，我们陪你走一趟。"林少梅没回头看他们，说了句："多谢，小泉大佐想得真是周到，就有劳二位太君了。"说完钻进了那辆轿车。

轿车驶入了一条街道。冈本和林少梅都坐在轿车后座，一个便装日本兵开着车。车子穿过一排小吃摊。林少梅急喊："请停一下。"司机通过车内的后视镜看了冈本一眼。冈本一直看着林少梅："你想干什么？"林少梅没好气地看了眼冈本："田小姐喜欢吃炒板栗，都出来了，我给她带一点回去。"司机还看着后视镜里的冈本。冈本点头。车子停下，林少梅从车上下来，冈本连忙跟了上去。林少梅径直走向了那个炒板栗的小摊。摊主一笑：

“您来了？”林少梅一笑：“一斤炒板栗。”摊主又抄起铁铲铲了两下。冈本跟在边上一直紧紧盯着摊主和林少梅的动作。不远处的人群中，刀子和胡大壮混在人群里。刀子低语：“有冈本跟着，赶紧回去向文龙汇报。”两人快步跑了回去。

文龙、安娜、谭卓茹、高小庄、铁雷、魏坤宁躲在二楼的房间内。胡大壮跑回来气喘吁吁：“不，不好了，林少梅来了。”高小庄疑惑地说：“咱等的不就是她吗？”刀子插话：“冈本跟着她！”高小庄怒色：“冈本！干脆宰了他！”文龙眉头一皱说：“安娜，一会你不能下楼。”魏坤宁一惊说：“楼下两个试衣间，旁边的一个试衣间不能空着！”文龙叹了口气：“这事本来就有点冒险，冈本这一趟，绝对是小泉清亲自安排的，谭小姐我不担心，可安娜绝不能去。”安娜无奈，露出难色。大家都在焦急。高小庄清了清嗓子说：“要是为了安娜，我可以试一试！”几人都惊讶地看着高小庄。高小庄一笑：“以前跟着我爹演戏，我反串过女人！”胡大壮瞥了眼高小庄：“别扯淡了！”文龙摇头：“不行！让程老板把一号试衣间锁上！”

摊主将板栗装好，递给了林少梅。林少梅接过并付了钱，扭头上了车。冈本留了个心眼，上前在小摊上翻了翻，没有发现什么异样之后也上了车。车子驶离。

一辆轿车朝着这边驶过来，程老板抬头看了一眼。轿车在服装店门口停下， 林少梅从车上下来，程老板迎上前去。程老板故作一脸的怨气：“林小姐，你可算是来了！”林少梅一笑说：“路上有点事耽搁一下。”林少梅给程老板使了个眼色。程老板看到跟来的冈本。

安娜和魏坤宁站在二楼的窗口，撩开了窗帘的一个角，看着楼下。安娜看到了其中的林少梅。冈本站在程记服装店门口，左右看了看，突然抬起头来。两人连忙将窗帘放下。

程老板将做好的三套衣服一个里间里抱出来，放在了桌上说：“林小姐，您看一下，都是按照您的尺寸做的。”林少梅上前去翻看每件衣服上的标码。冈本和那个便衣走进来，四处打量。冈本见林少梅在翻动衣服，也上前翻查。林少梅瞥了眼冈本：“怎么，二位对女人的衣服也有研究？”冈本一怔说：“帮你检查一下，节省时间。”林少梅一笑，翻看完了之后，朝程老板点点头。程老板点头领会，上前说：“林小姐试试，要是没问题，您签了字，出了门，本店就不负责了。”林少梅点点头问：“试衣间里有人吗？”程老板使了个眼色说：“空着，里边请。”林少梅快步进了试衣间，冈本连忙跟上去。程老板故作一笑说：“里面是试衣间，两位男士可能不太方便。”冈本将程老板推开，怒道：“走开！”冈本带着便衣冲了进来，见两个试衣隔间都关着门。

林少梅在门外敲敲门。程老板假装拦一把说：“这个试衣间坏了，不能用。”冈本怒色：“打开！”程老板一愣。冈本对老板吼了一嗓子：“我让你打开！”程老板只得把一号试衣间打开，里面放着一张凳子。林少梅正准备进二号试衣间，冈本抢先一步，进了二号试衣间。冈本冲进去后，程老板跟林少梅一阵耳语。

冈本和便衣在窄小的试衣间里仔细观察。冈本检查试衣间里每个缝隙，并没有发现什么。冈本看了看试衣间里面的那堵贴着壁纸的木质墙面。冈本伸手在敲击了两下墙面。门外的林少梅略显紧张。冈本又四处敲了几下。冈本并未发现异样，朝便衣使了个眼色，两人从试衣间里出来。林少梅怒色道：“行了吗？”冈本看了眼林少梅：“请吧。”林少梅一脸不满地抱着衣服进了二号试衣间。林少梅将门闩闩上，静静听着门外的响动。林少梅皱起眉头。

程老板倒过来两杯水，递给了冈本和便衣。冈本瞪了一眼，端起杯子就喝了一口。程老板一笑：“要不两位到门外等着？”冈本看了眼程老板：“别多嘴！”程老板看了看试衣间，扭头出门。冈本喊住程老板：“对了，明天是满映的大日子，你也给我拿一套西装。”程老板假装一怔：“这是……”冈本急了：“我也要试试衣服！就挂在门口那套！”程老板迟疑了一下，上前取了衣服。

高小庄趴在地面隔层木板的缝隙观察着楼下，见冈本拿了件衣服进了一号试衣间。高小庄一惊：“坏了，冈本进了一号试衣间。”胡大壮怒色道：“直接把冈本干掉，多省事！”铁雷低语：“冈本要是回不去，不仅林少梅会暴露，服装店也保不住！”刀子点头说：“真要这样，这头恐怕没法接了！”高小庄一笑：“说啥丧气话呢，不还有小爷我吗？”魏坤宁疑惑：

“小庄，你小子还有招？”高小庄抬头，敲了敲他趴着的位置前的小门说：“大壮，跟我来。”胡大壮狐疑地看向高小庄：“干啥？”高小庄瞪了眼胡大壮：“废啥话，来了不就知道了！”两人进了那间小屋，是厕所。

冈本进门后，将插销插上，抱着衣服，并未更换，而是贴着耳朵听着隔壁林少梅的试衣间。隔壁的林少梅听见动静，有些焦急，只得假装脱衣服。

高小庄趴在厕所的地板上，拿着一把匕首去凿两块简易木板的连接处，凿开了一条缝隙。高小庄和胡大壮看着楼下的冈本，整个缝隙正对冈本的头顶。高小庄低声：“到这儿撒尿吧。”胡大壮一听，很高兴，还真憋得慌。高小庄指着那条缝隙。胡大壮一喜：“嘿！好主意！”高小庄和胡大壮两人并排着，对准了那条缝隙，开始撒尿。

冈本贴在隔板上，仔细听着。突然有不明液体从头上滴下来。冈本一愣，摸了一下，一抬头，液体流下，滴到冈本脸上。冈本一闻，满脸怒气：“八嘎！”冈本连忙溜出了一号试衣间。冈本一脸怒气。程老板迎上来说：“这位老板，我刚都说了，这个试衣间不能用！”冈本大喊：“跟我上楼！”程老板一惊说：“楼上是厕所，这两天坏了还没修！”便衣要跟着冈本出门。冈本突然站住说：“慢着！”便衣顿住。冈本看了眼程老板说：“算了，我们的任务是陪着林小姐！”两人回到试衣间外的凳子上坐下。

四

高小庄和胡大壮看到这一幕，都掩嘴一笑。程老板上前把一号试衣间的门关掉。程老板转向冈本说：“对不住啊，这衣服您要看上了，我给您算五折！”冈本怒目看着程老板：“滚开！”程老板一笑说：“那我去给您打盆水。”程老板走开。外面一阵留声机的音乐响起。

借着这个声音的掩盖，林少梅所在试衣间正对着进门的那面墙突然拉起。谭卓茹从里边钻出来，朝林少梅使了个手势，林少梅点点头，从缝隙钻了进去。

冈本发现试衣间门外的音乐越来越大，根本听不清里面的动静。冈本看了眼程老板说：“把留声机关掉！”程老板一笑说：“我不是看二位闲着无聊嘛。”只得将留声机关掉。冈本看向了二号试衣间。冈本走上前喊道：“林小姐？”谭卓茹在试衣间内并没有应声，而是敲了敲门，以示回应。便衣朝冈本点点头。冈本坐了回去。

林少梅钻进来之后，发现是隔壁仓库。一盏油灯亮起。孙海手握着油灯走上前来。林少梅一惊：“海哥，见这一面还真不容易；他们一直在怀疑我的身份，没有你煽动记者，我出不来！”孙海摇头说：“不，这次救你的，是你的一位老朋友。”林少梅一怔：“老朋友？”孙海朝着身后看了一眼，文龙从黑暗中走了出来。林少梅看清了文龙。林少梅惊讶地看向孙海：“文龙！他怎么会在这儿！”孙海一笑说：“多亏了文龙兄弟想出了这个办法！”林少梅看了文龙两秒说：“我不稀罕你救我！”孙海摆摆手说：“少梅你不要激动，当初的事情有误会。”文龙低语：“当初的事情的确怨我，我一年来，我没一天好过！”林少梅怒色道：“你不好过？你知道他们把我姐的遗物交给我的时候，我是什么心情吗？”文龙低下头。林少梅抱怨文龙：“我姐出事之后你连一句话都没有，我去你以前工作的单位找你，你居然还玩失踪，你但凡有一点良心，就不会做出这样的事！我姐太善良，才会被你这种不负责任的男人所欺骗，我不想见到你，也不稀罕你救我，你走吧！”孙海一怒：“够了，少梅！站在你面前的是你姐姐的未婚夫，同时也是我们奉命接应的人！他就是钢刺！我也是跟他见面之后才知道的！他为了救你，可费了不少苦心！”林少梅看向文龙。文龙并不敢正眼看她。林少梅一笑：“钢刺？你开什么玩笑！我不相信！他要是钢刺，当初怎会做出那样的事！”孙海看向林少梅说：“文龙当初是受了伤被秘密转移了！你要理解他！”林少梅把头别向一边。文龙低语：“时间不多了，说正事吧。”文龙走上前来说：“我们需要知道满映伪纪录片的母带在什么位置。”林少梅依旧怒色：“我不知道！”孙海有些批评的语气说：“少梅！”林少梅很严肃地看向文龙和孙海：“我说的是实话，不过，我断定这母带和拷贝的胶卷应该在城外，明天就会用到这些拷贝，所以，今天之内他们必定去取。”文龙点头说：“你以前查过这件事吗？”林少梅缓了一口气说：“当然！这是我的任务！不过这些电影胶卷和母带，都是由武田先生安排的。”文龙低语：“武田先生？我听说过这个人，特高课的暗杀高手，据说近身搏击术全日本第一。”林少梅点头说：“对，他是满映的幕后主管，可一直没露面，我也不知道他到底长什么样。”文龙点点头说：“第二件事，我们需要掌握整个大会的流程和安保情况。”林少梅看向文龙：“这些线索已经掌握。不过，明天很多大人物会到场，广播也会全城转播，戒备森严，你们想这时候出城，恐怕不容易。”文龙又点头说：“计划已经有了，你只管回答我刚才的问题。”林少梅一笑：“又是什么周密的计划，你的计划要真够周密，当初我姐就不会死！”文龙听到这话，眉头一皱，十分难受。孙海一怔：“少梅，别使性子！”

冈本和便衣还等在试衣间外。谭卓茹在试衣间内一件件接着换衣服。冈本等的有些不耐烦了问：“怎么还没试完？”程老板过来说：“林小姐？听到请回应一下。”程老板敲了两下门。冈本对便衣使了个眼色说：“你去！把门敲开！”便衣点头，上前去敲二号试衣间的房门。门一下被拉开，林少梅白了便衣一眼。林少梅抱着衣服从里面出来。冈本一个眼色，便衣跟着林少梅出了试衣间。冈本再次回到二号试衣间检查，并未发现异常。

林少梅抱着衣服出来说：“这两件很合身，这件旗袍有点松，腰再缩小一码。”冈本跟了过来。程老板看了眼林少梅说：“那旗袍我改好之后通知你，你再过来取？”林少梅看了冈本一眼。冈本拿起那件旗袍反复看了两遍说：“林小姐有要事在身，你改好之后送到大同街13号。”程老板一怔说：“这恐怕不太好吧，我这店还要看呢！”冈本一瞪眼。林少梅一笑说：“我确实走不开，你改好之后送过来，改衣服的钱另算。”程老板点头说：“林小姐都这样说，我就不好再推辞了，那天黑之前，我把衣服给你送过去。”林少梅点头说：“多谢，劳您费心了。”林少梅将旗袍交给了程老板。程老板大喊：“慢走，谢谢两位啊。”冈本一脸怒色，跟着林少梅出了门。三人上车之后，车子驶离。

车子停在了满映电影公司大门口。冈本和林少梅下车。林少梅抱着两件衣服径直进了大门。冈本上前来。松田凑过来：“怎么样，没出什么问题吧？”冈本瞥了眼松田：“我跟着她，能有什么问题，别拦着，我马上去汇报大佐！”松田闻到了什么，急问冈本：“什么味，这么臭！”松田侧身让开，冈本也进了电影公司。

文龙等人将之前发生的事情说明白，众人都松了口气。安娜叹了口气：“幸好没出什么岔子。”高小庄神气地一笑：“小爷是谁！就算小泉清那孙子亲自来了，也不一定能看明白！”文龙看向小庄：“马上把试衣间恢复原貌。”高小庄点头去了试衣间。孙海看向程老板：“一会你再跑一趟，送衣服的时候，少梅会伺机把查到的消息传递给你。”程老板点头。高小庄凑到文龙面前：“哥，咋样？我说过，组织还是需要我的吧？”文龙看了高小庄一眼，没有说话。高小庄又插话：“不多，你就代表组织表扬表扬我！”文龙面色严肃地说：“既然所有东西都复原了，咱们先撤回去吧。”文龙说完，朝着门外走去。高小庄疑惑：“不是，这接头也接上了，咋还这么愁眉苦脸的啊？”安娜埋怨小庄：“你啥时候邀功不好，没看出来他心里有事啊？”高小庄一怔：“咋事儿这么多啊，办完一桩又一桩。”谭卓茹和安娜跟了出去。高小庄看向魏坤宁：“老魏，你评评理。”魏坤宁瞥了小庄一眼：“你小子，平时挺机灵的，咋这都看不明白？”魏坤宁摆摆头，出了房门，大壮连忙跟上。高小庄一脸不满，还是跟了上去。

林少梅抱着两件衣服上楼来，在门口停下。田心儿正在房间里接电话：“我明白先生的意思，晚上八点我亲自去一趟，保证把东西都安全带进城，明白，明白！”林少梅听到了这话，眉头一皱。田心儿挂断电话。林少梅连忙敲门。田心儿回应：“进来。”林少梅推门进入。田心儿看到林少梅问：“都取回来了吗？”林少梅面带难色说：“有件旗袍还需要再改改，一会老板会亲自送过来。”田心儿一笑说：“辛苦了。”林少梅一笑：“应该的，邀请的嘉宾我都复核了一遍，明天都能到。”田心儿点点头说：“明天的大会将会全城进行实况广播，注意让他们检查设备，多试几遍。”林少梅点头，想马上去安排。田心儿叫住林少梅：“明天大会结束后，开始巡展，第一站是奉天，具体的安排，你看看这些材料。”林少梅点头说：“明白，其他东西需要事先准备吗？”田心儿一怔：“别的东西，我来安排。”林少梅点点头示意明白。田心儿假关切地看着林少梅：“你先去休息一会吧，可别累坏了。”林少梅点点头，退出了房门。

林少梅抱着一些材料从楼上下来，陷入思考。瞬间林少梅的脑海回到程记服装店隔壁仓库：文龙在给林少梅安排任务。林少梅不看文龙，文龙有些愣神，扭头朝孙海说："我知道怎么做，放心吧，海哥。"孙海看了看文龙说："钢刺同志，你接着说。"文龙低语："少梅，你回去之后，要尽快打听母带的下落，然后把消息送出来。"林少梅一笑："说得轻巧，跟我这么紧，我怎么传？"文龙点头点头说："你出去之后，让老板随便改一件衣服，改好之后给你送过去。记住，你们只有短暂的时间碰面，而且肯定会被盯着。"林少梅别过头，孙海朝她点点头。林少梅看向文龙说："我是为大局着想，我姐的事，在我心里没那么容易过去！"文龙叹了口气。

林少梅抱着材料，继续朝前走。田心儿刚才的电话——我明白先生的意思，晚上八点我亲自去一趟，保证把东西都安全带进城，明白，明白！林少梅加快脚步下楼，站在走道上看了看院子里停着的车。林少梅想了想，扭头离开。

小泉清和阿部宽都在房中。小泉清听完冈本的汇报，脸上的眉头舒展开来说："你检查得很仔细！"冈本上前："大佐提前嘱咐，属下不敢怠慢。"小泉清点头说："至少，在这个过程中，林少梅没有跟外界接头的机会。"阿部宽一笑说："盯住了林少梅，钢刺就无机可乘了！"小泉清一也笑说："在大会开始之前，林少梅不准再出满映半步！服装店老板来送旗袍的时候，一定要仔细检查，不要放过任何细节！"冈本点头离开。

文龙一行人回到临时住所。文龙安排大伙先休息一下，等信！文龙安排完就进了里屋。安娜看着文龙，十分担心。谭卓茹进来在边上一坐说："见到故人，往事再现，是得缓口气。"高小庄点头说："谭姐这么一说我明白了！"魏坤宁严肃地说："现在咱们面对的可是小泉清和阿部宽的联盟！文龙承受的压力很大，林少梅因为过去的事还在埋怨他，别给他添堵！"铁雷一扶眼镜说："老魏这话没错，我哥这心里现在肯定比谁都难受。"孙海示意大家安静，然后进去看文龙。安娜拦住孙海说："还是我去吧。"安娜抢先一步走向了文龙的房间门口。安娜敲门："文龙哥，是我！"文龙回应说："我想休息休息，晚饭不用叫我。"安娜继续敲门说："我有话想对你说。"文龙走到门后，将房门打开问："怎么了？"安娜看着文龙问："我能进去吗？"文龙想了想，让开了，安娜将房门关上了。高小庄上前说："嘿，这啥情况，有话说话，关啥门啊？"魏坤宁连忙将高小庄拉住："别裹乱，老老实实待着！”高小庄一脸不满意地给自己倒了杯水，还在嘀咕。

文龙给安娜倒了杯水，安娜接过。文龙示意安娜有话就说。安娜抿了口水说：“今天我在楼上的窗户里边，看到少梅了。”文龙点头说：“你不应该冒险，冈本可就在她后边。”安娜低语：“其实我真想坐下来跟她好好聊聊，聊聊你们以前的事。”文龙叹气说：“去的事都过去了，没什么可聊的。”过安娜看了眼文龙说：“可你心里不是这么想的。文”龙避开了安娜的目光。安娜拿出了那张原本在据点里的林少青的照片。文龙一惊说：“这怎么在你身上？”安娜看着文龙说：“我想着，那地儿让出去之后，咱们就回不去了，这张照片你应该带着。”文龙接过，没有说话。文龙一怔说：“这是我给她拍的。”安娜低语：“我能看出来，当时的她一定很幸福。”文龙又叹了一口气说：“小鬼子只要还在咱们的土地上一天，这种幸福就会离我们中国人越远。”安娜又看了眼文龙说：“有时候我挺羡慕你的。”文龙一怔问：“我有什么值得你羡慕的？”说着看向了安娜。安娜躲开了文龙的视线说：“至少你还知道你爱的人长什么样，她有哪些优点，又有什么小毛病。可我，连自己从小就没见过我的亲生父母，连梦里，他们的脸都是模糊的。所以，你见到少梅之后，我知道你心里的感觉，你内疚、自责，你想起了过去的一幕幕，那些画面，对你而言，都是针扎。”文龙低语：“过去的事，我不想再提。”安娜又看向文龙说：“你总说这样的话，可你嘴上不提，心里就不会想吗？”文龙有意避开安娜的眼神说：“我知道该做什么，不该做什么。”安娜很关切地看着文龙说：“我不在乎你该不该做什么，我只关心你想不想做什么，我希望你快乐；我在牛头山上对你和董大当家说的话，不是开玩笑的。”文龙低头说：“谢谢你安娜，安娜……”

安娜连忙止住文龙说：“你不用告诉我答案！我现在知道，喜欢一个人是什么感觉，你对少青的感情，我也能看明白！所以我相信，少梅迟早会理解你的！”文龙点点头说：“安娜，你长大了。”安娜故作赌气说：“别老是一副大哥的样子，哪有你这样的大哥！”文龙一笑：“行啦，我是真有点累，你也不想等到我跟阿部宽和小泉清动手的打瞌睡对吧？”安娜一笑：“好吧，看你这么吝啬笑容的人都笑了，这次就原谅你了！你好好休息吧！”安娜出了门。

安娜笑着出来。高小庄一惊："咋回事？笑得这么开心？"安娜一怔："有吗？"高小庄瞥了眼安娜："还有吗？你脸上都快开出花来了！"安娜急了："我乐意！"安娜说着也进了另一间屋，高小庄不知所措。高小庄傻眼了问："喂，啥情况啊这是！"魏坤宁扯了下高小庄："你小子，当时还埋怨董大当家的跟安娜一个锅里抢食儿，我看你也没厚道到哪儿去！"高小庄故作冤枉："不是，我咋啦我？"魏坤宁边上楼边说："累了，躺会！"胡大壮连忙跟上。铁雷拉了下刀子："刀子，咱也去歇会吧，这两天真是累得我够呛。"刀子跟着铁雷走开。孙海看着高小庄一个劲地笑。高小庄故装不解地问："老孙笑啥笑，别跟他们学坏了！你是不是也要休息一下？"孙海一笑说："我不休息，我还得搁这儿等信呢！"高小庄看了眼孙海，故作生气状说："你爱走不走，我走！"高小庄也跟着胡大壮进了一间屋。

解密调包　周旋山林

一

林少梅将放在桌上的箱子再次打开，一张林少青照片显露出来。林少梅将照片爱惜地捧起来说："姐，别担心，很快咱们就能回家了。"照片放在了旁边桌上，轻轻擦了擦。林少梅看向了那个台灯。

程老板带着那件修改过的旗袍走过来，两个日本兵将他拦下。程老板点头示意说："我找林少梅小姐，改的旗袍，说好今天送过来的。"日本兵看向了松田。松田示意日本兵，给小泉大佐说一声，他同意之后才能叫人。日本兵点点头，上前拿起电话拨了过去。

小泉清接起电话说："先稳住他，我让冈本君带人出来。"小泉清挂了电话。冈本和郭三站在一侧。冈本看向小泉清："大佐，人到了吗？"小泉清吩咐冈本说："你去叫林少梅，记住我的话，要仔细检查！"冈本转身出了门。

冈本走到林少梅的房间门口，敲门说："服装店的老板来了，在大门口等你。"林少梅起身，将准备好的钱拿起，刚要转身，又看到了摆在桌面上的信封，一把拿过来，把钱装了进去。林少梅打开门。冈本鞠躬说："大佐让我带你过去。"林少梅点头一笑。两人一起走向了大门。

程老板站在门口。冈本带着林少梅从远处走过来。林少梅笑脸相迎："程老板，不好意思，让你久等了。"程老板点头一笑："应该的，衣服在这儿，您看看有没有问题？"松田看了冈本一眼，上前将衣服接过。冈本一把抢了过来说："我先看一下。"程老板看了林少梅一眼，朝她点点头。冈本将衣服抖开，挨着检查，没有发现异常，抱歉说："例行公事！"递给了林少梅。林少梅一笑说："回到满映，还需要太君你这么保护，我真是倍感荣幸！"冈本面色严肃，没有接话。

林少梅看了看衣服说："没什么问题，现在应该能穿上。"程老板一笑说："既然这样，那……"林少梅也一笑："哦哦，明白。"林少梅掏出了那个装着钱的信封，递给了程老板。林少梅一怔说："不得不说，你的手艺很好，只是要注意细节，有些细节很容易忽略掉，稍微留心点，就不会出错。"程老板故作不解："您说的是？"林少梅一笑："我也就说说，要让我做，我还真做不出来呢！"程老板上前来接那个信封。冈本看着信封说："慢着！"两人都看向了冈本。冈本上前来夺过信封，将信封打开，里面露出一沓钞票。冈本把每张钞票都展开看了看，又把钞票扯出来看了看，信封里并没有夹带东西。林少梅故作一惊："太君，你这是干吗？这是给程老板的！"冈本看了她一眼，把钞票扯出来说："钱你拿走，还装什么信封！"程老板看着冈本手上的信封，没有上前去接钱。冈本洞察到这个细节。林少梅上前说："程老板，你拿着吧，反正也没多少，兜里装得下！"程老板点点头说："那谢谢啦！"程老板将钱接过，装进了衣兜里。林少梅一笑："程老板慢走，下次有需要，还得去麻烦您。"程老板点头一笑："随时欢迎！"程老板转头离开。林少梅看向冈本："太君请把信封还给我吧。"冈本冷笑了一下："这个信封我现在有用，林小姐要是需要，我一会可以让人给你送一箱过去。"林少梅白了冈本一眼，扭头走看。冈本看了看手中的信封，又看了看林少梅，眯起了眼。冈本也转身朝着小泉清的办公室走去。

几张钱摆在文龙等人面前，程老板站在一旁。孙海一怔问："除了这些钱，少梅有没有给你别的东西？"程老板摇头说："这些钱本来是被装在一个信封里的，可在门口被一个日本人拦下，信封被他搜走了。"孙海一惊："不好！"文龙疑惑问孙海："怎么了？"孙海低语："以前我以记者身份去满映跟她接头的时候，她都是把重要的信息密写到信封上的！"魏坤宁插话："程老板，你走之前，有没有看到那个日本人把信封还给林少梅？"程老板摇头说："信封被那日本人带走了！"谭卓茹插话："那个日本人长什么样？”程老板一怔说：“就是今天跟她一起到服装店的那个人。”高小庄大惊：“完了！完了！”胡大壮一笑：“完啥完，这冈本的脑子还赶不上我的好使，他拿去擦个屁股也说不定！”铁雷摇头说：“冈本今天在服装店可是反反复复把林少梅经手的东西，去过的地方，都检查了好几遍！没这么简单！”文龙深思低语：“明显是小泉清给他下的命令。”几人都担忧起来。文龙再次拿起那几张钱仔细观察起来。安娜搓搓手说：“这可糟了，密写内容，一定逃不过小泉清的眼睛，少梅可能会有危险！”几人都担忧起来。

冈本站在小泉清面前，小泉清拿着那个信封，仔细打量。小泉清冷笑：“郭桑，给我找点药水！”郭三刚要出门，阿部宽从门外进来，身后跟着松田。阿部宽一笑：“小泉大佐，今天有什么收获吗？”小泉清瞥了阿部宽一眼：“你来得挺准时的呀！”阿部宽哑笑：“你有需要的时候，我当然会第一时间出现。”小泉清点头：“那好！这是林少梅能和外界联系的最后机会，我们就一起来看一看，这个林少梅，到底有没有问题！郭桑，快去！”

林少梅回到房间，焦急地在房间里走来走去。心里默念：你是钢刺，也是我姐夫，一定行！

郭三将一瓶药水端过来。阿部宽和小泉清都凑上前去。小泉清用一个小刷子，沾了药水。冈本已经将信封拆开，递了上来。小泉清轻轻地一点点刷过去，刷完一面，扬起来，在灯光下看了看，发现没有反应，又继续翻过一面来再次刷上药水。小泉清把信封扬起，在灯光下检查，眼睛慢慢眯起。阿部宽看了小泉清一眼：“找到密写的内容了吗？”小泉清放下信封，叹了口气。阿部宽一笑：“林少梅能在田小姐身边干这么久，不会有问题，至少，就算有问题，你也不可能查得出来。”小泉清又瞥了阿部宽一眼：“阿部君是在夸田小姐呢，还是在挖苦我呢？”阿部宽冷笑：“别浪费精力！看住她，不让她出去，钢刺自然就联系不上她。过了明天，我们就要各凭本事抓钢刺！”小泉清怒目瞪着阿部宽：“这么说来，我们这个联盟，只能结到明天了？”阿部宽又冷笑：“我相信，你心里肯定也是这么想的。”小泉清一笑：“好，我一定要珍惜这次合作，先预祝明天一切顺利！”

文龙坐在桌边，还在仔细检查那几张钱。其他几人都在一旁，或坐或站，非常担忧。文龙慢慢将横在面前的那张钱放下问：“程老板，在给你这些钱的时候，少梅有没有说什么？”程老板仔细想着，想起来了——不得不说，你的手艺很好，只是要注意细节，有些细节很容易忽略掉，稍微留心点，就不会出错。文龙低语：“不会出错，不会……”

文龙一下想通了，拿着几张钱，挨个仔细摸着四个边角。孙海疑惑地看向文龙：“你是不是发现什么了？”文龙起身，将其中一张钱的一角放入了水盆中，沾了沾水，要刀片！高小庄连忙递过来一把刀片。文龙将这张钱拿起，慢慢剥开一角，钱被分成两层。文龙拿起一看，里面果然显露出一行数字。孙海等人都是一喜。文龙看向孙海：“你们之前有没有通过密码传递过情报？”孙海一怔：“有，母本是‘民国’十六年版的《唐诗集》。”文龙急问：“能找到这本书吗？”孙海一惊：“上次转移的时候，书没带走，不过可以去买一本。”铁雷拦住孙海：“不用这么麻烦，这套书我以前有，读过不下五十遍，倒着也能背出来，说吧，怎么找。”孙海点头：“读数，根据密码，寻找相应的页、行、字的位置。”文龙看向铁雷：“雷子，你没吹牛吧？”铁雷一笑：“哥，你还不了解我，就看书和爆破两个爱好。”文龙点头：“好，可出不得岔子！”

文龙：03.05.07。

铁雷：田。

文龙：12.07、09

铁雷：车。

文龙：09、14.06

铁雷：八。

文龙：10、11.08

铁雷：时。

文龙：11.17、10

铁雷闭着眼沉思了一下，出。

文龙：10、15.07

铁雷：城，城门的城。

文龙一笑，将几个字重新排列组合。

安娜立马插话：“田车八时出城。”文龙点头：“意思是我们可以跟踪这辆车，确定母带被藏的最终位置。”魏坤宁佩服的眼色看着铁雷：“雷子，行啊，念念书还真能派上点用场。”文龙点头：“干得不错！雷子！”高小庄抱怨：“他背两句书就能得到表扬，我那戏法可是下了真功夫的！”文龙看了高小庄一眼：“行了，别争了，你们都是好样的！”铁雷一笑：“我也没想到能用上，哥，不过你是咋看出问题的！”孙海也很惊喜地说：“对呀！咱可都检查过，这几张钱完全一点区别都没有！”文龙一笑：“这是少青的拿手绝活！”

文龙又想起了过去，给大伙讲了起来：

新京原文龙住所，学生时期的林少梅手里拿着一张画报，仔细研究着。文龙走进屋中：“咋样？瞧出来了吗？”林少梅走向前：“你们这是耍赖！文龙哥，你替我给姐姐求求情，好不容易有个假，就让我出去嘛！哈尔滨，一车就到了！”文龙故作难色：“我可不能开这个口，你姐的脾气你还不知道？”林少梅抱怨：“这画报上什么都没有！”文龙摇头：“她说了，这画报里藏着手提箱的密码，能打开，里面的钱就拿走，跟你同学玩去，打不开，就只能怪你自己没本事!”林少梅耍起孩子脾气：“文龙哥，给点提示？”文龙想了想：“稍微留点心，你就不会出错！”林少梅仔细看着画报的边角，注意到下角不太对劲，林少梅找来刀片将画报的一角轻轻剥开，里面果然藏着三个数字。林少梅一喜：“找到了，你看！你可什么都没说，是我自己找到的！”文龙一笑。

孙海一笑：“原来是这样！你要不在，还真可就难倒我们了！”文龙点点头说：“你说得没错，少梅的确是块搞地下工作的好料！”孙海一笑。文龙吩咐：“现在，联系城外的同志，在城门口守着，跟住田心儿的车，很快就能揭开谜底了！”孙海点头：“好！我马上安排！”

二

夜幕降临，笼罩整个新京城。田心儿从楼上下来，走入院内，上了轿车。车辆发动，缓缓驶出院内。不远处的一个房间的窗户后面，林少梅咧开一条窗门缝，看着这一幕。车辆出了院子后，林少梅将窗户合上。

窗外圆月高悬。灯光昏黄。林少梅在灯光下踱步，略显焦急。心里对文龙抱怨：如果你要看不出钱上的门道，就白作了我姐夫！林少梅默念完，又再度看向了放在桌上的林少青的照片，林少梅突然眼眶有些红了。林少梅起身将屋内的留声机声音开大。林少梅坐回到林少青照片前，声音很低："从小到大，你什么东西都让着我，可这回你明明知道我崇拜的钢刺就是他，却一直瞒着，是不是怕我跟你抢啊？"林少梅突然一笑。在心里给姐姐对话："小时候不懂事，总觉得自己一哭一闹，你啥事都能依着我，现在才发现，你每次把东西让给我的时候，心里一定不好受。"林少梅轻轻捧起照片。依旧对姐姐进行心理对话："你既然已经和文龙订了婚，那他就是我一辈子的姐夫，以前我怨他，觉得他无能、懦弱，可哪又能想到，这个我眼中最无能、懦弱的男人，既然就是我一直崇拜的钢刺。所以，我觉得我能体谅他了，也能体谅你了，钢刺办不到的事，那一定是有苦衷的。"林少梅叹了口气。又在心里对姐姐默念：是钢刺和你给我作了表率，我既然有了信仰，就将为这个信仰赴汤蹈火，粉身碎骨！你好好看着吧，你没走完的路，我会替你走下去！

高悬的圆月下方，城门口站立着几个日本兵和几个满洲警察。田心儿的车从城门内开出来，沿着公路开了出去。两个抗联隐藏在路边的草丛里，车辆远去，拐过了一个拐角。两人冒出头来，交互点头，悄悄跟了上去。

文龙在住所屋顶的椅子上坐下，月光之下，文龙的身影略显孤单。孙海和铁雷也上到屋顶，手里提着两瓶酒。孙海过来，将一瓶酒递给了文龙。文龙看了一眼，轻轻一笑说："劝一个重伤初愈的人喝酒，这不对啊。"孙海一笑，在文龙边上席地而坐说："我们只是想这个病人能够放下心中的不愉快，好好睡一觉。"铁雷看着文龙："哥，嫂子还在的时候，我们三个也经常躺在屋顶上看月亮，我那时候就有个问题想问你。"文龙点头说："问吧！"铁雷一笑："我跟你俩在一起的时候，你有没有过想把我这颗活蜡烛踹下楼的想法？"文龙看着铁雷一笑："没有！"铁雷指着文龙："不像实话啊！"文龙又一笑："是实话，我真没有，可是……可是少青有，而且不止一次！"铁雷傻眼："好哇，嫂子表面上疼我，没想到啊！"文龙也笑起来。铁雷严肃下来说："别说了，就冲我嫂子对我的好，这口敬她！"铁雷和文龙互相碰了一下酒瓶，仰头喝了一大口。文龙也抿了一口，笑着看向远处的圆月。

铁雷看向了孙海："老孙同志，这少梅是个什么样的人？"孙海一笑："虽然我没有见过少梅她姐姐，但是从少梅口中，还是多少能够了解一些，这两姐妹，性格截然相反。"铁雷一怔："截然相反是啥意思？"孙海一笑："姐姐少青给我的印象是，温婉、有才气、体贴人、懂得设身处地地为别人考虑。"文龙听了，也是一笑。铁雷一怔："那少梅呢？"孙海又一笑："少梅是个直肠子，脾气倔，要强，连少梅自己都说，是她的这些坏脾气，才练就了她姐姐的好脾气。她姐姐的死，的确让她有些手足无措。"铁雷一惊问："直肠子、倔脾气，这还能做这么久的潜伏工作？"孙海一笑："这点你错了，虽然她的性格不太适合搞地下工作，但她聪明，甚至可以说是天赋异禀。"文龙点头说："少梅心眼实，可是她对事物的细致入微的观察，以及事物之间宏观和微观的联系判断，非常准确，这一点我一早就发现了。"孙海点头回忆说："五年前，她就已经成了我党发展的外围进步学生，三年前转为预备党员，一年前她通过了我们的培训，正式成为我党的地下工作者。"

铁雷又一怔又问："既然她这么有天赋，又是进步学生，还需要对她考察这么久吗？"孙海一笑："是考察，她当时只是个学生，这是对她的保护。"不文龙一惊："那为什么一年前又突然让她正式入党？"孙海很严肃地说："她姐姐去世的打击对她来说太大，组织一直没有告诉她，是谁害死了她姐姐，就是希望她不要被仇恨控制，可没想到，这不但没有消磨她心中的仇恨，反而，让她把仇恨转嫁到每一个日本人身上，一年前，差点动手暗杀来新京报道的一位大佐。"文龙点头："她就这脾气！所以，希望你继续为我保密，不要把阿部宽是害死她姐姐的真凶告诉她。"孙海点点头。文龙看向孙海："你们一早就盯上了田心儿？"孙海点头说："我们的人调查了她几个月，发现她和一伙正密谋成立满映电影公司的有交集，又从远东方面得知了她的真正身份，正好少梅和田心儿是大学同学，组织上就把少梅安插到了田心儿身边。"铁雷插话："看来你们的培训很有成效，不然不可能在一个经验丰富的日本女特务身边，能够潜伏这么久。"孙海点头说："没错，等这任务完成，组织还会派给她更艰巨的任务！”文龙望着远方的圆月，抿了一口酒，闭上眼微微笑起来。

田心儿的汽车到了城外一间仓库门口。田心儿下车，两个便衣看守上前来。一个看守走上前：“田小姐。”田心儿点头说：“把胶卷拷贝搬上车。”两个看守点点头，随同田心儿进了仓库。

仓库中堆放着许多电影胶卷拷贝。田心儿带着两个看守进门之后，两个看守上前搬运胶卷拷贝。田心儿朝着仓库的角落走去，一个大保险柜放在角落。田心儿上前转动保险柜上的拨盘，又掏出钥匙插入锁孔，将保险柜打开。里面躺着七盒电影母带。确认所有母带都完好无损之后，田心儿将保险柜关上。两个看守还在不断搬运。

田心儿出了仓库，看向两个看守吩咐：“所有拷贝搬上车，这两天还得辛苦你们继续看着，等大会之后，我会把保险柜转移。快点！”两个看守点点头，继续返回仓库内搬运。不远处的草丛中，两个抗联看到这一切，没入了草丛中。

第二天一大早，太阳升起。小泉清、冈本、阿部宽和松田，都站在桌边。小泉清铺开了礼堂周边的地图说：“今天下午两点，所有嘉宾都将会陆续入场。冈本，你把我们一半的人换上便衣，在会场内部巡回检查，注意每一个细节。另外的人，按照安保部署图上的要求站岗。阿部君……”

阿部宽伸手止住说：“满映会场的事，我插不上手！”小泉清点头说：“我也正是这个意思！钢刺现在应该很清楚，只要满映大会顺利落幕，我们的枪口可都会指向他，所以，他很可能利用今天的大会，伺机混出去。”阿部宽眯起眼：“明白，各个出入口都有重兵把守，我再派人暗中封住四道城门，他插翅难飞！”小泉清看向松田：“松田君，这次也得辛苦你了。”松田看了小泉清一眼：“阿部宽中佐已经做了安排。”小泉清点点头说：“过了今天，我们就请田中将军与新京方面协调，进行地毯式搜捕！”阿部宽没好气地回应小泉清：“行动吧！”

新京街道上，阿部宽的人分别上了两辆车，朝着城门口开去。不远处的街道边，乔装成路人的铁雷和刀子，看到这一幕，返回。

文龙临时住所内，程老板汇报了所有情况。文龙等人全都围在桌边。孙海看向文龙："母带的位置已经确定，现在怎么行动？"文龙点头说："等雷子和刀子。"

刀子和雷子敲门。高小庄上前开门，刀子和雷子进来。刀子报告："小泉清和阿部宽一个守着满映！一个驻守城门！"文龙点头说："阿部宽不会插手满映的事，只想等大会过后，展开手脚来对付我们！"魏坤宁插话："今天要是走不了，往后就更没机会了！"文龙点点头说："城里有四道大门，阿部宽和松田分别去了哪儿？"铁雷报告："一个去了东门，一个去了北门。"文龙目光转向程老板："昨天让你帮忙做的衣服，怎么样了？"程老板点头："有底子，上手快，几件鬼子皮和三件田心儿定做的同款，都装好了。"文龙吩咐："安娜把衣服换上，跟我到满映公司后门，找机会混进去。按计划，大会现场一乱，少梅会带着田心儿从后门出来，咱们就来个调包计！其他人，按下面的计划行事！"高小庄拍手："行诶，安娜也尝尝作明星的感觉！"安娜笑着点点头。文龙附身，给大伙交代任务……

孙海想着文龙的吩咐："老孙同志进去之后，把我们准备好的录音交给少梅，告诉她具体怎么操作。"孙海与一帮记者排队入场，他左右环视，跟着进了门，进门之后，见林少梅在不远处看着他，林少梅朝他点点头。林少梅上前来："各位记者朋友，请到底楼的二号屋休息，大会开始之后，工作人员会请你们过去的。"孙海上前，将一本资料递给林少梅。擦身之际，与林少梅一阵耳语："有人暗中盯着你，这是巡展的报道计划书，干净的，可以把你的尾巴支开！人走开之后，去洗手间，真正的东西在那儿！"林少梅点点头，孙海跟着别的记者一起进了指定的房间。林少梅刚一转头，郭三立在身后。郭三走上前："林小姐，安全起见，您手上的资料，得给我们看一看。"林少梅故作一怔："这只是他们报社对接下来巡展的跟踪报道计划，你看得懂吗？"郭三一笑："我看不懂，自会有人看懂。巡展是下一步的工作，大会结束之后，我们会交还给你的。"林少梅迟疑了一下，将那份资料交给了郭三。郭三拿着资料走开了。林少梅顿了顿，看远处的转角处孙海朝她点点头，林少梅低头走开。

男女共用的带有隔间的洗手间。孙海从洗手间里出来，林少梅与他错身迈了进去。林少梅左右看了看，在洗手池下方摸了摸，摸到了一个包装好的录音碟片。林少梅将碟片藏进了大衣内，出了洗手间。

满映成立大会会场门口，小泉清背着手站在一侧，嘉宾们在陆续进入。郭三过来，走近小泉清低语：“一个记者交给林少梅的东西！”将那份资料递给了小泉清。小泉清接过来，仔细翻阅。

小泉清低语：“郭桑，你什么时候拿过来的？”郭三低语：“这东西刚落到她手上，我就要过来了，她都没来得及看。”小泉清点头：“先放好，大会结束再说，你继续盯着她！”郭三又回去了。

三

满映电影公司外一条马路上，两辆轿车和一辆卡车朝着满映缓缓开去。文龙、安娜、魏坤宁、谭卓茹、刀子、高小庄、胡大壮从旁边的街巷冒出头来。文龙对大伙低语：“按照大会的流程，在大会结束之后，田心儿会带着少梅一起去奉天巡展，坐的就是这三辆车。”几人都点点头。文龙看向魏坤宁：“一辆田心儿的轿车，一辆随行装着随行人员，卡车上装着电影拷贝，老魏，你的任务是带大家把这辆车先拿下！”魏坤宁点头：“就几个警察，好说！先把人从车里弄下来！”

魏坤宁一招手，刀子、胡大壮准备上前去。谭卓茹拦住魏坤宁插话：“不用冒险，对付警察，我有办法！你们见机行事！”说完穿着警服谭卓茹走出来，直接站在了三辆车面前。三辆车都急刹停下。谭卓茹转身看着车里的警察，一脸傲气。谭卓茹摇着步子走过来：“你们马上要出城了，黄厅长托你们帮他带样东西？”满警一看是自己人想了想，开门下车。满警站在谭卓茹面前：“啥东西？”谭卓茹勾勾手，满警跟进了巷子。满警忙问：“东西在哪儿呢？”谭卓茹一出手，两下把满警打晕。卡车上的两个警察正在抽烟，看见那个满警进了巷子没多久，就出来了。满警低着头走过来，敲敲车头，微微抬头，是魏坤宁，但坐在卡车里的警察看不清脸。魏坤宁招呼车里的两个满警：“黄厅长有交代，下来，跟你们说说。”两个满警下车，胡大壮和刀子从后面上前来，将两人放倒，也拖入了巷子里。

铁雷在不远处的巷子里观察着满映门口。两个守卫在门口站岗，冈本从院子里面出来："大佐有令，把门给我关上！任何人不得进出！"两个看守进门，将后门给关上了。铁雷一惊："不好！"掉头离开。

魏坤宁等人都已经分别上了车。文龙和安娜也躲在车上。铁雷返回来报告："后门被关了！"几人面面相觑。文龙吩咐魏坤宁："把车开到前门外！"魏坤宁一惊："前门有重兵，在那儿可不好调田心儿这个包！"文龙点头；"只能看孙海和少梅的了！"

满映电影公司后院外，孙海佯装找路，从前院过来，见到后门被关，眉头一皱，掉头离开了。满映成立大会会场在内部礼堂，嘉宾已经陆续就座。便装后的冈本与另外几个便装，在会场内部四处查看。林少梅从旁边走过，郭三悄悄跟在身后。林少梅的目光锁定了从后院进入会场的孙海。孙海在边上站定，右手手指在左手背上敲击着——后门被关，无法调包，混乱时，下令将车开到后门。林少梅点点头，离开。

满映成立大会放映间内。一个放映人员坐在一排播放设备前。林少梅从门外进来，郭三停在了门外。林少梅让放映员把会场音乐声音放大，有什么问题随时过来提醒。趁着放映人员调试设备，林少梅将摆放在一堆碟片上的一张碟片轻轻一推，掉落进桌子里端的缝隙，她掏出藏在大衣里的碟片，替换了那一张，两张碟片上都贴着标签，一模一样。林少梅吩咐放映员："再过一刻钟，田小姐上台讲完话，会为大家献唱国歌，注意配乐。"放映人员伸手摸了摸刚才那张碟片说："在这儿呢！"林少梅点头："大会是通过广播全城转播的，不要出岔子！"放映人员点头："明白，放心吧，林小姐。"林少梅笑了笑，出门去。郭三进来看了一眼，又跟了出去。

田心儿正在休息室温习演讲稿，小泉清敲门进来。田心儿看向小泉清："小泉大佐，有什么事吗？"小泉清摇头："没事，过来看看你。"田心儿略显紧张："我还在准备演讲稿呢。"小泉清点头说："田小姐见过这么多大场面，主持一个大会，不会有问题的。"门外又响起了敲门声。林少梅进门来："田小姐，时间差不多了，等您下去。"田心儿点点头，收起演讲稿，起身出门。田心儿看了眼小泉清："小泉大佐，是到会场里坐坐，还是继续留在这儿？"小泉清摇摇头："我还得到各个位置检查。"三人一起出了门。

会场之内已经坐了许多来宾。台上，也有七八个穿着西装和日本军服的嘉宾坐好。林少梅把田心儿带了出来，边走边说："田小姐，没事的。"田心儿点头："这场大会筹备了这么久，等的就是今天。"林少梅鼓励田心儿说："一切都准备好了，去吧。"田心儿一步步朝着台上走去。林少梅看看手表，时针指向三点。整个会场的音乐停了，全场来宾屏息以待。田心儿上台，走到了话筒前，先是一个微笑。全场掌声雷动，记者们纷纷拍照。田心儿伸手示意，会场慢慢又安静下来，然后开始主持："非常感谢到场的各位嘉宾，承蒙大日本天皇的关爱，满洲各级领导的帮助，今天，我田心儿有幸在此，为大家主持满映电影公司成立大会……"

广播中在播放着田心儿的讲话——满映电影公司成立之后，将会在满洲各大城市巡回展播从日本本土引进的纪录片共计12部，这些影片将客观地为大家呈现日满一体协和的日常生活状态……

街道上，许多老百姓驻足聆听。店铺中，一些吃饭的老百姓听着。满映大门口，车上的文龙等人听着，在大门口蹲守未能入场的记者们也听着。

会场上，田心儿继续讲话——在未来，满映电影公司将会陆续签约更多中国籍男女演员，并筹备摄制更多的电影故事片，供大家欣赏观看。本人，也将有幸在这些影片中担纲重要角色。

全场掌声。

田心儿接着讲话——谢谢各位来宾和正在收听广播的各界朋友，谢谢你们满映电影公司的支持，谢谢你们对本人的厚爱。我和公司都将全力以赴，为满洲电影事业做出贡献！谢谢！田心儿鞠躬。

全场再度爆发掌声。

田心儿最后讲到——接下来，本人将代表满映电影公司所有员工，为大家献唱国歌，请奏乐！全场都安静下来。

静默之后，那段录音播放出来：

松田——看来我们是中计了！

阿部宽——难道钢刺真正的目的是调虎离山？松田，你马上带人去与安路！

松田——嗨依！跟我来！

松田带人离去的声音。

田心儿——今天我算是见识到了，钢刺果然名不虚传！

阿部宽——钢刺这时候把我调开，目的只有一个，就是救林少梅！

林少梅给孙海使了个眼色，孙海悄悄从前面溜掉。

田心儿——他已经知道这事儿是你们干的？

全场都骚动起来，田心儿听出了蹊跷，看向了林少梅。林少梅故作大惊失色大喊“怎么回事？”

录音还在播放。

新京城门东门上，阿部宽听到广播走过来。特战队员快速跑过来：“中佐，满映那边出事了！”阿部宽大怒：“混蛋！小泉清就是个白痴，所有人给我打起精神！一个人也别给我放出去！”

满映成立大会会场内。会场来宾纷纷议论起来。录音还在播放：

阿部宽——小泉清这个蠢货！一定事他露了什么破绽！

田心儿——那就奇怪了，钢刺只把你调开了，却没有调动小泉清的人，是何用意？

阿部宽——难道钢刺不知道小泉清也参与了这件事！

田心儿——我以为你早有了判断，不然你干吗不亲自带队过去！人要到了小泉清手里，你手下的松田可能抢不回来吧？

阿部宽——是你说，过了今晚，就不能再联系你，我想多争取一点和你独处的时间。

田心儿——看来倒是我束缚了你，你想想，钢刺不知道小泉清的人都在那栋木楼里，他会怎么办？

阿部宽——不好，不能让小泉清这个蠢货捡了便宜！……

田心儿惊慌失措，大喊：“关掉，把录音关掉！”站在楼上看着大会的小泉清听到这段录音，面色一沉。小泉清大怒：“混蛋！”小泉清拔出枪，快出下楼。会场引起了骚乱。坐在中间的日本军官大喊：“保护田小姐离开！”林少梅连忙上前迎接田心儿。田心儿看着林少梅问：“怎么回事？”林少梅故作大惊：“别管了，大会是通过广播全城转播的，我们先带着电影拷贝出城，前面有很多记者，一会后门也被堵住就麻烦了！”田心儿跟着林少梅快步离开。林少梅抓住一个便衣："快，通知在前门的车队，到后门接人！"便衣点头离开。与会的记者们冲上来，被日本兵和小泉清安排的便衣全部拦住。

满映电影公司放映室内。小泉清破门而入，放映员看了他一眼。小泉清大怒："把录音给我关掉！"放映员一愣，连忙将录音关掉。小泉清大怒："说，谁给你的录音！"放映员大惊："您是说这张碟片吗？"小泉清疯了，一把揪起他的衣领："说！"放映员浑身哆嗦着说："田小姐！一早就给我了，我试听过没问题呀！"小泉清恨恨地瞪着放映员问："有没有人进过机房？"放映员的脸一惊吓得铁青："刚才，林小姐来过！"小泉清一脸愤怒，一枪把人毙了。冈本跟进来："大佐，怎么办？"小泉清怒脸已经铁青命令："马上封锁大门，所有人不准出去！尤其是这个林少梅！"冈本迅速跑开。

孙海从里面出来，朝车上的文龙等人点点头。孙海走到了在门口蹲守的记者中间。一个便衣跑出，走到文龙等人面前，文龙等人都低下头。便衣大喊："出事了，去后门接田小姐！"文龙等人点头，把车调往后门。

孙海连忙讲话："各位，我是新京社会报的主编！刚才的广播大家都听见了！这个满映和田心儿真是欺人太甚！我们接受满洲政府的指令，一直为他们在舆论上保驾护航，可等来的是什么，是一而再再而三的欺骗！"记者们纷纷点头。

孙海接着讲道："我们是记者，虽然服从满洲政府领导，但也有记者的良知！不然，以后我们如何再面对广大读者，如何面对自己记者的身份！今天，我们必须要了解真相，要让这个田心儿亲口说说，到底怎么回事？！"记者们异口同声："对！"

一位记者说："我刚刚看到田心儿的车掉头往那边走了！"

另一位记者说："他们的车今天要出城，我们去路上堵！"

孙海说："各位！我们今天要了解的是真相，不要拿自己的性命跟他们的枪杆子抵抗！"

一个记者大喊："说这么多干吗，去路上堵他们！"

记者们纷纷跑去路上堵。

三辆车停在了后门。门外，谭卓茹、刀子、魏坤宁换上了满警衣服。胡大壮、铁雷换上了日本兵的服装。安娜穿上了和田心儿一模一样的礼服。孙海从前门绕过来说："事儿成了！"文龙吩咐："按照计划都上车，安娜跟着铁雷，你们两辆车先出去。"铁雷点点头，招呼安娜上车。安娜有些担心看着文龙："文龙哥！"铁雷拉着安娜说："我哥有他的安排！"文龙喊住铁雷："雷子，一会到我们指定的地方会合，把安娜看好了，出了问题，我拿你是问！"铁雷点头说："放心！"铁雷和安娜上了轿车。

后门内，林少梅带着田心儿冲过来。两个便衣站在门口。林少梅大喊："快开门！"两个便衣把门打开，林少梅带着田心儿出来，直接走向了那辆卡车。田心儿一愣。林少梅迅速打消了田心儿的顾虑："田小姐，你上后面的卡车，我坐在轿车上替你打掩护！出城之后，去奉天的第一个关卡会合！"田心儿走向了卡车。三辆车开走。

四

两排座位的卡车，程老板戴着帽子在前面开着卡车。田心儿大喊："快点！"文龙从座椅后方拿枪顶住了田心儿："别说话！"田心儿一愣。文龙一笑："对不起了，既然城外仓库里的保险柜只有你能开，必须请你跟我走一趟，铃木淑子小姐。"

两辆轿车行驶过来，等候在路边的记者，看到车围了过来。孙海在前头开车，低头避过，穿过了街道。车内，几人都松了口气。高小庄一怔："合着这小鬼子使坏，咱们还得给他背锅！"一群记者追着车过来。高小庄提示孙海："快走！快走！"

两辆轿车开过来，远处的城门口，阿部宽的人正在协助排查。刀子一惊："阿部宽的人！"林少梅示意："停车，我去！"车子停下，林少梅下车。谭卓茹低语："安娜，坐稳了，别乱动。"安娜穿着和田心儿同样的礼服，戴着一个礼帽，看着前方。林少梅朝着阿部宽的手下跑去说："我们现在马上要护送田小姐出城！里面坐的是警察厅和宪兵队过来协助的人。"手下朝着两辆车的方向："中佐交代了，所有人都不能出去！"林少梅回头看了一眼："刚才的广播你们也听见了，田小姐再不出城，被记者逮住了，谁负责！"手下说："中佐交代了，记者赶过来，就崩了他们！"林少梅故作大惊："满映的事情，关系着满洲大局，动了枪就回不了头了！"手下想了想说："我需要向中佐请示。"一群记者追着车过来。林少梅大喊："没有时间了！人追上来了！"手下远远看见，"田心儿"正坐在车上，示意放行！林少梅看了眼记者们，又看着阿部宽的手下说："请替我们拦住后面追上来的人！不要开枪！"手下向林少梅示意："走吧！"林少梅赶紧上车，车子从城门口出去，日本兵很快又将路障拉回，拦住了冲过来的记者。

卡车过来，阿部宽的手下将车拦住。文龙低声对田心儿说："让他们放行！"手下凑上前来，见了田心儿说："田小姐。"田心儿照着文龙的交代喊话阿部宽的手下："开门，放我们出去，把后面追来的人拦住！"日本兵将路障搬开，卡车驶出城门。卡车刚刚出城，走上了其中一条岔道。田心儿趁着两人不注意，悄悄把手伸向了车窗外，手中的怀表，掉落在路边草丛中。卡车驶离。

小泉清背着手站在门口。冈本上前来汇报："门都封住了，所有人都在会场里。"小泉清点头："林少梅呢？"冈本报告："带着田小姐，从后门走了。"小泉清惊疑："什么！"冈本报告："几辆车没有走同一条线。"小泉清听完，眉头皱起一惊，大喊："百密一疏，马上给在城门口的阿部宽打电话，不准他们出城！"

阿部宽站在城门口，一个手下上前来报告："中佐，收到消息，刚才有两辆车分别从南门和西门出去了。"阿部宽一惊："什么？我不是说了，不准放任何人走的吗？"手下报告："南门走的车，是田小姐的助理要求放行的，西门走的车，车上有田小姐本人。"阿部宽惊疑："她明知道我驻守在东门，要出城一定会往这里走……"

又一个手下跑过来："中佐，接到小泉大佐的电话，询问我们的情况。"阿部宽大怒："通知他，钢刺等人有可能从南门跑了，让他带人追击！"阿部宽大喊："通知松田整队，跟我去西门外搜索！"

阿部宽带着松田等人冲上前来。面前是三条马路，一时间没了方向。松田吩咐："分开搜索，寻找卡车的线索！"特战队员们分开搜寻。阿部宽背着手，非常着急。一名特战队员发现了在草丛中的怀表，上前说："中佐，您看！"阿部宽一看，确认是田心儿。阿部宽大喊："往这个方向全力追击！钢刺要动淑子，没那么简单！"

小泉清的轿车驶过来，冈本直接朝日本兵亮出证件，日本兵低头一看，赶紧上前拉开路障放行。小泉清大怒："快！马上给我把人追上来，我今天一定要毙了他们！"冈本下车，将开车的士兵拉出来。冈本亲自开车，汽车飞速出了城门。

文龙的卡车停在了仓库外。田心儿大惊："你们知道地方？"两个守卫连忙上前来，文龙低头藏在田心儿身后。待两个守卫靠近，文龙一枪干掉一个。文龙拿枪挟持着田心儿："下车！"田心儿从车上下来。文龙示意田心儿："开门！"田心儿指着被文龙打死的守卫，外面的钥匙在他们身上！文龙给程老板使了个眼色，程老板上前将摸寻，摸到了钥匙，上前开门。大门打开。文龙示意程老板，把车开进仓库！程老板上车，将车子朝着仓库内开去

文龙挟持田心儿进了仓库。田心儿看着文龙："这位先生，你这样对付一个女人，恐怕不太绅士吧？"文龙摇摇头："当然，可我觉得我现在对付的不仅仅是个女人，而是个蛇蝎心肠的日本女特务！"田心儿看向了文龙。程老板从车上下来。文龙看向程老板问："铁雷都安排好了吧？"程老板点点头，上前将卡车后厢的遮布拉开，里面用箱子装着的胶卷拷贝，已经被密密麻麻的铁丝拦住，铁丝后面，一颗定时炸弹绑在装胶卷的箱子上，倒计时进入最后十分钟。程老板说："这铁雷兄弟真不是盖的！"文龙点点头。田心儿双眼一眯，寻找脱身的机会。田心儿看准时机，准备朝文龙动手，文龙突然拿出一副手铐，将田心儿的手铐住。田心儿一惊："你……"文龙一笑："恐怕连小泉清也没有想到，满映真正的幕后主管，就是你吧，武田先生？"

田心儿回忆起在满映电影公司田心儿休息室发声的一幕：

田心儿接着电话。电话那头——保护好满映的所有影片的母带和拷贝，全力以赴保证满映顺利成立，投入正常运转！这是一场没有硝烟的战争！田心儿回应，嗨依！电话那头——我希望，你能把你在进行暗杀行动时所表现

的能力，也体现在满映这件事上，不要让我失望，你可是武田先生！田心儿回应，请您放心，一定不会让您失望！

田心儿看了眼文龙："你眼睛没问题吧，我是个女人！"文龙一笑："五年前，代号叫武田先生的特工在满洲各大城市暗杀了我党很多重要人物，每一个都是一刀毙命，很巧，你也是五年前到的满洲。"田心儿冷笑："五年前到满洲的日本人可不止我一个吧！"文龙又一笑："武田先生出来活动的时间，正好你也就脱离了少梅的视线，这还巧合吗？"田心儿咬牙说："看来我最大的错误，就是相信了林少梅不是共产党！"文龙冷笑："别装了，你当初为了执行任务，连小孩都不放过，满映一旦成立，少梅没了利用价值，还能活着从里面出来吗？"田心儿哼了一声："现在没她不行，可以后……呵呵，她知道的太多了！"文龙点头："所以我说，你死有余辜！不过，我们组织上有要求，不杀无力反抗之人！"田心儿冷笑："别在这儿假慈悲了！各为其主而已！"文龙一笑："早听说你的近身搏击全日本第一，现在，你没机会施展你的功夫了！"田心儿冷笑："我真是小看了你！新京地下组织和远东情报机构联手调查了这么久，也没能确定我的身份，你就来了几天，就被你识破了！"文龙冷笑："要不是我头上的伤还没有痊愈，我真想试一试，你是不是有情报上说得那么厉害！"

文龙将田心儿拉到大门口，拿出另一只手铐将田心儿拷在了大门上。田心儿狠笑："你和你带的人今天离不开新京的地界！"文龙一笑，看向程老板："兄弟，把保险柜挪到车前座！把门锁死！"程老板上前，搬动保险柜，将保险柜一点点搬进了卡车前座，将前头车门锁死。文龙看着田心儿："说话算话！绝不杀你，但也不能让你去报信，炸弹爆炸，你在这个位置，最多受点轻伤！以后你要再作恶，我绝不留情！"程老板上前用胶带封住了田心儿的嘴。文龙示意程老板："撤，兄弟！"程老板点点头，文龙的枪指着田心儿，两人出了仓库。田心儿被绑在大门的把手上，不停挣扎。

阿部宽的人来到仓库外，远远看见田心儿被靠在大门把手上。阿部宽一个手势，特战队停下。松田仔细一看，真是田小姐！阿部宽命令把仓库围起来！松田一个手势，特战队员呈两路朝着仓库两边涌去。阿部宽带着松田和两个特战队员朝着田心儿过去。田心儿还在挣扎着。松田大喊："中佐，小心有诈！”阿部宽根本不理会，端着冲锋枪快速上前。松田和两个特战队员只得跟上。阿部宽停在了田心儿面前，将田心儿嘴上的胶带撤下。田心儿看着阿部宽：“快！把手铐给我打开！”阿部宽惊疑：“他们人呢？”田心儿冷冷地看着阿部宽：“我让你快打开！毋带在里面！”阿部宽大喊：“躲开！”田心儿侧身，阿部宽照着手铐上开了两枪，手铐打开。

田心儿夺过阿部宽手中冲锋枪，将大门推开，冲向了那辆卡车。阿部宽紧随其后大喊：“淑子！”卡车车厢内的倒计时已经进入最后10位数。松田拉住阿部宽：“中佐，有炸弹！”田心儿举起冲锋枪，朝着卡车前门一阵猛打，车门被打烂，田心儿上前拖起保险箱往外拽，这一拽，才发现，保险箱也被铐在了车座椅下。田心儿连忙拿枪射击手铐，要把保险箱拖下来。卡车后厢定时炸弹进入最后5秒。阿部宽大喊：“淑子！回来！”田心儿大喊：“别过来！是钢刺一个人绑的我，其他人从另一条路跑了！快走！”定时炸弹倒计时：3、2、1！炸弹爆炸，一阵巨浪，松田连忙护住阿部宽。

阿部宽等特战队员被炸弹的巨浪冲出。阿部宽从草丛里站起身来，看了看身后的废墟。阿部宽恨恨地大喊：“马上联系小泉清，确认他们的位置，我今天一定要把钢刺的皮剥了！”阿部宽带着松田等特战队员快速上车，车队驶离。

小泉清的车队追了上来。铁雷等人的两辆轿车就在前方。铁雷车内，安娜一直通过车内的后视镜看坐在后排的林少梅。林少梅也死死盯着她问：“好看吗？”几人都看了林少梅一眼。安娜点头：“当然！”林少梅看了一眼安娜：“我姐比我还好看！”安娜点头说：“这不用你提醒，我知道！”林少梅一笑：“知道就好，不是每个女人文龙都能瞧上眼的。”安娜一惊说：“你……”

高小庄叹了口气说：“二位姑奶奶，都啥时候，还争这茬？”林少梅收回了目光。安娜又看了后视镜一眼，突然愣住。林少梅瞥了安娜一眼说：“你还没看够！”安娜惊慌说：“不对，后面，你们看车后面！”后排的林少梅、铁雷和高小庄回头一看，远远看见，小泉清的车队已经追了过来。小泉清也远远看见前方的两辆车，大喊：“他们就在前面，快！”冈本再次踩死了油门提速。

两辆轿车开上山路，停了下来。铁雷等人从车上下来说："有人追上来了！"安娜摘下礼帽。刀子点头说："应该是小泉清的人，带着两卡车士兵！"铁雷一惊："不行，这样谁也走不了！"孙海看着大伙说："你们走，我断后。"林少梅站定说："我也留下！"高小庄也急了："小泉清这个王八蛋，害死了我爹，我也要留下！"铁雷一脸的严肃地说："谭小姐、少梅同志，你们带安娜先撤到后面！老孙同志，把车上咱们备的雷给我拿出来！"孙海点点头，上前将两个箱子提下来。铁雷看着大伙："安娜，快跟谭小姐和少梅先走！"安娜一惊："我……"谭卓茹拉着安娜说："再说人就追上来了！"铁雷大怒："快走！"安娜只得跟着谭卓茹朝后方撤去。铁雷看向魏坤宁："老魏，到前方挡他们一道。"魏坤宁点头说："能动的都跟我来！"胡大壮大喊："小庄，你跟谭小姐她们先撤！"高小庄急了："撤啥撤，今儿个我要跟小泉清这杂种算算我爹的账！"高小庄摸下了铁雷腰间的手枪。魏坤宁等人看着他。高小庄大怒："看啥看！走！"高小庄冲在前头，魏坤宁等人只得跟上。

魏坤宁等人上前来，小泉清的车队也在铁雷等人的两辆车边停下。魏坤宁低语："招呼！"高小庄站起来，朝着小泉清等人开了两枪，可一个日本兵都没打中。胡大壮忙把他拉了回来，低声："找死也不是这么个找法，省点子弹！"高小庄既生气又害怕，手里的枪都在发抖。几辆车后，小泉清招招手，冈本凑上前来。小泉清低语："他们是在拖延时间，掩护安娜撤离！"冈本点头说："我想办法，先冲破他们的阻击！"小泉清拍拍冈本。

冈本示意日本兵："你们几个，跟我来！"冈本带领几个人从车后面冒出头来，试图冲锋。魏坤宁等人不停开枪，将冈本逼了回去，两个日本兵中枪。冈本吩咐："分三路，两路从侧翼包抄，剩下的跟我正面冲锋。"两路日本兵朝着两翼跑过去，冈本带人从正面冲锋，与魏坤宁等人展开枪战。

魏坤宁吩咐："兄弟几个，鬼子要从两翼冲上来，老孙，你挡住右边，刀子，你挡住左边，小庄，躲我后边，看准了再打！"高小庄咬着牙，狠狠点头。魏坤宁部分成三波，抵抗从三路进攻的日本兵。很快，几人的枪都没子弹。胡大壮抱怨："娘的，又没货了！"

几辆车后面。小泉清见状大喊："步枪！"一个日本兵把步枪递上来，小泉清接过，瞄准山坡上。孙海冒头射击侧翼的日本兵。小泉清瞄准了孙海，一枪过去。孙海的肩部中枪，滚了下来。铁雷从后方跑上前来说："布好了，把鬼子引过来！"孙海捂住伤口："你们撤，我挡着！"魏坤宁摇头说："一起撤！把老孙背走！"孙海摇头说："不行，一旦没人挡，鬼子会很快追上来，他们会就沿着我们撤离的路线，绕开所有地雷，那不白费功夫了吗！"

魏坤宁有些迟疑。孙海摸出了那枚与下一站老钱接头的赌场筹码，上面沾着血迹，孙海将它递给了面前的高小庄。高小庄一下没接住，那枚带血的筹码又掉在了孙海的衣服上。孙海再次拿起，稳稳地交到了高小庄手里。孙海吩咐："小庄，把这枚赌码交给文龙，他知道这东西的用途。本来想亲自送你们去的，现在看来是没机会了！"

冈本带领的日本兵已经朝着这边摸了过来。孙海大喊："你们先走！快撤！"高小庄看着手里那枚带血的赌场筹码。魏坤宁看了眼孙海，强忍着泪水说："收好了，快走！"魏坤宁带着刀子、胡大壮和高小庄跟着铁雷撤了回去。

冈本远远看见几个人已经撤走，全力攻击！三路日本兵一起朝着山坡上冲锋。孙海快速还击，又放倒了几个日本兵。冈本等人冲上前来，将孙海击毙，占领了山坡。

铁雷等人撤进了树林。小泉清跟上来，与冈本带着日本兵不断朝前摸进。小泉清伸手止住："小心脚下！"铁雷突然停住，看到身后鬼子要摸探雷器。铁雷看着兄弟几个说："你们先走，去跟谭小姐和安娜会合！"刀子摇头说："这时候别磨叽！"铁雷一笑："小泉清狡猾着呢，我不把他们往这条路上引，他们是不会上当的！"刀子急了："雷子！"铁雷很严肃说："我哥走之前吩咐了，一定要保证安娜的安全，这一道要是挡不住，鬼子很快就会追上来！这把枪你们拿着，快走！"胡大壮接过了铁雷递过来的枪。魏坤宁有些迟疑。铁雷一笑说："我布的雷，小泉清一时半会拆不了！这时候，要是被他们探着雷区，一旦绕过，很快就会咬上来，我们顶不住，安娜就会有危险！我哥把安娜交给我，她不能在我手上出事！"魏坤宁看了看铁雷，强忍着泪水吩咐："撤！"魏坤宁带着高小庄、胡大壮和刀子进了山林。

铁雷冲上前去。小泉清和冈本的人正朝着山林中过来。小泉清伸手止住，众人停下。铁雷见状，朝着小泉清等人开了一枪。小泉清等人见状，连忙追了上去。铁雷不断朝身后退去。小泉清追上来，一脚踩在了地雷上，没敢再动。一个日本兵也踩中地雷，被炸死。另外几个感觉到脚下踩中地雷的日本兵，不敢动弹。小泉清看了眼脚下。冈本大喊："工兵！拆雷！其他人看好手里的枪，掩护！"日本兵们分头行动，端着枪，对准前方树林。一个工兵上前来，轻轻拨开小泉清脚下的树叶。工兵看了看小泉清脚下的雷，眉头一皱说："这布雷的手法很奇怪，需要点时间。"

铁雷回头看了一眼，一笑，一路上都没机会，这会逮着一个肥的！铁雷朝着小泉清一枪过去，冈本反应迅速回了铁雷一枪，铁雷没有打中。铁雷再次冒头，冈本又是一枪过去。冈本大怒："混蛋！从两翼包抄！"两路日本兵端着枪朝着山坡上摸上去。

阿部宽带着松田等人冲上前来。松田停在了孙海的尸体前。松田上前探了探，死了！阿部宽注意到那枚带血赌场筹码印在孙海衣服上的血印，孙海的手就在血印旁边。阿部宽蹲下身来，看了又看，把他身上的衣服扒下来。一个特战队员返回来报告："人在前面树林里，小泉大佐的人还在战斗！"阿部宽大怒："上！"

冈本和两个日本兵站在原地保护小泉清。两路日本兵摸了上去，却发现之前铁雷藏身的地方已经没了人。侧面山坡下方，铁雷悄悄冒出头来，朝着侧下方了一眼，一个日本兵正面对着这个方向。铁雷冒头，朝着日本兵一枪过去。日本兵被打死。冈本大喊："左边！"两人调转枪口，朝着铁雷不断开枪。铁雷朝侧面跑出一段，又一枪解决到了另一个日本兵。铁雷从山坡后面冲上前来，冈本不断射击。铁雷也借助大树掩护，不断还击，枪里没了子弹。铁雷从怀里摸出了一颗手雷心想：好兄弟，看你的了。铁雷拉开手环，冒头出来，要朝着小泉清扔过去，冈本一枪过来，打中了铁雷的肚子，手雷没有扔出，掉落在前方。铁雷看了一眼伤口，知道自己不行了，心里默念：

文龙哥，这条路当兄弟的不能陪你走了，来世我还认你当哥！铁雷大喊一声，捂住伤口，冲上前去，捡起还在冒烟的手雷，大喊着朝着在下方的小泉清扑了上去。小泉清见状，面色大惊。冈本反应极快，弯腰将蹲在地上的工兵拎起，朝着铁雷猛推过去。工兵将铁雷撞下了侧面的山坡，两人滚落，手雷爆炸，火光映天。小泉清和冈本一脸震惊。手雷爆炸处，火光散去，只剩下烟灰在原地打转。

信物回手　又进围局

一

魏坤宁、刀子、大壮和小庄听到爆炸声，纷纷回头望去。魏坤宁神色担忧地喊：“雷子……”

刀子喊大家快走。魏坤宁示意停下说：“刚才响枪了！这声爆炸之后，枪声为啥停了？”刀子看着魏坤宁说：“雷子要有个三长两短，那也是为了安娜，为了大家伙！咱要不走，他就白丢了命！”魏坤宁冷静下来低声说：“刀子说得没错，雷子都是为了安娜，他要真出事了，鬼子马上就能追上来！可咱要就这么走，还不如不走！”刀子、高小庄都疑惑地看着魏坤宁。魏坤宁问刀子现在几点了？刀子掏出个怀表一看：五点！魏坤宁低语：“距离文龙安排的接头时间还差一个小时，让刀子沿这条路继续走，去跟文龙他们会合，保护好安娜他们，他们三个女人，我不放心！”高小庄和胡大壮都连连点头。魏坤宁的用一种知觉告诉大家：“在这一个小时里，可以晃一晃阿部宽和小泉清，继续拖延时间，到点了我们三个要是还没到，让文龙带着你们撤，咱们直接去奉天碰头！”刀子想了想，扭头沿着一条路走开。

阿部宽带人赶到了小泉清面前，小泉清还踩着那颗雷。阿部宽低头看了一眼问：“人往哪个方向去了？”小泉清指了指铁雷最开始出现的方向。为了安全，阿部宽感觉需要继续排雷。阿部宽一招手，一个特战队的工兵上前来。工兵低头看了看，告诉阿部宽：“埋雷的手法有些古怪，需要半个小时！”阿部宽附身工程兵耳语：“不用着急，按两小时拆。”阿部宽造了个假象，又一挥手，阿部宽带人绕道继续追击。工兵拆雷，研究了半天。小泉清让工程兵快点，工程兵一笑："大佐，请不要着急。"小泉清怒气在胸地大喊："八嘎……"

林少梅、安娜和谭卓茹在洞中休整。安娜在边上焦急地走来走去。林少梅打量着安娜。安娜越来越担心地说："也不知道他们怎么样了，文龙哥现在还没有消息！"林少梅一笑说："文龙哥，谁让你这么叫的？"安娜看向少梅："我乐意，怎么了？"林少梅看着安娜说："他也是你姐夫啊？再说，他要没这金刚钻，掌柜的也不会给他这瓷器活，用得着你担心吗？"安娜大喊："咱们这一路，经历了多少生死，你知道吗？"林少梅不屑一笑说："能有我姐跟他经历得多？！"安娜怒气地看着林少梅："你……"

林少梅苦笑了一下："大家都是女人，你那点小心思，我一眼就能瞧明白！文龙是我姐夫，这一点，不会变！"安娜也笑了一下："文龙哥是少青的未婚夫，可这阻止不了我关心他！"林少梅瞥了眼安娜："你迟早是要回苏联的，有意思吗？"安娜急了说："我就喜欢他！就算当着少青的面，我也会这么说！我敬重少青，也尊重他们之间的感情，可这不能让我成为我口是心非的理由！不管回不回苏联，不管会不会有结果，我都不会遮遮掩掩！爱就是爱，不爱就是不爱，轮不到你跟我上课！"林少梅一怔："你……"

谭卓茹走上前来说："我说你俩真有意思，都这个节骨眼上了，还有心思聊这个！"林少梅别过头去。谭卓茹看向林少梅："安娜一直也很担心你，她害怕文龙为了大局会不管你，嘴都说干了！"林少梅听了这话，不好再呛声。这时，刀子从洞外进来。三人纷纷起身。安娜看向刀子身后。刀子低下头说："孙海同志他……牺牲了。老魏、大壮和小庄负责吸引追兵去了，一会会过来会合！"安娜死盯着刀子问："那铁雷哥呢？"刀子别过头说："雷子恐怕也凶多吉少……"安娜等人纷纷震惊。

阿部宽带着松田等人追过来。特战队员返回报告，前面两条路都发现了痕迹。阿部宽恨恨地眯起了眼说："又跟我来这手！地图！"松田把地图递上来。阿部宽看了看命令："这两条路的中间点在这儿，直插过去！"一行人直接朝着前方奔袭而去。

胡大壮和高小庄、老魏在树林中穿行。走在最前的魏坤宁突然收住脚步，弓腰，“嘘！”了一声示意都趴下！胡大壮和高小庄也赶紧跟着弓下腰。高小庄抬头一看，树林下坡方向，阿部宽正带着一队手下搜索着。魏坤宁看着大壮和小庄低语：“鬼子在这儿搜，说明暂时还没发现他们藏身的山洞！现在不能去碰头了。咱还得引鬼子一道！不然这么搜下去，很容易发现山洞！刚才都约好了，要是到点咱还没过去，大家就各顾各的，到了奉天再想法接头！”大壮和小庄连连点头。胡大壮一回头，照着松田的脑袋就是一枪。松田刚好移动，一枪打飞了松田脑袋上的帽子。日本兵一惊，全都拿枪警戒。魏坤宁拽了胡大壮两下：“磨叽个啥，赶紧撤！”胡大壮不情愿地掉头走掉。松田发现了在远处的动静，大喊：“人在那边！给我追！”阿部宽伸手拦住松田：“慢着！主动暴露，放一枪就跑！这可不是钢刺的风格！”松田看着阿部宽：“您是说……”阿部宽点点头说：“他们是想引开我们！这恰恰说明我们搜对了！派几个人去追，其他人继续搜索！”四五个日本兵追了上去。阿部宽眼睛狠狠眯起来。

文龙和程老板从侧面走上来，草丛已经被踏平。程老板在前面仔细观察，三条路都有人走！文龙也过来观察说：“左右两边走的人不多，应该是我们的人！他们分成了两拨，是想混淆鬼子。”程老板一怔：“中间一路应该是鬼子留下的。鬼子不沿着这两条路追踪，却选择了中间这条路！”文龙点点头说：“看了看中间那条路上这段的枝叶，这条道上的痕迹更新，鬼子是随后追上去的！是阿部宽！他一定看出了老魏他们的动机，直插过去了！”程老板一惊：“鬼子判断出了大致方向，他们可能会有危险！”文龙点头说：“走左边，尽快跟他们会合！”程老板跟了上去。

安娜守在洞口不时张望。谭卓茹喝了口水，将水壶递给了林少梅。林少梅喝了一口，看了看安娜，迟疑了一下，还是讲水壶递了过去。安娜没想到林少梅对自己的态度有所转变。安娜仰头刚灌了一口，突然全喷了出来。林少梅夺过水壶问：“怎么，怕有毒啊？”安娜脸上露出欣喜之色，指向林少梅身后：“文龙哥，你们终于来了！”文龙和程老板快步走了进来。林少梅手里拿着水壶，并没有转身。文龙看向刀子。刀子低头说：“老魏、大壮和小庄走了别的道，负责引开鬼子追兵，在路上，小泉清的人咬上来，孙海为了掩护大家，牺牲了。”文龙叹了口气，沉默了两秒问：“他有没有交给你们什么东西？！”刀子一怔：“有！一枚赌码币，不过东西在小庄那儿！”文龙点了点头，看了看几人。几人都低头，害怕他问起铁雷。文龙又看了看几个人问：“铁雷呢？”几人一惊。刀子哭了着说：“雷子在树林里布了雷，留下来吸引火力，他……”文龙听出蹊跷，大声问刀子：“连你也结巴，到底出了啥事，说话！”刀子泣不成声地说：“听到爆炸声，枪声就停了……”文龙听到这话，连退几步，撑住了自己的头。安娜扶住文龙：“文龙哥……”文龙压抑着情绪，喘了两口粗气，伸手挡住了安娜问：“现在几点了？”刀子掏出怀表看了下说：“六点。”文龙看向大家：“收拾东西，走！”刀子一惊：“不等老魏他们了？”文龙点点头低语：“多等一秒，就多一分危险！”刀子一怔说：“老魏之前说，要是到点没来，让我们先去奉天！”谭卓茹看向文龙：“可接头的信物还在小庄手上！”文龙摇了摇头说：“没时间了！到了奉天再作打算！”

安娜一惊说：“他们不会出什么事吧？”刀子摇摇头说：“不会，大壮进了林子，那就跟放鸟归了林似的，又有老魏带着，捅不了篓子。”谭卓茹低下头：“老魏没你想得那么厉害！”文龙看着谭卓茹：“现在可不止你一个人不放心老魏他们！”谭卓茹别过头，不承认自己关心魏坤宁。文龙看着大伙：“刀子，老魏说好的，过了这个点，咱也等不到他们了！”刀子点点头：“对，上路吧！”林少梅走向前说：“我没法跟你们去奉天！海哥牺牲了，我得代他去四平联系上级汇报情况！”文龙一愣，回头看着林少梅说：“去四平，咱还能再顺一段路！先出了林子再说！”程老板插话：“鬼子估计就在附近，他们眼睛贼，咱们先沿着之前的路回走一段，有条小溪，跟着溪水走，他们没那么容易发现！”文龙点点头。程老板带一行人出了山洞。

阿部宽背着手，松田站在一侧。一个特战队员报告：“他们在山洞里停留过！”阿部宽眯起眼：“然后呢？”特战队员看向洞外说：“山洞外只有一条路上有他们的痕迹！”阿部宽看了眼特战队员：“你是说他们进去之后，就没出来，在洞里消失了？”特战队员低下头。阿部宽大怒看着几个特战队员训斥道：“一帮废物！”

天色近黄昏。刀子和程老板在前方探路。文龙和林少梅等人跟到了一个岔路口。林少梅停下了脚步，文龙走到了林少梅的身边。安娜和谭卓茹等人识趣地让出一段距离，让文龙和林少梅道别。林少梅看着文龙："我们还能再见面吗？"文龙点点头："一定会的！"林少梅眼睛一亮："什么时候？"文龙看着林少梅："也许一年，也许更久，但我相信，等到小鬼子被赶出中国的那天，一定可以！"林少梅脸上露出笑容说："那天不会太久！"文龙点头说："你多保重！"林少梅关切地看着文龙说："你也是！以前我错怪了你，对不起！"文龙一笑。林少梅瞥了眼安娜说："安娜一直很担心你！你一定要照顾好她！"文龙点头说："这是我的任务！"林少梅看了眼文龙："你知道我在说什么。"文龙沉默了一下说："你想哪儿去了！"林少梅叹了口气："我想清楚了，姐姐泉下有知，肯定也希望你快乐！"文龙很严肃地看向林少梅说："我们有着共同的信仰，现在最重要的是赢得胜利！"林少梅点点头说："钢刺这个名字很威风，可是生活中，我希望你还是能柔软些！你是我姐夫，你以为我想你跟别人好？安娜性子直了点，可是个难得的好姑娘！"文龙一笑说："你真的想多了。"林少梅点头说："行了，希望你能早日把安娜小姐送到关内，祝你成功！"文龙也很关切地看着林少梅："天快黑了，走吧！"林少梅招了招手，程老板跟上，他俩走上右边的一条小道。文龙看着林少梅的背影，嘴角浮起一抹欣慰的笑容。文龙大步走向左边的大道，安娜和刀子等人见状跟上。夕阳下，文龙一行的身影渐行渐远。

阿部宽面前是孙海的外套，上面沾有鲜血，有一个血色圆形印痕，阿部宽正在用放大镜研究，上面隐约有个帆船的标志。松田进来说："几路追兵都回来了，没有发现钢刺一伙的行踪。"阿部宽放下放大镜惊疑："连去往哪个方向，都没查到吗？"松田低下了头："没有任何线索！"阿部宽闭眼平息心中的怒火说："没有线索？那只是你们观察不够仔细！"阿部宽用手点了下外套上那个血色圆形印痕说："看看这是什么？"松田探头仔细观看说："好像是一枚钱币留下的印痕！"阿部宽眯起眼："我们在现场没有发现这东西，上面又沾着血，这说明什么？"松田观察衣服，推想立即进入了松田的脑海——孙海费力掏出筹码币，交给高小庄，高小庄没有接住，筹码币掉在了衣服上。松田认真打量着那个圆形币痕。松田恍然大悟："这么看来……这钱币像是他受了重伤，临死前掏出来，费力交出去的。"阿部宽点头："没错，上面的血正好在外套上留下了这个印痕！"松田立正看向阿部宽："中佐观察入微，发现了如此重要的线索，受教了。"阿部宽一笑："现在不是吹捧的时候，从痕迹来看，这并不是钱币！"松田上前说："难道是中国古代的铜币？"阿部宽摇头："也不是！上面有一个帆船的图标，明显是现代的东西，你先裁剪下来，然后发动力量四处打探一下。"松田点点头。

刀子、谭卓茹和安娜裹着衣服，都靠在树下睡着了。文龙也坐在一旁，看着远方的圆月陷入沉思，脑海里闪现着林少青和铁雷与自己的点点滴滴……林少青给文龙穿衣服，铁雷出门打趣……一年前，林少青被抓，文龙与铁雷的对话……冲出要塞时，铁雷炸错墙，端着枪冲出……新京临时住所天台，铁雷与文龙打趣说自己是活蜡烛……

文龙望着远处的月亮，滚下两行热泪。文龙将水壶对着月亮浇了一道："雷子，安心去吧，哥会带着你的使命把这段路走完！"文龙喝下一口。安娜侧身睡着，并未睡着，泪水已经淌湿了眼。

小泉清脱掉军装外套，端坐在简陋的禁闭室中。一个军官朝着禁闭室走来，停在禁闭室门口，门被打开。小泉清睁眼，站在面前的是田中将军副官福山。小泉清看了他一眼，继续闭眼养神。福山看了眼小泉清："小泉大佐，想明白了吗？"小泉清一笑："此次失败，根本原因在于阿部宽被钢刺抓住了弱点！"福山摆手说："看来将军猜得没错，你还需要再想想。"小泉清一怔："满映的责任的确在我！"福山有点严肃地说："因为你的失职，满映的计划必须推迟，而且会大大削弱其作用！"小泉清一怒埋怨："要不是阿部宽的刚愎自用，不会误了大局！"福山怒色道："相关情况将军已经了解，不必多言，对于你们此次合作，他很失望。"小泉清低头说："这一点，属下知罪。"福山踱来踱去，停下说："将军认为，你们既然无法消弭罅隙，追捕钢刺一事就只能交给一个人完成！"小泉清看了眼福山低语："抓捕钢刺和安娜原本就是我的任务，阿部宽除了指挥作战没有别的本事，可要抓住钢刺和安娜，光会作战，起不了作用！"福山摇摇头说："将军倒是认为，接下来追击钢刺，阿部中佐比你更合适。"小泉清一惊："为什么？"福山打断了小泉清："不要忘了，你和钢刺屡次交锋，他早已熟悉了你的套路，而阿部中佐去了趟德国，今非昔比啦，钢刺对现在的他还不算太了解！”小泉清隐忍着内心的怒气没说话。

福山看了眼怒气不服输的小泉清说：“虽然这次在新京，阿部宽是犯了错误，但整体上他的表现还是合格的！况且，钢刺刚害死了他最心爱的女人，这股仇恨的力量将更有助于他接下来的追捕。”小泉清一笑：“可是……”福山摆摆手说：“不必说了！将军就是让我来看看，你要是想明白了，他有另一项任务给你……小泉大佐，识时务者为俊杰。”小泉清把话憋了回去，问道：“什么任务？”福山点点头说：“满洲中央银行奉天支行的行长光石是大日本帝国非常优秀的金融专家，过两天他五十大寿，将军希望你能代表他前去道贺！”小泉清一怔：“什么！这算什么任务？”福山摇摇头说：“别急，道贺只是表面文章，将军派你前去，另有目的。”小泉清一惊：“喔？”福山附在小泉清耳边轻声耳语了几句。小泉清用惊疑的目光看着福山：“田中将军的报告？”福山做了个噤声的手势说：“你应该明白，这份报告是将军数年的心血，其内容对于帝国的命运意义深远，所以，不要小看你这次任务，这比抓捕钢刺更为重要！”小泉清重重地点头。

二

城门楼上，“奉天”二字清晰可见。文龙等人走上前来，见城门口未被封闭，可自由出入。刀子看向文龙说：“看来奉天城是安全的！”谭卓茹插话：“要不要我和安娜在城外等你们？”安娜摇头说：“不！我听孙海大哥说过，到了奉天，找到接头人，会找地方冲洗胶卷，这事儿我要自己去！”文龙点点头说：“咱一路没留下痕迹，小泉清他们再聪明，也不可能算到咱们到奉天了！进城接头，办完事马上撤离！”

阿部宽在自己的办公室端坐着。松田进门报告：“中佐，已经查清楚了，是奉天一带几个大赌场专用的筹码币！”阿部宽看向松田：“不会错？”松田手中展示着那块白布币痕一笑：“绝不会错，这个帆船图标就是他们的标志！”阿部宽踱步思索低语：“既然是这个人临死前送出的，一定跟他们后面的行踪有关系！立即集合队伍，去奉天！”松田领命转身离开。

阿部宽低头看着白布上的血迹，眯眼：“淑子！你的血不会白流，我一定替你报仇！”

文龙、安娜、谭卓茹、刀子来到一个阴暗的地下室，推开门，进屋。谭卓茹用手绢扇着鼻子，嫌弃地打量四周，桌上积满灰尘。文龙看了眼大伙说：“房子是临时租的，至少比旅馆安全，就是环境差了点儿！”安娜插话：“不错啦，瞧，还有锅碗瓢盆的，可以做饭呢！”安娜说着兴奋地揭开锅，只见里面一只蟑螂爬过。谭卓茹一笑。

刀子吹了吹凳子上的灰，拍了拍，移到安娜身后，示意安娜坐下。刀子又取来块抹布准备再擦擦桌椅。谭卓茹看向刀子：“别紧着收拾，你也歇歇！”刀子一笑。安娜走过来坐下。文龙靠在墙壁上，锁眉思考着说：“咱们倒是找着歇脚的地儿了，可我担心小庄他们啊！担心他们压根不知道那枚币是接头的信物！到底有什么用！”刀子摆摆手：“人不用担心，有老魏跟着，主要是那信物……孙海同志临死交托，他们应该知道那东西的重要性！”谭卓茹点点头：“刀子说得对！老魏这点脑子还是有的！”安娜露出愁容：“说是这么说，可是这奉天城这么大也不知道他们在哪儿！”文龙露出愁容说：“他们仨身上没一个子儿，我是担心他们吃啥住啥！”刀子等人闻言面面相觑。

一屉热腾腾的包子出炉，揭开盖子香气四溢。高小庄和胡大壮就站在包子铺前，眼巴巴地盯着。魏坤宁在身后看了一眼，不屑地别过头去。胡大壮咽口水说：“这屉是韭菜馅的，我闻着了！”老板娘看着大壮和小庄说：“你们俩都瞅半天了，买不买？不买走开别挡老娘生意！”高小庄用力一翻兜，兜里底朝天。魏坤宁从后边凑过来说：“你们就这点出息！见了包子跟见了亲娘似的！”可魏坤宁刚一说完，肚子却不争气的叫起来。高小庄和胡大壮一笑。胡大壮低语：“瞧瞧，说啥大话呢！叫得比咱还厉害！”魏坤宁低语：“你们光瞅着能瞅到肚子里？”高小庄瞥了眼魏坤宁：“可咱不是没钱嘛！”魏坤宁一怔：“没钱想办法赚啊！搁这儿杵着闻着味儿还能闻饱了？”高小庄和胡大壮对视。高小庄一拍脑袋：“没错，咱是得想办法赚钱，不然，不等文龙他们找到咱，咱早成饿死鬼了。”胡大壮瞥了眼小庄：“说得轻巧，咱连个本儿都没有怎么赚啊！”高小庄看向大壮：“哎，瞧你这脑子，你俩身上有的是力气，随便趴个活也能赚一笔！我嘛就更不用说了，随便支一摊变变戏法那看的人一准乌泱乌泱的。这奉天城没有鬼子和警察搜查，我只要稍微乔装一下，不会有问题的！”胡大壮点头说：“就这么办！”魏坤宁想了想，提醒他俩都搂着点!

魏坤宁在奉天的车站门口外溜达。四五个劳动力蹲在墙角等活儿。一个胖女人扭着屁股走过来，边走边喊：“车站里有两箱东西，谁来？”四五个劳动力都喊着纷纷围了上去，“我来！我来！”女人看见了蹲在角落昂着头的魏坤宁。女人走过来说：“哟，这爷们不错，你跟我来吧？”魏坤宁起身，拍了拍衣袖，跟了上去。女人打量着魏坤宁，抛着媚眼说：“你生得这么俊，干吗卖苦力，我男人死了两年多，跟我回家，要多少，我给多少！”女人贴上了魏坤宁。魏坤宁一把把她推开说：“起开！”女人挤嘴一笑稍带怒色：“真把自个儿当爷了！也不瞧瞧你的样子！”魏坤宁不情愿地把东西搬完了。女人径直上车走了。魏坤宁气恼地大喊：“把爷当成什么人了！走了两步发现女人没给钱。”魏坤宁追了两步，扭头看了看周围，有不少人正朝这边望着，魏坤宁一撇嘴，掉头离开。

胡大壮卖力地帮女店主扛着一个箱子送到了一家化妆品店的门口。胡大壮小心地放下箱子搓着手等着对方付酬劳。女店主打开箱子从里面取出一盒精油膏塞到了胡大壮手中：“谢谢了！”胡大壮疑惑地看着女店主尴尬地说：“不是，你，你这什么玩意？”女店主瞥了眼大壮：“还挑肥拣瘦的，知道这一盒多少钱吗？”胡大壮刚想发火，被魏坤宁一把拽走。胡大壮不解地看着魏坤宁：“你搂我干啥呢？”魏坤宁拉了下大壮低语：“搂着点火，咱现在不能捅娄子！”胡大壮看了眼手中的精油膏：“可，可我打桥头替她一直扛到这儿，足足两里地，就给我一这个！这都什么玩意儿！”魏坤宁很羞涩地低语：“你好歹还落了点儿东西。”胡大壮一怔：“咋了，你的意思是……”魏坤宁摇头。胡大壮和魏坤宁对视说：“看小庄的了，小庄一定行！他脑子机灵！”

奉天街头，满脸画得脏兮兮的高小庄面前并没有乌泱乌泱的人，空荡荡的只有一个小孩儿。小孩儿手中拿着一个包子。高小庄正在哄小孩子手中的包子：“看，叔叔给你变个戏法！”高小庄掏出那枚筹码币，握在手中再摊开手，手心中的筹码币消失了。小孩子果然惊得张大了嘴，都忘了把包子塞进嘴里。高小庄眼看就要得到包子问："小孩，硬币哪儿去了呢？"高小庄一拍小孩的肩说："看你的兜！"小孩儿一低头摸兜的时候，高小庄摘下了他手中的包子。小孩儿发现了兜里的筹码币，可一抬头发现手中的包子不见了。高小庄一扬手，包子在他手中，故作鬼脸道："当！当！当！好不好看，这个包子就当是看戏法的门票，好不好！"小孩子看着高小庄手中的包子，突然哇地一声哭了起来。高小庄愣住，手中的包子不知道该不该往嘴里送。高小庄一抬头注意到有不少路人在围观着他，他不好意思一笑，把包子还给小孩，取回了筹码币说："嘿嘿，逗你玩儿呢！"小孩子拿着包子一口塞进嘴，转身跑掉。高小庄悻悻地起身，一转身发现胡大壮和魏坤宁站在身后。高小庄尴尬，胡大壮和魏坤宁则一脸失望。

高小庄三人并排蹲在路边。三个人互相抱怨了一番。高小庄无聊地抛着那枚筹码币。胡大壮突然说话："这东西要是能变成个大洋，咱也不用干饿着。"突然，高小庄想到什么，仔细打量着这枚筹码币，哎！了一声。魏坤宁二人看向高小庄。高小庄一惊："对呀！老孙牺牲的时候，他说过，这玩意儿是啥？"胡大壮插话："赌码？对，是赌码！"高小庄一笑："对，这币在外面不顶用，可有个地儿能使啊！"魏坤宁一怔："你是说赌档？不行，咱不能去哪种地儿！"高小庄不解地看向魏坤宁："老魏，凭我这脑子和身手，肯定一个变俩，两个变十个！"魏坤宁摇头说："我是说，文龙肯定不会让咱进这种地儿！咱现在申请了加入组织，上级还没答复呢，就犯规矩，不好！"高小庄抱怨："他不在嘛，再说了，咱三个大活人不能活活饿死啊！"胡大壮也抱怨："老魏，你咋这么轴呢！咱饿着肚子咋为组织卖力气啊！"魏坤宁很严肃地说："咱还没到山穷水尽那一步，这赌，他本身就不对！"高小庄和胡大壮互看了一眼。

文龙等人围坐在租的地下室的桌前。桌上是一钵面条。文龙正在摆放碗筷。给所有人面前都摆了一幅后，文龙却另外多加了一幅。安娜等人有些不解地看着文龙。文龙却并没有特殊的表情，径直坐下说："都发什么愣，趁热吃啊！"文龙拿起筷子盛了面条进碗，一低头大口大口地吃了起来，热气腾腾，谁也看不透文龙的表情。安娜等人看着文龙低头吃面的情景，动容。

安娜插话："对，吃！"安娜也开始大口吃起来。刀子和谭卓茹一脸不知所措。

一辆小车驶入奉天城，阿部宽坐在车内。阿部宽打量着形形色色的路人。松田看向阿部宽："中佐，到奉天了！"阿部宽点点头问："城里面的赌档有几家，都打听清楚了吗？"松田报告："城里规模较大的赌档有三家，鸿运、九牌楼和天桥赌档！"阿部宽一怔："小的呢？"松田一笑："小的根本不用筹码币！而且，有个好消息——这三家赌档明面上虽然是中国人开的，但其实都是我的银行暗中出的资！幕后老板都是自己人！"阿部宽冷笑道："这点，我比你清楚！那个记者临死前交托这么重要的东西，我要是没猜错，他们接头的地点就在这几家赌档里！"松田点点头问："接下来中佐打算怎么办？"阿部宽看向松田吩咐："带好钢刺他们几个的肖像画，几大赌档，咱们都得走一趟，让他们替咱盯着这几个人，只要一抛头，就通知我！"松田点头，先朝鸿运赌档驶去！

面盆里的面条已经被扫荡一空。谭卓茹正在洗碗。安娜拍着肚皮说："哎，这吃饱了，反倒更有负罪感了！也不知道小庄他们吃的啥！"谭卓茹点头："安娜说得对，接下来是不是该找找老魏他们了？"文龙看向刀子、卓茹说："一会咱们三个出去找找。"安娜一惊问："那，那我干吗！"文龙一脸严肃看着安娜："你负责清除蟑螂！"安娜惊着张开了大嘴。

高小庄和胡大壮来到了天桥赌档门口。胡大壮害怕的样子低语："咱俩背着老魏来，真的好吗？"高小庄看了眼大壮问："你饿不饿？"胡大壮抱怨道："都快饿岔气儿了！"高小庄哼了一声："那不就结了，咱先进去看看这玩意儿能不能使，要能使，咱就上桌赌两把，赢了钱就说干活赚来的！"这时，魏坤宁远远地看到大壮和小庄，大喊："大壮"胡大壮本能地应了一声。二人回头一看，见魏坤宁从远处追了过来。高小庄拉了下大壮："哎唷，跑！"高小庄二人哧溜钻进了赌场。

胡大壮和高小庄进了赌档，赌档里一片喧嚣，赌徒们三五成群聚集在各个赌桌前，或欣喜，或愤怒，或癫狂，人生百态，尽在其中。高小庄和胡大壮想要混进人群，一个赌徒赢了一堆筹码币，将筹码币刨过来，一枚筹码币掉在了地上。高小庄捡起一看，和自己手上的一模一样，稍有一愣低声：

“咱真来对了，咱手上的这赌码和这赌档里的一模一样！”胡大壮打了下小庄：“废啥话！老魏来了，快躲起来！”高小庄连忙将捡起的那枚筹码币扔回桌上，可两人还没来得及躲，魏坤宁快步追过来一搭肩膀拉住了他们。高小庄一惊：“老魏，你听我说……”魏坤宁急了：“说什么说！你们都睁大眼睛看看！这上面还沾着孙海的血！”高小庄灵机一动：“老魏，别啊！你想想，老孙给咱这枚赌码，干啥使的？”魏坤宁一怔：“我知道你要说啥！这一定很重要，搞不好就是接头用的！”胡大壮一愣：“我咋没想到！”高小庄一笑：“这就对了！这筹码上啥也没写，说明，这枚筹码币只起到一个作用，就是暗示我们接头地点在赌场！文龙一定也知道信物是一枚筹码币，他们要是到了，会咋找我们？”魏坤宁想了想说：“这话没错！所以你们要进来我不拦着，可上赌桌不行！”高小庄又灵机一动说：“咱进了赌场，不上赌桌，会被人怀疑的！所以……”魏坤宁想了想，不好多说。魏坤宁一惊问：“你要输了咋整？”高小庄拍了拍胸脯说：“输不了，我保证！而且刚才我看了，咱这枚和这桌上的都是一样的，根本就没记号！”魏坤宁还在犹豫。高小庄一笑：“放心，有我在，不会输的，赢够三碗热汤面，咱就撤！”

鸿运赌档的办公室内，赌档老板一个光头正微笑着和阿部宽握手。光头点头致敬道：“原来是阿部中佐，有失远迎！”阿部宽摆手说：“废话少说！”阿部宽看了松田，松田将文龙等人的肖像画递上。阿部宽交代光头说：“这几个人，是我正在追捕的要犯，你让你们赌场的人盯紧点儿，要是有线索，立即通知我。”光头接过肖像，打量了一下说：“可是按照咱们的流程，最好能有光石先生的手谕……”阿部宽一怔问：“光石？”松田看着光头不满地说：“你什么意思，追捕要犯可是田中将军亲自指派的任务，我们中佐的命令就是手谕！”阿部宽摆手示意松田不得无礼。阿部宽看了眼光头问：“光石是谁？”松田附到阿部宽耳边低语：“满洲中央银行奉天支行的行长，这些赌档的真正负责人。”阿部宽一笑：“不妨，给光石先生打电话，我亲自跟他说一声。”光头老板点头：“哎，谢谢中佐！”

谭卓茹找了一圈，来到鸿运赌档门口的茶馆内坐下，手中端着一杯茶，但眼睛却紧盯着茶馆外的街道。赌档门口，一对母女在门口拦着一个赌鬼父亲，女儿抱着父亲的腿。妻子正在哀求道："这是咱们的房契，你不能再赌了！"女儿也抱着父亲的腿哇哇大哭。父亲看着眼前的赌档双眼放光，对拖着自己的妻女很不耐烦。父亲一抬脚说："起开，我会把之前的都赢回来的！"父亲输红了眼，一脚挣脱了妻子快速钻进了赌场内，徒留下妻女在门口抱头痛哭。谭卓茹微微摇头，突然，谭卓茹看到一个熟悉的身影从赌档内出来——阿部宽。松田拉开停在路边的小车车门，阿部宽上车。谭卓茹震惊的眼神——阿部宽？谭卓茹见阿部宽的车驶离，放下茶钱，出门叫了辆黄包车。远远地跟着阿部宽的那辆车。

三

阿部宽和松田坐在后座。松田有点埋怨地看着阿部宽："中佐，那个光头就是条看门狗，您不必对他如此客气！"阿部宽摇摇头说："不，你要知道，通过放贷和抽水，这些赌场给我们帝国赚的钱，不比银行少！"松田沉默。阿部宽问松田："下一家去哪儿？"松田一怔报告："嗯，九牌楼吧！"

九牌楼赌档门口。刀子从别的路口过来，停在了一个岔路口，左右看着来往的人群。赌档门口，两个壮汉抬着一个浑身是伤的瘦子从赌场内出来，一抬手将瘦子重重地摔在了地上。瘦子几个骨碌正好滚在了刀子前边不远处。一个壮汉指着瘦子："告诉你，三天之内要是还不上钱，就把你扔江里喂鱼！"瘦子起身说："大哥，我这还有筹码，您看！"瘦子掏出了一块筹码币，这枚筹码币跟孙海交给高小庄的根本不同。另一个壮汉瞥了眼瘦子手中的筹码币："啥破玩意儿！我告你，看好了！"说着掏出两枚筹码币，一晃说"奉天城只有鸿运、天桥和咱家用筹码币，使的都是这种，没钱赶紧滚蛋！三天啊！"两个壮汉气汹汹地转身进屋。刀子看着瘦子的惨状，气恼摇头。就在这时，一辆小车停在了门口，松田下车替阿部宽开门，两人疾步向赌档内走去。刀子见状一惊——阿部宽，他怎么来了？刀子收起报纸起身，刚转身时突然发现谭卓茹坐着一辆黄包车停在了路边。

一条安静的巷子内，刀子和谭卓茹商量对策。刀子惊疑看向谭卓茹问："你在鸿运赌档也看到阿部宽了？"谭卓茹点头说："我正巧在那儿歇脚，撞见他们，我让车夫跟过来，就是想看看他们到底在打啥主意！"刀子一惊："怪了，他连续进两家赌坊，肯定不是偶然，难道他掌握了什么线索？"谭卓茹一怔："现在来不及想这些了，文龙在哪儿？"刀子扭头一个眼色："他在隔壁街！"谭卓茹点头低语："快，先找到他再说！"

天桥赌档内，一堆赌徒扎在一张开大小的赌桌前，高小庄探长脖子看着。胡大壮在高小庄耳边低语："我说你都寻摸半天了，到底行不行？"高小庄瞥了眼大壮："你懂啥，小爷好久没上桌了，先熟悉熟悉，咱可就一个子儿，不能输！"魏坤宁看着一张桌上的筹码币，和高小庄手中那枚没有两样。荷官摇晃色子嚷着："赶紧下注了啊，押大押小，买定离手！"所有人都下注，高小庄专注地听着。高小庄最后将筹码币押在了小上。荷官："好呢，开了！"胡大壮和魏坤宁紧张地盯着。揭开，三个色子分别是一点，一点，五点。荷官："一，一，五，七点小！"胡大壮大喊："哎，真是小，赢啦，赢啦！"高小庄得意的表情。

安娜正在认真地打扫房间。原本脏乱的房间此时亦然打扫得干净整洁。安娜将一锅热水倒入盆子，准备洗衣服，从衣架上取下了文龙的衣服，抖开这件衣服，打量，目光渐渐变得柔软。这件衣服上有污泥、有破洞、甚至还有血渍，安娜花痴般地伸手抚摸着文龙的衣服，一幕幕地回想着文龙对自己的好：

……在要塞时，文龙杀死监狱的警察，冲进监狱对安娜说"跟我走"，随后不由分说拉起安娜的手奔向光明的出口……

……在金顶子林场，文龙支身上火车前来交换安娜……

……在去往找董霸天山路上，文龙一把扛起了安娜……

……在郭家拗，毒气弹在安娜身边爆炸文龙紧张地扑上前……

安娜将这件衣服攥紧低语："文龙哥谢谢你，你一定要好好的。"

文龙坐在天桥赌档对面擦鞋，眼睛却盯着路上行人。擦鞋工："先生，你的鞋擦好了。" 文龙递上钱，起身。文龙一抬头发现谭卓茹和刀子就在不远处，两人冲他招手。

文龙、谭卓茹和刀子三人急速来到天桥赌档外的一角。文龙听谭卓茹和刀子说都确定看到了阿部宽。文龙眯起眼："苍蝇不叮无缝的蛋啊！他一定是发现了什么线索。接头的信物是一枚赌场的筹码币，但阿部宽不可能知道这一点。"谭卓茹插话："那阿部宽这时候搜查赌档，可就更不简单了！"文龙又眯起眼："难道他是跟着老魏他们到的奉天城？"谭卓茹点头说："有可能！"文龙一惊说："要是这样，那说明老魏他们可能就在赌档里！"刀子疑惑地问："他们三个身上一个子儿都没有，以小庄的性子，很可能带他们进赌档！"谭卓茹也一惊地说："那我们必须赶在阿部宽之前找到他们！"刀子插话："刚才在街上听说了，奉天城里有三间最大的赌档，用的是同一种筹码币！九牌楼、鸿运和天桥！"文龙低语："前两个赌场既然阿部宽去搜过了，说明他们应该不在！"文龙站过来，正对着前方的天桥赌档低语："刀子，你跟我进去看看，卓茹，你留在外面望风。"谭卓茹点头。

赌桌前，荷官又开了一把说："三、五、六，十四点，大！"胡大壮一看，眉头一皱说："输了！"高小庄低声："别急，咱连赢了七把，要不输一次，人家不会让你走的！瞧好了，来一把大的！"那枚带血的筹码币被混在一堆筹码币中，被荷官刮走。魏坤宁焦急地看着左右，并未注意到那枚币被刮走。高小庄要押出所有筹码币。魏坤宁突然摁住了高小庄的手低语："见好就收，三碗面条钱，够了。"高小庄一笑："现在是够喝面条的了，可你就不想再来壶小酒，加俩小菜？老魏，把心搁肚子里！"魏坤宁皱眉，犹豫。胡大壮笑了："加俩小菜，再说，明儿还得吃呢！"

文龙和刀子进了天桥赌档进入大厅内寻找高小庄的身影。文龙二人刚往前走过，一个女子的身影从他们后面经过，竟然是鲁小花。鲁小花的手中握着一只酒瓶子，脸色严肃，风风火火地在赌场内转着。鲁小花的视线锁定在了一个络腮胡上，紧了紧手中的瓶子，努力挤过去。刀子这时看到了胡大壮的身影，激动地拍了下身边的文龙。文龙一抬头，只见胡大壮、魏坤宁三人就在前边不远处的赌桌前。

赌桌前，荷官又开了一把说："二、四、六。十二点，大！"胡大壮兴奋地拍高小庄的肩膀："行啊，你小子开天眼了还是咋地，神啊！"高小庄得意地指了下耳朵说："靠这个！"高小庄收起钱币说："这个赔率太低了，咱换个桌玩大点儿。”高小庄刚准备换桌。魏坤宁握住小庄的手说：“行了，还有完没完！”高小庄甩开魏坤宁的手：“咱现在小菜钱是有了，可你就不想来盘肉，啃个肘子啥的！”魏坤宁急了：“规矩不能坏！再不撤，是不是想挨揍！”高小庄看了眼魏坤宁：“哎，最后一把，就一把，啊！”高小庄刚想跑突然被另一只手用力揪住了，高小庄一抬头，大惊失语：“文……龙哥！”魏坤宁和胡大壮看到刀子和文龙都很意外和欣喜。文龙做了个嘘的手势，使眼神低语：“先出去再说！”高小庄二人点头。

络腮胡正在推牌九。络腮胡眯着眼看牌大笑着说：“哈哈，丁三四六至尊宝，给钱给钱！”络腮胡身后两个手下拍手。一个手下大笑道：“大哥厉害了！”鲁小花拎着瓶子，眼神犀利，径直扒开了人群走到了络腮胡面前。络腮胡正在收钱，突然钱被一只玻璃瓶压住了，一抬头正是鲁小花。络腮胡子嚷道：“哟，这是打哪儿跑来的小流莺，几个意思？”鲁小花看了眼络腮胡说：“你认不认识一个叫鲁伯的人？”络腮胡一惊问：“你谁呀？”鲁小花用瓶子指着络腮胡说：“我说鲁伯，他在哪儿？”络腮胡一笑：“呵，你说那个在街边卖柴火的老家伙啊，他问我借了利，一直不还，我还在找他呢！”鲁小花大怒：“你放屁，你的人昨天把他带走了，一直没见踪影，你跟我装糊涂？”围观的人喧哗，不断有看热闹的围过来。

文龙一行转身往外走突然听到了旁边的吵闹声。高小庄好奇心来了：“咦，好像有戏瞧！”围观的人太多太嘈杂，文龙他们根本看不到里面的人是鲁小花。刀子拽了把小庄：“都什么时候了，还看热闹，走！”文龙点头低语：“此地不宜久留！阿部宽的人马上就要到了！”三人一惊。胡大壮接着插话：“这孙子咋追来的，我不是在林子里甩掉那几个追兵了吗！”文龙看了眼大壮：“没工夫解释！出去再说！”魏坤宁一把拉住高小庄往门外走。高小庄扫兴地摇头一起出门，大家就这样和鲁小花错过了。

络腮胡看着拿瓶子怼着自己的鲁小花，突然一笑说：“小妮子还挺虎，他是你什么人？”鲁小花怒了：“我是他女儿！”络腮胡笑着摸了摸下巴说：“啊！想起来了，他好像是说有个病秧子女儿，专程到奉天看病，没钱抓药，所以就问我借钱了。”鲁小花一惊说：“借，借钱？”络腮胡瞥了眼鲁小花大怒：“不然你以为我干吗的，做慈善的啊？”鲁小花急了问：

“他，他问你借了多少？放心，我一分不少全还你！”络腮胡突然坏笑着打量起鲁小花：“哎哟，他之前这也么说，可惜呀，连本儿都还不上！啧啧啧，没想到他闺女倒还挺标致嘛，我有个门路，能帮你还钱！”络腮胡坏笑着一挥手，身后的两个手下走上前来。两个手下只是晃脖子不答话，走上前来就要抓鲁小花。鲁小花突然动手，一把撂倒了一个手下，顺势一个回旋踢又将另一个踢倒。络腮胡大怒：“哟，烈性，可今天你是闯错道儿了！”络腮胡一挥手，身后又有好几个手下站了起身。鲁小花大喊：“光天化日之下，你们谁敢胡来？”络腮胡恨恨地瞪着鲁小花：“欠债还钱，天经地义，给我抓咯！”鲁小花见对方人多，踢倒一个后掉头就跑。

天桥赌档门口外一个偏僻的角落。高小庄对魏坤宁一笑：“老魏，听我的没错吧？不到赌场，能碰上文龙哥他们？”魏坤宁看了眼文龙严厉的表情，没有说话。胡大壮一笑：“哎呀，饿坏了，走走走，咱先找地儿吃两口去？”文龙转过头来看着几人问：“谁让你们上赌桌的？”三人都低下头去。高小庄看了眼文龙：“文龙哥，我们也是没办法……”

文龙没好气地看着魏坤宁、胡大壮和高小庄，大声喝道：“有人拉你们去了吗？这事我会如实向掌柜的汇报，还在考察期，就犯纪律！有你们好果子吃！”高小庄和胡大壮朝刀子和谭卓茹投过去求救的目光，刀子和谭卓茹也只好别过头。文龙伸出手问：“孙海同志交给你的那枚筹码币呢？”高小庄一怔：“别急别急，在呢！”高小庄连忙四处寻找，突然拿出一把，在里面找了找，发现没了。魏坤宁插话：“我记得，那枚筹码上还沾着血！”高小庄大惊：“哟，糟了，赌桌上转来转去，应该是弄混了！”文龙无奈地撑住了额头。魏坤宁挠了挠头皮：“我瞧过了，筹码都是一样的！没有记号！”高小庄的嬉皮笑脸迎上的却是文龙板着的脸。文龙大怒：“糊涂！哪能一样！文章在轻重上！那是我们和奉天同志接头的信物！”高小庄和胡大壮都傻了。文龙吩咐：“必须给我把那枚币找出来！”胡大壮很是焦急：“我认得我认得，上面的血没洗干净，肯定能找着。”刀子插话：“我也去，找东西我在行！”文龙点头低语：“必须要快！”

鲁小花在赌场内逃跑，身后有几个大汉在穷追不舍，突然又有两个大汉跳出来挡住了去路。鲁小花顺手抄起一张凳子砸向大汉。两名大汉没想到这个女子这么生猛，当头的大汉结实挨了一凳。鲁小花迅速出拳和另一个壮汉打斗。鲁小花本来占上风，但突然，她捂住了胸口，似乎是身体不太好，一晃神被壮汉踢了一脚。鲁小花振作精神重新和对方搏斗，一个背摔将对方摔倒在地。后面的追兵又至，鲁小花扭头就要跑，刀子和高小庄刚好进来，鲁小花撞在了刀子身上。

刀子被鲁小花一撞没反应过来：“哎！你没事吧？”鲁小花慌张地抬起头，刀子惊喜地失声：“小，小花？”鲁小花同样一喜：“刀子！”鲁小花一直强撑的身体突然一软，倒在刀子怀里。刀子惊奇地看着鲁小花：“小花，你怎么在这儿，这，这到底怎么回事？”鲁小花摇头说：“说来话长，快，快走！”这时，络腮胡的手下追到了面前，刀子本能地把鲁小花护到了身后。手下哼了一声问：“知道他得罪谁了吗？识相的，滚开。”刀子急了道：“不管是谁，只要有我在，天王老子也不许动她！”手下冷笑一声：“要带走她可以，先把欠我们老大的钱还了！”络腮胡哈哈一笑，从后面过来，手里掂着几块筹码币，边走边说：“这个姓鲁的老头好福气啊，今天这么多人上赶着来替他还债！”刀子冷眼看着络腮胡：“多少，报个数！”络腮胡瞥了眼刀子说：“也不多，利滚利嘛，也就……一百大洋！”鲁小花怒目看向络腮胡大喊：“你们就是一伙强盗，无耻！”络腮胡大怒：“少废话！要么还钱，要么，留人！”胡大壮低声：“咱别说一百大洋，十块大洋都不够！”高小庄盯着络腮胡手中上下掂量的筹码币，那枚红色的筹码币就在他手上，急中生智地说：“行啊，这儿是赌场，咱就依赌场的规矩来，我和你赌一把！”刀子和胡大壮诧异地看向高小庄。高小庄看了眼刀子：“你先带鲁姑娘去旁边儿歇着！”刀子急了：“不行！”高小庄在刀子耳边低语：“不只是帮你，瞧见没，咱要找的那块币也在他手上。放心，小爷输不了！”刀子看了眼怀里的鲁小花，额头上已经渗出细汗，点头抱着鲁小花走开。高小庄看了眼络腮胡一笑：“怎么样，敢不敢赌？”络腮胡冷眼看了下小庄：“尿性！老子打小在赌场泡大的，还能尿你这愣头青？怎么个赌法？”高小庄高声喊道：“那个……我身上的筹码就值五块大洋，就先赌五块的吧！”说完两人都气哼哼地奔向赌场一见高低了。

阿部宽和松田从九牌楼赌档内出来。松田看着阿部宽低语：“这个老头，话怎么这么多，还非要宴请你。”阿部宽一笑：“来到人家的地盘不能一点面子都不给，毕竟今后还有用他们的地方。就剩下天桥赌场了是吧？”松田点点头。车子加快速度朝天桥赌档驶去！

四

文龙三人见高小庄还没出来。文龙向魏坤宁说明了阿部宽的情况。魏坤宁一惊：“阿部宽的人咋来得这么快！我们一路没留下什么线索！”谭卓茹打住魏坤宁的话：“管不了那么多，必须找到东西，马上接头出城！”魏坤宁看向谭卓茹：“说得没错！两天没见，还好吧？我惦记惯了！”谭卓茹白了魏坤宁一眼：“不用你惦记！”魏坤宁一笑，回过头看向文龙：“这小庄不会又赌上了吧？咋还没出来！”文龙显得有些焦急：“再等等！”就在这时，一辆小车由远驶来停在了赌场门口，三人迅速缩头。车门打开，下来的却不是阿部宽而是一个穿着西装带着金丝眼镜的中年。金丝眼镜进入赌场。魏坤宁一惊：“吓我一跳，还以为是阿部宽到了！”文龙焦急的额头上都是汗：“不行，老魏，咱俩一块儿进去帮忙找！”魏坤宁点头。文龙看向谭卓茹：“你在门口盯着，阿部宽要是到了，就进赌场报个信。”谭卓茹点了点头。

金丝眼镜进入天桥赌档的办公室。天桥赌场的胖老板见到他迅速从皮椅上了站了起身：“黎先生，你来了！”金丝眼镜示意胖老板不必客气，笑着说：“最近天桥赌档的收入不错，光石先生很欣慰。”胖老板笑了笑说：“都是托光石先生的福！多亏了他的指点，近月来的营收才连续增长！”金丝眼镜微身点头说：“我会在光石先生面前替你美言的！”胖老板一笑：“多谢黎先生！喔，放心，这半个月的收入我会尽快清点好，到点，一定准时上交！”金丝眼镜点点头。外面楼下的赌场大厅传来喧闹声，金丝眼镜露出疑惑之情。

金丝眼镜来到过道，见下面的人都围在高小庄和络腮胡的赌桌前。金丝眼镜背着手静静地观看着，镜片上折射出寒光。胖老板跟了出来站在金丝眼镜旁边：“黎先生，那络腮胡是给咱看场子的，不能输得太难看。”金丝眼镜一笑。

络腮胡满面通红，手中摇晃着色子放在了桌上。高小庄一脸轻松也摇蛊色子，边摇边听，最后扣到了桌上。高小庄面前明显多了很多筹码，但那枚红色筹码币还在络腮胡面前。高小庄说："就这一把了，你要输了，你面前那些，就全是我的了！"络腮胡输的满头大汗地说："我就不信，你今天能通吃！开！"络腮胡开蛊的时候，尾指快速地拨了一下赌蛊里边儿的色子。络腮胡揭开，两个六点儿，一个五点儿。所有人惊叹。络腮胡哈哈大笑："哈哈，臭小子，除非你开的是豹子！"胡大壮紧张地看着高小庄。高小庄倒是一身轻松，看了眼络腮胡："哎，要不你帮我开吧！省得说我出千。"高小庄挑衅络腮胡，络腮胡不爽，但想了想还是伸手来揭高小庄的赌蛊："哼，待会儿，有你哭的时候！"络腮胡一把揭开了高小庄面前的赌蛊没想到里面竟然真的是三个六点，满场大惊。络腮胡大惊："你……"高小庄大笑："哎哎，这可是你亲手替我开的啊，没毛病。"络腮胡众目睽睽之下也不便发作。胡大壮迅速上前把络腮胡面前的筹码扒了过来，那枚红色筹码币悄悄装进了兜里。二楼的金丝眼镜看到了胡大壮的这一幕，眼睛眯起。高小庄将赢来的筹码全部推还给了络腮胡："好啦，不多不少，一百大洋整，这些都给你，两清了！"高小庄准备闪人。络腮胡憋红了脸："等等！必须再赌一把！你要赢了，我付你一百大洋！"高小庄一怔："可我现在又只落5块大洋了！"络腮胡狠狠地一笑："没关系，你要输了，把你的手留下！"围观群众惊叹。高小庄拱手："对不起，小爷没兴趣了！"高小庄等人要走。络腮胡一拍手，他的手下围在了高小庄几人面前。高小庄和胡大壮傻了。胡大壮要动手。高小庄摁住胡大壮，对围住自己的络腮胡的手下使笑说："有话好好说，好好说啊！"

阿部宽所乘坐的轿车在路上行驶，不断逼近天桥赌档。文龙和魏坤宁刚进了赌场，看到一角里聚集了很多人，两人对视一眼赶过去。胡大壮正好赶过来寻救兵："哎，两位大哥可算来了，不好了！"文龙一惊："咋了，东西没找着？"胡大壮看了眼文龙："东西找着了，可人快保不住了！"魏坤宁傻眼了。胡大壮急了："哎呀，我们碰上鲁小花了，她，她不知道为啥欠人一大笔债……"文龙一惊："鲁小花，到底怎么回事，你给我把舌头捋直了！”

络腮胡和高小庄换了一张赌桌，这次是推牌九。络腮胡看了眼高小庄：“这次咱换个玩法！我不信，你样样精通。”高小庄有些犹豫。文龙和胡大壮、魏坤宁来到了桌边，见几个壮汉站在边上，怒目圆睁。魏坤宁附在文龙耳边低语：“动手吧！来不及了！”文龙低语：“情闹大，一个都走不了了！”事魏坤宁急了：“这架势你看见了，要么赢了这一局，要么动手救人！”文龙稍作沉思低语：“一旦动手，阿部宽马上就会收到消息！陪他玩完这一局了！速战速决！”胡大壮看着小庄的冷汗都冒出来了！文龙安慰胡大壮低语：“小庄会变戏法，应该能听骰子，可这玩意儿靠的是眼力和记忆力，不是他的强项。”魏坤宁又朝文龙低语：“而且那大胡子让这么多人围着他，给他心理压力，这局恐怕悬。”文龙走到了高小庄的身后低声：“放轻松！”高小庄看到了身边的文龙果然镇定了很多。

金丝眼镜注意到文龙挤到了高小庄的身边。胖老板看着金丝眼镜。金丝眼镜一笑，理了理领结，也下楼去。

一个荷官站在台中央，开始洗牌九。牌九在桌面快速翻来覆去，文龙眯着眼认真观察记忆着。金丝眼镜已经悄然站在了络腮胡的身边，他同样仔细观看着桌面的牌九。镜片反射出牌九的倒影。荷官熟练的操作下，牌九被混在一起，每两张牌九叠在一起，又快速来回切换位置，最终，32张牌九分成了16对儿。啪啪啪组成了一条长龙！荷官喊了声，两位请！

络腮胡伸手示意停一下：“哎，我还没说规则呢，这次咱换个玩法，一人拿一对牌，谁抓的点数最大，就算谁赢！”高小庄有些紧张了，看着面前的那16对牌，不知道选哪一对了。文龙这时闭上了眼——16对牌九在荷官手中越来越慢，文龙注意到其中的9点和8点被放在一起。文龙猛地睁开了眼。文龙对高小庄低语：“选第9对！”

高小庄闻言坚定地把手伸向了第九对牌九，对面的刀子和鲁小花以及所有围观的人都屏住呼吸。高小庄推开手中的两张牌，是一张9点，一张8点。荷官大喊：“17点。”所有人都点着头。络腮胡震惊的表情。文龙低声：“放心，这12对牌里，这是最大的点数了！”高小庄瞬间由紧张变为了得瑟：“嘿嘿，你不挺牛嘛，你开呀！”压力抛到了络腮胡这边，络腮胡的手在剩下的11对上犹豫不决。络腮胡准备去拿第1幅牌。金丝眼镜突然从后面轻声给络腮胡支招："第3对！"络腮胡一愣，回头看了眼金丝眼镜，竟然格外听他的话，一回头毫不犹豫地拿起了第3对牌九。络腮胡大喊："开！"牌九打开，这对也是一张9点、一张8点。荷官大喊："17点！"双方平手！所有人惊叹。

文龙和金丝眼镜分别意味深长地对视了一眼。金丝眼镜低声对络腮胡："这帮人不是善茬，见好就收吧！"络腮胡憋气："行，这次算你们走运，人你们带走。"络腮胡一挥手，他的手下让开了路。高小庄拱手："多谢了！"

谭卓茹来回踱步，不时向路口张望，神色焦急。一辆车从远处驶来。谭卓茹辨认车身，确认是阿部宽的车。谭卓茹一惊迅速冲向赌场。文龙等人扶着鲁小花正往门口走，见到谭卓茹紧张地相互对视了一眼。谭卓茹快速迎上前去低声："阿部宽来了！"文龙急速低语："快！走后门。"众人一调头，往后门方向走去，慢慢加快了脚步。阿部宽和松田带着两个手下，走进赌场，四处张望。文龙等人的背影隐藏在来往的赌徒之中。

络腮胡转身对金丝眼镜说："黎先生，刚才多谢你出手相助。"金丝眼镜一笑："你替咱们场子放高利，怎么说也是自已人！"络腮胡瞪着文龙等人的背影，恶狠狠地啐了一口说："下次别让我碰上！"松田陪着阿部宽往赌档里走："中佐，这边上楼。"阿部宽注意到了络腮胡的动作，顺着络腮胡的眼光看过去，他看到了文龙几人远去的背影。阿部宽突然追上前两步："喂！你们，站住！"文龙等人听到了阿部宽的喊声，纷纷一愣。文龙沉着低语："不要停，继续走！"阿部宽更加起疑。阿部宽做掏枪的手势，大喊："站住！"文龙急声低语："躲不掉了，跑！"文龙一行已经到了后门边儿上，突然一起冲出了门外。阿部宽见状大惊："八嘎！给我追！"金丝眼镜看到这一幕，眼睛眯起。

文龙一伙快速冲了出门。文龙吩咐："卓茹，你先带刀子和小花撤！其他人，和我断后！"谭卓茹点了点头。谭卓茹带着刀子拔出枪丢给了魏坤宁和高小庄，扶着鲁小花快速离开。文龙拔出枪。高小庄等人握着枪，各自找了个掩体瞄准了后门处。高小庄拿着枪，手直抖："我刚学会打枪，就让我杀人！”胡大壮急眼了：“你杀的哪是人，是日本鬼子！想想孙海，想想你爹！”高小庄顿时怒了。两个日本兵从后门内跳出，和文龙一行展开对射。但因为日本兵没有掩体，很快便中枪倒地，高小庄也打死了一个。

阿部宽持枪刚冲到后门处，突然四周墙壁都被子弹打中，尘土飞扬，不得不缩回了身子。阿部宽看了眼已经倒在了巷道中的日本兵尸体，对身后的松田下命令：“快，把我们的人调过来！”松田走后阿部宽想了想，迅速上楼。文龙等人举枪瞄着，发现后面暂时没了动静。文龙对着魏坤宁低声喊：“不要恋战，赶快撤！”大家呈队形交替掩护，快速向后撤退。阿部宽推开了二楼的窗户，刚想窥探下方的情景，突然啪！一发子弹射过来，险些打中阿部宽。阿部宽也发现了下方巷道中的文龙，举枪还击。文龙看了眼赌档，二楼上面的窗户上晾晒着一些床单衣物，举枪将那根挂着的晾衣竿打中。床单和衣物顿时飘落，纷纷挂在了二楼的窗户上。阿部宽顿时被这些突然飘至的衣物遮住了视线，奋力地挥掉面前的遮挡物，当全部挥开时，眼前的巷子里已经全不见钢刺的踪影。此时，松田带着一队特战队员赶到：“中佐！”阿部宽一记重拳擂在墙上：“都给我进巷子，搜！”阿部宽一个手势，特战队员们一起冲下楼。金丝眼镜看完，低头想了想，快步离开了赌场。

任务交织　环环相扣

一

安娜正在熬粥，动作有些笨拙，揭锅盖看里面时烫到了手。安娜迅速将锅放下，吮吸手指。砰砰砰！敲门声响。安娜警惕，悄悄走到门边儿听敲门声的节奏。砰！砰砰砰！砰！安娜一喜打开了门，刀子抱着鲁小花进屋，谭卓茹跟在后面。安娜先是一喜，再看向后面不见文龙等人的身影又有些担忧地问："文龙哥呢？"谭卓茹看了眼安娜："放心吧，他们一会儿就回。"安娜这才看到刀子抱着的鲁小花："鲁小花，这，这怎么回事？"谭卓茹摇头说："我也想知道！热水！"

刀子全身心地照顾着鲁小花，关切地问："小花，没事，到家了！"安娜倒来热水，谭卓茹取下毛巾递到了刀子身边。鲁小花虽然气力很虚弱，但看到刀子脸上还是挂着幸福的微笑："刀子，真的是你，不是在做梦？"刀子握紧了小花的手："小花，你现在看上去很虚弱，怎么回事？"鲁小花一笑："上次在林场里中过枪后，得亏你们替我找来了药续了条命，只是命虽然保下来了身上却落下了毛病，大夫说是伤寒热毒内盛！"安娜和谭卓茹闻言动容，但也不忍插话打断两人。刀子深情地看着鲁小花："小花，你有药方吗？我先去替你抓药！"鲁小花点头："方子在我口袋里，但药材不好找，还金贵！"刀子翻鲁小花口袋，找到了方子说："小花，你再忍忍，我很快回来！"刀子起身说："拜托两位替我照顾好小花。"谭卓茹急喊："刀子，等文龙回来商量了再去！"刀子没有搭话，扭头撤出门外。

阿部宽站在巷子的十字路口。一队特战队还在巷子里四处搜寻着。松田走到到了阿部宽的身后："搜遍了！没有，我再带人往东边看看？"阿部宽低语："不必了，以钢刺的狡猾，十分钟内搜不到行踪，之后就更不可能让你抓住尾巴！"松田叹了口气："可惜！"阿部宽低语："哎，不可惜，至少确认了一点，他就在奉天城内！"阿部宽狠笑：一声"现在，必须从别的地方下手！"

阿部宽问络腮胡："你是说，他们宁愿赌上只手，也要带走那个女人？"络腮胡一幅被审问的样子回答道："没错，都是不要命的架势！"阿部宽接着问姑娘什么来路？络腮胡思考了一下说："她，我倒不清楚，只知道他老子问我借钱，说要给她买药，花销还挺大。"阿部宽一惊："买药，什么药？"络腮胡一怔；"中药吧，说是里面有味犀牛角，这药材金贵，听说那女人的病不吃上个十天半月好不了，所以找我借了钱。"阿部宽看了眼络腮胡问："他向你借了多少？什么时候借的？够买多少犀牛角？"络腮胡掐了掐手指："借了十块大洋，得有半个月了，那点钱买不了多少！最多七八天的药量。"阿部宽一笑："赏！这个犀牛角的料，对我来说也同样很金贵！"络腮胡还没闹明白情况，一个装银元的袋子便塞到了他手上。络腮胡起身说："谢谢太君，谢谢太君！"阿部宽看向对松田。松田已经明了阿部宽的意思说："他们那么在乎那个姑娘的生死，肯定还会去给她拿药的！我这就带人去药店蹲点。"阿部宽一笑。络腮胡点头哈腰地看着阿部宽："太君，奉天我熟，我可以效劳！"阿部宽点头说："好，有犀牛角的药材店可不多！给我看紧了，事成之后，另有大赏。"络腮胡点头哈腰地出去了。阿部宽转身对松田看了眼："你先留下，我有别的任务交给你！"

安娜正替鲁小花擦头汗，鲁小花处于昏迷状态。谭卓茹看了眼安娜："小花这妮子，还挺彪的，身子骨都虚成这样了还敢大闹赌场。"安娜一笑："听说没受伤以前，劲儿更大。"谭卓茹又隐约地担心低语："希望刀子出去买药，不要出事才好！"安娜看向门口："文龙哥他们怎么还没回来？"话音刚落，敲门声响了，一样是暗号的节奏。谭卓茹一笑："说曹操，曹操到。"

安娜兴奋地上前开门，文龙等人一起钻了进来。高小庄冲向安娜：

“哎哟，我的好妹妹……”安娜却径直拉住了文龙的手：“怎么样，没受伤吧？”高小庄扑了个空，搭住胡大壮的肩膀摇头抱怨：“哎，同人不同命啊！”安娜回头看到了高小庄，先是一笑，然后上前揪了把高小庄耳朵说：“可以啊，这才多会儿不见学会嚼舌根儿了，来，让我看看。”安娜松开手打量高小庄说：“全须全尾的，把自个儿养得挺好嘛。”高小庄一笑说：“你以为离了文龙哥我就活不好啦，小瞧人。”胡大壮挤兑高小庄：“是活得挺好的，好到骗小孩儿包子吃了！”高小庄怒目看了眼胡大壮：“哎，你……”大家一阵欢笑，小组成员重新团聚，气氛很是愉悦。

松田关上门，看向阿部宽：“中佐，您说的另一个任务是？”阿部宽在办公桌上摆弄着几枚筹码币，然后拿起了一枚说：“除了药材之外，这是另一条能找到钢刺的重要线索！从络腮胡的话可以听出来，今天他们没有接头成功，接下来，他们肯定还要继续接头！”松田点点头。阿部宽朝松田使了个眼色说：“你的任务是，给我把赌场所有工作人员的档案都查一遍！”松田领命出去了。阿部宽打量着手中的筹码币，露出冷笑。

文龙将那枚红色筹码币抛起，稳稳接住，然后又将筹码币揣进口袋，抄起倒扣在桌上的一只帽子戴到了头上。文龙看向魏坤宁：“时辰差不多了，老魏，你安顿好大家，我得赶紧想办法接头！”魏坤宁点头：“嗯，雷子不在，这个家我替你看着！”听到铁雷，文龙微微有些动容，点了点头，朝魏坤宁苦笑了一下。谭卓茹拦住文龙：“等等，现在虽然接头信物是有了，可要联系的人具体是谁，什么职业咱还不清楚啊！你咋接头？”文龙点点头说：“现在只知道他在满洲中央银行奉天支行，但具体是什么职位、姓名、身份这些确实都不清楚。”大家闻言发愁。文龙一笑：“所以，我需要一瓶酒！”大家一惊。

奉天城的街道上路人熙熙攘攘。一辆小车驶在街道上。小泉清坐在车内，冈本并排坐在一旁。副驾驶上的郭三说：“大佐，真想不到，您会放弃追捕钢刺来奉天！”小泉清一笑：“不是放弃，是暂时中止，因为我有更重要的事情！”郭三一惊：“更重要的事，您说的不会是参加光石先生的寿宴吧？”小泉清眯起了眼说：“重要的不是光石先生的寿宴，而是他的意见！”郭三疑惑地看向小泉清。小泉清瞥了眼郭三：“你不需要知道那么多！”郭三低下头说：“是，是，小的多嘴了。”小泉清低语：“银行还有多远？”冈本转眼看向小泉清：“再穿过两条街，就到满洲中央银行了。”小泉清躺在椅背上，不再说话。

到了奉天银行门口，文龙打开一瓶白酒，咕咚咕咚全灌了几口，又在身上洒了一些。文龙扔掉瓶子，打着酒嗝进门。文龙坐到一个柜台。工作人员见状：“您好，请问有什么需要？”文龙掏出一些碎钞和那枚筹码币：“存，存钱。”工作人员点头，好的，我帮你点一点。工作人员清点起零钱，发现了那枚筹码币，一笑说：“不好意思，其他的我可以帮你先存好；您这个可不是钱，不能存。”文龙装醉，举起那枚钱币说：“这怎么就不是钱呢，能存！这个钢镚儿我搁身上不方便，得存。”两人的争论声引来了工作人员的目光，文龙把手中的那枚筹码币高高举起，围观的人有的摇头，有的哑然失笑。工作人员明显没了耐心说：“先生，您喝多了，您先去休息一下，等您酒醒了，再来办理业务吧，下一位。”文龙故装发怒：“我，我没喝多！我就要存！”金丝眼镜走出来，看到这一幕，朝两名安保使了个眼色。两名安保人员上前来一把架起了文龙。

小泉清带着郭三和冈本来到奉天银行门口。郭三下车，忙着给小泉清开车门：“大佐请，冈本太君请。”小泉清和冈本进门。

文龙被安保人员带进了旁边一间房。门刚关上，小泉清和郭三走进了大厅。一工作人员急忙走向前：“您好，请问您是？”小泉清没直面回答，而是看了眼工作人员说：“你好，请问你光石行长的办公室在哪儿？”工作人员往楼上一指说：“你们是谁，有预约吗？”小泉清不再答话，径直上楼。工作人员上前阻拦说：“哎，你们没有预约，别上去啊。”冈本拽住工作人员说：“走开！我们是光石行长的朋友，不需要预约！”金丝眼镜出现在了二楼的站台上喝道“慢着！”小泉清等人都一愣，回头，只见是金丝眼镜。金丝眼镜很严肃地说：“不管你们是谁，没有预约都不可以上去。”小泉清觉得有点意思，转过身来一笑说：“怎么称呼？”金丝眼镜低头示意：“本人姓黎，这里的经理！”郭三冷笑说：“原来只是个经理，敢这么和我们说话。”黎经理一笑说：“在这个大厅里，就得听我的！”冈本大喊：“八嘎……”小泉清挥手制止了冈本。小泉清一笑说：“有点意思！行，怎么预约，照你的来！”

文龙被关在一间空荡荡的业务室内，四下打量。

黎经理将小泉清的证件毕恭毕敬地奉还，深鞠躬说：“对不起，小泉清大佐，银行非普通之地，我必须严厉。”小泉清并没有恼，反倒颇有些欣赏地看着黎经理：“光石先生需要你这样的助手！”黎经理一笑：“谬赞！遗憾的是先生临时有事外出，要明天才能回来，先生让我代他向您致以歉意。”小泉清一挥手：“不急，奉天城风景不错，我正好可以多转转。”黎经理上前一步：“大佐若不嫌弃，我可以派人做您的导游。”小泉清一笑：“不必了，光石先生不在，想必银行有更多事务需要你们操心，我们先告辞了。”黎经理拱手一笑：“那大佐慢走，等光石先生回来我第一时间给宪兵招待所去电话！”小泉清点点头说：“有劳！”起身离开。

文龙突然外面传来了脚步声由远及近，走到了门口。文龙迅速坐回到椅子上装醉。门推开，金丝眼镜走了进来：“喂，醒醒吧！”文龙眯着睁开了眼，看到是金丝眼镜，有些意外，但是装醉：“你，你谁呀？”金丝眼镜一脸的严肃：“银行可不是赌场，大吵大闹可是要吃罚的。”文龙又装半醉半清醒状：“你们服务太差，我要投诉。”金丝眼镜笑，笑着令人发瘆。金丝眼镜低语：“还跟我演戏是吧，刚才在赌场我就已经盯上你了！刚还不赌得挺欢的嘛，现在开始耍酒疯了？”金丝眼镜突然暴怒，一把将文龙的头摁在了桌子上，掏出了一把左轮枪：“既然你这么喜欢赌，那我们就来赌一把！”金丝眼镜退出六发子弹，把枪口顶到了文龙的头上：“老实回答我，你到底是干什么的，来这儿的目的？”文龙没有半点怯场，反过来耍酒疯，拿着枪口在头皮上蹭：“好痒，舒服。”

金丝眼镜啪！抠了一枪，是空响，大喊：“第二遍！”文龙听到空响声再认真地打量着金丝眼镜手中的枪，仿佛这才反应过来，缩到墙角发着抖说：“别，别开枪，我，我不存钱了。”金丝眼镜低语：“你不说，那我说，你们从那个络腮胡手中赢了一大把钱，却独独留下了这个筹码币，我看得很清楚。”文龙还是假装听不懂，抱着头。金丝眼镜又低语：“方才还在赌场撒欢，转眼就变成醉鬼在银行闹事，手中还举着这枚筹码币，你以为我猜不出你的动机吗？”文龙冷笑了一下：“对，我在赌场见过你，来来来，咱们接着赌。”

文龙拍了拍桌子，嬉笑着看着金丝眼镜。金丝眼镜一怒，直接上前把枪口塞进了文龙的嘴里：“知道我为什么能留在光石先生身边吗？因为我心够细，碰上我，只能算你倒霉了！我给你最后一次机会。”文龙摇头。金丝眼镜瞪大了眼镜，连续扣动扳机。嗒嗒嗒！一声空响！二声空响！一连六声都是空响。金丝眼镜取出了枪，两人都似消耗了极大的力气，对视着。突然，金丝眼镜先笑了，文龙也跟着一笑。文龙一抬手，抛出筹码币，金丝眼镜招手接住，将币装进兜里。

二

刀子递上药方：“大夫，照这个方子抓一副！”郎中戴着老花眼镜打量方子，犀角、麻黄、石膏各50克……郎中看了刀子一眼，继续念，黄连去须1.5克，山栀子仁75克。上五味，粗捣筛，每服25克！刀子期待地看着郎中：“这些药材，都有吧？”郎中点头并看了眼刀子：“嗯，你运气不错，这犀牛角今儿上午刚到的货。”刀子大喜：“太好，太好了。”郎中嘴角露出微笑：“稍等，我给你取。”刀子点头。

郎中转身进了后面的药材房，一抬头，只见络腮胡跷腿坐在原地，正啃着个苹果。郎中上前到络腮胡耳边低语。络腮胡欣喜起身一乐，掏出一枚大洋塞给了郎中。郎中将一包中药递给了刀子说：“拿好喽，文火细熬，早中晚各一次。”刀子向郎中拱手：“多谢！”刀子接过药出门，掂了掂满意地出门。

金丝眼镜和文龙握手。金丝眼镜低语：“我就是你们要找的人，老钱（中共奉天地下组织联络员）！”文龙很镇定：“同志你好！”老钱看了眼文龙：“方才多有得罪，毕竟信物不假，但人却未必是真的！”文龙点头：“看来方才你的话不假，你果然心很细。”老钱点头：“你也一样，硬骨头一块！”文龙一笑。老钱关切地看着文龙；“你们的人现在住在哪儿？”文龙回应：“在八王寺附近的一个地下室。”老钱取出一把钥匙说：“那儿不安全，你带着你的朋友转移到这里！稍晚，我会跟你们会和。”文龙想了想，接过钥匙说：“多谢！”

刀子拎着一袋药材快步往回走。络腮胡不近不远地跟着。刀子的表情突然有些狐疑，但是他不露声色。络腮胡继续跟踪。刀子走到了一幢大户人家门口。一个仆人将一个乞丐踹开：“也不看看这是啥地儿！咱家老爷可是奉天城的大人物，日本商会会长跟前的红人！什么东西！”仆人把门关上。刀子看到这一幕，一抬头，见前面不远处就是死胡同了，刀子想了想，停在了那个院门前，敲了敲门。络腮胡藏到了一堵墙后，悄悄观察。仆人把门打开：“我说你……发现不是乞丐，打量刀子，你谁呀？”刀子一笑：“你好，是你家老爷订的药吧？”仆人疑惑。刀子先进了门说：“出门时，掌柜的叮嘱我加急，要不，你先问问？”仆人关上门，留刀子在院门外。刀子暗暗瞥了眼身后。

络腮胡打量着面前的大门，记下了门牌号，得意一笑，转身离开。

高小庄和胡大壮正在喝粥吃馒头。刀子敲门。安娜给开了门问：“怎么这么久才回来！”刀子低语：“刚才被人跟踪了！”高小庄一惊：“啥，跟踪？”刀子并没太当回事：“嗨，就赌场那大络腮胡，估计是之前输了不服气，想报复咱！”胡大壮来了兴致：“他人呢？刚好他胡爷爷这会儿吃饱了有劲儿，跟他练练。”刀子哼了一声：“我干啥吃的，虚晃一枪把他支开了。”高小庄点点头：“也对，那络腮胡连我都斗不过，哪是你的对手。”大家一笑。魏坤宁和谭卓茹却并没那么轻松。刀子把药递给谭卓茹问：“小花怎么样？快，把药煎了！”谭卓茹接过药说：“刀子，你把他支开的地点，远吗？”刀子看了眼鲁小花，又回答谭卓茹：“远倒是不远，但肯定是把他甩得干干净净了。”胡大壮咬了口馒头：“嗨，就那个地赖子那脑子，甭说他找不着，就算他找上门儿来了，咱还能怕了他？”高小庄点头：“就是，搁以前小爷可能还怵他，在，我能治得他跪在地上叫我爷！”胡大壮瞥了眼小庄：“你不吹能死啊，想想你之前拿枪的样儿！”高小庄和胡大壮自己乐开了。魏坤宁看了眼鲁小花：“卓茹，先煎药吧。”

天桥赌档老板的办公室变成了阿部宽临时的办公地点。阿部宽刚听完络腮胡的汇报，问道：“知云路38号院？”络腮胡点头说：“没错，我一路跟着，瞧得真真的。”阿部宽看向松田：“集结队伍，立即出发，包围38

号院。”

刀子蹲在炉子前扇火，不时看着上面熬的药。安娜则在踱步。谭卓茹看着安娜：“小姑奶奶，晃得我眼珠子疼！”高小庄酸酸地哼了声：“眼珠子疼那也比不过人家心疼，在担心文龙哥呢！”安娜瞥了眼小庄：“你还说，你就应该陪文龙一起去接头！”高小庄一怔：“我倒是乐意，可人家文龙说了，人多眼杂，还怕我碍了他的计划呢。”安娜埋怨：“说起计划我就来气，就他那撒酒疯的计划，亏你们还同意了！”魏坤宁故意逗起来：“哎，安娜你说，这文龙不会喝过头了吧？”魏坤宁摆明逗安娜的话。胡大壮倒当真了：“呀，他要真到银行大厅里去撒酒疯，那还得了？”刀子插话：“文龙的酒量，你们都没领教过，喝不倒的！”胡大壮一笑：“哟，那回头我还真得跟他好好喝喝！”高小庄朝大壮使了个眼色：“就是，论脑子咱输他，论喝酒，大壮这肚皮可比他能装。”安娜有些生气了：“都什么时候了，还开玩笑！”门外传来有节奏的敲门声。安娜一喜上前开门，果然是文龙站在门口，魏坤宁腾地站起身：“接上头了吗？”文龙笑着点了点头，大家脸上都露出轻松的笑容。

阿部宽和松田在络腮胡的带路下，来到了38号院门外。阿部宽一个手势，松田带着一队日本兵冲入。仆人正端着一盘饺子出来，见到这阵势吓得手一软，饺子掉了一地，大惊地喊：“你，你们是做什么？”阿部宽没有答话，只是一个手势。所有士兵全部都冲进了屋内。阿部宽扫视了一圈，目光落到了仆人身上，大声问道：“那个拎着药进来的人，在哪里？”仆人摇头。络腮胡走向前瞪了眼仆人：“少跟我耍花样啊，我亲眼看到他进来的，识相的，把人交出来。”仆人摆手：“太君，我们根本不认识那个人，他说是送药的，可我们家根本没人生病，我就把他给打发走了！”阿部宽狐疑地看着仆人。

听完文龙刚才在奉天银行的经过。胡大壮睁大眼睛一惊：“什么，你是说接头人老钱，就是那金丝眼镜儿？”文龙点了点头。高小庄点点附和：“也就是说，金丝眼镜儿就是那老钱？”这对活宝一唱一和的，文龙懒得理。魏坤宁一怔：“可以啊，在赌场我就看出那老兄深藏不露，没想到是自己人！”高小庄来了兴致：“有了他，可就如虎添翼了！”安娜叹了口气：

“哎，没去赌场，现在连你们说啥都听不懂了！”安娜端着一碗水递过来。文龙接过安娜倒的一碗水，喝了起来。刚喝了一口，哇！一张嘴全吐了出来说：“这，这都什么玩意儿！”安娜惊疑：“醋啊，给你醒醒酒！”文龙放下碗一笑说：“你看我像醉了吗？”安娜认真地打量文龙：“没醉，喝点醋也没坏处。”大家哄笑，安娜也跟着笑，文龙无奈摇头。文龙看到炉上煎的药和正卖力扇扇子的刀子：“买到药材了？”刀子点头：“转了好几家，可算是买到了！”胡大壮一惊：“对，回来还被人贼上了。”文龙一惊：“什么？被人贼上？”高小庄怒色道：“就赌场那大胡子，跟踪刀子，想报复咱呢！”文龙深思了一下：“坏了！我正想跟你们说这事儿呢！赶紧收拾东西，撤！”魏坤宁傻眼了：“咋回事，说变就变。”文龙点头：“我刚从老钱那儿打听到，赌档的幕后老板其实是日本人，阿部宽给每家赌场都发了咱们的肖像画，要赌场配合他的抓捕行动，而且咱在赌场甩掉阿部宽之后，他一定会审问那个大胡子！”魏坤宁点点头：“这么说来，他跟踪刀子的目的可不是报私仇那么简单！”胡大壮一拍脑袋：“坏了，一定是给鬼子盯梢。”高小庄大惊：“快走！”话音刚落，已经抬屁股收拾包去了。文龙看向刀子：“扶上小花！”刀子一怔：“可这药……好不容易抓来的。”胡大壮拉了吧刀子：“哎呀，都什么时候了，还管药！”刀子看了眼面前的药，舍不得，找了个温水壶，把药水倒入壶中。

阿部宽站在38号院门口打量着四周的环境。松田和络腮胡从院内出来，走到了阿部宽的身后。松田摇了摇头。络腮胡上前来解释：“太君，我真是亲眼看到他敲开这家门的……”阿部宽随手一指说：“你们看那边！”松田顺着阿部宽指的方向看去，边看边说：“那边……是断头路啊！”阿部宽点头，看向络腮胡：“很明显，你在跟踪时被对方察觉了。”络腮胡一怔：“这……”阿部宽看了眼络腮胡：“你仔细想想，可能是在哪儿暴露的？”

络腮胡想了想：胡同内，刀子突然停了一下，然后继续往前走。络腮胡一惊说：“应该就是进了胡同不久，道路收窄，可能就，就被察觉了！”阿部宽点头说：“看来，他们真正的据点离这儿应该不远，他本想把你带得远一点，可没想到前面是断头路，所以只好在断头路前随便找这家院子混淆视听。”松田及忙请示：“中佐，我这就带人沿着胡同扫一圈？”阿部宽点头大喊："动作要快！"

地下室入口是在一个破旧的居民楼楼道口。阿部宽经过楼门口时突然停下脚步，闭上眼睛，轻嗅空气，好重的药材味儿！阿部宽看向楼道口，摆了个手势。松田迅速带着一队特战队过来，呈队形靠近楼门。一串流利的手势后，其中一名队员踹开了楼道门，身后的士兵迅速冲进去。

地下室的门被踹开，日本兵呈队形攻入。经过警惕的扫视之后，发现地下室内空空如也。

高小庄探出头看了眼远处守在地下室入口处的日本兵，迅速缩回了头："好险，快走快走！"

阿部宽进屋，他打量着四周，锅里残留的药渣，桌上摆放的茶碗，这就是他们的据点！松田上前："肯定跑不远，我带人去追！"阿部宽看到旁边一个脸盆里盛放的水，他走过去伸手碰了下水温，然后又走到炉边看了下炉火，火已经熄灭，阿部宽伸手感受了一下炭温。阿部宽闭眼："刚走不久！通知奉天宪兵队增援，封锁周边路口，搜！"

三

黄昏的奉天城大街，几个路口被路障封住。松田大喊："附近的街道，都给我搜仔细了！"一队日本兵散开。街道上行人稀少，街道两边很多店铺都已经关门歇业。文龙一行在街道上疾步向前行走。突然，刀子从前方折回来说："前面的路口被鬼子临时封锁了！"大家闻言一脸愁容。魏坤宁深思了一下："阿部宽要是调了城里的鬼子，能把这条街翻个个儿！"安娜大惊："对呀，我们现在往哪儿去啊？"一个戴着鸭舌帽的男孩迎面走来，在文龙身边低语："看几位神色焦虑，请问要借款子解燃眉之急吗？"文龙一愣："借？我倒是有必款子急着汇出，可惜银行已经打烊了！"鸭舌帽点头："您是特殊客人，请跟我来！"

奉天城另一条街道上。阿部宽站在街道边，支着一柄军刀。松田和络腮胡来到阿部宽身边。松田走到阿部宽耳语："中佐，附近的街道都搜遍了！没发现人。"阿部宽打量着空荡荡的街道："不可能，难道他们离开的时间比我预估的早！”回应阿部宽的只有烈烈的风声。阿部宽不甘地用军刀狠狠地跺了下地面：“钢刺啊钢刺，掘地三尺，我也会把你找出来。”阿部宽离开，在他身后是满洲中央银行的大门，只是大门上挂着“停止营业”的招牌。

文龙一行关在业务室内。门推开，老钱和鸭舌帽走了进来。老钱看向文龙：“放心吧，阿部宽撤了！”大家纷纷松了口气。文龙向老钱示谢，转向大伙：“我来介绍一下，这就是我们在奉天的接头人，老钱！”老钱点头说：“大家一路辛苦了！”高小庄点头看向老钱问：“你怎么知道我们正被阿部宽追？”老钱一笑说：“我派了同志小皮替我盯着你们这帮朋友！”小皮（鸭舌帽）朝着几人一笑。文龙赞扬说：“老钱的特点就是胆大心细。”老钱一笑：“过奖了，上级安排的任务，不能怠慢！”文龙严肃地问：“阿部宽再怎么狡猾，也一定想不到我们竟然在这儿。”胡大壮愁容满面地说抱怨：“可咱老窝被掏了，接下来住哪儿啊？”老钱和文龙对视一笑。文龙掏出一把钥匙说：“老钱早就替咱们安排好了。”

天色转夜，街上四处都是日本招牌和膏药旗。一栋木楼里亮着光。文龙从窗户观察着下面。魏坤宁看了文龙一眼：“老钱怎么想的，把咱安排到这条街！”胡大壮也抱怨：“就是，这街上全是鬼子！”谭卓茹瞥了眼魏坤宁：“有得住就不错了，还挑挑拣拣的！”文龙深思了一下说：“越是这样的地儿，查得越松，咱住着也就越安全！小花醒了？”高小庄点点头：“对，那药刀子可是一勺一勺地喂，一滴都没有洒！就冲这份心思，能不醒吗？”文龙看了眼小庄：“别贫了！”

刀子放下空空的药碗，替鲁小花垫高了枕头。文龙走了进来。鲁小花看到文龙想要坐起来一些。文龙不让鲁小花动，看着鲁小花说：“小花，你踏踏实实歇好！怎么样了？”鲁小花点头：“多亏大家照顾，好多了。”谭卓茹一笑：“别谢大家，要谢就谢你家刀子！”鲁小花看了眼刀子，刀子羞涩一笑。刀子急切地问：“小花，鲁伯呢？”鲁小花听到父亲的名字，脸上的笑容消失了。大家都感觉到不妙。刀子紧张地问：“咋了？”鲁小花眼里噙满了泪水：“我爹被那个络腮胡抓去了，一直没有下落，所以我才上赌场找他要人。”文龙用安慰的眼光看着鲁小花：“不急，你慢慢说，这究竟是怎么回事？”鲁小花点了点头说：“上次在林子里和鬼子们打了一仗之后，我们幸存下来的人，不得不离开林子到城镇讨生活，因为大家都没啥文化，只能做苦力，哪有活儿上哪儿去，慢慢地人也就散开了！”众人点头。鲁小花喘了口气继续说：“上次的枪伤得亏你们替我找来了药，只是，虽然保下一条命，身体却落下毛病！都快成药罐子了。”鲁小花苦笑。

安娜也很关切地看着鲁小花：“所以，鲁伯为了照顾你，就陪你待在奉天？”鲁小花点头：“毕竟比小地方好，药铺多一些，大夫也多，只是我的药费开销不小，他做苦力的钱根本是入不敷出，后来我才知道，他竟然背着我去借钱，结果……”鲁小花不忍再说下去。文龙点点头看向鲁小花：“小花，放心休养，我会让老钱帮忙打听鲁伯的下落！”刀子心里也很难受，眼里闪烁着泪花：“小花，没想到这些日子你受了这么多苦。”鲁小花看向大家：“我不苦，最苦的是我爹，还有你们！是我连累了你们！”刀子抚摸小花脸颊：“既然老天让我们再碰上了，说啥我也不会不会再跟你分开了！”文龙递了个眼神，大家都纷纷退出房间给刀子二人独处的空间。

天档赌档办公室内。阿部宽擦着军刀，显然还在为让钢刺逃跑而生气。寒冷的刀面反射出阿部宽阴冷的眼睛。松田走向前：“中佐，我已经按您的要求，让人封锁了城门。”阿部宽点头说：“今天打草惊蛇，药材这条线索恐怕今后都没用了，现在，我们的重心要放在追查那枚筹码币上！之前让你做的事，怎么样了？”松田立正报告：“我把鸿运、九牌楼和天桥这三个赌档的所有工作人员资料都查了个遍，筛选出了几个可疑目标，请中佐过目。”松田递上一份文件，阿部宽快速接过文件拆开。阿部宽扫视着文档资料，一张又一张地快速翻着，越往后显得越不耐烦，把文件袋一扔，大怒道：“废物！这些东西你有看过吗！”松田不敢说话。阿部宽眯起眼，心想一定还有疏漏的地方。阿部宽来回踱步，突然停下想到了什么，低声说：“银行……对，还有银行啊！”松田看向阿部宽明白过来：“对，这些赌档都是我们帝国的银行出资开设的，所以，他们隶属于同一个系统！”阿部宽冷冷地笑了笑说：“明天，我们去找一下光石先生，你再把银行所有工作人员的档案筛查一遍！赌场或者银行，肯定在这两者之中。”

天边曙光初现。文龙和老钱在商谈机密事宜。老钱看向文龙：“你们先休整一天，后天就能安排你出城，所需的物资补给都已经备好。”文龙点头说：“老钱，让你费心了！”老钱拿出一个钱夹，从里面取出了一笔钱说：“这是鬼子在这边发行的货币，在这边很多生活必需品都要求只能用他们的钱，拿着。”文龙接过钱说：“嗯，多谢了！这次到奉天，除了有劳你接应，还有一件事得麻烦你！”老钱又转向文龙：“你是说冲洗胶卷吧？”文龙点头。老钱说：“刚才在街头接应你们的人，他叫小皮，他在奉天的表面身份就是个摄影师。”文龙深思了一下说：“既然人已经来了，请尽快安排冲洗胶卷！”老钱想了想说：“本来，接到你们之后，应该第一时间送你们出城！但是……”文龙疑惑地说：“有话直说。”老钱一怔：“今晚我们有个很重要的任务，小皮必须参加！所以，只能等明天。”文龙眉头皱起。老钱握住文龙的手说：“放心，这个地方很安全，阿部宽不会查到这儿来！”

安娜披着衣服在熬粥。门外突然传来轻轻的敲门声，有节奏的声响。安娜贴着门仔细听了下节奏声，上前打开了门。门外是昨天在街头接住他们的鸭舌帽——小皮。安娜一笑：“是你，快进来。”小皮环视左右后快速进屋问：“钱叔呢？”安娜看了眼文龙房间说：“在屋里谈事儿，你先歇会！”小皮显得有点着急地喊：“钱叔！钱叔！”

外面传来小皮的声音。老钱应声：“来了！我出去看看！”文龙拉住老钱低语：“有个请求，你跟赌场关系熟，帮忙向那个络腮胡打听一下一个叫鲁伯的下落，人好像被他抓了，麻烦你把人要回来！”老钱点头：“好，包在我身上了。” 说完两人就往外走去。

老钱和文龙出门。小皮看了眼文龙，忙把视线又转向老钱：“钱叔……在城门口遇到盘查，相机恐怕今天到不了了！”老钱一惊：“什么？！”小皮急忙报告情况：“鬼子一直在搜相机和胶卷，有两个记者的相机也被搜走了。”文龙一惊：“是阿部宽的人！”老钱一怔：“完了，完了！一切都完了！”文龙疑惑地看着老钱：“老钱，这个相机到底是干吗的，这么紧张？”老钱叹气：“这个相机是我们今天晚上任务的关键！”高小庄等人都已经惊醒，文龙、魏坤宁、高小庄、胡大壮、谭卓茹、安娜围坐在客厅内，刀子在里屋照顾鲁小花并不在场。大家都看着老钱。文龙焦急地看着老钱：“老钱同志，在座的都是自家兄弟，什么任务，现在可以说出来了，大家可以一起合计合计。”老钱叹气：“你们也知道，我工作的中央银行就是鬼子的印钞厂，这是鬼子最阴险的一招，在东北自己印钞票，自己花，想印多少印多少！相当于他们不用出一分钱军费！”众人都听懵了。

高小庄不敢相信地问：“那是不是说鬼子在中国打仗，没花他们一分钱？”小皮愤怒地点头说：“没错，我和钱叔潜伏在奉天，就是为了这事。”老钱转向大家：“更可恶的是，鬼子无限制的印钞票，造成钞票大幅贬值，通货膨胀，彻底搞垮了我们东北的经济，更让老百姓遭了殃，买点大米都得扛着好多钱，好多老百姓活活饿死。”高小庄恨恨地喘了口气：“我们一路上见识了鬼子干的各种缺德事，没想到这一手才是最狠毒的。”老钱点头说：“上级让我进入这家银行工作，就是要监视这个银行和行长光石的一举一动，和鬼子在经济上做斗争，行长光石明天要进关出差，他手上有一份名单，是想拉拢的关内的金融汉奸！上级命令我必须搞到那份名单，好有目的的监视上面的人。”文龙低语：“这份名单在哪里？”老钱像泄了气的沙袋，有气无力地低语：“在光石家的卧室里！今天是光石的生日，晚上，他会在家中举办生日晚宴，我想在参加晚宴时，找机会溜进他卧室，这份名单人数应该不少，如果去抄，暴露的可能性很大！”文龙点点头：“用相机拍确实是最聪明的做法！而且必须是袖珍型相机！”老钱叹气说：“没错，光石的寿宴审查很严的，要带相机进去谈何容易，除非成为他指定的晚宴摄影师。”安娜插话：“这个摄影师，就是小皮？”老钱点点头：“小皮是城里最大的相馆的头牌摄影师，一直和光石维持着良好的关系，他的摄影技术深得光石的赞赏，可问题是……”

老钱看了眼小皮：“这种袖珍相机，好不容易才订到的，可谁想到……”小皮也叹了口气。魏坤宁看向老钱插话：“听你说，光石明天就要进关？”老钱点头说：“没错，所以今晚是我们唯一的机会！”胡大壮一怔：“不就是要台相机嘛，安娜那儿不就有吗？”老钱难以置信地抬头看向胡大壮，又看看安娜。安娜也回过味儿来自言自语：“对呀！袖珍的！”老钱不敢相信自己的耳朵：“真的？”文龙看看安娜：“老钱，你还不知道安娜的身份，她可是苏联来的战地记者。”老钱激动地说：“安娜小姐，你怎么不早说！能帮上大忙！”安娜摆摆手说：“说什么帮忙，大家都是一家人！”老钱看着安娜：“多谢多谢，那，能把你相机借我们了吗？”

安娜低头一想，双眼一亮说：“这个，借不了！”老钱一惊失色，焦急地看了看文龙又看了看怀表说：“钢刺同志，你快替我劝劝她，银行快营业了，我得马上出门！”文龙看向安娜：“你就让老钱用一下！他执行完任务，马上就还你。”安娜故作为难地说：“不是我不借，就算借给你们，你们也不会用！”老钱一怔说：“不可能！别说小皮，就连我最近都在苦练摄影技术！”安娜故作难色地说：“不！我这台相机跟着我有些年月了，经常会发生各种状况，只有我能处理，你想想，你去拍照时要是碰上点小状况，拍摄失败，这唯一的机会可就白白错过了呀！”老钱泄气地说：“那怎么办！这么说不是没招了！”安娜一下握住老钱的手，晃个不停地说：“有招啊！老钱同志，你让我去拍不就完了！”老钱还在琢磨安娜的话。安娜插话：“我回中国就是为了调查鬼子罪行，你们创造条件，事情我来办！”老钱稍稍回过神来：“不是，你去？”魏坤宁摇摇头：“这不行！阿部宽肯定派了人在四处搜捕我们！要是碰上，认出安娜，麻烦就大了！”谭卓茹插话：“老魏这话没错，安娜，你踏实待着！教教小皮怎么拍，这事儿不难办！”安娜故作生气：“不行，必须我亲自去，不然门都没有！”老钱等人都犯难了。

安娜见文龙没有说话，上前握住文龙的手，央求着说：“文龙哥，老钱的话已经说得很明白了，光石的这份名单很重要，日本人不满足在东北的金融控制权，还要把魔爪伸向关内。关内的金融在国府的操控下，已经是岌岌可危，要是再让他们染指，后果不堪设想！”文龙没有看安娜，而是低头沉思。安娜接着分析：“我这一趟回中国，就是为揭露日本人的罪行，从要塞，到松林沟工程团，到被服厂再到满映，这些东西都比不上这件事。这是一个信号，一个日本人不满足于控制东北，而想侵占全中国的危险信号！我必须要亲手拍下来，将它公之于众！”魏坤宁和谭卓茹听到这话，也受到感染，都看向文龙。

文龙还是没有表态，而是将目光转向老钱：“出席光石生日宴的都是些什么人？阿部宽不会去吧？”老钱一怔：“都是金融界的人士，小型聚会，阿部宽不在邀请之列。”文龙点头问：“地点在哪儿？”老钱顺手一指说：

“就在这条街。”文龙想了想说：“行，就让安娜去拍了！”安娜等人都欣喜不已。文龙看向安娜：“但我有个要求”。安娜高兴地几乎跳了起来：“文龙哥，我保证什么都听你的！”文龙点头说：“我得陪她一块去！有问题吗，老钱？”老钱想了想：“名单上的确有两个人光石也没见过，一男一女，男的是大汉奸卢林的儿子，叫卢海，卢林前两天过世，卢海回来给他办丧事，女的是卢海的女朋友！”魏坤宁插话：“我倒是觉得，我和卓茹来装扮这对情侣比较合适！”安娜瞥了眼魏坤宁：“你们会使我这相机吗？”魏坤宁不好再插话。文龙深思了一下说：“好，就利用这对情侣的身份！我陪着安娜去！”老钱点点头说：“相机你们先交给小皮，由他带进会场，我得先去银行报到！等我回来再想办法如何把请帖弄到手！”文龙示意老钱说：“好的，快去吧！”老钱拍了下小皮，风风火火地出门了。安娜歪着脑袋，有些难以置信地看着文龙：“奇怪……你，你不拦我了？”文龙一笑：“你编出什么相机有问题的理由来糊弄他们，这就说明你已经动了心思，我要是不顺着你，你指不定又得闹出什么乱子！嘴上这么说，可我能听出来，你的思想进步了！”安娜故意给文龙做了个鬼脸。

四

小泉清来到满洲中央银行门口，进入大厅，郭三和冈本紧跟其后。郭三手中抱着一个礼物盒。老钱看到迎上前来：“小泉大佐，欢迎欢迎！”小泉清一笑：“我听说光石先生回来了！”老钱回应：“没错，正打算通知您呢！光石先生这会儿正在办公！我给您带路！”小泉清一摆手：“不必了！”说完径直上楼了。老钱正准备追时，身后突然被人搭了下肩。老钱一回头，站在面前的是阿部宽和松田，老钱稍有一愣：“两位是？”目光扫视阿部宽。松田站定说：“这位是阿部宽中佐，你们光石行长在吗？”老钱故作一惊说：“在的，你们是他的朋友？”松田点头：“我们昨天已经预约过了，有很重要的事情找他。”老钱点回敬：“好，我会核对下预约纪录，不过，刚刚已经有位客人上去了。”阿部宽闻言皱眉：“我们预约的可是今天的第一位，什么人这么没礼貌！”老钱故作一怔说：“前面进去的先生也说有要事找光石先生。”阿部宽不答话，径直上楼，老钱追上去！

小泉清和光石握手。光石客气地说：“原来是田中将军的特使，请坐！”小泉清鞠躬：“田中将军说，您是我们大日本帝国最厉害的金融专家，让我一定代他向您表示敬意。”小泉清一个眼色，郭三将一个礼物盒送上。光石哈哈一笑：“田中将军过奖了！”接过礼物盒说：“那今晚就请您赏光到寒舍一聚？”小泉清伸手止住说：“我们本不在邀请之列，礼物带到，我们谈谈正事！”小泉清使了个眼色向冈本和郭三示意出去等他！光石一怔：“二位可以到隔壁休息。”冈本和郭三低头退出。光石招呼小泉清：“来，坐下谈。”小泉清落座。光石点头示意：“说吧，田中将军这次派你来，所为何事？”小泉清一笑：“其实光石先生您心中比我更清楚，是为了田中将军那份报告的事情。”光石果然会心一笑：“田中将军的报告是我们帝国的财富啊！”就在这时，门外突然传来了敲门声。光石一惊：“谁？”

老钱和阿部宽站在门外。老钱站定向屋里面的光石回应：“行长，是我老钱，有位阿部先生，说预约了您今天上午的时间，前来见你。”阿部宽背着手站在门口。

光石闻言想了想，点了点头。小泉清也皱起了眉头。光石看向小泉清：“我先跟他简单交代一下，不介意吧？”小泉清一笑：“当然！”光石回应老钱：“请进。”吱！门推开。老钱引着阿部宽进屋。阿部宽脸上微微一笑：“光石先生！冒昧打扰了！”阿部宽一扭头，突然看到了小泉清，脸上的笑容顿时消失，惊讶地说：“是你？”

光石关上房门。小泉清和阿部宽都看着对方，表情意外。光石先生一怔：“怎么，两位认识？”两人意味深长一笑。阿部宽看向小泉清：“岂止是认识，老朋友了。”小泉清故作一惊：“阿部君，你怎么也到奉天了？”阿部宽想了想并不决定吐露实话：“我碰巧路过奉天，听闻今天是光石行长的大寿，特来道贺。”小泉清点点头反问：“是吗？”阿部宽故作一笑：“那小泉大佐前来又为何事？”小泉清一笑：“和你一样！”两人各藏心思，都哈哈一笑。光石见两人表面交谈融洽，也跟着一笑：“既然大家都是朋友，不妨沏壶茶慢慢聊？”阿部宽倒是一笑：“好啊。”阿部宽大方坐下，看向小泉清。小泉清有些不自在地说：“不必了，既然阿部君有约在先，你们先聊便是，看来晚上我真得到您府上作客了！”光石点头示意说：“荣幸之至！”小泉清一笑起身，看了阿部宽一眼：“在下先告辞了！”

安娜听完小皮的描述说：“哎，可惜了，你们订购的这135相机，我可是盼好久，能让我拿着拍两张也不错啊！”小皮露出无奈的怒色：“哎，想不到小鬼子这么狡猾，连进城的相机都要检查！”文龙走到了小皮的身边：“小皮，老钱大概什么时候能过来？”小皮一怔说：“他先去银行报个到，之后会尽快过来跟咱们会和。”安娜插话：“对，还等着他回来商量如何拿到那个卢海手中的请帖！”小皮一笑：“放心吧，钱叔心思缜密，肯定都已经想好了。”安娜高兴地点点头。

安娜一扭头对上了文龙的眼睛，歪着头盯着文龙：“咋了，你说过同意的啊，不会反悔了吧？我不管，反正这次任务我必须参加，有你在，我什么都不怕！”文龙看着安娜：“手给我！”安娜不明所以，递上手。文龙一本正经打量着。安娜一怔：“怎么，看手相啊？”文龙点头：“嗯，全是痒痒肉，几天不拍东西这手急得直犯痒痒了！”安娜报以一笑：“我不管，反正这次的任务，你还得陪着我！”

光石和阿部宽正在喝茶。光石看向阿部宽：“你是怀疑我们的银行和赌档里有卧底？”阿部宽点头：“没错！”光石并没有太过惊讶，反倒是轻松一笑说：“你知道我们旗下有多少家银行和赌档吗，人员混杂，有卧底并不奇怪。”阿部宽一怔：“先生您就不担心？”光石摇摇头：“担心并不能避免问题，只要在最关键岗位上的人百分百可信即可。”阿部宽点点头说：“我相信光石先生的眼力，只是我有足够的证据表明，我要追捕的逃犯到奉天准备接头的人，就在你们的银行里！”光石喝了口茶，嘴一抿说：“我明白阿部君的意思，我会派一个得力助手配合你的工作。”阿部宽一笑：“多谢光石先生！”光石起身走向门口。

老钱正在替一名客户在大厅里交谈。光石看了眼老钱：“黎经理，请上来一下。”老钱抬头看到光石在召唤他，对客人微笑致歉：“不好意思，失陪。”光石和阿部宽正在喝茶。老钱进屋说：“行长，有什么吩咐？”光石示意老钱说：“把我们银行所有员工的档案资料，给这位先生一份，他有什么别的要求，也尽量配合他。”老钱看向阿部宽，阿部宽微微一笑，然后转向光石："是！"

小汽车在街道上行驶。小泉清坐在车内，靠在椅背上沉思。冈本一惊："阿部宽怎么也到奉天了？"小泉清一笑："听他的口吻，像是追查钢刺正好经过奉天，于是顺道给光石先生道个贺！"冈本一愣："钢刺不追，到这里来贺寿！将军真是看错了人！"郭三眯起眼说："大佐，我看没这么简单！"小泉清点头说："他一定对我有所隐瞒！只是，我现在的精力得放在今晚的寿宴上，等完成了田中将军交代的任务，我再去跟他斗心思。"

文龙打开怀表，然后又抬眼看了下窗外的天色。魏坤宁和胡大壮在擦着枪械，刀子在打磨着匕首，均是厉兵秣马，准备战斗的状态。鲁小花突然推门出来。大家看向鲁小花，只见她换了一身行头，精神干练了很多。鲁小花看了眼大家："你们今天晚上有任务？"谭卓茹惊疑地看向鲁小花："不止今晚，我们几乎每天都有任务。"鲁小花一笑："算我一个！"谭卓茹也一笑："你，算了吧，养好身体就是你的任务！"刀子关切地看向鲁小花："谭小姐说得没错，你现在需要休息！"鲁小花故作精神状说："昨晚服过药，现在好多了！"突然一把夺过了刀子手中的匕首。小花一笑："怎么样，身手恢复得够利索吧？"门外传来开门声，大家看向大门。门推开，老钱闪身进来。

文龙和老钱在密谈，文龙刚听完了老钱的描述。老钱低语："这个阿部宽直接找到了银行，找我调档案，还提到筹码币，他怀疑到了你们要接头的人就在银行内部！"文龙一惊："没想到啊，他竟然知道筹码币的事！"老钱点头说："可他想不到，他要找的那个人今天就站在他的面前。"文龙一笑说："老钱你倒是够稳的，难怪孙海那么夸你，可我得提醒你，那阿部宽也是只老狐狸，你千万不能大意。"老钱点头说："放心吧！为了保险起见，我给了阿部宽很多档案资料，他得赶在明天光石离开奉天前看完，今晚至少熬一宿！所以，今晚安娜小姐出马，不会有问题！"文龙看了眼老钱问："那里面也有你的？"老钱一笑："不就一份资料嘛，随他看。"文龙欣赏地看向老钱，在老钱身上他仿佛看到些自己的影子。文龙点头说："行，时间宝贵，咱们还是召集弟兄们，赶紧开会商量晚上的计划。"

文龙、小皮、安娜、高小庄、魏坤宁、大壮、谭卓茹、刀子、小花一行人都齐聚在客厅。老钱看了大伙一眼说："光石的卧室里，有个暗阁，以前他收受了贿赂，全都放在里面，据我所知，那份名单就放在暗阁里。"刀子自告奋勇："我去找！"鲁小花插话："我也一块去！"高小庄瞥了刀子和鲁小花一眼："争啥争，要说溜门撬锁，你们谁比得上小爷？别说是暗阁，就是保险箱小爷也给他撬开。"文龙点头："对，这是小庄的强项，得交给他。"老钱看了眼小皮："小皮是今天晚宴的摄影师，倒是可以带一名助理进去！"老钱说完拿出了一份名单展开说："你们再核实一遍，看有没有可能认识你们的人！"文龙接过，看了一遍，放心地交给了老钱。老钱深思了一下说："现在的关键是怎么拿到这个卢林之子卢海身上的请帖，我也没见过他俩，更不认识！"魏坤宁焦急："那上哪儿找他们？"文龙一怔："邀请单上有他的电话号码！"老钱一笑："没错，最近他正在催着银行帮他办理遗产过户的事，可以给他打电话，把他约出来！"文龙点头说："老钱不宜露面，这个电话我来打，我去会会他俩！"老钱焦急地看表说："时间不多，你得和安娜准备准备！你们等着请帖就行！"谭卓茹插话："弄请帖的事，就交给我和老魏吧。"魏坤宁理了理衣领点头。老钱一笑说："我也正有此意！"

谭卓茹和魏坤宁打扮一新，魏坤宁装扮成十足的银行职员，还提着一个公文包，两人站在歌舞厅门口。谭卓茹看了眼魏坤宁说："这卢家少爷还真会约地方！"魏坤宁低语："地儿是挺好的地儿，可我搞不懂，你干吗非得把他叫上？"身后，胡大壮不近不远地跟着两人身后，有点煞风景，但他自己浑然不觉。谭卓茹一笑："咱俩负责弄请帖，还得有个人跑腿儿，给送啊。"魏坤宁瞥了眼谭卓茹："多大点事儿，我，我也能送啊。"谭卓茹白了魏坤宁一眼："你就不想留下喝一杯！"魏坤宁一喜："啊，咳咳，喝一杯好，喝一杯好。"胡大壮凑上了脑袋："我说，咱不就拿个请帖么，费这么大劲儿干吗，直接找到人，敲晕不就完了。"谭卓茹和魏坤宁都摇摇头盯着胡大壮。魏坤宁瞪了眼胡大壮："他们一报警，小事儿闹大，对谁都没好处。"胡大壮不再说话。谭卓茹示意该进去了。

谭卓茹、魏坤宁和胡大壮坐在了一个卡座上。胡大壮第一次进歌舞厅，觉得稀罕，东摸摸西看看的。服务员放下一杯洋酒："你好，你们的酒。"

胡大壮气哧白赖地端过洋酒一口就干了。胡大壮变脸说：“这什么玩意儿，跟糖水差不多！”魏坤宁咳了两声说：“大壮，注意点儿。”胡大壮也意识到失态，没说话，但表情仍然是一脸嫌弃。谭卓茹暗中观察着四周。白天，歌舞厅里人并不是特别多。发胶男（卢海）和一个打扮洋气的女人（李珍珍）走了进来。谭卓茹看了一眼，低语：“是不是这俩人？”魏坤宁一看点头说：“没错，电话里说好的，就这身打扮！”谭卓茹给魏坤宁使了个眼色：“去吧！文龙说的都记住了吧？不仅要拿到请帖，还得保证他们今晚不会出现在光石家！”魏坤宁点头：“放心，一会看眼色行事！”谭卓茹点点头。

那对情侣已经落座。魏坤宁提着公文包，走出卡座，朝着两人走了过去。魏坤宁停在两人面前礼貌地问：“两位可是卢海先生和李珍珍小姐？”卢海抬头问：“您就是中央银行的陈科长？”魏坤宁点头致敬：“没错！”魏坤宁说着，放下公文包，拿起卢海面前的烟就自己点上。卢海和李珍珍对望了一眼。卢海一笑说：“陈科长不拘小节，一看就是个能办事的人，请坐请坐！”魏坤宁看了看手中的烟也笑道：“噢，不好意思，为我这臭毛病，光石行长也没少说我。”卢海摆摆手：“不碍事，喝点什么？”魏坤宁一笑：“多谢，我还是保持清醒的好！晚上还得加班！”卢海一怔：“晚上光石行长的生日，您不去道贺？”魏坤宁一笑：“还有些公事要处理！二位也收到请帖了？”卢海点点头说：“一个星期前就收到请帖了，在这儿呢！”卢海拍了拍李珍珍的手提包。魏坤宁看了看李珍珍的手提包，连声说：“好好！”

李珍珍瞥了眼魏坤宁：“废什么话，赶紧说说，他爹死了，到底剩了多少钱？”魏坤宁看了卢海一眼，一笑。卢海有些不自在地说：“我说姑奶奶，你着啥急啊？”李珍珍小嘴一撅：“我不管，我从国外跟你回来，可不是为了过苦日子的。”卢海一笑：“笑话！你没听刚才的话吗！光石行长可是大人物，今晚的宴会邀请的可都是有头有脸的人物，就凭这点，以后还能苦得了你？”魏坤宁一笑：“那是，那是！卢老先生本就是我们银行的大客户，以后还望卢少爷继续罩着我们！”卢海笑着问李珍珍：“听见没？”

一个服务员端着两杯酒正送往一个卡座，魏坤宁给谭卓茹使了个眼色。谭卓茹起身，迎向服务员。卢海的目光一直看着谭卓茹。服务员端着两杯酒经过李珍珍身旁时，谭卓茹稍微伸脚挡了一下服务员。服务员手中的酒洒落，正好泼到了李珍珍的头发和衣服上。李珍珍瞪了眼服务员：“哎呀，怎么回事啊，你不长眼睛啊。”服务员连连向李珍珍鞠躬致歉：“对，对不起。”李珍珍恼羞成怒：“什么对不起！”卢海气恼上去就要一耳光，被魏坤宁拉住。魏坤宁拉着卢海说：“一个服务员，生哪门子气！”卢海收住，瞥了眼服务员：“知不知道小爷是谁！你赔得起吗！”

谭卓茹给魏坤宁使了个眼色，示意魏坤宁带李珍珍离开。魏坤宁稍有一愣说：“李小姐，路我熟，带你去洗洗？”李珍珍一跺脚：“哼！”魏坤宁看了一眼，李珍珍提着手提包走开，魏坤宁提着公文包跟上。谭卓茹站在一旁，提着一个酒瓶子，喝了一口，晃晃荡荡地走了过来。卢海还在生气。谭卓茹一个踉跄，差点摔在面前，卢海连忙扶住。卢海一看谭卓茹，起了色心说：“小姐，地上滑，可得小心呐！”卢海的手抚摸着谭卓茹的手。谭卓茹故作怒气：“没用的臭男人！”卢海倒是更有兴致，看了眼厕所的方向问：“小姐何出此言呐？”谭卓茹故作媚态：“怎么？想我留下？”卢海惊喜：“小姐要是有意，咱们可以去这条街的酒店。”谭卓茹把酒瓶子搁上来：“有本事，就把我的酒都喝了，想去哪，我都奉陪！”卢海色眯眯地看着谭卓茹：“可是你说的！”卢海拿起酒瓶子就开始灌，刚一喝完，低下头。桌上又多了一瓶。谭卓茹一个眼神：“喏，还有。”卢海拧开，再次猛灌。

李珍珍气咻咻地把包往洗漱台上一放，低头理清头上的酒渍。魏坤宁进来站在李珍珍旁边打开水笼头。趁对方低头清理头发之时，魏坤宁手快，拉开了她的包，快速从里面取走了请帖，放入了公文包中。魏坤宁故作镇定地看向李珍珍：“李小姐，像您这么高贵又有气质的女人，为这种事生气不值得。”李珍珍看向魏坤宁：“说实在的，你虽是个小小的银行科长，倒真是气度不凡，长得也不赖，比我那男朋友有男人味多了！”魏坤宁见李珍珍就要把手搭上来，赶紧说：“喂喂喂，干啥呢你！”李珍珍的脸垮下来：“瞧出来了，你就是没胆，装什么装！”

卢海已经醉倒在卡座上，桌上倒着两三个空酒瓶子，座位对面的谭卓茹已经走了。魏坤宁跟着李珍珍出来。李珍珍坐在卢海对面，一脸狐疑。卢海抬起头，模糊视线中，以为谭卓茹还在对面，迷迷糊糊地说：“小姐，你可比我那女朋友好多了！那臭婆娘，我真是受够了！除了知道惦记我爹的遗产，根本就没一点人情味，简直是蛇蝎女人！”李珍珍怒不可遏，端起一杯酒泼向了卢海，掉头就走。魏坤宁故作劝架大喊：“李小姐，李小姐！”李珍珍头也不回。魏坤宁看了看醉倒的卢海，笑了一下，给远处的胡大壮使了个眼色，两人出了歌舞厅。

鲁小花想出门被刀子拦住，着急地说：“刀子，你干啥啊？我都说了我缓过劲了，凭什么他们都有任务，就咱俩没有，跟个吃闲饭似的。”刀子关切地看着鲁小花：“你的任务就是休养，我的任务是保护你，这是文龙交代的！”鲁小花瞪了眼刀子：“我去找我爹，也不行？”刀子拉着鲁小花：“文龙已经托老钱在打听了，你甭操心。”鲁小花不得劲儿，坐在了椅子上说：“木疙瘩脑袋，死心眼儿的毛病真是一点儿没变。”刀子不恼，倒是一笑。

文龙和安娜已经乔装打扮完毕，成了一对小情侣。安娜和文龙相互打量着。安娜凑上去：“哎，文龙哥，你看咱俩像吗？”文龙听出意思不搭理，抬腕看表说：“都快开场了，这请帖怎么还不到？”安娜失望地一瘪嘴。胡大壮出现在了文龙身后不远处，一路小跑着过来。胡大壮喘着粗气儿，掏出请帖说：“哎呀，累，累死了，给……给！”文龙接过来还不忘打趣地说：“看来这请帖挺沉的啊，瞧把大壮喘的，老魏和卓茹呢？”胡大壮没好气地埋怨：“他俩啊！出了那歌舞厅，就去了旁边一家咖啡馆！”文龙一笑：“看来事儿办得不错，该给他们点单独相处的机会！”安娜一笑，看了下请帖上的名字，大大方方挽上了文龙的手。走了出去。

绝密浮出　侵华铁证

一

晚宴现场，歌舞升平，觥筹交错。大厅人声鼎沸，所有人在喝酒寒暄。人群中，光石最为忙碌，频频举杯，和周围人碰杯，谈笑风生，老钱也在陪酒的人群之中。高小庄和小皮已经在会场之内，高小庄跟在小皮身后当助理。小皮拿着一个大的相机对着光石偶尔抓拍一张照片。高小庄不时看向门口，寻找着文龙二人的身影，焦急地等待着。

大厅门口，文龙和安娜进场了，文龙穿着西装，很帅气，安娜穿着晚礼服，非常靓丽，两人挽手而入很般配。文龙和安娜被拦下接受检查，检查很严格，前面一个客人的相机被日军没收。文龙和安娜紧接着搜身，没有问题被放行。安娜温柔地看了眼文龙："卢海先生，待会儿能陪我跳一支舞吗？"文龙也是帅眼神回看安娜："嗯，你的高跟鞋很白很漂亮！劝你最好别这么做！"两人会心一笑。高小庄见到两人亲密的情景，失落地看着自己穿着的大马褂，对小皮有点抱怨的口气说："你咋就不多带件衣服？"小皮瞥了眼小庄："那也得符合你的身份，你现在就是一助理！"光石一抬头突然也注意到了光彩照人的安娜，对身边的客人点点头，失陪一下。

光石走到了文龙和安娜身边。文龙伸出手说："光石行长？在下卢林之子，卢海。"光石一怔，光石和文龙握手说："喔……幸会幸会！卢老先生可为我们银行做了巨大贡献，是我们银行的大客户，对卢老先生去世，光石深表遗憾！"文龙假装悲痛看向光石："谢谢行长挂念！"光石点头安慰文龙："未来还希望卢先生和我行继续友好合作。"文龙点头："那是一定，今天第一次拜见行长，以后我们还得多联络联络感情。"光石笑着，目光落到了安娜身上，很欣赏。文龙拉过安娜说："这是我的未婚妻……"安娜故意瞥了眼文龙："我还没说嫁给你呢！光石行长好，我叫李珍珍！"光石笑着看向安娜："珍珍小姐好，能否赏光跳一曲呢？卢先生不介意吧？"文龙点头："当然！"光石伸出手，安娜只得把手搭上，强颜欢笑。

高小庄看到了光石牵着安娜进了舞池："呸，这个老色鬼。"老钱端着一杯酒过来，在小皮耳边低语："光石先生正和美女共舞，应该抓拍几张。"小皮鞠躬："是，黎经理。"老钱假装喝酒，暗中向高小庄发布命令："二楼里最里面那间是光石的卧室，暗阁就在床后面，行动！"高小庄点头，一边瞅着光石一边低语："放心吧，黎经理，我们这就去给光石先生多拍几张！"

一曲终了。光石意犹未尽地和安娜来到舞池边："没想到，安娜小姐的舞步如此曼妙。"安娜一笑："都是光石先生领得好。"小皮和高小庄过来。小皮用很尊重的眼神看向光石："光石先生，给您拍一张。"光石很开心，搂着安娜微笑着面对镜头。噗嗞！闪光灯闪起，冒出一团白烟。就在这一瞬间，高小庄趁机摘下了光石挂裤兜上的钥匙。小皮对着光石竖起大拇指："真美，你们继续！"小皮和高小庄离开。光石看向安娜："再来一曲，如何？"安娜一笑："我的荣幸！"安娜看向光石身后，文龙佯装和高小庄擦身而过，文龙朝高小庄点点头。小皮故意着急招呼高小庄："快点儿，咱们上二楼，来一个俯拍。"小皮带着高小庄上二楼去。文龙走到一张桌前端起了一杯香槟，老钱站在对面不远处，两人暗中对了个眼神，各自举起杯。

光石的卧室因为在二楼最里角，是一个隐蔽的位置。高小庄来到门口，环顾左右后，快速用钥匙开了门，直接来到床头，开始寻到暗阁的位置。

又一曲终了。安娜向光石礼貌地欠身："光石先生，我先上下洗手间，失陪。"光石不舍地松开手："没关系，稍后再叙，您可以上二楼，走到头就是！"安娜点头一笑，随即离开去二楼。文龙上前来与光石碰杯："光石行长，我此次回来继承家业，以后会继续在奉天为帝国效力，还望您能多多照顾。”光石一笑：“哪里哪里，咱们合作共赢，干杯！不得不说，你这个女朋友，真是秀外慧中，难得的好女人！”文龙一笑，举起杯。

小皮拿着相机假装拍照，其实是在望风。见安娜上楼，小皮漫不经心地迎过去。两人擦肩而过时，小皮袖中滑出安娜的那部相机，快速交到了安娜手中。小皮低语：“小庄已经进去了，二楼最里边，厕所对面就是。”安娜不答话，握着相机径直走向光石的卧室。

把光石卧室的门打开，高小庄回头，见是安娜，松了口气。安娜快步进来问：“怎么样了？”高小庄招手，安娜走过去，发现高小庄已经找到了床头的暗阁，并且打开。高小庄低语：“里面文档不少，正在找。”安娜和高小庄一起焦急地翻找起文档。安娜终于在整堆文件的最下边发现了一份档案，上边写着“关内金融人员发展名单”。安娜低声：“就是这个！”安娜正要动手拆，被高小庄制止。高小庄低语：“别硬拆呀，我来。”高小庄拿起档案，然后用打火机在封印处轻轻烤着，最后两根指头把封口处轻轻一拆，取出了里面的名单。安娜早已调整相机，两人配合流畅，咔嚓一下，拍下了名单。高小庄急忙重新将文档封好放回去。安娜仔细地看着里面的其他报告、文件，低语：“这是什么？既然来了，不妨多拍点儿。”安娜看着面前还有一个大一圈的档案，上面写着“田中将军调查报告”。高小庄急了低声：“哎哟，小姑奶奶，咱没时间了！”高小庄把钥匙交给安娜：“快，你先撤，把钥匙归位，我把这些文档按开始的样子摆好！”安娜接过钥匙低声：“你快点啊！”然后快步离开。高小庄快速地收拾着。

一辆日军军车驶进光石家。军车停下，车门打开，郭三先一步下来，走到后门把车门打开。小泉清和冈本相继下车。小泉清抬头打量了一下，随后进入光石家。冈本和郭三快步跟了上来。

文龙还在和光石寒暄，安娜理着头发过来。文龙看着光石低声：“我家老爷子名下的遗产还劳您费心。”安娜贴着文龙站好，看向光石，一笑说：“我们初出茅庐，您这位老前辈可要不吝赐教才是。”光石看到安娜，微笑着说：“应该的！”安娜牵文龙的手，暗中把钥匙塞给了文龙，文龙将钥匙藏进了袖口。安娜拽了下文龙说：“阿海，咱们不是从国外带了礼物送给行长吗？”文龙点头说：“对对对。”文龙从怀里掏出了一个红包，径直塞到了光石的裤子口袋里，同时，袖口里的钥匙滑出，麻利地重归原位，挂到了光石的裤兜上。文龙轻轻拍了一下光石的裤兜，靠着光石低声：“一点小意思，还望笑纳。”光石大笑：“哎呀，客气客气。”安娜也赔笑，一抬头突然愣了一下，只见门口，小泉清带着郭三和冈本进来了。舞池里的灯光闪烁。小泉清和郭三正四处巡视。冈本站在一旁，目露凶光。安娜灵机一动，笑着看向光石：“那就不多打扰先生，您先忙。”安娜拉着文龙转身离开。两人刚离开不远，小泉清端着一杯香槟走到了光石的面前。小泉清伸手：“光石先生，你好，祝你生日快乐！”冈本和郭三站在门口等候。

安娜和文龙来到桌前假装取用酒水，文龙正准备跟安娜说话，一抬头，看到了光石身边站着小泉清！文龙大吃一惊：“小泉清！”安娜点头低声：“奇怪！他怎么来了！”老钱在文龙、安娜的对面假装取用点心，低声问：“这个人你们也认识？”文龙点点头说：“这就是虎头要塞的主管小泉清！”老钱一怔：“他和阿部宽都来见过光石，不过听他俩的口气，似乎各有任务。”文龙品了口酒：“此人心机太深，不会这么简单！”老钱无事人一般又离开走向别处。文龙低声：“时候不早了，珍珍小姐，我们吃饱喝足，该回家了。”安娜一笑低声：“听你的。”安娜一抬头突然愣住，只见小泉清和光石竟然交谈着上了二楼，安娜急了：“坏了，小庄还在卧室里面。”文龙拉了安娜一把：“别急，先想办法。”

小皮正假装四处取景拍照时，镜头里突然看到了光石和小泉清。小皮一惊想要去提醒高小庄，但来不及了。小泉清看见了小皮，双眼眯起。光石一怔：“喔，这位是我找来的摄影师，特意这次晚宴拍些纪念照片。”小泉清脸色这才缓下来。小皮向两位鞠躬：“你好！你好！”故意提高嗓门提示小庄。光石点点头，看向小皮：“你先下去吧。”

高小庄锁上了暗阁，满意地拍了拍手。这时，高小庄突然听到小皮故意提高嗓门：“是，光石先生，那我先下去了。”高小庄一惊，不知如何是好时，门外传来小泉清的声音：“光石先生是我们帝国最卓越的金融专家，所以，关于将军的那份调查报告，将军非常希望能聆听您的意见！”高小庄见从门口出去是不可能了，吓得迅速退回，环视四周后躲到了床底。吱！门推开了。高小庄听到光石说：“田中将军的报告，我已经深入地作了了解，简直是帝国的巨大财富啊，资料翔实，取样广泛，令人叹为观止，再加上田中将军鞭辟入里的分析，不夸张地说，我们现在比中国人还要了解他们这个国家！”小泉清接话：“能得到光石先生的夸张，田中将军一定会很开心，那么，您的具体意见呢？”光石又说道：“我也知道这份报告在我们军部内部有着巨大的争议和分歧，我不想形成书面意见的原因，只是不想卷入这些是非争论！”小泉清又接话：“但你的心中一定有了自己的看法，所以将军特意派我过来，希望能当面聆听到您的真知灼见。”

小皮和文龙，安娜在一起。看高小庄还没出来，安娜着急低声：“屋里倒是有个窗户，可以通向后院！”小皮担心焦急地一惊：“小庄肯定来不及跳，他们上来得太突然了，我都没时间报信。”文龙摆摆手：“别急，他俩进去后一直没有动静，说明小庄应该隐藏得很好，还没被发现，我们得想想别的法帮帮他。”安娜果然放松了一点问：“怎么帮？”文龙一笑问：“老钱呢？”

高小庄趴在床底，一动不敢动动，只看见小泉清和光石的脚就这样来回走动。

光石说：“所以，个人愚见，田中将军的资料虽然翔实，但结论却是不对的。报告中所说的，不宜发动全面侵华战争，而应该通过经济和文化的手段，配合军事行动，逐步蚕食，这一点，会伤了很多少壮派军官的心，恐怕也与天皇以及诸多在华将级军官的意愿相悖。”

小泉清听了略有不满，但没有作声。

光石稍停又说：“即使日本比不上中国地广人多，但我们还是可以想办法去完成更宏大的目标。就像我们金融界，可以像变戏法一样，自己在东北印刷货币，不花国家的一分钱，还让我们的军队有那么多军费可以花。”

小泉清有点怒气：“可光石先生应该明白，战争到最后，比拼的是两国各方面的硬实力，而不是耍那些小聪明和喊口号！”

光石又说：“小泉大佐，要取得更大的胜利，我们必须要有更大的雄心！”

小泉清看到桌上有一枚赌场筹码，将其拿起。

小泉清有些激动：“但雄心并不能带来运气，时机不成熟的时候盲目扩大，就是一场赌博！”

小泉清说完，信手一扔，没接住，小泉清看向了光石。

光石一笑：“小泉大佐激动了，我们只是普通的意见交流，免伤合气。”

筹码币落在了高小庄的眼巴前，高小庄高度紧张。

小泉清也回过神来一笑：“失礼了。”

小泉清正准备弯腰去捡筹码币时，突然有人敲门，他的手缓缓垂下。高小庄非常紧张。

高小庄听到老钱的声音：“行长，是我。”光石回应：“进。”

老钱推门进来说：“晚宴致辞环节马上开始，该请光石行长上台致辞……”

光石点头，吩咐老钱：“小泉大佐算是军方代表，既然来了，也上台说两句！”

小泉清一惊：“我？”

光石一笑：“给在下个面子，让大家都认识认识。”

小泉清一笑：“好，那就恭敬不如从命。”

小泉清准备继续捡起筹码币，老钱看到了，先一步代劳，捡起了那枚筹码币递给小泉清。

小泉清：“多谢！”

三人转身出门，砰！门关上。

高小庄长松了一口气。老钱引着，光石和小泉清离开卧室下楼。高小庄从床底爬出。

高小庄轻声上前扒开窗户上的插销，从窗户爬出去，然后小心地把窗户关上。

二

文龙、安娜和远处的老钱眼神交流。文龙看向门口，冈本和郭三守在门口。光石和小泉清从二楼下来，走上一楼的舞台。冈本和郭三走向舞台方向。文龙、安娜赶紧低下头，和两人擦身而过。冈本和郭三站到小泉清身边。光石上台说："今天的生日晚宴，军方的小泉大佐也在百忙之中赶来，为我捧场，让我们先欢迎小泉大佐致辞……"在光石的带头鼓掌下，小泉清拿着酒杯上台，向众人示意。小泉清清了清嗓子，看了下四周说："这些年来，光石行长为帝国在满洲的事业做出了巨大贡献……"

老钱给了文龙、安娜一个眼色。文龙、安娜从门口离开。文龙、安娜已走出光石家，来到光石家院墙外的一处地方。文龙和安娜担心地寻找高小庄的身影。突然，草丛里，高小庄探出头来："嘘！"安娜和文龙这才放松一笑。高小庄心有余悸："刚才真吓死小爷了！"安娜瞥了眼高小庄抱怨说："我们挨的吓可不比你轻。"高小庄一笑："看来你不止担心文龙，也担心我啊。"安娜打了下高小庄："还贫！"文龙低声："先回去再说！"三人快速消失在黑暗中。

晚宴结束，客人散尽。大厅内灯光暗淡，空空荡荡。

卧室门再度被打开，光石和小泉清进来。光石伸手示意，小泉清落座。光石看向小泉清："现在好了，就你和我，有任何意见都可以高谈阔论。"小泉清点点头："真理越辩越明，能有机会和光石先生切磋，小泉清倍感荣幸。"光石一笑："不要以为我之前说的言论是信口开河，对于田中将军的报告，我可是做了详细笔录和批注的。"光石走到桌前取酒，准备倒酒。突然，光石注意到窗户的插销没有插上。小泉清一怔："光石先生？怎么了？"光石意外地说："我记得我出门之前，这窗户是关上的啊！"小泉清站起身来，开始狐疑地四处观察起来。小泉清走到床边，突然蹲下。小泉清缓缓起身叹气："一个坏消息，床底有人趴过的痕迹，你的卧室里肯定来过不速之客！"光石一惊："什么？"小泉清继续倒酒，看了眼光石说："卧室里有什么重要的东西吗？"光石大惊："糟了！有很多文件，包括那份报告。"小泉清一怔问："你是说田中将军的报告？"光石点头。小泉清也大惊："坏了，那可是关系到整个帝国命运的绝对机密啊！"光石径直奔向暗阁，小泉清紧张地跟上。

魏坤宁和胡大壮正在给刀子和鲁小花讲今天逗弄卢海二人的趣事。胡大壮一笑："那个卢海看到了谭小姐，那眼珠子都快蹦出来了，马上把他那相好忘得一干二净，还一双眼睛色眯眯地望着她。”鲁小花看向谭卓茹：“谭姐今天这身打扮，哪个男人不多看两眼？”胡大壮又笑：“是啊，后来那小娘子出来瞧见了，卢海醉得跟死狗似的，还一个劲地嘀咕，你比我女朋友好多了……估计，今天晚上，有那小子好果子吃！”谭卓茹怒色：“别提那个小汉奸了，就是个斯文败类，犯恶心。”突然响起敲门声。魏坤宁一乐：“回来了！”

小泉清和光石在清点里面的档案。小泉清手中就拿着那份《关内金融人士发展名单》说：“我仔细检查过了封口，只有这份文档被动过。”光石一惊：“这正是我明天进关的秘密任务！”小泉清一怔：“还好，来的人有眼无珠，这份名单虽然重要，但和田中将军的报告相比，差远了。”光石疑惑地眯起眼：“会是谁干的呢？在我的眼皮底下这么猖狂！”小泉清打量着那份名单说：“这份名单只是拆了封口，并没被盗走，内容这么多，临时抄录也更不可能，唯一的办法，是拍照。”光石经这一说：“突然想起进门之前的情景，是他？”小泉清疑惑地说：“今晚安保如此严格，能带进相机的人，只有摄影师，况且我们今天上楼时，他就行踪鬼祟，身份一定有问题！”光石大怒：“他是知云照相馆的摄影师，给我拍照已经快两年了！没想到，竟然是卧底。”小泉清冷笑道：“当务之急，是立即找到他，抓住了他，自然会扯出萝卜带出泥。”光石咬牙切齿地说：“我立即安排人去相馆附近布控，他拍到了东西，肯定会冲印。”小泉清摆摆手：“这个，就交给我吧！”

冈本带着一队日本兵来到小皮所在的照相馆。冈本一个手势。日本兵分散到各个隐蔽的角落里，埋伏起来。

文龙等人正在交流总结今天的情报线索。文龙眯起眼说：“从《关内金融人士发展名单》基本就可以看出小鬼子的野心了。”高小庄插话：“没错，肯定是想勾结关内的金融汉奸。”谭卓茹点点头说：“这个年头，金融人才可是稀缺货，我还在警务厅工作时就经常听到鬼子开高薪挖脚的事儿。”老钱摇头说：“如果只是这么简单，根本不用光石亲自出马！”大家看向老钱，明白他话里有话。文龙点点头说：“一份名单是小，但背后的狼子野心才最可怕。”老钱看了文龙一眼：“看来，文龙兄弟看出门道来了，你不妨说说看！”文龙深思了一下说：“从鬼子在东北的做法来看，开银行是他们搞经济掠夺主要手段，这份名单，人数过于庞大，一下想勾结这么多金融汉奸，把他们聘请到东北来助纣为虐的可能性不大。”胡大壮插话：“那这光石老儿进关想干吗？”文龙看了眼胡大壮：“你就别卖关子了。”文龙看了眼老钱：“像老钱所说的，能劳他亲征的，一定是更重大的事情！我的猜测是，鬼子是想把他们的银行开到关内，光石此行就是在为这一阴谋计划做准备。”魏坤宁惊疑：“开到关内？”高小庄摇头：“不可能啊，关内可不是鬼子的地盘儿，哪是他想开就能开的。”文龙点点头：“所以，可怕的才在这儿。”文龙用力敲了敲桌子说：“正如安娜之前所言，很有可能，这份名单只是冰山一角，冰面下，还藏有一个更为巨大的阴谋，鬼子可能不满足于只待在东北了！”文龙此言一出，所有人都惊住了。高小庄更是被文龙的话提醒：“啊！我想起来了，我藏在床底的时候，反复听到小泉清和那个光石提到一个什么田中的报告。”文龙转眼看向高小庄：“田中报告，具体说了些什么？”高小庄止住文龙：“别急，让我捋捋。……总之，光石就是反复强调，说那个报告资料翔实，取样广泛，还说，有了那份调查报告，现在他们比咱中国人还要了解咱这个国家！”

文龙等人听完表情严峻。安娜插话低声：“这么重要？”文龙看了眼安娜：“那份档案大概有多厚？”安娜回应：“很厚啊！”高小庄一怔：“对，安娜当时还想拍来着，我 看，这哪儿拍得了啊，就没让。”安娜面带难色地抱怨高小庄：“可惜了！你不试一下怎么知道拍不完！我们当记者的最后悔的事，就是错过重大新闻！”文龙和老钱对视。老钱摇头说：“别看我，我也是头一次听说他那儿还有这么个报告。”文龙看向大伙：“藏得越深的往往才是越重要的啊，你们想想，田中指派小泉清放弃追捕安娜和我们，亲自过来过问报告的事情，足以见得这份报告的重要性！”安娜一惊：“难不成，比我之前胶卷里拍的那些东西还重要？”文龙点点头说：“就凭小庄听到的那几段话，我敢断定，咱们之前拍的那些，加起来可能都不及这份报告重要。”所有人都惊叹。文龙眯起眼：“而且这份报告和咱们拍的那份名单之间一定有着某种联系，相辅相成！”高小庄焦急地措手：“哎，早说啊，捎带手就给顺出来了。”安娜焦急地说：“不行，咱既然发现了这么重要的东西，不能不管！”文龙看了眼众人，众人都坚定地点了点头。气氛令文龙有些受感动和鼓舞。

文龙很严肃地看向大家说：“咱们被鬼子追了这一路，不是因为咱窝囊，怕死，而是因为活下去，才能做更多更有意义的事情！可如今，有一个这么重大的机密文件摆在咱们眼前，咱不能再躲了，就算是豁出命去，也要主动出击，让小鬼子明白，咱们中国人不是这么好欺负的。”胡大壮一拍大腿：“没错，和小鬼子干，兔子急了还咬人呢！只有把这群豺狼赶出去了，咱们才能过安生日子！”魏坤宁冷冷地眯起眼：“打穿上军服的那天老子就说过，绝不会拿背对着鬼子的枪口！鬼子要想从我正面过去，除非是踏着我的尸体过去，跑了这一路已经够窝囊了！”刀子猛地起身：“我没二话，干！”文龙点头看向老钱：“老钱同志，看来，明天我们不能按计划出城了，这个报告一定要弄到手！”老钱欣慰地点头。文龙又盯住老钱：“组织上答应了苏联方面营救安娜，我们必须言而有信，做好准备，如果我们出了什么意外，你负责联系上级，把安娜送到安全的地方！”老钱很严肃地看向文龙：“这绝对没问题！本就是我的任务！”安娜准备说什么，被文龙止住。文龙看向安娜：“你是我们一行人的关键，只有你稳妥了，大家才能安心做事，明白吗？”安娜想了想，点了点头。安娜一怔：“今天拍摄的胶卷我已经取出来，和之前的胶卷存放到了一起！现在，是不是该去冲印了？”小皮点头说：“可以，正好一起冲印！”安娜有些迫不及待了：“走吧，我跟你一起。”老钱摆摆手：“等等！”安娜停下脚步。文龙站起，深思了一下说：“胶卷很重要，不能有任何闪失，今天弄出了动静，我建议还是先探探相馆的风头，再洗不迟！”老钱点点头说：“我也是这个意思！”小皮站起来说：“那行，我先回去看看！”安娜看向小皮：“那你小心啊！”小皮点点头开门离开。

光石正在焦急地来回踱步。小泉清示意光石说：“先生不用太过焦虑，我已经派冈本君带人去布控了，用不了多久，那个摄影师就会落网，到时一切都水落石出了。”光石眯起眼：“看来，明天我得先取消进关的计划了，必须把这事儿彻底查清楚！小”泉清打量着光石的门锁说：“其实，我更好奇，他是怎么进来的，这个锁孔并没有撬动过的痕迹，应该是用钥匙打开的。”光石一惊说：“可是，钥匙一直在我的身上啊。”小泉清看了眼光石：“你确定？”光石想了想说：“应该不会有问题。”小泉清眯起眼分析：“那还有一种可能，就是有人提前盗用你的钥匙复制了一把；总之，种种迹象表明，光石先生的身边似乎很不安全啊！”光石沉思。小泉清一怔问：“田中将军的报告非常重要，肯定不能再放在您身边了，我希望接下来几天，交由我保管！”光石想了想，点了点头说：“希望小泉大佐能妥善保管，有什么要求，尽管提。”小泉清点头说：“要求只有一个，我听说你们银行有一对从德国订制的密码箱。”光石回应说：“没错，不过那是用来存放印钞模版的！谁都不能动！”小泉清一笑：“先生有两只这样的箱子，一只箱子就装一块模板不是浪费吗？”光石惊疑地看向小泉清：“你若是明白到这两块模版对于我们帝国经济扩张战略的重要性！就不会这样说了！”小泉清还想再说，光石举手示意中止。光石很严肃地看着小泉清：“总之我可是立过军令状的，若是丢了这两块模版，我切腹谢罪。”小泉清尴尬一笑：“光石行长，言重了！”

街道上一片安静，小皮只身一人回到了相馆门口，准备开门时，左右环顾了一下，并没发现可疑身影。不远处，冈本就紧紧地躲在一个掩体后面。小皮打开了门，推门而入。小皮刚进了门，突然，他发现地板上，自己的身后出现了好几道身影。小皮缓缓伸手想去摸枪。冈本怒喝：“把手举起来！”小皮尽量保持镇定说：“大哥，我就一穷照相的，您有话好说。”冈本命令：“绑了！”两名士兵上前来把小皮牢牢地绑住。小皮被绑在刑具上，明显用过了重刑，已经昏迷过去。小泉清和光石站在旁边打量着小皮。郭三走向前：“大佐，这小子嘴硬，咬死说自己啥也没干。”冈本走过来说：“大佐，我来！”小泉清伸手止住：“先留他口气儿，昨天晚上，他只是在外面放风，藏床底下的另有其人！这些匪徒很狡猾，光石先生应该多加小心，绝不能轻易相信任何人。”光石一惊：“是我大意了！”这时有一个士兵直接走向光石：“光石先生，有一个自称卢海的人说要拜访您。”光石一怔。

卢海带着小女友李珍珍被看守拦在门口。李珍珍不开心地看着卢海：“说什么和行长是故交，全是骗人的鬼话！”这时，光石和小泉清这时从屋内出来，郭三跟在左右。看守一看光石过来了，指着卢海说：“光石先生，就是他想见您！”光石打量了下面前的卢海和李珍珍，一愣。卢海向光石鞠了一躬：“哎，光石先生，可把您盼来了，哎哟，昨天有事儿您的晚宴给耽误了，想着你今天一早不要出差嘛，就起个早过来拜访了！”李珍珍也点头哈腰地朝向光石：“对对对，我们备了点小礼物，想送给行长。”光石的心思却并不在对话上，光石的脑海里正过滤着昨晚宴会大厅发生的关于自己和卢海（文龙）与李珍珍（安娜）交流的一幕幕。小泉清看出了光石的失神，疑惑地提醒：“光石先生？”光石回过神来问：“喔，两位昨晚因为什么事耽误了呢？”李珍珍怒气地看着卢海：“嗨，快别提了，还不是因为他……”卢海也急了：“这，这哪能怪我呢！”小两口又争论了起来，小泉清和光石狐疑的表情看着卢海和李珍珍。小泉清看向光石低声：“看来，光石先生昨晚是碰上冒牌货了。”

三

光石正给小泉清描述昨晚上的卢海与李珍珍的模样，那个假冒卢海的男子身材高高大大、高鼻梁、五官棱角分明，剑眉星目！女的举手投足间确实有些西方人的气派！小泉清一惊：“你确定？”光石一怔：“昨晚才刚见过的，不可能记错，况且我还和那个女孩共舞过两曲，印象很深刻。”小泉清眯起眼：“怪了，你的描述，倒是令我想起两个老朋友来。”光石一惊：“老朋友，难道是日本人？”小泉清忙摆摆手：“不不不，我追了一路的老朋友，不会这么巧吧！”光石疑惑地看向小泉清：“到底是谁呀？”小泉清咬了咬牙：“一块很难啃的硬骨头！难怪，阿部宽会出现在奉天！”光石听不明白。小泉清一笑：“如果撞上的真的是他，那就是您的不幸，我的大幸了。”光石眯起眼：“不管他是谁，现在最重要的是抓到他，防止那份名单泄漏！”一个手下敲门：“行长，阿部宽中佐求见，在银行等您。”小泉清抬起头。光石与小泉清的视线相对：“小泉大佐随我走一趟？”

小泉清、光石和阿部宽三人各坐一方。小泉清很严肃地看向阿部宽：“阿部君，为了帝国的利益，有些事不必再刻意隐瞒了！”阿部宽还在思考。小泉清又瞥了眼阿部宽："能让你紧咬着不放的，现在恐怕只有钢刺的事情吧，加上行长方才提供的描述，我可以肯定，昨晚的事儿，就是钢刺捣的鬼。"光石点点头："对对对，我希望两位能冰释前嫌，精诚合作，有什么情报线索，相互共享，大家目的是一样的！"阿部宽抬头说："钢刺，确实已经潜入奉天了！"

老钱进屋，表情虽然沉着，但匆匆的脚步仍透出了不祥的信息。安娜急切地看向老钱："老钱同志，小皮一直没回信儿，他没事儿吧？"老钱一脸忧愁地说："小皮被捕了。"所有人期盼的表情，变为了震惊。老钱仍然很沉着地说："我去银行报到，顺便再探探消息，风声紧，你们切忌别乱走动。"文龙点头。

阿部宽把先前的来龙去脉都告诉了小泉清和光石。阿部宽眯起眼："顺着那枚筹码币顺藤摸瓜，我就查到了奉天，上次来找光石先生，目的就是调走银行和赌档所有员工的资料，我相信，钢刺要接头的人一定潜藏在这其中。"小泉清也眯起眼："这就对上了，你的怀疑是对的，昨天的晚宴，一定是有内部人员协助，不然，钢刺他们根本混不进会场。"阿部宽点头说："那个小皮是个照相的，只是个马前卒而已！"光石眯起眼："你们已经反复提到那个钢刺了，他有那么可怕吗，拍到名单后不会又跑了吧？"阿部宽一笑："放心，自从上次在赌档撞上钢刺之后，我就立即下令封锁了城门，他们想出去，比登天还难。"光石点点头："我相信只要两位能齐心合作，这个钢刺不是你们的对手！"小泉清狠笑了一下："要想抓住钢刺，首先得找出你身边的内应，钢刺藏在什么地方，他肯定知道。"阿部宽扬了扬手中的档案袋："昨天晚上，我已经查看过了所有档案，筛选出了几名可疑人员，今天急着来找光石先生，就是这个目的。"光石一笑："好，我让黎经理把你怀疑的所有人都调过来，你慢慢审。"

老钱进入银行的大厅，一抬头发现光石、小泉清、阿部宽都站在面前。光石一笑："黎经理，你今天迟到了呀！"老钱不慌不忙，淡定一笑地说："昨天晚宴，多喝了两杯，行长找我有事儿？"光石看了眼阿部宽。阿部宽把手中的文档交给了老钱说："有劳黎经理，替我约谈一下这几个朋友。"老钱接过档案并点头示意说："好的！"

四名银行职员模样的人站在阿部宽面前。老钱看向阿部宽："阿部中佐，你要找的人都找到了，有任何需要，随时吩咐！"阿部宽点头："好，你们先出去吧！"老钱退出，小泉清也站在阿部宽身后。阿部宽扭头低声："小泉大佐，也包括你。"小泉清冷笑："祝你好运！"小泉清离开，脸上是意味深长的笑。

小泉清进了银行的某个房间，冈本和郭三守在屋内。郭三快速关上了门。冈本怒色："这个阿部宽，太大胆了，连您也赶出来！"小泉清一笑："他审不出什么结果来的。"冈本一怔："大佐的意思是？"小泉清低声："你以为我真那么傻，所有线索都会告诉他？"冈本灵机一动："大佐觉得真正可疑的目标并不在他找的那几个之中？"小泉清冷笑道："当然，他找的那几个人里，有两个昨晚根本就不在晚宴现场，另外两个倒是在，可以他们的职位，根本给钢刺提供不了什么帮助！"郭三走向前："大佐所指的帮助是？"小泉清眯起眼："其一，光石进关内的任务是秘密的，除了银行的高层，不会有人知道名单的事。"郭三和冈本点头。小泉清一怔又说："其二，钢刺他们昨晚假冒了那对小情侣的身份，这一点就很有门道。"郭三插话："参会宾客的名单并不是多机密的事情，这个，钢刺他们想搞到并不难吧。难就难在，他们怎么稳准狠地选择了假冒那对小情侣的身份，这对小情侣刚从国外回来，会场其他人和他俩都不认识，这才是钢刺能够钻空子的关键。"郭三点点头："喔，这样说来，他们身边必定有一个高人做参谋，这个高人对参会人员身份都极了解。"小泉清看向郭三："没错！"郭三用钦佩的眼色看着小泉清："看来大佐你心中已经有了一个怀疑的对象了！"小泉清突然压低了声音："黎经理！"郭三听到这个名字也有些惊讶："他？！"冈本也是一脸震惊。小泉清低声说："除了上述条件他都满足外，还有一个小细节，让我不得不怀疑。"小泉清的脑海里迅速过滤老钱的可疑之处，眯起眼说："尤其是自己准备继续捡起筹码币，老钱看到了，先一步代劳，捡起了那枚筹码币……"冈本一惊："他进门是想掩护藏在床底的那个人！"小泉清狠狠地说："光石先生很信任他，可以我的经验，信任过度是件危险的事情！林少梅就是个例子！"郭三插话："趁阿部宽中佐忙活着！大佐可以先想个办法试探那个黎经理！"小泉清摇摇头说："机会就摆在面前了。”

文龙等人正在吃饭，安娜给大家分发着馒头和菜。高小庄等人都默默取了饭找一个角落或坐或蹲地吃了起来。胡大壮取完饭菜后，找了张桌子，拔了两下最后重重地放下了碗说：“咱不说好了吗，要把那个啥报告从鬼子手里夺过来，怎么现在一个个的都不吭声了？”大家都沉默。文龙走过来，拍了下胡大壮的肩膀：“小皮被捕，说明鬼子已经有所察觉，你认为那份报告还会在光石的卧室里吗？”胡大壮焦急地说：“嗨，动脑子的事你们来，就说咋整！”文龙点点头：“现在，我们能做的就是等老钱带回进一步的消息，再商量对策。”胡大壮又想说什么。文龙用筷子撬起胡大壮面前的馒头堵住了他的嘴。

小泉清带着老钱来到了刑房的门口。冈本和郭三跟在一旁。老钱打量着昏暗的刑房，故作不解地问：“小泉大佐带黎某来这儿，不知何意啊？”小泉清一笑：“昨天晚宴，我和光石行长上楼时，发现有个人鬼鬼祟祟的，我们今天越想越可疑，就把他抓进来，想过过审。”老钱故作一惊：“喔，还有这事？”小泉清点头说：“没错，可我一个外人，上刑这种事不大合适，所以光石先生的意思是让你代劳。”小泉清拍了拍老钱的肩膀。老钱镇定了一下说：“请行长和大佐放心，我可不止会谈业务！”小泉清笑了笑说：“不过，也别把事儿闹太大，如果确实是我想多了，这个摄影师是冤枉的，就把人放了。”老钱一笑：“放心吧，如果他真做了对行长不利的事情，扒层皮都算是轻的了。”小泉清盯着老钱，突然大笑起来：“好，不愧是光石行长最得力的心腹，等你的消息。”小泉清使了个眼神，一旁的郭三开了牢门。老钱走到门口抬眼一看，见小皮被绑在刑具上，浑身是伤。小泉清特别留意着老钱的表情。老钱并没露出任何的同情，他盯着小皮，面不改色，随手拿起了旁边沾了盐水的皮鞭，慢慢逼向小皮。小泉清和郭三对视了一眼，关上门退了出屋。

小泉清、冈本和郭三退出了刑房。小泉清低声：“仔细听着。”郭三点点头。老钱手里拿着皮鞭抬眼，小皮也抬起头看着老钱。此时刑房里只有他们两个人。小皮朝老钱点点头。老钱一脸难过，但只得走上前，手腕用力一抖，皮鞭重重地打在了小皮身上：“说，昨天晚上鬼鬼祟祟在楼上做什么？”小皮大喊：“我就是在拍，拍照！”老钱又用力挥一鞭子：“还不老实！”小皮看着老钱，又瞥了眼门说：“我真的什么都没干！”老钱抬手连续地挥鞭子说：“我让你嘴硬！”

郭三、小泉清和冈本都站在门口。听着里面传出的巨大响动和哀号声。郭三的脸都跟着抽搐说：“打得这么狠，不像是假的！”小泉清眼睛眯起。

阿部宽推门出来，松田在外等候。松田瞄了眼屋里那几个嫌疑犯：“中佐，有收获吗？”阿部宽点点头：“有两个的疑点比较大，要进一步调查。”松田点头。阿部宽一怔：“小泉清呢？”松田一笑：“他们抓了个嫌犯，正在审呢！”阿部宽冷笑：“一个照相的能审出什么来，蠢货！”松田低声：“还有一条重要的线索，中佐似乎是有意隐瞒了下来！”阿部宽一怔：“你是说那个在赌场闹事的女人是吧？”松田点点头：“没错，她被钢刺一伙救走了，现在肯定和他们在一起，她那么想找她那个老爹，这点可以被我们利用。”阿部宽一笑：“我当然知道，只是不想告诉小泉清而已，林少梅被他截和就是个教训。”松田点点头：“小泉清确实是只老狐狸！”阿部宽冷笑了一下：“追捕钢刺是将军交给我的任务，回头要是让他这个已经出局的家伙抢了功，我还有何颜面！”松田看向阿部宽：“此次天时地利人和，钢刺必定是您的囊中之物。”

老钱一鞭子抽下去，小皮昏迷了过去。门推开，小泉清、郭三和冈本进来。小泉清看了眼小皮，看向老钱说：“想不到我们黎经理温文儒雅，下手这么重。”老钱冷笑了一下：“不下手重，怎么能撬开他的嘴？”小泉清震惊地问：“他招了吗？”老钱扔掉手中的鞭子，摇头说：“这小子牙帮子咬得太紧！”小泉清故意可怜小皮：“看来，我们是真的冤枉人家了，依我看，别把事儿闹大，放了吧！”小泉清有意打量老钱的表情。老钱心里明白这是小泉清探自己：“哼了声，哪能这么便宜他！先歇一歇，回头再接着审！”老钱说完出门，小泉清和郭三对视。冈本疑惑地看向小泉清：“怎么样，大佐？”小泉清眯起眼：“看不透，他是光石身边的人，没有确切证据不好下手。”郭三插话：“要不要跟着他？”小泉清摆摆手：“不必了！如果他真有问题，当着我的面都露不出破绽，你要跟也跟不住。”郭三退到一边。

阿部宽到了赌档办公室，背对着门站着。络腮胡推门进来：“太君，您叫我？”阿部宽手中掂着几枚筹码币问：“还记得上次在赌场闹事的那个女人吧？”络腮胡一怔：“敢拿瓶子怼我的，那虎丫头可是第一个，化成灰也记得呀！”阿部宽看了眼络腮胡：“她父亲是不是在你手里？”络腮胡又一怔：“呃，之前是，太君想找他？”阿部宽点点头：“当然，那个女人被我要找的人带走了，身子又虚，肯定和他们在一起，如果能钓出她，不就能找到我要的人了吗？”络腮胡闻言，表情尴尬。

阿部宽瞥了眼络腮胡：“怎么了？”络腮胡一惊：“太，太君，那天本来我就想把人抓回来揍一顿，哪知道这老家伙两天没吃饭，不经打，一不小心撞在墙上就死了……”阿部宽大怒：“蠢货！”络腮胡埋怨说：“我们也是无意的啊，他还欠着我们钱！”阿部宽拿枪顶住了络腮胡的头：“我要是现在扣动扳机，是不是也可以说是不小心啊？这条线索抵得上你十条命！”络腮胡连忙跪下：“太君！您可别杀我啊！”络腮胡吓得汗水直流：“太、太、太君，您听我说，人在我手上丢的，我帮您找回来，一定帮您找回来！”阿部宽想了想，眯起眼说：“好，我给你半天时间，要是找不到人，我也把你扔到河里喂鱼！”络腮胡忙给阿部宽磕头：“是是是！一定，我一定把人找到！”阿部宽这才收起了枪。络腮胡蔫了，斜靠在一旁缓着气儿。松田怒色看向络腮胡：“你还不快去？”络腮胡连忙爬起来：“是！是！”退出房门。

文龙住所的门传来有节奏的轻轻敲门声。文龙等人欣喜地看向大门。安娜第一个跑上前打开了门。老钱一个闪身钻了进来。安娜左右看了看，迅速将门关上。文龙担心地看向老钱：“怎么样，老钱？”老钱看了文龙一眼，示意他进里屋密谈。老钱和文龙将门关上。文龙低声：“看你的样子，外面的风挺大啊？”老钱点点头：“抓小皮的是小泉清！相馆被贼上了，这胶卷暂时是冲印不成了。”文龙看着老钱低语：“冲印倒不急这一时，小皮关在哪儿，咱们能不能想办法把他救出来？”老钱摇摇头说：“小泉清嘴上只说是怀疑他，说如果查明白是冤枉的，我可以放人！”文龙一怔说：“他这是在拿话试你！”老钱点点头：“岂止是拿话，他还逼着我拿起对小皮动刑！”老钱情绪终于变得激动了些：“小皮骨头硬，什么都没有招！小鬼子，你知道鞭子抽在他身上的感觉吗？那比剜自己心窝子还痛啊！我一直当他是我的亲儿子！”文龙理解老钱的痛苦，想说什么，最后只是轻轻拍了下老钱：“一定稳住，他真正怀疑上的人是你！”老钱点点头：“放心，我要不沉住气，小皮那些鞭子全都白挨了。”文龙点点头：“那份调查报告，现在在哪儿，你打听到了吗？”老钱回过神来说：“被小泉清保管起来了，我只知道小泉清一直想说服光石借金库的密码箱用来存放那个报告，但被拒绝了。”文龙疑惑地看着老钱：“密码箱里装的东西，比这报告还要宝贵？”老钱点头说：“至少在光石那儿是的，这对密码箱里装的是印钞模版，一块鬼子自己发行的货币模版！”文龙一惊问：“还有一块呢？”老钱哼了一声说：“另一块是用来印制关内的假钞，扰乱关内的经济市场！”文龙恨恨地咬了咬牙：“早就听说关内假币猖獗，全是鬼子干的好事。”老钱愤愤地点点头：“没错，夺走他们的模版，这是上级让我潜伏在光石身边的终极任务，只可惜，老狐狸太狡猾了！”文龙低头思索着。

四

文龙和老钱已经把情况说给了安娜和高小庄等人。安娜兴奋地说：“名单、田中的报告、到印钞模版，咱掌握的证据越来越多！”胡大壮一笑：“反正雪球已经滚大了，没啥可怕的！”高小庄也一笑：“对！一不做二不休，咱这次必须把这模版也给他抄了！”谭卓茹看了胡大壮和高小庄一眼：“先别紧着说大话！要是那么容易，老钱不早下手了吗？”魏坤宁点点头说：“没错，还是先问问光石装模版那个密码箱有多厉害吧？”老钱看向大伙说：“这对密码箱是特意从德国订制的，防火防弹！最要命的一点在于，箱子里面装有自爆装置，如果连续三次密码输入错误，密码箱三秒钟内就会自爆，保证里面的东西不落入敌手之外，连偷箱子的人都会一并炸死！”文龙一惊：“这种密码箱我听说过，没想到你们银行竟然有。”高小庄插话：“这么厉害？”胡大壮也插话：“够狠的啊！”

文龙倒吸了口气说：“这么说来，我们就算是偷出了密码箱也没用了！”老钱点点头：“没错，这对箱子可是鬼子银行的宝贝，不到必要光石从不轻易取用，就算去取也是亲自去！所以到现在为止，别说开箱子的密码，就连这箱子藏在哪儿我都还没摸清楚！”胡大壮悲观地抱怨：“哎，看来别想了！”文龙还在思考，看向老钱：“你是说，这个密码箱是一对？外观也一模一样？”老钱点头：“对，因为有两块印钞模版，所以当初是订购了两只箱子。一模一样！”文龙脸上露出欣喜的神色。大家都看向了他。

文龙冷笑：“箱子一模一样，不到必要从不轻易取用……”老钱惊疑地看向文龙：“你有辙了？”文龙沉思着在屋里来回踱步，老钱期待地看着文龙。终于，文龙停下了脚步，看向老钱：“咱这次要想胃口大点来个通吃，只有一个办法！”大家都期待地看着文龙。文龙一笑：“这个办法会很冒险，但要是成功了，不仅能帮你进一步摆脱小泉清的怀疑，还能成功拿到报告和印钞模版！”老钱欣喜地看着文龙：“什么法子，说来听听。”文龙点点头：“首先，你得借小皮的嘴告诉小泉清，我们盯上了那份报告！……”老钱震惊的表情。

光石在办公室不安地走动。小泉清低声：“先生放心进关去吧，有我在，钢刺和名单是逃不出奉天城的！”光石一怔：“只有钢刺被捕了我才能放心进关啊，那个抓回来的摄影师呢，审出什么结果了吗？”小泉清摇摇头说：“昏过去了，我再审一审！”小泉清来到刑讯房门口。郭三守在门口，见到小泉清上前行礼打报告。里面传来鞭子声和哀号声。小泉清一惊：“怎么回事？”郭三低声：“黎经理又开始审了。”小泉清上前推门而入，只见小皮再一次低头昏迷过去。老钱回头看到小泉清，鞠躬道：“大佐，您来了。”冈本站在边上。小泉清上前检查小皮的伤，发现皮开肉绽，确实是用了重刑，随问：“审出结果来了吗？”老钱拭着汗说：“终于松口了！”小泉清略有些意外：“哦？说什么了？”老钱低语：“他说，那伙人偷了名单还不打算罢手，又贼上了一份什么报告。”小泉清震惊，看向冈本。冈本点点头。

小泉清把审讯的经过告知了光石，光石震惊地问：“他真这么说？”小泉清点点头：“千真万确，我早说过钢刺很狡猾，他那晚发现了报告后肯定不会就此收手。”光石大怒：“八嘎！”小泉清看着光石：“行长，这份报告既然已经被钢刺盯上了，您也别再犹豫了，报告只有放在密码箱里才绝对安全。”光石思考着没答话。小泉清有些不耐烦地说：“光石先生不要太过迂腐，两块模版可以放到一只箱子里面去，另一只箱子用来装这个报告，互不影响，还请速取密码箱。”光石看向老钱。老钱一怔：“行长，大佐说得有道理！”光石点点头：“好，不过抓住钢刺后，立刻换回来。”小泉清高兴笑了：“当然，不出三日必定抓捕钢刺。”光石急匆匆出门，老钱和小泉清跟上。

光石、小泉清和老钱来到一个十平方米左右的金库，里面存放着一箱箱贵重的物品和金条。小泉清和老钱跟着光石进来，神色严肃。光石恨恨地低声：“没想到这个钢刺这么不要命，竟然真打起了报告的主意。”小泉清眯起眼：“看来这一路追下来，倒是把这个钢刺的胆子越追越大了！”光石扭头看向小泉清和老钱：“你们就待在门口！”

老钱和小泉清就站在门口，老钱悄悄瞥向金库里面。光石走到金库的一面墙壁前，取出一块砖，里面浮现出一个按钮。光石轻轻扭动了按钮。啪！暗阁浮开，里面的一对箱子露了出来。老钱心想：这只老狐狸，没想到他把密码箱就藏在金库里啊！光石满意地看向暗阁，里面那对密码箱子并不大，小而轻巧。光石取出一只箱子。

高小庄等人还在和文龙讨论计划。高小庄突然看向文龙：“文龙哥，你到底在琢磨啥呢？干吗主动告诉鬼子我们要偷报告的事？”魏坤宁也惊疑地看向文龙：“文龙，你这一手我确实也看不明白！”谭卓茹也摇头：“文龙，经你这么一吓，鬼子借给小泉清密码箱，再锁进金库，那报告咱们不是更没戏了吗？”文龙一笑：“因为，我们的目标不只是报告！”

小泉清把文件放进了箱子，交给了光石。小泉清一笑：“密码我已经重新设好了！请。”光石点点头：“这个金库加上密码箱的双重保险，这下，钢刺就是再厉害，也别想得到报告了！”小泉清点点头：“这就是我喜欢待在银行的原因，这里的安保系统，总是最强大的。”光石接过小泉清的箱子放进了金库中一角。两人退出，光石将金库大门上的转盘转了两圈，彻底锁死。老钱跟在一侧。

文龙居住的地点，大家依然是你一言我一语地讨论着。文龙看了眼大伙：“要想拿到报告，硬来是不行的了，咱们只能投巧劲儿，我的计划虽然有点冒险，但也是我们唯一的机会了。”众人点头。文龙一怔：“金库咱们虽然不好进，但别忘了老钱的身份，他每个月都有几次机会进去！银行下面开的赌档，按日子把收入送到银行，每次交货，银行这边接待的人都是老钱！”高小庄等人闻言点头。魏坤宁一惊：“这么说来，今天就是赌场交款子的日子？”文龙点点头：“没错！周边几个县城也开了几家赌档，今天是他们进城交租子的日子。”文龙在桌上简单摆了几个物件，布置计划，然后看向大伙说：“所以，咱们接下来的计划，是劫下这辆赌场送款子的车，假冒成交货的人员，老钱会接我们进金库！事成之后，咱们回来接上安娜他们，借这运钞车的壳出城！”大家互相交换着赞许的眼神点头。

按照文龙的分工，各自展开行动了。文龙、魏坤宁、刀子、胡大壮来到了赌场送货车必经之路的桥下，埋伏在掩体后面。文龙低声：“赌场的车送货路线都是固定的，路线图老钱已经给我了，桥底的那段路是最好的伏击点，老魏，大壮、刀子，你们仨跟我去设伏。”胡大壮一惊低声：“就咱这点人手，够吗？”文龙看了眼胡大壮：“这儿可是鬼子的地盘儿，送给银行的钱根本没人敢动！所以他们押送的人手不会太多。”魏坤宁轻轻一笑：“哼，那他们今天可倒霉了！”文龙看了眼魏坤宁：“别得意，我们的任务也不轻松，动手的时候，不能开枪！”胡大壮惊讶地看向文龙：“啥，徒手劫啊，不许咱开枪，那他们开咋办？”文龙又看了眼胡大壮：“也不能让他们开！”魏坤宁点点头低声：“文龙说得有道理，枪一响容易惊动鬼子。”胡大壮有些抱怨：“不开就不开，正好活动活动手脚！”

光石对老钱的表现非常满意。光石看向老钱：“黎经理，不枉我这么多年一直赏识你！你撬出来的这个情报对我们非常重要。”老钱鞠躬示意：“能为行长分忧，是我的荣幸！”光石又转向老钱：“只是，光是这一条情报还不够，你得说服那个摄影师，交代出钢刺一伙人的窝点。”小泉清点头，看向老钱，老钱故与小泉清对视：“放心，他只要开口招了第一句，后面的，我们再加以利诱，肯定会全盘吐露。”小泉清很欣慰地点点头：“好，我看那个家伙应该已经清醒过来了吧，劳烦黎经理和我走一趟，早点打听到钢刺的下落，光石先生也才安心。”老钱点点头。

小皮被松绑了，在一把椅子上靠着。老钱递了一碗水给小皮。小皮大口大口地喝着，水浸透了胸口，和着血水一起流下。老钱故意阴冷地一笑："早点合作，就不必受这么多苦了。"小皮喝完了水长长地松了口气，很满足。小泉清一笑："说吧，幕后主使在哪儿？只要说出来，不止会有水喝，还会有更多的奖励。"小皮看了眼小泉清和老钱。老钱故作摆出一副阔佬的姿态："这伙人身份很关键，我们行长也说了，你只要说出来，不但可以免了这些刑罚，还能给你两根小黄鱼。"小皮故作欣喜地说："他，他们住，住在松宝路……38号院！"老钱一听，又故和小泉清对视一眼，都满意地点点头。

银行门口外，一队日本兵已经集结整装待发。老钱准备和小泉清一起出门，小泉清一伸手一拦："黎经理，追捕钢刺的事，还是交给我吧！光石先生更需要你！"老钱看了眼小泉清："你是不放心我和你一起行动？"小泉清一笑："哪里，术业有专攻！毕竟黎经理更擅长搞金融，而搜捕，是我小泉清的强项！"老钱点点头："好，那祝小泉大佐马到成功！我和行长等你的好消息！"小泉清一挥手，和冈本郭三一起带着队伍出发了。

文龙等一直在桥底的公路旁等着。远处赌场的小车缓缓驶过来。文龙看向刀子："坑挖好了吧？"刀子点头示意。众人不再说话。车子驶近，车轮辗压在了一个掩藏起来的小坑上，嗞！车轮陷进去了。一名押运人员下车察看，大喊："都下来，推车。"押动工拍了拍车门，另外两个押运工也下了车，除了司机还坐在车内。三个押运工都来到车尾处用力推车。文龙瞅准机会低声："动手！"文龙、魏坤宁、胡大壮和刀子一起杀出，每个人直奔一个目标。刀子锁住了一个押运工的脖子，魏坤宁一把捂倒了一个，胡大壮则一个虎扑，将一个押运工重重地压在了身下。胡大壮起身抡起拳头刚准备挥，结果往下看，发现底下的人已经被压得口吐白沫，昏迷过去了，抱怨道："啥玩意儿！真他娘不得劲儿！"司机看到后视镜里突然出的黑影，准备掏枪。突然有人敲窗，司机一回头发现文龙趴在车窗外。司机准备举枪，车门突然被拉开，文龙顺手把司机拉了出去。司机的枪摔在了地上，司机想去捡，但被文龙一脚踩住，紧接着，文龙抬脚向司机的头踩了下来。

在文龙等人的落脚点，高小庄正在变魔术逗安娜、谭卓茹和鲁小花。高小庄将一枚钱币放进一个倒扣着的杯子里，轻轻晃了两圈问："猜猜看，有几枚？”安娜三人都没兴志。高小庄无趣，自己揭开，里面是空的，故问：“怎么了，几位姐们？”安娜叹了口气说：“这次的计划这么冒险，哪有心思看什么戏法啊！谭卓茹讽刺地看向高小庄，就是，你的戏法要真是灵验，直接把报告给变出来不就好了。”高小庄有点埋怨的脸色道：“戏法嘛！就是逗个闷子！”安娜眼神有点沮丧：“咱就这么干等着？”谭卓茹看向安娜：“文龙说了，他们顺利盗出密码箱后，会回来接咱们，一起坐运钞车出城。”鲁小花不由自主地低下头叹了口气：“哎！”三人看向鲁小花。鲁小花一眼的泪花说：“我在想我爹，一直没下落，我要就这么走了，他可怎么办！”

文龙、胡大壮四人已经换上了押运工的服装，坐上了车。文龙坐在驾驶席前。胡大壮一笑：“嘿，这趟奉天来值了，又是喝洋酒又是坐汽车的。”魏坤宁看向文龙：“文龙，咱就这么去银行，没事儿吧？”文龙看了眼魏坤宁：“赌档的人按点儿交租子，银行的人都成习惯了，加上有老钱接应，不会有问题！”说完又转过头来继续盯着前方开车。刀子一惊：“别忘了，还有小泉清呢？”文龙看了眼刀子：“所以，我让老钱借小皮的嘴，散了个假消息把小泉清调了出去。”胡大壮看了眼文龙一笑：“好家伙，想得挺周到啊！”魏坤宁心细惊疑地看了眼文龙：“咱这趟不会跑空吧，确定你那招打草惊蛇把那俩密码箱给钓出来了？”文龙一笑：“心揣肚子里吧，老钱在鬼子身边盯得死死的呢！论办事能力，我文龙服气的不多，但老钱绝对算一个！”

小泉清和冈本带着一队日本兵来到郊区的一个院子——奉天松宝路38号院。郭三气喘吁吁跟上来。小泉清一个手势。日本兵快速围住了院子。小泉清掏出枪命令：“搜！”冈本带着日本兵破门而入。屋里空空如也，里面并没有人。小泉清进入，冈本等人继续搜查。

文龙开着赌场的小车停在了银行门口。老钱已经等在了门口。文龙下车：“黎经理，你好，这是我们赌档上周的流水，请入库！”文龙看向身后，刀子和胡大壮各自拎着重重的一个箱子。老钱像往常的样子对待赌档送流水的人一样，摆了摆手示意：“进来吧。”老钱转身带路，文龙一偏头，和刀子、胡大壮进门。

小泉清一行在院子里搜了两遍，没收到任何有用的东西。郭三走到小泉清的跟前："大佐，会不会是那个摄影师被捕后，钢刺他们受惊转移了？"小泉清不说话，专心地打量着四周，并用手在桌上轻轻抹了一下。小泉清看自己手指上有薄薄的一层灰。小泉清大怒："八嘎！"小泉清警惕地挥手："中计了，赶紧回去！"

锁定绝密　骨硬脱险

一

老钱带着文龙、刀子一行来到金库。老钱转动那个大圆盘，金库慢慢打开了。文龙一行人进了金库，看傻眼了。全是压榨的咱老百姓的血汗啊！老钱径直走向金库一角，在一面墙壁前停住。老钱伸手取下了墙壁上的一块砖，后面露出一个按钮。老钱扭了下按钮，暗阁果然浮现出来。胡大壮插话："嚯，真高级！"暗阁彻底打开，露出的那对密码箱，众人皆露出欣喜的表情。

小泉清和郭三带着日本兵正疾步往回赶。脚步匆匆，危险在向文龙等人逼近。

两个箱子出现在面前。文龙看向老钱："装报告的是哪个？"老钱不确定。文龙上前拿起其中一个掂了掂，又拿起另一个掂了掂。文龙认准其中一个说："听声音，报告应该在这里面！"老钱点点头："行，箱子你们先带走！"胡大壮看了眼另一只箱子："那儿不还有一只吗？一并带走！"刀子急了："咱带走了也没用，没开箱密码呀！"文龙点点头："对，另一只箱子先得留下！"文龙和老钱对视，默契一笑。

文龙看向老钱："炸弹也备好了吧？"老钱拿出一个餐盒大小的铁盒。胡大壮惊疑地问："你们不会打算炸箱子吧，真要炸开了，里面的东西不也糊了？"文龙一笑："这是定时炸弹，不炸，是诈！"胡大壮和刀子不解地对视。胡大壮更是不解地说："啥炸诈咋的！"老钱一笑："你把这玩意儿藏在外面过道里，半个时辰后就会启爆！”刀子拍拍胡大壮，二人到了金库门口，看着过道。文龙接过了定时炸弹说：“老钱，最后这一步也是最关键的一步，全靠你的眼力和记忆力了，千万不要有闪失！”老钱点点头说：“放心吧！论眼力和记忆力，我未必比你差。”文龙点点头说：“天桥赌场的时候就看出来了，所以我才敢放心交给你。”老钱提醒文龙说：“记住，运钞车不能开进日本街，会引起怀疑，找个地方藏好之后，通知安娜他们过去！”文龙看了眼老钱：“那你成手之后怎么找我们？”老钱严肃地看向文龙：“中午十二点，到知味楼的听雨轩包房，包房是我一早定下的。过了点我要是没来，就说明我出事了，你们马上出城！”文龙关切地看了眼老钱：“话我记住了，可你得小心！”老钱又提醒文龙说：“我收到消息，你让我打听的鲁伯已经被赌场的人杀了。”文龙听完，叹了口气，看了看站在金库的刀子。老钱看向刀子：“另外，我给了刀子兄弟一些烟幕弹，出城的时候也带上！”文龙点点头：“行！你千万小心，一动手可就回不了头了！”老钱一笑：“时间不多，撤吧！”

文龙出来，刀子和大壮跟上。此时，一个看守走过来。文龙假装系鞋带，胡大壮和刀子默契地站位，挡在文龙前面。文龙猫腰将炸弹盒子藏在了过道里的一个盆栽中。

银行门口外。魏坤宁坐在车内，有些紧张地四处张望着。后视镜里，远处，小泉清带着队伍正向银行走来。魏坤宁惊惶地看向银行大厅，不断地敲着手指。文龙三人终于拎着箱子出来了。魏坤宁着急一喊：“快，小泉清回来了！”文龙快速发动车子，偏偏一时点不着火。后视镜里，小泉清的队伍越来越近。车子终于成功点燃火，缓缓地离开。小泉清和冈本带着日本兵站在了门口，郭三快步跟着。小泉清看了眼远去的运钞车，并没多想，起身进了大厅。

一记耳光狠狠扇在小皮脸上，冈本舒展着自己的手腕。老钱和光石都在身旁。小泉清上前怒道：“竟然用假消息骗我？”小皮故作冤枉的眼看向小泉清：“我没骗你，之前他们就是住在那儿的。”小泉清大怒：“我检查过了，屋子里积了一层灰，至少半个月内都没人住过了！还嘴硬？”冈本又一脚踹在了小皮的身上。老钱看着小皮受苦，默默忍着。小泉清突然回头看向老钱："还有你！"老钱镇定地问："小泉大佐，你搜人失败，总不至于把火往我身上撒吧？"小泉清眯起了眼。光石疑惑地看着小泉清："小泉大佐，黎经理有什么过错吗？"小泉清一怔说："行长，你想一想，这个摄影师要真的投诚了的话，又怎么会用假消息来欺骗我们呢？"老钱也故作冤枉地说："他不说实话，这和我又有什么关系？"小泉清狠狠地看了眼老钱："当然有关系，他可是经你审讯之后才松的口，可他一会儿说这，一会儿说那，消息真真假假，谁知道是不是你在教唆？"老钱先是一愣，继而苦笑道："让我审他的人可是小泉大佐你呀，他张嘴胡说，怎么反倒要赖我头上了？再说，他说出这条线索的时候，冈本太君也在！"小泉清一笑："我这个人不爱听解释，我只看实际行动！黎经理，你还有机会证明你的清白！"小泉清说完，掏出了一把枪塞到了老钱手里说："这个人对我们已经没有价值了，如果，你们真的没关系，这一枪，由你来开。"光石也很明白小泉清的意思，看向老钱："黎经理，我相信你的忠诚！"小泉清拍了拍老钱的肩膀，和光石离开。

小泉清和光石就站在门口，仔细听着里面的动静。老钱到了关押小皮的刑房内。老钱手中握着的枪似有千钧重，想要举起却又垂下。小皮靠在墙上，微微抬起头看着老钱，没有悲伤，没有埋怨，反倒是咧嘴轻轻笑了一下："你以为，你们这些鬼子靠武力就能征服我们的国家吧？你们妄想！开枪啊！"小皮的话是喊给门外的小泉清听的，也是在暗示老钱。小皮看着老钱："告诉你，咱中国人不怕死，鬼子只要在咱的地头上一天，咱就跟他斗一天！哪怕流再多的血，我也绝不畏惧！怕就怕咱中国人明明在自己的国家，却要顶着鬼子的枪口，毫无尊严地活着！"老钱举起了枪，但是手在微微发抖，轻轻摇了摇头。小皮大喊："来吧，开枪！给我个痛快！"老钱正在失神纠结。

老钱的脑海里出现了小皮成长的点点滴滴：

老钱养伤期间。小皮给老钱炖了汤，看着老钱一口口喝下。小皮替他换药时就怀疑老钱的伤口，是枪伤，小皮就猜老钱是共产党……老钱打住了小皮，让小皮回屋休息。老钱知道是瞒不住小皮的……

在老钱的卧室，小皮挎着书包拿着枪在向四处瞄准。突然，房门被打开，老钱出现在门口，老钱看到了这一幕，大怒。老钱上前将小皮手中的枪夺过，争夺中，小皮身上一本小册子掉落。老钱将小册子捡起来，一看是中国共产党党章。老钱狠狠地批评了小皮，对于小皮的反问，老钱却哑口无言。老钱知道小皮向往投身革命，但总觉得小皮还是个孩子。但小皮振振有词："叔，如今的中国，关外全部日本人占了，关内又有国民党的腐朽统治，想要建设真正属于我们劳苦大众的国家，那不是一天两天的事！只有将这理想和信仰薪火相传，让革命精神永远留存，我们期盼的那一天才能变成可能！十年完成不了，就用二十年！一代人完成不了，就用两代人！"老钱看向别处说："小皮，革命不是光靠耍嘴皮子就行的！这么多年，我一直拿你当亲儿子，我担心你有天……"小皮一笑，走到老钱面前："这些小皮都知道，我想，您肯定也不想您的儿子在日本人的枪口下，畏首畏尾一辈子！难道您忘了，是您告诉我，人活着，就得是为了理想和信仰！……"

在某个房间内。小皮右手举拳，入党宣誓：我志愿加入中国共产党，拥护党的纲领，遵守党的章程……老钱和另一位抗联老同志站在对面，看着小皮慷慨激昂的宣誓，两人都笑着点头。宣誓结束后，抗联的老同志上前与小皮握手说："从今天起，你就是一名正式的中国共产党党员，以后你就跟着你叔，一切行动听他的指示！"小皮朝老同志敬礼，也向老钱敬礼，立正说："请上级放心！……"小皮笑起来。

老钱手中的枪再度垂下，眼中含泪。小皮突然用尽最后一丝力气，冲了上来。小皮一把抱住老钱，另一只手紧紧地握住了老钱手中的枪。砰！小皮替老钱扣动了扳机。老钱压抑着自己，痛苦不已。

小泉清和光石听到枪声，对视。小皮趴在了老钱的肩膀上，嘴里渗出了鲜血，小皮低声："钱叔，鬼子几年前攻占东北，我爹妈就死了，是你一手把我养大，跟着你之后，我才明白，个人的仇恨，远比不上国家大义，小皮一条命，死不足惜，你一定要好好活着，完成上级交代的任务，等到胜利的那一天，钱叔，谢谢你！"小皮闭上了眼睛。小泉清和光石推门而入，只见小皮的尸体从老钱的面前缓缓滑倒。老钱的身上和手上还沾着血渍。

安娜趴在桌上昏睡，突然惊醒："血！我梦见好多血！"谭卓茹、高小庄看向安娜。高小庄走上前："安娜，没事儿没事儿，你一定是太紧张了！”安娜惊了一身汗：“文龙哥他们怎么还没回来，也不知道怎么样了，我这心里，七上八下的！”鲁小花起身：“我出去打探下消息。”谭卓茹拦住鲁小花：“外面危险！”鲁小花一笑：“我熟门熟路，鬼子又认不得我，没事。”安娜想说什么又说不出来：“可是……”

鲁小花急脾气，挥手打断：“行了，歇了半天也该我活动活动了，你们就踏实待着，我会尽快回来的。”鲁小花奔向门口。高小庄急忙交代鲁小花：“哎，那，你小心点儿啊。”砰！门已经关上了。

文龙将运钞车停在了偏僻的仓库内。文龙下车，看向魏坤宁和胡大壮：“大壮和老魏，你俩就在这儿等着，我和刀子回去接应安娜他们。”魏坤宁点点头：“好，快去快回啊。”文龙点头：“咱们5点之前必须出城，越往后败露的风险就越大！”胡大壮插话：“那老钱呢？”文龙一怔说：“他取到印钞模版的箱子后会来会合，我们一起出城！时间能对上。”魏坤宁看了眼文龙：“要不我和你们一起去？”文龙摆摆手：“你陪大壮，他一人我还怕惹出什么乱子来！”胡大壮撇嘴。文龙和刀子快速离开。

络腮胡蹲在角落，不停抽烟，烟头都散落了一地。一个手下站在边上。络腮胡扔掉烟头抱怨：“怎么还不回来！再找不着人，小鬼子可就要敲老子的脑袋了！”手下低语：“发动了各个赌档的兄弟，都在找！”络腮胡大怒：“找不到人，鬼子杀我之前，老子先把你毙了！”

鲁小花奔着银行的方向快步走去。旁边的一个拐角处，两个小喽啰冒出头，看到了鲁小花，两人交互点了点头。

络腮胡着急地走来走去，不停捋着自己的胡子。手下在一旁看着他。一个小喽啰气喘吁吁跑回来：“大大大哥，人找着了！”络腮胡一惊：“没看错？”小喽啰使劲点头：“哪能看错，那天在赌场给了我一脚，我这会还疼呢！”络腮胡撩开衣服，露出驳壳枪大喊：“娘的，带我去，把人先拿下！”络腮胡走了一段，回头拿枪指着手下：“你，回去报告，省得小鬼子说老子不守时！”手下点头：“是！没问题！”络腮胡转头给了小喽啰一脚：“快点啊，带我过去！”

安娜和高小庄、谭卓茹在屋内等候。突然响起有节奏的轻轻敲门声。安娜欣喜地上前开门。文龙和刀子闪身进来。安娜急问：“文龙哥，你们可回来了，顺利吧？”文龙点头：“一切顺利，大壮和老魏守在着钞车，快，带上东西赶紧上车出城！”刀子插话：“等等，小花儿呢？”谭卓茹一惊：“见你们一直没信儿，她出去探风声去了！”文龙一怔问：“多久了？”谭卓茹看向刀子：“有一会儿了，不过应该很快就回来了。”刀子看向文龙：“哥，你带他们先撤离，我去把小花找回来！一会我们直接去指定的仓库会合！”文龙想了想：“等一下！”文龙上前说：“老钱告诉了我一个坏消息。”刀子盯着文龙。文龙叹了口气：“鲁伯没了，赌场那帮人干的。”刀子一惊：“什么！”文龙拍了拍刀子的肩膀：“快去快回，注意安全，这事要不要告诉小花，你来决定。”刀子狠狠叹了口气，掉头出了房门。

二

络腮胡和小喽啰从街边冒出来，鲁小花还在赶路。小喽啰激动：地说“大哥！你看，是不是她！”络腮胡看到了鲁小花的身影吩咐：“上！”小喽啰跟了上去。小喽啰大喊：“站住！”鲁小花站定，回头一看，发现是赌场的人。小喽啰掏出匕首：“别动啊！跟我乖乖回去！”鲁小花面色一沉，一脚踹过去，将小喽啰踹倒。胡同口，络腮胡看着这一幕，掏出枪，瞄准了鲁小花。鲁小花见小喽啰在地上嗷嗷叫，不屑一笑，走向了另一边的胡同口。络腮胡扣动扳机。刀子突然冲出，将鲁小花扑倒，一枪没有打中。络腮胡见状，气恼，连忙拿着枪冲了过来。刀子大喊：“小花快走！”两人冲进大街。

络腮胡从胡同口追出，朝着两人开了两枪。刀子拉着小花弯腰躲在了一个拐角。鲁小花急了：“放开我！是那个大胡子，我得抓到他，问出我爹的下落！”刀子急拉了把鲁小花：“小花！你冷静点！鲁伯已经死了！”鲁小花盯着刀子，不敢相信地问：“你说什么？你再说一遍？”刀子的眼泪已经流了出来：“你听我说，鲁伯没了，可他一定希望你好好活着，你千万不要冲动，咱们先撤，回去之后再作打算！”鲁小花气恼：“起开！我要报仇！”两人跑出拐角，发现身后的络腮胡不见了。刀子四下打量。络腮胡突然从旁边的巷子冲出，枪口已经对准了鲁小花。刀子见状，飞快拔出烟袋锅子，扔了出去。烟袋锅子插进络腮胡的肩膀。络腮胡倒地，枪掉落。鲁小花上前，捡起地上的枪，照着络腮胡的脑袋，扣动扳机，将其打死。刀子拉起鲁小花："快走！"

松田和阿部宽在络腮胡手下的带领下朝着这边赶来。几人听到枪声，停住脚步。松田辨别了下枪声的位置："中佐，在东边！"阿部宽大喊："追！"

刀子拔出烟袋锅子，拉着小花朝前走。松田和阿部宽带人追了过来。阿部宽伸手止住示意跟着他们！松田点点头。

光石、老钱、小泉清坐在一起品茶。老钱已经换了件干净的衣服。光石露出了微笑："我早就说过，黎经理是最信得过的朋友！"小泉清也一笑："举起茶杯，刚才多有冒犯，都怪钢刺太狡猾了！就让我以茶代酒，向黎经理致歉！"老钱稍有愣神，端起茶杯说："好说，希望接下来能一起合作，齐心抓捕这个钢刺，替光石行长分忧！"光石点点头："对！干杯！"老钱抬眼看了眼墙壁上的挂钟，秒针滴答走着。老钱低头喝茶。

掩埋在盆栽泥土里的定时炸弹，发出了轻微的滴嗒声，声音虽然很小，但是越来越急促。老钱、光石三人举茶碰杯，正各自饮茶时，银行里突然警铃大作。小泉清和光石一惊。小泉清一怔："警报！"老钱故作大惊："是金库的方向！"光石大惊："坏了，快去看看箱子。"小泉清迅速起身奔向金库，老钱则紧紧跟上。金库门打开，小泉清和光石径直奔向存放密码箱的暗阁，老钱紧紧地跟在后面。光石打开暗阁，小泉清一看，发现只有一只密码箱还在原地，大喊："我的报告！"小泉清很紧张，迅速输入密码。老钱站在身后，眼睛紧紧地盯着小泉清的手。迅速记下了输的那一长串密码。密码箱并没打开，小泉清又再输了一遍，还是错误。光石拦住小泉清："小泉大佐冷静，这是装印钞板的箱子，被偷走的肯定是报告！"小泉清的手果然停了下来，但手指还放在密码键上。光石大惊："你……再输错可就爆炸了……冷静！"光石接过，将箱子拿在手中，输入了一次密码，箱子"啪嗒"一声开了。里面果然装着模板。小泉清暴怒："八嘎！他们是怎么盗走报告的，难道会遁地？"光石大怒："快，他们肯定还没跑远，追，赶紧追！"小泉清顿时抽身冲向门外。光石看向老钱："你还傻愣着干什么，赶紧追啊？”老钱不说话。光石狐疑大惊：“你……难道？”老钱径直上前一拳将光石袭晕在地。老钱从暗阁里取出了另一只密码箱，脱下外套掩挡，快速出门。

刀子拉着小花快步在街上走着，穿过了好几条街，鲁小花突然停下来，甩开刀子的手。不远处的松田和阿部宽等人都隐蔽起来。鲁小花还在气头上，大喊：“你放开我！我要去赌场，把那些害死我爹的人都揪出来！”刀子攥紧了鲁小花的手说：“现在不是时候，咱们被鬼子盯上了！”鲁小花急了：“什么？鬼子来得正好，杀我爹，鬼子肯定也有份！”刀子很严肃地看着鲁小花：“小花！你冷静点，这时候咱要是出点意外，很可能会连累所有人！”鲁小花冷静下来。刀子拉起鲁小花迅速跑开。

巷子口外，阿部宽和松田看见鲁小花突然被拉进了巷子。阿部宽一笑：“这个护花使者好像已经发现了我们！”松田看向阿部宽：“怎么办？”阿部宽冷笑：“动手”！松田一个手势，随行的日本兵突然散开。巷子里，刀子拉着鲁小花朝着巷子另一头跑去，身后的日本兵跟了上来。刀子回头见到两个日本兵，飞快两枪，解决了两个鬼子。鲁小花刚松了口气，见五六个鬼子又围了上来！刀子见状，从怀里掏出一颗烟幕弹扔出去，巷子里腾起烟雾。刀子提醒鲁小花：“弯腰跑！”两人躬身朝着前方跑去。两人刚走出巷子，巷口更多的鬼子拿枪对准了两人。刀子连忙护住鲁小花。阿部宽从日本兵身后走出：“跟我玩烟幕弹？你还欠点火候！带走！他要敢动，就先毙了那女的！”日本兵们端着枪围上前来。

胡大壮和魏坤宁等在运钞车旁。文龙和安娜、谭卓茹、高小庄进来。魏坤宁一怔问：“刀子和小花呢？”谭卓茹应声：“他们没过来。”魏坤宁一惊：“咋回事？”文龙低头深思了一下低语：“刀子腿脚快，如果他去银行的路上找到了小花，这时候该到了！怕是遇到了什么问题！”大家都紧张起来。文龙看了看时间：“我和老钱之前有过约定，在知味楼的听云轩包厢里碰头。”魏坤宁惊疑：“这时候去饭馆，不安全吧？”文龙摇摇头说：“顾不了那么多，你看好，我这就去！”文龙离开。安娜喊了一声：“文龙哥小心点。”文龙只是顿了顿，没有回答，也没有回头，继续向前走去。

小泉清站在门口。冈本跑过来：“大佐，没有发现钢刺。”小泉清也正在思考。小泉清突然折身进银行。

小泉清蹲在爆炸点前观看，冈本和郭三在左右。一个炸裂的盆栽和一些铁皮碎片。小泉清深思了一下低语："我问了银行工作人员，炸弹爆炸时根本没有可疑的人影进出银行。"冈本一怔问："那钢刺是怎么钻进来的？"小泉清看向冈本和郭三："还记得我们之前回来时，停在银行门口的那辆运钞车吗？"两人回忆——小泉清他们回到银行门口，一辆运钞车刚刚启运开走不远。郭三猛一怔："啊！想起来了。"小泉清点点头说："我问过了，在炸弹爆炸之前，只有运钞人员进过金库，而接待他们的人，就是……"郭三一惊："黎经理！"小泉清大怒："郭桑，赶紧给我把他找出来！"郭三起身离开。小泉清看到金库的大门，并没关严。

小泉清、冈本冲进金库，看到倒在地上的光石。小泉清上前摇醒光石。光石缓缓醒过来，情绪激动："快！黎经理，是，是共产党！另一只箱子，也……"小泉清一惊看向暗阁，暗阁开着，里面空空如也，另一只装有印钞模版的箱子也不见了。小泉清大怒："八嘎！"郭三跑进来："大佐，不好了，银行的工作人员说，之前爆炸后一片混乱，黎经理也在混乱中出去了……"小泉清摆手示意郭三不用再多话。光石大惊："箱子还在他手上，必须把他抓回来。"小泉清也有气无力地低声："不只是箱子，我输入密码时他就站在身后，我怀疑，另一只箱子的密码他全记下了！"郭三大喊："难怪！从那个摄影师吐露第一条线索开始，咱们就着了钢刺的套了！"光石大怒："狡猾的钢刺，我终于明白你们为什么那么忌惮他了！"小泉清表情阴狠地说："立即调动奉天的宪兵对全城搜捕！"光石很激动："只要我们锁死城门，他们是出不去的，黎经理跟着我很久了，不同于钢刺，系统的人基本都认识他，他是躲不了的。"小泉清看着光石："我倒不着急，需要镇定的，是先生您！"光石稍作冷静说："我跟你一块去找！"

老钱到了知味楼，低头快速进入。楼门口，一个食客模样的便衣剔着牙刚出来。他和老钱擦肩而过，突然停下脚步回头多看了两眼。食客想了想，快速走开。文龙已经等候在了包厢内。门轻轻推开，老钱进来。文龙起身，老钱在文龙对面坐下，老钱把箱子放到桌底。文龙暗中将箱子取到了他的身边。

食客正朝前走着，见到小泉清的人正在街上搜查，光石跟在小泉清身旁。食客见了光石："行长，您怎么在这儿？"光石并不认识食客，就顺便说："找黎经理，你看到了吗？"食客一笑："巧了，我刚从知味楼吃完饭出来，看他上楼去了！"小泉清一惊。小泉清带人过来，吩咐把门守住！冈本点点头，几个日本兵跑开。小泉清背着手进了知味楼。小泉清、冈本、郭三带着几个日本兵在包厢里。小泉清询问："找到了吗？他们在哪个包间？"一个日本兵乔装的伙计报告："在听云轩！"小泉清点点头低语："你进去打探情报，回来向我汇报。"伙计跑去执行任务了。

听云轩包厢内，老钱和文龙交谈。老钱看着文龙低语："两个箱子的密码都记下了。"老钱沾了下茶水在桌上写了两串密码。文龙看了眼桌上的密码。文龙点了点头，轻轻一扶袖，擦掉。包厢门推开。伙计进来说："两位客官，想吃点儿什么？"文龙打量了伙计一下，收回目光，伙计的裤子露出了一截脚踝。老钱看了眼伙计："不用了，我这位兄弟临时想吃两口家乡菜！"伙计上前说："咱家什么菜都有，上菜还快。"老钱还想说话时，文龙伸手打断。文龙一笑："可以，正好肚饿了，把你家菜单拿来。"伙计一笑："好嘞！"转身出门。

小泉清听完了伙计的汇报，看了眼伙计："听你的描述，和他接头的人必是钢刺无疑！"郭三一喜："恭喜大佐，踏破铁鞋无觅处，得来全不费功夫啊！"冈本急了："抓人吧大佐！"小泉清伸手阻止，吩咐伙计："先别急，你快去给他点菜！"伙计领命跑开！

三

老钱对文龙低声："兄弟，咱们得赶紧走，没时间再吃喝了！"文龙淡定地倒茶说："走不了！"老钱一愣。文龙低声："那伙计是鬼子的眼线，咱估计被小泉清盯上了；他的裤子明显不合身，是临时换上的。"老钱一愣问："这，你怎么看出来的。"文龙一笑低声："而且他一进门，没拿菜单不说，眼珠子还一直盯着我，分明是在认我的脸！"老钱震惊不已。文龙低声："你看看窗外。"老钱起身将窗户裂开一条缝，门口确实站着持枪的日本兵，大门被封住了。外面脚步声近，文龙递了个眼神，老钱佯作无事地坐下。伙计推门而入说：“两位客官，菜单来了，要点些什么？”文龙一笑接过了菜单。文龙翻看菜单：“好的，手把肉先来一份，杀猪菜、酸菜排骨、小鸡炖蘑菇、酱炖泥鳅、大拉皮儿、锅包肉最后再加个老虎菜，一盆儿米饭，先上着。”伙计记录下菜单说：“好的！”说完出门。

老钱看着文龙有些吃惊。老钱低声：“干吗点这么多？”文龙一笑低语：“小泉清最喜欢斗心眼，可他的缺点也是在此！我点这么多菜是为了迷惑他，只有麻痹了他，我们才有机会带走箱子！”老钱有些紧张，还是点了点头。

小泉清打量着伙计递上来的菜单，惊疑地问：“点了这么多菜？”伙计点点头：“对！还要了一大盆儿米饭。”小泉清思索，突然露出了笑容：“钢刺现在身边有八个人，而他点的这些菜也刚好是七八个人的量！”郭三一喜：“看来，咱这次能来个一锅端啊！”小泉清看向冈本：“命令我们蹲守在大门口的人，都隐蔽起来，等他们人都到齐了，听我的命令！”冈本点头去吩咐了。小泉清一笑：“既然有这么多客人，还不好好伺候着？”伙计也是一笑离开，小泉清脸上露出得意的神色。

桌上已经摆满了一桌菜。伙计进来，将最后一道锅包肉摆上了桌说：“客官，你们的菜上齐了啊，请慢用。”文龙点点头说：“多谢了！”伙计一笑：“应该的！”伙计转身想走，文龙突然一把捂住了他的嘴，一个掌刀把他劈晕。文龙一边脱下伙计的衣服，一边对老钱低声命令：“换上他的衣服，带着箱子，走！”老钱摇头说：“安娜还需要你的护送，你的队伍还需要你的领导，我留下。”文龙还想再说，老钱摆手。老钱低声：“我这张脸，奉天城的鬼子都太熟悉了，我也走不了！”

老钱走到文龙面前，靠在他的耳边：“知道小皮临终前说啥了吗？他说，哪怕流再多的血，他也绝不畏惧！怕就怕咱中国人明明在自己的国家，却要顶着鬼子的枪口，毫无尊严地活着！”文龙不再争论，静静地听着。老钱继续低声：“钢刺同志，战斗就会有牺牲，你只要把模板和报告带走，上级交给我的任务就算顺利完成了！我也可以，安心地去见小皮了！能在有生之年和你共事，我这辈子，也值了！”老钱拍了拍文龙，文龙长叹了口气。

文龙换上了伙计的服装，拿着托盘出来。密码箱放在托盘上用布盖着。文龙快速走向后厨，进到里屋，迅速关上门。三个厨师正在忙活。大厨大喊：“2号包厢送菜。”大厨一抬头发现是一张陌生的面孔，惊问：“你，你是……”文龙做了个嘘声的手势，大厨们想了想继续做菜。文龙一笑：“多谢！”文龙出了房门。大厨又大喊：“上菜咯！”

郭三久等不见伙计复命，疑惑地看向小泉清：“大佐，不对呀！去了这么久该回来了！”小泉清终于沉不住气：“看看去！”冈本和郭三跟出。听云轩的门被猛地踢开。小泉清带着人冲了进来。老钱正一个人坐在包厢里，淡定地享受着满满一桌子丰盛的饭菜。老钱处变不惊，给自己倒了一杯茶，看向小泉清：“原来是小泉大佐，请坐。”小泉清愤怒：“钢刺呢？”老钱故作一惊：“我听不懂你在说什么。”冈本大怒：“八嘎！你这个奸细，信不信我毙了你！”老钱用毛巾擦了擦嘴说：“你们小鬼子大老远来欺负咱们，都什么东西啊！对我的国家来说，我，英雄！懂吗？”说完，老钱笑起来。老钱借毛巾的掩护，快速掏出枪。老钱举枪向小泉清。

包厢内传出连续而杂乱的枪声。枪火将窗纸映亮。包厢内，老钱与小泉清、冈本枪战，郭三找地方躲藏。老钱也中了枪，两个日本兵被老钱打死。

热闹的街道上，文龙低头拎着密码箱疾步前行。他的耳边仿佛还回荡着老钱临终前的话语：战斗就会有牺牲，你只要把模板和报告带走，组织交给我的任务就算顺利完成了！我也可以，安心地去见小皮了！能在有生之年，和你共事，我这辈子，也值了！

风又冷又急，文龙的眼眶湿润了。

听云轩包厢内，老钱身中数枪，横躺在椅子上。面前的杯碗碎了一桌，只是老钱的嘴角是带着微笑的，他仿佛在临终前看到了文龙和安娜顺利到达关内的情景，看到多年后，抗战胜利的幸福情景。

文龙拿着箱子快步朝着仓库走去。一辆车驶过来，后面跟着日本兵。文龙侧身，当车经过时，文龙看到了被铐在车内的刀子和鲁小花。文龙眉头一皱，掉头快步走开。

安娜一行焦急地等待着。突然，仓库门缓缓打开。逆光中，文龙拎着箱子进来。安娜等人欣喜地扑上前。安娜很激动眼里充满焦急：“文龙哥……”众人上簇拥上前，却见文龙的表情有些落寞。魏坤宁看向文龙：“老钱呢？”文龙没有说话，低下头。胡大壮插话：“还有刀子和小花，也没有回来。”文龙眼里噙满了眼泪：“老钱牺牲了，回来的路上，我看到刀子和小花被阿部宽的人抓走了！”魏坤宁猛地一脚踹在车身上。高小庄一惊略显激动：“现在怎么办，咱还能出城吗？”文龙摇头说：“老钱暴露，运钞车肯定是出不去了！”大家的情绪都很低落。胡大壮异常激动：“别晦气，大不了咱们抱团儿杀出一条血路来！”

安娜点点头，看着大家：“对！这一路下来，我安娜最大的收获，不是拍下的胶卷，而是认识了大家伙！也是这一路，让我看到中国虽然受到鬼子的侵略，可咱中国人的骨气没丢！文龙哥，你想办法，不用考虑我，今天就算是死在这奉天城里，我也认了！”谭卓茹点头说：“没错，反正现在运钞车也保不了我们！不来硬的，也没别的办法！”

文龙低头沉思了一下，转向大伙：“原本我的确打算借用运钞车逃出去，现在是绝无可能了！可咱也还没到绝路，在行动之前，我想好了一个备用方案，现在这情况，只有这一步棋了！”大家都意外地看着文龙。文龙举起手上的那只箱子问：“那个箱子呢？”魏坤宁从车上取出了之前从金库里取出的装报告文件的箱子递给文龙。

文龙开着密码箱，啪啪响，严肃地说：“这是老钱拿命换来的！安娜，相机！”安娜从包里取出了相机。文龙快速翻看报告：“王八蛋！就像小庄听的那样，这份报告太可怕了！”安娜急切插话：“咋了？”文龙边翻文件边骂：“鬼子把咱们国家的家底儿查了个清清楚楚，再联系那个关内的金融汉奸名单，小鬼子想全面侵入关内的阴谋昭然若揭啊！”魏坤宁握紧拳头：“这可是个大阴谋！”文龙转向安娜：“快，快拍照！”安娜来到文件前，快速用相机拍照。

鲁小花和刀子都被捆绑在刑柱上。阿部宽拿着皮鞭，正在审问二人：“可惜啊，大鱼没逮到，就逮了你们这两只小虾米！”刀子关切地看向鲁小花，正好对上鲁小花的眼神。阿部宽冷笑：“不肯说？很好……”旁边的炉子里正放着一块烙铁。阿部宽取出了烙铁，红通通的铁块格外吓人，冷笑一声说：“你们既然这么关心对方，那就早点开口，不然，马上就会有人倒霉了。”刀子红眼了：“阿部宽，有种冲我来！”阿部宽狠狠地说：“我看这个姑娘生得也俊，要是被烫伤了脸，那就可惜了。”阿部宽夹着的烙铁走到了鲁小花面前。鲁小花并没有躲避，而是怒目看着阿部宽：“小鬼子，你这些下三流的手段，姑奶奶不怕！”刀子怒眼看向阿部宽：“你大爷的，欺负一女人算啥本事，有种冲我来。”鲁小花冷笑了一下：“刀子哥，今天是我连累了你！别担心，小鬼子就那几招，还不够给本姑奶奶挠痒的呢！”刀子挣扎着大喊：“阿部宽！”

阿部宽阴狠地看着鲁小花，啧啧道：“我要是你，就赶紧招了，姑娘要是毁了容，再后悔可就来不及了。”阿部宽手中的烙铁慢慢逼向鲁小花。刀子越来越激动，手上的铁链挣得铛铛响，大骂：“阿部宽，你个王八蛋！”阿部宽手中的烙铁就要伸到鲁小花脸上时。哐！门突然推开。松田跑了进来。阿部宽一愣问：“什么事？”松田朝着阿部宽大喊：“银行那边出大事了，印钞模版和田中将军的调查报告都被钢刺一伙人劫走了，光石先生让你赶紧过去共商对策。”阿部宽看了眼手中的烙铁，扔回了火炉，迅速离去。

四

安娜已经拍完了照片，冲文龙点头。高小庄急切地看向文龙：“文龙哥，你刚才说你有一个备用方案，是啥？”文龙点点头：“听我说！这一次，可能是打逃出要塞以来，咱们遇上的最大的坎儿。”魏坤宁看向文龙：“文龙，这一路上什么坎儿咱没碰到过，有弟兄们陪你，一起跨！”高小庄怒目一睁：“没错！”

文龙看着大伙：“这次咱们要想出城，没别的招了，除非鬼子亲自打开城门放咱出去！”胡大壮一笑：“文大兄弟，你没开玩笑吧？咱又不是小鬼子亲爹，他哪能亲自开门放咱出去？”高小庄点点头：“对，鬼子现在恨不得把咱生吞活剥了呢！”谭卓茹没有轻易发言，她在思考着说：“可我看文龙，不像在开玩笑！”文龙点点头：“听我说完，这次咱们能否顺利出城，能否救出小花和刀子，关键不在于我了，而在于我们手上的这俩箱子。”大家看向文龙手上的箱子。文龙继续看着大伙：“别看鬼子锁了城门，可咱们手上握着的，全是小鬼子的命门！”大家赞同地点头。

文龙又看了眼大伙：“接下来，我会一个人去银行找鬼子谈判！”安娜等人震惊：“什么？不行，太危险了！”魏坤宁拦住文龙：“你要出事了，安娜怎么办？我去！”文龙摆手：“在佳木斯就吃过咱的亏，鬼子不会再上当了！我要是出事，你们替我把安娜送到关内！别忘了，你们也是自己人！”魏坤宁激动了地看向文龙：“可是……”

文龙挡住魏坤宁：“这是唯一的办法了！狭路相逢，勇者胜！这一把，咱要和小鬼子赌的是，谁的胆儿更大，还有就是，谁的心更齐！”大家看向彼此。文龙看向魏坤宁：“小泉清和阿部宽要真跟我来个鱼死网破，老魏，到时候你带大家杀出去，只要出了城门，再往东边走一段，就安全了。”魏坤宁听完，没有应声。

小泉清坐在光石的办公室，听了阿部宽的陈述，拍桌而起大怒道：“那女的在你手上，这条线索你怎么不早说？”阿部宽瞥了眼小泉清：“哼，彼此彼此，小泉大佐若是早点告诉我黎经理有嫌疑的话，也许就不会有后面这些事情了。”小泉清哑口无言。光石摆摆手：“都什么时候了，还在争论！”小泉清和阿部宽沉默。光石看着小泉清和阿部宽：“现在，最重要的是抓住钢刺，夺回那两只箱子，不然，我们谁都没有好果子吃。”阿部宽点点头说：“进出奉天各个出入口已经封锁了，只要我们加大搜索力度，钢刺一伙必定无处遁形。”

银行门口的街道，很安静，只有报纸废屑随风打转。文龙戴着一顶礼帽，低着头只身一人来到银行，如一个独行的侠客。文龙大方地进门。郭三拦住了文龙：“今天停止营业，不办业务。”文龙头也没抬低语：“你去告诉光石行长！就说有位老朋友找他谈事。”郭三不屑看向文龙：“你谁呀？”文龙摘掉帽子，抬起头，一笑。郭三见状大惊，连退好几步，要拔枪，没抓稳，枪都掉在了地上，嘴里失声道：“钢刺，他是钢刺，快把他抓起来。”大厅里几名日本兵迅速冲出来，端着枪小心翼翼地把文龙围在中间。文龙一笑，淡定地举起了双手。

小泉清和阿部宽还在争论。小泉清看着阿部宽：“搜捕可以，我和阿部君可以各负责一片区域，钢刺落入谁手，全看运气了！”阿部宽摇头：“我手上还有两个人质，我更主动！”光石无奈地看着小泉清和阿部宽：“好了，我不想再听到你俩的任何争论，不管是谁，我只希望你们能尽快抓到钢刺。”郭三突然冲了进来：“大佐，钢，钢刺来了！”小泉清等人闻言一惊。冈本紧张拔枪：“大佐，杀了他！”小泉清没有应答冈本，眼光直接转向郭三：“来了多少人？”郭三吞吞吐吐：“就，就一个！”阿部宽大怒：“什么？！”

光石、阿部宽和小泉清来到银行大厅，只见文龙正被警察举枪围在中间。文龙不屑地看着周围：“不用这么紧张，都是老朋友了！”光石惊疑地问：“就你一个人，箱子呢？”文龙一笑：“光石行长果然很在乎箱子的事啊！”小泉清看着文龙：“钢刺先生，聪明的话就把箱子交出来，现在奉天城已经封锁了，你们是逃不出去的。”文龙瞥了眼小泉清：“所以，我没打算逃啊，我过来，是找三位谈判的！”阿部宽大怒：“谈判，你已经是阶下囚了，有什么资格和我们谈判？”文龙一笑：“当然有，就凭我手上的那两只箱子。”光石三人面面相觑。阿部宽闻言咧嘴一笑：“呵呵，你以为，我会在乎你手上那两只破箱子？”文龙也不恼，跟着笑：“那你以为，你身边那两位朋友，也不会在乎吗？”阿部宽收住笑容，他看向身边，光石和小泉清果然都一脸严肃。

胡大壮想冲出仓库，被魏坤宁和高小庄死死拦住。胡大壮大喊：“你们不管文龙，我去！”高小庄急了：“大壮，你冷静点儿”！魏坤宁很严肃地看向胡大壮：“你要真担心文龙，就听他的安排，别裹乱。”胡大壮还在挣扎：“哼，说什么生死兄弟，有看着自己兄弟去送死的吗？”谭卓茹看了眼胡大壮：“你们甭拦他，他就是个死脑筋，不撞南墙不回头，你们把门打开，看他出去能扑腾出个啥。”气氛僵持不下。安娜走到了大壮面前：“大壮哥，你看着我！”胡大壮抬头看着安娜。安娜微笑：“换以前，我会跟你一样！什么都不管！可现在不一样了，这一路下来，我更了解文龙，也从他身上学到了很多东西！冲动并不能解决问题，只有像他一样冷静地去思考问题，不感情用事，才能更好地和鬼子做斗争，才能赢得最后的胜利！”胡大壮果然冷静了些。谭卓茹也看着胡大壮：“合着安娜说你全听进耳朵了，文龙之前说的都白瞎了？他都说了这一把，咱赢面更大，因为咱比鬼子更不怕输，心更齐！”胡大壮愣愣地看着谭卓茹。魏坤宁看向胡大壮：“行了，就你这脑子，我给你合计合计，现在小鬼子那边儿光石更在意印钞模版，他可是立过军令状的，丢了模版他要敲脑袋！而小泉清想要的是报告，这是田中交给他的任务，也是田中更看重的东西，他不敢有半点闪失！最后，这阿部宽，他的目标简单明了，就是抓住咱们复命！”高小庄点头说：“就是，这三个小鬼子各有各的小九九，算盘珠子根本划拉不到一块儿去！”胡大壮嘴硬地辩道：“得得得，别跟我讲大道理，我听不懂！”说完跑一边蹲着去了。

光石、小泉清和阿部宽分别坐在文龙对面。文龙双手上戴着手铐，被冈本和松田押着站在光石三人面前。文龙看了对面的三人一眼：“嗯，谈判，不是审判，大家是公平对话。”光石压着怒火，看了眼小泉清。小泉清给冈本使了个眼色。冈本不情愿地给文龙端了把椅子。文龙大大方方地坐下说：“箱子的构造，想必三位比我更清楚，只要输错了密码，箱子就会自爆，轰隆一下，里面的印钞模板和报告全都会毁掉！”光石和小泉清闻言表情紧张。光石狠狠地看向文龙：“你想谈什么条件？”文龙一笑：“开门见山，现在的形势很明显，要么，咱们拼个鱼死网破，你把我们全抓了，但模板和文件全毁，要么，咱们就当没打过这次交道，放我和我的人出城，箱子，完璧奉还！”阿部宽急了：“别听他的，万一放他们出了城，不还箱子怎么办？”小泉清也狠狠地盯着文龙：“还有，我怎么知道箱子里的报告，你们有没有拍照？”文龙故作严肃：“我倒是想拍，可惜，我们没有密码，试想一下如果我能打开箱子，会来和你们谈条件吗？”小泉清和阿部宽沉默。

文龙瞥了眼对面的三人：“既然这两个箱子对我没用，我留着也没有意义，倒不如用作交换，谋条生路！”小泉清冷笑：“我输密码时，那个黎经理可是在我身后，我不相信他没有记下密码？”文龙一笑：“这个箱子的密码有多复杂，小泉大佐应该比我更清楚，我相信没人能够立即记住！”光石打断：“好了，你们根本不会明白这两块模版对于我们帝国经济的意义有多重要！这儿是奉天，一切还是我说了算！”阿部宽和小泉清吞下话茬。文龙一笑：“光石先生不愧是生意人，知道这买卖划算！”光石看了眼文龙：“交易可以，不过，就像阿部君所说的，如果放你们出城了，却不交箱子怎么办？”文龙看着光石：“同样的道理，我们提前交了箱子你还会放人吗？”阿部宽一惊：“所以，这买卖是做不成了？”文龙瞥了眼光石：“我既然来了，当然有合理的交易办法！出城后，我会带着箱子留下当人质，同样的，光石先生必须上我们的车做人质！”小泉清大怒：“八嘎！”光石阻止小泉清说：“让他说完！”文龙故作很严肃地看着对面的三人：“当车子开出足够远的距离后，我们放人，光石先生回城门，而我也会从城门往我们停车的地方走，咱俩在中间点时会接上头，光石先生取走我手中的箱子！怎么样？”光石三人对视一眼：“这确实是最好的交易办法。”

光石一怔问：“为什么要我做人质？”文龙一笑：“因为，您比他们都值钱！我不也留下当人质了吗？”光石深思了一下：“好，两个小时后我们城门口见！”文龙微微点头出了门。文龙驻足回头说：“不要跟踪我，不然箱子会自动爆炸哦。”文龙一笑，扭头出门。阿部宽看了眼松田低语：“叫上咱们的人，马上在路上布上狙击手，把人给我毙了！”冈本点点头：“对，大佐，不能就这么放他走！”小泉清摆摆手：“慢着！”阿部宽惊疑地看向小泉清：“小泉大佐，这可是个千载难逢的机会！”小泉清有些动摇，低头沉思。光石看了眼小泉清和阿部宽：“我给田中将军去个电话，看看他会怎么说！”光石上前拿起电话拨了出去：“我是满洲中央银行奉天支行行长光石，给我接你们司令部田中将军！”

五

文龙到了奉天偏僻的仓库，说了谈判的条件，光石和自己是双方交换的人质。安娜焦急地看向文龙：“什么，你绝不能留下当人质！我不答应！”文龙看向安娜：“这已经是最好的办法了！”谭卓茹倒比较冷静地说：“从公平和安全性上来说，文龙的办法确实是最好的！”安娜任性地大喊：“我知道，可，可我就是不答应！”文龙一笑：“放心，我和光石是在中间点交易，鬼子就算不顾光石死活想开枪，那子弹也飞不到我身上啊，很安全！”胡大壮插话：“嗨，不就是要留个人当人质吗，我现在孤家寡人一个，无牵无挂的，我可以呀！”魏坤宁瞥了眼胡大壮：“这次的人质，关键是腿儿快，就大壮你这一身肥膘，迈得开腿儿吗，还是我老魏合适！”高小庄急了：“呸！这一路下来，小爷可是没少当人质，论经验你俩谁有我丰富！”文龙大喊：“别争了！人质只能我去，不然他们不会答应交换！”大家都不再说话了。

光石正在与田中对话。阿部宽站在一侧。光石把电话递给了小泉清。阿部宽凑上来，小泉清把话筒拿到二人耳朵中间。田中命令——我不管你们用什么办法，报告必须保住，另外，也不能让钢刺和安娜离开奉天！田中挂了电话。小泉清挂了电话。光石看向小泉清和阿部宽：“你们将军的话都听见了？二位准备准备，一起去城门口！”阿部一脸怒气。

阿部宽、光石和小泉清已经带着一大队日本兵候在了城门口。阿部宽面前，是捆绑着的刀子和鲁小花。冈本、郭三和松田也站在一侧。运钞车缓缓开到了城门口，开车的人是魏坤宁。车内的胡大壮一行看到了刀子二人：“看，是刀子和小花儿！”文龙拎起两只箱子下车。安娜关切地提示：“文龙哥，小心。”文龙没有回答，用脚后跟儿把车门带上。文龙拎着那两只箱子面向光石和小泉清三人：“三位可瞧好了，我手上拎着的，即是箱子也是炸弹，你们要是有半点不守规矩，玩小动作，我只要再摁一下密码，这箱子就会炸个稀巴烂！”光石狠狠地看着文龙：“钢刺先生，这话还是留给你自己吧，你要是想玩什么小动作的话，我这里有上百条枪瞄着你们！”文龙一笑：“时间不早了，你们先把我的朋友放过来！”光石看了眼阿部宽，阿部宽十分不愿意，但只得松手解开了鲁小花和刀子的绳子。鲁小花和刀子快步走向文龙方向。刀子低语：“文龙！”文龙看了眼刀子：“什么都别说，赶紧上车！”刀子点了点头拉着鲁小花上了车。文龙拎着箱子走在车头前，文龙的手指就放在密码上。魏坤宁发动车子，缓缓跟在文龙后面。光石举手命令：“放行！”所有日本兵只是举着枪瞄着文龙一行，但并不阻拦。车子缓缓驶过了城门，到了城门外。

文龙一行已经来到了城门外。城门外依然有很多的日本兵举着枪瞄着文龙一行。光石、小泉清和阿部宽带着人一路跟了出来。高小庄下车，拉开了车门。文龙一笑：“光石先生，请上车！”小泉清看向光石：“光石先生，你真的想好了？”光石点点头说：“如果拿不回模版，帝国的经济损失是难以估量的，我们的命运会远比上车更凶险！”阿部宽和小泉清不再说话。

光石理了理衣领走向了车子。光石上了车，文龙拎着箱子站在原地。魏坤宁发动车子，车子缓缓驶离奉天城。后视镜里，文龙独自拎着箱子站在城门口，相迎着数十个枪口。小泉清狠狠地看了眼文龙：“我警告你钢刺，别想要什么花样！”文龙微笑着说：“小泉大佐太看得起我了，这么多枪对着我，我还能要什么花招？”

运钞车开到了一个安全的距离。魏坤宁把车停下。高小庄示意光石下车！光石颤颤巍巍起身，大壮见他反应太慢，一脚把人踹了下去。光石跌落在地，恨恨地瞪着几人，站起身来。

小泉清看向远处，运钞车停下，光石已经下车缓缓往回走。文龙看了眼小泉清：“怎么样，两位太君我可以往回走了吧？”小泉清冷笑：“为表诚意，至少先留下一个箱子吧，不然，我怎么知道你这箱子里到底是不是真家伙？”文龙一笑：“嗯，也是！看到咱们都打了这么长交道的份儿上，我送你个人情！”文龙将装报告的箱子递上。小泉清快速上前接过。小泉清迅速输入密码，里面的文件还在，小泉清松了口气。文龙看向阿部宽：“阿部宽，等我走完这一趟，我们一定还会再见面的！”阿部宽咬牙切齿：“先不要得意！我的账还没跟你算呢！”文龙看向小泉清：“怎么样，现在信了吧？”小泉清又狠狠地瞪了眼文龙：“赶紧滚！”文龙耸了耸肩，拎着箱子往停车的方向走去，他和光石相向而行。空气很安静，安静中透着紧张和杀气。

魏坤宁、谭卓茹等人看着后视镜，光石和文龙越走越近。胡大壮看向魏坤宁：“文龙真的会把那玩意儿还给小鬼子吗？”魏坤宁一笑：“文龙什么时候做过亏本儿的买卖！”

文龙和光石近在咫尺了。文龙想起了老钱的话——箱子里面装有自爆装置，如果连续三次密码输入错误，密码箱三秒钟内就会自爆，保证里面的东西不落入敌手之外，连偷箱子的人都会一并炸死！

文龙的手指摁在了密码锁最后一个密码上面。光石迎面伸出了手。文龙递上箱子说：“光石先生，交易愉快！”文龙把箱子递到了光石的手中，电光火石之间，文龙的手指轻快一拨，拨下了最后一个密码键位。光石一笑，袖子里滑出了一把小型手枪。光石转身准备向文龙开枪。文龙此时已经快速向前冲了两步然后一个鱼跃卧倒。光石意识到不妙，但握在手中的箱子已经来不及脱手了。轰隆一声！箱子爆炸，光石在爆炸中身亡。

小泉清等人看到爆炸，大惊。小泉清和阿部宽同时拔枪。小泉清大怒："八嘎，给我追！"阿部宽看到旁边有三轮摩托，跳上三轮摩托，快速发动。冈本、松田等人也连忙翻身上了摩托车。

尘土飞扬中，文龙从地上快速爬起，冲向运钞车。魏坤宁看着后视镜，早有准备的他一脚油门，倒车，干净利落。安娜大喊："快，快接应文龙。"运钞车快速倒退。文龙玩命奔跑，躲着后面的冷枪，跑到了车尾处。胡大壮打开车门，跳下车来接应文龙："快，上车！"文龙钻向车内，胡大壮一抬头突然看到后面有三轮摩托追过来。胡大壮一扭头看到路边有一道粗圆木做成的路障。胡大壮二话不说冲上前，使出力气抱起圆木，想将它横过来。文龙一惊："快，来不及了！这东西沉，搬不动！"胡大壮大喊："先走，别管我！"胡大壮大吼一声，咬紧牙关憋红了脖子，圆木竟然移动了。胡大壮拼尽了全力！哐！胡大壮成功地把圆木横在了路中间，胡大壮咧嘴笑起来："谁说搬不动！你看……"砰！的一声，阿部宽一颗子弹打在了胡大壮身上。文龙大喊："大壮！"胡大壮向后倒下。文龙冲上前一把从后面扶住了他，大喊："大壮，撑住！"魏坤宁见状也急得跳下车和文龙合力将胡大壮拖上了车。魏坤宁绕到车头，去开车。文龙最后跳上副驾，关上门！魏坤宁踩油门，运钞车启动。

阿部宽和小泉清骑着三轮摩托追近，但是被路障逼停。阿部宽和小泉清等人停下车。运钞车越来越远。阿部宽大怒："马上清除路障，全力击杀！"几个日本兵跑上前去，合力将障碍物搬开。

阿部宽和小泉清坐着摩托车全力追击，后方紧跟着大队日本兵。

运钞车内，刀子凑到运钞车朝着车后看去，阿部宽和小泉清的人快速追上前来。阿部宽和小泉清不断朝着运钞车不断射击，子弹落在了运钞车屁股上的铁板上。刀子大喊："他们追上来了！"文龙、谭卓茹、鲁小花、刀子都不断朝着车后还击。安娜和小庄死死按住胡大壮的伤口。胡大壮大喊："让我起来……跟他们干！"胡大壮刚要支起身子，一口血吐出。高小庄的泪水已经蒙了眼："大壮，躺着别动，有咱呢！小鬼子！"高小庄也气急，拿起枪，也加入了朝着车后射击的队伍。小泉清坐在摩托车上，举着枪大喊："冲上去拦住他们！"冈本一咬牙，加快速度朝着前面猛追过去。鬼子的车队越来越近。车内，几人都看急了眼。刀子大喊："停车！这么跑，谁也跑不了！"文龙看向刀子。鲁小花看着刀子："对，我也留下，祸是我们闯出来的！"文龙很严肃地看着刀子和鲁小花："闭嘴！从现在开始，谁再不听我的，别怪我翻脸！"刀子和鲁小花只得闭了嘴。文龙大喊："老魏，开快点！东边！"魏坤宁飞快操作，踩足了油门，运钞车提速出去。文龙回头，瞄准在摩托车最前头的一辆摩托的轮胎，一枪打爆。车后的刀子也是一枪，打爆了另一辆摩托车的车胎。两辆摩托车拐来拐去，后方的摩托车队被挡了一道。

运钞车朝着这边开过来，阿部宽和小泉清的车队紧咬着不放。运钞车刚拐过拐弯处，二三十个抗联从侧面的林子中冲出。魏坤宁突然刹车，连忙把枪对准。文龙抬眼一看，又看了眼大伙说："把枪放下！"

文龙想起了与老钱在听云轩包厢的一幕。老钱拍了拍文龙，欣慰地看着文龙说："我已经联系了掌柜的，将城里的所有情况都做了汇报，你想办法带他们出去，出城后往东边走，有我们的人接应！甩掉追兵之后，按我之前跟你说的，到指定地点，找到联络人老袁，他会送你们进关。"文龙看着老钱。老钱站起身，背对着文龙。老钱一笑："干掉杯中酒，当此国家存亡之际，吾辈定当，鞠躬尽瘁，死而后已！走吧！"文龙的眼再次眼泪迷离。

文龙从车上下来。抗联队长模样地上前来说："我们是附近棋盘山过来的队伍，奉掌柜的命令，在此接应，替你们打阻击！鬼子要上来了，你们先撤！"文龙看了看这波抗联，一个个正义凛凛。阿部宽和小泉清的车队已经朝着拐弯处追上前来。文龙拱手："拜托诸位了！"抗联队长模样地点点头："放心！掌柜的说了，你们撤走之前，一个鬼子也不能放过去！他们想追，除非从咱们的尸体上踩过去！"抗联们点点头。文龙上了车。车子猛地超前开去。

运钞车在山路上行驶，距离阿部宽等人追上来的位置越来越远。阿部宽和小泉清的车队追上前来。林中的抗联冒头，打死了开路的两个日本兵。阿部宽和小泉清都停下车来。小泉清走上前来："阿部君，又来了挡路的！"阿部宽狠狠一笑："今天，我就拿他们给光石先生当祭品！给我以最快的速度，杀光他们！"松田大喊："嗨依！"小泉清大喊："冈本！"冈本上前。小泉清命令："调动我们的人，全力配合阿部宽中佐，从侧翼进攻，一个不留！"冈本大喊："嗨依！"阿部宽看了小泉清一眼。两路日本兵兵分两路，开始朝抗联还击。

运钞车停下来。魏坤宁连忙下车，钻到了后箱。运钞车内，谭卓茹给胡大壮进行包扎，可血已经染透了整块布。魏坤宁上前，撩开谭卓茹，紧紧地握住了胡大壮手。安娜焦急地看着胡大壮："大壮哥，撑住！"高小庄也很焦急："大壮，咱俩还有很多事儿没了！你不能有事儿啊！"胡大壮看着大家关切的面孔，咧嘴笑了："没事！跟蚊子咬似的！以前每天吵着，要跟鬼子拼命，这回终于知道死到底是啥感觉了！"几人都别过头擦泪。胡大壮看向谭卓茹："谭小姐，你别跟老魏置气，他就这臭脾气，其，其实呀，他心里最疼的人，就是你！"谭卓茹关切地看了眼胡大壮："闭嘴，好好歇着！"谭卓茹别过头，眼眶里泪花打转。安娜拿着一块布给胡大壮擦着汗："不会有事儿的！撑住啊！"胡大壮又看向安娜："安娜，其实我到现在，都不知道你手里的胶卷，到底有啥用，我也不想闹明白，我就一大老粗，大道理不懂，我就知道，爱跟你们在一起！"胡大壮努力睁眼看着身边这些熟悉的面孔，使劲最后的力气说："我这人打小脑子笨，脾气差，就剩一身傻力气，没想到啊，这虎头要塞倒成了我的福地，认识了你们这帮兄弟姐妹，个顶个的比我有文化！"文龙看向胡大壮："你给我撑住，到了关内，我教你读书识字儿。"大家都别开头抹泪。

胡大壮喘气："还有刀子兄弟，你和小花姑娘的喜酒，老哥我……可能是喝不上了！"刀子看着胡大壮："咋喝不上，你不仅要喝喜酒，还得来给我闹洞房！"刀子和鲁小花的手紧紧地握到了一起。胡大壮一笑："我，我真不行了，这次没说胡话！文大兄弟，谢谢你，没你我可能早死在劳工营了。"文龙关切地看着胡大壮："大壮……"胡大壮突然严肃了："文大兄弟，你给你那老掌柜申请的咱几个加入组织的事，他老人家到底咋说啊！"文龙点点头："他同意了！等把安娜送到，一起宣誓入党！"胡大壮又自责：“那可不好，我撺掇着小庄上了赌桌，坏了规矩了！”几人都躺下了热泪。魏坤宁也关切地看着胡大壮：“别说丧气话！”胡大壮冲魏坤宁微微钩了下手指，魏坤宁趴下。胡大壮凑在魏坤宁耳朵前低声：“其，其实我，我知道中尉没少校大，我没那么傻，可，可我没告诉他们！你这人，就死好面子！”魏坤宁憋着眼里的泪：“我还有好多的秘密，你好了，我慢慢给你讲！”胡大壮摇头：“好，好累啊，我，我好像看到春妮儿了……”胡大壮闭上了眼睛。

高小庄眼里噙满了泪水：“大壮，你别给我演啊，你给我起来！”高小庄坐在最后一排的座位，他起身用力摇晃着胡大壮，但胡大壮一动不动，永远闭上了眼睛。高小庄颓然坐回到座位，与大壮在一起的一幕幕映入脑海……要塞里，胡大壮和鬼子摔跤……要塞里，被吊着的高小庄绳子割断，从高处落下被胡大壮稳稳接住，高小庄兴奋地亲了胡大壮一口……佳木斯城外破庙，胡大壮和文龙一行再度重逢，大家激动拥抱的情景……奉天城，胡大壮和高小庄一起看着包子咽口水，表情生动……

车里，众人陷入长久的悲痛和沉默。

夕阳染红了山头。

绝密错藏　又入困局

一

松田带着手下一帮日本兵朝着山坡摸了上去。抗联队长模样的冒头，身边的山坡后方二三十个抗联手握着枪把。抗联队长模样的吩咐：“都瞄准了，掌柜的说了，这伙鬼子有点本事！”抗联们纷纷点头。松田部借助着林中树干的遮挡，不断靠近抗联们的阵地。抗联队长模样的抬手一枪过去，打中了一棵树。山坡后方的抗联们也纷纷抬枪射击，两个日本兵中弹倒地，松田一个手势，所有日本兵都没入了林中。

阿部宽从小泉清身上收回了目光。小泉清眯起眼：“从这波人抵达的时间来看，应该是奉天城外棋盘山的抗联叛匪！”阿部宽冷笑：“不管是哪里来的，碰上了我，就是他们倒霉！”小泉清摇摇头：“棋盘山的这支队伍向来神出鬼没，十分狡猾，奉天的讨伐队跟他们周旋了将近三年，他们的力量不但没有削弱，反倒有所增长……阿部君，别怪我没提醒你，松田这么上去，会吃大亏！”阿部宽瞥了眼小泉清：“是吗？今天我就要见识见识，他们是不是像你小泉大佐说得这么厉害！”阿部宽看向身边的特战队：“听令！让松田的人留守后方，我们从左翼攻击，速战速决！”阿部宽提着枪，带着一波特战队员冲入了林中。小泉清一笑：“郭桑，今天可以大饱眼福了！”郭三看着小泉清竖起大拇指：“托大佐的福。”郭三凑上来，观察着山坡上的战况。

阿部宽带着特战队从左翼上前来。阿部宽朝松田比画了一个手势，松田点头，阿部宽带队冲了上去。松田扭头看向旁边几个日本兵：“原地待命！”日本兵们点点头，也都观察着前方战况。阿部宽带着特战队冲向抗联，一队特战队在林中呈曲线跑动，借着树干掩护，不断逼近抗联处。抗联们朝着前方开了几枪，并未打中特战队员。枪声过后，特战队员从树干后面冒出，继续朝前摸进。一个抗联一笑：“嘿！老掌柜说的是这伙鬼子吧！真是枣核头上抹猪油，又尖又滑啊！”抗联队长模样的吩咐：“上手榴弹！”抗联们连忙取出手榴弹，哗哗地传送，全都拉住导火线。抗联队长模样的一拉，所有人都跟着拉开了手榴弹，朝着下方的树林扔过去，一时间树林中火光腾起。抗联队长模样的命令：“后撤！”刚才那个抗联一怔：“撤有啥用，鬼子马上就会咬上来！”抗联队长模样的很严肃地看着抗联们：“掌柜的说得很清楚，我们的任务是尽量拖住这伙鬼子，给钢刺他们争取撤离的时间！”那个抗联不再说话。

抗联队长模样的一声令下，二三十个抗联朝着后方撤离。树林中烟火散去，阿部宽冒出头来命令：“直插过去！先冲散他们的队伍！”特种队员们纷纷点头，端着枪快速冲了过去。阿部宽咬着牙，一脸愤怒，一枪过去，一个抗联中弹倒下。阿部宽部的其他特战队员也相继开枪，抗联倒下两三个。抗联们纷纷借助掩体掩护，不断还击。阿部宽部的特战队员互相配合，一边摸进一边还击，又打死了两个抗联。刚才那个抗联急了：“老陈，这伙鬼子太鬼头了，这么打下去不是办法！”抗联队长模样的眉头一皱：“老何，你带一队人，从侧面下坡，绕到后边！把他们留守的鬼子抄了！就是输，也得从鬼子嘴里掰下几颗牙来！”何姓的抗联和十来个个抗联点点头，从侧面山坡滑了下去。抗联队长模样的带领余下的十来人继续还击，在枪战中，抗联们接二连三的倒下。特战队员准备继续攻击，带头的阿部宽一握拳，特战队员们纷纷停住。阿部宽一怔说：“听枪声不对，起码少了一半人！”特战队员们扭头观察周围的树林。阿部宽指着几个特战队员：“你们五个，回去支援松田，其他人，跟我杀过去！”阿部宽带领其他特战队员继续以树干为掩体，朝前攻击。

河边垒起了一个土堆，胡大壮已被安葬。高小庄朝着土堆上撒了一捧土，跪在坟堆前。安娜看向文龙，文龙眼中也含着泪水。文龙先一步朝着胡大壮的坟堆敬了个礼，接着，刀子、魏坤宁、谭卓茹、安娜、鲁小花也都相继抬手敬礼。高小庄抹了一把眼泪鼻涕。文龙眼中含泪说："大壮，安心去吧！"魏坤宁咬着牙："小鬼子有一个算一个，这仇，做兄弟的一定替你报！"谭卓茹看向魏坤宁。高小庄哭着大喊："大壮，你一直是我亲哥！这地儿不错，你踏实躺会！等送完了安娜，我一定回来带你回鑫隆镇！"高小庄朝坟堆磕了两个头。鲁小花与刀子对望了一眼，鲁小花别过头去，抹着眼泪。高小庄起身："走吧！这一笔笔血债，都给鬼子记下了！"安娜上前拍了拍高小庄的肩膀，以示安慰。文龙看向魏坤宁："老魏，开车！"魏坤宁看向文龙："再坐那辆车，恐怕不太安全！"文龙点点头说："沿着这条岔路回到主路上，再找个路口把车扔了，沿着小道走，我就不信，他小泉清和阿部宽生了对狗鼻子！"几人都纷纷上了运钞车。文龙朝后方看了一眼，也不知道后方抗联的兄弟怎么样了！运钞车驶离。

抗抗联队长模样身边的抗联相继在阿部宽部的攻击中倒地。抗联队长模样的举着枪拼命还击。

小泉清收起了望远镜。郭三站在一旁："这阿部宽中佐，打仗跟闪电似的！这伙人扛不了多久！"小泉清点点头："他一上去，形势马上逆转，这趟德国，他真是没白去！"郭三一笑说："可这阿部宽中佐作战再勇猛，也抓不住钢刺！还得靠您的智谋！"小泉清一怔："你说得没错，可同样的道理，光有我的智谋，也难抓住钢刺！"郭三看向小泉清："大佐说得极是！大佐何不利用这头狼，帮助我们抓住钢刺？"小泉清一笑，想了想，抬起望远镜继续观看。

松田部后方树林，何姓的抗联带领着十来个抗联从边上摸上来，见松田部正埋伏在树丛中。何姓抗联一笑，一个手势，十来个抗联兵分两路，摸上去，将松田部给围了。抗联等人开枪，打死了两个日本兵。松田等日本兵拿着枪成椅背之势。何姓抗联示意："给我毙了！"命令刚一下，十几个抗联马上举枪，哗哗哗拉动枪栓，要枪毙松田等人。身后不远处，冈本带领的部队摸过来。冈本一看："八嘎！攻击！"冈本一行从林中站出，朝着十来个抗联一起开枪。阿部宽命令返回的五个特战队员也上前来，与冈本、松田部会合，十来个抗联在一阵激战中牺牲。冈本大喊："冲上去，把他们全部消灭！”特战队员拦住冈本和松田说：“冈本队长，松田队长，中佐说了，让你们原地待命，不要上去添乱！”冈本大怒：“你……”

特战队员朝冈本点点头，带着四个特战队员返回，加入了阿部宽部，继续战斗。冈本一脸愤然：“八嘎……”松田上前示意冈本：“阿部宽中佐行动的时候，不喜欢别人插手！”冈本没有搭话。松田走过来，朝冈本伸出手：“多谢了，冈本君。”冈本收起枪看了看松田，还是上前与松田握了手。抗联队长模样的观察着战况，一个抗联跑过来汇报：“陈队长，老何他们被赶上来的鬼子包了饺子，都牺牲了！”抗联队长模样的大怒。抗联上前说：“队长，这伙鬼子不好对付，一直黏着咱们，我们掩护你，你先撤！”抗联队长模样的急了：“撤啥撤！老子带的队伍大小仗打了几十次，没一次这么窝囊过！”抗联急了：“钢刺他们已经撤离，咱们的任务完成了，得有人回去给掌柜的报个信！您先撤，我们边打边退，掩护您！”抗联队长模样的迟疑着。阿部宽部特战队员全部会合，朝着这边射击，又有两个抗联倒下。抗联队长模样地叹了口气，把身上的手榴弹和子弹卸下，交给了抗联，扭头离去。抗联低声：“掩护队长撤退！”抗联部还击，阿部宽开枪，又有两名抗联中弹牺牲。

阿部宽部不断朝着抗联部射击。阿部宽一笑说：“边打边退，还想拖延时间！”阿部宽扭头看了眼身后的士兵：“掷弹筒！”两个特战队员拿出掷弹筒。阿部宽吩咐：“五法炮弹，投过去！其他人，借助炮弹攻势，以最快的速度从两侧包围！”特战队员们点点头。两个特战队员架上掷弹筒，朝着对面投掷出几枚炮弹，抗联处一片硝烟腾起。阿部宽示意行动！

抗联处，五发炮弹将抗联炸得人仰马翻，抗联们赶紧起身，继续拿枪对准前方。前方的硝烟散去，阿部宽部已经不见了。此时，阿部宽一声大喊，特战队员们从两侧跳出。在抗联掩体处，双方展开肉搏。在激烈的拼杀当中，阿部宽泄愤似的一人对付两个抗联，其他特战队员也加入其中，很快，余下的几个抗联在与特战队的拼杀中阵亡。阿部宽抹掉脸上沾着的血大喊：“让松田清理战场！取车，继续追击！”特战队员们跟着阿部宽跑出了树林。

阿部宽率队从山坡上下来。小泉清看向阿部宽。阿部宽一笑：“小泉大佐，你是不是被抗联吓怕了？这样的战斗力，还称得上神出鬼没？”小泉清鼓掌：“受教了，阿部君。”小泉清朝阿部宽伸出手，阿部宽并不想握手，整理着自己的衣服。小泉清收回说：“将军的话没错，仇恨的力量的确能够让你更勇敢！不过，它同时也能让你更冲动！”阿部宽瞥了眼小泉清：“别说冲动，我就是闭着眼睛，也能把他们全灭了，而且不会损失一兵一卒！”小泉清点点头：“刚才我都已经看到了，这一点我不怀疑。”阿部宽得意地将自己的帽子整理好。

小泉清看了眼阿部宽：“阿部君，与钢刺交了几次手，有何感想？”阿部宽冷笑：“我没工夫听你的废话！今天决不能让钢刺逃走！”小泉清瞥了眼阿部宽：“整场战斗耗时不短，你觉得现在还追得上吗？”阿部宽又冷笑：“被我盯上，他们休想逃走！我沿途搜索，用不了多久，就会找到他们的踪迹！”小泉清点点头：“其实从新京到奉天，我们有不止一次的机会可以抓住他，可为什么还是让他逃了？”阿部宽面带怒色：“这个问题应该问你自己！要不是你和那光石护着什么狗屁报告和模板，钢刺早已经死了！”小泉清一笑：“问我？好，我说，我想不管是我还是你，单独和钢刺交手，也不会败得这么惨，钢刺之所以屡次侥幸逃脱，根本的原因在于，我们两个指挥官不能团结一致，被钢刺钻了空子！”这一点我相信你不会否认。

阿部宽背着手，昂起头。

小泉清看着阿部宽：“此次，我奉命到奉天，听取光石先生关于将军拟定的对华调查报告的意见，不幸让报告和计划书落入钢刺之手，我到现在都不敢肯定，这东西有没有被钢刺拍到。”阿部宽瞥了眼小泉清：“不用怀疑，钢刺是什么样的人，你很清楚！”小泉清点点头：“要是这样，麻烦就大了，这可涉及整个关东军的对华作战计划，这个秘密泄露，可能会影响整个东亚的战局！”阿部宽不服的神态：“要不是将军一直要求我抓活口，钢刺有十个脑袋，也活不到现在！”

小泉清看向阿部宽：“在下倒是有一个建议。”阿部宽看向小泉清：“你想让我给将军打报告，让你重新回来参与追捕钢刺！”小泉清一笑：“钢刺本就是我们共同面临的敌人。”阿部宽不悦：“你我兵合一处，那这支队伍，到底听谁的？”小泉清笑起来。此时一个日本兵带来了一份电报，田中将军急电。小泉清示意念！

日本兵打开电报——鉴于安娜身份特殊，钢刺又已掌握我部于满洲的多处高级机密，我部精心调查多年之报告，及准备呈交关东军最高作战指挥小组的计划书也有泄露的可能性，我已请示总部，令宪兵队及各警察署封锁通往山海关沿线，全力配合此次行动！现，令小泉清、阿部宽你二人通力合作，夺回胶卷，一干人等，全部击杀，切勿让任何漏网之鱼逃离满洲！日本兵念完，低下头去。

小泉清看向阿部宽："怎么样，阿部君，你的顾虑将军已经替你解除了！现在可以放开手脚，杀光他们！"小泉清朝阿部宽伸出手去："我相信，只要你我二人精诚合作，钢刺一行，没一个能活着进关！"阿部宽眯着眼看了一阵，终于与小泉清握在了一起。郭三拍手："太好了，二位太君联了手，钢刺这次是死定了！"

二

运钞车停在了岔路口处，两边是两条宽敞的马路。文龙等人从车上下来。文龙看着两条岔路。刀子上前来说："右边是去朝阳的方向！顺着朝阳继续朝前走，就是赤峰！"文龙点点头说："左边的路是往锦州和山海关方向。"刀子点点头。众人听到山海关纷纷高兴起来。安娜高兴地看着大家："山海关！过了山海关，咱们是不是就进关了？"刀子点点头。安娜拍拍手："太好了，总算是看到希望了！"鲁小花凑上前来，刀子也是一笑。魏坤宁叹了口气："这条血路，好歹是趟过来了！"高小庄深思了一下："进了关，得说说咱们几个入党的事儿！大壮哥生前一直盼着这天！"文龙站在路口处，看着去朝阳和赤峰的方向，一直沉思着。安娜看向文龙："文龙哥，你咋啦？眼看到关口了，你怎么还愁眉苦脸的？"文龙看向几人："我们不能去山海关！"几人一惊。

魏坤宁疑惑地看着文龙："为啥？咱这一趟，不就是奔着关内去的吗？"文龙摇摇头："掌柜的意思是，让我们顺着这条道，去赤峰！"刀子一愣："去赤峰？那可离关口更远了！"几人都纷纷一愣。文龙深思了一下，看着赤峰的方向："除了山海关，我们可以从热河一带的古北口进关！我想，掌柜的是想让我们走这条道。"安娜不解地看着文龙："舍近求远，这是为什么呀！"谭卓茹一怔："这个不难猜，出了奉天，距离山海关很近，田中为了安娜和胶卷，一定会在通往山海关的沿途设下天罗地网！"文龙点点头："没错，越是靠近关口，危险就越大，前有围堵，后有追兵，咱们要真奔着山海关去了，那就是羊入虎口！"魏坤宁点点头："明白了！还是他老人家站得高，看得远！"刀子上前："既然掌柜的已经安排好了，咱们赶紧赶路吧！"文龙转向刀子："去赤峰除了这条路，还有别的道吗？"刀子挠头一怔："大概方向我知道，咱们现在不用车，可以沿着小道走！"文龙点点头："那就行，找个地方买几匹马，以最快的速度赶往赤峰！"几人朝着朝阳和赤峰的方向走去。

松田和冈本都返回，站在小泉清和阿部宽面前。阿部宽看向小泉清："该说的已经说了，这时候是不是该追上去了？"小泉清笑起来；"中国有句古话，叫磨刀不误砍柴工，只有你我握手言和，冰释前嫌，这把刀才能更锋利！"阿部宽一笑："你这么淡定，难道已经有了找到他们的办法？"小泉清点点头："看来要你相信我，也并不难！"阿部宽瞥了眼小泉清："说吧！"小泉清指了指侧面的山坡："刚才，我派到侧面山坡顶上放哨的士兵给我回话，在你们发起最后攻击之前，有一个抗联在别的抗联掩护下从山林里逃走了。"阿部宽眼睛一眯。小泉清继续分析："你想想，抗联的人各个不怕死，这时候他们掩护一个人撤退，这人是干什么去了？"阿部宽接过话茬："两种可能，一，他是钢刺在城外的接头人，回去跟钢刺会合了；二，他完成了阻击任务，回去复命了！"小泉清一笑："不管是哪种可能，这都是我们追踪钢刺最有利的线索！"阿部宽看向小泉清："你已经派人跟过去了？"小泉清点点头："前去追踪的人会在沿途留下痕迹，我让冈本找过去便是。阿部君，现在可以让你的人沿着这条大路追钢刺了！"松田疑惑地看向阿部宽："中佐！"阿部宽伸手止住："既然已经联手，就信他一次，你带几个人，找到运钞车在沿途留下的痕迹，跟过去！"松田带着几个日本兵快速追踪而去。小泉清看向冈本："你过来，我告诉你怎么做。"冈本附身，小泉清与他一阵耳语。小泉清示意冈本："去吧，要是去晚了，茶凉了，可就不好喝了。”冈本招呼了一队日本兵，快速没入了山林中。

山林之中，一片寂静，月亮隐没在云层之后。一个临时用树枝支起的棚子下，火光熠熠。棚内，安娜和小花都在树枝堆上睡着了。高小庄靠在棚子边的树干下也睡着了。文龙坐在棚边，魏坤宁走上前来，递过去一个水壶。文龙喝了一口问：“哪儿来的酒？”魏坤宁一笑：“在奉天，我和大壮在仓库里等你们的时候，这小子闻着酒香，偷偷出去买的。”文龙勉强一笑：“是我对不住他。”魏坤宁看了眼文龙：“别扯淡了，干你什么事！”文龙摇摇头：“如果当时你我二人，有一个在车后厢，这事可能就不会发生。”魏坤宁点点头：“大壮是我兄弟，他死了我的心里也不好受！可我也瞧得很明白，要不是他跳下车，咱们当时就被鬼子围了。”文龙叹了口气：“这我知道！现在说什么都晚了，咱们唯一能做的，就是不要再有任何的牺牲，把安娜和胶卷平安送到关内！只有这样，大壮才没白死！”魏坤宁拿起水壶灌了一口。

刀子这时候也在边上坐下，魏坤宁和文龙瞥了他一眼，魏坤宁将水壶递给了刀子。刀子喝了一口说：“其实，往往活到最后的人才是最孤独的。”魏坤宁打了下刀子：“你小子，伤春悲秋感叹人生，跟铁雷学的吧？”刀子一笑：“咱肩上担子不轻啊，看这形势，接下的路恐怕越来越难走。”魏坤宁点点头：“兄弟齐心，其利断金，要没这胆儿，咱也走不到今天！没啥好怕的！”刀子看向文龙：“现在开始，我的命就交给文龙你了，只要，我死之后，你们帮我安顿好小花。”文龙瞪了眼刀子：“闭嘴！你们都必须给我活着！老魏说得没错，小泉清和阿部宽也不是铁打的，他俩真要拦住了咱的去路！”“啪”文龙从裤腿中拔出随身的钢刺。文龙狠狠地咬着牙：“我就把这钢刺插进他们的心窝子！”魏坤宁点点头：“这话得劲！我敬你文龙！”刀子点着头。

魏坤宁喝了一口，把酒递给了刀子，刀子喝了一口，把酒递给文龙。文龙也喝了口酒说：“接下来，我们必须加快速度，要能赶在小泉清和阿部宽发现咱们踪迹之前进关，这再好不过，如果不能，还有咱哥仨，他们四个不会有事！”魏坤宁和刀子正点着头。高小庄从边上过来：“说啥玩意儿呢！合着你们仨就把小爷划到女人堆里去了？”魏坤宁瞥了眼高小庄：“边儿去歇着！”高小庄一把夺过刀子手中的水壶，大大地喝了一口，呼了口长气说：“好酒！你们仨都给我听着，这一路下来，生生死死的事见多了，我爹、雷子哥、老钱、壮哥、小皮……他们是为啥死的我很清楚！”魏坤宁瞪了眼高小庄。

高小庄看了眼魏坤宁：“老魏你别打岔，我知道我在说啥！（打了个酒嗝）搁以前，子弹在哪儿，我保准离得远远的，可现在不同了，小鬼子欺人太甚！占了咱的东北还不满意，还瞄上了关内！”三人都看向高小庄，被他的话感染，有些气愤。高小庄大义凛然地说：“咱哥儿几个虽说加在一块，也改变不了啥，但大壮哥的死让我看明白了，咱只要都跟他似的挺直了腰板，鬼子朝咱进一步，咱就朝他开一枪，子弹打完了，咱就拳头上，拳头抡不动了，咱就咬这帮孙子！中国人的骨头都硬起来，小鬼子的机枪大炮再厉害，那也只得跪地求饶！”三人都被高小庄的说得正义凛然，挨个喝了口水壶中的酒。当刀子再把水壶递还给小庄的时候，小庄已经醉倒在边上，打起了鼾。三人都微微一笑。远方月亮从云层中出来，非常明亮。

小泉清搭起的临时帐篷内，灯火明亮。小泉清坐在桌边，喝着茶。阿部宽背着手在帐篷内不停踱步。松田进来报告：“中佐，小泉清大佐！我部追至前方八十里开外，发现了那辆运钞车！”阿部宽一惊问：“停在哪里？”松田继续报告：“一个岔路口，两条岔道都是马路，加上这两天天气太好，我们无法准确分辨，他们到底去往哪个方向了！”阿部宽大怒：“八嘎！这两条岔路分别通往什么地方？”松田一怔：“往北通往朝阳和赤峰，往南通往锦州和山海关。”阿部宽点点头：“山海关！他们一定是往南走了！”松田上前：“中佐，您的意思是……”阿部宽大怒：“马上集合部队！”

小泉清放下茶杯说：“阿部君。”阿部宽侧脸看向小泉清。小泉清深思了一下说：“钢刺的风格，你还不清楚吗？你这么冲动，即使是二选一，也很容易选错的！”阿部宽疑惑地看着小泉清：“难道你觉得他们不去山海关，而会去朝阳或者赤峰？”小泉清点点头：“往南走，的确是第一选择，但现在的形势，钢刺应该比我们更清楚，且不说田中将军已经通知奉天到山海关沿线的守军封锁了关卡，就算没有，这条路就是摆在钢刺面前，钢刺也不会走！”阿部宽把头扭向一边说：“是你太多疑了，钢刺也有可能就是要利用你的这个弱点！”小泉清一笑：“不妨等等冈本君的消息？”阿部宽瞥了眼小泉清：“奉天到山海关可就两百里！”小泉清摇摇头：“不急这一时，真要确定了他们的方向，以你阿部君的速度，就是明晚再动身，我看也不迟！”阿部宽看了看怀表，更加焦急地来回踱步。小泉清给阿部宽推过去一杯茶，自己端起一杯轻轻吹着，一点点喝下，阿部宽看了一眼面前的茶杯，端起来，一口就干了。

冈本几个人一路跟踪到另一个山林，远处的一间茅草屋亮起了火光。山坡下方的树丛后面，冈本和三个日本兵冒出头来。一个日本兵看向冈本：“队长，人就在里面！”冈本看了眼说话的日本兵：“你们确定在跟来的路上没有被发现？”日本兵点点头报告：“一路保持着距离，绝对没有！”冈本左右看了看：“你们两个留在原地，你跟我到侧面的山坡上，看看他在里面到底在搞什么鬼！”

草屋中，一盏油灯火光跳跃。撤回来的一个抗联进屋后先将烤火火盆点上，左右看了看，回到床边，蹲身抠起床底的木板，从里面提出了一个箱子，将箱子放在了靠窗的桌子上，箱子打开，里面是一部电台。

冈本带着一个日本兵，拿着望远镜透过茅草屋的窗户观察着里面的情形。冈本咧嘴一笑：“嗦嘎……”

抗联戴上耳机，不断发报。发报内容——钢刺一行，已安全撤出奉天，我部伤亡惨重，特告知。抗联将电报发送出去。不多时，耳机里响起了“嘟嘟嘟”的声音。抗联将这些长短波，转化为文字记录在了电台旁边的一张纸上——你撤离时未遇追击，恐已被跟踪，切记不能暴露钢刺行踪，速撤。抗联抬头看向了窗外，听到冈本等人窸窸窣窣冲过来的声音。抗联速将这张纸条用火钳夹住伸进了火盆大火中间。抗联又看了看桌上的白纸，抗联快速写下一句话——已安排好锦州方面接应钢刺，速撤！

冈本放下望远镜对身边的日本兵说：“对方给他回信了，冲进去！”日本兵起身，朝着茅草屋躬身冲了过去，之前埋伏在茅草屋路边的两个日本兵也跟了上去。冈本站起身来，拔出手枪，快步跟上。

草屋的房门被一脚踹开。抗联一惊，连忙将桌上那张记录着电文的纸张揉成一团，塞进了嘴里。冈本进屋：“八嘎！”抗联一边咀嚼口中纸团，掏枪朝着电台开了两枪，将电台打坏。冈本一枪过去，将抗联打倒。抗联斜靠在墙角，还在不断咀嚼嘴里的纸团，他拿枪来对准几人，开了两枪。冈本躲在门外说："把他嘴里的纸团给我取出来！"冈本一声令下，一个日本兵冲出，被一枪打死，冈本用被打死的日本兵当掩体，冲进去，一枪打穿了抗联的脑袋。两个士兵上前，一人扳住抗联的嘴，一人将纸团从嘴里抠了出来。纸团上全是血，而且已经被咬碎。冈本将这些碎片，在桌上拼接起来。冈本脸上露出阴狠表情："八嘎……钢刺，这次你死定了！"旁边的火盆火苗跳跃。

小泉清依旧端坐在茶盘后面，阿部宽还在踱步，郭三站在一旁。此时，一个日本兵走进帐篷报告："冈本队长发来急电！"阿部宽猛地回头。小泉清淡定地示意。日本兵站定报告："冈本队长汇报，跟踪逃走的抗联，到了棋盘山附近的一座茅草屋，这个抗联进屋之后，拿出电台给上级发报，在他收到上级回复的电报时，冈本队长带人进屋，把人打死了。从他嘴里抠出一个纸团，上面写着一句话——已安排好锦州方面接应钢刺，速撤！"

小泉清听完，低头沉思起来。阿部宽瞥了眼小泉清："小泉大佐，你不是说，他们绝不会去往这个方向吗？"小泉清咬了咬牙："敌人真是太狡猾了！"阿部宽一笑："我看你就是被钢刺吓怕了！我看不用再等了！"小泉清看向日本兵："你马上给冈本复电，让他带着他的人到锦州跟我会合！"日本兵就要折身出门。小泉清转向日本兵："不不不！慢着！"日本兵站定。小泉清命令："让冈本带着他的人去朝阳和赤峰沿线，把钢刺等人的肖像发放至每个关卡，让他们暗中盯着！日本兵领命出门。"阿部宽一笑："小泉大佐，你可真有意思，明知道钢刺去了锦州方向，却还让冈本赶往朝阳和赤峰！沿着这条线走，只会距离关口越远，有何意义？"小泉清一笑："兵不厌诈，往往最不可能的地方，就更应该注意！再说，有你和松田君随我的人去锦州，还有什么可担心的！"阿部宽狠狠地一笑："钢刺只要现身，你尽管带着你的人在边上看着！我要亲手宰了他！"小泉清朝阿部宽一笑："郭桑，收拾收拾，我们火速赶往锦州！"

冈本招呼活下来的两个日本兵，招呼林子外面的人命令去朝阳！

三

山路上，刀子和鲁小花骑着马，带着众人穿过山路。林中，一行人休整，文龙看着地图，后方众人互相传递着水壶。河滩处，一行人牵着马涉过。

文龙等人走上傍晚的赤峰街道。刀子和鲁小花查看四周，返回来。刀子向文龙报告："街面很正常，应该安全。"文龙也看了看四周低语："接头地点在一家叫博古轩的古玩店，你们几个在前面的巷子里等着，我跟老魏先去看看。"几人都点点头。安娜看了文龙一眼："文龙哥，当心点。"文龙点点头："你自己当心，我们很快就会回来。"高小庄看向文龙："放心吧哥，有我呢！"谭卓茹看了高小庄一眼。高小庄灵机一动："嘿嘿，还有谭姐、刀子和小花呢，出不了岔子！"文龙点点头："老魏，咱们走！"

文龙停在门口敲门，魏坤宁观察着四周。房门打开，一个披着棉袄的男人看向二人，正是老袁。老袁打量了二人一圈："二位老板，小店已经打烊了，明天请早吧。"文龙低语："不，我们相中了你店里的一样东西，必须现在就要。"老袁一怔："什么东西，这么着急？"文龙一惊："一枚……老钱。"老袁一笑："什么样的？"文龙掏出了那枚孙海交给他的带血的赌场筹码币："像这样的。"老袁接过一看，忙将二人引入屋中。

屋内陈设着两排古董架子，上面摆满了各式古玩。老袁惊讶地说："钢刺同志，可算把你等到了！"文龙一笑："路上被小鬼缠上了，幸好有别的同志接应！"老袁点点头："就你们两个？其他人呢？"文龙给魏坤宁使了个眼色，魏坤宁点点头，出了房门。

魏坤宁走到巷口，刀子带着众人从巷子里走了出来。高小庄很急切看向魏坤宁："怎么样？"魏坤宁点点头："走吧，都过去！"谭卓茹放松了一下："总算是顺利了一回，每次一进城，我这心就没底。"魏坤宁一笑："放心，有我在，谁也动不了你。"谭卓茹白了眼魏坤宁："咱现在的任务是保护安娜和胶卷，不是保护我！"魏坤宁又一笑："都是自家人，一个都不能少。"刀子点点头："先过去再说吧。"魏坤宁带着几人朝着博古轩而去。

文龙坐在桌边。老袁给文龙倒了杯水说："我姓袁，到赤峰有些年头了，赤峰一带，辽墓众多，上级把我安插在这里，开这个古玩店，是为了探听鬼子盗掘附近辽墓的消息，另外也是想借此机会，尽量转移从赤峰流出来的文物！"文龙点头说："鬼子控制了满洲，看来没一个地方安宁！"老袁看了眼文龙说："你们的具体情况老钱和掌柜的，都跟我说了，收到消息之后，我马上作了部署。"文龙看向老袁："在奉天，我们拍到了田中的一份报告和夹在报告中的作战计划书，这东西，非常重要！所以一定要快！"老袁一怔说："不必着急，今天先行在此歇息，我联系了两辆马车，明早送你们去热河。到了热河，我们的人会安排你们从古北口进关！"文龙眉头紧蹙地说："在屁股后边咬着我们的鬼子不是善茬，我是担心夜长梦多！"

老袁一笑："这你放心，昨天我收到了掌柜的电报，据掌柜的得到的确切消息，追你们的鬼子已经奔着锦州去了。"文龙一怔："锦州？"老袁点点头："掌柜的判断，有可能是棋盘山部的同志，把鬼子引向了锦州，鬼子到了锦州，估计得折腾一阵子，你们明早走，来得及！"文龙深思了一下："这能骗过这伙鬼子吗？"老袁脸色严肃："掌柜的说，棋盘山部的队长老陈在完成阻击这伙鬼子的任务之后，返回据点向掌柜的报信，掌柜的判断形势，告诉老陈，他在突围之后，没有鬼子追击，可能已经暴露，这封电报之后，老陈就没了消息。所以，我猜测，可能是老陈用自己的命，把鬼子引向了锦州。"文龙一惊："陈队长也牺牲了？"老袁点点头，叹了口气说："应该是！"

文龙手在桌上一捶："咱这一路，都是这些同志拿着自己的命一步一步垫过来的！"老袁点点头说："安娜的安危和你们身上的东西，关系到国家民族的命运，牺牲再多也是值得的！"文龙叹了口气。门外传来敲门声。文龙一怔："是他们！"老袁上前开门，看到了带头的魏坤宁："快，进来！"老袁将几人引进屋中，将房门关上。安娜等人进屋之后，被店内的古玩吸引了目光，这些都是好东西啊！安娜看到了一个摆放在架子上的瓷器碗，上前拿起说："青花瓷！这模子，有几分元代的粗犷豪迈，颜色又略显暗淡，蓝中见黑，看来是明朝前期的宝贝！"老袁一笑："没错！这模子的确是明朝洪武年间的民窑青花瓷。"安娜一听，这才发现众人都看着她。安娜笑着将那只碗放了回去。文龙向老袁介绍："这位就是安娜。"文龙又介绍老袁给大伙："这位是我们在赤峰的接头人，老袁。"安娜主动伸手与老袁握手。老袁一笑："安娜小姐对古玩研究不浅，不过，这东西是个仿品，摆摆样子而已。"安娜一惊："啊？我在苏联生活了十几年，这些都是从书本里看到的，让您见笑了，袁叔！"老袁点点头："自家人，不用客套。"

文龙转向大伙："老袁安排我们明早去热河，到热河之后，会有人护送我们从古北口进关！"鲁小花欣喜："太好了！"鲁小花望向刀子，刀子一笑。文龙看向安娜："今晚我们在这里歇息一晚，安娜，记得把东西放好。"安娜看了眼文龙："知道啦，每到一个地方都要啰唆一遍。"文龙一笑。

老袁点点头说："我这儿平时没啥客人，后院还有两间屋，几位随我进去看看。"文龙、刀子、谭卓茹、鲁小花、魏坤宁、高小庄都跟了进去。安娜回到店中，左右看着。安娜嘀咕："这胶卷搁哪儿比较好？"安娜左右看了看，目光锁定了在柜台柜子下方藏着一个辽三彩双耳葫芦瓶。安娜一笑将胶卷从兜里取出，外面裹着一层布，安娜将胶卷塞进了葫芦瓶中。安娜拍拍手，十分满意。

傍晚的赤峰街道。一辆日本吉普开过来，停在门口。一个身着西装的男人（日本考古队长中村），提着一个箱子，从车上下来。两个日本兵跟着他，三人一起朝着博古轩走去。中村和两个日本兵停在了博古轩门口，敲响了房门。

安娜一愣。敲门声在继续。老袁听到敲门声从后院出来。老袁凑到门缝边一看，见外面站着中村和两个日本兵，老袁朝安娜使了个眼色，安娜溜进了后院之中。老袁上前，将房门打开。中村进门一笑："袁老板，别来无恙啊？"老袁也附和一笑："中村先生，您怎么这个点来了？"中村露出歉色："今天进城办了点事，耽搁了，没打扰你吧？"老袁摆摆手说："哪儿的话！我可一直在等您！请进！"中村看了眼两个日本兵："你们到门外候着！"两个日本兵退出了房门。中村上前来："怎么样？办好了吗？"老袁点点头："您交代的事儿，我可不敢马虎！"老袁走到柜台后，将柜子下方那只辽三彩双耳葫芦瓶（安娜藏胶卷的那只）拿起，送到中村面前的桌面上。中村凑上去说：“不得不说，袁老板，你这手艺，连我都看不出来！”中村提起自己带来的箱子，箱子打开，里面是另一只一模一样的瓶子，中村将瓶子摆上桌。老袁凑上去：“哟哟哟，这才是真宝贝！”中村将手里的瓶送到自己带来的那个瓶子前比较，大赞老袁：“厉害！简直一模一样！”老袁一笑：“只有把事儿给您办好，才会有下一次合作嘛！”中村点点头说：“有道理！”中村拿着瓶子摇了摇，里面有轻微响动，忙问：“什么声音？”老袁一怔，拿起了那个真的瓶子，也摇了摇，瓶口朝下倒过来，倒出了一些泥土，忙说：“您自己从墓里带出来的东西，不会都没仔细看过吧？要做出上成的赝品，当然要注意每一个细节。”中村竖起大拇指：“哟西！这真的你收好，假的我带走！我们的事，注意保密！”老袁点点头：“规矩我懂！您就把心放在肚子里吧，我替您装上？”中村点点头。

老袁将中村带来的真品收好，把仿制的辽三彩双耳葫芦瓶放回了中村的箱子：“中村先生，以后请您多多关照！”老袁递过来一大袋银元，递给了中村。中村接过：“掂了掂，你的价格公道，手艺又这么好，我实在想不出不找你的理由。”老袁一笑：“谬赞谬赞！那您走好！”中村抱起箱子说：“对了，有空你可以到我的考古现场转转，看看有没有别的值钱的东西！最关键的是，你还得做出像这种成色的赝品。”老袁点点头：“好！忙完这一段，我就去拜访！”中村礼貌地向老袁欠身：“再见！”中村上前打开房门，出了博古轩。老袁连忙将那只真的瓶子，抱进了后院。

四

文龙在安排行程，一行人都围在左右。文龙说：“过了古北口，就是关内，我们就彻底安全了！”几人都松了口气。鲁小花拍拍手：“苦日子可算是熬到头了！”高小庄低语：“把安娜送到关内之后，我得再回来，大壮不能被埋在那荒山野岭。”安娜看向他，有些难过。老袁抱着瓶子进来。安娜看到了老袁抱着的那个瓶子，忙说：“这瓶子……袁叔你要搁哪儿去？”老袁一笑：“这可是从辽国皇帝墓里出来的宝贝，从鬼子那儿真金白银换来的，得放好咯，过两天等送你们进了关，我得把它转移到安全的地方！”安娜一怔说："我瞧您把这瓶子放在柜台下面，准是宝贝！您先别急，我把里面的东西先取出来。"安娜接过瓶子，老袁等人一脸诧异地看着她。安娜将瓶口朝下，往外倾倒，从里面倒出了一些土块，安娜急了，继续不停倒着。高小庄急问："安娜，你在找什么？"安娜看向老袁："袁叔，里面的东西呢？"刀子和鲁小花也凑过来。老袁一怔："这里面没东西啊，就这些土块，应该是鬼子挖墓的时候不小心掉进去的。"文龙听到这话，连忙起身问："安娜，你不会把那东西塞里边了吧？"安娜皱着眉，点点头。文龙一惊。魏坤宁疑惑地看着安娜："到底啥玩意儿啊？"谭卓茹插话："对，啥东西啊，瞧你眼睛都憋红了。"文龙急了眼："啥东西！胶卷！"众人大惊！

文龙等人都从后院出来。安娜走到之前放置那个仿制葫芦瓶的位置说："就这儿！我看那瓶子被藏在柜台下面，就把胶卷放到里面去了！"高小庄急了："谁让你放里面的？"安娜埋怨："不是，不是文龙哥说叫我藏好的吗？"文龙一下无奈地别过头。魏坤宁疑惑："东西放进去咋会不见了呢？"老袁一惊："这回是坏大事了！那个瓶子已经被人拿走了！"文龙看向老袁："拿走了？那这瓶子到底怎么回事！"老袁叹了口气："之前摆在这个位置的瓶子，是个仿品，是按照这个瓶子做的。"谭卓茹一怔："你刚才说，这瓶子是跟鬼子拿钱换的，那为什么还要给他一个假的？"老袁点点头说："那鬼子就是考古队的领队，名字叫中村。他奉命到赤峰盗掘辽代古墓，在挖掘过程中，每发现一点值钱的宝贝就会偷偷运出来，暗中联系买家。但是，这墓里挖出的东西，别的考古专家也见到了，所以不但要偷着卖，还得做一个足以以假乱真的赝品送回去。"高小庄大怒："这鬼子可真够贼的！"

老袁又叹了口气说："考古现场防守严密，我们也是没办法！我们不干这事儿，别人就会干，这也是为了保护老祖宗的东西！"文龙一怔："刚才来敲门的人就是中村？"老袁无奈地点点头说："瓶子已经被他带走了！"文龙看向老袁："这个中村住哪儿，我去取！"老袁摇摇头："中村没在城里，他进城，只是为了办事，这个仿品被他拿走，他一定会第一时间送回墓里！"几人面面相觑。文龙追问老袁："那这个墓在哪儿？"老袁面带难色地说：“赤峰城东北方向的王坟沟，中村负责的是孝璋陵！”刀子急了：“这时候追上去，还来得及吗？”老袁摇摇头说：“他们有车，走了都半小时了，肯定追不上！”文龙皱皱眉头说：“追上了也不行，一旦动手，会把小泉清和阿部宽招过来！”高小庄气的一蹲：“哎！这瓢凉水泼得可真是时候！”安娜一听急了，干脆到边上坐下，眼泪快出来：“都怨我，都怨我！”

高小庄看了眼安娜：“安娜，你别生气，我不是那意思，这怨不着你，只怪咱的点儿实在太背了！”安娜低头自责：“怎么怨不着，要不是我把胶卷藏那瓶子里，就不会有这一出！”魏坤宁安慰安娜：“行啦，天塌下来，有个儿高的顶着呢！”文龙叹了口气：“安娜，你也不是成心的，这没多大的事儿，拿走胶卷的又不是小泉清，没事，我想办法弄回来！”安娜看向文龙：“对不起，文龙哥。”文龙看了眼安娜：“你瞧你眼睛都红了，累了几天了，还着急上火，先去睡觉吧。”高小庄插话：“没错，去歇着吧。”谭卓茹拍了拍安娜：“放心，文龙会有办法的，啊？”安娜起了身。文龙又看了眼大伙：“小庄，卓茹，小花，你们也去歇着。”谭卓茹看了魏坤宁一眼，点了点头。高小庄、安娜和谭卓茹进了里屋。鲁小花不走，急说：“刀子哥在哪儿，我在哪儿。”刀子看了眼鲁小花：“小花，听话！”鲁小花一跺脚：“你们男人能干的事，我也能干！”刀子看向文龙。

谭卓茹和安娜进屋。安娜看着屋外问：“小花怎么不进来？”谭卓茹看了眼安娜：“顾好你自己吧。”安娜瞥了眼谭卓茹：“凭啥她能听，咱俩就不能听。”谭卓茹没好气地回应安娜：“人家和刀子才重逢没几天，让人家呆一块，你有那么不愿意吗？”安娜看了眼谭卓茹：“你知道我说的是什么！”谭卓茹一躺：“我当然知道！别忘了，你之前自己个儿也说了，凡事都听文龙的安排。”安娜坐在床头，不好再说什么。

文龙、老袁、魏坤宁、刀子、鲁小花坐在桌前。文龙看向老袁：“老袁同志，这王坟沟是个什么情况，你说说。”老袁点点头说：“王坟沟在赤峰城东北方向一百多公里的位置，大概两年多前就被鬼子盯上了。整个山沟地面不小，三面环山，里面有一条山沟横贯内外。据说，这里面除了孝璋皇帝的寝陵之外，还葬着别的皇帝，鬼子为了方便盗墓，已经将这三座山头用铁网封了起来，整个王坟沟只有一个进出口，就是沟口的关卡。”魏坤宁一愣：“这么严！”老袁接着说：“其实王坟沟里有我们的人！”刀子一笑：“那这事儿好办了！”文龙苦笑着说：“这人要是能用，老袁也用不着说这么多。”老袁叹了口气：“这个内线代号山猫，是由掌柜的亲自安排的，我跟他里应外合，一个负责在外面转移流出来的文物，一个负责在墓里摸清情况。这个内线在完成摸底任务之前，不会跟我联系。他是谁，在墓里担任什么职务，我也不清楚！我现在要联系他，必须通过掌柜的，这一来一去，估计得好几天！”魏坤宁一拍大腿：“哟，这可不行，瓶子被送回去，里面的东西随时可能被发现！”

文龙深思了一下说：“后面有小泉清咬着，咱们也不能等到那时候！”魏坤宁急了：“咱有没有办法可以进这王坟沟？”老袁叹了口气说：“这不难，中村已经向我发出了邀请，只是我们进去之后，要如何才能把东西拿出来！”文龙点点头：“这事儿必须得做到滴水不漏！”鲁小花一怔说：“咱们再做一个假瓶子换回来不就行了吗？”老袁摇摇头说：“不妥，这样中村会怀疑的，而且咱们拿着瓶子去，很可能会泄露中村倒卖文物的事儿，这事儿露了，我在赤峰恐怕就待不下去了！”文龙点点头说：“费力不讨好的事儿咱不干！但王坟沟这一趟必须去！这样，我们明天先进王坟沟，至于如何取胶卷，进去之后再作打算！”

刀子和魏坤宁都争着要跟文龙去。文龙看向刀子：“我让你留下，就是为了告诉你，你有别的任务！”刀子狐疑地看着文龙：“啥任务？取胶卷就是眼前的头等大事！”文龙摇摇头：“不，你得负责护送安娜。”魏坤宁点了点头：“文龙说得没错，小泉清和阿部宽虽然被支开了，但安娜早一天离开，就早一天安全！”刀子皱眉，与小花对望了一眼。文龙看向大伙：“放心，老袁带路，老魏跟着我，出不了岔子。”刀子也点点头。

文龙看向老袁：“老袁同志，跟送马车的同志说说，车要一辆就够了，另外给我们备三匹马！”老袁点点头说：“我一会就跟那边联系！”文龙看向刀子：“你负责带着安娜、卓茹、小庄还有小花出城，去热河。”刀子吞吞吐吐地说：“我倒是没问题……”魏坤宁焦急地看着刀子：“那你还担心啥？”鲁小花一怔：“安娜！安娜她已经知道你们会去王坟沟，这时候要带走她，恐怕她不会同意。”文龙点点头：“所以，老袁同志，你得给我准备点东西。”

安娜坐在床上，并无睡意。门外传来轻轻地敲门声。安娜起身把门打开，一看是文龙。文龙一笑：“就知道你没睡。”文龙手中端着一碗黑乎乎的药汤问：“卓茹呢？”安娜往外看了一眼说：“上厕所去了。”文龙进门，两人交谈。安娜惊奇地看着文龙：“这是什么啊，这么大一股药味！”文龙关切地看着安娜：“你眼睛都红了，肯定是这两天没休息好，加上上火，我让老袁找了点清火解毒的药，特意给你熬的。”安娜看着文龙的那碗药：“文龙哥，对不起。”文龙一惊：“你说什么呢！”安娜很自责：“这一路上给大家惹了这么多麻烦，我要是没回中国，那一个个鲜活的生命就不会死！现在还把胶卷弄丢了！”文龙一笑：“小丫头！看你不睡觉，都开始说胡话了。”安娜有点羞涩地说：“说真的，文龙哥，自打咱们从松林沟出来，我就喜欢上你了，可喜欢一个人却给他惹这么多麻烦，我应该算是头一个。”文龙一笑：“安娜，你是个好姑娘。”安娜很欣慰地看着文龙：“真的吗？”文龙点点头：“这还能有假，你为了自己的祖国，奋不顾身，这一点就让我很佩服。”安娜瞥了眼文龙：“佩服什么呀，佩服又不能当饭吃。”文龙笑着看着安娜：“而且你善良、聪明、坚强，又读过这么多书，哪个男人要是能娶了你，绝对是他的福分！”安娜一喜，接着又叹了口气说：“小说里，不管是男人拒绝女人，还是女人拒绝男人，开场白都是这么说的，我知道，你就是安慰我。”文龙双手捧住安娜的肩头：“我说的可都是大实话！”安娜羞羞地看了眼文龙：“你真这么想！”文龙点点头：“可咱们现在的情况你也很清楚，不是谈论这些的时候。”

安娜开心起来，认真地说：“能知道你心里是这么想的，我就是死也值得了！”文龙点了安娜的脑袋一下：“看看，又来了吧？”安娜孩子似的高兴状：“对对，呸呸呸，不算数！我们都得好好活着！”文龙点点头说：“对，只有活下来，咱们才能去考虑其他的，你说对吧？”安娜重重点头。文龙看着安娜：“那你，是不是应该把这碗药喝了？喝了才有力气跟我一块上路。”安娜点头，端起那晚药，咕噜噜喝下。文龙笑着看她喝药的样子。安娜放下碗，表情委屈又可爱：“这么酸！”文龙一笑说：“你知道你在奉天给我喝那碗醋是什么感觉了吧？”安娜别过头：“你一个大男人，还这么记仇！”

文龙叹了口气说：“安娜，记住我的话，只有活着，才能干更多有意义的事，才有机会让我们内心中所期望的一切，变成现实。”安娜点点头：“我记住了。”文龙点点头说：“安心歇着吧，我还得跟老魏他们商量对策呢！”安娜看着文龙：“好！”安娜快速回到床上睡下。文龙将房门关上，谭卓茹刚好走到门口，两人点了点头。

小泉清和阿部宽在一间办公室中，松田、郭三站立在侧。阿部宽看向松田问：“命令都发下去了吗？”松田立正报告：“已经把钢刺等人的肖像发给了从奉天到锦州和山海关沿线的所有关卡。”阿部宽点点头又问：“有没有收到回复？”松田摇了摇头。阿部宽有些怒色：“这都两天了！”小泉清一笑：“阿部君，不用着急，我都说过了，他们把运钞车丢了，不可能比我们快！”阿部宽瞥了眼小泉清：“那可是钢刺！”小泉清摇摇头说：“你我联手，就算他是金刺银刺，也别想离开锦州！”阿部宽依旧一脸愤然。

五

小泉清看向松田：“松田君，锦州附近关卡的守军一旦和钢刺动起手来，绝对讨不到半点好处，反而还会打草惊蛇，所以，我认为，你应该再补发一道命令，让锦州附近关卡的守军发现钢刺之后，不要惊动他们，立刻汇报就行！”松田看向了阿部宽。阿部宽大怒：“小泉大佐的命令，就是我的命令，执行！”松田出了房门。

此时，另一个日本兵从门外进来报告：“冈本队长从朝阳发来电报！在朝阳搜索了将近两天，没有发现钢刺等人的踪迹！”郭三一惊，倒吸了口气说：“真是奇了怪了，这伙人难道蒸发了？”小泉清深思了一下说：“给冈本回电，让他带着钢刺等人的肖像，去赤峰！叮嘱沿线各关卡，发现钢刺之后，立即汇报！”日本兵出了房门。

文龙坐在桌边，喝着茶，沉思着。老袁进屋，提着一个包袱说：“备了点东西，进了墓穴用得着！”文龙点点头。这时，一阵马车的声音传来。老袁起身到门口看了看说："是我们的人，车来了。"文龙叫了声刀子。

刀子、高小庄敲门，鲁小花把门打开，朝两人点点头。谭卓茹也穿好了衣服。刀子朝高小庄使了个眼色，高小庄上前，鲁小花和谭卓茹帮忙将熟睡的安娜抱起来，放在了高小庄背上，又将一件外套盖在了她身上。几人出房间。

刀子等人穿过大堂。魏坤宁、文龙和老袁站在边上。文龙看向刀子："刀子，具体怎么办都记住了吗？"刀子点点头。文龙嘱咐说："路上一切小心！"刀子看向文龙："放心吧！"老袁递上来一个包裹说："里面给你们备了家伙，以防万一！"谭卓茹接过，目光看向了魏坤宁。魏坤宁凑上前来说："放心跟着刀子，这小子办事稳妥。"谭卓茹低语："自己注意安全，别啥事都争强好胜的！"魏坤宁一笑说："遵命！"文龙收回目光说："走吧。"刀子和高小庄异口同声："哥，保重！"文龙一笑说："到热河指定的地方等我。"

刀子带人出门。文龙一怔忙喊道："刀子！"刀子站住。文龙看向刀子："记住我的话，照顾好安娜，一定！"刀子看了眼在高小庄背上熟睡的安娜，重重地点了点头。刀子等人出了房门，上了马车。文龙背对着门口，听到马车驶离的声音。老袁走过来。魏坤宁拍了拍文龙："时候差不多了，咱们走吧！"三人出了博古轩。

日出的街道，慢慢有了零星的人来回走动。三匹快马一前一后，朝着城外飞奔而去。

一辆马车行驶在山路上。车头的刀子和鲁小花都换上了老袁准备的衣服。刀子赶着马，鲁小花坐在边上。刀子眉头紧锁。鲁小花看了刀子一眼："刀子哥，你眉头一直皱着，是在担心啥？"刀子低声："安娜要是醒了，会老实吗？"鲁小花一笑："她身上这虎劲，一点不输我，难说！"刀子也跟着皱起了眉头。

安娜躺在木条椅子上，背对着高小庄和谭卓茹。高小庄、谭卓茹也已经换上了衣服。高小庄见安娜身上的衣服滑落，上前将衣服拾起，给安娜盖上，安娜睁着眼，没有睡着。高小庄看了眼安娜："安娜，你醒了啊？"安娜缓缓坐起身子，车身有微微的晃动，她摁了摁额头，看向谭卓茹和高小庄。高小庄看着安娜，安娜不说话，就望着外面路过的山路。高小庄把水壶递过去，安娜喝了一口，把水壶放下，依旧没有说话。高小庄不知如何化解尴尬，面露难色地说："哎哟，安娜，你要理解文龙哥，他也是迫不得已！"安娜看了高小庄一眼，又喝了口水。高小庄忙说："文龙哥说了，昨晚给你的药里，就放了酸枣仁和当归，希望你好好睡一觉，咱很快就能到热河了，等文龙哥一到，咱就能跟着抗联的同志进关了。"安娜还是没说话。

谭卓茹看了眼安娜："安娜，接下来的路可关系着所有当初为我们牺牲的同志，目前这节骨眼，可要不得性子！"安娜不耐烦地说："我说你们俩真是够烦人的，尤其是你卓茹姐，一路没见你这么啰唆过，我刚睡醒，能不能让我缓缓？"高小庄一笑："合着你不是要蹿火，只是没缓过神！"谭卓茹也松了口气，坐到了安娜旁边。安娜低语："昨晚上，他把药端给我的时候，我就闻出来了！"谭卓茹一怔："这么说来，你昨晚就已经同意了文龙的决定。"安娜埋怨道："不然还能怎么办，我们这一路肩负得实在太多，有太多人为我们牺牲，我明白文龙哥的想法。"谭卓茹一笑："文龙要是能听到你这番话，会很欣慰的。"安娜低声："现在我只希望他们快点找回胶卷，跟我们平安进关。"谭卓茹想了想，拍拍安娜说："文龙说得没错，你是个好姑娘。"安娜勉强一笑，低下头，还是有些担心文龙，转了话锋说："但愿他和魏大哥能够一切顺利。"

三匹快马在山路上飞奔。一个山坡处，文龙勒住缰绳，老袁和魏坤宁也跟着停下来。文龙看向老袁问："还有多远？"老袁掐指一算说："不到五十里地！"文龙点点头，示意下马歇会。

老袁将马匹拴在了旁边的树上，魏坤宁拿着水壶过来，文龙接过，没有说话。魏坤宁看了眼文龙："还在担心他们呢？"文龙点点头："也不知道安娜醒了，小庄和卓茹能不能管得住她！"老袁走过来说："我看安娜那姑娘，不像是不明事理的人。"文龙摇摇头说："这丫头性子直，认准的事，谁也拉不回来！"魏坤宁插话："话是这么说，不过，我瞧这一路她倒是变化不小！"文龙也点点头。

老袁钦佩地看着文龙："钢刺，虽说在对敌斗争上，我本事不如你，可我的年纪起码大你一轮，我从她看你的眼神里能感觉到，她心里有你。"

文龙一笑："国将不国，哪是谈论这事的时候！"老袁点点头说："皮之不存毛将焉附，话是没错，可这说到底还是两码事。"文龙打住老袁："老袁，留点精力，想想咱们怎么把胶卷拿回来吧！"老袁一笑。文龙也一笑说："行了，出发吧！"老袁点点头，与魏坤宁两人起身去解马绳。魏坤宁故意插话："瞧见没，这小子嘴上不说，心里可是一直念着安娜！"老袁一笑说："担心那辆马车的，恐怕不止文龙兄弟一个人吧？"魏坤宁一笑说："你这老袁，就你会来事是吧！我就担心卓茹，咋地？"老袁一笑说："文兄弟在这事儿上，要有你敞亮，这眉头估计早散开了。"魏坤宁点点头说："文龙肩上的东西太重，有些话又讲不出口！你不明白！"两人笑着将马匹牵过来。三人翻身上马。文龙看向老袁和魏坤宁："到了王坟沟，说话做事都悠着点，拿到胶卷，尽快和他们会合！"老袁和魏坤宁都点了点头。三匹马朝着赤峰王坟沟的方向狂奔而去。

冈本的卡车一路开过来，到了离赤峰不远的关卡停下。两个日本兵站在关卡处下车来递交了证件。关卡的日本兵点头。冈本走上前来说："司令部命令，有重犯可能逃至赤峰，这两天注意你们关卡过往的行人，如果发现这几个人，不要打草惊蛇，暗中盯着，立即通知我们！"冈本递上来几张画像，日本兵接过来一一看起来。冈本看着关卡的日本兵说："看仔细了，要是出了错，事情就大了！"

刀子和鲁小花赶着马车过来，也到了这个关卡，刀子突然勒停了马绳。车后厢棚子里的三人都晃荡了一下。鲁小花一惊："咋啦，刀子哥？"刀子眯着眼看着前方关卡处。鲁小花也顺着看过去。刀子一惊："是冈本！"高小庄从棚子里探出头问："咋停啦？"刀子吩咐："回去！冈本过来了，咱这关卡恐怕是过不去了！"高小庄一惊，连忙缩回头。鲁小花急看着刀子："现在怎么办？"

冈本和两个日本兵回身，准备上卡车。冈本突然注意到了停在关卡里边的那辆马车。冈本眯着眼，朝前走了两步，仔细打量。

车头的刀子注意到这一幕。刀子低声："不好！被这小子发现了！"鲁小花急切地看着刀子："回去吧！"刀子摇头说："不能回去，进了城可就成了罐里的蛐蛐，再能蹦跶也没用！再说，如果文龙他们还没动身出城，还会暴露他们！”鲁小花指了指不远处说：“那调头，后边有个岔路口！”刀子勒住缰绳，调转马头，朝着来的路驾马离去。

冈本一惊：“是他们！”关卡里的日本兵跑过来，撤除路障。冈本大喊：“八嘎！快点！”路障被撤开，冈本等人连忙上车。冈本大吼：“快，给我追上那辆马车！后边的人，给锦州发报，告诉大佐，我们发现了那个使烟袋锅子的小子还有姓鲁的女的！”冈本等人上了车，卡车连忙追着马车而去。

追踪绝密　再进险境

一

起伏的山林，沟壑纵横。一条山沟在三面山林中横贯而出。山沟口，文龙、魏坤宁和老袁下了马，顺着山沟往里面走去。老袁指着前方说："这就是王坟沟！王坟沟唯一的出入口，就在咱们脚下。"文龙点点头："的确是个好地方！"魏坤宁怒色："可惜让鬼子给糟蹋了！"三人朝前走到一处，见前面有一个哨卡。五六个警察，和三四个日本兵在站岗。老袁低语："都跟紧我。"

三人走向关卡，警察们上前来将三人拦下。老袁看了两人一眼，迎上前去说："各位老总，在下是中村先生的朋友，姓袁，据说咱这墓里挖出了一些辽代的东西，应中村先生邀请，我来帮忙瞧瞧，或许能为考古工作提供点帮助！"两个警察互看了一眼。警察队长让另一个警察去给中村先生喊个话，另一个警察到哨所内拿起步话机喊话。文龙观察着四周地形，关卡两侧拉着铁网，一条土路山沟贯穿入内，土路山沟两侧的山林非常茂密。喊话的警察跑回来，点点头。警察队长说："你们可以进了，不过得例行公事，看看你们有没有带入危险品！"老袁点点头。四个警察上前来，挨个检查。搜完之后，四个警察退开。文龙等三人过了关卡，进了山沟。老袁低声："顺着这条路走到底，就是鬼子正在挖的陵墓。根据内线提供的情报，以及我从各方掌握到的消息，这陵墓是辽国孝璋皇帝与仁誉皇后的合葬陵！"文龙点点头："合葬陵应该文物会更多，防守可想而知！"老袁又低语："这孝璋皇帝和仁誉皇后二人生前感情很好，死后合葬于此，目前，仁誉皇后的寝陵，也就是整个墓穴的副墓室，被挖得差不多了，过不了多久，他们就会对孝璋皇帝的主墓室下手。”“这帮鬼子真可恶！”魏坤宁骂道。老袁低语：“这还不止呢！这王坟沟里，据说就还藏着一座皇帝墓，鬼子已经勘察出来，等孝璋陵挖干净了，接下来就轮到这座墓了！”魏坤宁喘着粗气说：“小鬼子挖咱老祖宗的墓，是想绝了咱的根！太狠了！”

文龙看了眼老袁说：“先别说这个了，说说眼前的事！”老袁低语：“那个仿制的瓶子被中村带回来之后，可能会被送进墓室里，在路上我想到一个办法，到了考古现场，我可以直接去找中村，跟着他进去，以看货为由，我趁机把胶卷弄出来！”文龙点点头低声：“这老鬼子背着所有日本人干这倒卖文物的买卖，一定很保密，一会你见机行事，如果不行也不要强求，只要确定了瓶子在什么位置，可以另外想别的办法！我们两个在墓外边，也摸摸情况！”老袁和文龙点头对视了一下。三人朝着王坟沟深处走去。

小泉清和阿部宽到锦州的歇脚处，两人坐在椅子上休息。郭三进来报告：“二位长官，有情况！冈本太君在赤峰城外牛头堡关卡，发现了一辆马车，在车上看见那个使烟袋锅子的小子还有那个姓鲁的丫头，冈本太君已经跟了上去！”两人都抬头看向了郭三。小泉清眯起眼，阿部宽一惊。小泉清看向郭三：“就两个人？”郭三接着报告：“马车头上就这两人。”阿部宽一怔：“赤峰？他们怎么跑到赤峰去了！”小泉清瞥了眼阿部宽说：“还不够明显吗，冈本从那个抗联匪徒嘴里抠出来的情报，是假的！”阿部宽狠狠地说：“拿自己的命来使这招调虎离山计！真是狡猾！”小泉清冷笑了一声说：“怎么样，阿部君还会笑话我的判断吗？”阿部宽别过头说：“别废这么多话了！动身吧！”小泉清一笑，点了点头。阿部宽快步出了房门，站在门口大喊：“通知所有人，集合，去赤峰！”小泉清也戴上军帽，理了理领口，快步出了房间。

刀子和鲁小花不停抽打着前方车头的马匹。马车快速行驶在山路上，卡车从后面追了上来。

马车车身摇晃得挺厉害。高小庄看着车后，有些紧张地说：“冈本这小子越来越聪明了！还知道一边走，一边给后面的人留痕迹！”谭卓茹镇定了一下说：“这样下去，我们迟早被追上！他们车上有多少人？”高小庄看向谭卓茹：“刚才刀子哥说，在关卡就看到他带着两个人下了车，不知道后车厢里还有没有！”谭卓茹问高小庄；“老袁给了咱几把枪？”高小庄指了指边上的包袱说：“四把，王八盒子！”谭卓茹低头沉思着。安娜急了：“干脆停车，打他们！”高小庄一愣说：“安娜，你没说胡话吧？”谭卓茹点点头说：“我觉得安娜说得有点道理！”高小庄担心地看向谭卓茹：“不是，咱就四把枪，咋打？万一他卡车上还有人咋办？”安娜一怔说：“小庄哥，你想想，咱现在是去不了热河了，这事是不是应该通知文龙哥他们？”高小庄点点头说：“没错啊！这越往北走，距离热河就越远！现在又联系不上，他们要是取到胶卷找不着咱，肯定急！”安娜摇摇头说：“这还不是重点！重点是冈本这时候出现在关卡，就有大文章！”高小庄严肃地看向安娜：“你是说……小泉清和阿部宽肯定也离得不远！”安娜点点头说：“小泉清和阿部宽知道我们的踪迹，会咋办？”高小庄声调高了：“这不废话嘛！那还能放过咱？”安娜深思了一下说：“没错！冈本发现我们之后肯定会第一时间报告小泉清和阿部宽，冈本又沿途留下线索，这么耗下去，只会等来鬼子的大部队！”谭卓茹点点头说：“对！现在热河是去不成了，只能去王坟沟找文龙和老魏，冈本又咬得这么紧，不把他们杀了，我们脱不了身，还会暴露王坟沟！”安娜探头看了一眼，前面有片树林，急忙说：“刀子哥和小花打小就在林子里窜，我看那儿合适！咋样？小庄哥？”高小庄咬了咬牙说：“切！小爷我是怕死，可那也得分时候！你们俩说得没错，跟他们干！”

卡车继续追踪，在前方，冈本见到马车停了，在安娜等五个人下了马车之后，马车继续朝前奔走。冈本眯着眼看着。日本兵走到冈本跟前：“队长，他们停车了！”冈本点点头问：“见几人都从马车上下来，蹿进了旁边的树林。”冈本大喊：“安娜？谭小姐？一、二、三、四、五……就这五个人！钢刺没在车上！”卡车继续朝前开，冈本示意停车说：“不对，车上应该还有人！”日本兵看向冈本问：“怎么办队长？”冈本眯起眼说：“我们车厢里有八个人，你带三个人继续往前追，剩下的五个跟我进林子！”日本兵焦急地看着冈本："小心有诈！"冈本大怒："有诈也得去！要是跟丢了，大佐不会让我们好看！"

卡车在之前马车停车的位置停了下来。冈本带着五个日本兵钻进了树林里。卡车继续朝前追去。树林深处，高小庄等人探出头来低语："诶诶，你们瞧，合着冈本就六个鬼子。"安娜低声："那辆卡车追过去了！"刀子看了鲁小花一眼。鲁小花低语："没问题！"刀子点点头。刀子看向大伙："枪都拿到了吧？"高小庄、鲁小花、谭卓茹亮出了手枪。谭卓茹低声："就这冈本有点麻烦，四五个日本兵好说！"刀子点点头说："冈本交给我，你们先隐蔽好，能打就打，不能打就等我回来！"谭卓茹看了眼刀子说："都逼到这份上了，不能打也得打！"安娜点点头说："就是！"高小庄一笑："刀子哥你忙你的，咱得想点辙，好好收拾这帮鬼子！"刀子看向小花，小花朝他点点头，刀子扭头朝着树林的另一边快步冲过去。

卡车朝前开了一段，马车停在了路边上。卡车停在了马车边上，两个日本兵卡车上下来，端着枪不断逼近马车。一个日本兵将马车棚子的帘布扯开，里面是空的，大怒道："这帮人是想支开我们！快，你把车开回去，汇报情况，我们过去支援冈本队长！"三个日本兵跑步去找冈本了。

文龙三人到了王坟沟帝陵外，继续往里走。文龙和魏坤宁朝老袁点点头，老袁径直走向了墓室墓道口的位置。文龙和魏坤宁走过来，边上有一顶帐篷。文龙看了眼魏坤宁，低声说："这帐篷距离墓道口不远，应该是考古队的指挥室！"魏坤宁点点头低语："那东西被送回来，要是没在墓里，应该就在这帐篷里！我进去探探！"文龙示意当心。魏坤宁点点头，侧身朝着帐篷走去，来到帐篷口，朝里面看了看，没有人，闪身钻了进去。帐篷的角落堆着几个箱子，和一张桌子，桌子上全是纸张材料。魏坤宁翻看两个箱子，箱子里装着几瓶酒。魏坤宁眉头一皱，继续翻找。

王坟沟帝陵墓室墓道口处，穿着考古服的中村，带着另一个穿着考古服的助理从墓道里出来。中村摘下口罩，指着助理骂了一阵，助理一直点头，听完之后，折身走开。老袁凑了上去："中村先生！"中村左右看了看："袁老板，借一步说话！"老袁和中村走到一侧。老袁看了眼中村说："中村先生，看您这脸色不太对呀！"中村一怔："我担心咱们的交易可能败露了！”老袁故皱眉问：“咋说？”中村叹了口气说：“我回来之后，接到学会的电报，说他们收到了一封匿名信，信里提到了这件事。”老袁故惊：“那您不会有事吧？”中村摇摇头说：“暂时还没事，写这封信的肯定就是考古队里的人，好在他们现在还没找到证据！也幸好此事没有传到石原将军耳朵里！”老袁点点头说：“那可得小心，您要有点啥事，我也脱不了干系！”中村看了眼老袁说：“这我知道！你那边也要当心！你进来的时候没说你是古玩店的吧？”老袁摇摇头说：“我告诉他们，我是你的朋友，您从墓里找到宝贝，让我帮忙看看！”中村点头低语：“接下来我们暂时不能交易，所以，恐怕今天没法带你进墓了！”老袁一听，有点愣神。中村拍了拍老袁的肩膀说：“风头过了，我会去找你！”

不远处，一个厨师打扮的劳工挑着两个水桶经过，看了这边一眼。老袁与那个劳工对视了一下。老袁的眼神马上转向中村：“中村先生，昨晚你送过来的东西，是从哪儿弄出来的？”中村一惊：“你问这个干什么！”老袁一笑说：“您别误会，我就是想知道这东西具体啥来路，普通陪葬品，和大人物伴手的东西，那可是两个价格！搞清楚这点，我转手的时候，能要个更合适的价格不是？”中村点点头说：“实话告诉你，这东西就是从副墓室里出来的！仁誉皇后身边的东西！”老袁故作一惊：“哟，这可真是宝贝，多谢中村先生！”中村低语：“行了，我找个人送你出去！”老袁摆摆手说：“不必了，我自己走出去就行，好不容易来一趟，正好看看这干坟沟，也免得节外生枝！”中村一笑：“你想得就是周到！行！”老袁一笑说：“您先忙吧。”中村点点头，折身进了墓室。老袁收回目光，低头想了想，走向别处。

中村助理气咻咻地朝着帐篷走了过来。文龙担心起来。文龙捡起一块石头朝着帐篷扔了过去。魏坤宁听到声音，连忙躲在了几个箱子后面。助理进了帐篷，魏坤宁探头看着。助理端起茶水杯喝了一口。助理将茶水杯一扔咒骂：“八嘎！这个老混蛋，别以为背地里干的这些事没人知道，等我找到证据，你的好日子就到头了！”助理拿出了一个袖珍相机，看着。魏坤宁躲在箱子后面听着。一个白大褂进来说：“中村先生请你进副墓室一趟！”助理一惊问：“什么事？”白大褂一怔说：“先生让你先把已经找到的葫芦瓶瓶身上的图案绘制下来，这对未来发表考古报告，阐述墓主人生平有重要作用！”助理点点头说：“这我知道！”白大褂低语：“先生特别交代，不能拍照，相机的闪光可能会损坏文物！”助理有些不耐烦地说：“行啦，我马上过去！”白大褂出了帐篷。助理大怒：“这老混蛋，还防着我！不让我用，没这么简单！”助理也出了帐篷。

二

文龙听了魏坤宁的描述。文龙看向魏坤宁说：“你说的这些，老袁也已经从中村嘴里问出来了！”老袁一惊问：“现在咋办？”文龙深思了一下说：“刚才都探明白了，这地方没多少守卫，四周树林茂密，藏身没问题！”魏坤宁看向文龙问：“那胶卷呢？没让鬼子发现吧？”文龙点点头说：“刚才中村没跟老袁提起这茬，说明他们还没发现！”魏坤宁一怔说：“东西就在副墓室里！”文龙指向那个副墓室的方向说：“瞧见了吗？墓道里还有劳工不断往外面运土！”老袁叹了口气说：“辽墓的墓道里有很多壁画，他们前期破墓门的时候用了炸药，把有的墓道炸塌了，鬼子现在是不想再破坏这些墓道上的壁画，想把这些壁画都运回日本，所以要重新挖洞接上通往主墓室的墓道！”文龙点点头说：“我们可以利用这点！老袁你在林子里候着，找两个箩筐，我们两个跟着劳工进墓！摸摸副墓室里的情况！”两人都点点头。

一个日本兵在开车，副驾驶坐着松田，后排坐着小泉清和阿部宽。小泉清一直在沉思。阿部宽看向小泉清：“现在我们的敌人露了面，小泉大佐怎么反倒不高兴了？”小泉清一怔说：“有些奇怪的问题困扰着我。”阿部宽瞥了眼小泉清说：“不妨说出来听听。”小泉清看向阿部宽问：“一辆马车能装多少人？”阿部宽眼睛一眯说：“你是怀疑，这波人没有全在车上？”小泉清点点头说：“你说有没有可能这两个人就是被钢刺派出来打头阵探路的？”阿部宽狠狠地咬咬牙说：“管他们是干吗的，追上他们，全部击毙！他们到底是干吗的，还重要吗？”小泉清摆了下手说：“有些问题想不明白，要想把他们全解决，只怕不容易！”阿部宽急了说：“那还是你自己慢慢想吧，找到了人，我负责动手！”小泉清瞥了眼阿部宽：“阿部君，我理解你的心情，不过别忘了，杀人的同时，我们还得拿回胶卷！”阿部宽冷笑了一声：“那就这样，你找胶卷，我杀人，行吗？”小泉清一笑，继续思考起来。

文龙和魏坤宁挑着箩筐进了墓道。考古专家助理沿着墓道朝里面走，两人跟在他身后。墓内有一条主墓道，左右两边有不少分叉的墓道，错综复杂。文龙在墓道口看到了一份简易地形图，扫了一眼之后，跟了上去。魏坤宁在文龙耳边低语：“这里边可真够大的！幸好跟踪了这孙子！不然恐怕还找不到路！”文龙点点头低声：“稳着点！”魏坤宁点点头。

助理来到了副墓室门口，一道石门边站着两个持枪的日本兵。助理被拦下来检查。一个相机被日本兵搜出来。助理一怔说：“相机是我的随身物品，我必须带在身上！”日本兵摇摇头说：“中村先生有交代，墓室里不准拍照！”助理把相机盖子拆开说：“看清楚，里面没有胶卷！”两个日本兵继续搜身，确认没有胶卷之后，将助理放了进去。墓门被全部推开，文龙等人看到了摆在一角的那个辽三彩双耳葫芦瓶，总共有六七个。魏坤宁一惊低声：“瓶子在里面！”文龙轻轻扯了下魏坤宁：“稳住！想想办法！”魏坤宁看了眼文龙低声：“就俩鬼子，过去撂倒了，拿东西走人！”文龙低语：“这墓道这么深，墓里墓外，隔得这么远，肯定有内外喊话的家伙事。要是惊动了他们，小泉清和阿部宽很快就会收到消息！”魏坤宁点点头：“有点道理，那你说咋办？”文龙拉了下魏坤宁低语：“先出去再说。”

魏坤宁从墓道出来。文龙在墓道出口处站定，扫视了一眼出口处的结构，也跟了出去。文龙刚走到口子处，厨师（董三）端着馒头从外面进来。文龙撞上了此人，两个馒头掉落在地。文龙连忙捡起说：“不好意思！”董三见馒头上都沾了泥土，扫了两人一眼说：“自个儿留着吃吧！”董三端着馒头进了墓道。文龙看了他一眼。

王坟沟帝陵副墓室中很大，一个石棺摆在正中间，石棺已经空了，墓主人的尸体被摆出放在旁边的木台架子上，中村和另外一个考古专家都穿着考古服，正在细细研究那具尸身。助理蹲在那几个葫芦瓶前，仔细临摹着瓶身上的图案。旁边，摆着一个医药箱等用品。董三送馒头过来。日本兵进门报告："中村先生，食物送到了。"中村吩咐左右到墓室外面吃！中村脱下手套放在边上，看了助理一眼。助理一怔说："先生，你们先去吧，我画完最后这一点。"中村出了墓室。助理看了一眼，连忙掏出相机，又分辨了一下瓶身，从其中一个瓶子里面抠出了几个胶卷，找出其中一个，上进相机里，开始对着瓶身不断拍照。助理心里暗笑：中村，你在现场只手遮天，说了没人信，我就把照片寄给学会的人，你的好日子没多久了，等着蹲监狱吧！拍完之后，他把胶卷取出，放回了之前的那个瓶子（这个瓶子与安娜放入胶卷的瓶子不是同一个。）助理收好相机，也出了墓室。

小泉清的车开过来，缓缓停在了关卡处。车后，几辆军用卡车跟了过来。小泉清、阿部宽和松田下车。阿部宽打量着四周。卡车上的郭三也迎了上来。日本兵过来报告："二位长官，冈本队长带领我们追踪马车，到了城外东北方向四十里的位置，车上的人下了马车，钻进了旁边的树林，冈本队长已经带人追过去了！"小泉清一惊问："东北方向？地图！"郭三连忙拿出地图，摊开在小泉清面前。小泉清非常仔细地边看边说："这个方向只有一条主路，连接朝阳和赤峰东北面！"阿部宽疑惑地看向小泉清："越是往北，就离关口越远，这帮人到底想干什么！"小泉清没理阿部宽。小泉清问日本兵："马车上下来几个人，看清了吗？"日本兵立正报告："五个人，安娜、谭小姐、变戏法、使烟袋锅子的，还有那个姓鲁的女人。"小泉清听后沉思起来低语："安娜也在马车上！"阿部宽一怔说："看来他们坐马车就是想出城，被冈本发现之后，转道去了东北方向，是担心暴露后面的人！"郭三点了点头。阿部宽一惊说："车上就这几个人，钢刺肯定还在赤峰城内！"小泉清看向阿部宽："现在两个选择摆在我们面前，追击安娜和寻找钢刺，你选哪一个？"阿部宽大怒："我要杀了钢刺！"小泉清瞥了眼阿部宽："我倒是觉得，你应该去追击安娜一行。"阿部宽惊疑地看着小泉清问："为何？你难道连这几个人都解决不了吗？"小泉清眯起眼说："钢刺在赤峰城内，这只是我们的推断，不过总的来说，安娜在明，钢刺在暗，我带人进城调查钢刺，这个时间，足够你灭掉安娜等人！"阿部宽正想着。小泉清打断阿部宽的思考，接着分析说："另外，钢刺有多狡猾你是知道的！我进了城，找出他，肯定还需要一些时间，而你这边，只要堵上安娜等人，说不定也能引出钢刺，退一万步讲，如果没堵住，有人逃走了，这逃走的人会怎么办？”郭三插话：“那肯定也是去找钢刺！”小泉清点点头说：“没错，以你阿部君的追踪本事，我相信顺着藤，很快就能摸到瓜！到时候我们的线索一组合，钢刺，只能浮出水面！”阿部宽冷笑说：“你这一招够绝！”小泉清一笑说：“这才到哪里，更绝的，在后面！”郭三伸出大拇指说：“二位太君，看似兵分两路，实则暗中配合，高，实在是高！”小泉清看向阿部宽：“阿部君，他们过这关卡有段时间了！”阿部宽大狠狠地冷笑了一下说：“冈本的人拖着他们，跑不了多远，备马！”小泉清冷冷地低语：“郭桑，我们进城！”

文龙、老袁、魏坤宁进了侧面树林中。魏坤宁着急地在边上踱步说：“这也不行，那也不行，咱总不能变成蚊子飞进去吧？”老袁一怔说：“我倒是有个办法，不知道可不可行。”文龙和魏坤宁都看向老袁。老袁从历史上分析说：“这是孝璋皇帝和仁誉皇后的合葬墓，夫妻合葬墓有个特点，就是主墓室和副墓室只有一墙之隔！”魏坤宁一惊说：“你是说，让我们找到主墓室，然后也跟这似的挖进去？”老袁点点头说：“是这么个意思！”魏坤宁的脸上立即有了难色：“这咋可能，鬼子找了这么多人，挖了这么久才进了墓室，咱三个得挖到啥时候！”老袁深思了一下说：“鬼子是想把墓门和墓道墙上的壁画都全部运走，不忍破坏，所以才废了这么大功夫！”文龙看向老袁问：“你能找到墓门？”老袁摇摇头说：“难就难在这儿！不过可以试试，现在，鬼子已经挖空了这半面山体，根据副墓室区域墓室和墓道的分布情况，我可以试着推断主墓室在什么方位，或许能找到主墓室墓门的位置！”魏坤宁欣喜加埋怨地看向老袁：“那行啊！你咋不早说！”老袁不好意思地笑了一下说：“我也不太肯定，要是找到这墓门的位置，咱三个一人一把铁锹，花不了多长时间！”两人都是一喜。接着老袁分析说：“第一步，是要找到整个地下墓穴的地形图，这东西，鬼子那儿肯定有！这地形图搞不好就有鬼子探测出的整个帝陵的情况，如果这图上只有目前副墓室的区域的地形，那也能推出个大概！”魏坤宁一怔问：“那地图长啥样，你知道吗？”老袁一笑说：“就是地图嘛，就跟鬼子的地下工事的地形图差不多，都是日本字儿！”魏坤宁一愣说：“要是有这东西，应该就在那帐篷里，我再去一趟！”文龙拦住魏坤宁说：“墓道口就有！”魏坤宁欣喜地看着文龙：“真的？那我去，把图记下来！”文龙指着自己的脑袋一笑说：“不用了，都在这儿！”

文龙、老袁、魏坤宁来到了鬼子正在盗掘的孝璋陵对面山腰。文龙在地上画出了那副地图的大概模样。老袁仔细看着说：“副墓室的墓道口在这个位置，那主墓室的墓道口应该是相对的，大致在这个区域！”老袁在一处点了点。老袁抬头看向对面的山体说：“山体东南方，与旁边那座山相连的沟壑中。下边突出的山腰位置。还有稍往北凸出的坡地，都有可能！”魏坤宁焦急地一惊问：“啥？合着你不能给个准信？”老袁露出羞涩：“我也就是略通一点，辽代的帝墓虽说结构都大同小异，但总是有差别！”文龙一笑说：“不难办，虽说，孝璋帝死了有近千年，但地下被凿空，又全是坚实的石板，墓门和墓室顶部一定是整个墓穴最坚固的位置，土层更薄，树木又都是后长出来，会比别的林区稀疏。”魏坤宁看着，分辨着老袁说的三个位置低语：“山体东南方的沟里！那儿的树林最稀疏。”文龙一笑说：“没错，这地方在沟壑中间，向阴，土层的水分更多，按理说，这里的树林应该是最茂盛！实际情况却恰恰相反，地下肯定有东西！”老袁点头一笑：“行啊！钢刺同志果然名不虚传！”文龙一笑：“先找到再夸也不迟！过去看看！”

三人穿进了这片树林。文龙四下看着，注意到了一块方形石块。文龙过去看了看巨石下方与土层连接的位置，低头仔细观察着这块石头说：“这石头有些年份了！”魏坤宁疑惑地看向文龙：“啥意思？”文龙一笑说：“这石块如此方正，肯定是人工加工过的，你们看，这石块底部也有凿过的痕迹，但这些痕迹明显又是新凿上去的！”老袁一怔说：“这石块像是辽墓顶上的方石！”文龙看着老袁：“你确定？”老袁点点头。魏坤宁深思了一下问：“墓顶上的方石，怎么会在这儿？不应该是在土里吗？”老袁点点头说：“看来是有盗墓贼光顾过了，这是被盗墓贼打洞的时候抠出来的！”魏坤宁欣喜地看着老袁：“那就是说，我们不但找对了，要是能找到盗墓贼打的洞，就能顺着洞爬进去？”老袁点点头。文龙严肃地看着这块石头说：“以这石头为圆心，方圆十米，仔细找找，应该能找到盗洞！”三人分散到三个方向，拿着铁锹，开始寻找。

三

冈本带着五个日本兵端着枪朝着林中逼近。高小庄看了一眼，斜嘴一笑，躲进了树林中。冈本部不断逼近，突然，右侧的丛林中动了一下。几人调转枪口，连开了几枪。冈本一个手势，日本兵停止攻击。树丛中没了动静。冈本又一个手势，两个日本兵朝着右侧的树丛跟过去，另外两个日本兵朝着左侧过去，冈本和旁边的日本兵端着枪不断朝着林中中间位置推进。右侧的两个日本兵摸过来。谭卓茹和鲁小花冒出头来。谭卓茹低声："一人一个，打完就支援小庄和安娜！。"鲁小花点点头。谭卓茹开枪，打中了其中一个，另一个日本兵连忙还击，鲁小花一枪过去，日本兵躲过。树林中其他位置的日本兵听到枪声一愣。鲁小花再度冒头，要打死这个日本兵，可日本兵非常警觉，连开两枪没有打中。谭卓茹见状，扭头钻向了另一边。鲁小花与日本兵展开枪战，二人边打边躲，鲁小花的枪没了子弹。谭卓茹从日本兵侧面冒出头，一枪爆了日本兵的头。旁边的日本兵听到枪声不断响起，冈本紧张地看了看两边说："不要紧张！"两人继续摸进。左侧的树林中，两个日本兵端着枪打量两边。此时，日本兵看到了前方的树丛中，一个背影在树丛后面大喊："是安娜！抓到她，我们就立大功了！"两个日本兵朝前快步过去。高小庄从两人身后的草丛里冒出头来，安娜在他旁边。高小庄低声："待着别动，我先过去！"安娜点点头。高小庄慢慢摸出，朝着其中一个日本兵开了一枪。日本兵被击毙。另一个日本兵转过头，飞快还击，高小庄躲在了树干后面。日本兵端着枪不断靠近过来。高小庄想冒头，日本兵一枪给他逼了回去。高小庄一咬牙，一个地滚滚出，日本兵开枪，没有打中他。高小庄连开两枪，打中了日本兵的手臂，日本兵愤然不断逼近。高小庄急了，心想：娘的，跟鬼子拼了！高小庄从丛中冒头，日本兵的枪顶住了高小庄的脑袋。"啪"一声枪响。日本兵的胸膛冒出了血。高小庄一愣，日本兵倒下，安娜在背后手里端着刚才被打死的日本兵的枪。安娜低声："瞧你！小庄哥枪法有长进，可动作还得再练练！"高小庄一惊："安娜，你也会打枪！"安娜点点头低语："要不是文龙哥一路护着，不让我拿枪，我不知道杀了多少鬼子了！"高小庄竖起大拇指："行诶，你这战地记者不是盖的！”安娜一笑，低声吩咐：“别磨叽！先走！”

文龙、老袁和魏坤宁三人还在四处寻找。魏坤宁一惊：“文龙！”文龙丢下铁锹过去一看，只见泥土下方有一个土洞，洞口不宽，但很深。老袁一喜：“还真有盗洞！”文龙吩咐：“走！”魏坤宁抢先一步上前：“我打头！文龙你殿后！”文龙点点头。魏坤宁先钻进了洞中，老袁紧随，文龙压后。

冈本还带着一个手下在林中搜寻。啪！一声枪响，手下被击毙。冈本看准动静，朝着不远处的树林连开了两枪，追了过去。刀子从林中冒出头来，快速奔跑。冈本提着枪不断追击。两人在树林中展开枪战。刀子靠在树干后面，回身一枪，没了子弹，冈本一枪打在了树干上。刀子见旁边有个树丛，朝前跑了两步，冈本一枪过来，刀子栽倒进了树丛。冈本一笑，端着枪缓缓靠近。冈本走到树丛边，刀子拿着匕首突然冒出，将冈本扑倒，一刀过去，冈本撑住。刀子不断击打，冈本的枪被打掉。冈本挣脱开刀子，从裤腿里拔出了一把匕首说：“听说你的烟袋锅子很厉害！今天我就领教领教！”冈本大喊一声，冲上去与刀子展开近身肉搏，两人不相上下，都中了对方一刀。刀子看着自己肩头的刀伤，面露狠色，再次朝冈本扑上。两人匕首对匕首，又打了几个回合。三个日本兵从不远处的树丛后面冒出头来，一个日本兵拿枪瞄准了刀子。

阿部宽率领着特战队，以及松田所部骑着快马朝着树林追了过来。

刀子和冈本在树林中搏斗。树丛中的日本兵已经瞄准了刀子。鲁小花和谭卓茹从边上跑上来。鲁小花看到了三个埋伏的日本兵，大喊：“刀子哥！”刀子回头一看。鲁小花扑了过去，将刀子扑倒，一枪打过来，没有打中，日本兵接连开枪，一枪打在了鲁小花的腿上。刀子连忙抱住鲁小花。谭卓茹趁势朝着树丛中射击，拖住了两个日本兵。冈本趁机跑到前面捡起了枪。冈本正要射击，后面的高小庄迎过来，朝冈本开枪，并未打中，但逼得冈本只得隐藏。谭卓茹大喊：“快走！”刀子连忙将鲁小花扶起，一行人朝着树林外逃走。高小庄等人一边撤离，一边开枪，大喊：“安娜你跟紧他们！”安娜回应：“别说废话！”安娜也朝日本兵开枪。

冈本瞪视前方：“八嘎！他们有人受了伤，跑不远，追！”林中不断有枪声响起。刀子扶着鲁小花朝前撤离，鲁小花一个踉跄，险些摔倒，刀子连忙扶住。小花要再次起身，腿上的血已经淌满了裤子。鲁小花很虚弱地说：“刀子哥别管我了，这样下去谁都走不了！”刀子疼惜地看着鲁小花：“小花，别怕，区区一个冈本还奈何不了咱们！上来我背你！”刀子躬身，示意让鲁小花上背。刀子背着鲁小花快速朝前撤离。

带队的日本兵勒住缰绳，阿部宽的特战队全部停下。日本兵指向林子向阿部宽报告：“中佐，就在这片林子里。”林中的枪声还此起彼伏的传来。阿部宽一个狠笑：“下马！追上去！”一行人下了马，快速追进山林之中。

文龙、老袁和魏坤宁三人从墓道侧上方的一个洞里爬出，进了主墓室墓道。墓道的两边，都是辽代的壁画，三人穿过墓道，打量着这些精美的壁画。魏坤宁一笑：“你俩有点本事，真给找对了！”文龙从壁画上收回目光说：“别磨叽，进墓室！”一行三人沿着墓道进入。

主墓室中，一片漆黑。文龙看向老袁：“火舌子！”老袁将火舌擦亮，文龙借着电筒光找到了一处灯盏，上前将灯盏点燃。整个主墓室都明亮起来。魏坤宁准备接过火舌，继续点亮别的灯盏，被文龙制止。文龙看向魏坤宁低语：“别！能看见就行，在地下，就和夜晚一样，光线很容易暴露！”魏坤宁点点头，将火舌子递给了老袁，老袁将火舌子收起。孝璋皇帝的棺椁摆放在正中央，边上堆放着一些瓷器，挂着一些字画。旁边，有几口大箱子，里面的东西都已经空了。魏坤宁一怔说：“这墓里空荡荡的，看来老袁你说得没错，真被盗墓贼扒过了。”老袁点点头说：“可惜，是一伙不识货的盗墓贼，拿走了箱子里的金银珠宝，这些宝贝一个都没动。”文龙走过去看了看摆放着的一些瓷器，也找到了十几个类似的辽三彩双耳葫芦瓶。文龙拿起其中一个，这些瓶身上的图案都不同！老袁看了几眼这些瓶子说：“这些图案记录着墓主人生平的大事记，装有胶卷的那个瓶子，上面有个老鹰，记录的就是仁誉皇后和孝璋皇帝送给宋朝皇帝《猎鹰图》以修两国之好，宋朝皇帝以飞白书作为回馈的历史事件。”魏坤宁一惊说：“这儿有四面墙，按照方位……副墓室应该在……”魏坤宁的目光在墓室中搜寻。老袁观察了一下，在一面绘满辽代壁画的墙上看到了一个不大的圆洞，这面墙非常厚。老袁一笑说：“夫妻合葬墓中有一个特点，隔墙中下方的位置会留下一个圆洞，死去的夫妻在墓中通过这个圆洞可以灵魂互通。”文龙点点头说：“根据方位来推断，是这道墙不假！”魏坤宁低语：“老袁，手电光拿远一点，小心被隔壁的发现！”老袁把手电筒光挪开。文龙凑到那个圆洞边，看着隔壁的情形。只见隔壁的副墓室中，中村和助理还在隔壁工作。文龙缩回来，看了看面前的壁画。老袁扯了下文龙说：“我们只能晚上动手！”魏坤宁轻叹了口气说：“要进到隔壁，就得毁掉这面墙，有点可惜！”文龙摇摇头说：“不行！这壁画可都是文物！”魏坤宁点点头说：“这我当然知道，不过不凿墙，咱也过不去呀！”文龙蹲下身，敲了敲地上的石砖说：“先把这些石砖卸了，挖过去，就一堵墙的距离，耽误不了多大工夫！来，搭把手！都轻点！”三人拿着铁锹上前，一点点沿着石砖之间的缝隙撬着。

刀子背着小花踹开了破屋的破门。谭卓茹、高小庄和安娜朝着身后开了两枪，也跟了进去。高小庄一直守在门口处。刀子将鲁小花放下，鲁小花因为失血过多，显得很虚弱。谭卓茹和安娜都凑了过来。安娜急切地看了眼鲁小花：“小花，怎么样？”刀子不吭声，撤下身上衣服，按住鲁小花被打穿的腿部。鲁小花一笑：“安娜，我没事。”安娜提醒刀子：“刀子，赶紧给小花包扎一下！小花你坚持住！”刀子用自己撤下的衣服上的布条将小花中枪的大腿死死包裹起来。刀子给小花包扎完，看向安娜和谭卓茹说：“你们带小花先撤，我一会来追你们！”鲁小花一惊说：“刀子哥……”刀子朝鲁小花看去：“放心，冈本手下就四五个人，还奈何不了我！”刀子凑上前去，跟高小庄一起打量着房屋外。谭卓茹和安娜试探着将鲁小花扶起来，鲁小花刚迈动脚步，一吃痛，整个人都瘫软了下去。刀子看了眼高小庄：“小庄，得劳烦你了！”高小庄点点头，把一把手枪别在腰后，走上前去说：“小花，我背你！”高小庄迅速把小花背起。

阿部宽部冲上来，与冈本部会合。冈本前来报告：“阿部宽中佐！人就在破屋里！那个姓鲁的女人中了枪！”阿部宽看着冈本问：“你的其他人呢？”冈本低下头说：“死了五个！”阿部宽大怒：“连几只蚂蚁都碾不死，自己回去跟你们大佐说吧！我让你走！这里交给我！听不明白吗？”冈本一愣，不得不收回目光，招呼剩下的日本兵说：“我们撤！”冈本带着两个日本兵又钻回了树林中。阿部宽看向松田吩咐：“你向里面的人喊话，再让两个你的人先从侧面绕过去探探情况！”松田迅速离去执行命令。

刀子站在门边，看见了阿部宽等人已经慢慢摸上前来，刀子眉头一皱说：“小庄你们快走！”松田在喊话，有两个日本兵从破屋两侧慢慢摸过来。松田喊话只是为了拖延包围小屋的时间。在高小庄背上的鲁小花一听，从高小庄背上下来。鲁小花一惊说：“是阿部宽，阿部宽的人也到了！”刀子急切地看着鲁小花说：“冈本那小子在诈我们呢！小花你们快走，再不走人就上来了！”鲁小花急了：“刀子哥，我还不了解你吗，你一撒谎就不敢看人的眼睛！”刀子微微一笑：“放心，我不但会全须全尾地跟你们会合，还得把冈本永远留在这儿！”安娜拉了把鲁小花：“小花，别说了，不管外面的人是谁，咱们再不走可就都走不了了！”

松田喊话——里面的人听着！马上放下武器，出来投降，阿部宽中佐说了，只要你们配合我们，说出钢刺下落，中佐绝不会为难你们！

鲁小花伸手摁住安娜：“不行！要是冈本带着四五个人，我一点不担心，可现在阿部宽带人也追了上来，情况就完全不同了！连文龙大哥都忌惮他的特战队，你们带着我根本跑不了！今天说啥我也不会跟你们走！”谭卓茹见状，难过地别过头。安娜有些急了，两行眼泪滑落。安娜、谭卓茹、高小庄都看向刀子，刀子面色一沉，朝着鲁小花快步走了过去，想要打晕她。鲁小花动作很快，摸过高小庄的枪，顶住了自己的下颚说：“这世上没人比我更了解你，别想来硬的！”刀子不得不停住脚步，一脸无奈。

鲁小花走到刀子身旁说：“刀子哥，你对我的心意我都明白，以前不管做啥事我都听你的，可这一次，得我来做主了！我鲁小花这辈子就认刀子哥这一个男人，而你们在金顶子林海救过我一次，在奉天又救了我一次，我鲁小花不明白啥国家民族的大道理，我就知道，我既然认你们是爱人，是朋友，就不会拖累你们，我欠你们的恩情，也是时候该还了！”安娜看着鲁小花说：“小花，别说傻话，咱们都得好好活着！”鲁小花看向高小庄说：“小庄，现在还有多少子弹？”高小庄急切地回应鲁小花说：“不多，不到二十发，从鬼子那儿顺来了两颗手雷。”鲁小花点点头说：“好，好！手雷我会使，都给我留下！刀子哥，那道后门出去就是林子，把枪给我固定到门口，我拖住鬼子，你带他们走！”刀子急眼了：“小花，你说过，我们以后再也不会分开了！”鲁小花两眼噙满了泪水说：“当然，就算我死了，我也会远处一直陪着你，刀子，你是我的男人，应该听我的话，我跟着大伙，谁也走不了！”刀子压抑着，但还是哭了出来：“小花……”两个日本兵从侧面的窗户口探头过来，谭卓茹和高小庄抬枪，一人打死了一个。阿部宽和松田所部看见两个日本兵被打死。松田看向阿部宽：“中佐，枪声是同时传来的，看来人都在那间破屋里！”阿部宽大怒：“别管了，直接冲过去！”

鲁小花推了把刀子说：“刀子哥，别浪费时间了，我鲁小花就认你这个男人，这辈子是这样，下辈子也不会变！我爱你！”刀子声嘶力竭地大喊：“小花，我也爱你，我爱你，我爱你，我爱你……”

谭卓茹和安娜都淌下眼泪。鲁小花严肃地看所有人说：“快，按我说的做！”刀子起身，将高小庄手里的枪夺了过来，将两把长枪固定在门口。刀子看了眼小花。鲁小花大喊：“快走！”刀子也大喊：“走！”

鲁小花看了眼高小庄说：“快走！”安娜等人咬牙从后门撤离。松田带着一行日本兵打头阵，阿部宽的特战队紧随其后，不断朝着破屋逼近。鲁小花艰难地走到门口，两把枪被固定在门框的破洞和里面一张凳子上，透过破洞看到两个日本兵靠近。鲁小花上前扣动两把枪，接连开了好几枪。一个日本兵被打死。鲁小花大喊：“就是你们这些小鬼子，害得我们没了家，害得整个鲁家屯的乡亲家破人亡！今天，我杀一个够本，杀两个就是赚了！”门外的另一个日本兵继续摸进，被鲁小花的乱枪打死。前面的两个日本兵倒下。阿部宽更加愤怒地大喊：“冲过去！破门！”大部队加快了速度，朝着破屋逼近。

鲁小花继续拉动扳机，两把枪齐发，又打死了一个日本兵。门外的特战队掩护着前方的日本兵，拿着枪同一时间打向破门。鲁小花再次中枪。鲁小花艰难起身，再去拉动扳机，枪里没了子弹。门突然被踹开。松田先带人冲了进来，日本兵拿枪对准了鲁小花，阿部宽及其特战队也跟了进来，松田侧身让开。阿部宽朝着鲁小花走过来大怒：“说，其他人在哪儿？”鲁小花冷笑了一声说：“后门在那儿，你瞎了吗？”阿部宽大怒：“八嘎！他们往哪个方向去了？”鲁小花一笑说：“你不是生了对狗鼻子吗，闻着闻着不就找到了，何必问我。”阿部宽发狂大叫：“我不想杀女人，别逼我！”鲁小花艰难一笑："别假模假式的，你们这些没人性的东西，干的缺德事还少吗，今天能和你们一块死，我是赚大发了！"鲁小花的手伸进衣服里。松田连忙朝着鲁小花连开了数枪，鲁小花手中的手雷掉落。日本兵们一惊。阿部宽大怒："慌什么慌！她还没来得及拉环！"日本兵上前将手雷捡起。阿部宽大喊："继续追击！"松田一招手，一行日本兵朝着后门追去。一个日本兵刚走到门口，脚绊到了一条钢丝，手雷被固定在门后。日本兵大惊，这时手雷发生爆炸，整个破屋被炸塌。

四

刀子带着三人快步跑出了树林。听到树林后面传来的爆炸。安娜停住了脚步大喊："小花……"刀子带头，并没有回头，两行眼泪淌下大声喊道："快走！"刀子快步跑开。谭卓茹拉了把安娜说："安娜，别看了！小花不能白死！"安娜回头，一行人快速逃离。

日本兵和特战队们从泥土废墟中爬出。阿部宽身上一个日本兵已经被炸死，阿部宽将他推开，站起身来。阿部宽看看左右。大部分日本兵和特战队都没事，被炸死了两个。阿部宽一脸怒色大喊："这些狡猾的匪徒，给我追上去，全部杀掉！"

一个地洞出现在主墓室中。文龙在壁画前看着，副墓室中已经灭了灯，墓门关了。文龙低语："动手！老袁你留下策应，我跟老魏去取东西！"老袁点头。文龙带头钻进了地洞，魏坤宁跟上。副墓室中非常安静。挪开角落的两块地砖，文龙从里面翻出来。魏坤宁紧跟其后。魏坤宁又将地砖搬回去，封上。文龙打开手电筒，确定了葫芦瓶所在的位置。文龙朝着葫芦瓶走过去，正在这时，门外传来说话声。两人一惊，动作迅速地躲在了棺椁后。文龙和魏坤宁互看了一眼。

中村助理的声音——你每天都搜身，不嫌烦？

日本兵的声音——中村先生交代了，不敢怠慢！你身上怎么有一股酒味？

中村助理的声音——今天我高兴，喝了两杯，没事，我把最后一点工作做完！……怎么？耽误了工作，你负责？

日本兵的声音——请进。

墓门被打开，助理走进来，将电灯打开，随后将墓门关上，走向了那几个葫芦瓶，伸出手去。魏坤宁目光一沉，从棺椁后面蹿出。魏坤宁一把捂住了助理的口鼻说："别出声！"助理点点头，手却摸向了裤兜。文龙低声："老魏，弄晕！"魏坤宁点点头，正要动手。助理摸出一把匕首，朝着魏坤宁捅过来。魏坤宁动作飞快，将匕首打掉。助理不停挣扎，魏坤宁一直捂住助理的口鼻，很快，他没了反应。文龙一惊："咋啦？"魏坤宁急了低语："没气了！这孙子拿刀捅我！"文龙皱起眉头低语："你找东西！我来处理！"魏坤宁走向了瓶子边。文龙看了看边上，那具皇后的女尸在边上的木架上，用白布遮。文龙上前将棺椁的盖子打开，将助理拖了过来，放入了棺椁中。魏坤宁挨着瓶子寻找。文龙将棺材盖子封上。文龙回头低声问："找着了。"魏坤宁点点头低语："找到了几个胶卷。"文龙点点头低语："撤！"

两人从地洞中钻出，老袁相迎。魏坤宁看了看老袁："东西找到了，咱们赶紧撤吧！那鬼子的尸体，藏不了多久！"魏坤宁拿出胶卷递给了文龙说："得，还是你收着比较稳妥！"文龙拿在手中看了看，反复检查了两遍，突然一惊问："你在哪儿找到的？怎么多了一个！"魏坤宁眉头一皱低语："就在瓶子里呀！"文龙一惊问："是那个有猎鹰图的瓶子吗？"魏坤宁一怔回应："猎鹰图？那几个瓶子都长得差不多，就看这瓶子里有胶卷，我就给拿出来了！"文龙惊了一头汗问："上面的布袋子呢？"魏坤宁惊疑道："没有啊！啥布袋子？"老袁也傻眼了："不对吗？"文龙摇摇头说："这个胶卷的牌子和安娜用的是一样的，可安娜的胶卷上都标了号，这上面没有！"老袁一惊问："不是，这还能弄错？"文龙沉思一下说："坏了，这胶卷是那个鬼子藏的！加上你们之前探来的消息，要告发中村的人就是这鬼子，他把胶卷藏在瓶子里，是想拍下证据！"魏坤宁急了说："没事！我捅的娄子，我再回去一趟！就在这时，副墓室的方向透进来一束光。"文龙三人连忙灭了手电光连忙凑到了圆洞边。

中村背着手进来，身边两个日本兵跟着。中村问身边的一个日本兵：

“你不是说人进来了吗？”日本兵点点头说：“明明看他进来了！他身上很大一股酒味，里面又有很多易碎品，我马上就到前面用步话机叫您了！”中村一惊问：“酒味？”日本兵点点头说：“对！会不会是我们俩到前面去叫您的时候，他从墓室里出来，进旁边的墓道里去了？”中村一脸狐疑地环视了一周，目光锁定了那个棺椁吩咐打开！两个日本兵上前揭棺椁上的盖子。棺椁盖子被打开，中村看到躺在里面的助理，面色一惊。

中村上前探了探鼻息：“死了！快！通知守卫！”一个日本兵跑出。文龙等人看到这一幕，都互看了一眼。魏坤宁低声：“坏了！”文龙眉头紧锁。

天边的太阳破云而出，晨曦中的荒村，恢复了寂静。一辆马车在路上颠簸行走。前头，一个中年男子车夫在赶马，安娜、谭卓茹、高小庄和刀子坐在马车后面的木板上，没有说话。谭卓茹喊话给车夫：“您能不能快点？”车夫叹了口气说：“你们在驿站找到我，已经是走好运了，我的马是最快的！”谭卓茹又喊话给车夫：“还有多久可以到？”车夫回应：“放心，中午就能到！”刀子坐在马车最后面，背对着几人，一直看着后方。安娜看了刀子一眼，递过去水壶说：“刀子哥，喝点水吧。”刀子摇了摇头说：“不用！”安娜和高小庄互看了一眼。高小庄张了张嘴说：“刀子哥……”刀子看了眼大伙说：“从林子里出来的时候，没有留下什么痕迹，阿部宽没那么快追上来，你们歇会吧。”高小庄也不好说什么。谭卓茹朝高小庄和安娜摇摇头。刀子依旧背对着几人，背影落寞。

赤峰小泉清的歇脚处，郭三跟小泉清进了门，也是一间办公室。郭三将小泉清迎到了一个沙发前说：“折腾了一天了，您赶紧歇歇。”小泉清有些焦急地说：“查了一天，居然一点线索都没有！”郭三点头哈腰地看向小泉清：“您先歇着，别的太君还在搜，一会我去问问，有消息，第一时间通知您！”小泉清低语：“这个钢刺难道遁地了不成？”郭三递过来一杯水说：“大佐，能做的我们都做了，要是钢刺真在赤峰，是逃不出去的！说不定阿部宽中佐那边很快就会有消息！我一会去给你拿张毛毯！”小泉清说：“嗯……倒是不得不说，郭桑你办事越来越周到了！”郭三立正说：“我跟着大佐，大佐就是我一辈子的主人，为您鞍前马后，是我的职责！”小泉清点点头说："放心，我不会亏待你的！"郭三又立正说："多谢大佐！"

冈本这时候急匆匆进门来，手臂吊着，一脸的不服气。小泉清打量着冈本说："看冈本君这个表情，我就已经猜到答案了。"冈本泄气地看着小泉清："属下无能！"小泉清一笑说："你连这几个人都对付不了，会被阿部宽笑话的！"冈本不服气地又看了眼小泉清："阿部宽中佐带队接手了追击任务！"小泉清点点头说："这是我的意思，让他追，总好过让你浪费时间好！"冈本低下头。小泉清眯起眼问："阿部宽追上去之后，有新消息了吗？"冈本立正报告："我刚回城就接到他们发来的电报，那个姓鲁的女人被打死，其他人逃走了。"小泉清低语："他们行走的路线实在诡异！不好判断是要去哪里！"冈本低语："那几个人肯丢了马车，进林子跟我们打，属下在想，他们会不会只是为了吸引追兵，钢刺等人并不在那个方向！"小泉清一笑说："冈本君，我认为这种问题你还是不要想，因为那也只是浪费时间！吸引追兵……钢刺会傻到拿安娜来吸引追兵吗！"小泉清收回目光，看向郭三说："郭桑，你说说。"郭三立正说："属下倒是觉得，是钢刺先安排他们出了城，正好碰上了冈本太君，所以他们不得不转道，他们逃走之后，很可能会去找钢刺会合。"小泉清看了眼郭三问："理由呢？安娜在车上，钢刺为何不跟着？"郭三分析道："不只是钢刺，还有少校，这波人里最难对付的两个人都没在车上。"小泉清点点头说："这也是我看不透的地方。"郭三深思了一下，看向小泉清："您想想，在奉天城外，我们中了套，被引向了锦州，这事钢刺肯定是知道的，这时候安排他们出城，对钢刺来说，绝对安全。"小泉清点点头。郭三像开了悟似地说："所以，我怀疑，钢刺要么是被别的事情缠上了，这件事可能还很棘手，搞不好会暴露他们的行踪，所以，把安娜送走，留下这个少校。可他没想到，您棋高一着，让冈本太君带人来了赤峰，还正巧在关卡碰见了！"小泉清赞许的目光看向郭三说："你的想法和我不谋而合，这么看来，钢刺和少校可能还在赤峰一带！"郭三点点头，鼠眼一睁说："安娜等人被发现之后，去了赤峰城东北方向，赤峰城只有一道城门，其他都是土路，东北面是防守最薄弱的地方，我在想，这伙人逃走之后，要么是想从东北方向进城，要么钢刺就已经出城了，也在城的东北面！"小泉清一笑说："郭桑，你很聪明！"郭三摇摇头说："我就是小聪明，比不上大佐的大智慧，小的是中国人，设身处地地想，就有了这些猜想，还请大佐您批评。"小泉清点点头说："郭桑，你说得有几分道理，冈本，别杵在这儿了，你的伤没有大碍吧？"冈本摇摇头说："被刺了一刀，没有大碍。"小泉清看向冈本吩咐："你继续盯紧各部，另外，可以将范围扩展到赤峰城东北面！"小泉清在地图上画了一个大圈，王坟沟及其他几个地方就在圈中。冈本领命出去。

松田换上一件老百姓的衣服，走进了驿站。老板正在算账，看了他一眼。老板继续算账说："不好意思，房间满了，马车也被雇完了，您换别家吧？"松田一笑，上前来说："不要紧，跟您打听个事儿！"老板一怔说："啥事？"松田将拿出安娜、谭卓茹、高小庄的画像递过去说："这几个人，您见过吗？"驿站老板看了看松田手中的肖像问："这几位是你的朋友？"松田点点头说："没错，路上走散了，找不着人，着急！"驿站老板看了眼松田说："凌晨三点多的时候，这三个人就来过，雇走了一辆马车。"松田急切地看着老板问："往哪个方向去了？"驿站老板想了想说："往北面去了，虽然他们没说具体的地点，可我能从他们的话里听出来，应该是去王坟沟！"松田一笑："你确定？"驿站老板摇摇头说："这可不敢确定，只是我的推断而已。"松田又问了那辆马车的样子。

松田跑过来向阿部宽报告："他们果然来过！雇了辆马车，往王坟沟的方向去了！"阿部宽点点头问："马车什么样，都问清楚了吗？"松田点头。阿部宽大喊："追！"阿部宽与特战队一行快速朝着王坟沟而去。松田换上日本军服，翻身上马，带着一队日本兵跟了上去。

五

老袁还凑在隔墙的圆洞边看着副墓室。魏坤宁自责："这事儿怨我！要是当时给你看一眼，也不会出这摊子烂事！"文龙摆摆手："说这些没用！再说，那种情况，只能尽早脱身！"老袁点点头说："而且谁会猜到两个瓶子里都有胶卷！"魏坤宁一怔说："整整一宿，副墓室里一直有鬼子站岗，要进去，只能动手！"文龙摇摇头说："先别急！这帮人还没发现昨晚死的人是被人杀死的！所以，我们还有机会！”魏坤宁一怔：“可现在这洞也过不去了！”文龙低语吩咐：“你们在这儿盯着，我出去看看！”魏坤宁看向老袁：“老袁你盯着，我也去，文龙咱俩分头打听，看能不能找着机会！”说完文龙、魏坤宁起身出了主墓室。

助理的尸体被摆放在木板架子上，中村看了又看。一个日本兵跟在旁边说：“我们检查过了，是窒息死亡！”中村一惊问：“喝了酒，翻进棺椁里把自己盖起来，然后被闷死了……”日本兵点点头。中村低语：“这件事先不要往外说，以免影响考察进度，给石原将军作单方面汇报即可，记住，死亡原因就按刚才说的写，特别要强调，这是一次意外事故！”日本兵出了帐篷。中村看着助理的尸体，不屑一笑。

帐篷外，文龙扮成劳工的模样在一旁倾倒土渣，听到了这段对话。日本兵出来，文龙低头干活。一会，送餐的厨师（董三）端着馒头进来，董三瞥了文龙一眼。

阿部宽和松田带着特战队驾马而来，停在了一个岔路口前。一个特战队员从一条岔路返回报告：“前方的水洼里，发现了车辙印，和驿站老板描述的马车很相似！”阿部宽一惊问：“这个方向是去哪儿的？”特战队员一指说：“王坟沟！”阿部宽眯眼一笑说：“我看你们还能往哪儿逃？”松田看向阿部宽：“中佐，是否给小泉清大佐去电？”阿部宽想了想说：“嗯！向他说明情况！”松田叫来通信兵给赤峰小泉清发报。

小泉清仔细研究着赤峰一带的地图说：“这满洲真是地大物博，想当年，铁木真就是在这里，用他的铁骑征服了大半个亚欧大陆！”郭三马上就拍了小泉清的马屁：“这地再大，物产再丰富，也都是大日本帝国的了！除了这些，以后这往南以下关内的所有区域，迟早也会挂上大日本帝国的太阳旗！”小泉清一笑：“郭桑，你是一个很聪明的人，但并不智慧！中国，是一头雄狮，想想汉唐，再想想清朝的康乾盛世，那是何等辉煌，如今，这头雄狮不过是睡着了，才让我们侥幸占据了满洲！”郭三尴尬地低语：“您说得对，说得对！”小泉清叹了口气说：“田中将军对整个中国进行了详尽的调查，我们的实力在短期内只够吃下满洲，要想进关，发动全面的战争，胜算微乎其微！”郭三像奴才狗似的看向小泉清说：“这个我就听不懂了，反正您到哪儿，我就跟到哪儿！”小泉清深思了一下说：“虽然我并不赞同在短期内全面侵华的战略思想，但这份报告足以暴露，我大日本帝国已经有了全面侵华的计划！这份调查报告要是被钢刺拍到，这会对以后的战局会非常不利！”郭三大惊失色地说：“哟，那可必须拿回这胶卷，要不然，可就坏大事了！”小泉清点点头。

小泉清看向郭三：“郭桑，你是我唯一的中国朋友，只要你好好跟着我，未来，我保你荣华富贵享之不尽！”郭三不知道哪来的坚毅奴才相，一拍胸脯说：“一仆不侍二主，您只要不赶我走，我就跟着您一辈子！”小泉清笑着。冈本急匆匆进门报告：“大佐！阿部宽中佐发来急电！阿部宽中佐确定安娜等人，朝着赤峰东北的王坟沟去了！”小泉清听后一惊问：“王坟沟？”小泉清走到地图前低语：“东亚考古学会正在此地进行墓地勘探！”冈本点点头说：“没错！负责人是石原将军！此外，按照您的意思，我重点关注了这片区域，刚才收到消息，王坟沟孝璋陵的挖掘现场出了个意外！”小泉清大惊：“哦？什么意外？”冈本报告：“考古队领队中村一雄的助理昨晚喝醉了酒，被闷死在了棺椁里！据说，出事的时候墓室里只有他一个人！”小泉清一怔：“什么？”郭三也是一惊说：“这死得也太奇怪了！”冈本也惊疑地看了眼小泉清说：“他们只向主管部门做了汇报，判定此事为意外事故！”小泉清眯起眼问：“昨晚？有意思！综合之前的分析，看来我们的老对手就在这里！”冈本看向小泉清问：“大佐，接下来怎么办？”小泉清一怔说：“给王坟沟的考古队发电报，就说我们过去参观参观！”

魏坤宁担着一挑黏土从旁边正在挖掘的通道出来。中村走到了墓室口。日本兵跟进来，中村先生，刚才接到赤峰方面的电报，下午会有几个军官到墓地参观！中村一惊，考古工作还在进行，这时候参观什么！日本兵低声，他们很坚持，也说了不会打扰您工作！中村很生气，他们经过石原将军允许了吗？日本兵点头，电报就是石原将军的副官发过来的。中村想了想，那好吧，多给他们准备几套进墓的防护服！魏坤宁听完，挑着挑子出了墓道。

魏坤宁回到主墓室。老袁凑上前去：“怎么样？”魏坤宁说：“真打听到一件事，或许是个机会！文龙呢？”正在这时，文龙从墓门外进来。魏坤宁看向文龙：“你那边怎么样？”文龙说：“打听到一个消息，昨晚被咱们杀掉的鬼子暂时还没被发现，他们以意外事故为由报告了上级！”魏坤宁笑着说：“那太好了！刚才我也打听到一件事。听到日本兵给中村传达，今天下午，有几个军方的人，会来现场参观！中村下令给他们准备了防护服。”老袁思考起来。魏坤宁看向老袁问：“防护服是不是中村身上穿的那种？”老袁点点头：“对，进墓穴考古的专用考古防护服！”魏坤宁高兴地激动地说：“先藏进墓道，这批军官进来之后，趁他们换衣服，放倒其中一个，换上白褂，戴上口罩，跟着他们混进去，这是个机会！这事儿我去办！”文龙看了魏坤宁一眼。魏坤宁一笑：“放心！我知道怎么做，篓子我捅的，必须亲手补上！”文龙吩咐：“这样，老袁，你顺着山林，摸到一里外沟口的关卡盯着，人到了，摸清情况，马上回来告诉老魏，要是人太多，就别动手了！”老袁点头。文龙特别交代：“行动的时候，千万小心！”魏坤宁和老袁都点点头。

老袁藏身在关卡旁边的树林里，观察着关卡处。魏坤宁挑着一挑黏土，从墓道里面出来，将黏土倒在了边上，四下看了看，趁机跟进了墓道口。

谭卓茹远远看见了王坟沟的关卡说：“就停这儿吧！”车夫停了车。谭卓茹、安娜、高小庄和刀子从马车上跳下来。高小庄掏出钱递给了车夫。车夫接过钱，看了几位一眼说：“这王坟沟一带都被日本人给包下来了，说是在修防空洞，没有证件是进不去的。”谭卓茹点点头说：“我们就等几个朋友，不进去！”车夫点点头上了车，调转车头，朝着来时的路离去。高小庄看向谭卓茹：“谭姐，咱真不进？”安娜看了眼谭卓茹：“来都来了，怎么不进！”谭卓茹一笑：“关卡一直用路障封着，刚才车夫也说了，没有证件进不去！”安娜焦急地说：“咱不进去，那咋找文龙哥？”刀子看了眼大伙说：“卓茹说得有道理，看看情况再说吧，先进林子！”几人钻进了旁边的树林中。

阿部宽率领的特战队驾马而来，松田紧跟其后。此时，之前送安娜等人的车夫驾着马车过来。阿部宽勒停了马，拦住了车夫。一个特战队员朝前跑去。阿部宽给松田使了个眼色。松田一枪打在了车夫前头的马脚前。车夫勒停了马，下车鞠躬说：“几位……几位太君，我可是良民啊！”阿部宽看了眼车夫问：“你是从宝源驿站过来的？”车夫点点头说：“正是！”阿部宽焦急地问："你装的人呢？"车夫看向阿部宽问："什么人？"阿部宽大怒道："三个人，两个女的，一个男的！到哪儿去了？"车夫低下头，没有应声。松田一枪过去，打在了车夫腿上，大喊："再不说实话，下一枪可就不是打在你腿上了！"车夫摇摇头说："我不知道啊，真不知道！"松田跳下马，拿枪对准了车夫的头。车夫吃痛说："我真不知道！"一个特战队员返回报告："中佐，前面就一条路，通向王坟沟方向！"松田看向阿部宽，阿部宽点点头。松田一枪把车夫毙了，然后上马。一行马队，朝着王坟沟直奔而去。

一辆卡车行驶在山路上，日本兵开着车，旁边小泉清打量着四周。郭三看向小泉清说："大佐，这王坟沟可是自古以来的宝地啊！"小泉清一笑："宝地，那是对死人来说的吧？"郭三哼了一声说："那让钢刺死在这儿，便宜他了！"小泉清看着窗外说："这地方三山相夹，一条山沟横贯其中，进出只有一道口，易守难攻，同时也是易围难出！"郭三点点头说："只要确定了钢刺在里边，咱们只要掐住那沟口，再派人沿着这三面山体逐步搜查，他们可就死定了！"小泉清冷笑："他们本来是有机会逃走的，尤其是安娜他们几个，如今却都往这死人沟里逃，看来是上天的意思，要让他们都死在我手上！"郭三竖起大拇指说："天时地利人和，这次咱们赢定了！"

小泉清命令日本兵司机："开快点，我已经有些迫不及待了！"日本兵加快了速度。冈本坐在后厢里，旁边还跟着四五个日本兵。冈本问旁边的日本兵："我们的人都安顿好了吗？"日本兵看向冈本报告："全部在不到十公里的村子里候命！"冈本点点头一笑："很好！这一次，我们一定要杀掉钢刺！一雪前耻！"日本兵们点点头。

卡车开了过来，被关卡处的日本兵和警察示意停下。郭三从车上跳下来，将证件交给了日本兵。日本兵朝点点头，郭三敬了个礼，回到了车上。

谭卓茹、安娜、高小庄、刀子四人盯着关卡，看到了这一幕。安娜、高小庄同时一惊："郭三！"谭卓茹叹了口气说："看来我们不该来！"高小庄一怔说："这么说，小泉清可能也在车上？"谭卓茹点点头说："王坟沟真不能进了！我们就在外面等着！真要有什么事，咱们还能接应一道！"三人正要往山坡上走。刀子拦住："慢着！你们看那边！"几人顺着刀子手指的方向，看向了远处的山路，阿部宽的马队朝着这边骑过来，虽有些远，但马速很快。

安娜大惊道：“阿部宽，来得这么快！”刀子也惊疑地说：“沿途都没留下什么痕迹，他是咋跟来的！”高小庄焦急地说：“咋跟来的不重要了！这才是文龙哥说的，前有围堵，后有追兵！”安娜焦急地看向谭卓茹：“这样不行，阿部宽肯定是找到线索确定我们到了这里，这林子恐怕藏不了多久。”谭卓茹也很焦急地说：“咱身上也没了家伙！”高小庄叹了口气：“那可咋整啊！山沟进不去，也回不了头，难道真要被阿部宽围了，哪还有活头！”几人正说着，一辆挎斗式的摩托车开过来，车上有两个王坟沟日本兵看守，开车的日本兵看见了几人，刹车停下，走了下来。

日本兵拿枪对准四个人问：“喂！你们几个，干什么的？下来！”几人回头，慢慢走出了树林。安娜低下头，有些紧张。谭卓茹和刀子眼睛一眯，想要动手。高小庄低语：“别乱动！”高小庄上前说：“太君，太君，我们是从赤峰过来的，有个朋友约我们过来办事，这没见人，可能是已经走了！我们就不打搅了。”高小庄拉着两人准备离开。日本兵大喊：“站住！”四人站定，谭卓茹想动手，被高小庄摁下。日本兵又喊：“约你们来办事？你们跟我过去，说说你这朋友叫什么名字，我给里面的人喊话！”高小庄摆摆手：“没事儿，咱不找了，回去等他！”日本兵大怒：“快点！”两个日本兵都端起了枪。高小庄不得已，只得回过头，尴尬笑着。

铁铮硬骨　凛然疯敌

一

关卡放行，小泉清的卡车开了进去。关卡内右侧的树林中，老袁看到卡车沿着那山沟开了进去，低头想了想（不认识小泉清），准备掉头返回告知魏坤宁。老袁一起身，看见安娜等四人被两个日本兵带了过来，面色一惊。四人跟着两个日本兵走到了门口。日本兵问高小庄："你的朋友叫什么名字？"我现在就让他到这里来！高小庄低头，不敢应声。日本兵大怒："说话！"

阿部宽率领的马队在公路上狂奔，直逼王坟沟。

日本兵见高小庄等几人不说话，纷纷警觉起来，其他几个日本兵和警察也靠了过来。此时，老袁从关卡内走过来。老袁边走边朝几位日本兵招手："几位老总，几位太君，他们都是我的朋友！"日本兵看了眼老袁："你地，回去！"老袁连忙举起手说："这几位看着年纪轻，都是古玩界的老手，叫他们来，是中村先生的意思！"日本兵一惊。一个警察指着老袁，走上前来说："太君，这位是中村先生的朋友，昨天已经向中村先生证实过了！"日本兵狐疑地审视了几人一眼，放了行。老袁笑呵呵地看向日本人和警察："多谢太君，多谢老总，办完事我们就走！"老袁招了招手，几人连忙跟上。

几人跟着老袁朝里面走着。老袁低语："你们咋从这儿冒出来了！不是让你们去热河了吗？"高小庄看向老袁低语："去热河？那也得有命出这王坟沟！"老袁一怔说："你这话啥意思？"高小庄叹了口气说："哎，这回麻烦大了！”老袁一惊问：“到底咋回事，把话撂明白！不对，你们少了一个人，小花呢？”几人都不说话，刀子看向了别处。

安娜看了眼老袁：“我们在出城的时候，刚好撞见小泉清的人，后来阿部宽的人也来了，在林子里跟他们动了手，小花……她……”老袁会意，有些震惊。高小庄悲伤地自责：“是我们没用，要是当时文龙哥在，小花就不会出事！”老袁转向谭卓茹：“鬼子一直在你们屁股后面？”谭卓茹点点头说：“追我们的是阿部宽的人，小泉清已经到王坟沟了。”老袁疑惑地看着谭卓茹。谭卓茹点点头说：“刚才进去那辆卡车，上面就有小泉清身边的狗腿子！”老袁一惊说：“坏了！原来来参观墓地的人是他！”安娜丈二和尚摸不着头脑，看了眼老袁，问道：“怎么回事啊？”老袁急说：“不行，我得马上回去通知魏兄弟，要是动了手，麻烦就大了！”安娜、高小庄、谭卓茹和刀子四人不明所以。老袁指向远处的山坡说：“前面那个山坡看见了吗？去那儿等我，我拉上魏兄弟一会就来跟你们会合！”说完，老袁快步朝着帝陵的位置走去。

小泉清、郭三、冈本和四五个日本兵跟了中村进了墓道。中村彬彬有礼地欠身：“多谢小泉大佐，千里迢迢来慰问我们。”小泉清欠身还礼：“我们田中将军对中国的历史文化非常感兴趣，他本人也非常敬重像您这样知识渊博的人！我这次过来，也是他老人家的意思。”中村看了眼小泉清：“在下也听石原中将提起过，田中将军能征善战，还对战争形态下的文化、经济非常关注。”小泉清点点头说：“战胜敌人之前，就要先了解敌人！”中村一笑，领着小泉清等人朝墓穴内走了一段，边走边说：“这次的考古工作，体量很大，分成主墓室和副墓室两大区域。目前，我们只基本完成了对副墓室的挖掘，主墓室的部分还没有正式见光。”

中村指着脚下这条墓道说：“这条是整个副墓室区域的主墓道，左右两侧还有许多次墓道互相交错，这次考古发现除了墓室里的陪葬品，还有楼台、膳房、圆寝，各种石雕石像数不胜数，另外，最让人震惊的，就是这墓道和各个地下宫殿中的壁画，简直是人类的瑰宝！”

听着中村的介绍，小泉清打量着四周，沿着主墓道朝着副墓室走去，两侧是好几个墓道口。小泉清一笑说：“看来这一趟，我是来对了！”中村点点头说："那就让您的人，都换上衣服，随我进去看看！"小泉清点头。一个墓地看守呈上来几套考古防护服，小泉清拿起一套穿上。郭三、冈本连忙也换上，跟了上去。最后一个小泉清随行的日本兵走到了岔口的墓道内换装。魏坤宁从其身后的墓道岔口出来，上前一把捂住日本兵的口鼻，日本兵挣扎着要拔枪，魏坤宁猛地扭断了日本兵的脖子。魏坤宁将人拖入了一条黑黑的墓道中。

文龙透过那个圆洞观察着副墓室的情形。圆洞中，只见小泉清跟着中村进了副墓室，四下观察。文龙一惊：小泉清！来得这么快！文龙的目光聚焦在小泉清身上。

魏坤宁跟着一行人走入。中村介绍着整个副墓室说："这就是此次考古工作的重点之一，也是目前所挖掘到的最具价值的墓室，辽国仁誉皇后的寝陵！"小泉清背着手四下观察，走向了那个棺椁。魏坤宁已经换上了衣服，戴上了口罩，从墓室外面进来。小泉清等人背对着他。小泉清看了看那口棺椁。中村一怔说："墓主人的尸体我们已经从棺椁之中移出，就在边上。"

魏坤宁注意到了角落里的几个瓶子，朝着边上一步步走了过去。魏坤宁听到这个声音一愣，看到了小泉清、冈本、郭三！

小泉清继续看棺椁，边看边说："我听说，昨天晚上这个墓室里发生了一件很蹊跷的事情！"中村尴尬一笑："是有些蹊跷，不过我们查了，是场意外！"小泉清故一怔问："意外？你们做考古工作的，是不是对这种离奇古怪的事，都已经司空见惯了？"中村又尴尬一笑："鄙人的助理昨晚喝了些酒，进墓之后，在棺椁里睡着了，这才被闷死在其中，我们的人检查过尸体，和我们推断的情形基本一致。"小泉清一笑问："尸体呢？"中村往外一指说："放在墓室外的帐篷里。"

魏坤宁慢慢走向了那几个瓶子，目光扫过那几个瓶子，注意到那个有老鹰和飞白书图案的瓶子。魏坤宁看了看几人，走了过去。小泉清突然回过头来问："喂！你干什么！"魏坤宁背对着几人，一时愣住。小泉清两步走了过来说："来之前我就说过了，没有中村先生的允许，所有人不得乱动墓中的东西，你是把我的话当成耳旁风了吗？"

魏坤宁缓缓伸手摸向了藏在衣服里的手枪。文龙紧盯着小泉清。手慢慢摸向了裤腿，裤腿中藏着他的那柄钢刺。

冈本见此人（魏坤宁）没有动静，也不回话，大声喝道：“喂！大佐在跟你说话！”冈本走上前来要教训他。魏坤宁握住了手枪，就要出手。突然，墓道外传来了一阵爆炸声。小泉清等人一惊。小泉清看向中村问：“怎么回事？”中村茫然地说：“今天没有安排爆破啊！”小泉清焦急地吩咐出去看看！一行人朝着墓道外走去。魏坤宁一低头，目光锁定了角落的瓶子。

小泉清等人从墓道里出来，中村紧跟其后。一个日本兵跑过来说：“中村先生，刚才西南侧发生爆炸，经过检查，发现是有不明火星引燃了炸药！”中村大怒道：“不是叫你们看好炸药吗！”日本兵低头。小泉清一笑说：“中村先生，看来你这个地方很邪门啊，意外接二连三地发生！”中村低头尴尬地说：“都是我们的工作疏忽！”小泉清看向冈本：“冈本，你带两个人去爆炸地点看看！”冈本带着两个穿着考古防护服的日本兵离开。小泉清看了眼中村说：“中村先生，带我去看看你助理的尸体！”中村一指对面说：“就在对面的帐篷里！”小泉清一停说：“中村先生，让守卫看住这个墓道口！”中村点点头。

文龙见所有人都离开了。角落的地砖动了一下，魏坤宁从地洞里面冒出头来。

安娜、高小庄、谭卓茹和刀子等在林中。安娜看了爆破的地方说：“这小鬼子还在用炸药！这么下去，这地方会迟早会被他们夷为平地！”高小庄瞥了眼安娜：“还操那心，小泉清已经进了王坟沟，阿部宽也在屁股后面，想想怎么办吧！”谭卓茹看了两人一眼，示意两人劝劝坐在边上一直没说话的刀子。两人本来想说点什么，老袁从旁边的树林冒出头来。四人见状连忙起身。安娜急问老袁：“怎么样？”老袁摇摇头说：“没找着，不过刚才那声爆炸之后，鬼子就从墓里出来了，看形势，他们应该没有发现魏兄弟！”高小庄喘了口气说：“幸亏没事！”老袁吩咐：“先过去跟钢刺碰头再说！”四人跟上了老袁。

二

文龙看着手上的三个胶卷，紧紧握住。魏坤宁惊疑地看向文龙："东西是到手了，可你瞧见了吧，小泉清那孙子到了，参观墓地的人就是他！"文龙思考了一下说："人被引向了锦州，怎么会突然出现在这儿！"魏坤宁苦笑了一下说："谁知道！哎！屁股刚擦干净，又滚了一身泥！"文龙眉头紧皱说："这时候来参观墓地！事情恐怕没这么简单！"魏坤宁点点头说："一定是他收到了什么风声！"此时，老袁从门外进来。魏坤宁看了眼老袁说："老袁，刚才多亏了你！"安娜、谭卓茹、高小庄和刀子也从墓门后进来。文龙见了四人，面色大惊。魏坤宁大惊："你们……不是去了热河了嘛！"谭卓茹焦急地看向文龙说："现在不但到不了热河，王坟沟恐怕也出不去了！"文龙眉头一皱。

小泉清、郭三、中村进了帐篷。小泉清仔细检查着尸体说："中村先生，看来当时，那墓室里的确另有其人！"郭三也眯起了眼。中村一怔问："小泉大佐此话怎讲？"小泉清瞥了中村一眼说："尸体被发现，距离现在不到一天。尸体已经出现了尸斑，尸斑呈暗红色，面部肿胀，眼睛里有明显的血丝……"中村一怔说："他是被闷死的，这些就是自然窒息死亡的表征！"小泉清摇摇头说："我还没说完，这尸体的口部附近，有瘀痕，在尸体冷却僵硬之后，鼻子都歪了，你还能说这是自然的窒息死亡吗？"中村没有接话。小泉清看了眼中村说："这叫机械性窒息死亡，如果我没猜错，是有人从身后捂住了他的嘴巴和鼻子，在挣扎中，鼻梁被拧断，他是被人捂死的！"中村疑惑地说："可当时，就只有他一个人在墓室里！"小泉清看向中村说："仔细想想，当时有没有什么人有机会进出墓室，只是被你们忽略了！"中村仔细回想了一下说："听士兵说，他们见他进去之后，就到前面取了步话机，通知了我。"

小泉清点点头说："我要是没记错，那墓室门口两侧也有墓道，凶手会不会是在这时候从墓室逃出来溜进墓道，从墓里逃走的？"中村点点头说："有可能！这些墓道互相贯穿，趁此机会他就能从墓里出去！"郭三也疑惑地问："那他是咋进去的呢？"小泉清看向中村。中村回想着说："我从墓室里出来之后天已经黑了，门口一直有士兵把守……不过，有可能是士兵在墓道口吃饭的时候，这凶手悄悄从墓室门口两侧的墓道溜进去了！”小泉清摇摇头说：“你们可真是不小心啊！”中村也摇摇头说：“我从事考古工作这么多年，也没碰上过这么玄的事。”

郭三看向小泉清：“大佐，看来真有鬼！”中村一惊道：“鬼？怎么可能！”小泉清点点头说：“的确是有鬼，中村先生，其实这一次，我带人过来，不止是为了参观墓地，我还要揪出藏在王坟沟的鬼！”郭三冷笑道：“要真是他们，费了这么大劲，进了墓室，杀了中村先生的助理，又没有拿走任何东西，是想干啥？总不至于，是想装鬼吓人，让中村先生不再考古了吧？”小泉清一笑说：“我也很想知道！”此时，冈本从帐篷外进来报告：“大佐，有情况！”小泉清示意冈本说！冈本继续报告：“爆炸的位置都检查了，是在一处石堆旁，没有可燃物！也没有人员伤亡和物品损坏！”小泉清眯起眼：“真是奇了怪了，杀了人什么也不拿，点了炸药什么也不炸！”冈本插话：“我们还在继续调查。”小泉清大怒：“调查？还有这个必要吗？”冈本低头。小泉清看向冈本：“你马上去，把我们的人调过来，让他们带上追踪犬！”小泉清看向中村：“中村先生，请把你的所有劳工集中起来，我现在就帮你捉鬼！”中村想了想说：“好！”小泉清看向郭三：“郭桑，你跟着去，挨个辨认！”冈本、中村和郭三出了帐篷。

文龙听完了安娜等人的讲述，目光落到了刀子身上。文龙走过去，拍了拍刀子的肩膀。刀子眼含热泪说：“我没事，赶紧想办法吧！”安娜看向文龙说：“阿部宽一到，他们马上就能确定我们所有人都在这沟里！”文龙点点头。魏坤宁看向老袁：“老袁，刚才你在哪儿找到的炸药？再去弄点！”老袁一愣说：“炸药？我不知道炸药在哪儿啊！”魏坤宁一惊问：“点炸药的不是你？”老袁摇摇头说：“我本来发现那辆卡车进来了，是想来通知你的，没想到在关卡又看到了他们四个，就回去接了他们一道！”高小庄一怔说：“保不齐是鬼子在开山！”文龙摇摇头说：“不对，如果是鬼子在开山，听到爆炸，他们不会第一时间就出了墓室！”魏坤宁点点头。文龙眉头皱起。高小庄插话：“那难道是老天出手，安排了这个意外？”文龙叹了口气说：“要有这种好事，我们早进关了。”此时，一道黑影推开了墓室的大门。

阿部宽驾马前来，停在了关卡处。日本兵上前拦截。松田上前给关卡的日本兵介绍说："这是阿部宽中佐，我们奉命追击逃犯至此！"日本兵点点头说："证件！"松田上前递出证件，日本兵毕恭毕敬地交还给了松田。阿部宽看向日本兵问："小泉大佐到了吗？"日本兵立正报告："到了！"松田看向阿部宽说："中佐，您猜得果然没错！"阿部宽一笑说："老对手已经露头，我们的小泉大佐怎么可能坐得住！把肖像给他看看。"松田掏出文龙等人的肖像递到了日本兵面前问："这上面的人，你有没有见过的？"日本兵挨着看了一遍说："这几个人现在都在沟里！"阿部宽和松田一喜。

文龙反应迅速，立即护住了身后几人。来人正是考古队中的厨师董三，他背着一个背篓，背篓上用一块布盖着。见了此人，文龙微微一笑。魏坤宁和刀子要出手，被文龙喝住。魏坤宁和刀子住了手。老袁一惊问："这位是……"

文龙一笑说："老袁你忘了，你口中所说的被安插在考古队中的内线一直没有现身。"董三一笑。老袁一笑说："就是他？"董三上前说："袁老板，你好，在下董三，代号山猫，奉掌柜的命令潜伏在此！"老袁上前说："你就是山猫！"董三点点头说："没错！这幕里的情况我多少掌握了一些，加上掌柜的跟我提过您，所以，昨天你来找中村的时候，我一眼就认出来了！"魏坤宁欣喜地看着董三说："你来得可真是时候！"老袁一怔问："引爆炸药的人也是你？"董三笑着点点头说："我发现你们动了手，点燃炸药，是想给制造一个逃走的机会！毕竟墓室里守卫森严，要从里面带走文物，恐怕不容易！"文龙和老袁一笑。老袁看向董三说："你倒是无心办成了另一件好事，这位魏兄弟进墓，不是为了拿走里面的文物，是为了一件文物里的东西！"董三一怔问："文物里的东西？"魏坤宁点点头说："这事儿就不劳你费心了，东西已经到手了！"

谭卓茹看了眼魏坤宁说："那也得感谢人家董三兄弟，要不是他及时出手，你恐怕没那么容易从墓里出来！"魏坤宁拱手说："这话在理！谢了，兄弟！"董三还礼说："都是自己人，用不着客气！"文龙看向董三："董三兄弟，你的出现，可算是解了咱们的燃眉之急！"高小庄插话："对对对，这就叫天降神兵！”文龙示意董三坐下。文龙看向董三说：“有件事的确还得麻烦你想想办法！”

小泉清还在墓中思考，中村陪在一旁。冈本进来报告：“大佐，事情都安排好了，我们的人正火速朝这边赶！郭桑已经排查了所有劳工，我们要找的人没在里面！”小泉清皱起眉头。阿部宽带着松田进了帐篷说：“小泉大佐！”小泉清一回头，看向了阿部宽，一笑说：“阿部君，就等你了！”阿部宽一笑：“听你这话，像是有所发现！”小泉清看向旁边停着的白布盖住的尸体说：“墓室里都出了人命了，想不发现也很难！”阿部宽看了眼白布盖住的尸体说：“这么说来，你现在还不知道钢刺到底在哪儿？我可是得到消息，他们这一行现在可全在这沟里！”小泉清冷笑一声说：“都到了？很好！看来我的预感没错，阿部君，猎物都已经进入了猎场，我们尽情地享受围猎的乐趣吧！”阿部宽说：“让考古队的人撤出王坟沟，你带一部分人守住关卡，另外的人跟我进山搜！”中村举手制止说：“撤出王坟沟？这不行！”小泉清看向中村：“中村先生，你这里出了这么大的事，你要不把地方腾出来，让我们怎么抓逃犯？”中村急了说：“我不管你们要抓的是什么人，可这是考古现场！你们今天的行为已经严重影响了我们的考古工作！”小泉清看向冈本吩咐：“冈本，给田中将军发报，请求他的指示！”冈本扭头出了帐篷，中村想了想也出了帐篷。阿部宽看向中村说：“带我到墓里看看！”

文龙看向大伙说：“外面的阵势大伙都瞧见了，这一次要出王坟沟，光靠我们几个，肯定不行！董三兄弟，现在你的身份鬼子还没有掌握，得麻烦你想个办法，把我们的情况转告给掌柜的，让他尽快派人支援！”魏坤宁看了眼文龙：“里应外合，好主意！”董三点点头说：“王坟沟里有鬼子的电台！这事儿交给我！”文龙看向董三说：“现在情况特殊，弄不好就会暴露你的身份，之前的工作前功尽弃不说，还可能会丢了性命。”董三冷笑了一声：“我既然敢接手在此潜伏的任务，又岂是贪生怕死之人！”魏坤宁点点头说：“还有一点，这电报一旦发送失败，我们所有人就真的无路可走，必死无疑了！”

刀子走上前来说：“我陪董三兄弟走这一趟。像你们说的，这份电报关系到所有人的安危，一定得发出去！我跟着去，好有个照应！”文龙等人都看向了刀子。文龙看向董三：“电台在什么位置？”董三指了指外面说：“副墓室外坑侧面的山坡上，现在鬼子还没有开始搜山，从林子里绕过去，只要解决掉帐篷外面的看守，就能进去发报！”文龙思考起来。

刀子看了眼文龙说：“文龙，别犹豫了，再拖下去，机会就没了！”文龙点头：“行！刀子你记住，任务必须完成，可你们也得活着回来！这也是掌柜的给我的话！”刀子点点头。董三看向大伙：“对了，那背篓里有些家伙，是我平时一点点弄进来的，本想等到上级派人来转移文物的时候再拿出来，现在能用着！”董三看向刀子，两人点头之后出了墓室。高小庄上前把背篓上盖着的一块布掀开，里面是一些王八盒子、子弹、匕首，还有一些馒头。高小庄欣喜地惊奇：“大馒头！”高小庄连忙拿起，塞了一个给安娜，自己狼吞虎咽起来。

小泉清、阿部宽、郭三、松田朝着墓室走进来。后面跟着一个考古专家。郭三把墓门推开，小泉清、阿部宽一行进入墓室之中。阿部宽抬头观察着墓室说：“整个墓室就只有这一道门！”小泉清眯起眼说：“中村说，凶手杀了人，可能是趁墓室门口的看守吃饭和通知他的时候进出的。”阿部宽沉思了一下说：“可他们进来杀了个人，却没有拿走任何东西！”小泉清来回踱步，将整个墓室打量了一圈，心想：这墓室里到底有什么东西吸引着钢刺……

小泉清想着，目光看向了那几个瓶子问：“那几个瓶子有什么特别的吗？”考古专家看向小泉清说：“是从副墓室里出土的辽三彩双耳葫芦瓶！前天，中村先生带着其中一个瓶子去过赤峰！说是要去请教当地的一个古玩行家。”小泉清一惊：“赤峰？”阿部宽眯起眼说：“我听关卡的守卫说，之前中村先生有一个从赤峰来的朋友进了王坟沟，如今还在这沟里，安娜他们进来，也是他们带的路！”考古专家一怔说：“其实，在这之前，我们收到了考古学会的通知，让我们盯紧中村队长。”小泉清一怔问：“为何？”考古专家面露难色地说：“听说他们收到了一封匿名信，信里有人举报中村队长，说他偷卖文物，以假乱真。”小泉清面露狠色。

阿部宽看向考古专家问：“他当时带走的哪个瓶子，你知道吗？”考古专家点点头。考古专家上前，辨认了一番，指出了那个瓶子。松田上前，拿起瓶子摇了摇，发现有些不对劲，又摇了摇。松田将瓶子倒了过来。松田一笑，把瓶子挪开，一个布袋子混在一些土块中，出现在松田手中，正是安娜装胶卷的布袋子。小泉清和阿部宽紧盯着。松田拆开布袋，里面露出了三个胶卷。小泉清等人一喜。小泉清上前，将布袋接过，凑到了鼻前嗅了嗅，这是安娜的味道！

高小庄几人都非常担心地坐在四周。高小庄看着沉默的大伙和正在闭目养神的文龙，然后低声问："现在咱们该干点啥？"文龙眼皮也不抬地说："祈祷！"高小庄一惊问："祈祷啥？"文龙依旧没睁眼地说："祈祷董三和刀子的电报发送成功，那可是咱们唯一的希望！"老袁点点头说："没错，电报发出去之后，等援军一到，咱来个里应外合，一起杀出去！"高小庄摇摇头说："话是这么说，就算刀子和董三大哥能成功发出电报，可小泉清和阿部宽都已经知道我们全在沟里了，会给我们时间等援兵吗？"文龙和魏坤宁一笑。安娜看向文龙："文龙哥，你们是不是还有什么事瞒着大伙？"魏坤宁一笑说："我去取胶卷的时候，既拿回了我们的胶卷，还把之前从瓶子里找到的另外几个胶卷装进安娜的布袋子，放了回去！"高小庄疑惑地问："这啥意思？"文龙指了指隔壁低语："小泉清和阿部宽就在隔壁，那个圆洞，你自己看吧！"

小泉清拿到胶卷，仔细看着，舒了口气，脸上浮出微笑，原来他们要找的就是这个宝贝！冈本此时进墓示意收到将军回电！小泉清大喊："念！"冈本读电报的内容——现令，阿部宽带领特战队和松田所部，全力击杀一干人等，小泉清不惜一切代价拿回胶卷，封锁王坟沟，协助阿部宽作战！

阿部宽突然得意地大笑："很好！胶卷已经到手了，将军的话说得很明白，杀人的任务是我的！"冈本插话："后边还有。"小泉清急令冈本继续读。冈本继续读电报剩下的内容——我马上向总部请示，责令考古队停止一切工作，全力配合此次行动！

此时中村走进来，扬起了一份电报说："我看田中将军不用向总部请示了，我刚才已经跟直接负责此次考古工作的石原中将取得联系，他让我转告二位，立刻停止搜捕行动，不要逼得叛匪狗急跳墙，损坏了墓中文物！"小泉清一笑说："石原中将？你觉得你还有脸去见他吗？"中村一惊问："什么意思？"小泉清看了眼中村大声问："你那位进王坟沟的古玩界的朋友，跟你到底什么关系？"中村一惊，低头思考。

阿部宽狠狠地看了眼中村说："借着考古的名义，中饱私囊，还把这伙重犯带进了考古现场，石原中将知道了，会如何处置你？"中村低着头，有些害怕。小泉清瞥了眼中村："很简单！把他给我抓起来！"中村一惊。两个日本兵上前，将中村抓起来。中村大喊："我告诉你们，这次考古工作非常重要，你们要是敢动我，后果很严重！"小泉清一挥手："带走！"两个日本兵将中村押下。

小泉清一笑说："从现在开始，考古队所有人，撤出王坟沟！此地，暂由我和阿部宽中佐接管！"考古专家点点头说："好，我马上去安排！"考古专家离开。小泉清看向阿部宽："阿部君，地方已经腾出来了，你准备如何行动？"阿部宽看了眼小泉清："你带你的人守住关卡，我和松田沿着山林分头搜索，你只要保证别让任何人逃出去，别的事情，我来办！"小泉清一笑："依我看，不必这么费事！"阿部宽一怔问："什么意思？"小泉清冷笑了一声说："如今这胶卷已经到手，可藏在暗处的钢刺并不知道，以我对他的了解，他一定会再回这墓室！"阿部宽狐疑地看着小泉清："你让我守住这墓室？"小泉清点点头说："中国人有句俗话，叫守株待兔，他们很快就会浮出水面，反正我守住关卡，没人能逃出去。"阿部宽点了点头。小泉清脸带凶色地问："冈本，我们的人到了吗？"冈本立正报告："马上抵达！"小泉清点点头说："很好，现在我们就去关卡，把地方让出来，让阿部宽中佐好好出口恶气！"小泉清、冈本、郭三等人出了墓室。阿部宽看向松田："松田，你带人熟悉一下墓室情况，钢刺这人十分狡猾，一会动起手来，别被他钻了空子！"松田带人去熟悉墓室去了。

高小庄看完，凑过来说："原来是这样！小泉清那孙子不知道安娜的胶卷长啥样，你们用那助理的胶卷以假乱真，拖住他们！"魏坤宁点点头说："没错，小鬼子还傻傻的以为我们会回去取胶卷呢，想来个守株待兔，有这功夫，咱们的援兵也就到了！"几人都笑着看向文龙。高小庄一挠头看向文龙："嘿！又学了一招！"文龙一笑，看向魏坤宁："老魏，你动手杀了小泉清的人，尸体藏在哪儿了？”魏坤宁一笑说：“放心，鬼子没那么容易找到！”文龙点点头说：“那就行，刚才鬼子的对话都听见了，大伙可以歇一歇了。”文龙的表情变得严肃起来，心里默念：刀子，董三，两位兄弟，王坟沟这一关，是生是死就全看你们了！

三

松田带着特战队和自己所部在墓道中熟悉情况，交叉的墓道中，日本兵和特战队来回走动，手电光在墓道里晃动。松田走进一条墓道，走到了底，左右看了看。松田注意到了底端有一面墙的两块石头之间有缝隙。松田低身下去打量，凑到了缝隙边。电筒光一照，缝隙里一双眼睛盯着他。松田一屁股坐在了地上。日本兵马上跑过来：“队长，怎么了？”松田低语：“快，把这几块石头给我搬开！”日本兵上前将几块石头搬开，一具日本兵的尸体滚落出来，尸体的外套不见了。松田大惊：“八嘎！”

阿部宽在副墓室中等得有些不耐烦，走到墓室门口，松田从墓道出来。阿部宽看向松田一眼：“怎么样？都摸清楚了吗？”松田点点头报告：“地形都探明白了，不过我们发现了另一样东西！”阿部宽看向松田：“不会是找到钢刺等人的线索了吧？”松田摇摇头说：“发现了一具尸体，是我们的人！”阿部宽一惊：“什么？马上通知小泉清！”

小泉清、冈本、郭三及所部的一众日本兵驻守在关卡。一个日本兵上前来通报：“阿部宽中佐在墓穴里，发现了我们一个士兵的尸体！尸体藏得很隐蔽！”小泉清等人一惊。小泉清沉思起来说：“不对，我们跟着中村进墓的时候，有个士兵的表现很奇怪！”郭三也是一惊说：“那个站在墓室角落的人！”冈本一愣，环顾站在旁边的几个日本兵指挥官大怒：“大佐，我们的人真的少了一个！”小泉清仔细回想了一下说：“这一连串的怪事，让我们疏忽了！那个少校，当时就站在那几个瓶子旁边！”冈本惊疑地说：“可我们的人出了墓穴之后，有人把守着墓道口，那少校根本就没机会出来！”小泉清点点头说：“你说得没错……昨晚，他们进墓室杀了中村的助理，神不知鬼不觉地逃走，今天又杀了我们的士兵，也从墓穴里蒸发了！有两次机会进入墓室，而且都是全身而退，胶卷却还是落入了我们手中，这是为何？”

郭三上前看向小泉清说：“小的斗胆揣测一下，钢刺是不是想用胶卷换一条生路？”小泉清一怔。郭三深思了一下说：“大佐，您想啊，胶卷咱们拿到手，对我们来说，守住墓穴和关卡，就能等着鱼上钩！钢刺会不会就是要利用我们这种心理，拖延时间？”小泉清眯起了眼说：“郭桑，你非常聪明！斗了一路，钢刺已经对我们的了如指掌了！他们昨晚进墓室，有可能已经把胶卷取走，今天又返回来，会不会是把胶卷给放了回来？”冈本惊疑地看着小泉清：“可他们一直把胶卷视为宝贝，会做出这样的事吗？”小泉清眯起眼说：“这恰恰说明，钢刺已经感觉到刀悬在了脖子上，用胶卷拖延时间，是想置之死地而后生，说不定，他还有最后的杀招！这招一旦亮出来，钢刺不但能逃出去，还能杀光我们，夺回胶卷！”郭三点点头说：“大佐说得极是！而且人能两次从墓穴里蒸发，搞不好墓穴里藏有我们不知道的暗道！”

小泉清看向日本兵命令：“你马上过去，把我刚才说的，告诉阿部宽，让他一方面在墓室里作地毯式搜索，找出暗道！一方面带人进山搜！他要是人手不够，我可以调动一个分队支援他！千万别给钢刺喘气的机会！”日本兵急速跑去告知阿部宽。小泉清眉头紧蹙地吩咐：“冈本，你派人先把胶卷送回总部！我倒要看看，钢刺还有什么招！”

阿部宽站在副墓室门口，旁边站着两个特战队员。阿部宽听完了日本兵的讲述，背着手沉思了一下说：“你们大佐说得没错，人能两次从墓穴里蒸发，一定有暗道！支援就不用了，让他守好他的关卡！松田！”松田靠过来。阿部宽冷冷地看着松田命令：“把王坟沟的守卫编入你的队伍中，由你指挥！带上追踪犬，进山搜索，务必第一时间给我把人揪出来！剩下的人，再把整个墓穴给我检查一遍，注意每一个细节！一定要把这个暗道给我找出来！行动！”松田点头，扭头出了墓穴。两个特战队员朝阿部宽鞠了一躬，转身走开。

松田带着几个日本兵，各个带着枪。排头的日本兵牵着一条追踪犬，进入山林搜索。

董三和刀子从帐篷侧面的林子里冒出头来。两个日本兵端着枪站在帐篷外。刀子低声："待着别动，先把这两个门神给撂了！"董三想说什么，刀子已经摸了上去。刀子捡起一块石头，扔向两个日本兵侧面的林子。两个日本兵对望一眼，一个日本兵端着枪走了过去。刀子绕到帐篷另一边，摸上去，将还站在帐篷边的日本兵捂住口鼻，拖入了帐篷内。之前走开的日本兵检查回来，发现那个日本兵不见了，左右看了看，进了帐篷。日本兵端着枪进入，刀子从侧面突然冒出，将日本兵口鼻捂住，快速扭断了脖子。董三跟了进来，看到地上的两个日本兵尸体一笑："够利索的啊！"刀子站在帐篷边，盯着帐篷外说："别磨叽！发报！"董三扭头坐到了桌子边的电台前，快速将电台启动，戴上耳机开始工作。刀子紧盯着帐篷外。刀子远远看见，松田带着几个日本兵朝着山林里搜索过来，追踪犬在四处嗅着味道。刀子将帐篷的门布轻轻合上，只留下了一点小小的缝隙观察着外面。

松田站在林中，日本兵在附近搜索，追踪犬在到处闻着。发报室的帐篷距离松田部不远。追踪犬朝着另一个方向跑去，松田带队跟上。

刀子看到这一幕，松了口气，回头看了董三一眼低声说："快点！鬼子开始搜山了，必须尽快回去通知文龙！"董三继续边操作边说："还需要一点时间。"刀子看向帐篷外。

松田跟着追踪犬走了一段，突然停下来，追踪犬还在朝前狂吠。松田回头看向了帐篷说："我记得刚才在整队的时候，你们说过，中村先生好像在那个帐篷门口留守了两个士兵？"松田面前的一个士兵朝他点点头。松田眼睛一眯问："人怎么不见了？过去看看！"松田带队掉头，朝着帐篷而去。

刀子站在帐篷的门布后面，看见松田等人掉头过来，提示说："鬼子过来了！"董三正在紧张调试。刀子又看了一眼帐篷外说："电报发出去之后，你马上回去告诉文龙，鬼子开始搜山了，让他想办法一定要挺到援兵到来！另外，让他照顾好大家伙，不用管我！"刀子说完，捡起地上日本兵尸体边的枪，撩开门布冲了出去。刀子端着枪快速冲出，朝着另一个方向跑去。松田等人看见了刀子，连忙开枪，大喊："人在那儿，给我追！"日本兵们一边开枪，一边朝着刀子追了过去。松田带队在拼命追赶，身边的日本兵相继倒下，只剩下了两个。松田大怒："看你还能往哪儿跑！上！"三人加快速度追去。

董三准备就绪，开始快速敲击发报按钮。发报的内容——钢刺一行因故卷入王坟沟考古现场，遭遇小泉清与阿部宽部围堵，速救！

董三发完报，从帐篷里出来，远远看见两路人追进林子。山林中枪声起伏，董三一咬牙，从来时的方向跑开。

阿部宽背着手在墓室中走来走去。阿部宽的脚踩过了地洞出入口的两块石板，可两块石板很重，阿部宽没有注意，他一直在周围来回踱步。一个特战队员进来报告："中佐，西侧山林里传来枪响，应该是松田队长的人发现了逃犯！"阿部宽眼睛一眯。

老袁在清点董三送来的武器。文龙走过来，两人笑了笑。文龙蹲下来，试了试几把王八盒子。安娜坐在边上，一直看着文龙。高小庄靠过来喊了声安娜。安娜一直花痴地看着文龙，没有听到高小庄喊她。高小庄看了眼安娜说："放心，只要刀子哥的电报顺利发出去，援兵一到，我们就安全了。"安娜还在看着文龙。高小庄拍了安娜一下说："跟你说话呢！"安娜回过头惊疑地啊了一声。高小庄看着安娜抱怨："我的老天爷，你能不能别嗯啊哦的。"安娜瞥了眼高小庄："干吗？"高小庄向安娜身边挪了挪说："安娜，我有话想跟你说。"安娜看了眼高小庄说："说吧，我听着呢！"高小庄有点尴尬还有点羞涩地说："其实……其实……"

安娜白了眼高小庄："你咋啦？支支吾吾的，肯定有事！"高小庄鼓起勇气说："你还记不记得我们在佳木斯的时候，我在剧团里跟你说的话？"安娜疑惑地看着高小庄："当然记得，我一直拿你当哥哥。"高小庄尴尬一笑说："我当时跟你说，我不知道自己对你到底是啥感觉，可现在，我知道了。"安娜一脸疑惑。

高小庄看了眼大伙又转向安娜说："刚开始的时候吧，我就觉得你亲，你在哪儿，我都爱跟着你，你难过的时候，我也难过，你高兴的时候，我心里也跟着乐，就跟你说的条件反射一样！我当时糊里糊涂地看不明白，可我现在懂了，我就是喜欢你，就好像你对文龙哥的感觉一样！"

安娜为难地说："小庄哥……"高小庄连忙打断安娜说："你别担心！我知道你心里只有文龙哥！这我很清楚。其实能做你的哥哥挺好的，我就觉着我心里这话应该告诉你，要一直憋着吧，难受！放心，以后我会慢慢地把这种感情转化成哥哥对妹妹的感情，你千万不要有心理负担啊。”

安娜微微一笑说：“谢谢你小庄哥，其实在我心里，你真比亲哥哥还要亲。”高小庄一笑说：“行！既然你这妹妹我是真认下了，等咱安全之后，你的事儿我来替你办！”安娜疑惑地看着高小庄问：“我的事儿？什么事儿？”高小庄瞥了文龙一眼说：“和他的事儿！”安娜羞笑地说：“别，你可别跟上次似的，给文龙哥一闷棍！”高小庄一笑：“说啥呢！我瞧着文龙这小子也不错，做我妹夫挺合适，这一路，我天天管他叫哥，等把你俩的事儿办成了，得他改口叫我哥了！这话说出来，我心里真是舒坦多了！”安娜一笑。

松田三人追至一个树林处时，刀子不见了踪影。松田说：“受了伤，跑不远，人肯定就在附近！”一枪过来，一个日本兵被打死。剩下的松田二人迅速调转枪口朝着刀子开枪。刀子动作利索，躲过两枪。刀子又是一枪，将剩下的日本兵也打死，刀子再开枪时，枪里没了子弹。松田一笑，接连开枪，没有打中刀子，刀子没入了林中。松田大喊：“别躲了！实话告诉你吧，那个姓鲁的女人，就是被我打死的！我开了好几枪，肚子都打烂了，满脸是血……怎么样，你还准备做缩头乌龟吗？”刀子躲在一根树干后面，表情变为愤怒。松田不断逼近。刀子猛地冲出，松田连开两枪，一枪打在刀子手臂上。刀子冲上，将松田扑倒，松田手中枪杆掉落。刀子与松田展开打斗。刀子因为受伤，力道不足，松田渐渐占了上风。松田拔出匕首，与刀子搏斗。刀子被松田钳制住，匕首就要插入刀子的脖子中，刀子突然腾出手来，抖出烟袋锅子，狠狠插入松田的脖子里。松田捂住自己的脖子，退后两步，跪倒在地，毙命。刀子捂住自己身上的伤口，摇摇晃晃地朝着山林中走去。

抗联某指挥室内李孝民急匆匆从门外进来，指挥室中坐着四个抗联指挥官。李孝民一边脱外套一边说：“同志们，我这个大麻烦又来了！”刘指挥官一笑说：“哦？您倒是说来听听，看看到底有多麻烦！”李孝民很严肃地看向刘指挥官：“好！刚才我接到消息，赤峰王坟沟一带，发生突发情况，我们沿途保护的钢刺一行，因故被卷入了王坟沟，目前，关东军大佐指挥官小泉清和中佐指挥官阿部宽带着手下的所有兵力，已经封住了王坟沟。”几个指挥官讨论起来。李孝民看向几个指挥官说：“现在是火烧眉毛了呀，王坟沟里有许多劳工，安娜的安危，又关乎我党的诚信，他们身上的胶卷，更是我们打击日寇的最有力的罪证！所以，我们要不惜一切代价，保住他们！”

刘指挥官点点头说：“目前，距离王坟沟最近的是二师的第1团，这个团是二师的主力团！现在下达作战指令，天黑之前应该就能到！”李孝民点点头喊道：“通讯员！”一个通讯员进来。李孝民下达命令：“马上以我的名义，给二师的赵师长发报，命他手下的1团火速赶往王坟沟，派一个营进沟接应钢刺一行！解救王坟沟里的劳工！其他人，在赤峰通往王坟沟沿线设伏，如果遇到鬼子的援军，一定给我挡下来！”通讯员要出门。李孝民一挥手说：“慢着！补充一句，一定要以最快的速度赶过去！”通讯员点头出门。

刘指挥官一笑说：“掌柜的，这事也没多麻烦嘛！”李孝民一怔说：“困住钢刺等人的小泉清和阿部宽可不是善茬，阿部宽手下还有一支特战队，原黑虎沟的老高所部就是被他们灭的！希望，钢刺他们能扛到天黑！”指挥官深思了一下说：“比起这个，我更担心的是，他们现在的行踪已经暴露，就算我们把人救下，如何送进关！”李孝民点点头说：“没错！所以，我们身上的担子不轻！要完成这次任务，光调动一个团可不行！”几个指挥官又交互看了一眼。李孝民看向刘指挥官说：“接到人之后，命令赤峰到古北口沿线所有部队，由你统一指挥，让他们在同一时间，对这条线上的几个鬼子驻军点发起袭扰攻击！”刘指挥官看向李孝民说：“您是要让这沿线所有的日军力量无暇顾及钢刺一行，从而确保他们安全进关？”李孝民点点头说：“没错！钢刺等人浴火前行，马上就要到了，也该让他们感受感受，老家人的温暖了！”刘指挥官一笑说：“我们等老掌柜你这句话，可不是一天两天了，借这个机会，我们就跟鬼子好好干一仗！要打，就打他们个屁滚尿流！”李孝民严肃地看向刘指挥官说：“仗得打漂亮，可中央的战略思想不能忘，我们不能跟鬼子硬碰硬地打阵地战，扰乱他们的视线，拖住他们是主要目的！”刘指挥官敬礼说：“请掌柜的放心，保证完成任务！”

四

阿部宽带着几个特战队员站在帐篷外。一个特战队员返回报告："中佐，有人过来了！"阿部宽顺着方向看过去，见刀子捂着伤口朝着这边走来。阿部宽低语："留下两个人，其他人到林子里隐藏起来，我要用这个诱饵钓出后面的大鱼。"特战队员点头，一个手势，身后五六个特战队员没入林中，阿部宽身边还站着两个特战队员。刀子捂着伤口走过来，见正前方两个特战队员的枪口已经对准了他。阿部宽背着手朝他笑着喊道："我都还没开始动手呢，你们就等不及想送死了！"刀子一脸愤然地说："阿部宽！别说废话，有种就开枪！"阿部宽冷笑了一声："视死如归，很好！我听说，你有一招独门绝技，今天我就来领教领教！你受了伤，我不能乘人之危，军刀给你！"阿部宽把自己的佩刀扔了过去，自己却掏出了匕首。刀子想了想，弯腰将军刀捡起。阿部宽与刀子展开匕首对阵军刀的搏斗，刀子根本不是阿部宽的对手，阿部宽接连给了刀子好几刀。刀子浑身都是刀口，鲜血淋漓。

谭卓茹和魏坤宁坐在角落里。对面是高小庄和安娜，一直在笑着。魏坤宁看了眼谭卓茹："你看那俩！笑得多乐呵！"谭卓茹白了眼魏坤宁："羡慕吗？"魏坤宁一笑："我才不羡慕，小庄那小子，保准成不了事，安娜心里只有文龙。"谭卓茹看向魏坤宁："那你觉得你呢？能成事吗？"魏坤宁尴尬一笑："我能不能成事，那不得看你的意思吗？"谭卓茹扭过头说："我心里可没文龙。"魏坤宁故意一怔："说啥话呢！文龙这小子人是没得说，可那也比不过咱这么多年的情谊啊！你说是吧？"谭卓茹瞥了眼魏坤宁："都说小庄是人精，我看没人精得过你！"魏坤宁叹了口气说："人精就人精吧，我老魏问心无愧，对人从没使过坏心眼！对你那更不用说！"谭卓茹看向魏坤宁问："那你觉得你对我咋样？"魏坤宁很认真地看向谭卓茹："别的不好说，反正除了我娘，在我心里，没一个女人能比得上你重要。"谭卓茹故意一怔说："那如果非要让你在你娘和我之间选呢？"魏坤宁想了想说："那还是选你！"谭卓茹一笑："油嘴滑舌！谁不知道你娘都没了十好几年了！"魏坤宁一笑："要不咋说，还是咱俩最合适呢！我肚里有几条蛔虫，你比我还清楚！”

谭卓茹叹了口气说：“希望今天能一切顺利吧。”魏坤宁点点头说：“对，我就等着到了安全的地方，咱俩敞开了，把咱的事儿好好聊聊！”谭卓茹又故意白了眼魏坤宁：“我看没啥好聊的！”魏坤宁一怔：“不是，啥意思啊？”谭卓茹有点羞涩地说：“聊得够多了，到了安全的地方，张罗张罗，把事儿办了吧！”魏坤宁一惊，谭卓茹拍拍身子走开了。魏坤宁一耳光扇在脸上：“我的妈呀！我不是在做梦吧！”谭卓茹一笑说：“多扇几个嘴巴子，一身痞子毛病，省得以后我动手。”魏坤宁激动得在面前晃动着两个拳头，胜利的感觉。谭卓茹一回头，魏坤宁连忙装作淡定，捋着头发，非常酷。谭卓茹一笑。

安娜从高小庄身边起身。安娜走到了文龙旁边叫了声文龙哥。文龙抬头看向安娜说：“好好歇着。”安娜低语：“歇好了，反正现在也没什么事，我有些话想对你说。”文龙拍拍手起身。这时，董三从墓室外面急匆匆进来。文龙看向董三：“董三兄弟，事情办得怎么样？”董三点点头说：“电报发出去了！”几人一喜。

文龙又看了眼董三问：“刀子呢？”董三低头说：“我在发报的时候，遇到鬼子的人带着追踪犬搜山，刀子兄弟为了给我争取时间，把鬼子引开了！”几人一惊。董三喘了口粗气说：“要是没他，这电报不可能发出去！”文龙难过地转过头去，哭着低声：“刀子……”

董三看向文龙的背影说：“刀子兄弟让我回来给你们报信，电报发出去了，但是现在鬼子开始搜山，说明之前的拖延计划没有成功，必须想办法撑到援军到来！”谭卓茹凑到那个圆洞前查看。魏坤宁看向董三问：“去追刀子的有多少鬼子？”董三一怔说：“五六个，带头的好像是一个叫松田的队长，我从发报室里出来的时候，听见他们已经交上火了，刀子兄弟恐怕已经……”

谭卓茹折返回来说：“隔壁的阿部宽也不见了！”魏坤宁掏出枪愤怒地说：“老子今天一定要剁了这帮鬼子！”文龙看向魏坤宁喊道：“站住！”魏坤宁眼里噙满了泪水说：“刀子可是咱的兄弟！”文龙深思了一下说：“是兄弟，你就更应该替他想想，他这时候主动引开追兵为的是什么？咱们现在过去只会全部暴露，要撑到援军抵达，可能吗？”魏坤宁看向别处。

文龙严肃地看着魏坤宁：“刀子也是我兄弟，可这时候，不能莽撞！这笔账今天一定会跟鬼子算，但不是现在！”董三点点头说：“刀子兄弟也说了，让我们想办法拖延时间，等着援军到了，不要管他！”魏坤宁一拳擂在了墙上。谭卓茹凑到魏坤宁边上说：“听文龙的。”文龙看向大伙说：“鬼子主动开始搜山，恐怕是识破了我们的拖延计划，又在发报室附近发现了我们的人，一定能猜到我们已经对外发了报，他们不可能再坐以待毙！”高小庄插话：“要这样，我们可就真完了！要不，我们进山吧！”文龙还在想着。魏坤宁摇摇头说：“不行，鬼子带着追踪犬，很容易找到我们！一旦暴露，在林子里跟他的人动手，我们根本扛不住！”文龙眯起眼继续说：“我们在这儿干等着只会被鬼子发现，到时候谁也走不了，老魏刚才的话也没错，真要硬碰硬地打，咱们很可能不是阿部宽和他特战队的对手。”高小庄突然看向文龙问：“这可咋整呐！王坟沟沟口还有小泉清的人！我们几个老爷们倒没啥，主要是一旦暴露，安娜也就藏不住了！”文龙点点头说：“所以，我们必须在这个墓室暴露之前，主动出击！”几人都面面相觑。文龙又严肃地看向大伙说：“小泉清的人在关卡，他肯定不敢妄动，趁阿部宽被调开，我们现在从地洞钻过去，跟对面阿部宽的人开战，把鬼子所有火力吸引到隔壁的副墓室的墓道里，这样就能阻止这个墓室暴露！”安娜一惊说：“这太危险了！”

文龙深思了一下说：“这是唯一的办法！刚才他们在隔壁传达的两个日军高层的电报你们都听见了，在墓室里，阿部宽的手雷和炸药都使不上，展不开手脚，对我们有利！我们几个联手，有三成把握！”高小庄看了文龙一眼说：“可安娜不能暴露在阿部宽面前！”文龙点点头说：“没错，卓茹，你和安娜留下！我们过去跟阿部宽的人周旋，守好隔壁的墓室，只要不让他们发现地洞入口，安娜就是暂时安全的！”魏坤宁拳头一握说：“早晚都得打！没啥怕的！”高小庄低语：“只要安娜安全，我没意见！”文龙看向老袁和董三，两人都朝文龙点点头。

刀子冲上去，想要跟阿部宽拼命，可阿部宽动作快而狠，不仅挡开了刀子的军刀，还给了刀子一刀。阿部宽完全可以将刀子杀死，可每一次都没有朝致命处攻击。阿部宽冷笑道："这么急着送死？我还想陪你好好玩玩呢！是时候出绝招了吧？"刀子一笑说："你以为把我围住，又不杀我，钢刺就会现身来救我吗？"阿部宽又冷笑："哟西，你果然聪明！"刀子狠狠地看着阿部宽说："你这算盘打得不错，可惜你没机会！"阿部宽故意激怒刀子说："钢刺这人自诩仁义道德，你只要还有一口气，他就绝不会不管你！"刀子明白阿部宽的心思是激怒自己，心想：为了最后的胜利，牺牲我一个算不了啥！刀子一笑，烟袋锅子从他袖口中抖出。阿部宽见状也防备起来。刀子猛地出招，烟袋锅子朝着阿部宽飞过去，阿部宽侧身用匕首去挡。刀子握紧军刀朝着阿部宽冲过去。军刀就要接近阿部宽，身后的两个特战队员相继开枪，一枪打中刀子的胸膛，刀子捂住胸口，缓缓倒在了地上。阿部宽看向两个特战队员："八嘎！谁让你们开枪的！你们以为他能伤到我吗？蠢货！"两个特战队员低头。刀子倒在地上，睁大着眼睛，视线慢慢模糊……鲁小花拿着一捧花，在前面奔跑……鲁小花不时回头看向刀子，笑靥如花……刀子哥！刀子哥……

刀子面含微笑，缓缓闭上了眼。阿部宽一脸愤然，看向一个特战队员大喊："你，带上剩下的王坟沟的守卫，继续搜山！"一个特战队员点头之后跑开。阿部宽看着地上刀子的尸体，命令另外一个特战队员："把他的头给我砍下来！我要带回去祭奠淑子！"阿部宽面露狠色。特战队员上前，手起刀落。阿部宽一笑："跟我回墓室！"阿部宽等人离开。

文龙等几人分头准备。文龙走过来，递了一把手枪给安娜。安娜看向文龙："文龙哥……"文龙点点头说："别说了，拿好，你一定要照顾好自己！"安娜看着手里的枪，紧紧握住。文龙扭头说："卓茹，你过来一下。"谭卓茹跟文龙走到边上。文龙看向谭卓茹说："卓茹，一会我们出去后，我会带着弟兄们在副墓室外的墓道里尽量拖延时间，阻止鬼子的人查进副墓室！这样，副墓室通往这主墓室的地洞一时半会就不会被发现！可保护安娜，最后还得靠你，你是我们最后一道防线！记住了，不管发生什么情况，天塌下来都不能出声，更不能暴露你们的位置，这是命令！"谭卓茹点头，拿出枪说："放心！"

魏坤宁最后走到了谭卓茹面前，一笑然后认真地拍了下谭卓茹。魏坤宁低声地说：“天塌下来，我老魏也会护着你，而你，一定要护着安娜！”谭卓茹看向魏坤宁：“这用不着你说！我警告你，你必须给我好好的，你要有个三长两短，刚才的话我可不认账！”魏坤宁憨憨一笑：“放心，我老魏可舍不得死！”文龙一笑：“行了，行动吧！”几人拿好枪，魏坤宁将地砖搬开，最后深情看了看谭卓茹，钻进了洞中，老袁和董三紧随其后。高小庄看了一眼安娜也钻了过去。文龙殿后，朝安娜一笑说：“听卓茹的话，没事儿的。”文龙扭头也钻进了地洞。安娜忍不住，扭头滑下两行泪。谭卓茹过来拍拍安娜。安娜擦掉两行泪说：“我没事！我相信他们！”

文龙从地洞中爬出，将出口用地砖封上。魏坤宁从副墓室门后返回向文龙说：“阿部宽留下了一部分特战队员，分了两拨，在左右两侧的墓道里搜索！”文龙点点头说：“老魏，跟我走左边，小庄、老袁、董三兄弟，你们去右边！一定要把火力引向两侧，像磁铁一样，吸住他们！”几人都连连点头。文龙看向大伙说：“这次可都得打起精神，阿部宽的特战队，可不是好惹的！”魏坤宁一笑说：“憋了这一路，今天老子就看看，他们是不是有这么神气！”几人都愤然地扬起了手中的枪。文龙命令：“行动！”文龙一行都出了墓室。

文龙和魏坤宁一人拿着一把枪，交替掩护，进了墓道之中。墓道深处，两个特战队员正在搜索。文龙和魏坤宁互相点头。两人瞄准了特战队员，同时开枪，两个特战队员被击毙。

阿部宽带着几个特战队员刚刚走入，听到枪声。阿部宽一惊：“八嘎！人已经进来了！”高小庄等三人没入了右侧墓道。阿部宽看见三人大喊：“让守卫守在门口，我们兵分两路，进入左右两侧墓道，不管遇到谁，一律格杀！”特战队员兵分两路，没入两侧。

高小庄、老袁和董三从墓道的拐角处冒出头来，见五六个特战队员搜了过来。董三和老袁二人准备开打，高小庄拦住两人。高小庄手里拿着一块石头，掂了掂，朝着斜对面的墓道口扔了过去。五六个特战队员转过头来，慢慢逼近，转身进了斜对面的墓道。高小庄探头就是一枪，打中了一个特战队员，老袁和董三也相继出手，又一个特战队员被打死，高小庄三人连忙又藏了回来。特战队员们纷纷出来追！

两个特战队员端着枪摸进了墓道。魏坤宁藏在拐角处，听着脚步声，握紧了手中枪杆，朝文龙点头。文龙猛地蹿出，蹿进了旁边的墓道。特战队员一愣神，其中一人朝文龙跑过的方向飞快地开了一枪。就在这时，魏坤宁突然蹿出，朝着一行特战队员开枪，打死了其中一个。剩下的特战队员不断还击，魏坤宁不得不躲到了另一个墓道的交叉处。文龙突然从旁边冒出来，魏坤宁一愣："大哥，你别吓我行不行？"文龙一笑说："你老魏还有怕的时候！"魏坤宁一笑："我怕？这几个鬼子还不够老魏我塞牙缝！"特战队员端着枪朝着这边摸过来。文龙一笑："走！"两人同时从拐角处冒出，朝着特战队员不断开枪，特战队员被击毙。魏坤宁朝文龙一笑说："我就爱跟你一起打鬼子！痛快！"接着，又有两个特战队员追了上来。文龙把魏坤宁一摁说："当心！"文龙还击，魏坤宁也连忙躲到了边上。特战队员被打死一个，剩下的继续朝前推进。魏坤宁朝文龙使了个眼色说："大壮说得没错，跟着你最大的好处，就是做事可以不用动脑子！"文龙看了眼魏坤宁说："别嘚吧嘚，赶紧解决掉！找阿部宽！"魏坤宁冲出去，拿着枪不断射击，文龙见状连忙掩护。魏坤宁没了子弹，文龙朝他扔过去，两人交替掩护，很快再次打死了鬼子。文龙一个手势，两人没入了两条墓道。另一处，阿部宽带着特战队员跟了上来。

小泉清站在关卡外，边上十几个日本兵来回走动。郭三跑过来说："墓里已经打上了。"小泉清满意一笑说："终于来了。"郭三凑向前说："大佐，您说，阿部宽中佐的特战队，对阵钢刺他们，谁的赢面更大？"小泉清冷笑了一声："在墓室里阿部宽的人虽说展不开手脚，可要真刀真枪地打，钢刺还是完败无疑！"郭三得意一笑说："这么说来，用不着我们动手？"小泉清摇摇头说："不过，钢刺等人这一路，从来就没有跟我们正面较量过，他每次取胜，靠的都是计谋！和不怕死的狠劲！"郭三一怔说："所以说……"

小泉清点点头说："不好下结论，可不管怎样，他的特战队至少能给钢刺这伙人以重创！"郭三一笑说："看来，最后还是您棋高一着，静观鹬蚌相争，然后坐收渔利！"小泉清见郭三看透了自己的心思，一笑说："墓室里本来就很狭窄，人太多反而散不开，我们不能给阿部宽中佐添麻烦！"郭三眼珠子一转说："是是是！"小泉清一笑吩咐："你去盯紧，打得差不多了，通知我。"郭三跑去盯了。

阿部宽带着两个特战队员靠在一条墓道内，盯着外面。一个特战队员朝前冲，魏坤宁冒出头来，一枪把他打死。阿部宽和两个特战队员听着脚步声，紧握手中的枪。魏坤宁拿着手枪对准前方，将地上被打死的特战队员的枪捡起，把手枪别在了腰后。魏坤宁继续朝前摸进，距离阿部宽和两个特战队员的位置越来越近。突然，文龙从另一端站出来说："老魏，小心！"文龙朝着阿部宽几人所在的墓道口不断射击。阿部宽三人缩了回去。魏坤宁发现有埋伏，也闪身进了旁边的墓道口。阿部宽大怒："八嘎！钢刺！你们去追那个少校，我要杀了钢刺！"两个特战队员交替出来，瞄准墓道口两边，阿部宽提着抢快步出来，朝着文龙的方向冲去。两个特战队员追向了魏坤宁的方向。

老袁、高小庄和董三三人在不断阻击特战队，可特战队员相互配合，非常默契，不断朝着三人逼近。董三低语："这么下去不是办法，你们抄到后面去，我正面跟他们干！"老袁看了眼董三说："鬼子手里拿的都是德式冲锋枪，正面没法打！"董三摇摇头说："顾不了这么多，再往后退，就得把这几个人引到那边去了！不能让他们合兵！"老袁朝高小庄点点头："走！"高小庄看了眼董三，低声："董三大哥，你当心点！"董三点点头。

高小庄和老袁从几个特战队员的身后冒出头来，但是几人之中有一个一直盯着身后。高小庄低声骂："鬼子后面还留了对眼睛！"老袁点点头低语："看董三兄弟的了！"董三探头，看了看不断过来的特战队员，董三一咬牙，直接站了出去，朝着特战队员开枪，一个特战队员被打死。听到枪声，老袁和高小庄也连忙探出头。董三朝着特战队员开了两枪，特战队员一回神，全都对准了前方，一阵猛烈的攻击，董三连中几枪。突然，老袁和高小庄从身后站出，同时朝着特战队员身后开枪。两个特战队员被打死，剩下两个特战队员飞快蹲身，调转回来还击。老袁和高小庄连忙没入了墓道口中。董三倒在地上，抽搐着吐出鲜血，牺牲。老袁低声："董三兄弟！"高小庄急了，低语："小鬼子！今天我非杀了你们！"老袁看了眼高小庄低语：“想想办法，就剩两个了！”高小庄气愤地咬着牙点了点头。

阿部宽提着枪追过来，发现了文龙的身影，阿部宽一枪过去，文龙躲进墓道。阿部宽朝着墓道靠近，文龙冒头，阿部宽又是一枪。文龙一咬牙冲了出来，两人在追击之中互相朝着对方射击。文龙肩头中枪，阿部宽的腹部侧面也中枪。文龙靠在墓道墙壁上，看了看肩头渗出的血，只擦破了皮。文龙恨恨地大喊：“阿部宽！”阿部宽靠在另一条墓道的墙壁上，摸了摸自己腹部的侧面。阿部宽咬牙大喊：“钢刺，今天我一定要杀了你！”

不辱使命　硬骨再征

一

在阿部宽的追击之中，文龙绕过墓道岔口，发现前面走过来两个特战队员。文龙快速朝着墓道的一个拐角跑去。两个特战队员不断朝着前方射击，并未打中文龙。特战队快速追过来，发现文龙已经不见了。文龙从后方的岔道口出来，一名特战队员飞快掉头，两人同时开枪，都未打中对方。两人盯着前后两个方向，朝着前方摸进去。文龙从角落里探头，两人已经逼近过来。两人抬头，看到了一条墓道中摆着一面铜镜。

魏坤宁从一条墓道中跑出来，来到之前被他和文龙打死的特战队员的尸体前，取下了特战队员身上的两颗烟幕弹，再次钻进了墓道岔口内。魏坤宁见几个特战队员还在朝前摸进，他看了看旁边的一间不大的墓室。魏坤宁朝着前方的特战队员开了一枪，击毙了其中一个，然后快速跑进了那间墓室之中。四个特战队员连忙追了过来。墓室中非常安静，墓门虚掩着。三个特战队员冲了进去，一个特战队员留守在门口。旁边的岔道内，魏坤宁一笑。

墓室之中，烟幕弹慢慢腾起烟雾，并不宽敞的墓室中，很快被烟雾撑满。三名特战队员看见墓室的角落里蹲着一个人，慢慢摸上去。门口旁边的岔道，魏坤宁探头看见那个留守在墓门处的特战队员，斜嘴一笑。三名在墓室中的特战队员朝着人影走过去，见只是一件衣服挂在雕像上。魏坤宁猛地蹿出，一边朝着特战队员走过去，一边朝着特战队员开枪，特战队员被击毙。三人一惊，听到门口传来的枪声，要冲出去，魏坤宁在门外把门死死拉住。墓室中，烟雾不断腾起，三个特战队员呛得咳嗽起来，不停撞门。魏坤宁突然闪身，三个特战队员从里面撞出，烟雾也跟着腾出。趁着三人还没反应过来，魏坤宁连开几枪，打死了其中一个特战队员。另两名特战队员还击，魏坤宁肩部中枪，迅速没入了墓道之中。两名特战队员快速追了过去。魏坤宁一边跑，一边检查枪支，枪里没了子弹。魏坤宁把刺刀卸下，扔了枪，捂住自己肩部的枪伤，快速跑开。

墓道之中光线稀薄。两个特战队员分别注意前后两个方向，不断朝前推进。当特战队拐过一条墓道，突然，一束手电光从墓道底部半腰的位置传来，几人被晃了一眼，迅速掉头，不断朝着前面射击，发现只是一把手电筒放在铜镜前造出的反射光。此时，文龙正趴在铜镜下方，朝着几人不断开枪。前面的特战队员被打死，后面的特战队员连忙调转枪口，互相配合不断朝前射击，文龙连忙朝着旁边的墓道口滚进。剩下特战队员追了上去。

高小庄与老袁在墓室的墓道中穿行，两人沿着一条墓道不断朝前逼近。整个墓穴静悄悄的。高小庄低声："咋没声了？文龙哥他们不会……"老袁朝高小庄做了个嘘声的动作。这条墓道旁边的墓道，两个特战队员故意放轻了脚步，一个人招招手，两人拐进了旁边的墓道。老袁跟在高小庄后面，两人刚从墓道拐角出来，不远处，两个特战队员已经拿枪对准了二人。二人一惊。老袁反应迅速，冲了上去，握住两个特战队员手中的枪。枪杆被扬起，朝着墓道天花板开了两枪。老袁大喊："小庄，快走！"两个特战队员一咬牙，各自腾出一只手来，拔出匕首，朝着老袁的腹部两侧猛捅。在两名特战队员的捅杀之中，老袁缓缓倒下，可两只手还握住两个特战队员的枪杆，两人拽了两下，拽不动。高小庄从身后冒出，大喊一声，朝着两人不停开枪，一个特战队员被打死，另一个只被打中了钢盔。活下来的这个特战队员一回头，怒视着高小庄。高小庄扣动扳机，没了子弹。特战队员扬起刺刀扑杀过来，高小庄挡了两下，根本挡不住，身上被划了一道。高小庄跌落，特战队员面露狠色，不断逼近高小庄。高小庄边退边喊："小鬼子，有种你就杀了小爷！"高小庄把枪扔了出去，特战队员见状，露出一个狠笑。高小庄在不断后退中，手握住了一块石头。特战队员逼近，一刀捅过去。刺刀扎进高小庄的胳膊，高小庄扬起石头猛砸特战队员的脑袋，在继而连三的狠砸之中，特战队员倒在了地上。那把枪掉落。高小庄根本不管，上前骑在特战队员身上，抡起石头朝着特战队员的脑袋猛砸，鲜血喷溅。特战队员终于没了反应。高小庄也受了重伤，靠在墙角，捂住伤口，突然笑起来说：“今儿个，小爷也要当一回英雄！看看你们这帮鬼子有多大能耐！”高小庄捡起枪，撑起身子，鲜血已经淌满了身上的衣服。

墓道的另一侧，两个特战队员追着魏坤宁过来，魏坤宁趴在墓道顶上。两个特战队员走近，魏坤宁猛地跃下，拿着刺刀要刺向其中一个。两个特战队员反应非常快，挡下了魏坤宁这一击。两个特战队员与魏坤宁展开白刃战。魏坤宁接连躲过两人的连环攻击，两名特战队员在刺刀捅杀的过程中，还在不断开枪，魏坤宁处于下风，手臂被刺了一刀，脸上也被划伤。魏坤宁一抹脸说：“有点能耐啊！”一个特战队员端着枪朝着魏坤宁冲过来，魏坤宁看准时机，手中的刺刀挡过了特战队员捅过来的刺刀，反身一击，一刀插入了特战队员的胸口。另一个特战队员见状，端着枪不断朝前射击。魏坤宁顶起被自己捅死的特战队员挡在前面，朝着开枪的特战队员猛地扑过来。特战队员不断开枪，一枪枪打在了被捅死的特战队员背部的背包上。魏坤宁顶着尸体扑过来，刺刀戳穿了那具尸体，魏坤宁的刺刀从侧面捅进了活着那名特战队员的腰部。特战队员吐出鲜血，跪地身亡。魏坤宁喘着粗气，捂住自己肩上的枪伤，面露难色。他艰难起身，用衣服把肩部的枪伤裹住，又把手臂上的刀口缠住，上前捡起了一把步枪和一把手枪，晃晃荡荡地跑开。

墓室通道的另一侧，特战队员不断朝前推进，一道人影从边上晃过。特战队员一回头，开了一枪，连忙追了过去。文龙在墓道中快速穿行，身后的特战队员紧追不舍。文龙与特战队员在墓道中展开迂回追击枪战。当两人追过来一个拐角时，发现里面一间墓室门虚掩着，两边没了墓道。阿部宽提着枪也跟了过来。特战队员回头，见是阿部宽。阿部宽低语：“几个人？”特战队员看向阿部宽说：“一个，钢刺！”阿部宽大怒：“八嘎……没路了！进去！先把他解决掉！”特战队员钻进了墓室之中。这间墓室很黑，只有一点微光，墓室中陈列着许多石马和石羊。特战队员进来，看到众多的石马和石羊，戒备着四周。此时，墓室门被缓缓关上。特战队员回头，文龙就躲在门后，文龙端起枪，将特战队员击毙。阿部宽听到里面的枪声停了问：

“喂！怎么样？”里面没了回答。阿部宽面露狠色将身上的衣服脱下说：“钢刺，今天就用的你的血，祭奠淑子！”阿部宽一脚把门踹开，将衣服扔了出去。枪声响起，衣服被打碎。阿部宽趁势一个地滚，进了墓室之中。阿部宽定身，朝着文龙的方向不断开枪。文龙被逼得端枪没入了石马和石羊之中。阿部宽打量了一圈墓室里的情况，将墓室的墓门拉上，也跟着没入了墓室中的石头马羊群中。

在黑暗中谁也看不见谁。阿部宽蹲身在石马和石羊之间穿行。文龙在一匹石马后面，听到响动，很快阿部宽也埋伏起来，整个墓室陷入寂静之中。阿部宽轻轻从弹夹中取出一发子弹，朝着边上的地面滚了过去。站起身来，等待文龙冒头开枪。文龙躲在石马背后，没有动作，子弹就停在了他边上。阿部宽见状，再次卸下一发子弹，从另一边滚去。这一次，阿部宽从子弹滚去的平行的方向另一端冲出。发现那个位置根本就没人。阿部宽意识到不对，飞快回头，文龙握着手枪，两人同时开枪，都打中了对方。很快，两人又没入了石头的马群和羊群中间。两人都捂住自己肩上的伤口，喘着粗气。

文龙喊话：“阿部宽！今天注定了，我们两个会有一个人死在这墓室里，不如我们来一场正大光明的决战如何？”阿部宽回应：“好啊！有本事你就别缩着。”文龙一笑说：“我数三下！一！”两人都握紧了手中的枪。文龙又数到“二！”两人都紧咬牙关。文龙坚定地数到：“三！”两人同时从石头后面冒头出来，朝着对方不停开枪，两人在开枪之间快速移动。两人的枪都没了子弹，又快速换弹夹，两人的速度几乎保持一样。两人又是一轮快速的射击，两人都没了子弹。阿部宽飞快拔出匕首，朝着文龙扑了过去。文龙顺手操起靠在边上的一把铁锹，与阿部宽搏斗。在搏斗之中，阿部宽快狠准，力量更大，文龙的铁锹被打掉，落在了门口处的石阶上，文龙慢慢处于下风。阿部宽压在了文龙身上，匕首尖朝着文龙的脸不断压下去，文龙奋力阻挡，但力气很快被消耗。阿部宽大怒：“跟我单挑，你还差点本事！今天就是神仙也救不了你！”阿部宽一使劲，匕首尖直插文龙的眼睛。此时，墓门突然被撞开，魏坤宁端着枪过来，接连朝着阿部宽开了几枪。阿部宽连忙躲开。文龙一惊：“老魏！”

魏坤宁走过来说：“阿部宽，你的特战队也不过如此嘛！一到墓道里就不灵了！你杀死我的兄弟大壮，还害死文龙的未婚妻，今儿个别想出去！”魏坤宁丢过来一把枪，文龙接住。两人呈椅背之势，看着前面的石羊、石马的雕塑。石羊雕像群后面，阿部宽躲在暗处，面前就是阿部宽之前扔过来的子弹。阿部宽将子弹悄悄捡起握紧，喊话说：“看来是我小看了你们两个！”魏坤宁一枪过去，阿部宽躲住。阿部宽又喊：“现在就剩我们三个，我有个提议！”魏坤宁一笑说：“看你还能放出什么响屁，说！”阿部宽冷笑说：“那个使烟袋锅子的小子有点血性，可惜功夫没练到家，我跟他都还没玩够，就被干掉了。你们两个要是有种，就把枪放下，我们三个来一场刀对刀的较量，好好玩玩，如何？”

文龙摇头。魏坤宁愤然把枪丢下说：“来就来！”说完拔出匕首。阿部宽从石像后面站起身来，走了出来。文龙眉头一皱说：“他可不是个软柿子！”魏坤宁一笑说：“我俩联手！不管啥柿子，今天也得吃下去！”魏坤宁大喊一声先一步冲上去。魏坤宁很快被阿部宽击倒，文龙也跟着扑上去。两人合力，几乎与阿部宽打成平手。阿部宽扭动着脖子，朝两人勾勾手。魏坤宁和文龙一同冲上。魏坤宁中了一刀，文龙趁势也给了阿部宽一刀。文龙与阿部宽角力，魏坤宁大喊一声，撞过去，将阿部宽撞倒在石像上。文龙也扑上来，三人互相钳制着角力。阿部宽空出手来，拔出腿边的手枪，就要朝文龙开枪。魏坤宁一把将文龙推开，一枪打向魏坤宁，魏坤宁中枪倒地。阿部宽朝他的脑袋猛砸了一下，魏坤宁没了反应。文龙看了眼魏坤宁：“老魏！”文龙大喊一声，一刀插向阿部宽的脖子。可没想到，阿部宽稳稳地握住了文龙的手。文龙的力道不如阿部宽，被阿部宽一脚踹倒在门口的石阶上，铁锹就在他的脚边。阿部宽看了看魏坤宁，握紧匕首，一咬牙，朝着文龙扑过去。文龙一看铁锹，用力一踩，铁锹翘起，铁锹的正面切入了阿部宽的脖子中。阿部宽捂住鲜血喷薄的脖子，挣扎着死去。

文龙上前去拉魏坤宁：“老魏！老魏！”魏坤宁突然甩了甩头，迷迷糊糊地坐起身来，看了看边上的阿部宽的尸体，松了口气说：“差点把耳朵给老子震聋了！”文龙见状一笑，两人抱在一起。文龙看着魏坤宁说：“没事吧？”魏坤宁一笑说：“你挨了一刀，我也差点吃一枪，你说咱俩到底谁厉害？”文龙没有作答，两人互相搀扶着起身来。

文龙和魏坤宁将墓门推开，高小庄一手扬起枪，见是文龙和魏坤宁二人。高小庄放下枪，笑起来。文龙和魏坤宁也跟着笑起来。文龙将墓室门关上，魏坤宁左右看了看，在角落找到了一个急救箱。文龙坐到了小庄边上，魏坤宁把急救箱拿过来，翻开。魏坤宁先给小庄包扎好，文龙和魏坤宁也开始包扎。包扎完毕后，三人非常虚弱地靠在棺椁边。魏坤宁看向高小庄："行啊，你小子！"高小庄一笑说："见笑了，早知道，一路上就该跟着你两位多学点。"

魏坤宁看向高小庄问："老袁和董三兄弟呢？"高小庄低头说："已经先走了，在路上等咱们！"魏坤宁一笑。文龙看了高小庄的肩膀一眼说："你没事吧？"高小庄虚弱地说："好像暂时还死不了！反正也是闲着，不如我给二位来一段？"魏坤宁一笑说："来一段，可得唱好了啊！"高小庄呢喃唱着《定军山》——这一封书信来得巧，天助黄忠成功劳……

二

高小庄唱腔——……站立在营门传营号，大小儿郎听根苗。头通鼓、战饭造；二通鼓、紧战袍；三通鼓，刀出鞘；四铜鼓，把兵交；进退都要听令号，退后项上吃一刀；就此与呀爷归营号，到明天午时三刻成功劳！……

小泉清率领三十多个日本兵朝着帝陵墓穴口赶过来。小泉清停在了墓穴口，冈本一个手势，几个日本兵迅速在墓道口堆起了沙袋，架起机枪，对准了墓道口。日本兵们纷纷拉动枪栓，列队整齐，听候小泉清的指示。小泉清非常享受地站在门口听着高小庄的唱腔，唱腔完了。小泉清面色一沉说："他们的戏唱完了，该我们上台了！"冈本走向前说："大佐！请让属下先进！"小泉清看着冈本说："几个残兵败将，有何可怕，你留下一部分人守在这里，我担心一会打起来，钢刺会找机会突围。"冈本领命。

小泉清冷目看向十来个日本兵命令："你们，进墓穴！郭桑，跟上！"小泉清说完，跟着日本兵一起走进墓穴。郭三站在原地迟疑着。冈本看了眼郭三狠狠地说："你，还不快去？"郭三愣神回来了，只得跟了进去。

墓室内，文龙和魏坤宁听完，神色轻松。文龙鼓掌说："你小子，终于肯唱你老爹的拿手曲子了，中听！”魏坤宁低语：“外面被堵住了。”文龙点点头。高小庄一笑说：“戏唱完了，该干活了！”文龙看着魏坤宁和高小庄：“听我说，就剩咱们三个了，小泉清手下起码三四十人，今天，咱们仨可以死，但是死之前要尽量耗住小鬼子，能多拖一秒，安娜她们就多一份生还的希望，要相信，我们的援兵已经在路上了……”高小庄和魏坤宁用力点头。文龙又看向两人说：“咱哥仨一人一道，我打头！”魏坤宁一把拽住文龙说：“文龙，你压我一路了，这回，让我当一次大哥吧！我打头！”文龙想了想。魏坤宁急了说：“别磨叽了，就这么定了！”文龙点点头说：“那好，那我就来做第二道！小庄你守住墓室！能撑多久，是多久！”高小庄没有看二人，也没有应声。魏坤宁出了墓室，将墓室门关上。

七八个日本兵慢慢摸进来，见一道石门被拉上，挡在前方。日本兵纷纷看了看侧面的墓道，警戒四周。魏坤宁稍稍挪开石门，朝着进来的日本兵两枪过去，打死了两个。日本兵根本不畏惧，继续上前，石门稍稍打开一点，七八个日本兵就朝里面不断射击。日本兵身后不断有新的队伍涌入。魏坤宁不停地换子弹不断射击，再度打死了几个。小泉清从门外进来大喊：“八嘎！给我狠狠地打！”郭三躲在一旁。两个日本兵上前，端着机枪朝着石门扫射，石门被打得粉碎。枪声停了，魏坤宁在未散去的烟火中，冒出头，再度还击，又打死了两个。大队日本兵冲了过来。魏坤宁开了两枪，折身钻进了旁边的左侧墓道中。大队日本兵跟了过去，小泉清紧跟其后。

日本兵们冲进来，朝着魏坤宁射击。魏坤宁不断还击，步枪里没了子弹。魏坤宁将步枪一扔，蹿进了旁边的墓道。小泉清追上前来，郭三跟在身侧。小泉清看了眼郭三：“郭桑，不必害怕！”郭三握了握枪说：“是，是，小的誓死追随大佐！”小泉清点点头说：“很好！今天就让你看看，我是如何把他们一个个杀光的！冲上去，先把这个少校给我毙了！”郭三大声吆喝：“太君们，上吧？”几个日本兵从后方摸出，朝着前方追去。小泉清和郭三也紧跟其后。

文龙和高小庄靠在棺椁前，文龙在裹着自己的伤口。高小庄回头看了隔壁一眼。

魏坤宁冲过拐角，拿着枪躲在拐角处。小泉清及前面几个日本兵还有郭三，慢慢摸了过来。魏坤宁冒头一枪过去，撂倒了一个日本兵，躲过一阵猛烈攻击。小泉清一个手势，剩下的日本兵和郭三，都停了下来。郭三一惊说："大佐，那小子在拐角后面，不露头，咱打不着啊！"小泉清看了看剩下的日本兵，又左右看了看，这些墓道是相通的。小泉清朝郭三钩钩手指说："郭桑，我平日里待你如何？"郭三一怔："那还用说！您就是我的再生父母！"小泉清一笑说："今天，要杀掉这个少校，必须有所牺牲。"郭三顿时明白小泉清的意思。小泉清冷眼看着郭三说："你不用紧张，我有办法！"郭三有些勉强喃喃地说："啥、啥办法？"小泉清把自己的帽子戴在了郭三头上。小泉清指着旁边的墓道说："你穿上我的衣服，现在沿着这条墓道，过去，左拐，抄到少校身后，毙了他！"郭三打着哆嗦说："大佐，那少校的枪法……"

小泉清拍了拍郭三说："他的枪法再好，也好不过我！他开枪之前，我会从这边过去把他先毙掉！"郭三大惊一怔说："这……"

小泉清一把枪顶到郭三的头上："八嘎！"郭三头上吓得大汗淋漓地忙说："好，我去，我去！"郭三将小泉清的那顶帽子戴好，穿上了小泉清的外套。小泉清点点头示意快点！郭三转头朝着墓道岔口里跑了过去。小泉清看向一个日本兵命令："你跟过去，他要是怕死，就一枪毙了他。"一个日本兵跟了过去。

魏坤宁藏在拐角后，听着墓道里的脚步声，发现另一边有人靠近。拐角另一头的墓道里，郭三走过来，看着前面的岔口，不敢往前走。郭三回头，后面的日本兵已经拿枪瞄准了他。日本兵动了动枪口，示意他赶快过去。郭三拿着枪，一咬牙，冲了出去。魏坤宁听到响动，反应迅速，一枪甩过去，给了郭三一枪，郭三中枪倒地。小泉清从另一头冒头，给了魏坤宁一枪，打中了魏坤宁的腿。魏坤宁连忙掉头还击，朝着郭三走来的方向逃过去，刚冒出头，郭三身后的日本兵连忙开枪。魏坤宁躲在一个墙边，一枪过去，将日本兵打死，从这边撤离。再次中枪的魏坤宁，行走艰难。小泉清大喊："两边包抄，把人给我毙了！"几个日本兵跟着小泉清追了上去，另外的从来的路追了回去。

冈本带领着十几个日本兵埋伏等在原处。冈本急了命令："你们几个，跟我杀进去！其他人留守原地！”冈本又带着五六个日本兵冲了进来。

文龙身上已经用布包住了自己的伤口。文龙看向高小庄说：“又有人进来了，小庄，你守好这墓室，我会把追兵都引开！”高小庄故作一愣。文龙安慰高小庄说：“没事，好好待着！”高小庄故意打住文龙说：“不对，你听见了吗？”文龙一惊说：“什么？没时间了！”高小庄指了指隔壁说：“我刚才好像听隔壁安娜叫了一声！”文龙大惊，连忙凑到那堵隔墙前，透过圆洞观察对面。此时，文龙听到身后的石门被关上。文龙这才反应过来，连忙上前拉门。文龙急了喊道：“小庄，你干什么！”文龙拉门，门外被高小庄用一杆枪别着。高小庄隔着门缝说：“文龙，安娜不能有事，可你也得给我活着！这第二道防线，我来！”文龙怒道：“小庄，开门！”高小庄一笑说：“你一定要挺到最后，不管对保护安娜，还是对我们的国家，你活着，都比我活着更有用！”

文龙透过缝隙，看着高小庄，眼中含泪。高小庄咬牙咬得咯吱响，愤然地说：“自打鬼子进了中国，小爷这腰板就没挺直过，今天，我就跟这伙鬼子新账旧账一块算！我会尽量拖住这伙鬼子，你别出来，守好墓室，就等于保住了安娜！”高小庄掉头走开。文龙低声喊：“高小庄，你混蛋！给我开门！”高小庄背对着文龙说：“替我跟安娜道个歉，我承诺她的事，没法帮她办了，让她好好活着。”高小庄沿着主墓道走去。

高小庄朝前走了一段，见冈本带着五六个人冲进来。高小庄先一步开枪，冈本部连忙躲避，也朝着高小庄回击。高小庄钻进了右侧的墓道之中。冈本看到一道影子说：“追上去，杀了他！”冈本带着五六个日本兵追了上去。

文龙在里面不断摇着门。文龙将手伸出缝隙，不断挪动别在门外的枪杆，一点点将枪杆从门环上挪开。

小泉清带着几个日本兵追着魏坤宁而去，魏坤宁的艰难地朝前走着，子弹不停打落在墓道墙壁上。小泉清一指大喊：“在那边！”几人一起追了过去。魏坤宁拖着中了枪的腿不停跑。小泉清快速追来。魏坤宁一边跑，也一边还击。很快魏坤宁手中的枪没了子弹。小泉清一笑说：“看你还能往哪儿逃！上！”几人一起围了上去。魏坤宁被堵在了一条死路，魏坤宁左右看了看，日本兵已经从身后追过来。魏坤宁笑着，一手摸向了腿边的匕首心想：这卓茹刚答应我，老子就让她守寡，这也太不地道了！

小泉清等人围上来。小泉清冷笑了一声说：“再见了，少校！”魏坤宁握紧了手中的匕首。“啪”一枪打过来，差点打中小泉清的头，小泉清等人连忙侧头，见文龙站在了小泉清一侧的墓道口。小泉清躲在了一个拐角大喊：“钢刺！一直不现身，我还以为你死了呢！这阿部宽真是个蠢货！”文龙接连开枪，逼得小泉清不敢冒头。小泉清再回头时，发现魏坤宁已经不见了。文龙拿枪瞄着前方，又是一枪过去。魏坤宁凑上前来：“文龙！”文龙点点头问：“老魏，没事吧？”魏坤宁一笑说：“挨了两枪，死不了！行诶，我救你一次，你也救我一次，咋跟我这么外道！”文龙看着魏坤宁说：“别废话！你这样的兄弟，我可舍不得你死！”文龙丢过来一把枪，魏坤宁接住，拉动枪栓。魏坤宁看着文龙说：“咱再联手干一把！”文龙点点头说：“没问题！”

小泉清也躲在一个掩体后面分析：这两个家伙一幅送死的架势，安娜和谭小姐倒是一直不见踪影，看样子，是藏在别的地方！小泉清看向身边的日本兵下命令：“给我把这两人给我围死！谁能拿下他们的人头，我替他向将军请功！”小泉清一个手势，几个日本兵端着枪分别没入旁边的墓道。小泉清则慢慢地退出摸向副墓室的方向。魏坤宁和文龙呈椅背之势，一如当初从劳工营中杀出来的模样。两人不断朝前推进，朝着旁边开枪，几个日本兵被打死。

三

冈本部已经追了过来。高小庄不断朝着后面射击，但由于自己肩上有刀伤，跑得很慢，能听到他喘着粗气。冈本跟在身后，日本兵继续追击之时，冈本停下来，拿着枪瞄准了高小庄。冈本扣动扳机，子弹打中高小庄的后腰。高小庄一头栽倒在地。日本兵继续朝前追击，高小庄用尽最大的力气，撑起身子，躲在了面前的一个石雕后方。冈本部不断逼近。高小庄从石雕后面冒出头来。高小庄一枪过去，打死了一个排头的日本兵。高小庄一笑说：

“打哪儿不好，非打老子的腰，腰坏了，事儿可就大了！”冈本瞄准，发现高小庄躲在石雕后，打不着。冈本连忙伸手示意，身旁的日本兵连忙蹲身。高小庄心里默念：大壮，你教我打枪，兄弟今儿个得给你长长脸！

冈本眯着眼看了看身边几个日本兵说：“没多少子弹，沿着两边一起冲过去！”日本兵们点头，一个个站起身来，分成两路，朝着石雕的位置过去。高小庄一枪过去，又打死一个日本兵。高小庄见两边都有日本兵摸过来，连忙拉动枪栓，不料枪栓卡住了。冈本见状，找准时机，一枪过去，打中了高小庄的肩头。高小庄吃痛，连忙拍了拍枪，拉了两下，卡住的子弹被退出。高小庄看着枪想：好兄弟，别再使坏了！高小庄再次反身，日本兵已经越来越近。高小庄开了两枪，打死了一个鬼子。冈本逮住机会，也朝高小庄不停开枪。高小庄一边躲，一边射击，又打死了几个日本兵。但很快，高小庄的枪里已经没了子弹。日本兵将高小庄围了起来。冈本一笑，从后方冲上前来说：“变戏法的，你也想作英雄？”高小庄大怒：“你这疯狗，害死了我爹，一路追杀，又害死了我这么多兄弟，今天小爷跟你没完！”冈本冷笑了一声：“是吗？”

高小庄斜靠在石雕上，要撑起身子，冈本一枪打在高小庄的手臂上。高小庄中枪，又倒了回去。冈本大怒：“大日本帝国的皇军，岂是你们这些中国人能阻挡的！”高小庄仇目死盯住冈本说：“中国人，一人一口唾沫都能淹死你们这帮东洋鬼子！”冈本狂怒：“八嘎！你今天，能死在我手上，也不算你亏！”冈本举起手枪对准了高小庄。高小庄猛地跃起，抱住了冈本，冈本连忙朝着高小庄的肚子连开了好几枪，直到枪里没了子弹。高小庄回想着自己……劳工营，自己玩变戏法……劳工营，自己被解救，从高处掉进大壮怀抱……佳木斯城外土桥，高老庄被炸死，自己喊着爹，挣扎……被服厂的实验室，自己砸晕医生……程记服装店，小庄和大壮对着木楼缝隙对着楼下的冈本撒尿，两人笑着……缓缓倒了下去……

高小庄倒在了石雕边，渐渐露出笑容。冈本突然表情一变，低头一看，一把匕首全部插进了冈本的腹中。冈本大惊道：“八……嘎……”冈本退到了两步，跪倒在高小庄面前。高小庄的脸上露出最后一个笑容。冈本倒地身亡。日本兵围上去，朝着高小庄一阵胡乱开枪。一日本兵突然大喊：“支援大佐！”日本兵们跑开。高小庄倒在地上，鲜血流出，脸上依旧扬着满意的笑容。

王坟沟主墓室内，安娜和谭卓茹躲在主墓室里坐在地上。外面隐约传来些枪响声。安娜担心地要命：“谭姐……”谭卓茹也很担心，本能地回应安娜一声“嗯”。安娜看向谭卓茹说：“我这心，跳得怪厉害的！”谭卓茹镇定了一下说：“跳得快好，不跳就坏了……”安娜笑了笑，知道谭卓茹是故意说笑，放松气氛。安娜看向谭卓茹又说：“进关后，你最想干啥啊？”谭卓茹一怔说：“裁套裙子，连衣裙，裙摆要喇叭的样式，还得是泡泡袖……”安娜一笑说：“原来，你喜欢这样的？”谭卓茹一笑说：“老魏他非说我们第一次见面时我是这身打扮，可我又记得好像不是……”谭卓茹这样说着，脸上是幸福的笑，安娜也被感染了。谭卓茹看向安娜问：“哎，你呢？”安娜一笑，不说。谭卓茹拐了安娜一笑说：“傻丫头，你那点心思，不说我也知道，心早就被文龙拐跑了吧？”安娜叹了口气说：“哎，我现在只希望文大哥他们都平平安安的！”

文龙和魏坤宁成椅背之势，不断推进。一个日本兵冒头，魏坤宁一枪将其击毙。两人继续推进。文龙看到了向远处摸走的小泉清。文龙一惊低声：“不好，小泉清估计是看出了破绽，想绕开咱！”文龙朝着小泉清一枪，打中了墓道墙壁。魏坤宁点点头说：“娘的，好像是奔副墓室去了，那儿和安娜她们可就隔一层皮儿啦！”文龙低语：“不能让他去找安娜！”两人互看了一眼，朝着小泉清处追了过去。两个日本兵从小泉清侧面出现，跟小泉清剩下的人会合。日本兵走到小泉清跟前：“大佐！冈本队长牺牲！”小泉清抓狂：“八嘎……给我，给我打死他们！”小泉清命令完继续往副墓室方向摸去。日本兵朝着魏坤宁、文龙开枪，两人配合默契，又将两个日本兵打死。文龙拉动枪栓命令魏坤宁：“剩下这几个小鬼子交给你，我绕道去副墓室，咬死小泉清！”魏坤宁一笑说：“杀阿部宽的时候咱没分出高低，小泉清咋能留给你！几个鬼子交给你，小泉清是我的！”魏坤宁说完，冲向了副墓室。文龙一惊失声喊道：“老魏！”魏坤宁已经跑远。文龙不得不开枪火力压制最后几个小鬼子。魏坤宁冲出去钻进了另一条岔道，向小泉清离开的方向摸了过去。

抗联的队伍骑着快马奔袭在山路上，急速赶往王坟沟！

魏坤宁摸进了副墓室。魏坤宁猫身钻进墓室，突然，一道人影从身后出现，一把枪指住了魏坤宁。小泉清猛然一声：“别动！”魏坤宁眼睛一眯，从地上站了起来。小泉清冷笑了一声说：“这么紧张的跟过来，看来，我要找的宝贝离这儿不远喽？”魏坤宁不说话。小泉清大怒：“说，安娜她们在哪儿？”

黑暗中，安娜和谭卓茹隐约听到了小泉清的声音。安娜和谭卓茹对视一眼。安娜低声：“好像是小泉清的声音。”两人起身凑到那个小的圆洞前往外张望。透过洞口，两人看到小泉清正用枪指着魏坤宁。安娜紧张但是谭卓茹做了个嘘声的手势。

魏坤宁看了眼小泉清冷笑一声说：“有本事你就开枪，死在这黄帝陵里，我老魏舒坦着呢！”小泉清急了大喊：“那我就成全你！”小泉清正要扣动扳机。文龙从外边走了进来，拿枪对准了小泉清喊道：“住手！”小泉清微微斜眼看了一眼，一笑说：“钢刺，你敢开枪吗？”文龙紧张地看着小泉清，又看了魏坤宁一眼，没有开枪。小泉清看了眼文龙说：“你们在墓里打阻击，都往左右两侧跑，想必真正的暗道应该就在副墓室里吧！”文龙握紧了枪说：“少废话！小泉清，把他放了，咱们一对一！”小泉清一笑说：“你也是这么骗阿部宽的？我有他那么傻吗？现在，要么你把枪放下，要么我马上打爆他的头！”文龙有些为难。魏坤宁侧脸对文龙说：“废他妈什么话！开枪！”文龙握紧枪杆，不敢动手。

小泉清又看了眼魏坤宁说：“看见了吗，他不敢开枪，他舍不得你这兄弟！这就是我们大日本帝国的武士和你们这些匪徒的区别！情义，永远会牵绊着你们！”魏坤宁一笑说：“这也是畜生和人的区别！”小泉清冷笑一声说：“骂吧，在你死之前，让你出出气，我也算是功德一件！”魏坤宁一笑说：“笑话，就凭你小泉清，也能劫持老子！”魏坤宁说完，一个地滚，就势摸出了靴中的匕首，朝着小泉清扑过去。小泉清见状，一枪过去，打中了魏坤宁的右胸。魏坤宁匕首插进了小泉清大腿。

文龙移转枪口正要攻击小泉清，门外又冲进来三个小鬼子，子弹射过来，文龙被迫先向冲进来的日本兵还击。文龙上前踢飞了日本兵手中的枪，又一把握住了另两个鬼子的枪，夺掉，和三个日本兵搏斗起来。另一边，魏坤宁正和小泉清进行殊死搏斗。小泉清拔出自己大腿上的匕首，凶狠地扑向魏坤宁，魏坤宁中了枪，虽然挣扎着站了起来，但力气明显小了不少，被小泉清一个恶扑扑倒在地。小泉清一挥匕首刺向魏坤宁，魏坤宁徒手将匕首紧紧地握住。鲜血顺着刀刃流下，滴落在魏坤宁的衣服上。

安娜和谭卓茹透过小洞看着外面的这一切。看着小泉清挥着匕首紧紧逼向魏坤宁，安娜坐不住了，想伸手取枪，但却被谭卓茹抢先摁住。谭卓茹摁住安娜说："不能出声，让小鬼子知道你在这儿，所有弟兄的血全都白流了！"安娜低声说："可是老魏……"

谭卓茹用力捂住了安娜的嘴说："老魏……是个英雄，他让我今天保护好你，就像他拼了命也会保护我那样……"安娜还想挣扎，谭卓茹紧紧地捂住了安娜，眼中泛着泪光。谭卓茹看着安娜低语："不让你暴露位置，这是组织给我的任务！如果你要开枪，就先干掉我！"看着谭卓茹泛着泪光却异常坚定的眼神，安娜终于不再挣扎，只是也默默地跟着红了眼眶。

在和魏坤宁的博弈中小泉清的力气更胜一筹。小泉清突然抽出一只手一拳砸在魏坤宁的枪伤上。魏坤宁一疼，本能地松手。小泉清凶狠地挥起匕首捅了魏坤宁一刀。文龙已经干掉了两个小鬼子，还在对付最后一个鬼子。文龙扭头看了眼魏坤宁喊道："撑住，老魏！"文龙杀红了眼，用刺刀拼掉了最后一个鬼子。小泉清这边又挥着匕首刺了魏坤宁一刀，扎进去后还狠狠地绞了一圈儿大喊："去死吧！"

文龙怒吼着拾起一柄步枪，对准小泉清开枪，小泉清见状连忙一个地滚，但子弹还是打中了腿，小泉清躲进了墓道岔口。文龙连忙冲过来，将魏坤宁扶起大喊："老魏，老魏！"魏坤宁一笑，吐出了一口血。文龙满眼噙满泪水说："老魏你挺住！"魏坤宁一笑说："这小鬼子刀法还挺不赖，瞧，把老子的肺都捅穿了。"文龙扶着魏坤宁说："老魏，别说了！坚持住，我背你出去！"魏坤宁又一笑说："文龙！你小子还会掉眼泪呢！"文龙别过头。魏坤宁咳嗽了两声，满嘴的鲜血，笑着说："我是没得救了，咋样，这一路，我老魏没给掌柜的丢脸吧？"文龙摇头说："你得活着，掌柜的还等着宣布你们入党的事儿，还要给你们颁发荣誉！"魏坤宁笑着说：

“这倒是个遗憾事儿，你知道，我老魏就爱这些虚名。”文龙抽泣起来，别过头。魏坤宁看向文龙说：“我出不去了，这份荣誉你替我领着！”文龙缓缓回过头。魏坤宁使劲一怔说：“你知道吗，刚才在隔壁，卓茹答应我了，她说，这次出去之后，我俩就该请客办喜酒了！我自打认识她开始，就一直盼着这一天，可没想到，这一天好不容易盼来了，老子却没福分消受了。”文龙两行眼泪滑落说：“你别说丧气话！卓茹在等着你！”魏坤宁严肃地说：“文龙，小泉清那孙子已经猜到暗道在附近了，他现在中了枪，腿又受了伤，跑不远，你去把这混蛋杀了！”

文龙恨恨地看着小泉清逃走的方向。魏坤宁又气喘吁吁地看向文龙说：“我，我话还没说完。你杀了他，出去之后，卓茹要是问起，一定得说，这王八蛋是我打死的！”文龙听到这话，哭得更厉害了。魏坤宁强作颜笑地说：“你知道的，对我来说，丢了命这事儿不如丢了面子大，何况在自己的女人面前……卓茹就交给你了，替她相个好男人，告诉她，没啥大不了的，等平安到了关内，满大街都是男人，个顶个比我老魏有本事，都比我老魏好……”文龙一边抽泣一边点头。

谭卓茹和安娜都没再从小洞往外窥探。两人并肩背靠着墙壁，两只手紧紧地握在一起。两人都闭着眼睛，脏兮兮的脸上淌满了浑浊的泪。谭卓茹早已哭成了泪人，另一只手早已经深深地嵌进了土里。

魏坤宁抓住了文龙的衣服说：“还有，跟着你，我不后悔……剩下的路，兄弟陪不了你，你一定要活着，替我多打几个鬼子，等鬼子被赶出了中国，烧封信给我，让我也乐呵乐呵……最后兄弟我，其实一直骗你们呢，我，我就是一中尉，呵呵，能死在这皇帝老儿的陵里，我不跌份儿，我，我赚了……”魏坤宁说完这句话，手缓缓滑落。文龙摇了摇魏坤宁大喊：“老魏！老魏！”魏坤宁已经没了反应。文龙拿起枪站起身来，恨得牙痒痒。文龙怒吼：“小泉清！”

小泉清正用自己的衣服上撕下的布条给腿做包扎。包扎已经完成，听到文龙的怒吼，小泉清回头看了一眼，不敢再耽搁继续摁住自己受伤的腿，一瘸一拐地朝着外面跑去。文龙提着枪快速穿过墓道，追了过来。小泉清还在一瘸一拐地跑着，不时地回头看去。小泉清来到了之前让郭三挡枪的位置。

突然，一只手拐从后面伸出来，将小泉清的脚抱住。小泉清一惊。郭三在墓道中已经爬了很久，他看着小泉清，乞求着说："大佐，大佐救我！"小泉清回头一看，文龙提着枪已经朝着这边不断逼近。小泉清狠狠地看着郭三："滚开！"郭三哀求地看向小泉清："大佐……我是您最忠实的奴才，救我啊！"小泉清大怒："八嘎！去死！"抬起抢开了几枪。小泉清一瘸一拐地跑掉。郭三倒在地上抽搐着骂道："……小鬼子……"郭三咽了气。

文龙追过来，朝着小泉清开枪。小泉清一边躲，一边还击。文龙不停追赶。小泉清逃向墓穴外。墓穴口外，七八个日本兵在沙袋后面，瞄准着墓道口。小泉清仿佛看到希望，面露一喜，加快速度跑。文龙不断开枪，打中了小泉清的手臂。小泉清吃痛，捂住胳膊，继续朝前跑。文龙再度开枪，枪里也没了子弹。小泉清见状，转身朝着文龙开枪，边开枪边朝墓道口退去。墓道口外的日本兵见一个人出来，枪口瞄准。日本兵定睛一看大喊："是大佐！"

小泉清终于退出了墓道口，以为自己能够逃离。突然，一件锐器飞过来，稳稳扎在小泉清胸膛。小泉清低头一看，是文龙的那柄钢刺。小泉清缓缓看向文龙："钢刺……"

夕阳下，小泉清口吐鲜血，栽倒在墓道口。日本兵不断朝着墓道内射击。两个日本兵弯腰跑出去，扶起小泉清。日本兵大喊："大佐！大佐！"小泉清奄奄一息地说："副墓室，副墓室……"小泉清已经没了反应。两个日本兵朝小泉清低头示意。带头的日本兵大喊："大佐已经殉国，我们杀进去！"七八个日本兵快速涌入墓道。

四

七八个日本兵端着枪进来，两侧的日本兵警戒着两边。带头的日本兵吩咐："进副墓室！"七八个日本兵朝着副墓室移动。此时，一个人影从副墓室门口旁边的墓道走出来，是文龙。文龙站在了副墓室大门中间，文龙看了看自己身上的伤。七八个日本兵见文龙一人站在墓室门口，左右看着，反而不敢开枪。文龙一笑说："要进墓室，先杀了我！"七八个日本兵慢慢推进，害怕有诈。文龙扬起枪，拉动枪栓，一边朝前走，一边朝七八个日本兵开枪。带头的日本兵大喊：“杀过去！”日本兵冲了上来。文龙打死了两个日本兵，自己也中了枪。文龙的枪中子弹打光，自己也身中数枪，单膝跪地。文龙死死握着枪杆撑住，手中已经全是血。文龙再次站起身来，双手紧握住枪杆，一个马步扎稳，刺刀对准了剩下的五六个日本兵。

文龙端着刺刀，大喊一声，朝着两个日本兵冲了上去。文龙与两个日本兵拼刺刀，可已经完全没了力气。日本兵打掉了文龙手中枪杆，朝着文龙逼近。文龙跃起，把住两个日本兵的枪杆，卸下枪口上的两柄刺刀，捅进了两个日本兵的心脏。一旁的日本兵相继朝文龙开了一枪，一枪打中文龙的肩，一枪打中文龙的心脏。文龙口吐鲜血，但仍然用枪杆支地，屹立不倒，怒目看着逼近的日本兵。剩下的日本兵竟然被文龙的气势震住，面面相觑后，相互鼓气，最终，有日本兵再次冲着文龙举起了枪。

砰！砰！砰！幽深而空旷的墓道内传出清晰的枪响起。枪声久久回响。一队抗联战士冲了进来。带头的抗联队长走到文龙面前说：“掌柜的派我们前来王坟沟接应，对不起，我们还是来晚了！”文龙浑身是血，艰难地笑着说：“亲人相见……永远不晚！”带头的抗联队长上前将文龙扶起说：“钢刺同志！坚持住！”文龙缓缓睁眼说：“别管我，安娜，安娜……”

带头的抗联队长附身，文龙说了两句，手滑落。带头的抗联队长叹了口气大喊：“担架！”两个抗联队长从墓道外进来，抬着一个担架出来。带头的抗联队长吩咐：“把我们的人都找到！全部抬出去之后，把墓道口炸了！老祖宗的东西，就应该永远留在地下！”抗联队长们点头。带头的抗联队长大喊：“二连！安排一个排的人，跟我解救安娜！”带头的抗联队长快速出了墓穴。

谭卓茹和安娜也听到了清晰的枪声。安娜的身体微微颤抖，谭卓茹将安娜紧紧地护在怀中。暗道外面传来一阵急促的脚步声。谭卓茹警惕地掏出了枪，表情已经没了悲痛，而是果敢，坚毅地护在了安娜前面。安娜轻轻地推开了谭卓茹，脸上的泪痕已干，反倒是轻松泰然的神情。安娜拔了把谭卓茹：“卓茹姐，都这时候了，就让咱们并肩面对吧！”安娜拔开了谭卓茹护在面前的手，也举起了枪，两人举着枪对准入口，没有胆怯。入口缓缓打开，有人影晃动，逼近。谭卓茹低声：“谁？”外面传来抗联战士的声音：“安娜同志，别害怕，我们是掌柜派来做接应的，自己人！”暗门缓缓打开，有光亮照到了安娜和谭卓茹的脸上，两人的脸上泛起了疲惫的微笑。一队抗联战士鱼贯而入。安娜和谭卓茹轻轻拥抱在了一起。带头的抗联队长欣喜地看向安娜和谭卓茹说：“两位同志，抱歉我们来晚了，让你们受惊了！”安娜急切地看着带头的抗联队长问：“其他同志呢？他们现在怎么样？”带头的抗联队长沉默了，低声回应：“老袁、小庄，还有魏坤宁同志都壮烈牺牲了，还有文龙同志也……”

抗联战士们低下了头，安娜露出难以置信的表情。

黄昏的王坟沟。安娜抹着眼泪，从墓地里冲出，脑海里回想着文龙的一幕幕……要塞里，逃走时，安娜拍照，被文龙打晕……牛头山上，安娜向文龙表白，被文龙呛回去，安娜掉头离开……奉天落脚处，安娜要去拍照，文龙挠安娜手心，说她是痒痒肉……奉天光石家，安娜挽着文龙迈入光石家的舞会现场……古玩店，文龙看着安娜喝下那碗药，一直笑着……

安娜冲过来，抗联战士们在收拾现场。安娜喘着粗气，看着抗联战士将文龙抬上担架抬走。文龙的手臂从担架上滑落。安娜大惊：“文龙哥……”安娜顿时失神，文龙被抬着，慢慢走向了远处。安娜还想再追时被抗联战士拦住。这时，墓道口发生爆炸，墓穴被彻底封上。安娜看着抗联的战士把文龙抬着越走越远，耳边的声音慢慢模糊，安娜晕倒过去。两个抗联战士连忙上前来扶住她……

宛平县的一条山体公路的岔道边。两辆轿车驶停在岔道处。安娜、谭卓茹、李孝民和一名抗联同志从前面一辆车上下来，后面第二辆轿车上，也下来两名抗联同志。安娜换了身衣服，转身看向了身后几人。谭卓茹穿着一套崭新的连衣裙，下摆是喇叭的样式，袖口是泡泡袖，先走向了安娜。谭卓茹拉着安娜的手说：“只能送你到这儿了。”安娜笑着看了看谭卓茹：“卓茹姐，头一次见你穿这样的衣服，真好看。”谭卓茹一笑说：“老魏生前非说我跟他第一次见面是穿的这一身。”安娜叹了口气说：“只可惜他看不到了，他要不是为了我……”

谭卓茹捂了一下安娜的嘴说：“傻丫头，他是为了你，可更是为了我们的国家。那天，他答应我会活着回来，他食言了。可我说过的话，绝不会反悔，说了会嫁他，就一定嫁。”安娜点点头说：“这一别，不知道还能不能再见了。”谭卓茹看着安娜说：“这儿是你的祖国，只要赶走了侵略者，我们所有人都随时欢迎你回来！”

李孝民走上前来，朝谭卓茹点点头，谭卓茹退到了一侧。李孝民看向安娜说：“安娜，非常感谢你为我们提供的这些资料，这些，对我们反侵略的斗争有至关重要的作用！”安娜一笑说：“不应该谢我，应该谢谢这一路上为了保护我们而牺牲的人！是他们用生命和鲜血保住了这么重要的证据！”李孝民点点头说：“文龙之前跟我说过，他想留在东北，你要是有什么话，我可以……”

安娜点点头，叹了口气说：“不必了，文龙哥已经很累了，让他好好地安歇吧。”安娜的眼中噙着泪水。李孝民点点头。

安娜看着山坡之下绵延的青山和蜿蜒的河流，脸上露出笑容。安娜拿出相机，对着远处的山河拍下了一张。安娜看向李孝民说：“这一走，不知道什么时候才能再回来，这张照片就留作纪念，李伯伯，我该走了，父亲还在家里等着我。”

李孝民打量了安娜一阵说：“其实……我们出发之前，我收到了一封来自苏联的电报，发报的正是你的父亲，米哈尔科夫先生。”安娜看向李孝民。李孝民一笑说：“他让我向你转达，是去是留，你可以自行决定！”安娜十分惊讶。李孝民掏出一封电报，递给了安娜，这是电报内容。安娜急忙接过，看起来。安娜看完了电报失声地喊道：“父亲……”

李孝民拍了拍安娜说：“出发之前，我没交给你，是因为我也在犹豫，这一路走得实在太艰难，牺牲了太多人，只有你安全了，才算对他们最好的交代。可在车上，我又一直在想，这对你来说，是不是不太公平。”李孝民叹了口气，看向远方说：“米哈尔科夫将军是一位出色的军事家，更是一位深明大义的父亲！”

安娜转身看向李孝民说：“李伯伯，你说得没错，这条路走得太不容易，可在我看来，这，还不算是终点！这么多人为了保护我而牺牲了性命，我应该带着他们的理想和志愿，留下来，做更多有意义的事情，把这条路走下去！”李孝民看向安娜。安娜严肃地看着李孝民说：“我想加入中国共产党，跟你们一起抵抗日本侵略者！李伯伯，你看我能行吗？”

李孝民一笑说：“你们都是经过血与火淬炼的战士，信仰坚定，有着铁打的精神！这个主我作了！要是留下，你最想去哪儿？”安娜跳了起来说：“延安！我要去延安！那是革命的圣地，是无数有志青年向往的地方！文龙哥也告诉过我，那是他最想去的地方，我得替他完成这个心愿！”

李孝民笑着说：“正好！今晚我们准备转移一批进步学生去延安，你可以随他们一起前往！”李孝民看了看表接着说：“火车是今晚七点出发，要去，你可得抓紧时间。”安娜高兴地点点头说：“行，我现在就动身！”安娜说完着急地上了车。

李孝民与那两个抗联同志低声交代了一下，两个抗联同志绕过车头，坐进了驾驶室和副驾驶。车辆发动，缓缓开走。谭卓茹走上前来，停在了李孝民身边，看着远去的轿车，谭卓茹叹了口气。这时，后面一辆车的车门打开，一名抗联同志扶着一个戴着帽子受了重伤的男子从车上下来，在抗联同志的搀扶下，男子颤颤巍巍地朝前走了一段，远远看着安娜的车在山路上越开越远。此人抬头，竟是文龙！李孝民和谭卓茹侧脸看了看文龙。

李孝民走到文龙跟前说：“你小子命真大，医生说了，就差一点，就打中心脏。”文龙一笑说：“命运不让我死，是还有更重要的事要交给我！”文龙一直看着驶离的轿车。李孝民叹了口气说：“你逼着我们合伙骗安娜，现在她真的走了，你舍得吗？”文龙微笑着说：“舍不得！可我说过，现在不是谈论这些的时候，国将不国，何以为家！”李孝民一笑，长叹了口气说：“这么多人为了你们能平安进关牺牲在路上，我能明白你此刻的感受。”文龙点点头说：“他们都是铁铮铮的硬骨头，这条路是他们拿着生命和鲜血铺就的！只可惜，我们连好多人的尸骨都没能带回来！”李孝民语重心长地说：“青山处处埋忠骨，何须马革裹尸还！”

文龙转身看着山坡外的山河，朝着远方敬了个礼，李孝民和谭卓茹也相继举手敬礼。青山巍巍，江河绵延。文龙的眼中，噙着泪花……魏坤宁、胡大壮、高小庄、刀子、铁雷、老钱、孙海、高队长、鲁小花、董霸天等人的音容笑貌一一闪现。文龙转向李孝民说：“您说得没错，会有人永远记住他们！”李孝民点点头说：“日军高层田中将军的那份报告，已经充分说明日本人要全面侵华的狼子野心！一场硬仗，恐怕在所难免！”文龙看着远方，重重地点了点头，拳头也握紧了，严肃地说：“咱中国人不惹事，但事儿来了，也绝不会怕事儿！这大好的河山，要拱手于人，我文龙头一个不答应！”

谭卓茹和李孝民都点点头。三人一脸肃然，望着山下秀丽的山河。落日壮美！

1937年7月7日夜，日军以寻找失踪士兵为由，强行进入宛平县搜查，卢沟桥事变爆发，日本帝国主义侵略者全面侵华战争拉开序幕，日本的飞机不断朝中国领土投掷炸弹进行轰炸，中国大地陷入一片水深火热之中。

哈尔滨文龙家中电话响起，文龙放下报纸。文龙急忙上前接起说：“是我，文龙！”

电话那头是李孝民的声音——你一直在等我的电话吧？

文龙一笑说：“报纸我看到了，估摸着您的电话该来了。”

李孝民的声音——既然如此，我就不废话了！国家已到了生死存亡之际，你这把钢刺，该出鞘了！这场战争，鬼子蓄谋已久，接下来，可有得忙了！这一次，我给你安排了一个新搭档，这个搭档对你非常了解，她在老地方等你！

文龙会意一笑，挂了电话，将家门锁上，穿上风衣，盖上礼帽，缓缓消失在哈尔滨街头……